BIBLIOTHEK
DER
PHANTASTISCHEN
LITERATUR

Herausgegeben von Stefan Bauer

DAVID GEMMELL

EISENHANDS TOCHTER

Roman

**Ins Deutsche übertragen
von Irmhild Seeland**

BASTEI
LÜBBE

BASTEI LÜBBE TASCHENBUCH
Band 28 321

Erste Auflage: April 2000

Originaltitel: Ironhand's Daughter
Lektorat: Alxander Huiskes / Stefan Bauer
Titelbild: Saris R. Morrill / Agentur Schlück
Umschlaggestaltung: QuadroGrafik, Bensberg
Satz: QuadroPrintService, Bensberg
Druck und Verarbeitung:
Groupe Hérissey, Évreux, Frankreich
Printed in France
ISBN 3-404-28321-X

Der Preis dieses Bandes versteht sich einschließlich der gesetzlichen Mehrwertsteuer

DIE FALKENKÖNIGIN

Erstes Buch

Prolog

Sonnenlicht glitzerte auf Stahl, als die Messerklinge durch die Luft wirbelte und dann die mit einem Kreidekreis markierte Mitte des Bretts traf. Die Frau kicherte. »Wieder verloren, Ballistar«, sagte sie.

»Ich habe dich gewinnen lassen«, erwiderte der Zwerg. »Denn ich bin ein Märchenwesen, und mein Können ist unerreicht.« Er lächelte beim Sprechen, doch in seinen dunklen Augen lag Kummer, und sie legte ihm ihre Hand auf die bärtige Wange. Er lehnte sich gegen ihre Berührung und drehte den Kopf, um ihre Handfläche zu küssen.

»Du bist der beste aller Männer«, sagte sie leise, »und die Götter – falls es Götter gibt – waren dir nicht freundlich gesonnen.«

Ballistar antwortete nicht. Er sah auf und trank ihre Schönheit in sich hinein, den goldenen Schimmer ihrer Haut, die unvergeßliche Kraft ihrer hellen blaugrauen Augen. Die neunzehnjährige Sigarni war die schönste Frau, die Ballistar je gesehen hatte, groß und schlank, mit vollen Lippen und straffen Brüsten. Ihr einziger Makel war ihr kurzgeschnittenes Haar, das in der Sonne wie Silber schimmerte. Als sie sechs Jahre alt war, war es ergraut, nachdem ihre Eltern getötet wurden. Die Dorfbewohner nannten es die Nacht der Schlächter, und niemand sprach darüber. Er stand auf, ging zu dem Zaunpfahl und kletterte auf den Zaun, um Sigarnis Wurfmesser aus dem Brett zu holen. Sie beobachtete ihn, wie er die kleinen Ärmchen reckte. Seine kurzen Finger konnten den Griff ihres Messers nicht ganz umfassen. Schließlich schaffte er es, dann drehte er sich um und sprang zu Boden. Er war nicht größer als ein vierjähriges Kind, doch sein Kopf war groß und sein Gesicht von einem dichten Bart umrahmt. Ballistar reichte ihr das Messer, und sie steckte es wieder in die Scheide an ihrer Hüfte. Sie griff nach einem Krug mit kühlem Wasser und füllte zwei irdene Becher. Einen reichte sie dem Zwerg.

Ballistar grinste breit, als er ihn entgegennahm, dann fuhr er mit der kleinen Hand langsam über die Wasseroberfläche. Sie schüttelte den Kopf. »Du solltest solche Gesten nicht machen, mein Freund«, sagte sie ernsthaft. »Wenn dich der falsche Mann dabei sieht, wirst du ausgepeitscht.«

»Ich bin schon öfter ausgepeitscht worden. Habe ich dir schon meine Narben gezeigt?«

»Schon oft.«

»Dann mache ich mir keine Sorgen um die Peitsche«, sagte er und fuhr mit seiner Hand wiederum über das Getränk. »Auf den längst verstorbenen König über dem Wasser«, sagte er und hob den Becher an die Lippen. Eine schlanke schwarze Hündin tappte herbei. Mit breiten Schultern und schmalen Flanken war sie ein Jagdhund für Hasen und Kaninchen, und ihre Schnelligkeit war legendär. Die Jagdhunde des Hochlandes waren auf Kraft, Ausdauer und Gehorsam gezüchtet. Doch vor allen Dingen mußten sie schnell sein. Und keiner war schneller als Sigarnis Hündin. Ballistar stellte seinen leeren Becher ab und rief sie: »Hierher, Lady!« Ihr

Kopf fuhr hoch, und sie lief zu ihm, stupste ihn mit der langen Schnauze an den Bart und leckte ihm die Wangen. »Frauen finden mich unwiderstehlich«, sagte er, während er dem Hund die Ohren kraulte.

»Ich kann mir schon denken warum«, sagte Sigarni. »Du hast eine sanfte Hand.«

Ballistar streichelte Ladys Flanken und sah ihr in die Augen. Das eine war rehbraun, das andere opalgrau. »Es ist gut verheilt«, sagte er und fuhr mit dem Finger über die Narbe auf der Wange der Hündin.

Sigarni nickte, und Ballistar sah frischen Zorn in ihren Augen aufflackern. »Bernt ist ein Narr. Ich hätte ihm nie erlauben sollen herzukommen. Ein dummer Mann.«

»Dieser *dumme* Mann liebt dich«, tadelte Ballistar. »Wie wir alle, Prinzessin.«

»Idiot!« fauchte sie, doch der Zorn schwand aus ihren Augen. »Du weißt, daß ich kein Recht auf einen solchen Titel habe.«

»Das stimmt nicht, Sigarni. Du hast das Blut Gandarins in den Adern.«

»Pah! Die halbe Bevölkerung hat sein Blut in den Adern. Der Mann war wie ein brünftiger Hirsch. Gwalchmai hat mir von ihm erzählt, er sagte, Gandarin hätte mit seinen illegitimen Sprößlingen eine ganze Armee aufstellen können. Selbst Bernt hat wahrscheinlich ein paar Tropfen von Gandarins Blut.«

»Du solltest ihm verzeihen«, riet Ballistar. »Er hat es nicht so gemeint.« In diesem Augenblick stieß ein roter Falke auf die Lichtung herab und ließ sich auf einem nahen Zaunpfahl nieder. Er tappte kurz von einem Fuß auf den andern, dann legte er den Kopf schief und starrte die silberhaarige Frau an. Die

Hündin ließ ein tiefes Grollen vernehmen, wich jedoch zu Ballistar zurück. Sigarni zog einen langen schwarzen Handschuh aus glänzendem Leder über und streckte den Arm aus. Der Falke erhob sich von dem Zaun und flog zu ihr.

»Ah, meine Schöne«, sagte Sigarni und strich über die rotbraunen Federn an der Brust des Vogels. Sie nahm einen Streifen Kaninchenfleisch aus einem Beutel und fütterte den Falken damit. Rasch und geschickt legte sie zwei weiche Manschetten um seine Beine, dann fädelte sie kurze Jagdriemen durch messingumrandete Löcher in den Manschetten. Zum Schluß zog sie eine weiche Lederkappe aus ihrem Beutel und setzte sie dem Vogel auf Schnabel und Augen. Der Falke saß reglos, als sie ihm die Kappe anlegte, und wandte sogar den Kopf, damit Sigarni die Riemen im Nacken verschnüren konnte. Die Frau sah den Zwerg an und lächelte. »Ich weiß, daß Bernt aus Dummheit handelte. Und ich bin wütender auf mich als auf ihn. Ich sagte ihm, er solle Lady nur loslassen, wenn er einen zweiten Hasen hätte. Es war eine einfache Anweisung. Aber nicht einmal das konnte er. Und ich mag keine Dummköpfe um mich haben.«

Ballistar sagte nichts mehr. Er wußte, es gab nur zwei Lebewesen auf der Welt, die Sigarni liebte – die Hündin Lady und den Falken Abby. Sigarni hatte sie beide ausgebildet, fest entschlossen, daß sie zusammen als Team arbeiten würden. Die Ausbildung war erfolgreich gewesen. Lady spürte die Hasen auf und scheuchte sie auf, während Abby in einem pfeilschnellen Todesstoß von den Bäumen herunter jagte. Gefährlich war es geworden, als sie nur ein einziges Beutetier sichteten. Falke und Hund waren beide losgejagt, um den Fang zu machen. Abby hatte zweimal gewonnen. Beim zweiten Mal, als Lady versucht hatte, ihr die Beute abzunehmen, hatte Abby zugestoßen und mit ihrem Schnabel die Flanke der Hündin aufgerissen. Sigarni hatte Lady am Nacken gepackt, um sie zurückzureißen. Bei ihren Bemühungen, Lady erneut auszubilden, hatte Sigarni dem Viehhirten Bernt erlaubt, sie auf den Übungsjagden zu begleiten. Seine Aufgabe war es, Lady an der Leine zu halten und sie erst loszulassen, wenn sie mehr als einen Hasen aufgespürt hatten. Er hatte versagt. Im Jagdfieber hatte Bernt die Hündin beim ersten Anblick eines einzelnen Hasen von der Leine gelassen. Abby war herabgestoßen, und Lady war losgerannt, um ihren Anteil zu holen. Der Falke hatte sich umgedreht und mit dem furchtbaren Schnabel zugehackt, direkt in das rechte Auge der Hündin.

»Gehst du heute auf die Jagd?« fragte der Zwerg.

»Nein. Abby wiegt zuviel für die Jagd. Ich habe ihr den letzten Hasen überlassen, den wir gestern erlegt haben. Heute wandern wir nur ein bißchen hoch zum High Druin. Sie fliegt gern dort oben.«

»Paß auf den Zauberer auf!« warnte Ballistar.

»Es besteht kein Grund, sich vor ihm zu fürchten«, sagte Sigarni. »Ich glaube, er ist ein guter Mann.«

»Er ist ein Ausländer, und seine Haut ist von Zauberei verbrannt. Er jagt mir einen Schauer über den Rücken.«

Sigarni lachte. »Oh, Ballistar! Du Narr. In seinem Land haben alle Menschen dunkle Haut, sie sind nicht verflucht.«

»Er ist ein Zauberer! Nachts wird er zu einem Riesenvogel, der über den High Druin fliegt. Viele haben es gesehen: einen großen schwarzen Raben, doppelt so groß wie ein normaler. Und seine Burg ist voller Zauberbücher und magischer Dinge, und es gibt Tiere dort – gefroren. Du kennst doch Marion – sie war dort! Sie hat uns alles über einen großen schwarzen Bären erzählt, der einfach in der Eingangshalle steht, verzaubert. Halt dich von ihm fern, Sigarni!«

Sie sah ihm in die dunklen Augen und erkannte, daß seine Angst echt war. »Ich werde vorsichtig sein«, sagte sie. »Darauf kannst du dich verlassen. Aber ich lasse mir keine Angst einreden, Ballistar. Habe ich nicht das Blut Gandarins in den Adern?« Sigarni konnte sich ein Lächeln kaum verkneifen.

»Du solltest nicht über deine Freunde spotten!« schimpfte er. »Magier sollte man meiden – jedermann, der seine Sinne beisammen hat, weiß das. Und was macht er da, an unseren hohen, einsamen Plätzen? Heh? Warum hat er sein Land voller schwarzer Leute verlassen und ist hergekommen? Was sucht er? Oder versteckt er sich vielleicht vor der Gerichtsbarkeit?«

»Ich werde ihn fragen, wenn ich ihn das nächste Mal sehe«, sagte sie. »Komm, Lady!« Die Hündin erhob sich verschlafen und ging an die Seite der großen Frau. Sigarni kniete nieder und tätschelte ihre Flanken. »Jetzt hast du wohl gelernt, Abby zu respektieren«, flüsterte sie, »wenn ich auch fürchte, sie wird nie lernen, Respekt vor dir zu haben.«

»Wieso?« fragte Ballistar. Sigarni sah auf.

»Das ist bei Falken so, mein Freund. Sie lieben niemanden, brauchen niemanden, fürchten niemanden.«

»Liebt sie dich denn nicht, Sigarni?«

»Nein. Deswegen darf man sie auch nie vergebens

rufen. Jedesmal, wenn sie auf meiner Faust landet, füttere ich sie. An dem Tag, an dem ich das nicht tue, beschließt sie vielleicht, nicht mehr zurückzukommen. Ein Falke kennt keine Loyalität. Er bleibt, weil er es so will. Kein Falke gehört einem Mann – oder einer Frau.«

Ohne ein weiteres Abschiedswort wanderte die Jägerin davon in den Wald.

1. Kapitel

Tovi schloß die Doppeltüren seines Ofens, zog die Schürze aus und wischte sich mit einem sauberen Handtuch das Mehl aus dem Gesicht. Das frische Brot des Tages lag auf hölzernen Tabletts, je sechs Laibe übereinander, und der Duft stieg ihm verlockend in die Nase. Selbst nach all diesen Jahren liebte er diesen Duft noch. Er nahm einen Laib und schnitt ihn in der Mitte durch. Das Brot war weich und leicht, ohne Luftblasen. Hinter ihm stieß sein Lehrling Stalf einen Seufzer der Erleichterung aus. Tovi wandte sich dem Jungen zu. »Nicht schlecht«, sagte er. Er schitt zwei dicke Scheiben ab, bestrich sie mit frischer Butter und reichte eine dem Jungen.

Tovi ging zur Hintertür und trat hinaus. Über den Häusern des Dorfes aus Stein und Holz stieg die Morgensonne über die Gipfel, ein frischer Wind wehte aus Norden. Die Bäckerei stand mitten im Dorf, ein altes, dreistöckiges Gebäude, das einst das Rathaus gewesen war. In jenen Tagen, als wir noch einen Rat haben durften, dachte Tovi verärgert. Die Häuser um die Bäckerei herum waren robust gebaut und alt. Weiter hügelabwärts standen die leichteren Holzhäuser der ärmeren Leute. Tovi trat auf die Straße und blickte hinunter zum Fluß. Die Dorfbewohner regten sich allmählich, und ein paar Frauen knieten bereits am Ufer, wuschen Kleider und Decken, indem sie sie gegen die weißen Steine schlugen. Tovi sah die schwarzgekleidete Witwe Maffrei, die zum Gemeindebrunnen ging. Er winkte und lächelte, und sie nickte ihm im Vorbeigehen zu. Grame, der Schmied, zündete sein Schmiedefeuer an. Als er Tovi sah, kam er herübergeschlendert. Der dichte weiße Bart des Schmieds war rußverschmiert.

»Einen guten Tag dir, Bäcker«, sagte Grame.

»Dir auch. Sieht nach einem schönen Tag aus. Kaum eine Wolke in Sicht. Ich sehe, daß die Grauen des Barons in deinem Stall stehen. Gute Tiere.«

»Besser als der Mann, dem sie gehören. Eins hat einen gespaltenen Huf, und beide haben Narben von Sporen. Keine Art, ein gutes Pferd zu behandeln. Ich hätte gern einen Laib, wenn's recht ist. Mit einer Kruste so schwarz wie die Sünde und innen so weiß wie die Seele einer Nonne.«

Tovi schüttelte den Kopf. »Du nimmst, was ich dir gebe, und sei froh darüber, denn ein besseres Brot wirst du im ganzen Königreich nicht bekommen. Stalf! Hol ein Brot für den Schmied!«

Der Junge brachte einen in Tuch gewickelten Laib. Grame steckte seine gewaltige Hand in die Tasche seiner Lederschürze und holte zwei kleine Kupfermünzen heraus, die er in Stalfs ausgestreckte Hand fallen ließ. Der Junge verbeugte sich und verzog sich. »Wir bekommen einen guten Sommer«, sagte Grame, brach ein Stück von dem Brot ab und steckte es in den Mund.

»Wir wollen es hoffen«, erwiderte Tovi.

Der Zwerg Ballistar kam mühsam den steilen Hügel hinauf. Er verbeugte sich elegant. »Einen guten Morgen euch«, sagte Ballistar. »Komme ich zu spät zum Frühstück?«

»Nicht, wenn du Geld hast, kleiner Mann«, sagte Tovi mit schmalen Augen. Er fühlte sich in Gegenwart des Zwerges unbehaglich und gereizt.

»Kein Geld«, sagte der Zwerg liebenswürdig, »aber ich habe drei Hasen.«

»Die zweifellos Sigarni gefangen hat!« schnaubte der Bäcker. »Ich weiß nicht, warum sie dir gegenüber so großzügig ist.«

»Vielleicht mag sie mich«, antwortete Ballistar ohne eine Spur Verärgerung in der Stimme.

Tovi rief nach einem weiteren Laib Brot, das er dem Zwerg gab. »Bring mir heute abend den besten Hasen«, sagte er.

»Warum macht er dich so zornig?« fragte Grame, als der Zwerg davonging.

Tovi zuckte die Achseln. »Er ist verflucht. Man hätte ihn bei seiner Geburt umbringen sollen. Was nützt er Mensch oder Tier? Er kann nicht jagen, kann nicht arbeiten. Wenn Sigarni nicht wäre, würde er vielleicht das Dorf verlassen. Er könnte zum Zirkus gehen! So einer wie er könnte sich dort ehrlich den Lebensunterhalt verdienen, mit Späßen und so.«

»Du wirst allmählich ein verdrießlicher alter Mann, Tovi.«

»Und du wirst allmählich fett!«

»Das stimmt allerdings. Aber ich erinnere mich noch daran, wie ich das Rot trug. Das ist etwas, das ich mit ins Grab nehme, voll Stolz. So wie du.«

Der Bäcker nickte, und seine Miene wurde weicher. »Schöne Tage, Grame. Sie kommen nicht wieder.«

»Wir haben ihnen einen Kampf geliefert, was?«

Tovi schüttelte den Kopf. »Wir haben ihnen gezeigt, wie tapfere Männer sterben – das ist nicht ganz dasselbe, mein Freund. Wir waren in der Minderzahl und schlechter ausgerüstet – ihre Ritter galoppierten durch unsere Reihen und teilten den Tod aus, und unsere Schwerter klirrten gegen ihre Rüstung, ohne Schaden anzurichten. Bei den Göttern, Mann, war das ein Gemetzel an dem Tag! Ich wünschte beim Himmel, ich hätte es nie erlebt.«

»Wir hatten einen schlechten Anführer«, flüsterte Grame. »Gandarin hat seine Stärke nicht an seine Söhne weitergegeben.«

Der Schmied seufzte. »Ach, komm schon, genug der trüben Reden. Ein neuer Tag bricht an, frisch und makellos.« Der stämmige Schmied machte kehrt und ging zurück zu seiner Schmiede.

Der Junge Stalf sagte nichts, als Tovi wieder in die Bäckerei trat. Er konnte sehen, daß sein Meister tief in Gedanken versunken war, und er hatte ein wenig von dem Gespräch mitangehört. Es war schwer zu glauben, daß der dicke Tovi einst das Rot getragen hatte und an der Schlacht von Colden Moor teilgenommen hatte. Stalf hatte im vergangenen Herbst das Schlachtfeld besichtigt. Eine riesige Ebene, gesprenkelt mit Grabhügeln, insgesamt vierunddreißig. Und in jedem Grabhügel lagen die kampffähigen Männer eines ganzen Clans.

Der Wind hatte über Colden Moor geheult, und Stalf hatte Angst vor seiner Kraft und dem unheimlichen Klagen bekommen. Sein Onkel, Mart Einarm, hatte neben ihm gestanden, eine knochige Hand auf die Schulter des Jungen gelegt. »Das ist der Ort, an dem Träume enden, mein Junge. Dies ist die letzte Ruhestätte der Hoffnung.«

»Wie viele sind gestorben, Onkel?«

»Tausende.«

»Aber nicht der König.«

»Nein, nicht der König. Er floh in ein helles Land jenseits des Wassers. Aber sie haben ihn dort aufgespürt und erschlagen. Jetzt gibt es keine Bergkönige mehr.«

Onkel Mart war mit ihm ins Moor gegangen, bis sie schließlich zu einem hohen Grabhügel kamen. »Hier haben Lodas Männer gestanden, Schulter an Schulter, Waffenbrüder und Brüder im Tode.« Er hob den Stumpf seines linken Arms und lächelte schief. »Ein Teil von mir liegt auch hier begraben, Junge. Und mehr als nur mein Arm. Mein Herz liegt hier, mit meinen Brüdern und Vettern und Freunden.«

Stalf riß sich von der Vergangenheit los. Tovi stand am Fenster, seine Augen hatten denselben abwesenden Blick, den er an jenem Tage bei seinem Onkel Mart Einarm gesehen hatte.

»Kann ich etwas Brot mit zu meiner Ma nehmen?« fragte Stalf. Tovi nickte.

Stalf suchte zwei Laibe aus und wickelte sie ein. Er war schon an der Tür, als Tovi ihn rief. »Was willst du mal werden, Junge, wenn du erwachsen bist?«

»Ein Bäcker, Meister. So gut wie du.« Tovi sagte nichts mehr, und der Junge eilte aus der Bäckerei.

Sigarni liebte das Bergland, die saftigen Täler, die sich zwischen die Berge schmiegten, die tiefen dunklen Wälder, die die Hänge überzogen. Aber am meisten liebte sie den High Druin, den einsamen Berg, der das Hochland überragte, dessen Gipfel sich in den Wolken verlor und dessen Schultern mit Schnee bedeckt waren. Dieser Berg besaß eine elementare Großartigkeit, die von seinen scharfen, abweisenden Klippen ausstrahlte, eine Magie, die im Wispern des Windes vor dem Einbruch der Winterstürme erklang. High Druin rührte das Herz an. Er schien zu sagen: »Ich bin die Ewigkeit in Stein. Ich war schon immer da, und ich werde immer da sein.«

Die Jägerin ließ Abby fliegen und beobachtete, wie sie über die unteren Hänge des High Druin segelte. Lady schoß über das Gras hinweg, den schlanken Körper gespannt, ihr gutes Auge suchte nach Spuren von Hase oder Ratte. Sigarni setzte sich an den Tränensee und sah den bunten Enten am Ufer der kleinen Insel zu, die in der Mitte des Sees lag. Abby kreiste hoch über ihnen und beobachtete ebenfalls die Vögel. Der Falke stieß herab und ließ sich auf einem Baum am See nieder. Die Enten, die den Falken plötzlich sahen, flüchteten ins Wasser.

Sigarni sah interessiert zu. Gebratene Ente wäre eine schöne Abwechslung zu dem Hasenfleisch, das sie in den vergangenen zwei Wochen gegessen hatte. »Hierher, Lady!« rief sie. Der Hund tappte heran, und Sigarni deutete auf die Enten. »Los!« zischte Sigarni. Sofort sprang der Hund ins Wasser und paddelte eifrig auf die Entenschar zu. Einige Vögel flatterten auf, um Abstand zwischen sich und den Hund zu bringen, blieben aber dicht über der Wasseroberfläche. Doch eine flog hoch, und augenblicklich machte sich Abby an ihre Verfolgung.

Die Ente stieg schnell höher, und Abby stieß mit ausgestreckten Krallen auf sie hinunter.

Im letzten möglichen Moment sah die Ente den Greifvogel – und schoß abwärts. Einen Herzschlag lang nur glaubte Sigarni, Abby hätte ihre Beute erwischt, doch dann tauchte die Ente ins Wasser und unter, wodurch sie den Falken verwirrte. Abby kreiste und kehrte auf ihren Ast zurück.

Die Jägerin stieß einen leisen Pfiff aus, der Lady zurück ans Ufer rief. Sigarni hörte ein Pferd näherkommen, stand auf und drehte sich um.

Das Pferd war ein großer Kastanienbrauner, auf dem ein schwarzer Mann saß, dessen Wangen, Kopf und Schultern von einem fließenden weißen Burnus bedeckt wurden. Ein Mantel aus blaugefärbter Wolle hing von seinen breiten Schultern, und ein Krummschwert steckte in einer Scheide an seiner Hüfte. Er lächelte, als er die Frau sah.

»Wenn man Enten jagt, ist es besser, der Falke nimmt sie von unten«, sagte er und schwang sich aus dem Sattel.

»Wir lernen noch«, antwortete Sigarni freundlich. »Momentan bevorzugt sie Fell, aber es hat gedauert – wie du gesagt hast, Asmidir.«

Der große Mann ließ sich am Ufer nieder. Lady näherte sich ihm behutsam, und er streichelte ihren Kopf. »Das Auge verheilt gut. Beeinträchtigt es sie bei der Jagd?« Sigarni schüttelte den Kopf. »Und der Vogel? Falken ernähren sich am liebsten von Federtieren. Was ist ihr Jagdgewicht?«

»Zwei Pfund und zwei Unzen. Aber sie hat schon Hasenfleisch gehabt.«

»Und was gibst du ihr zu fressen?«

»Nicht mehr als drei Unzen pro Tag.«

Der schwarze Mann nickte. »Hin und wieder solltest du ihr eine Ratte fangen. Es gibt nichts Besseres, um den Kropf eines Vogels zu reinigen als eine gute Ratte.«

»Wie kommt das, Asmidir?« fragte Sigarni und setzte sich neben ihn.

»Ich weiß nicht«, gestand er mit einem breiten Lächeln. »Mein Vater hat es mir vor Jahren gesagt. Wie du weißt, verschlingt ein Falke seine Beute – wenn er kann – im ganzen, und die Knochen werden ausgequetscht und alles Gute herausgepreßt. Dann speit er das Gewölle, die Reste wieder aus. Ich könnte mir vorstellen, daß irgend etwas im Fell oder der Haut einer Ratte den Magen beim Hochwürgen reinigt.«

Er lehnte sich auf die Ellbogen zurück, verengte die Augen und beobachtete den Falken. »Wieviel Beute hat er bis jetzt erlegt?«

»Achtundsechzig Hasen, zwanzig Tauben und ein Frettchen.«

»Du jagst Frettchen?« fragte Asmidir und hob fragend eine Augenbraue.

»Es war ein Irrtum. Das Frettchen war hinter einem Hasen her, und Abby packte das Frettchen.«

Asmidir lachte leise. »Du hast deine Sache gut gemacht, Sigarni. Ich bin froh, daß ich dir den Falken gegeben habe.«

»Dreimal dachte ich, ich hätte sie verloren. Jedesmal im Wald.«

»Du wirst sie vielleicht aus den Augen verlieren, mein Kind, aber sie wird dich nie aus den Augen verlieren. Komm mit zur Burg, ich mache uns etwas zu essen. Und dir auch«, sagte er und kraulte den Hund hinter den Ohren.

»Ich wurde gewarnt, daß du ein Zauberer seist und daß ich mich vor dir hüten solle.«

»Du solltest immer die Warnung von Zwergen beherzigen«, sagte er. »Oder anderer Wesen aus dem Märchen.«

»Woher wußtest du, daß es Ballistar war?«

»Weil ich ein Zauberer bin, meine Liebe. Man erwartet von uns, daß wir solche Dinge wissen.«

»Du bleibst immer bei meinem Bären stehen«, sagte Asmidir und betrachtete liebevoll das silberhaarige Mädchen, während Sigarni die Hand ausstreckte und den Pelz am Bauch des Bären streichelte. Es war ein riesiges Tier mit ausgestreckten Tatzen und Krallen, das Maul in lautlosem Gebrüll geöffnet. »Er ist wundervoll«, sagte sie. »Wie macht man das?«

»Du glaubst also nicht an einen Zauber?« fragte er lächelnd.

»Nein.«

»Nun«, sagte er langsam und rieb sich das Kinn, »wenn es kein Zauber ist, dann muß es wohl ein ausgestopfter Bär sein. In meinem Land gibt es kundige Leute, die mit toten Tieren arbeiten, das Fleisch herausnehmen, das verwesen kann, und die dann das tote Tier aus Ton wieder modellieren, ehe sie ihm wieder seinen eigenen Pelz oder seine Haut überziehen. Das Ergebnis ist bemerkenswert lebensecht.«

»Dann ist das also ein ausgestopfter Bär?«

»Das habe ich nicht gesagt«, erinnerte er sie. »Komm, laß uns essen.«

Asmidir führte sie durch den Gang in das große Wohnzimmer. Ein Holzfeuer brannte fröhlich im Kamin, und zwei Diener stellten Platten mit Fleisch und Brot auf den Tisch. Beides waren große, dunkelhäutige Männer, die lautlos arbeiteten, ohne auch nur einmal einen Blick auf ihren Herrn oder seinen Gast zu werfen. Als der Tisch gedeckt war, zogen sie sich still zurück.

»Deine Diener sind nicht sehr freundlich«, bemerkte Sigarni.

»Sie sind tüchtig«, sagte Asmidir, setzte sich an den Tisch und schenkte sich einen Becher Wein ein.

»Haben sie Angst vor dir?«

»Ein bißchen Angst ist gut für einen Diener.«

»Lieben sie dich?«

»Ich bin kein Mensch, den man leicht lieben kann. Meine Diener sind zufrieden. Sie können jederzeit aus meinem Dienst scheiden, wenn sie das wünschen, sie sind keine Sklaven.« Er bot Sigarni Wein an, doch sie lehnte ab, und er goß Wasser in einen durchsichtigen Becher, den er ihr reichte. Sie aßen schweigend. Dann ging Asmidir zum Kamin und winkte Sigarni zu sich.

»Hast du denn keine Angst?« fragte der schwarze Mann, als sie sich mit überkreuzten Beinen vor ihm niederließ.

»Wovor?« entgegnete sie.

»Vor dem Leben. Oder dem Tod. Oder mir.«

»Warum sollte ich Angst vor dir haben?«

»Warum nicht? Als wir uns im vergangenen Jahr kennenlernten, war ich ein Fremder in deinem Land. Schwarz und furchteinflößend«, sagte er, machte große Augen und entblößte mit einem scherzhaften Knurren die Zähne.

Sie lachte über ihn. »Du warst nie furchteinflößend«, sagte sie. »Gefährlich, ja. Aber nie furchteinflößend.«

»Gibt es da einen Unterschied?«

»Natürlich«, antwortete sie und legte den Kopf zur Seite. »Ich *mag* gefährliche Männer.«

Er schüttelte den Kopf. »Du bist unverbesserlich, Sigarni. Der Körper eines Engels und der Geist einer

Hure. Normalerweise gilt das als wunderbare Kombination. Jedenfalls, wenn du das Leben als Kurtisane, Prostituierte oder Schlampe in Betracht ziehst. Ist das dein Ehrgeiz?«

Sigarni gähnte übertrieben. »Ich glaube, es wird Zeit nach Hause zu gehen«, sagte sie und erhob sich geschmeidig.

»Ah, ich habe dich beleidigt«, sagte er.

»Keineswegs«, erwiderte sie. »Aber ich hätte Besseres von dir erwartet, Asmidir.«

»Du solltest Besseres von dir selbst erwarten, Sigarni. Dunkle Tage stehen bevor. Ein Führer kommt – ein Führer von edlem Blut. Du wirst wahrscheinlich gerufen, um ihn ihn jenen Tagen zu unterstützen. Denn auch du bist stolz auf das Blut Gandarins. Männer werden einem Engel oder einer Heiligen folgen, einem Despoten oder einem Schurken. Aber einer Hure folgen sie nur bis ins Schlafzimmer.«

Ihr Gesicht rötete sich vor Zorn. »Predigten höre ich mir von einem Priester an – nicht von einem Mann, der es nur zu gerne den Frühling und Sommer über mit mir getrieben hat und jetzt versucht, mich klein zu machen. Ich bin nicht irgendein Milch- oder Schankmädchen. Ich bin Sigarni aus den Bergen. Was ich tue, ist meine Sache. Ich habe dich zum Vergnügen benutzt, das gebe ich offen zu. Du bist ein guter Liebhaber, kraftvoll und zärtlich. Und du hast mich benutzt. Also waren wir quitt, und keiner von uns wurde dadurch beschmutzt. Wie kannst du es wagen, mich zu beschämen?«

»Warum solltest du es als beschämend empfinden?« entgegnete er. »Ich spreche von Wahrnehmungen – den Wahrnehmungen von Männern. Du glaubst, ich schaue auf dich herab? Das tue ich nicht. Ich verehre dich. Wegen deines Körpers und deines Verstandes. Darüber hinaus bin ich wahrscheinlich – so weit mir das überhaupt möglich ist – ein wenig in dich verliebt. Aber deswegen habe ich nicht so gesprochen.«

»Es ist mir gleich«, sagte sie. »Lebwohl.«

Sigarni marschierte aus dem Zimmer und an dem großen Bären vorbei. Ein Diener stieß die Doppeltüren für sie auf, und sie ging die Stufen zum Hof hinunter. Lady kam auf sie zugesprungen. Ein weiterer Diener, ein schlanker junger Mann mit dunklen Augen, wartete am Fuß der Treppe mit Abby auf der Hand. Sigarni zog ihren Falknerhandschuh an.

»Du hast auf mich gewartet?« fragte sie den jungen Mann. Er nickte. »Warum? Meist bleibe ich doch ein paar Stunden.«

»Mein Herr sagte, heute würde es nur ein kurzer Besuch«, erklärte er.

Sigarni löste die Riemen und nahm Abby die Kappe ab. Der Falke schaute sich um, dann sprang er auf Sigarnis Hand. Als die Jägerin den Arm hob und rief: »Auf!«, stieg der Falke in die Luft und flog nach Süden.

Sigarni schnippte mit den Fingern, und Lady kam dicht heran und wartete auf Anweisungen. »Wie heißt du?« fragte sie den Diener, als sie seine glatte Haut und die kräftigen Muskeln unter seinem Seidenhemd bemerkte. Er schüttelte den Kopf und ging davon.

Verärgert wanderte die Jägerin aus der alten Burg, überquerte die Zugbrücke und ging dann zum Wald. Sie war düsterer und zorniger Stimmung. Den

Verstand einer Hure, also wirklich. Ihre Gedanken wanderten zu Fell dem Waldhüter. Das war nun ein Mann, der etwas von Vergnügen verstand. Sie bezweifelte, daß es auch nur eine einzige Frau im Umkreis eines Tagesmarsches gab, die seinen Annäherungsversuchen nicht erlegen war. Nannten sie ihn vielleicht eine Hure? Nein. Er war der ›gute alte Fell, was für ein Mann!‹ Idiotisch!

Asmidirs Worte lagen ihr schwer auf der Seele. Sie hatte gedacht, er sei anders … intelligenter? Ja. Stattdessen war er genau wie die meisten Männer, gefangen zwischen ihrem Bedürfnis herumzuhuren und ihrem Drang zu predigen.

Abby schwebte hoch über ihr, und Lady rannte neben dem Weg entlang, um Hasen aufzuspüren. Sigarni verbannte alle Gedanken an den schwarzen Mann und ging weiter durch die Dämmerung, bis sie schließlich den letzten Hügel erreichte und auf ihre eigene Hütte herunterschaute. Aus dem Fenster fiel Licht, und das verärgerte sie, denn sie wollte heute abend allein sein. Wenn es dieser Idiot Bernt war, dann würde er etwas von ihr zu hören bekommen.

Als sie in den Hof kam, pfiff sie nach Abby. Der Falke kam herbei, breitete die Flügel aus und landete auf Sigarnis Hand. Sie fütterte ihn mit einem Streifen Fleisch, dann nahm sie ihm die Fußriemen ab und trug ihn zu seinem Stand, legte die Stallriemen an und ging zur Hütte.

Lady legte sich neben der Tür nieder, den Kopf auf die Pfoten gelegt.

Sigarni stieß die Tür auf.

Fell saß mit geschlossenen Augen am Feuer, die langen Beine der Glut entgegengestreckt. Es ärgerte sie, daß seine Gegenwart sie erregte. Er sah genauso aus wie an jenem letzten Tag, mit dem langen, glänzenden schwarzen Haar, das er zurückgekämmt trug und mit einem ledernen Stirnband festhielt, mit dem kurzgeschnittenen Bart, der weich wie Pelz war. Sigarni holte tief Luft und bemühte sich um Ruhe.

»Was willst du hier, du Ziegenhirn?« fauchte sie.

Dann sah sie das Blut.

Überall waren Wölfe, mit entblößten Zähnen, bereit, ihn zu zerfleischen. Ein kräftiges Tier sprang ihn an. Fell packte es bei der Kehle, dann wirbelte er herum und warf es zurück ins Rudel. Seine Glieder waren bleischwer, als ob er durch Wasser watete. Die Wölfe verschwammen, zerflossen wie Rauch und wurden zu großen Kriegern mit funkelnden Augen, die mit Messern aus geschärfter Bronze bewaffnet waren. Sie rückten näher, langsam, geschmeidig. Fells Arme waren wie gelähmt, und er spürte, wie das erste Messer wie eine Flammenzunge in seine Schulter drang…

Er schlug die Augen auf. Sigarni kniete neben ihm, eine Nadel in der Hand, und er spürte, wie der Riß in seiner Schulter durch den Faden zusammengezogen wurde. Fell fluchte unterdrückt. »Lieg still«, befahl sie, und Fell gehorchte. Ihm war leicht übel. Sie biß den Faden durch und lehnte sich zurück. »Sieht aus wie ein Schwerthieb.«

»Langmesser«, antwortete er mit einem tiefen, zitternden Atemzug. Eine Zeitlang sagte er nichts mehr, sondern lehnte sich gegen das dicke, gepolsterte Leder des Stuhles. Er richtete seinen Blick auf die gegenüberliegende Wand aus Holzbohlen und ließ seine Augen über die Waffen schweifen, die dort hingen – das lange Breitschwert mit der blattförmigen Klinge und dem Ledergriff, der Bogen aus Horn mit dem Köcher voller schwarzer Pfeile, die Dolche und schließlich der Helm mit dem Kopf- und Wangenschutz aus schwarzem Eisen und dem Nasenschutz aus poliertem Messing. Sie wiesen kein Fleckchen Rost oder Anlaufen auf.

»Du hältst die Waffen deines Vaters gut in Schuß«, sagte er.

»Das hat Gwal mir beigebracht«, erwiderte sie. »Wer hat dir die Wunde zugefügt?«

»Wir haben uns einander nicht vorgestellt. Es waren zwei. Haben einen Pilger auf dem Unterweg ausgeraubt. Ich folgte ihnen bis Mas Gryff.«

»Wo sind sie jetzt?«

»Oh, sie sind noch immer da. Ich habe dem Pilger sein Geld wiedergegeben und der Wache Bericht erstattet.« Sein Gesicht verdüsterte sich. »Bastarde! Du konntest ihre Enttäuschung beinahe fühlen.« Er schüttelte den Kopf. »Es wird nicht mehr lange dauern, weißt du. Sie suchen nach irgendeiner Entschuldigung.«

»Du hast viel Blut verloren«, sagte sie. »Ich mache etwas Brühe.«

Er sah ihr nach, seine Augen verfolgten den Schwung ihrer Hüften. »Du bist eine schöne Frau, Sigarni. Die schönste, die ich je gesehen habe!«

»Dann schau weiter und weine um das, was du verloren hast«, sagte sie, ehe sie im Hinterzimmer verschwand.

»Amen«, flüsterte er. Er lehnte seinen Kopf wieder zurück und dachte an ihren letzten Abschied vor zwei Jahren, wie Sigarni aufrecht und stolz vor ihm stand … immer so stolz. Fell war durch die Täler nach Cilfallen gewandert und hatte den Brautpreis für Gwendolyn bezahlt. Die süße Gwen. Sie konnte der silberhaarigen Frau, die er verlassen hatte, in keiner Weise das Wasser reichen, bis auf eine. Gwen konnte Kinder bekommen, und ein Mann brauchte Söhne. Zehn Monate später war Gwen tot, Opfer einer Steißgeburt, bei der sowohl sie als auch ihr Kind gestorben waren.

Fell hatte sie beide auf dem Ruheplatz von Loda auf dem westlichen Hang des High Druin begraben.

Sigarni kam zurück. »Beweg deinen Arm«, befahl sie.

Er tat es und zuckte zusammen. »Es ist verdammt wund.«

»Gut. Es gefällt mir, wenn du Schmerzen hast.«

»Ich habe meinen Sohn begraben, Weib. Ich weiß, was Schmerz ist. Und ich würde das keinem Freund wünschen.«

»Ich auch nicht«, sagte sie. »Aber du bist kein Freund.«

»Du bist mieser Stimmung«, mahnte er. »Hattest wohl einen Streit mit deinem schwarzen Mann, was?«

»Spionierst du mir etwa nach, Fell?« Es irritierte ihn, daß sie die Beziehung nicht abstritt.

»Das ist meine Arbeit, Sigarni. Ich überwache den Wald und habe dich in die Burg gehen und wieder herauskommen sehen. Wie kannst du es nur mit so einem treiben?«

Da lachte sie, und sein Zorn wuchs. »Asmidir ist ein besserer Mann als du, Fell. In jeder Hinsicht.« Er wollte sie schlagen, ihr das Lächeln aus dem Gesicht treiben. Doch die zunehmende Übelkeit überfiel ihn, und mit einem Stöhnen stieß er sich vom Stuhl ab, taumelte zur Tür und schaffte es gerade noch hinaus, ehe er zu Boden sank und sich übergab. Kalter Schweiß schimmerte im Mondlicht auf seiner Stirn, und er fühlte sich so schwach wie ein frischgeborenes Kälbchen, als er aufzustehen versuchte. Sigarni kam herbei, nahm seinen Arm und schlang ihn über ihre Schulter. »Wir müssen dich ins Bett bringen«, sagte sie nicht unfreundlich.

Fell lehnte sich an sie. Ihr Duft stieg ihm in die Nase. »Ich habe dich geliebt«, sagte er, als sie ihn halb die vier Stufen zur Tür hinaufschleppte.

»Du hast mich verlassen«, erwiderte sie.

Als er erwachte, war es heller Tag, die Sonne schien durch das offene Fenster. Der Himmel war klar, und Fell sah den Falken sich vor dem Blau abzeichnen. Stöhnend setzte er sich auf. Seine Schulter brannte, und seine Rippen waren von dem Kampf mit den zwei Räubern geprellt.

Er stand auf und ging zum Fenster. Sigarni stand im Sonnenschein, den Falken auf dem Handschuh, den schwarzen Hund zu ihren Füßen. Fells Mund war trocken, und all seine lang unterdrückten Gefühle brachen sich Bahn. Von allen Frauen, die er gekannt hatte – und es waren viele gewesen – hatte er nur eine geliebt. Und in diesem Augenblick wußte er mit erschreckender Gewißheit, daß es immer so sein würde. Oh, er würde wieder heiraten, er würde Söhne haben, aber sein Herz würde immer bei dieser rätselhaften Frau bleiben, bis es aufhören würde zu schlagen.

Obwohl noch immer geschwächt durch den Blutverlust, wußte Fell, daß er nicht länger in Sigarnis Nähe bleiben konnte. Er nahm seinen schwarzen Lederumhang, zog seine Stiefel an, nahm

Langbogen und Köcher und verließ die Hütte durch den Hintereingang. Dann machte er sich auf den langen Weg nach Cilfallen. Dort gab es ein Mädchen in heiratsfähigem Alter, dessen Vater einen Brautpreis festgesetzt hatte, den sich Fell leisten konnte.

»Ich hasse diesen Ort«, sagte Baron Ranulph Gottasson, lehnte sich auf die breite Brüstung und starrte zu den fernen Bergen hinaus. Asmidir sagte nichts. Hier auf den hohen Mauern der Festung war es kalt, der Wind fegte von Norden herab und drang schneidend durch die wärmsten Kleider. Aber der Baron schien die Unbill des Wetters nicht zu bemerken. Er trug ein schlichtes Hemd aus schwarzer Seide und ein ärmelloses Wams aus feinstem schwarzem Leder. Er trug keinerlei Schmuck, keine silbernen Verstärkungen an den schwarzen Lederbeinlingen, keine Ketten oder Schmuckscheiben auf den knielangen Stiefeln. Während Asmidir zitternd auf dem Wehrgang stand, richtete der Baron seine blassen, umschatteten Augen auf den schwarzen Mann. »Nicht wie ihn Kushir, was? Zu kalt, zu öde. Wünschst du dir manchmal, wieder zu Hause zu sein?«

»Manchmal«, gab Asmidir zu.

»Ich auch. Was gibt es hier schon für einen Mann wie mich? Wo ist der Ruhm?«

»Das Reich lebt in Frieden, Herr«, sagte Asmidir leise. »Vor allem dank deiner und des Grafen von Jastey.«

Der Baron preßte die Lippen zusammen, seine Augen wurden schmal. »Sprich seinen Namen nicht in meiner Gegenwart aus! Ich habe noch nie einen

Mann getroffen, der so vom Glück begünstigt war. Alle seine Siege waren schal. Sag mir, was er je getan hat, was meiner Eroberung von Ligia gleichkommt? Fünfundzwanzigtausend Krieger gegen meine zwei Legionen. Und doch haben wir sie zermalmt und ihre Hauptstadt eingenommen. Was hat er dagegen zu setzen? Die Belagerung von Catium. Pah!«

»Allerdings, Baron«, sagte Asmidir glatt, »deine Taten werden im Buch der Geschichte festgehalten werden. Aber ich bin sicher, du hast jetzt wichtigere Dinge zu tun, also, wie kann ich dir dienen?«

Der Baron drehte sich um und bedeutete Asmidir, ihm in ein kleines Arbeitszimmer zu folgen. Der schwarze Mann starrte sehnsüchtig auf die kalte, leere Feuerstelle. Spürt der Mann die Kälte denn nicht? fragte er sich. Der Baron setzte sich an seinen Eichenschreibtisch. »Ich will den roten Falken«, sagte er. »In zwei Monaten findet ein Turnier statt, und der rote Falke kann es für mich gewinnen. Nenn mir einen Preis.«

»Ich wünschte, ich könnte, Baron. Aber ich habe den Falken vergangenen Herbst verkauft.«

Der Baron fluchte. »An wen? Ich kaufe ihn zurück!«

»Ich weiß nicht, wo man den Mann auftreiben könnte, Baron«, log Asmidir glatt. »Er kam letztes Jahr in meine Burg. Er war ein Reisender, glaube ich, vielleicht ein Pilger. Aber wenn ich ihn wieder sehe, werde ich ihn zu dir schicken.«

Der Baron fluchte wieder, dann ließ er seine Faust auf den Tisch krachen. »Na gut, das wäre dann alles«, sagte er schließlich.

Asmidir verbeugte sich und verließ das Arbeitszimmer. Er stieg die Wendeltreppe hinunter in die Tiefen der Festung, bis er in einem langen Saal stand, in dem das Fest stattfand. Rotlivrierte Diener trugen Platten mit Speisen und Getränken herum, und mehr als vierzig Ritter mit ihren Damen saßen an den drei Haupttischen. Feuer flackerten fröhlich an beiden Enden des Saales, und Minnesänger saßen auf der Galerie. Ihre leise Musik ging im Geplauder der Gäste unter.

Asmidir hatte keinen Hunger. Rasch ging er aus dem Saal und die lange Treppe zu den unteren Gemächern und dem Doppeltor hinunter. Seine Gedanken waren nüchtern, als er an die Worte des Barons dachte. Asmidir erinnerte sich an die Eroberung von Ligia, an die Schlachten und Massaker, die Vergewaltigungen und Verstümmelungen, die Folter und die Zerstörung. Ein reiches, unabhängiges Volk in die Knie gezwungen, gedemütigt und verarmt, die Bibliotheken verbrannt, die heiligen Stätten entweiht. O ja, Ranulph, die Geschichte wird sich lang an deinen blutigen Namen erinnern! Asmidir schauderte.

Rache, so sagte ein Sprichwort, ist eine Speise, die kalt am besten schmeckt. Ob das wohl stimmt? fragte er sich. Wird es Genugtuung bereiten, diesen Mann zu vernichten?

Asmidir zog sich den Umhang fester um die breiten Schultern, dann verließ er die Festung und ging über den Hof. Ein junger Mann grüßte ihn, und er drehte sich um und lächelte den anderen an, einen großen, schlanken jungen Mann mit braunen Augen, dessen langes blondes Haar zurückgekämmt und zu einem straffen Pferdeschwanz zusammengebunden war. Er hatte den Arm voller zusammengerollter Landkarten. »Guten Tag, Leofric. Du verpaßt das Fest.«

»Ja, ich weiß«, sagte der andere traurig. »Aber der Baron will diese Karten studieren. Es zahlt sich nicht aus, ihn warten zu lassen.«

»Sie sehen alt aus.«

»Das sind sie auch. Sie wurden vor etwa zweihundert Jahren von dem Hochland-König Gandarin dem Ersten in Auftrag gegeben. Gute Arbeit, die meisten davon. Schön gemacht. Die Kartenmacher hatten auch eine Methode, um die Höhe von Bergen zu berechnen. Wußtest du, daß der High Druin dreitausendzweihunderteinundsechzig Meter hoch ist? Glaubst du, das könnte stimmen, oder hat sich jemand die Zahl einfach ausgedacht?«

Asmidir zuckte. »Es klingt zu genau, um eine Phantasiezahl zu sein. Trotzdem, ich freue mich, daß dir deine Arbeit Spaß macht.«

»Ich erfreue mich an den Einzelheiten«, sagte Leofric lachend. »Das tun nicht viele. Es gefällt mir zu wissen, wie viele Lanzenreiter wir haben und wie viele Pferde. Ich arbeite gern an Projekten wie diesen. Wußtest du, daß vierhundertzwölf Fuhrwerke rund um die Fünf Städte im Einsatz sind?« Der junge Mann lachte. »Ja, ich weiß, für die meisten Leute ist das langweilig. Aber versuch mal einen Feldzug ohne Fuhrwerke, und der Krieg ist vorbei, ehe er begonnen hat.«

Asmidir plauderte noch ein paar Minuten mit dem jungen Mann, dann verabschiedete er sich und ging zu den Ställen. Der Pferdeknecht verbeugte sich, als er eintrat, dann sattelte er den braunen Wallach. Asmidir gab dem Mann eine kleine Silbermünze.

»Danke, Herr«, sagte er und steckte die Münze so schnell ein, daß man mit bloßem Auge kaum folgen konnte.

Asmidir ritt durch das Falltürtor hinaus auf die breiten Straßen der Stadt. Er spürte die Blicke der Menschen auf sich, als er den Marktplatz überquerte, und hörte, wie Kinder ihm Spottnamen nachriefen. Ein Trupp Soldaten marschierte an ihm vorbei, und er zügelte sein Pferd. Die Männer waren Söldner, sie sahen erschöpft aus, als wären sie viele Kilometer weit marschiert. Während Leofric die Logistik des Krieges plante, kamen täglich neue Söldner an ... Das Ungeheuer ist nicht mehr fern, dachte Asmidir.

Asmidir ritt durch das Nordtor und ließ das Pferd in Galopp fallen, als sie freies Gelände erreichten. Er ritt gut einen Kilometer so, dann ließ er das Tier langsamer werden. Der Braune war kräftig, auf Ausdauer gezüchtet, und er atmete noch nicht einmal rascher, als Asmidir ihn zügelte. Der schwarze Mann tätschelte den Hals des Wallachs.

»Die Träume von Männern werden in Blut geboren«, sagte er leise.

Fell saß am Wegrand, um wieder zu Atem zu kommen, als ein kleiner, zweirädriger Karren in Sicht kam. Zwei riesige graue Wolfshunde waren davor gespannt, und auf dem Wagen saß ein silberhaariger Mann mit einem langen Stab in der Hand. Als er den Waldhüter sah, berührte der alte Mann leicht die Flanken der Hunde mit dem Stab. »Halt, Shamol. Halt, Cabris. Einen guten Tag dir, Waldmann!«

Fell lächelte. »Himmel, Gwalch, du siehst albern aus auf diesem Dingsda.«

»Pah, mein Junge, in meinem Alter kümmert es mich nicht die Bohne, wie ich aussehe«, sagte der alte Mann. »Wichtig ist, daß ich so weit reisen kann wie ich will, ohne daß meine alten Knochen darunter leiden.« Er beugte sich vor und betrachtete den Waldhüter. »Du siehst grauer aus als der Winterhimmel, Junge. Hast du Schmerzen?«

»Ich bin verwundet. Und habe einiges an Blut verloren. Es geht schon wieder. Brauche nur eine Rast.«

»Auf dem Weg nach Cilfallen?«

»Ja.«

»Dann komm an Bord, junger Mann. Meine Hunde können ebensogut zwei wie einen ziehen. Eine gute Übung für sie. Wir nehmen in meiner Hütte noch ein Schlückchen. Das brauchst du, verlaß dich auf meine Worte: ein bißchen Lebenswasser. Und ich verspreche dir, dir nicht die Zukunft zu lesen.«

»Du liest mir immer die Zukunft – und ich höre nie gern zu. Aber dies eine Mal werde ich dein Angebot annehmen. Ich fahre mit auf deinem albernen Karren. Aber ich bete zu allen Göttern, die ich kenne, daß mich niemand darin sieht. Die Scham würde ich nicht überleben.«

Der alte Mann lachte leise und rutschte nach rechts, um Platz für den Waldhüter zu machen. Fell legte Langbogen und Köcher nach hinten und kletterte hinauf. »Nach Hause, Hunde!« sagte Gwalch. Die Hunde lehnten sich gegen die Riemen, und das kleine Fuhrwerk schoß vorwärts. Fell lachte laut. »Ich hätte nicht gedacht, daß mir heute irgend etwas Spaß machen würde«, sagte er.

»Du hättest nicht zu ihr gehen sollen, Junge«, sagte Gwalch.

»Keine Zukunft, hast du gesagt!« fauchte der Förster.

»Pah! Das hat nichts mit Zukunftlesen zu tun, das

war eine Bemerkung zur Vergangenheit. Und du kannst den schwarzen Mann ruhig vergessen. Er wird sie nicht gewinnen. Sie gehört dem Land, Fell. In gewisser Weise ist sie das Land. Sigarni die Falkenkönigin, die Hoffnung des Hochlands.« Der alte Mann schüttelte den Kopf, dann lachte er wie über einen geheimen Scherz. Fell klammerte sich an die Seite des Karrens, der polterte und rumpelte, wenn die Räder in die Wagenspuren einsanken und das Gefährt fast umfiel.

»Himmel, Gwalch, ist das unbequem«, beschwerte sich der Förster.

»Das findest du unbequem?« gab der alte Mann zurück. »Dann warte, bis wir oben auf meinem Berg sind. Dann brechen die Hunde immer in Galopp aus, um nach Hause zu kommen. Bei Shemaks Eiern, mein Junge, davon kriegst du graue Haare!«

Die Hunde zogen den Berg hinauf und hielten auf der Kuppe nur kurz inne, um wieder zu Atem zu kommen. Dann ging es weiter, um eine letzte Biegung des Pfades. Unter ihnen kam Gwalchs Holzhütte in Sicht, und beide Hunde bellten und begannen zu rennen.

Der Karren hüpfte und sprang, als die Hunde schneller und immer schneller wurden, den steilen Hang hinab. Fell fühlte sein Herz wild klopfen, seine Knöchel waren weiß, als er sich festklammerte. Vor ihnen stand eine mächtige Eiche, deren Stamm ihnen direkt im Weg stand. »Der Baum!« schrie Fell.

»Ich weiß!« antwortete Gwalch. »Am besten springen wir!«

»Springen?« wiederholte Fell. Ein Blick zur Seite zeigte ihm, daß der alte Mann gerade seinem eigenen Rat folgte. Im letzten Moment bogen die Hunde zur Hütte ab. Plötzlich kippte der Karren um, und Fell wurde kopfüber herausgeschleudert und verfehlte die Eiche nur um Zentimeter. Er schlug hart auf dem Boden auf, pfeifend entwich die Luft aus seinen Lungen.

Fell kam auf die Knie, als Gwalch herbei humpelte. »Ein Riesenspaß, was?« sagte der alte Mann und bückte sich, um Fells Arm zu nehmen und ihn auf die Füße zu ziehen.

Fell sah in Gwalchs zwinkernde braune Augen. »Du bist verrückt, Gwalch! Warst du immer schon.«

»Das Leben will gelebt werden, Junge. Ohne Gefahr kein Leben. Komm und nimm einen Schluck. Wir reden, du und ich, über das Leben und die Liebe, über Träume und Ruhm. Ich kann dir auch Geschichten erzählen, die dir das Blut erwärmen.«

Fell fand seinen Langbogen und den Köcher, sammelte die zerstreuten Pfeile ein und folgte dem alten Mann hinein. Es war eine schlichte Behausung mit nur einem Raum: in einer Ecke stand ein Bett, an der Nordwand befand sich die gemauerte Feuerstelle, und in der Mitte stand ein roh gezimmerter Tisch mit zwei Bänken. Drei Teppiche, zwei aus Ochsenhäuten und ein Bärenfell, bedeckten den gestampften Lehmboden, die Wände waren mit verschiedenen Waffen geschmückt – zwei Langbögen mit Hornspitzen, einige Schwerter und ein zweischneidiges Breitschwert. Ein Kettenhemd hing an einem Haken neben dem Feuer. Seine Ringe glitzerten noch immer, kein Fleckchen Rost war auf ihnen zu sehen. Auf einem Regal lag ein Helm aus schwarzem Eisen, der mit gehämmertem Messing und Kupfer verziert war. Eine Streitaxt hing über dem Kamin, doppelköpfig und schimmernd.

»Bereit für den Krieg, was, Alter?« fragte Fell, als er sich am Tisch niederließ. Gwalch lächelte und füllte einen Becher mit einer bernsteinfarbenen Flüssigkeit aus einem Krug.

»Allzeit bereit – wenn auch nicht mehr so fähig«, sagte der alte Mann traurig. »Und das ist ein Jammer, wo doch ein Krieg bevorsteht.«

»Es gibt keinen Krieg!« sagte Fell gereizt. »Es gibt keinen Grund dafür. Das Hochland ist friedlich. Wir zahlen unsere Steuern. Wie halten die Straßen sicher.«

Gwalch füllte einen zweiten Becher und leerte ihn mit einem Zug. »Diese fremdländischen Bastarde brauchen keinen Grund, Fell. Und ich kann Blut in der Luft riechen. Aber das ist für einen anderen Tag, und es ist noch ein Weilchen bis dahin, also lasse ich nicht zu, daß es unsere Trinkrunde stört. Also erzähl mir, wie sah sie aus?«

»Ich will nicht über sie reden.«

»Oh, doch, das willst du. Sie spukt dir im Kopf herum. Frauen sind so, gesegnet seien sie! Ich kannte einmal ein Mädchen – Maev hieß sie. Strahlend und vollkommen wie eine Frau nur sein kann. Und Hüften! Oh, der Schwung ihrer Hüften! Sie heiratete einen Viehzüchter aus Gilcross. Sie hatte elf Kinder – und alle blieben am Leben und wurden erwachsen. Das war eine Frau!«

»Du hättest sie selbst heiraten sollen«, sagte Fell.

»Hab' ich ja«, antwortete Gwalch. »Wir waren zwei Jahre zusammen. Wunderbare Jahre. Sie hat mich fast ausgesaugt, ehrlich. Aber dann wurde mir bei der Schlacht an der Eisenbrücke der Schädel eingeschlagen, und danach hatte ich das Talent. Konnte einen Mann oder eine Frau nicht mehr ansehen, ohne zu wissen, was in ihren Köpfen vorging. Oh, Fell, du hast ja keine Ahnung, wie lästig das ist.« Gwalch setzte sich und schenkte sich zum dritten Mal ein. »Du liegst auf einer schönen Frau, fühlst ihre Wärme und die seidenweiche Haut, glaubst, daß sie vor Leidenschaft brennt, und dabei denkt sie an eine kranke Kuh, deren Milchleistung nachläßt!« lachte der alte Mann.

Fell schüttelte den Kopf und lächelte. »Ist das wahr?«

»So wahr, wie ich hier sitze. Ich sagte eines Tages zu ihr: ›Liebst du mich, Weib?‹ und sie sah mir in die Augen und sagte: ›Aber natürlich.‹ Und weißt du was, sie dachte dabei an den Viehzüchter, den sie bei den Sommerspielen kennengelernt hatte. Und sie erinnerte sich, wie sie mit ihm im Heu herumgerollt war.«

»Du mußt doch daran gedacht haben, sie umzubringen«, sagte Fell, verlegen über diese Enthüllung.

»Nein! Ich war nie ein besonderer Liebhaber. Rauf, runter. Sie verdiente ein bißchen Glück. Ich habe sie hin und wieder gesehen. Er ist natürlich schon lange tot, aber sie macht weiter. Ist jetzt reich. Eine vermögende Witwe.«

»Gehören die Waffen alle dir?« fragte Fell, um das Thema zu wechseln.

»Ja, und sie sind alle benutzt. Ich kämpfte für den alten König, als wir fast gewonnen haben, und ich kämpfte mit dem jungen Narren, der uns nach Colden Moor und in die Vernichtung führte. Ich weiß noch immer nicht, wie ich da rausgekommen bin. Ich war damals schon beinahe fünfzig. Beim nächsten Mal werde ich nicht so viel Glück haben – obwohl wir einen besseren Anführer haben werden.«

»Wen?«

Der alte Mann strich sich über die Nase. »Heute nicht, Fell. Und wenn ich es dir sagte, würdest du mir doch nicht glauben. Jedenfalls, ich rede lieber über Frauen. Also erzähl mir von Sigarni. Du weißt, daß du es willst. Oder soll ich dir sagen, was du denkst?«

»Nein!« sagte Fell scharf. »Schenk mir noch einen ein, und dann rede ich – die Götter mögen wissen, warum. Es hilft ja doch nichts.« Er nahm den Becher, trank einen tiefen Schluck und fühlte, wie die feurige Flüssigkeit in seiner Kehle brannte. »Gwalch, du alter Hurensohn! Ist das Rattenpisse?«

»Nur eine Spur«, sagte der alte Mann. »Wegen der Farbe. Und jetzt erzähl.«

»Warum sie? Das ist die Frage, die ich mir stelle. Ich hatte nun wirklich genügend schöne Frauen. Warum ist sie die einzige, die mein Blut in Wallung bringt? *Warum*?«

»Weil sie etwas Besonderes ist.« Gwalch stand auf und ging zur Feuerstelle. Er hatte vorher bereits fachkundig ein Feuer aufgeschichtet und zündete es jetzt mit Hilfe seiner Zunderschachtel an. Die trockenen Zweige ganz unten brannten schnell. Er kniete nieder und blies in die Flammen, bis die dickeren Scheite Feuer fingen. Dann stand er auf. »Frauen wie sie sind selten, sie sind zur Größe geboren. Sie sind nicht dafür geschaffen, Ehefrauen zu werden, vor der Zeit zu altern, mit trockenen Brüsten, die herabhängen wie Gehenkte. Sie ist ein Sternenfeuer, wo andere Frauen nur Kerzenflammen sind. Verstehst du? Du solltest dich geehrt fühlen, weil du das Bett mit ihr geteilt hast. Sie hat die Gabe, Fell. Die Gabe der Ewigkeit. Weißt du, was das bedeutet?«

»Ich weiß nicht, was das alles bedeuten soll«, gestand der Waldhüter.

»Es bedeutet, daß sie ewig leben wird. In tausend Jahren noch werden die Menschen ihren Namen nennen.«

Fell hob seinen Becher und starrte in die bernsteinfarbene Flüssigkeit. »Trinken läßt das Hirn verrotten, Alter.«

»Ja, vielleicht. Aber ich weiß, was ich weiß, Fell. Ich weiß, daß du für sie lebst. Und ich weiß, daß du für sie sterben wirst. *Halt die rechte Seite, Fell. Tu es für mich!* Und sie werden mit ihren Schwertern aus Feuer über dich herfallen und mit ihren Lanzen voller Schmerz und mit ihren Pfeilen des Lebewohls. Wirst du aushalten, Fell, wenn sie dich darum bittet?« Gwalch beugte sich vor und legte den Kopf auf seine Arme. »Wirst du aushalten, Fell?«

»Du bist betrunken, mein Freund. Du redest Unsinn.«

Gwalch sah auf, seine Augen blickten trübe. »Ich wünschte, ich wäre wieder jung, Fell. Dann würde ich an deiner Seite stehen. Bei Gott, ich würde sogar diesen Pfeil für dich nehmen!«

Fell erhob sich unsicher, dann half er Gwalch auf die Füße, schob den alten Mann vorsichtig zum Bett und legte ihn hin. Dann ging er zum Feuer zurück, streckte sich auf dem Bärenfell aus und schlief ein.

Nur auf eine Weise konnte Sigarni dem Fliegen am nächsten kommen: Sie stand nackt auf dem hohen Felsen neben dem Wasserfall und lehnte sich nach vorn. Ihre Zehen krümmten sich um die überspülte Kante. Zwanzig Meter unter ihr brodelte das Wasser des Sees, wenn die Wasserfälle tosend hineinstürzten. Die Sonne schien warm auf ihren Rücken, der Himmel war blau wie ein Edelstein. Sigarni hob die Arme und warf sich nach vorn. Pfeilgerade sprang sie, die Arme zum Balancieren nach hinten geworfen, und sah das Wasser auf sich zukommen. Im letzten Moment schlug sie die Arme nach vorn, dann tauchte sie sauber ins Wasser ein, so daß es kaum aufspritzte. Tiefer und tiefer sank sie, bis ihre Hände das Gestein am Grunde des Sees berührten. Sie drehte sich und stieß sich mit den Füßen wieder nach oben. An der Oberfläche schwamm sie anmutig zum Südufer, wo Lady sie ungeduldig erwartete. Sie zog sich aus dem Wasser, setzte sich auf einen flachen Stein und schüttelte sich das Wasser aus den Haaren. Hier unten war das Tosen des Wasserfalls gedämpft, das Sonnenlicht fiel durch die langen Blätter einer Weide und setzte dem Wasser goldene Tupfen auf. An so einem Tag konnte man leicht den Legenden glauben, dachte sie. Es scheint völlig natürlich, daß ein König sich diesen Platz ausgewählt hat, um die Welt der Menschen zu verlassen und in himmlische Gefilde zu reisen. Sie konnte ihn fast hinauswaten sehen, wie er sich umdrehte, das große Schwert in den blutbespritzten Händen, hörte das Bellen der Hunde und die Schreie der Mörder, die ihm in den Ohren klangen. Dann, als die Krieger heranrückten, um ihn endlich zu töten, ein Blitz – und das Tor öffnete sich.

Alles Unsinn. Der größte König des Hochlandes war hier erschlagen worden. Sorain Eisenhand, auch als Fingerstahl bekannt. Im vergangenen Frühjahr, bei einem ihrer Tauchsprünge, hatte Sigarni mit der Hand einen Knochen am Grunde des Teiches berührt. Sie hatte ihn mit an die Oberfläche genommen und festgestellt, daß es sich um ein Schulterblatt handelte. Über eine Stunde lang suchte sie den Grund weiter ab. Dann fand sie ihn, oder besser das, was von seinem Skelett noch übrig war, von schweren Steinen am Grund festgehalten. Die rechte Hand fehlte, aber am Handgelenk fand sie rostfarbige Schraubenlöcher, und in der Nähe die letzten roten Reste seiner eisernen Hand.

Kein Tor zum Himmel – jedenfalls nicht für seinen Körper. Nur ein einsamer Tod. Erschlagen von bösen Menschen. Das ist das Schicksal von Königen, dachte sie.

Ein Windhauch streifte ihren Körper, und sie schauderte. »Bist du noch immer hier, Eisenhand?« fragte sie laut. »Spukt dein Geist an diesem Ort?«

»Nur wenn der Mond voll ist«, ertönte eine Stimme. Sigarni sprang auf die Füße und fuhr herum. Unter der Weide stand ein hochgewachsener Mann. Er lehnte auf einem Eichenstab und lächelte. Lady hatte ihn nicht beachtet und lag noch immer am Ufer, den Kopf auf die Pfoten gelegt. Sigarni griff zu ihren Kleidern und zog ihren Dolch aus der Scheide. »Oh, das brauchst du nicht, meine Dame. Ich belästige keine Frauen. Ich bin nur ein Reisender, der hier Rast machen wollte, um einen Schluck kühlen Bergwassers zu trinken. Ich heiße Loran.« Er lehnte seinen Stab gegen den Baum, ging an ihr vorbei zum Ufer und kniete nieder. Ehe er trank, streichelte er Lady.

»Normalerweise … mag sie … keine Fremden«, sagte Sigarni.

»Ich kann gut mit Tieren umgehen.« Er sah zu ihr auf und grinste jungenhaft. »Vielleicht würdest du dich wohler fühlen, wenn du angezogen wärst.« Er sah gut aus, war schlank und bartlos. Sein Haar war weizengelb, die Augen von einem dunklen Blau.

Sigarni entschied, daß ihr sein Lächeln gefiel. »Vielleicht würdest du dich wohler fühlen, wenn du ausgezogen wärst«, sagte sie, als sie ihre Fassung wiederfand.

»Seid ihr Loda alle so freimütig?« fragte er freundlich.

Sie steckte das Messer wieder weg und setzte sich. Lady stand auf und tappte an ihre Seite. »Von welchem Clan bist du?« fragte sie.

»Pallides«, antwortete er.

»Sind alle Pallides-Männer so schamhaft?«

Er lachte, laut und fröhlich. »Nein, aber wir sind sanfte Leute, die behutsam und mit Geduld behandelt werden müssen. Wie weit ist es noch bis Cilfallen?« Er stand auf und ging zu einem umgestürzten Baum. Er wischte den losen Schmutz herunter, ehe er sich setzte.

Sigarni griff nach ihren Beinkleidern und stieg hinein. »Einen halben Tag«, antwortete sie, »genau nach Süden.« Ihr Oberkörper war noch immer feucht, und das weiße Wollhemd klebte ihr an den Brüsten. Sie schnallte ihren Dolch um und setzte sich wieder. »Was will ein Pallides-Mann so weit im Süden?« fragte sie.

»Ich suche Tovi Langarm. Ich habe eine Nachricht für ihn vom Jagdherrn. Hast du auch einen Namen, Frau?«

»Ja.«

»Darf ich ihn erfahren?«

»Sigarni.«

»Bist du mir böse, Sigarni?« Die Worte waren leise

gesprochen. Sie sah ihm in die Augen und fand dort keine Spur von Belustigung. Ja, ich bin böse, dachte sie. Asmidir hat mich eine Hure genannt, Fell ging ohne ein Wort des Dankes oder des Abschieds, und jetzt hatte dieser Fremde ihren Körper zurückgewiesen. Natürlich bin ich verdammt böse!

»Nein«, log sie. Er lehnte sich zurück und streckte seine Arme auf dem Baumstamm aus. Sigarni zog den Dolch aus der Scheide, drehte die Klinge und warf sie durch die Luft. Sie drang nur wenige Zentimeter von seiner Hand entfernt in den Stamm. Loran schaute hin und sah, daß die Klinge sauber in den Kopf einer Viper gefahren war, deren Körper sich noch in Todeskrämpfen wand. Er zog seine Hand zurück.

»Du bist eine beeindruckende Frau, Sigarni«, sagte er und zog die Waffe aus dem Baum. Mit einem Hieb köpfte er die Schlange, dann säuberte er die Klinge im Gras, ehe er sie mit dem Griff voran der silberhaarigen Jägerin zurückgab.

»Ich gehe ein Stück mit dir«, sagte sie. »Ich möchte nicht, daß sich ein Pallides-Mann im Wald verirrt.«

»Beeindruckend und mit Freundlichkeit gesegnet.«

Zusammen wanderten sie vom Wasserfall zum Hauptpfad. Hier waren die Bäume dicker, die Blätter hatten bereits begonnen, sich herbstlich golden zu färben. »Sprichst du öfter mit Geistern?« fragte Loran beim Gehen.

»Geister?« fragte sie.

»Eisenhand. Du sprachst doch mit ihm, als ich kam? War das der Zaubersee, durch den er in die andere Welt gelangte?«

»Ja.«

»Glaubst du an die Legende?«

»Warum sollte ich nicht?« entgegnete sie. »Man hat seine Leiche nie gefunden, oder?«

Er zuckte die Achseln. »Er kam auch nie zurück. Aber sein Leben ergibt eine wundervolle Geschichte. Der letzte große König vor Gandarin. Es heißt, er tötete sieben der Männer, die ausgeschickt wurden, ihn zu ermorden. Nicht schlecht für einen verwundeten Mann.« Loran lachte. »Vielleicht waren sie vor zweihundert Jahren alle stärker und zäher. Das hat mir jedenfalls mein Großvater immer erzählt. Das waren noch Tage, als Männer noch Männer waren, sagte er immer. Und er versicherte mir, daß Eisenhand zwei Meter groß war und seine Streitaxt sechzig Pfund wog. Ich saß immer in Großvaters Küche und hörte mir die wildesten Geschichten an, von Drachen und Hexen und Helden, die gewöhnliche Menschen weit überragten. Jeder, der in jenen Tagen kleiner war als einen Meter achtzig, galt als Zwerg, erzählte er. Ich glaubte alles. Ein gutgläubigeres Kind als mich hat es wohl nie gegeben.«

»Vielleicht hatte er recht«, sagte Sigarni. »Vielleicht waren sie zäher.«

Loran nickte. »Möglich. Aber ich war bei den Spielen im vergangenen Jahr Marschall. Beim Baumstamm-Werfen brach Mereth Scharfauge alle Rekorde, und Mereth ist nur knapp einen Meter siebzig groß. Wenn sie damals alle so stark und schnell waren, wieso zeigen ihre Rekorde dann, daß sie langsamer und schwächer waren als wir heute?«

Sie kamen über den letzten Hügel vor Cilfallen, und Sigarni blieb stehen. »Dort wohne ich«, sagte sie und deutete auf die Hütte am Fluß. »Du mußt nur dieser Straße weiter nach Süden folgen.«

Er verbeugte sich, nahm ihre Hand und küßte sie. »Ich danke dir, Sigarni. Du bist eine angenehme Gefährtin.«

Sie nickte. »Ich fürchte, du hast das Beste in mir zum Vorschein gebracht«, sagte sie, erstaunt, daß sie bei der Erinnerung lächeln mußte.

Immer noch ihre Hand haltend, schüttelte er den Kopf. »Ich glaube, noch kein Mann hat das Beste von dir gesehen, Frau. Lebe wohl!« Loran ging davon, doch Sigarni rief ihm nach, und er drehte sich um.

»In den alten Tagen«, sagte sie, »war das Volk des Hochlands frei, unabhängig und ungebrochen. Vielleicht wirkten sie deshalb stärker, goldener und trotziger. Ihre Kraft leitete sich nicht von einem geschleuderten Baumstamm ab, sondern von einem besiegten Feind. Vielleicht waren sie nicht alle zwei Meter groß. Vielleicht fühlten sie sich nur so, als wären sie es.«

Er blieb stehen und dachte über ihre Worte nach. »Ich würde dich gern einmal besuchen«, sagte er schließlich. »Wäre ich an deinem Herd willkommen?«

»Bring Brot und Salz mit, Pallides, dann werden wir sehen.«

2. Kapitel

Falls Loran von Tovi, dem dicken Bäcker, enttäuscht war, so achtete er sorgfältig darauf, es nicht zu zeigen, wofür Tovi mehr als dankbar war. Der Mann vom Pallides-Clan war mit einer Verbeugung in das alte Steinhaus eingetreten und hatte alle Bräuche und Rituale beachtet, indem er Tovi als Jagdherrn ansprach und ihm eine Ehrerbietung erwies, die er nicht einmal bei seinen eigenen Leuten genoß.

Tovi führte den Clansmann ins Hinterzimmer, zündete ein Feuer an und bat seine Frau, ihnen etwas zu essen und zu trinken zu bringen und dafür zu sorgen, daß die Kinder so wenig Lärm wie möglich machten, so weit das bei sieben Kindern im Alter zwischen drei und zwölf Jahren überhaupt möglich war.

»Ich weiß deine Höflichkeit sehr zu schätzen«, sagte Tovi unbehaglich, als der große junge Mann mitten im Raum stehenblieb und einen Stuhl ablehnte. »Aber wie du bereits festgestellt haben wirst, handelt der Loda-Clan nicht mehr nach den alten Regeln. Wir sind zu dicht am Tiefland, und unsere Traditionen haben unter der Eroberung stark gelitten. Der Titel Jagdherr ist verboten, und wir werden von Rechtsvögten regiert, die von Baron Ranulph ernannt werden. Wir sind ein verängstigtes Volk geworden, Loran. Es gibt nicht einmal mehr dreitausend von uns, die weit über die Flanken von High Druin zerstreut sind. Siebzehn Dörfer, von denen Cilfallen, mein eigenes, das größte ist. Es gibt keine kampffähigen Männer mehr, außer vielleicht Fell und seine Waldhüter. Und sie sind dem Hauptmann der Wache des Barons Rechenschaft schuldig. Ich fürchte, junger Mann, daß die alten Zeiten so tot und begraben sind wie meine Kameraden am Colden Moor.« Tovi schniefte laut. Er konnte dem festen Blick des Clansmans nicht standhalten. »Also, lassen wir die Formalitäten beiseite. Setz dich und sag mir, warum du gekommen bist.«

Loran zog seinen blattgrünen Umhang aus und legte ihn über die Lehne eines gepolsterten Stuhles. Dann setzte er sich und schaute einen Moment in die Flammen, um seine Gedanken zu sammeln. »Wir Pallides«, sagte er schließlich, »haben bei Colden große Verluste erlitten. Aber wir leben weit zurückgezogen in den Bergen, und unsere Art zu leben hat dort besser überdauert als hier. Unsere jungen Männer werden noch immer im Kampf ausgebildet und haben ihren Stolz. Wie du sagst, ihr lebt dicht am Tiefland und bei den Armeen der Fremdländer, ich stelle das also ohne jede Kritik fest. Was meinen Besuch angeht, mein Jagdherr bat mich, dir zu sagen, daß die Seher von Pallides blutige Träume hatten. Sie glauben, daß ein neuer Krieg droht. Sie haben Blutwölfe im Hochland gesehen und hörten die Schreie der Sterbenden. Sie haben den Roten Mond gesehen und das Klagen der Todesfeen gehört. Mein Jagdherr will wissen, ob eure Seher auch diese Dinge geträumt haben.«

»Wir haben nur einen Mann mit der Sehergabe, Loran. Er war einst ein Krieger – und ein mächtiger dazu –, aber jetzt reist er durch die Berge in einem Karren, der von Hunden gezogen wird. Er ist ein Trinker, und auf seine Träume ist kein Verlaß.«

Die Tür ging auf, und Tovis Frau trat ein mit einem hölzernen Tablett, auf dem zwei Krüge mit Bier standen und ein Teller mit Brot und Fleisch. Sie stellte das Tablett auf den Tisch, warf ihrem Mann einen raschen Blick zu, lächelte müde und ging ohne ein Wort hinaus. Durch die offene Tür hörte man die spielenden Kinder, doch der Lärm brach ab, als die Tür wieder geschlossen wurde.

»Trunkenbold oder nicht«, sagte Loran, »hat er geträumt?«

Tovi nickte. »Er sagt, ein großer Anführer kommt, ein Krieger vom Blute Eisenhands. Aber das ist Unsinn, Loran. Die Fremdländer haben fünftausend Mann, mit denen sie das Tiefland patroullieren. Fünftausend! Beim geringsten Verdacht auf eine Rebellion könnten sie diese Zahl in wenigen Wochen verdreifachen. Sie gewinnen jeden Krieg. Sie haben ganze Armeen, die untätig herumsitzen.«

»Das ist genau das, was meinem Jagdherrn Sorgen bereitet«, sagte Loran. »Eine Kriegerrasse ohne Kriege, die es zu kämpfen gilt? Was können sie tun? Entweder wenden sie sich wie verrückte Hunde gegeneinander, oder sie müssen einen Feind finden. Was euer Trunkenbold über einen großen Anführer sagt, entspricht genau dem, was unsere Seher und auch der Seher von Farlain sagt. Niemand weiß, wie dieser Anführer heißt, oder von welchem Clan er stammt. Ein Nebel verbirgt ihn. Doch wir müssen ihn finden, Herr Tovi. Alle Anzeichen deuten darauf hin, daß die Fremden noch vor dem Frühling eine Invasionstruppe hierher führen. Wir haben nicht einmal mehr sieben Monate, um uns vorzubereiten.«

»Uns vorzubereiten?« tobte Tovi. »Auf was, bitte? Fell und seine Waldhüter zählen etwa sechzig Mann. Ich könnte vielleicht noch weitere zweihundert zusammentrommeln, und davon wären einige Graubärte oder Kinder. Vorbereiten? Wenn sie kommen, sterben wir. So einfach ist das. Die Loda waren nie einer der größeren Clans. Die Pallides und die Farlain waren immer zahlreicher als wir – und sind es noch. Und ihr habt die hohen Pässe, die sich gut verteidigen lassen, und die versteckten Täler, um euer Vieh und eure Ziegen in Sicherheit zu bringen. Was haben wir? Ich war ein Krieger, Junge. Ich war Hauptmann. Ich weiß, wie man im Krieg das Land benutzt. Wenn ich zehntausend Männer hätte, könnte ich meine eigenen Dörfer nicht beschützen. Du willst über Vorbereitungen reden? Rede lieber davon, beim Baron um Gnade zu flehen oder ein dringendes Gesuch beim Fremdenkönig einzureichen, oder kniefällig um unser Leben zu betteln. Mit dem ersten bin ich einverstanden, unter das zweite setze ich meinen Namen, und das dritte werde ich niemals tun! Aber genau das sind unsere Möglichkeiten.«

Loran schüttelte den Kopf. »Das glaube ich nicht. Wenn wir den Anführer finden können, der uns eint, können wir eine Strategie entwickeln. Das Volk von Loda könnte seine Heimstätten verlassen und sich tiefer ins Hochland zurückziehen. Der Herbst steht vor der Tür, und wir könnten Lebensmittel und andere Vorräte in die Berge schaffen. Wenn du einverstanden bist, kann ich veranlassen, daß provisorische Häuser für euch auf Pallides-Land errichtet werden.«

Tovi schüttelte den Kopf. »Es muß noch einen anderen Weg geben, Loran. Es muß! Ein Kampf gegen sie hat nicht die geringste Aussicht auf Erfolg. Und was gewinnen sie damit, wenn sie ins Hochland einmarschieren? Dort gibt es kein Gold, nichts zu plündern. Würdest du einen Krieg erklären, um ein paar Rinderherden zu erobern?«

»Nein, ich nicht«, gab Loran zu. »Aber Armeen sind wie Schwerter. Sie müssen scharf gehalten und benutzt werden. Die Fremdländer müssen, wie gesagt, einen Feind finden.«

Tovi seufzte und stand auf. Vor dem Feuer blieb er stehen und starrte in die Flammen. »Ich bin nicht der Jagdherr. Ich bin der Bäcker. Ich habe keine Macht, und ich habe keine Mittel. Ich habe nicht einmal den Willen.«

»Verdammt noch mal, Mann!« wütete Loran aufspringend. »Hast du soviel verloren? Ich habe auf dem Weg hierher eine Hure gefunden, die mehr Feuer im Bauch hatte als du!« Tovis Gesicht wurde weiß, und er machte einen Satz nach vorn, packte Loran bei seiner hellgrünen Tunkika und hob den Jüngeren von den Füßen.

»Wie kannst du es wagen?« zischte Tovi. »Ich habe am Colden Moor gestanden und mein Schwert tropfte von Fremdländerblut. Ich sah zu, wie meine Brüder niedergemacht, mein Land vom Feind verschluckt wurden. Wo warst du, als ich meine Schlacht kämpfte. Ich werde es dir sagen – du hast an den Titten deiner Mutter genuckelt! Ich habe viel verloren, Junge, aber erdreiste dich nicht, mich zu beleidigen.«

»Ich bitte um Entschuldigung, Jagdherr«, sagte Loran leise. Er hielt Tovis zornigem Blick stand. In der milden Art, in der Loran sprach, lag keine Spur von Schwäche, und Tovis Augen verengten sich.

»Du hast das absichtlich getan, Pallides. Du glaubst, du kannst mein Blut durch Zorn zum Kochen zu bringen.« Tovi ließ den Jüngeren los, dann nickte er. »Und du hattest recht.« Ungeschickt versuchte er, Lorans zerknitterte Tunika zu glätten. »Verdammt, du hast recht. Wenn man lange genug unter dem Joch lebt, fängt man an, sich wie ein Ochse zu fühlen.« Er lachte plötzlich rauh auf. »Ich weiß nicht, wie begabt eure Seher sind, Loran, aber wir verlieren nichts, wenn wir zumindest Proviant ins Hochland schicken. Und heute abend werde ich ein Treffen der Ältesten einberufen, um den Rest deines Vorschlags zu besprechen. Du kannst gerne heute nacht hier bleiben und sie kennenlernen.«

»Nein«, lehnte der junge Mann ab. »Ich möchte den Säufer sehen, von dem du sprachst.«

»Es ist ein langer Marsch, und es wird bald dunkel.«

»Dann beende ich am besten mein Mahl und breche auf.« Loran riß ein Stück Brot ab und biß in die Kruste, als Tovi sich wieder setzte.

»Du erwähntest eine Hure? Wir haben nur eine Hure in Cilfallen, und sie verläßt nur selten ihr Haus.«

»Eine junge silberhaarige Frau. Sie bot sich mir an, ohne auch nur etwas dafür zu verlangen.«

Tovi kicherte plötzlich. »Du solltest dich höchst glücklich schätzen, daß du ihr das mit der Hure nicht ins Gesicht gesagt hast.«

»Woher willst du wissen, daß ich das nicht tat?«

»Der letzte Mann, der sie so nannte, hatte anschließend den Kiefer an drei Stellen gebrochen. Zwei Männer waren nötig, um Sigarni von ihm wegzuziehen, sie war gerade dabei, ihm die Zunge herauszuschneiden.« Das Lächeln verblaßte. »Sie ist die letzte aus der wahren Blutlinie von Gandarin. Ein Sohn von ihr wäre unwidersprochen der Erbe der Krone. Aber das wird nie geschehen.«

»Sie ist unfruchtbar?«

»Ja. Sie sollte Fell, den obersten Waldhüter, heiraten. Der alte Gwalch, unser Seher, erklärte sie für unfruchtbar. Sie ist keine Hure, Loran. Es stimmt zwar, daß sie viele Liebhaber hatte, aber sie sucht sich nur die Männer aus, die sie mag, und läßt sich nicht bezahlen. Sie ist eine Frau aus Feuer und Eisen und hier wohl gelitten.«

»Willst du damit sagen, daß ich mich geschmeichelt fühlen soll?«

»Warst du es nicht?« entgegnete der Bäcker mit einem Augenzwinkern.

»Sie ist sehr schön. Ich sah ihr zu, wie sie in Eisenhands Teich tauchte, und es war atemberaubend. Ich habe Frauen, die ich für Huren hielt, immer verschmäht. Allmählich beginne ich meine Entscheidung zu bedauern.«

»Du bekommst vielleicht nie wieder eine zweite Chance, Junge.«

»Wir werden sehen.«

Der junge Mann mit dem sandfarbenen Haar hatte den Kopf auf die Hände gelegt, seine Augen waren blutunterlaufen vom Trinken. Vor ihm stand ein halbleerer Krug. Ballistar kletterte auf die Bank und setzte sich dann auf die Tischkante. »Sich zu betrinken ist auch keine Lösung, Bernt«, sagte er.

»Sie will mich nicht sehen«, sagte Bernt. »Sie sagt,

sie will mich nie mehr sehen.« Er sah den Zwerg an. »Ich wollte es nicht tun, Balli. Ich war aufgeregt. Ich hätte Lady um nichts in der Welt etwas antun wollen. Ich habe nur nicht nachgedacht, ich habe Sigarni beobachtet. Sie sah so schön aus in der Morgensonne. So schön.« Der junge Mann leerte den Krug und rülpste. Ballistar sah ihn an – das kantige Gesicht, die tiefliegenden blauen Augen, den kräftigen Hals und die breiten Schultern – und verspürte Neid. All diese *Höhe*, verschwendet an einen Langweiler wie Bernt. Ballistar fühlte sich schuldig bei diesem Gedanken, denn er mochte den jungen Mann. Sicher, Bernt war nicht besonders klug, aber er besaß Wärme und Mitgefühl, was anderen, intelligenteren Männern oft abging. Er aber hatte eine empfindsame Seele.

»Ich glaube«, sagte der Zwerg, »daß du dich eine Zeitlang bedeckt halten solltest. Ladys Wunde ist fast verheilt, und sie jagt gut. Warte ein Weilchen, dann geh und besuche Sigarni wieder. Ich nehme an, daß sie einlenken wird. Du warst immer gut für sie.«

»*War*. Das ist das Wort, nicht wahr? *War*. Ich konnte nie mit ihr reden, weißt du. Habe nicht viel von dem verstanden, was sie sagte. Das ging alles über meinen Verstand. Es war mir egal, Balli. Ich war einfach glücklich, bei ihr zu sein. Sie … zu lieben. Ich glaube, alles, was sie von mir brauchte, war mein Körper.« Er lachte nervös und sah sich um, ob jemand zuhörte, aber die beiden anderen Trinker in der Schenke saßen am Feuer und unterhielten sich leise. »Das hat sie mir gesagt«, fuhr er fort. »›Bernt‹, sagte sie, ›das ist alles, was du kannst.‹ Sie sagte, es würde sie völlig entspannen. Aber sie hatte unrecht, Balli. Das ist nicht alles, was ich kann. Ich war für sie *da.* Sie konnte das nicht begreifen. Ich weiß nicht, was ich tun soll!«

»Es gibt noch andere Frauen«, sagte Ballistar leise. »Du bist ein guter junger Mann, stark, aufrecht. Du hast viel zu bieten.«

»Ich will aber keine andere, Balli. Ich will nicht. In jedem wachen Augenblick sind meine Gedanken von ihr erfüllt. Und wenn ich schlafe, träume ich von ihr. Ich habe nie um etwas gebeten, weißt du. Ich habe nie ... Forderungen gestellt. Sie hat mich nie in ihrem Bett schlafen lassen ... hinterher. Ich mußte immer nach Hause gehen. Egal, wie das Wetter war. Einmal ging ich in einem Schneesturm nach Hause. Ich wäre fast gestorben. Fast gestorben ...« Seine Stimme brach ab, er biß sich auf die Lippen. »Sie hat mich nie geliebt, nicht wirklich. Ich habe immer geglaubt, ich würde an ihr wachsen. Daß sie merken würde, daß ich ... bedeutend bin. Aber ich bin nicht bedeutend, oder? Ich bin nur ein Viehhirte.«

Der Zwerg rutschte unbehaglich hin und her. »Wie gesagt, Bernt, du solltest ihr ein wenig Zeit lassen. Ich weiß, daß sie dich mag.«

»Hat sie von mir gesprochen?« fragte der junge Mann. Seine Augen blickten eifrig, seine Ohren hungerten nach aufmunternden Worten.

Ballistar wandte den Blick ab. »Ich weiß es einfach. Sie ist immer noch wütend, aber darunter ... gib ihr Zeit.«

»Sie hat nichts gesagt, oder, Balli? Außer vielleicht, daß ich ein Idiot bin.«

»Sie ist noch immer wütend. Geh nach Hause. Iß etwas.«

Der junge Mann lächelte plötzlich. »Willst du etwas für mich tun, Balli? Ja?«

»Natürlich«, antwortete der Zwerg.

»Willst du zu ihr gehen und sie bitten, mich bei dem alten Eichenwäldchen zu treffen, heute abend, eine Stunde nach Sonnenuntergang?«

»Sie wird nicht kommen – und das weißt du auch! Und sie hat keine Stundenkerzen, sie hat keine Verwendung dafür.«

»Na, dann eben kurz nach Einbruch der Dämmerung. Wirst du sie fragen? Sage ihr, daß es für mich sehr wichtig ist. Selbst wenn sie nur kommt, um Lebwohl zu sagen. Wirst du ihr das sagen? Ja? Sag ihr, ich habe sie bis auf dieses eine Mal noch nie um etwas gebeten.«

»Ich gehe zu ihr, Bernt. Aber du machst dir nur noch mehr Kummer.«

»Danke, Balli. Jetzt werde ich deinen Rat befolgen. Ich gehe nach Hause und esse etwas.«

Der junge Mann stemmte sich hoch, taumelte, grinste albern und schlurfte aus der Schenke. Ballistar kletterte vom Tisch und tat es ihm gleich.

Es war ein langer Marsch auf seinen kurzen Beinen bis zu Sigarnis Hütte, über zwei Stunden. Und es war eine solche Zeitverschwendung, dachte Ballistar.

Der Nachmittag war warm, doch eine sanfte Brise blies über den High Druin, während der Zwerg dahinstapfte. Er wanderte eine Stunde lang, dann setzte er sich ein Weilchen auf einen Hang, um seine müden Beine auszuruhen. In der Ferne konnte er einen Wanderer erkennen, der auf dem Weg in die höheren Berge war. Der Mann trug einen blattgrünen Umhang und einen langen Stab. Ballistar kniff die Augen zusammen, aber er konnte ihn nicht erkennen. Er war unterwegs zu Gwalchs Hütte.

Ballistar kicherte. Auf dem Rückweg würde er nicht mehr so aufrecht gehen!

Er stand auf und wanderte den Hügel hinunter über die Wildpfade zu Sigarnis Hütte. Er fand sie vor der Tür sitzend, wie sie neue Flugriemen aus Lederstreifen schnitt. Lady war nirgends zu sehen, doch Abby saß auf ihrem Pfosten. Sie schlug einmal mit den Flügeln und spreizte sich, als sie Ballistar sah. Der Zwerg warf dem Vogel einen finsteren Blick zu. »Auch schön, dich zu sehen, Abby.«

»Gerade rechtzeitig«, sagte Sigarni. »Du kannst Kräutertee aufbrühen. Irgendwie schmeckt meiner nie so gut wie deiner.«

»Mit Vergnügen, Prinzessin.«

Ballistar stieg die Stufen zur Hütte hinauf und ging hinein. Ein alter Eisenkessel über dem Feuer stieß zischend Dampf aus. Er nahm ein Tuch, um seine Hände zu schützen, und hob den Kessel vom Haken. Im Hinterzimmer fand er Päckchen mit getrockneten Kräutern, die Sigarni im Frühling gesammelt hatte. Er mischte sie nach Augenmaß, goß heißes Wasser darüber und schnitt ein großes Stück kristallierten Honigs ab, das er in das Gebräu gleiten ließ. Er rührte mit einem langen Holzlöffel um und saß ruhig daneben, während der Tee zog. Wie sollte er Sigarni angehen? Wie sollte er die silberhaarige Jägerin dazu überreden, sich mit dem Jungen zu treffen?

Nach ein paar Minuten füllte er zwei große Steingutbecher mit Tee und trug sie hinaus in die Nachmittagssonne. Sigarni nahm ihren Becher und nippte daran. »Wie machst du es nur, daß er so schmeckt?« fragte sie.

»Talent«, erwiderte er. »Willst du mich nicht fragen, wieso ich den langen Weg hierhergekommen bin?«

»Ich nehme an, weil du das Bedürfnis nach meiner Gesellschaft hattest.«

»Unter normalen Umständen würde das zutreffen, Prinzessin. Aber nicht heute. Ich möchte dich um einen Gefallen bitten.«

»Dann bitte – und ich werde es mir überlegen«, sagte sie.

»Ich hatte auf etwas mehr gehofft«, gestand er.

»Frag einfach«, sagte sie kühl.

»Ich habe Bernt heute gesehen…«

»Die Antwort lautet nein«, erklärte sie rundheraus.

»Du kennst die Frage ja noch gar nicht!«

»Ich kann aber raten. Er will, daß ich ihn zurücknehme.«

»Nein! Nun … ja. Aber das ist nicht der Gefallen. Er läßt dich fragen, ob du ihn nach Sonnenuntergang bei dem alten Eichenwäldchen treffen willst. Selbst wenn es nur wäre, um Lebwohl zu sagen. Er sagte, es wäre sehr wichtig für ihn.«

»Ich habe ihm bereits Lebewohl gesagt.« Sie wandte sich wieder ihren Lederriemen zu und sagte nichts mehr.

Ballistar seufzte. »Er sagte auch, daß er dich nie um etwas gebeten hätte – außer diesem einen Mal.«

Sie sah auf, und er wappnete sich für ihren Zorn. Doch sie sprach kalt, ohne Gefühl. »Ich schulde ihm nichts. Ich schulde dir nichts. Ich schulde niemandem etwas. Verstehst du? Ich habe ihn nicht gebeten, mich zu lieben oder mir zu folgen wie ein Hund. Er war ein passabler Liebhaber, nichts weiter. Und jetzt gehört er zu meiner Vergangenheit. Er hat keinen Platz in der Gegenwart. Ist das klar?«

»O ja, das ist klar, Prinzessin. Hart, unfreundlich, gefühllos. Aber sehr *klar*. Und natürlich würde es deine kostbare Zeit zu sehr in Anspruch nehmen, wenn du zu dem Eichenwäldchen gingest. Schließlich ist es über einen Kilometer von hier entfernt.«

Sie lehnte sich zurück und sah ihm ins Gesicht. »Jetzt sind wir beide wütend, kleiner Mann. Und weshalb? Bernt ist ein Tölpel. Ich brauche keine Idioten um mich herum. Aber, wenn es dir zu Gefallen ist, werde ich ihn gewähren. Ich gehe zu Bernt und sage ihm Lebwohl. Bist du nun zufrieden?«

Er grinste und nickte. »Als Belohnung werde ich etwas für dich kochen. Was hast du an Vorräten?«

»Abby hat heute morgen eine Ente geschlagen.«

»Dann brate ich sie mit einer Beerensauce«, antwortete er.

Das Essen war gut, die Ente jung und zart. Ballistar briet sie perfekt, die Haut war braun und knusprig, das Fleisch saftig, die rote Beerensauce unterstrich den Geschmack. Sigarni schob ihren Teller zurück und leckte sich die Finger. »Wenn ich nur einen Funken Verstand hätte, würde ich dich heiraten«, sagte sie zu dem Zwerg. »Ich habe noch nie einen Mann getroffen, der so gut kochen konnte.«

Ballistar saß in dem Fellsessel, seine kurzen Beine gerade ausgestreckt. Er nickte heftig. »Nun«, sagte er schließlich, »du könntest mich ja wenigstens *fragen*. Aber ich würde sowieso nein sagen.«

Sigarni lächelte. »Nicht gut genug für dich, Zwerg?«

»Zu gut, wahrscheinlich. Aber das ist nicht der Grund. Es ist etwas an dir, Sigarni. Wie die Krone von Alwen – alle Menschen können sie sehen, aber niemand kann sie berühren.«

»Unsinn. Männer können mich berühren. Ich mag es, wenn Männer mich berühren.«

»Nein, tust du nicht«, widersprach er. »Ich glaube nicht, daß du jemals einem Mann erlaubt hast, dein Herz zu berühren. Kein Mann hat jemals das Fenster zu deiner Seele geöffnet.«

Sie lachte ihn aus. »Das Herz ist eine Pumpe, die das Blut durch den Körper schickt, und was die Seele anlangt ... was ist das genau?« Sie hob die Hand. »Nein, versuch nicht, es zu erklären. Laß es einfach dabei. Das Essen war zu gut, um es mit einem Streitgespräch zu beenden. Und du solltest besser gehen, sonst mußt du im Dunkeln zurückwandern.«

Der Zwerg rutschte vom Stuhl und nahm die Teller. »Laß stehen«, sagte Sigarni. »Geh jetzt, Ballistar. Ich muß allein sein.«

»Sei nicht zu hart mit Bernt«, sagte Ballistar in der Tür.

»Ich werde ihn wie ein verletztes Hündchen behandeln«, versprach sie.

Nachdem der Zwerg gegangen war, spülte Sigarni die Teller ab und richtete das Feuer. Sie freute sich nicht darauf, den jungen Viehhirten zu sehen, denn sie war fest entschlossen, ihre Beziehung nie mehr zu erneuern. Nicht daß er ein schlechter Liebhaber gewesen wäre, nicht einmal, daß er langweilig war. In ihren ersten Tagen im vergangenen Herbst hatte sie seine stille Gesellschaft genossen. Im Laufe des Frühjahrs war er allerdings mehr und mehr zu einem Mühlstein um ihren Hals geworden. Er folgte ihr überall hin, erklärte ihr seine Liebe, saß da und starrte sie an, bettelte um Liebe wie ein Hund nach Leckerbissen. Sie schauderte. Warum konnte er nicht mit dem zufrieden sein, was er hatte? Warum brauchte er mehr, als sie bereit war zu geben? Idiot!

Sie schenkte sich einen Becher Honigmet aus einem Krug ein, den sie von Gwalch bekommen hatte, ging zur Tür und setzte sich neben Lady. Der Hund blickte auf, regte sich aber nicht weiter. Müßig strich Sigarni über den weichen Pelz hinter den Ohren des Tieres. Lady lag still und genoß die Liebkosung einige Minuten lang, dann fuhr ihr Kopf hoch, und sie starrte gebannt auf den Waldrand. »Was ist los, Mädchen?« flüsterte Sigarni.

Zwischen den Bäumen tauchte ein Reiter auf, und Sigarni fluchte leise. Es war Asmidir. Er trug jetzt schwarze Kleidung und ritt einen großen, schwarzen Wallach. Sein Burnus aus schwarzer Seide wurde von einem dunklen Lederband gehalten, das mit einem Opal in der Mitte geschmückt war. Das Pferd erreichte den Hof. Abby breitete die Flügel aus und stieß einen lauten Schrei aus. Lady stand auf, gespannt und abwartend.

»Bist du gekommen, um deine Hure zu besuchen?« fragte Sigarni, als der schwarze Mann heranritt. Er lächelte liebenswürdig, dann stieg er ab. Er legte die Zügel über den Kopf des Tieres und stieg die drei Stufen zur Veranda hinauf.

»Du bist zu empfindlich, Sigarni. Ich muß mit dir reden. Sollen wir hineingehen? Euer Wetter hier im Norden spielt meinen äquatorialen Knochen übel mit.«

»Ich bin nicht sicher, ob du willkommen bist«, erklärte sie und erhob sich, so daß sie ihm im Weg stand.

»Ach, aber ich schon, denn Freunde sind selten im Leben, man wirft sie nicht einfach so weg. Auch sehe ich in deinen Augen, daß du dich freust, mich zu sehen, und ich spüre in dir eine Spannung, die nur Sex lösen kann. Irre ich mich in meinen Feststellungen?«

»Bis jetzt nicht«, gab sie zu, trat beiseite und ließ ihn eintreten. Drinnen blieb er stehen und schnüffelte.

»Du hast ein Festessen gehabt«, sagte er mit geblähten Nasenflügeln. »Der Duft läßt mir das Wasser im Munde zusammenlaufen. Ente, oder?«

»Ja. Ballistar hat sie für mich zubereitet. Wenn es ums Essen geht, ist er ein echter Zauberer. Du solltest ihn einstellen.«

»Ich werde darüber nachdenken«, sagte er, nahm seinen Umhang ab und legte ihn über einen Stuhl. Er setzte sich ans Feuer und starrte einen Augenblick schweigend in die Flammen. Sigarni setzte sich auf seinen Schoß und beugte sich vor, um ihn auf die Wange zu küssen.

»Ich bin froh, daß du gekommen bist«, sagte sie. Er fuhr mit den Fingern durch ihr silbernes Haar und zog sie an sich. Dann schob er eine Hand unter ihre Schenkel, stand auf und trug sie ins hintere Schlafzimmer.

Über eine Stunde lang liebten sie sich, doch wenn er auch noch so geschickt war, spürte Sigarni eine andere Anspannung in ihm. Nach ihrem zweiten Orgasmus ließ sie ihn innehalten und schob ihn sanft auf den Rücken. »Was ist los, mein Freund?« fragte sie ihn, stützte sich auf ihren Ellbogen und streichelte die glatte, dunkle Haut seiner Brust. Er schloß die Augen.

»Alles«, sagte er. Er griff nach ihr, doch sie entzog sich ihm.

»Erzähl es mir«, befahl sie.

»Ich hätte gedacht«, sagte er mit einem mühsamen Lächeln, »daß du soviel Anstand hättest, bis zu meinem eigenen Orgasmus zu warten, ehe du mich in ein Gespräch verwickelst.«

Sie lächelte und biß ihm ins Ohr. »Dann mach schnell!« sagte sie, »denn ich muß mich noch um andere Dinge kümmern.«

»Dein Wunsch sei mir Befehl, Herrin!« sagte er, rollte sich auf sie und drückte ihre Schultern aufs Bett.

Sigarni fühlte sich gelöst und wunderbar entspannt, als sie am Feuer saß und ihren Met trank. Asmidir saß entspannt im Sessel, nackt bis auf seinen Umhang, den er sich gegen den Luftzug durch die Ritzen in der hölzernen Tür um die Schultern geschlungen hatte.

»Und jetzt erzähl«, bat sie.

»Ein Krieg steht bevor«, sagte er.

»Wo?«

»Hier, Sigarni. Ich war vor ein paar Tagen in der Zitadelle. Ich sah, wie die Söldner eintrafen, und ich weiß, daß der Baron Landkarten von allen Gebieten rund um den High Druin studiert. Ich glaube fest, daß er vorhat, einen Krieg hier in die Berge zu tragen.«

»Das kann nicht sein«, entgegnete sie. »Hier ist niemand, gegen den er kämpfen könnte.«

»Das spielt keine Rolle. Er haßt seine Stellung hier und sieht wahrscheinlich einen Krieg im Hochland als beste Chance, im Triumph zurück in den Süden gerufen zu werden. Es spielt keine Rolle, daß er nur einer Handvoll jämmerlich bewaffneter Dorfbewohnern gegenübersteht. Wer wird das erfahren? Er hat seinen eigenen Geschichtsschreiber. Seine Armee wird das Hochland ausplündern, und er wird sich eine Truppe zusammenstellen, die ihm im Land Macht verschafft. Vielleicht schaut er sogar voraus und plant einen Bürgerkrieg. Es ist gleichgültig, welche Motive er hat.«

»Und inwiefern bereitet dir das Sorgen, Asmidir? Du gehörst nicht zu diesem Land, und du bist ein Freund des Fremdländerkönigs.«

»Ich habe ihm gedient, aber er hat keine Freunde. Der König ist ein harter, gnadenloser Mann, ganz ähnlich wie der Baron. Nein, für mich ist es ... eine persönliche Sache.« Er lächelte dünn. »Ich kam aufgrund einer Prophezeiung her. Sie hat sich nicht erfüllt. Jetzt bin ich verloren.«

»Welche Prophezeiung?«

Er zuckte die Achseln. »Das spielt keine Rolle, oder? Selbst Schamanen können sich irren, wie es scheint. Aber ich habe dieses rauhe, kalte Land mit einer Heftigkeit liebgewonnen, die mich überrascht. Sie ist so stark wie mein Haß auf den Baron und alles, was er repräsentiert.« Er seufzte und schaute ins Feuer. »Warum nur muß anscheinend immer die Bösartigkeit triumphieren? Ist es gerecht, daß böse Männer, die frei von allen moralischen Skrupeln sind, stärker sind als wir?«

»Wahrscheinlich ist es nur eine Frage des Zeitpunktes«, sagte sie. Sein Kopf fuhr herum.

»Zeitpunkt?«

»Wir hatten zwei legendäre Könige im Hochland, Gandarin und Eisenhand. Beides waren gute Männer, aber auch stark und furchtlos. Ihre Feinde wurden zersprengt, und sie herrschten weise und gut. Aber dies ist die Zeit der Fremdländer-Könige und keine gute Zeit für das Volk des Hochlands. Unsere Zeit wird wiederkommen. Wir werden einen Anführer haben.«

»Jetzt *ist* die Zeit«, sagte er. »Wo ist der Mann? Das war die Prophezeiung, die mich herführte. Ein großer Anführer wird sich erheben, der die Krone Alwens trägt. Aber ich bin weit gereist, Sigarni, und habe kein Wort von einem solchen Mann gehört.«

»Was willst du tun, wenn du ihn findest?«

Er lachte leise. »Meine Fähigkeit liegt in der Strategie. Ich studiere den Krieg. Ich werde ihn lehren, wie er gegen die Fremdländer kämpfen kann.«

»Die Männer des Hochlandes müssen nicht lernen, wie man kämpft.«

Er schüttelte den Kopf. »Da irrst du dich, Sigarni. Eure ganze Geschichte baut auf männlichem Mut auf: Ihr stellt eine Schar auf, die sich auf eine feindliche Schar stürzt, Mann gegen Mann, Breitschwert gegen Breitschwert. Aber im Krieg geht es um mehr als nur Schlachten. Es geht um Logistik, um Nachschub, Kommunikation, Disziplin. Eine Armee muß ernährt werden, Befehlshaber müssen Berichte erhalten und Nachrichten und diese an die Generäle weiterleiten. Außerdem gibt es noch anderes zu berücksichtigen – Moral, Motivation, Glaube. Die Fremdländer, wie ihr sie nennt, verstehen sich auf diese Dinge.«

»Du bist viel zu angespannt«, sagte sie, lehnte sich vor und ließ ihre Hand sanft über die Innenseiten seiner Schenkel gleiten. »Komm wieder ins Bett, und ich zahle dir das Vergnügen zurück, das du mir bereitet hast.«

»Was ist mit den anderen Dingen, um die du dich kümmern mußtest?« fragte er.

Sie dachte nur einen Augenblick an Bernt, dann verbannte sie ihn aus ihren Gedanken. »Nichts Wichtiges«, beruhigte sie ihn.

Gegen Mittag des folgenden Tages fand Ballistar Bernt am Ast einer ausladenden Eiche hängen. Der junge Viehhirte trug seine beste Tunika und Beinkleider, wenn sie auch jetzt beschmutzt waren, denn er hatte sich im Todeskampf besudelt. Die Augen des Jungen war weit aufgerissen und hervorgequollen, und seine Zunge hing ihm aus dem Mund. Als Ballistar bei dem Eichenhain ankam, saß eine Krähe auf Bernts Schulter und pickte an seinem rechten Auge.

Unter dem Leichnam lag ein Falknerhandschuh, liebevoll gemacht und mit schönen weißen Perlen verziert. Urin des Toten war darauf getropft und hatte das Leder befleckt.

3. Kapitel

Für die Ochsen war es zu schwierig, den breiten Karren über die schmalen Wildpfade zu Gwalchs Hütte zu ziehen, also war Tovi gezwungen, den langen Weg zu nehmen, ins Tal hinunter und die steinigen Pfade wieder hinauf, die früher von den Bergarbeitern des Tieflands benutzt wurden, als es noch genügend Kohle an den Berghängen gab. Der Bäcker war gleich nach Tagesanbruch aufgebrochen. Er genoß die vierteljährlichen Reisen in die Zitadellstadt jedesmal. Gwalch war ein amüsanter, wenn auch aufreizender Gefährte, doch das Geld, das sie aus ihrer Partnerschaft erwirtschafteten, erlaubte Tovi, einen angenehmen und bequemen Lebensstil zu führen. Gwalch braute Honigmet der feinsten Qualität, und ein Großteil davon wurde zu stark erhöhten Preisen nach Süden verkauft.

Einer der Ochsen rutschte auf dem steinigen Hang aus. »Ho, Blondie! Konzentrier dich, Mädchen!« rief Tovi. Der Karren rumpelte weiter, die leeren Fässer hinten klapperten gegeneinander. Tovi atmete tief die Bergluft ein, die kühl über den High Druin wehte. Auf dem Kamm ließ er die Ochsen halten, damit sie wieder zu Atem kämen, ehe sie den letzten Abstieg in den Wald in Angriff nahmen. Tovi zog die Bremse fest, dann betrachtete er die Landschaft. Vor vielen Jahren war er mit den

Männern Lodas über diese lange Straße marschiert. Sie sangen, erinnerte er sich, bei der Gabelung im Fluß hatten sie die Krieger von Pallides getroffen. Siebentausend Mann – und das noch, ehe die Krieger von Farlain sich ihnen anschlossen.

Alle tot. Nun… die meisten jedenfalls. Gwalch war dabei gewesen. Fünfzig Jahre alt und aufrecht wie ein Stecken. Der König saß auf einem schönen Pferd aus dem Süden, seine Kappe war mit einer langen Adlerfeder geschmückt. Jeder Zoll ein Krieger. Aber er hatte nicht das richtige Herz dafür. Tovi spie aus, als er an den Moment dachte, in dem der König vom Schlachtfeld floh und sie sterben ließ.

»Blut setzt sich nicht immer durch«, sagte er leise. »Helden zeugen Feiglinge, und Feiglinge können Könige zeugen.«

Die Luft war frisch, und der Wind wurde beißend, so daß Tovi sich den Umhang fester zog. Damals hatte er den Wind nicht gespürt, dachte er. Aber eine Woche später, als er vor den Jägern floh, durch das Farnkraut kroch, durch die Flüsse watete, sich in Höhlen versteckte, hungernd und frierend. Bei Gott, damals habe ich ihn gespürt!

Hoch über ihm flogen zwei Adler im Aufwind, sicher vor den Gedanken und Pfeilen der Menschen. Tovi löste die Bremse und ließ die Zügel auf die Rücken der Ochsen knallen. »Auf geht's, Burschen!« rief er. »Jetzt geht es eine Weile bergab.«

Innerhalb einer Stunde erreichte er Gwalchs Hütte. Der alte Mann saß draußen im Sonnenschein mit einem Becher Met in den Händen. Drei Reiter waren dabei, Soldaten mit grimmigen Gesichtern, die noch immer im Sattel saßen, sowie ein Schreiber, der vor dem alten Mann stand und redete und gestikulierte. Die Soldaten wirkten gelangweilt und kalt, dachte Tovi. Den Schreiber erkannte er: Andolph der Schätzer, ein kleiner Dicker mit rotem Haar und einem Gesicht so weiß wie Tovis Mehl.

»Das ist unakzeptabel!« hörte Tovi den Schreiber brüllen. »Und du könntest in ernsthaften Schwierigkeiten sein. Ich weiß nicht, warum ich versuche, mit euch Hochländern gerecht umzugehen. Ihr seid ein ständiges Ärgernis.«

Tovi hielt den Karren an und kletterte hinunter. »Kann ich behilflich sein, Schätzer?« fragte er. Andolph trat einen Schritt von dem grinsenden Gwalch zurück. »Ich nehme an, du kennst diesen Mann?«

»Allerdings. Er ist ein alter Freund von mir. Wo liegt das Problem?«

Andolph seufzte theatralisch. »Wie du weißt, verlangt das neue Gesetz, daß alle Menschen Nachnamen haben, die ihnen Individualität verleihen. Es reicht nicht mehr, nur Dirk, Sohn des Dirk zu sein. Bei den Göttern, Mann, davon gibt es Hunderte. Es ist doch sicherlich nicht allzu schwierig, einen passenden Namen zu finden. Aber nicht dieser alte Narr. Oh, nein! Ich versuche, vernünftig zu sein, Bäcker, aber er will nichts davon hören. Schau dir das an!« Der kleine Mann trat vor und hielt Tovi ein langes Stück Papier hin. Der Bäcker nahm es, las, was darauf stand, und lachte laut auf.

»Nun, es *ist* ein Name«, meinte er versöhnlich.

»Das kann ich den Registratoren nicht geben. Verstehst du das nicht? Sie werden den alten Mann beschuldigen, sich über das Gesetz lustig zu machen. Und ich muß dafür geradestehen. Ich kam in gutem Glauben hierher, ich schätze einen Scherz ebenso wie jeder andere, und als ich es zuerst sah, mußte ich lachen. Aber ich kann nicht zulassen, daß es dabei bleibt. Das verstehst du doch, oder?«

Tovi nickte. Der kleine Mann war nicht boshaft, und soweit das bei einem Fremdländer möglich war, mochte Tovi ihn ganz gut leiden. Es war eine undankbare Aufgabe zu versuchen, im Hochland eine Volkszählung durchzuführen, vor allem, da das Ziel darin bestand, neue Steuerzahler aufzutreiben. »Ich werde mit ihm reden«, sagte er, reichte das Papier zurück und ging zu Gwalch hinüber. Der alte Mann starrte einen der Soldaten an, der sich sichtlich unbehaglich fühlte.

»Komm schon, Gwalch«, sagte Tovi beschwichtigend, »es wird Zeit, daß der Spaß aufhört. Welchen Namen willst du dir wählen?«

»Was ist an Hasenköttel auszusetzen?« erwiderte Gwalch.

»Ich sage dir, was daran auszusetzen ist – es wird auf deinem Grabstein stehen. Und es wird dich nicht überraschen, wenn zukünftige Generationen nicht zu würdigen wissen, was für ein großer Mann du warst. Jetzt hör mit diesem Unsinn auf.«

Gwalch schniefte laut, dann trank er seinen Met aus. »Wähl du!« sagte er zu Tovi, wobei er den Soldaten unverwandt anstarrte.

Der Bäcker wandte sich an den Zensus-Beamten. »Als er jung war, kannte man ihn als *Fürchtenicht*. Wäre das in Ordnung?« Andolph nickte. Aus einer Ledertasche zog er Feder und ein Fläschchen mit Tinte. Er legte das Papier auf den Sattel, nahm die Änderung vor und rief Gwalch zum Unterschreiben. Der alte Mann fluchte leise, schlenderte aber zum Pferd und unterschrieb mit seinem neuen Namen.

Andolph schwenkte das Papier durch die Luft, um die Tinte zu trocknen. »Ich danke dir, Tovi Bäcker, und sage dir Lebwohl … Gwalchmai Fürchtenicht. Ich hoffe, wir werden uns nicht wiedersehen.«

»Werden wir auch nicht«, sagte Gwalch grinsend. »Ein Wort des Rates, Andolph Volkszähler: Traue keiner dunkeläugigen Frau. Vor allem keiner, die tanzt.«

Andolph blinzelte nervös, dann kletterte er in den Sattel. Die drei Reiter ritten davon, doch der Soldat, den Gwalch die ganze Zeit angestarrt hatte, drehte sich noch einmal um. Gwalch winkte ihm nach. »Das ist der Mann, der mich töten wird«, sagte Gwalch, und sein Lächeln verblaßte. »Er und fünf andere werden herkommen. Meinst du, ich hätte die Zukunft ändern können, wenn ich ihn heute niedergestochen hätte?«

Tovi schauderte. »Alles bereit zum Einladen?« fragte er.

»Ja. Eine gute Ladung, aber ich werde die neuen Fässer nicht brauchen. Das ist unsere letzte Reise, Tovi. Mach das Beste draus.«

»Was nützt die Gabe, wenn sie nur Düsternis und Verderben bringt?« wütete Tovi. »Und noch was, ich glaube nicht, daß ein Leben so einfach ausgelöscht werden kann. Menschen formen die Zukunft, nichts ist zuvor in Stein gemeißelt. Verstehst du?«

»Das will ich nicht bestreiten, Tovi. Keineswegs. Manchmal habe ich von künftigen Momenten geträumt, und sie sind nie eingetreten. Nicht oft, versteh mich recht, aber manchmal. Wie der junge Viehhirte, der Sigarni liebte. Bis gestern sah ich ihn immer die Berge verlassen, um Arbeit im Tiefland zu suchen. Letzte Nacht sah ich jedoch ein anderes Ende. Und das ist eingetreten.«

»Wovon redest du?«

»Bernt, der breitschultrige junge Mann, der für Grame den Schmied arbeitet…«

»Ich kenne ihn … was ist mit ihm?«

»Hat sich an einem Baum aufgehängt. Spät in der letzten Nacht. Ich habe es geträumt, als ich in meinem Sessel saß.«

»Höllenzähne! Und es ist passiert? Bist du sicher?«

Der alte Mann nickte. »Was ist sagen will, ist, daß die Zukunft manchmal geändert werden kann. Nicht oft. Er sollte nicht tot sein, aber irgend etwas ist passiert, eine Kleinigkeit, und plötzlich war das Leben für Bernt vorüber.«

»Was ist geschehen?«

»Eine Frau brach ihr Versprechen«, sagte Gwalch. »Jetzt laß uns rasch noch etwas trinken, ehe wir aufladen. Das hält die Kälte in Schach.«

»Nein!« sagte Tovi. »Ich will noch vor Mittag auf dem Markt sein.« Gwalch fluchte und ging zu seinem Lager, und gemeinsam luden die Männer zwölf Fäßchen mit Honigmet neben die leeren Fässer, die Tovi mitgebracht hatte. »Warum kann ich die leeren Fässer nicht hierlassen?« fragte der Bäcker. »Vielleicht änderst du deine Meinung – oder dein Traum ändert sich.«

»Dieser Traum wird sich nicht verändern, mein Freund. Wenn der Frühling kommt, wird es keinen Markt mehr für unseren Met geben. Du weißt das, du hast mit dem Pallides-Mann gesprochen.«

»Was hast du ihm gesagt?« fragte Tovi, als die beiden Männer auf den Kutschbock kletterten.

»Nichts, was er nicht bereits wußte«, antwortete Gwalch. »Die Seher der Pallides haben ganz recht.«

»Und das war alles?«

Gwalch schüttelte den Kopf. »Es kommt ein Anführer. Aber ich wollte ihm nicht sagen, wer oder wann. Es ist noch nicht die Zeit. Aber er hat Eindruck auf mich gemacht. Scharfer Verstand, und ein harter Bursche. Eines Tages könnte er eine Macht darstellen. Aber er wird nicht überleben. Aber du, Tovi. Du wirst wieder ein Mann sein.«

»Ich bin bereits ein Mann, Gwalchmai Hasenköttel. Vergiß das nicht.«

Im blassen Mondlicht nahm die freundliche Weide eine andere Identität an, ihre langen, zarten Zweige griffen über das stahlfarbene Wasser wie knochige Finger. Selbst das Geräusch des Wasserfalls klang gedämpft und fremdartig, wie das Wispern zorniger Dämonen. Im Gebüsch raschelte es, wenn die nachtaktiven Tiere auf leisen Sohlen umherhuschten, und Sigarni saß reglos am Ufer und beobachtete den Mond, dessen Sichel sich im Wasser spiegelte.

Sie fühlte sich abwechselnd betäubt und zornig, betäubt vom Tode des schlichten Hirten, zornig über die Art und Weise, wie der Zwerg sie behandelt hatte. Sigarni hatte drei Tage in den Bergen verbracht, um Fallen für Fuchs und Biber aufzustellen, und war müde, hungrig und durchnäßt nach Hause zurückgekehrt, wo sie Ballistar vor ihrer Tür sitzen fand. Sofort hatten sich ihre Lebensgeister gehoben, der kleine Mann war immer angenehme Gesellschaft, und seine Kochkünste ein Genuß. Sigarni begrüßte ihn mit einem Lächeln, ließ die Pelze auf die Holzbohlen fallen und brachte Abby zu ihrem

Pfosten. Als sie zum Haus zurückkam, sah sie, daß Ballistar sich von der Tür entfernt hatte. Er stand ganz still und starrte sie an, mit ernster Miene, der Ausdruck in seinen Augen nicht zu deuten. Sigarni sah, daß er einen Falknerhandschuh aus hellem Leder bei sich hatte, wunderschön mit weißen und blauen Perlen verziert.

»Ein Geschenk für mich?« fragte sie. Er nickte und warf ihr den Handschuh zu. Er war fein gearbeitet aus gewendetem Leder, das blank poliert war, mit kleinen festen Stichen genäht. Die Perlen bildeten eine Reihe von blauen Kreisen über einem weißen Buchstaben S. »Wie schön«, sagte sie fröhlich. »Warum so düster? Konntest du dir nicht denken, daß er mir gefällt?« Sie streifte ihn über, und er paßte perfekt.

»Ich habe noch nie gesehen, wie eine Krähe einem Mann das Auge auspickt«, sagte er. »Seltsam, wie leicht der Augapfel herausgeht. Trotzdem, Bernt hatte nichts dagegen. Obwohl er seine besten Kleider anhatte. Hatte überhaupt nichts dagegen. Merkte es kaum.«

»Wovon redest du?«

»Nichts Wichtiges, Sigarni. Wie ging es Bernt denn, als du ihn sahst?«

»Ich habe ihn nicht gesehen«, fuhr sie auf. »Ich hatte anderes zu tun. Also, was ist los mit dir? Bist du betrunken?«

Der Zwerg schüttelte den Kopf. »Nein, ich bin nicht betrunken – aber bald. Ich werde wahrscheinlich bei der Totenwache zuviel trinken. Das tue ich meistens, mußt du wissen. Beerdigungen regen mich immer auf.« Er deutete auf den Handschuh. »Er hat ihn für dich gemacht. Ich nehme an, du könntest es als Liebesgabe bezeichnen. Er machte ihn, und dann zog er seine beste Tunika an. Er wollte, daß du ihn in Bestform siehst. Aber du hieltest es nicht für nötig zu gehen. Also wartete er bis zum Morgengrauen, und dann hängte er sich an einem hohen Baum im Eichenhain auf. So, Sigarni, das ist ein Idiot, der dich nicht mehr belästigen wird.«

Sie stand ganz still, dann zog sie langsam den Handschuh aus. »Er lag unter ihm auf der Erde«, sagte er, »deswegen mußt du die Flecken schon entschuldigen.«

Sigarni schleuderte den Handschuh zu Boden. »Gibst du mir etwa die Schuld an seinem Selbstmord?« fragte sie.

»Dir, Prinzessin? Nein, keineswegs«, antwortete er voller Sarkasmus. »Er wollte dich nur ein letztes Mal sehen. Er bat mich, dir zu sagen, wie wichtig es für ihn war. Und das tat ich. Aber für ihn ist jetzt nichts mehr wichtig.«

»Bist du jetzt fertig?« fragte sie. Ihre Stimme klang sanft, aber ihre Augen funkelten zornig.

Er antwortete nicht, sondern drehte sich nur um und ging davon.

Sigarni blieb eine Zeitlang vor der Tür sitzen und versuchte, sich über die Ereignisse klar zu werden. Ballistar machte sie offensichtlich für Bernts Tod verantwortlich, aber warum? Sie hatte lediglich eine Zeitlang mit ihm geschlafen. Machte sie das zum Hüter seiner Seele? Ich habe ihn nicht darum gebeten, sich in mich zu verlieben, dachte sie. Ich habe ihn nicht einmal ermutigt.

Du hättest zu ihm gehen können, wie du es versprochen hattest, sagte die Stimme ihres Herzens.

Trauer überfiel sie, und sie stand auf und wanderte

zur Zuflucht des Sees am Wasserfall. Hierher kam sie immer, wenn die Ereignisse sie traurig oder wütend machten. Hier war sie in jener schrecklichen Nacht gefunden worden, als ihre Eltern ermordet wurden: sie saß einfach unter der Weide, mit leerem Blick. Ihr blondes Haar war weiß wie Schnee geworden. Sigarni konnte sich an nichts aus jener Nacht erinnern, nur daß der See der einzige sichere Ort in einer Welt der Ungewißheit war.

Nur heute nacht fand sie dort keine Zuflucht. Ein Mann war tot, ein guter Mann, ein freundlicher Mann. Daß er dumm war, zählte jetzt nicht. Sie dachte an sein Lächeln, an seine sanften Berührungen, seine verzweifelten Bemühungen, sie glücklich zu machen.

»Du hättest es nie sein können, Bernt«, sagte sie laut. »Du warst nicht der Mann für mich. Ich bin ihm noch nicht begegnet, doch ich werde ihn erkennen, wenn es soweit ist.« Tränen traten ihr in die Augen und trübten ihren Blick. »Es tut mir leid, daß du tot bist«, sagte sie. »Wirklich. Und es tut mir leid, daß ich nicht zu dir gekommen bin. Ich dachte, du wolltest mich anflehen, zu dir zurückzukommen, und das wollte ich nicht.«

Eine Bewegung auf der Wasseroberfläche ließ sie aufschauen. Nebel waberte auf dem Wasser, wirbelnd, aufsteigend. Er bildete die Gestalt eines Mannes, verschwommen und undeutlich. Ein leichter Windhauch trieb sie zu ihr herüber, und Sigarni sprang auf und wich zurück.

»Nicht weglaufen«, wisperte die Stimme eines Mannes in ihren Gedanken.

Doch sie tat es, machte kehrt und rannte über die Felsen davon zu dem alten Wildpfad.

Sigarni blieb erst stehen, als sie ihre Hütte erreichte, und dort verbarrikadierte sie die Tür und zündete ein loderndes Feuer an. Sie richtete ihren Blick auf die Holzbohlen der Wand und musterte die Waffen, die dort hingen: das Breitschwert mit der blattförmigen Klinge, den Bogen aus Horn und den Köcher mit schwarzen Pfeilen, die Dolche und Messer, den Helm mit der Spitze und den Wangenschützern aus schwarzem Eisen und dem Nasen- und Brauenschutz aus poliertem Messing. Sie ging hinüber und nahm einen langen Dolch herunter, dann setzte sie sich hin und schärfte die Klinge mit einem Wetzstein.

Es dauerte eine Stunde, ehe sie aufhörte zu zittern.

Gwalchmais Mund war ausgetrocknet, und seine Zunge fühlte sich an, als hätte er die Nacht damit verbracht, auf Biberpelzen zu kauen. Die Morgensonne tat seinen Augen weh, und das Holpern des Hundekarrens versetzte seinen Magen in Aufruhr. Er ließ einen Wind fahren, was den Druck auf seinen Bauch linderte. Er hatte immer Vergnügen daran gefunden, sich am Vormittag zu betrinken, doch in den letzten Jahren war es ihm mehr und mehr zu einer mühseligen Angelegenheit geworden. Die großen grauen Wolfshunde, Shamol und Cabris, hörten auf zu ziehen, und der Karren blieb stehen. Shamol sah nach links, hielt den Kopf still, die Augen blickten wachsam. Cabris kauerte sich nieder, offenbar gelangweilt. »Keine Hasen heute, Jungs!« sagte Gwalch und schnalzte mit den Zügeln. Widerwillig legte sich Shamol wieder in die

Riemen. Unvorbereitet kam Cabris nicht rechtzeitig hoch und wurde fast von dem kleinen Karren überrollt. Wütend schnappte der Hund nach Shamols Flanke. Die beiden Hunde begannen zu knurren, ihr Fell sträubte sich.

»Ruhig!« brüllte Gwalch. »Zum Kuckuck, solche Kopfschmerzen habe ich nicht mehr gehabt, seit man mir mit der Axt den Schädel eingeschlagen hat. Also seid still und benehmt euch.« Beide Hunde sahen ihn an und spürten die leichte Berührung der Zügel auf ihrem Rücken. Gehorsam begannen sie zu ziehen. Gwalch griff hinter sich, holte einen Krug Honigmet hervor und nahm einen kräftigen Schluck.

Jetzt kam Sigarnis Hütte in Sicht, und er konnte Lady, die schwarze Hündin, sehen, die davor lag. Auch Shamol und Cabris sahen sie, und mit einem Ruck fielen sie in Galopp. Gwalch war hin- und hergerissen zwischen dem Wunsch, seine Knochen zu retten, und der Notwendigkeit, seinen Krug zu schützen. Er klammerte sich grimmig fest. Der Karren überstand die rasende Fahrt bergab, und sobald sie auf ebenem Gelände waren, begann Gwalch zu hoffen, daß das Schlimmste vorbei war. Doch dann sah Lady die Hunde, wich im letzten Moment aus und rannte davon über die Wiesen. Als Shamol und Cabris versuchten, ihr zu folgen, kippte der Karren um, und Gwalch flog durch die Luft, immer noch seinen Krug an die knochige Brust gedrückt. Er drehte sich, landete auf dem Rücken im Gras, so daß Honigmet aus dem Krug floß und seine grüne Wolltunika durchtränkte. Langsam setzte er sich auf und nahm einen tiefen Schluck. Die Hunde saßen jetzt friedlich neben dem umgestürzten Karren und beobachteten ihn ernst. Er ließ den Krug liegen, stand auf und ging zu dem Karren. Er richtete ihn auf, ging zu den Hunden und löste ihre Riemen. Shamol stupste mit der Nase gegen seine Hand, doch Cabris sprang unverzüglich davon, um Lady zu suchen. Shamol trabte hinterdrein.

Gwalch holte seinen Krug und ging ins Haus. Er fand Sigarni am Tisch, vor sich einen Dolch. Ihr Haar war ungewaschen, ihr Gesicht grau, die Augen blickten müde. Gwalch holte zwei Becher und füllte sie mit Met. Einen schob er ihr hin. Sie schüttelte den Kopf. »Trink, Mädchen«, sagte er und setzte sich ihr gegenüber. »Es wird dir nicht schaden.«

»Lies meine Gedanken«, befahl sie.

»Nein. Du wirst dich schon erinnern, wenn du bereit dazu bist.«

»Verdammt, Gwalch! Du bist immer rasch dabei, jedem die Zukunft zu lesen außer mir. Was ist in jener Nacht geschehen, als meine Eltern ermordet wurden? Sag es mir!«

»Du weißt, was geschehen ist. Dein… Vater und seine Frau wurden getötet. Du hast überlebt. Was gibt es da sonst noch zu wissen?«

»Warum ist mein Haar weiß geworden? Warum wurden sie so schnell begraben? Ich habe sie noch nicht einmal gesehen.«

»Erzähl mir von letzter Nacht.«

»Warum sollte ich? Du weißt es bereits. Bernts Geist ist mir am See erschienen.«

»Nein«, sagte er. »Das war nicht Bernt. Der arme, traurige Bernt ist nicht mehr auf dieser Welt. Der Geist, der zu dir sprach, kam aus einer anderen Zeit. Warum bist du davongelaufen?«

»Ich hatte… Angst.« Ihre hellen Augen fixierten

ihn, daß er nur nicht wagen würde, sie zu kritisieren.

Gwalch lächelte. »Nicht leicht, das einzugestehen, nicht wahr? Nicht, wenn man Sigarni die Jägerin ist, die Frau, die niemanden braucht. Wußtest du, daß ich heute Geburtstag habe? Achtundsiebzig Jahre ist es jetzt her, seit ich meinen ersten Schrei tat. Vierzehn Jahre später habe ich meinen ersten Mann getötet, einen Viehdieb. Bin ihm drei Tage lang gefolgt. Er hatte den Preisbullen meines Vaters gestohlen. Es war ein langes Leben, Sigarni. Lang, beschwerlich und ereignisreich.« Er schenkte den letzten Met ein, trank ihn in einem Zug, dann warf er einen sehnsüchtigen Blick auf den leeren Krug.

»Wer war der Geist?« fragte sie.

»Geh und frag ihn, Weib. Ruf ihn.« Sie schauderte und wandte den Blick ab.

»Das kann ich nicht.«

Gwalch kicherte. »Es gibt nichts, was du nicht kannst, Sigarni. Nichts.«

Sie griff über den Tisch, nahm seine Hand und streichelte sie liebevoll. »Ach, komm schon, Gwalch, sind wir denn nicht Freunde? Warum willst du mir nicht helfen?«

»Ich helfe dir ja. Ich gebe dir einen guten Rat. Du erinnerst dich nicht an die Nacht des Mordes. Aber du wirst es, wenn der richtige Zeitpunkt gekommen ist. Ich habe dabei geholfen, dir die Erinnerung zu nehmen, als ich dich am See fand. Der Wahnsinn war über dich gekommen, Mädchen. Du hast dagesessen in einer Pfütze deines eigenen Urins. Deine Augen waren leer, dein Unterkiefer hing schlaff herab. Ich hatte einen Freund bei mir, er hieß Taliesen. Er – und ein anderer – erschlugen die Mörder. Taliesen sagte mir, wir würden die

Erinnerung verschließen und dich wieder in die Welt der Lebenden zurückholen. Und genau das haben wir getan. Die Tür wird sich eines Tages öffnen, wenn du stark genug bist, den Schlüssel zu drehen. Das hat er mir gesagt.«

»Also«, sagte sie und zog ihre Hand zurück, »dein einziger Rat lautet, ich soll zurück zum See gehen und mich dem Geist stellen? Ja?«

»Ja«, bestätigte er.

»Nun, das werde ich nicht tun.«

»Das ist deine Entscheidung, Sigarni. Und vielleicht sogar die richtige. Das wird die Zeit zeigen. Bist du böse auf mich?«

»Ja.«

»Zu böse, um mir den Krug Honigmet zu holen, den du in der Küche hast?«

Sigarni mußte lachen und holte den Krug. »Du bist ein alter Taugenichts, und ich weiß nicht, wie du so lange am Leben bleiben konnest. Vielleicht bist du einfach zu starrköpfig, um zu sterben.« Sie beugte sich vor und hielt ihm den Krug hin, doch als er danach griff, zog sie ihn zurück. »Eine Frage mußt du mir beantworten: Die Mörder waren keine Menschen, nicht wahr?« Er leckte sich die Lippen, seine Augen blieben fest auf den Krug gerichtet. »Waren sie?« beharrte sie.

»Nein«, gab er zu. »Sie wurden in der Dunkelheit geboren, Hohlzähne, ausgesandt, dich zu töten.«

»Warum mich?«

»Du hast gesagt, eine Frage«, erinnerte er sie, »aber ich werde sie trotzdem beantworten. Sie wollten dich, weil du du bist. Und das ist alles, was ich dir jetzt sage. Aber ich verspreche dir, daß wir bald wieder miteinander reden.«

Sie reichte ihm den Krug und setzte dich.

»Ich kann nicht zum See gehen, Gwalch. Ich kann nicht.«

Gwalchmai antwortete nicht. Der Met begann zu wirken, und seine Gedanken verschwammen.

Baron Ranulph Gottasson fuhr mit einem knochigen Finger über die Linie auf der Landkarte. »Und was stellt das dar?« fragte er den jungen blonden Mann, der vor ihm zitterte. Leofric rieb sich die kalten Hände, dankbar, daß er so viel Verstand besessen hatte, ein wollenes Unterhemd unter der Tunika zu tragen sowie zwei Paar dicke Socken anzuziehen. Seine gefütterten Handschuhe steckten in seiner Tasche, und er wünschte, er hätte den Mut, sie anzuziehen. Das Studierzimmer des Barons oben in der Zitadelle war immer kalt, obwohl ständig ein Feuer brannte, als ob es die Diener des Barons verhöhnen wollte. »Hörst du mir zu, Junge?« knurrte der Baron.

Leofric beugte sich über den Tisch und spürte, wie eine kalte Brise vom offenen Fenster her über seinen Rücken strich. »Das ist der Fluß Danuin, Herr. Er entspringt an der Nordflanke des High Druin und schlängelt sich durch den Wald ins Meer. Das Land gehört dem Pallides-Clan.«

Der Baron blickte auf und lächelte. Das Gesicht des Jungen war bläulich angelaufen. »Ist dir kalt, Leofric?«

»Ja, Herr.«

»Ein Soldat muß lernen, alle Gedanken an Unbequemlichkeiten beiseite zu schieben. Und jetzt erzähl mir von den Pallides.«

Ich bin kein Soldat, dachte Leofric, ich bin

Schreiber. Und es besteht ein Unterschied zwischen Unbehagen, das man aus Notwendigkeit erträgt, und dem aktiven Vergnügen daran. Aber diese Gedanken behielt er für sich. »Als größter Clan zählen die Pallides rund sechstausend Angehörige. Es waren früher mehr, aber der Große Krieg hat sie dezimiert. Es sind hauptsächlich Viehzüchter, doch es gibt auch Höfe, die Hafer und Gerste anbauen. Ganz im Norden gibt es zwei Fischfangflotten. Das Pallides-Land erstreckt sich über etwa fünfhundert Quadratkilometer. Es gibt sechzehn Dörfer. Das größte davon ist Caswallir, so benannt nach einem alten Kriegshelden, der der Legende nach die Hexenkönigin in den Aenir-Kriegen zu Hilfe holte.«

»Legenden interessieren mich nicht, nur Tatsachen. Wie viele Menschen leben in Caswallir?«

»Etwa elfhundert, Herr, aber das hängt von der Jahreszeit ab. Sie halten im Herbst ihre Spiele ab, und dann können es leicht bis zu fünftausend Menschen sein, die zehn Tage lang die Spiele besuchen. Natürlich sind das dann nicht alles Pallides-Angehörige. Loda, Farlain und selbst einige Wingoras besuchen die Spiele – obwohl die Wingoras heute praktisch ausgestorben sind. Unsere Zählung weist nur noch hundertvierzig von ihnen im entlegensten Hochland aus.«

»Wie viele kampffähige Männer?«

»Nur die Pallides, Herr?« fragte Leofric, setzte sich und öffnete ein schweres, ledergebundenes Hauptbuch. Der Baron nickte. »Schwer zu schätzen, Herr. Schließlich, was macht einen kampffähigen Mann in einem Volk aus, das keine Armee hat? Wenn wir von Männern und älteren Knaben reden, die fähig sind, Waffen zu tragen, dann käme man auf ...« Er blätterte drei Seiten weiter, rechnete rasch etwas im Kopf aus und fuhr fort: »... sagen wir ... achtzehnhundert. Aber von diesen wären etwa tausend erst rund siebzehn Jahre alt. Also kaum Veteranen.«

»Wer führt sie an?«

»Nun, Herr, wie du weißt, gibt es keinen *offiziellen* Jagdherrn mehr, doch unsere Spione berichten, daß die Menschen immer noch Fyon Scharfaxt verehren und ihn behandeln, als trüge er noch diesen Titel.«

Der Baron nahm einen Federkiel, tauchte die Spitze in ein Tintenfaß und kritzelte den Namen auf ein Blatt Papier. »Weiter.«

»Was könnte ich dir noch sagen, Herr?« fragte Leofric erstaunt.

»Wen verehren sie noch?«

»Äh, darüber besitze ich keine Informationen. Nur Statistiken.«

Die tiefliegenden Augen des Barons richteten sich auf den jüngeren Mann. »Finde es heraus, Leofric. Alle möglichen Anführer. Namen, Wegbeschreibungen zu ihren Häusern und Höfen.«

»Darf ich fragen, Herr, warum wir diese Informationen sammeln? Alle unsere Agenten versichern uns, daß es keinerlei Anzeichen auf eine Rebellion im Hochland gibt. Sie haben weder die Männer noch die Waffen, die Ausbildung oder die Anführer dafür.«

»Und jetzt berichte mir von den anderen Clans«, sagte der Baron, mit gespitztem Federkiel.

Ballistar hockte im Sattel des kleinen grauen Ponys und sah sich im Dorf Cilfallen um. Trotz seiner Ängste war er voller Staunen über diesen neuartigen Blickwinkel. Das Pony war nur etwa einen Meter hoch, mit einem Bauch wie ein Fäßchen und kurzen, kräftigen Beinen – ein Zwergenpferd für einen Zwerg. Und doch, vermutete Ballistar, betrachtete er die Welt jetzt von etwa einem Meter achtzig Höhe und sah sie so, wie Fell oder Sigarni sie sahen.

Der dicke Tovi trat aus seiner Bäckerei und lächelte den Zwerg an. »Was ist das für ein Unsinn?« fragte er und richtete seinen Blick auf den Mann auf dem schwarzen Wallach, der geduldig hinter Ballistar wartete.

»Der Zauberer Asmidir hat mich gebeten, für ihn zu kochen«, sagte Ballistar kühn, obwohl selbst die Worte ihm einen Schauer der Angst über den Rücken jagten. »Und er hat mir dieses Pony gegeben. Für mich allein.«

»Es paßt zu dir«, sagte Tovi. »Es sieht eher aus wie ein großer Hund.«

Grame der Schmied kam herübergeschlendert. »Ein schönes Tier«, sagte er und strich sich über den dichten weißen Bart. »In vergangenen Zeiten wurden die Kutschen im Tiefland von solchen Ponies gezogen. Zähe Rasse.«

»Es gehört mir!« sagte Ballistar grinsend.

»Wir müssen weiter«, sagte der Mann auf dem schwarzen Wallach mit tiefer Stimme. »Der Meister wartet.«

Ballistar zog an den Zügeln und versuchte, dem Pony die Fersen in die Flanken zu stoßen, um es vorwärtszubringen, doch seine Beine waren so kurz, daß sie nicht über den Sattel hinausreichten, und das Pony rührte sich nicht. Grame lachte leise und ging zu seiner Schmiede zurück, kehrte aber sofort mit einer schlanken Gerte zurück.

»Berühr sie leicht damit«, sagte er. »Nicht zu fest, vergiß das nicht, und dazu ein Wort – oder ein Laut – des Befehls.«

Ballistar nahm die Ledergerte. »Hiddi–ho!« rief er und schlug dem Pony mit der Gerte auf den Rücken. Das kleine Tier stieg auf die Hinterbeine und rannte los, Ballistar schlug einen Purzelbaum rückwärts. Grame machte einen Schritt nach vorn und fing den Zwerg auf, dann fielen beide zu Boden. Mit tiefrotem Gesicht kam Ballistar auf die Füße, während Asmidirs Diener hinter dem Pony herritt und es zurückbrachte. Tovi war außer sich vor Vergnügen, sein dröhnendes Gelächter hallte durchs Dorf.

»Ich danke dir, Grame«, sagte Ballistar so würdevoll wie er konnte. Der Schmied kam auf die Füße und klopfte sich den Staub ab.

»Mach dir nichts draus«, sagte er. »Komm, versuch's noch mal!« Er griff mit seinen Riesenpranken unter Ballistars Achseln und hob ihn in den Sattel. »Du hast es bestimmt bald heraus. Und jetzt ab mit dir!«

»Hiddi-ho!« sagte Ballistar etwas leiser. Das Pony ging los, und Ballistar rutschte nach links, klammerte sich aber am Sattelknauf fest und richtete sich wieder auf.

Als das Dorf hinter ihnen lag, kehrten Ballistars Befürchtungen zurück. Er hatte still hinter der Taverne gesessen, als der dunkelhäutige Diener ihn fand. Hätte man ihn früher gefragt, ob er an einem Besuch im Schloß des Zauberers interessiert sei, hätte Ballistar mit einem knappen Kopfschütteln geantwortet. Aber zwei Goldstücke und ein Pony hatten seine Meinung geändert. Zwei Goldstücke! Mehr Geld, als Ballistar je besessen hatte. Genug um die kleine Hütte zu kaufen anstatt Miete zu zahlen. Mehr als genug, damit der Schuster ihm ein paar neue Stiefel machte.

Wenn er dich nicht den Dämonen opfert!

Ballistar schauderte. Er warf einen Blick zu dem Mann auf dem großen Pferd empor und lächelte nervös, doch der Mann reagierte nicht. »Dienst du deinem Herrn schon lange?« fragte er in dem Bemühen, ein Gespräch in Gang zu bringen.

»Ja.«

Und das war es. Der Mann stieß seinem Wallach die Fersen in die Flanken und ritt voran, Ballistar folgte langsam. Sie ritten über eine Stunde lang durch Wald und über die Hügel. Im Laufe des Vormittags sah Ballistar Fell und zwei seiner Waldhüter, Gwyn Dunkelauge und Bakris Ohnezahn, er winkte und rief ihnen einen Gruß zu.

Die drei Waldhüter umringten den Zwerg, ohne den dunkelhäutigen Reiter zu beachten. »Guten Tag dir, Fell«, sagte Ballistar. Fell grinste, und Ballistar empfand erneut das Vergnügen, daß er dem Waldhüter in die Augen schauen konnte.

»Einen guten Tag dir, kleiner Freund. Das ist ein schönes Pony.«

»Es gehört mir. Ein Geschenk von dem Zauberer.«

»Er ist kein Zauberer!« fuhr der Diener auf. »Und ich wünschte, du würdest aufhören, das zu sagen.«

»Der Schwarze Mann möchte, daß ich für ihn koche. Ente! Sigarni hat ihm von mir erzählt, er hat mich mit diesem Pony bezahlt.« Ballistar beschloß, die Goldstücke nicht zu erwähnen. Er mochte Fell lieber als jeden anderen, und Gwyn Dunkelauge war immer freundlich zu ihm gewesen. Doch Bakris Ohnezahn war ein Mann, dem Ballistar nicht über den Weg traute.

»Bist du sicher, daß er nicht *dich* kochen will?« fragte Gwyn. Er war etwas kleiner als Fell, mit runden Schultern, der beste Bogenschütze der Loda.

Ballistar sah auf ihn hinunter und stellte fest, daß er auf dem Oberkopf begann kahl zu werden. »An einem Tag wie diesem macht mir dieser Gedanke keine Sorgen«, sagte Ballistar glücklich. »Heute habe ich die Welt gesehen wie ein großer Mann.«

»Dann genieß es«, höhnte Bakris. »Denn wenn du von diesem Winzpferd wieder runter kommst, bist du wieder der gleiche nutzlose Klumpen wie immer.« Die Worte waren rauh gesprochen und zerstörten Ballistars gute Laune. Fell drehte sich wütend zu dem Waldhüter um, doch ehe er etwas sagen konnte, mischte sich Ballistar ein.

»Mach dir keine Sorgen, Fell. Er ist nur wütend, weil ich einen größeren Pimmel habe als er. Ich weiß nicht, warum er sich deshalb grämt. Alle anderen haben das doch auch!«

Bakris stürzte sich auf den Zwerg, doch Fell packte ihn an der Schulter seines Lederwamses und zerrte ihn zurück. »Das reicht!« brüllte Fell. Die plötzliche Unruhe ließ das Pony losgehen. Asmidirs Diener trieb seinen Wallach an die Seite des Ponys, und die beiden Reiter setzten ihren Weg fort. Ballistar drehte sich im Sattel um und schaute den Waldhütern nach. Als er sah, daß Bakris ihm nachstarrte, hob er seine Faust und wackelte mit dem kleinen Finger.

Asmidirs Diener lachte. »Du solltest dir nicht so schnell Feinde machen«, meinte er.

»Ist mir egal«, erklärte Ballistar.

»Und wie kommt es, daß ihr Hochländer die Größe des männlichen Organs so hochschätzt? Die Größe ist nicht wichtig, weder für den Akt selbst noch für das Vergnügen, das daraus entspringt.«

Ballistar sah zu dem Mann auf. »Aha«, dachte er, »du hast also auch einen kleinen!« Laut sagte er jedoch: »Ich habe keine Ahnung. Ich hatte noch nie eine Frau.«

Der Nachmittag war schon fortgeschritten, als sie den letzten Hügel vor der Burg erreichten. Ballistar war noch nie zuvor so weit gereist und ließ sein Pony anhalten, um das großartige Gebäude zu betrachten. Es war keine Burg im eigentlichen Sinne, denn sie war nicht zu verteidigen, mit weit offenen Torbögen ohne Torflügel und ohne Burggraben. Sie war einst das Heim des Jagdherrn der Grigors gewesen, aber dieser Clan war in den Tiefland-Kriegen ausgelöscht worden, und die wenigen Überlebenden schlossen sich den Loda an. Ein dreistöckiges Gebäude mit einem Turm an der Nordmauer, der sich fünf Stockwerke hoch erhob, aus grauem Granit. Die Fenster waren aus farbigem Glas, das mit Bleistreifen verbunden war.

»Wir sind spät dran«, sagte der Diener. »Komm!«

Ballistars Herz klopfte wild, und seine Hände zitterten, als er die Zügel auf den Rücken des Ponys klatschen ließ.

In diesem Augenblick schienen zwei Goldstücke eine winzige Summe.

4. Kapitel

Der Herbst war nicht mehr fern, doch hier im Hochland waren bereits die letzten Tage des Sommers von einer bitteren Kälte überhaucht, die einen schrecklichen, harten Winter ankündigte. Zwei Feuer flackerten an den Enden des langgestreckten Raumes, und die schweren Samtvorhänge bewegten sich unter den tastenden, eisigen Fingern des beißenden Windes, der alle Ritzen und Spalten in den alten Fensterrahmen fand.

Asmidir schob den leeren Teller von sich und lehnte sich zurück. »Du bist ein guter Koch«, sagte er zu dem Zwerg. Zwei Diener traten ein und zündeten Laternen an, die in eisernen Haltern an der Wand steckten, und der Saal wurde von einem sanften Leuchten erhellt.

»Kann ich jetzt gehen?« fragte Ballistar. Der kleine Mann saß am Tisch auf einem Stuhl, der auf Holzblöcken stand.

»Mein lieber Mann, natürlich kannst du gehen. Aber es wird bereits dunkel, und dein Pony hat sich schon in einem bequemen Stall für die Nacht zurechtgelegt. Ich habe ein Zimmer für dich bereiten lassen. Dort hast du ein warmes Feuer und ein weiches Bett. Morgen wird einer meiner Diener ein Frühstück für dich bereiten und dein Pony satteln. Wie klingt das?«

»Du bist wunderbar freundlich«, sagte Ballistar

unbehaglich, »aber ich möchte mich lieber auf den Weg machen.«

»Du hast Angst vor mir?« fragte Asmidir sanft.

»Ein bißchen«, gestand der Zwerg.

»Du hältst mich für einen Zauberer. Ja, ich weiß. Sigarni hat es mir erzählt. Aber ich bin kein Zauberer, Ballistar. Ich bin nur ein Mann. Oh, ich kenne ein paar Sprüche. In Kushir lernen alle Kinder der Reichen, wie man aus Luft Feuer macht, und manche können sogar tanzende Gestalten aus den Flammen formen. Ich gehöre nicht dazu. Ich war ein Edelmann – ein Krieger. Jetzt bin ich ein Hochländer, wenn auch etwas dunkler als die meisten. Und ich möchte gern dein Freund sein. Ich tue meinen Freunden nichts zuleide, und ich lüge auch nicht. Glaubst du mir?«

»Was spielt es für eine Rolle, ob ich dir glaube oder nicht?« entgegnete der Zwerg. »Du wirst ohnehin tun, was du willst.«

»Für mich spielt es eine Rolle. In Kushir gilt es unter Adligen als unentschuldbar zu lügen. Das war einer der Gründe, weshalb die Fremdländer – wie ihr sie nennt – die Armeen des Königs von Kushir besiegten. Die Fremdländer logen beständig, sie unterzeichneten Verträge, die sie nicht beabsichtigten einzuhalten, machten Frieden, dann marschierten sie ein. Sie benutzten Spione und Agenten und ließen die Soldaten von Kushir vor Angst erzittern. Ein abstoßender Feind ohne Sinn für Ehre.«

»Aber du hast an ihrer Seite gekämpft«, wandte Ballistar ein.

»Ja. Das ist für mich eine Quelle endlosen Bedauerns. Komm, setz dich ans Feuer, dann reden wir miteinander.« Der schwarze Mann stand auf und ging zum Kamin, wo er seine lange Gestalt in einen tiefen Armsessel aus Leder sinken ließ. Ein Diener erschien und zog Ballistars Stuhl zurück, so daß der kleine Mann von seinen Kissen auf den Boden rutschen konnte. Asmidir beobachtete ihn, wie er mühsam in den ihm gegenüberstehenden Armsessel kletterte, dann winkte er den Diener fort und beugte sich vor. »Du trägst deine Behinderung mit großem Mut, Ballistar. Das achte ich. So, worüber wollen wir uns unterhalten?«

»Du könntest mir erzählen, warum du den Fremdländern gedient hast«, sagte der Zwerg.

»Schnell und auf den Punkt«, stellte Asmidir grinsend fest. »Es lief alles auf Politik hinaus. Meine Familie wurde vom König von Kushir des Verrats angeklagt. Er machte Jagd auf uns zu der Zeit, als die Fremdländer einmarschierten. Meine Schwester und meine Frau wurden durch ihn hingerichtet, mein Vater geblendet und in ein Verlies geworfen. Wir haben ein Sprichwort in Kushir – *der Feind meines Feindes muß mein Freund sein.* Also habe ich mich den Fremdländern angeschlossen.«

»Und jetzt bedauerst du es?«

»Natürlich. In der Rache liegt keine wahre Befriedigung, Ballistar. Man läßt damit lediglich ein Untier los, das auch die zerstören wird, die man liebt. Städte wurden dem Erdboden gleichgemacht, die Menschen niedergemetzelt oder in die Sklaverei verkauft. Eine reiche, kultivierte Nation wurde zweihundert Jahre zurückgeworfen. Und selbst als sie gewonnen hatten, ging das Schlachten noch weiter. Die Fremdländer sind ein barbarisches Volk, ohne das geringste Verständnis für die simpelsten wirtschaftlichen Gegebenheiten. Die Kushir waren reich, weil sie Handel betrieben. Die Handelsrouten wurden verletzt, Verträge mit befreundeten Nationen gebrochen. Es gab eine Große Bibliothek in Coshantin, der Hauptstadt, und die Fremdländer brannten sie nieder.« Asmidir seufzte und nahm einen eisernen Schürhaken, mit dem er müßig im Feuer stocherte.

»Du hast sie hassen gelernt?«

»O ja!« Mit einem Haß so stark und groß wie der High Druin. Aber zwei Männer mehr als alle anderen, Baron Ranulph und den Grafen von Jastey. Der König selbst ist nur ein erbarmungsloser Wilder, der seine Macht durch Rücksichtslosigkeit und Manipulation aufrechthält.«

»Warum erzählst du mir das?« fragte Ballistar. »Das ist nicht besonders klug.«

Asmidir lächelte. »Das ist eine Frage der Urteilskraft, mein Freund. Vertraust du Sigarni?«

»In welcher Hinsicht?«

»Ihren Instinkten, ihren Wertvorstellungen, ihrem Mut ... egal?«

»Sie ist intelligent und kann dumme Menschen nicht ausstehen. Aber was hat das mit allem anderen zu tun?«

»Sie vertraut dir, Ballistar. Und deshalb tue ich das auch. Und was das Risiko angeht ... nun, das ganze Leben ist ein Risiko. Und die Zeit wird für mich zu knapp, um bei meinen Plänen immer konservativ zu bleiben. Sigarni sagt, du seiest ein großer Geschichtenerzähler und auch so etwas wie ein Geschichtsschreiber. Erzähl mir von den Clans. Woher stammen sie, wie sind sie hergekommen? Wer sind ihre Helden und warum? Was sind ihre Adelsgeschlechter?«

»Das geht mir zu schnell«, sagte Ballistar. »Vor einem Augenblick sprachen wir von Vertrauen. Davor von Rache. Jetzt willst du eine Geschichte. Sag mir erst, was du bezweckst.«

»Ein klarer Denker ... das gefällt mir. Also schön. Zuerst erzähle ich dir eine Geschichte.« Asmidir klatschte in die Hände, und ein Diener trat mit einem Tablett, auf dem zwei goldene Becher mit gutem Rotwein standen, ein. Ballistar nahm den ersten und hielt ihn vorsichtig in beiden Händen. Als der Diener wieder gegangen war, nahm Asmidir einen Schluck, dann stellte er den Becher beiseite. Er lehnte sich zurück gegen die hohe Sessellehne. »Als Kushir in Trümmern lag, ging ich zurück zu meinem Palast. Ein alter Mann in einem Federumhang wartete dort auf mich. Sein Gesicht war voller Falten und tiefer Linien, sein Haar und sein Bart so dünn, als wären sie aus Rauch. Er saß auf den Stufen zu meiner Tür. Ein Diener erzählte mir, daß er eine Stunde zuvor angekommen war und sich nicht vertreiben ließ. Sie hatten versucht, ihn fortzutragen, konnten ihn aber nicht berühren. Sie erkannten, daß es sich um einen Zauberer handelte und zogen sich zurück. Ich ging zu ihm und fragte, was er wollte. Er stand auf und ging zu meinem Haus. Die Tür öffnete sich für ihn, obwohl keine Diener in der Nähe waren, und er ging in mein Arbeitszimmer. Dort fragte er mich nach meinen Gefühlen über die Zerstörung meines Landes und die Rolle, die ich dabei gespielt hatte. Ich antwortete nicht, denn ich schämte mich zu sehr. Er schwieg einen Augenblick, dann forderte er mich auf, mich zu setzen, und begann, von Geschichte zu reden. Es war faszinierend, Ballistar. Als ob er bei allen Ereignissen selbst dabeigewesen war. Vielleicht war er es sogar. Ich weiß es nicht. Er sprach davon, wie das Böse wächst und wie es sich, wie die Pest, ausbreitet und alles zerstört. Es sei lebenswichtig, sagte er, daß es immer ein entsprechendes Gegengewicht gegen die Kräfte des Bösen gebe.

Doch er beharrte darauf, daß wir eine Ära der Geschichte erreicht hätten, in der es kein Gleichgewicht gäbe. Die Fremdländer und ihre Verbündeten eroberten alles, was ihnen in den Weg kam. Und die Nationen, die sich dem Vorrücken der Fremdländer widersetzten, waren verdammt, denn sie hatten keine großen Anführer mehr. Dann sprach er von einer eroberten Nation und von einem künftigen Befehlshaber. Er sagte – und ich glaubte ihm jedes Wort –, daß ich hier im Norden einen vom Schicksal auserwählten Fürsten finden würde und daß aus der Asche der Träume des Hochlands ein neues Herrschergeschlecht entspringen würde, ein Licht auf unserem Weg in eine bessere Zukunft. Ich kam mit hochgesteckten Hoffnungen her, Ballistar, und was finde ich?

Es gibt keinen Anführer. Es gibt keine Armee. Und im Frühling werden die Fremdländer mit Feuer und Schwert kommen und Hunderte, vielleicht Tausende von friedlichen Bauern, Viehzüchtern und Dorfbewohnern abschlachten.« Asmidir warf ein Scheit auf das heruntergebrannte Feuer. »Ich glaube nicht, daß der Uralte mich angelogen hat … und ich kann nicht hinnehmen, daß er sich vielleicht irrte. Irgendwo in diesem Land ist ein Mann, der geboren ist, um König zu werden. Ich muß ihn vor Mitte des Winters finden.«

Ballistar leerte seinen Wein. Er war schwer und

voll, und er fühlte, wie er benommen wurde. »Und du glaubst, meine Geschichten könnten dir helfen?« fragte er.

»Vielleicht liefern sie mir einen Hinweis.«

»Ich wüßte nicht wie. Nach der Legende sind unsere Vorfahren durch ein magisches Tor gekommen, aber ich nehme an, unsere Geschichte unterscheidet sich nicht von der anderer Wandervölker. Wir kamen wahrscheinlich von einem Land jenseits des Wassers, ursprünglich als Räuber. Dann lernten ein paar unserer Leute die Berge lieben und schickten Schiffe zurück, um ihre Familien nachzuholen. Jahrhundertelang führten die Clans gegeneinander Krieg, doch dann kam ein anderes wanderndes Volk. Das waren die Aenir, die Vorfahren der Fremdländer. Es gab einen großen Krieg. Danach bildeten die Clans eine lose Konföderation.«

»Aber ihr hattet Könige? Wo kamen sie her?«

»Der erste wahre König war Sorain, genannt Eisenhand. Er gehörte zu den Wingoras und war ein mächtiger Krieger. Vor Hunderten von Jahren führte er die Clans gegen die Drei Armeen und vernichtete sie. Selbst die Clans des Tieflandes achteten ihn, denn er riskierte alles, um ihre Städte zu befreien. Er verschwand eines Tages, aber der Legende nach wird er zurückkehren, wenn er am meisten gebraucht wird.«

Asmidir schüttelte den Kopf. »Das bezweifle ich. Jedes Volk kennt einen mythischen Helden, der eines Tages wiederkommen soll. Aber keiner tut das. Hatte er Nachkommen?«

»Nein. Er hatte ein Kind, aber es verschwand – wahrscheinlich wurde es ermordet und im Wald vergraben.«

»Und was ist mit den anderen Königen?« wollte Asmidir wissen.

»Dann war da noch Gandarin – auch bekannt als der Rote – ein weiterer großer Krieger und Staatsmann. Er starb zu früh, und seine Söhne kämpften untereinander um die Krone. Dann marschierten die Fremdländer ein, und die Clans zogen ihre roten Kriegsumhänge an und wurden bei Colden Moor niedergemacht. Das war vor Jahren. Der junge König floh über das Wasser, wurde aber dort ermordet. Jedermann, von dem man wußte, daß in seinen Adern Gandarins Blut floß, wurde ebenfalls dem Schwert übergeben. Und es wurde verboten, Rot zu tragen. Kein Hochländer darf auch nur einen Schal in dieser Farbe haben.«

»Und von seiner Linie ist niemand übrig?«

»Soweit ich weiß, gibt es nur noch Sigarni, und sie ist unfruchtbar.«

Asmidir rieb sich die müden Augen und versuchte die Niedergeschlagenheit, die er empfand, zu verbergen. »Er muß irgendwo sein«, flüsterte er, »und er braucht mich. Der Uralte hat das ganz deutlich gesagt.«

»Vielleicht irrte er sich«, meinte Ballistar. »Selbst Gwalch irrt sich manchmal.«

»Gwalch?«

»Der Seher des Clans. Er war einmal ein Krieger, wurde aber am Kopf verwundet und danach zu einer Art Prophet. Die meisten Menschen meiden ihn. Seine Visionen sind alle düster und voll Verdammnis. Vielleicht trinkt er deswegen so viel!«

Asmidirs Lebensgeister hoben sich. »Sag mir, wo ich ihn finden kann«, bat er.

Sigarni ärgerte sich über sich selbst. Schon viermal an diesem Morgen hatte sie Abby fliegen lassen, und viermal hatte der rote Falke den Todesstoß verfehlt. Abby hatte ein bißchen Übergewicht, denn die letzten beiden Tage hatte es ununterbrochen geregnet, so daß sie nicht fliegen konnte, trotzdem benahm sie sich schwerfällig, und das Turnier fand schon in zwei Wochen statt. Sigarni ärgerte sich, weil sie nicht wußte, was sie tun sollte, und sie wollte auf keinen Fall Asmidir fragen. Konnte Abby vielleicht krank sein? Sie glaubte es nicht, denn der Vogel flog herrlich, legte die Schwingen an und stieß kreisend herab. Nur wenn sie zum Töten ansetzen sollte, versagte sie. Das Muster bei dem roten Falken war immer dasselbe – herunterstoßen auf den Hasen, die Krallen ausstrecken, die Beute streifen, dann packen. Sigarni lief herbei, bedeckte den Hasen mit ihrem Handschuh und warf dem Falken ein Stück Fleisch hin. Der Vogel warf einen Blick auf den Leckerbissen, dann ließ er Sigarni den Hasen, die ihn tötete und einsteckte. Aber nicht heute.

Sigarni hob den Arm und pfiff nach Abby. Der Falke kam gehorsam von einem hohen Zweig herunter und landete auf ihrer ausgestreckten Faust. Der grausame Schnabel schloß sich um das Fleischstückchen, das Sigarni zwischen den Fingern hielt.

»Was ist los mit dir, Abby?« flüsterte Sigarni und streichelte dem Vogel mit einer langen Taubenfeder über die Brust. »Bist du krank?« Die goldenen Augen, strahlend und unergründlich, sahen sie an.

Als Sigarni zu ihrer Hütte zurückkehrte, brachte sie Abby nicht auf ihren Ansitz, sondern nahm sie mit hinein und setzte sie auf die Lehne eines Stuhls. In der Hütte war es kalt, und Sigarni zündete ein

Feuer an. Zwischen die Scheite legte sie zwei große Stücke Kohle, die sie von Asmidir bekommen hatte. Aus dem Schrank holte sie ihre Waagschalen und hängte sie an einen breiten Deckenbalken. Sie holte Abby und wog sie. Zwei Pfund, sieben Unzen: fünf Unzen über dem perfekten Jagdgewicht.

»Was mache ich nur mit dir, meine Schöne?« fragte sie leise und strich dem Vogel über Hals und Nacken. »Damit du gehorsam bleibst, muß ich dich füttern, aber wenn ich dich nicht fliegen lasse, wirst du fett und faul und bist nutzlos für mich. Wenn ich dich hungern lasse, geht dein ganzes Training verloren, und ich muß wieder ganz von vorn anfangen. Du bist doch intelligent. Das weiß ich. Hast du so ein kurzes Gedächtnis? Hmm? Ist es das, Abby?« Sigarni seufzte. Sie nahm die Haube des Falken vom Gürtel und stülpte sie dem Tier über. Abby blieb still sitzen, zwar blind, doch voller Vertrauen. Sigarni setzte sich müde und lustlos vors Feuer.

Lady kratzte an der Tür, und Sigarni öffnete sie. Der Hund trabte herein und streckte seine schlanke schwarze Gestalt vor dem Feuer aus. »Ich hoffe, du hast schon etwas gegessen«, sagte Sigarni zu dem Hund, »denn wir haben heute nichts gefangen.« Lady klopfte mit dem Schwanz auf den Boden und legte den Kopf zurück, so daß sie Sigarni mit einem großen, braunen Auge ansehen konnte. »Ja«, sagte die Frau, »ich zweifle nicht daran, daß du schon etwas hattest. Du bist der beste Hasenjäger im Hochland. Du weißt das genau, nicht wahr? Schneller als der Wind – wenn auch nicht so schnell wie Abby.«

Draußen wurde es dunkel, und Sigarni zündete eine kleine Lampe an und hängte sie über den

Kamin. Sie streckte die Beine aus und zog die nassen Rehlederstiefel und die geölten Lederhosen aus. Die warme Luft strich über die nackte Haut ihrer Beine, und sie schauderte vor Vergnügen. »Wenn ich nur nicht so hungrig wäre«, sagte sie laut, streifte ihr Hirschlederhemd ab und warf es zu Boden. Das Feuer knisterte und loderte und warf tanzende Schatten an die Wände der Hütte.

»In meinem Kopf dröhnen alle Glocken der Hölle«, sagte Gwalch. Er kam aus dem Schlafzimmer und hielt sich die Schläfen.

»Dann solltest du nicht so viel trinken, Gwal«, sagte sie mit einem Lächeln.

»Das ist gut und schön für dich, aber ich …« Er hielt inne, als er ihre Blöße sah. »Bei Jarkas Eiern, Frau! Das ist unanständig!«

»Du hast doch gesagt, du wolltest gehen, alter Narr. Wenn ich allein wäre, wäre es anständig genug!«

»Ach, was«, sagte er mit einem breiten Grinsen, »ich mache einfach das Beste draus.« Er zog sich einen Stuhl heran und betrachtete mit aufrichtiger Bewunderung ihre vom Feuer erhellte Figur. »Frauen sind schon wunderbare Geschöpfe«, sagte er. »Wenn Gott jemals etwas Schöneres gemacht hat, hat er es mir jedenfalls nicht gezeigt.«

»Da deine Augen dir schon beinahe aus dem Kopf fallen, nehme ich an, du bist der Busen-Typ«, sagte sie lachend. »Fell ist ein Bein- und Hüften-Typ. Seine Augen wandern naturgemäß immer zum Hintern einer Frau. Seltsame Wesen, die Männer. Wenn Gott jemals etwas Lächerlicheres gemacht hat, hat sie es mir jedenfalls nicht gezeigt.«

Gwalch lehnte sich brüllend vor Lachen zurück.

»Blasphemie und Unanständigkeit in einem Atemzug. Beim Himmel, Sigarni, so etwas wie dich gibt es nicht noch einmal. Und nun, den Gefühlen eines alten Mannes zuliebe, willst du dir etwas überziehen?«

»Gerät dein Blut in Wallung, alter Mann?«

»Nein, und das ist deprimierend. Zieh dich an, Kind. Sei ein braves Mädchen.«

Sigarni widersprach nicht, sondern streifte ein Rehlederhemd über. Es war fast so lang wie eine Tunika und reichte ihr bis zu den Oberschenkeln. »Besser so, Gwal? Als ich bei dir lebte und du mich gebadet und mir die Haare gewaschen hast, warst du nicht so besorgt.«

»Damals warst du noch ein Kind und hattest keine Titten. Und du warst verletzt, Mädel.«

»Wie tötet man einen Dämon, Gwal?« fragte sie leise.

Er kratzte sich die weißen Stoppeln am Kinn. »Gibt es in diesem Haus nichts zu essen? Himmel, man kann ja dabei verhungern, wenn man dich besucht.«

»Ich habe noch etwas kalten Eintopf und eine Flasche von deinem Honiggeist. Für meinen Geschmack ist er zu stark. Willst du das, oder soll ich dir den Eintopf warm machen?«

Er sah sie verschmitzt an und zwinkerte. »Nein, Mädchen. Hol mir nur ein Tröpfchen von dem Honigtau.«

»Erst ein Handel.«

»Nein«, sagte er bestimmt. »Ich werde dir nichts mehr sagen. Noch nicht. Und wenn das eine trokkene Nacht bedeutet, dann ist es eben so.«

»Wann wirst du es mir sagen?«

»Bald. Vertrau mir.«

»Ich vertraue dir von allen Menschen am meisten«, sagte sie, beugte sich vor und küßte ihn auf die Stirn. Sie holte ihm die Flasche und sah zu, wie er sich einen Becher füllte. Die Flüssigkeit war dünn und golden und rann wie Feuer durch die Kehle. Gwalch leerte den Becher und lehnte sich mit einem Seufzer zurück.

»Genug davon, und ein Mann könnte ewig leben«, sagte er.

Sie schüttelte den Kopf. »Du bist unverbesserlich. Kennst du die Legende von Eisenhand?«

»Natürlich. Verschwand durch ein Tor, um zurückzukehren, wenn wir ihn brauchen.«

»Und, wird er zurückkehren?«

»Ja. Wenn die Zeit reif ist.« Er trank einen zweiten Becher.

»Das stimmt nicht, Gwalch. Ich fand seine Knochen.«

»Ja, ich weiß. Unter ein paar Steinen im See am Wasserfall. Warum hast du niemandem davon erzählt?«

Sigarni war überrascht, wußte jedoch im selben Moment, daß sie es nicht hätte sein sollen. »Warum fragst du, wenn du die Antwort schon kennst?« entgegnete sie.

»Es ist unhöflich, eine Frage mit einer Gegenfrage zu beantworten, Mädchen. Das weißt du doch.«

»Die Menschen brauchen Legenden«, sagte sie. »Wer bin ich, ihnen diese Kraft zu rauben? Er war ein großer Mann, und es ist schön, wenn die Menschen denken können, daß es ihm wirklich gelang, all die Mörder zu töten, statt von diesem Abschaum umgebracht zu werden.«

»Oh, aber er hat sie alle getötet! Sieben Stück, und dabei war er tödlich verwundet. Tötete sie und ihre Kriegshunde. Dann setzte er sich an den See, seine Kräfte verließen ihn. Einer seiner Lehnsleute fand ihn, ein vertrauenswürdiger Mann, loyal und treu. Eisenhand trug ihm auf, seinen Leichnam an einer Stelle zu verbergen, wo niemand ihn finden konnte, bis zur ausersehenen Zeit. Siehst du, er hatte die Gabe. Sie kam über ihn, als er im Sterben lag. Und so verbreitete sich die Sage, daß Eisenhand durch das Tor gegangen war und eines Tages wiederkommen würde. Und so wird es geschehen.«

Gwalch schenkte sich einen dritten Becher ein und leerte ihn halb. Er beugte sich vor, stellte den Becher auf den Boden, dann sank er zurück. Seine Atemzüge wurden tiefer.

»Wann wird er zurückkommen, Gwalch?« flüsterte Sigarni.

»Er hat es schon einmal getan«, antwortete der alte Mann. Seine Stimme wurde undeutlich. »In der Nacht des Mordes. Er war es, der den letzten Dämon tötete.« Der alte Mann begann leise zu schnarchen.

Fell liebte die Berge, die hohen, einsamen Pässe, die Pinienhaine und die langgestreckten Täler, die schneebedeckten Gipfel und die Weite dieses rauhen Landes. Er stand über der Schneegrenze auf dem High Druin und schaute nach Norden, zum Pallides-Land und weiter zu dem in der Ferne schimmernden Fluß, der das Land des Pallides-Clans von dem der stillen, ernsten Menschen der Farlain trennte. Dies war ein Land, das den Menschen viel abverlangte. Hier Ackerbau zu treiben war nicht leicht, denn die Winter waren unvorstellbar hart, die Sommer oft feucht und grau, so daß die Wurzeln der meisten Ackerfrüchte verfaulten, bis auf den Hafer, der offenbar im Hochland prächtig gedieh. In den Tälern wurden Rinder gezüchtet, eine zähe, langhaarige Rasse mit langen, nadelspitzen Hörnern. Diese Hörner mußten so spitz und scharf sein, wegen der Wölfe oder Schwarzbären. Und trotz des langen Fells und des kräftigen, kompakten Körperbaus forderten die grausamen Winter einen hohen Prozentsatz der Tiere, die entweder in Schneewehen festsaßen oder durch Lawinen von den eisigen Kämmen und steilen Hängen getötet wurden.

Es war kein Land für Schwächlinge – weder an Geist noch an Körper.

Die kühle Abendbrise strich ihm übers Gesicht, und er rieb sich das Kinn. Bald würde er den jetzt kurz gestutzten Bart lang wachsen lassen, damit er Hals und Gesicht vor den bitterkalten Winterwinden schützte.

Fell stieg weiter, überquerte einen gefährlichen Sims und kletterte dann zur Provianthöhle hinunter. Er erreichte sie gerade vor Einbruch der Nacht. Die Plane, die die schmale Öffnung bedeckte, verrottete allmählich, und er machte sich in Gedanken eine Notiz, beim nächsten Besuch ein neues Stück Leintuch mitzubringen. Sie bildete zwar kein ernstliches Hindernis, hielt aber Tiere davon ab, die Höhle als Unterschlupf zu benutzen, und in einer kalten Nacht half sie, die Wärme vom Feuer in der Höhle zu halten. Die Höhle war tief, aber schmal. Gut drei Meter von der hinteren Wand entfernt war ein roh gebauter Kamin unter einem natürlichen Abzug, der den Rauch durch den Berg aufsteigen ließ. Wie immer war ein Feuer vorbereitet, fertig für einen Wanderer, mit zwei Feuersteinen daneben. An der anderen Wand lag genug Holz, um mehrere Nächte lang ein Feuer in Gang zu halten. Auch befand sich ein Vorratsschrank hier, mit Haferflocken und Honig und einem kleinen Topf mit eingesalzenem Fleisch. Daneben lag ein Dutzend Wachskerzen.

Es war einer von Fells Lieblingsplätzen. Wenn er ungestört hier saß, konnte er nachdenken oder träumen. Meistens dachte er über seine Rolle als Hauptmann der Waldhüter nach, wie man am besten die Wälder und Täler kontrollierte, die Hirschrudel ausspähte und Jagd auf die Wölfe machte. Heute abend wollte er träumen, müßig in der Höhle sitzen und seine Gedanken zur Ruhe kommen lassen. Rasch zündete er das Feuer an, legte Rucksack und Umhang ab und lehnte Langbogen und Köcher an die Wand. Aus seinem Rucksack zog er einen kleinen Topf und ein Säckchen mit Haferflocken. Als das Feuer loderte, hängte er den Topf darüber und ging mehrfach nach draußen, um mit Händen voller Schnee zurückzukommen, den er in den Topf fallen ließ. Als er genug Wasser hatte, fügte er Haferflocken und eine Prise Salz hinzu und rührte mit einem Holzlöffel um. Fell bevorzugte seinen Haferbrei mit Honig, aber er hatte keinen mitgebracht und scheute sich davor, den Vorrat zu plündern. Man konnte nie wissen, wann man den Proviant in dem kleinen Vorratsschrank brauchte, und Fell wollte nicht mitten im Winter auf dem High Druin festsitzen und dann daran denken müssen, wie er in einer stillen Nacht im vergangenen Sommer den Honig aus einer Laune heraus aufgegessen hatte.

Statt dessen kochte er seinen Haferbrei ungesüßt, dann stellte er ihn zum Abkühlen beiseite.

Sigarnis Gesicht kam ihm ungebeten in den Sinn, und Fell fluchte leise. »Ich muß Söhne haben«, sagte er laut, erstaunt, wie sehr nach Verteidigung diese Worte klangen.

»Ein Mann braucht auch Liebe«, sagte eine Stimme.

Fell blieb beinahe das Herz stehen. Er sprang auf und wirbelte herum. Niemand war da. Der Waldhüter zog sein zweischneidiges Jagdmesser.

»Das wirst du nicht brauchen, mein Junge«, sagte die Stimme. Diesmal kam sie von links. Fell fuhr herum und sah, gelassen am Feuer sitzend, den ältesten Mann, den er je gesehen hatte. Das Gesicht war ein Labyrinth von Falten, die durch das Feuer erhellt wurden, am Kinn schlotterte die Haut grotesk. Er trug eine grünkarierte Tunika und Beinkleider und einen Umhang, der aus allen möglichen Federn gemacht zu sein schien: Taube, Falke, Spatz, Rabe... Fell warf einen Blick auf die Plane am Eingang. Sie war noch immer eingehakt.

»Wie bist du hier hereingekommen?« fragte er.

»Durch eine andere Tür, Fell. Komm, setz dich zu mir.« Der alte Mann streckte einen knochigen Arm aus und winkte den Waldhüter zu sich heran.

»Bist du ein Geist?«

Der alte Mann dachte darüber nach. »Eine interessante Frage. Ich hätte schon sterben sollen, lange bevor du geboren wurdest. In gewissem Sinne bin ich also schon tot. Aber nein, ich bin kein Geist. Ich bin Fleisch und Blut, wenn auch nur noch sehr wenig Fleisch übrig ist. Ich bin Taliesen der Druide.«

Fell ging zum Feuer und hockte sich dem alten

Mann gegenüber. Er wirkte harmlos und trug keine Waffen. Trotzdem behielt Fell sein Messer in der Hand. »Wie kommt es, daß du mich kennst?« fragte er.

»Dein Vater gab mir Brot und Salz, als ich das letzte mal hier war, vor neunzehn Jahren nach eurer Zeitrechnung. Du warst damals sechs. Du hast mein Gesicht angesehen und mich gefragt, warum es mir nicht mehr paßte.« Der alte Mann kicherte trocken. »Ich liebe die Kleinen. Ihre Fragen sind so köstlich unverschämt.«

»Ich kann mich nicht daran erinnern.«

»Es war die Nacht der Zwillingsmonde. Es war noch ein anderer Mann bei mir, er war groß und sah unverschämt gut aus, und er trug ein Hirschlederhemd mit einem aufgestickten roten Falken.«

»Ich erinnere mich«, sagte Fell überrascht. »Er hieß Caswallon, und er setzte sich zu mir und brachte mir bei, durch die Zähne zu pfeifen.«

Der alte Mann wirkte empört. Er schüttelte den Kopf und murmelte etwas, das für Fell wie ein Fluch klang. Dann sah er auf. »Es war eine Nacht, als zwei Monde am Himmel standen und die Tore der Zeit sich schimmernd öffneten und ein kleines Erdbeben und mehrere Lawinen auslösten. Und du erinnerst dich nur daran, weil du gelernt hast zu pfeifen. Ach je, das ist wohl der Lauf der Dinge. Hast du vor, den Haferbrei mit mir zu teilen?«

»Das war nicht meine Absicht«, sagte Fell spitz, »aber da du mich schon an meine guten Manieren erinnerst, biete ich dir gerne etwas an.«

»Es schadet einem Mann nie, wenn man ihn an seine Manieren erinnert«, sagte Taliesen. Fell stand auf und holte zwei hölzerne Schalen aus dem

Schrank. Es war nur ein Löffel da, den er dem alten Mann anbot. Taliesen aß langsam, dann setzte er seine Schale halbleer beiseite. »Wie ich sehe, habt ihr in eurer Zeit die Kunst verlernt, guten Haferbrei zu machen«, sagte er. »Trotzdem, es reicht, um ein bißchen Energie für diese alten Knochen zu liefern. Und jetzt ... zu dringenderen Dingen. Wie geht es Sigarni?«

»Ihr geht es gut, alter Mann. Woher kennst du sie?«

Taliesen lächelte. »Tue ich nicht. Jedenfalls nicht genau. Mein Freund mit dem Falkenhemd brachte sie zu den Menschen, die sie aufzogen. Er riskierte viel dabei, aber er war eben ein unvorsichtiger Mann, beherrscht von einer eisernen Moralität. Solche Männer sind gefährliche Freunde – aber noch tödlichere Feinde. Dankenswerterweise war er immer mehr ein Freund.«

»Was meinst du damit, *brachte* sie? Sie lebte mit ihrem Vater und ihrer Mutter bis ...«

»Die Nacht des Mordes ... ja, ja, ich weiß. Aber sie waren nicht ihre Eltern. Ihr Kind starb in der Krippe. Sigarni war ... ein Wechselbalg. Aber darum geht es nicht. Ich nehme an, die Invasion hat noch nicht begonnen? Nein, natürlich nicht. Ich werde allmählich alt, aber ich habe noch immer ein gewisses Talent, wenn es um Tore geht. Es sind noch sechs Tage bis zum Ende des Sommers, nicht wahr?«

»Vier Tage, aber du redest Unsinn, alter Mann«, sagte Fell und legte mehr Holz aufs Feuer. »Was für eine Invasion?«

»Vier Tage? Hmm. Na ja, noch immer nah genug«, sagte der alte Mann, sah auf seine knorrigen Hände und tippte mit dem Daumen an die Fingerspitzen, als würde er irgend etwas ausrechnen. Er stand auf und ging zum Eingang, zog die Plane weg und warf einen Blick zum Himmel empor und musterte die Sterne. »Ah ja«, sagte er und kehrte zum Feuer zurück. »Vier Tage. Ganz recht. So, wie lautete deine Frage? Die Invasion. Hmm. Wo soll ich anfangen. Die Nachkommen der Aenir, der Eroberer des Tieflands. Wie nennt ihr sie … Fremdländer? Ja, Fremdländer. Sie werden im Frühling mit Feuer und Schwert kommen. Ich weiß, daß du dies bereits vermutest, junger Fell. Trotzdem, das ist im Augenblick nicht wichtig, denn wir sprachen von Sigarni. Ist sie stark? Ist sie eigenwillig und widerspenstig? Hat sie einen durchdringenden Blick, der in den Herzen starker Männer Furcht auslöst?«

Fell lachte plötzlich. »Ja, alles.« Sein Lächeln schwand. »Aber sprich deutlich, alter Mann, denn ich will mehr von dieser Invasion hören, von der du redest. Warum sollten sie einmarschieren?«

»Warum wohl? Was bewegt das Hirn böser Männer? Wer kann das wirklich wissen, außer einem anderen bösen Mann. Und wenn ich auch in meinem langen Leben oft mürrisch war, ich war nie böse und kann deshalb deine Fragen auch nicht mit irgendeinem Anspruch auf Richtigkeit beantworten. Aber ich kann natürlich Vermutungen anstellen.«

»Ich habe noch nie einen Mann getroffen, der so viel redet und so wenig sagt«, fuhr Fell ihn an.

»Die Jugend war schon immer ungeduldig«, tadelte Taliesen ihn mild. »Es gibt zwei wesentliche Gründe, die ich mir vorstellen kann. Der eine betrifft eine Prophezeiung, die im Süden in Umlauf ist, über einen großen Anführer, der sich unter den Völkern des Hochlandes erheben wird. Prophezeiungen solcher Art werden von Tyrannen gewöhnlich nicht gerade geschätzt. Zweitens und vermutlich wichtiger ist die Tatsache, daß Baron Ranulph Gottasson ehrgeizig ist. Er hat zwei Feinde: Den König und den Grafen Jastey. Wenn er eine Armee im Hochland aufstellt, kann er wieder zu einem Machtfaktor in der Hauptstadt werden – vor allem mit ein paar Siegen, mit denen er prahlen kann.«

»Wie kann er Siege erringen, wenn keine Armee da ist, gegen die er kämpfen kann?«

Taliesen lächelte und schüttelte den Kopf. »Aus gerade diesem Grunde, wie könnte er nicht?«

»Aber es gibt keinen Anführer. Bei Gottes Zähnen, das ist doch verrückt!«

»Wieder falsch, mein Junge. Es gibt einen Anführer. Deswegen bin ich hier in dieser kalten, ungemütlichen Höhle, mit dieser langweiligen Gesellschaft und noch schlimmerem Haferbrei. *Es gibt einen Anführer!*«

Fell starrte ihn an. »Mich? Glaubst du, *ich* bin es?«

»Sehe ich aus wie ein Idiot? Nein, Fell, du bist nicht der Anführer. Du bist tapfer und intelligent, und du wirst loyal sein.« Er kicherte. »Aber du hast nicht das Talent, Armeen zu befehligen. Du hast weder das Talent dafür noch den Willen oder das Blut.«

»Danke für deine Aufrichtigkeit«, sagte Fell, der gleichzeitig Kummer und Erleichterung empfand. »Aber wer ist es dann?«

»Du wirst schon sehen. In drei Tagen wird vor den Mauern der Zitadell-Stadt ein Schwert erhoben, und das Rot wird wieder getragen werden. Sei dort, Fell. In drei Tagen, bei Sonnenaufgang. Im Licht des neuen Tages wirst du die Geburt einer Legende erleben.«

Der alte Mann stand auf, und seine Gelenke knackten wie trockene Zweige.

Auch Fell stand auf. »Wenn du so etwas wie ein Prophet bist, dann mußt du auch den Ausgang der Invasion kennen. Wird mein Volk überleben?«

»Einige ja, einige nein. Aber ganz so einfach ist es nicht, junger Mann. Es gibt immer nur eine Vergangenheit, aber Myriaden von Zukünften, wenn auch manchmal die Vergangenheit die Zukunft eines anderen sein kann. Na, das ist ein Rätsel, bei dem dir schwindlig wird, was?« Die Miene des alten Mannes wurde weicher. »Ich versuche nicht, dich zu verwirren, Fell. Aber ich habe mein Wissen über eine Zeitspanne hinweg erworben, die zwanzigmal so lang ist wie dein Leben. Ich kann dir nicht alles in dem kurzen Moment, der uns bleibt, mitteilen. Laß uns einfach sagen, daß ich weiß, was passieren *sollte*, und ich weiß, was passieren *könnte*. Deswegen kann ich dir mit Gewißheit sagen, was *möglicherweise* passiert. Aber ich kann dir keinesfalls sagen, was geschehen *wird*!«

»Da ist sich ja selbst Gwalch seiner Sache sicherer«, warf Fell ein, »und er ist die halbe Zeit betrunken.«

»Manche Ereignisse sind in Stein gemeißelt und Teil eines Schicksals«, stimmte Taliesen zu, »wie du in drei Tagen bei der Zitadelle sehen wirst. Andere sind fließender.« Er lächelte. »Du brauchst gar nicht erst zu versuchen zu enträtseln, was ich dir sage. Sei einfach vor der Stadt. Und jetzt werde ich dir etwas zeigen, das lohnenswerter zu behalten ist als Pfeifen durch die Zähne. Gib gut acht, Fell, denn so etwas wirst du nicht wieder sehen.«

Mit diesen Worten ging der alte Mann auf die Wand zu – und hindurch. Fell riß den Mund auf, blinzelte, dann sprang er auf und lief zu der Wand. Sie war aus massivem Felsgestein.

Doch von dem alten Mann keine Spur. Einen Augenblick lang stand Fell nur da, seine rechte Hand ruhte auf den Felsen. Dann machte er kehrt und warf einen Blick zum Feuer. Es war heruntergebrannt. Er legte Holz nach, wartete, bis die Flammen wieder hoch aufloderten, dann legte er sich neben dem Feuer zurecht. Draußen vor der Höhle war es jetzt stockfinster und eisig kalt, doch er spürte die Hitze der Flammen und fühlte sich behaglich. Und während er in einen tiefen und traumlosen Schlaf hinüberglitt, hörte er wieder die Worte des alten Mannes.

»Sei dort, Fell. In drei Tagen, bei Sonnenaufgang. Im Licht des neuen Tages wirst du die Geburt einer Legende erleben.«

Will Stamper schob sich durch das Gewühl auf dem Markt und hielt Ausschau nach Taschendieben oder Bettlern. Er war jetzt seit zwei Jahren Korporal der Wache, und der untersetzte Soldat nahm seine Aufgabe sehr ernst. An seiner Seite kaute der kleinere Relph Wittersson an einem Apfel.

»Mehr Leute dieses Jahr«, sagte Relph und warf das Kerngehäuse fort. Ein räudiger Köter schnüffelte daran und lief dann weiter.

»Die Bevölkerung wächst«, erklärte Will und griff mit seinem kräftigen Finger unter den Kinnriemen seines eisernen Helmes. »All diese neuen Häuser auf der Oststraße sind jetzt verkauft, und sie reden schon davon, im Norden weiterzubauen. Der Himmel weiß, wieso die Leute an einen solchen Ort kommen wollen.«

»Du wolltest es doch auch«, erinnerte ihn Relph.

Will nickte und setzte zu einer Antwort an, als er den kleinen grauhaarigen Mann in schmutziger brauner Tunika am Rande der Menge erblickte. Der Mann sah ihn im selben Moment und verschwand rasch in einer Gasse.

»Alyn Kurzmesser«, sagte Will. »Eines Tages kriege ich den alten Bastard. Was wollte ich sagen?«

»Weiß nicht mehr. Irgendwas von neuen Häusern und immer mehr Leuten, die herziehen«, antwortete Relph, blieb an einer Wurstbude stehen und ließ sich ein Rindswürstchen geben. Relph biß in die Wurst. »Gar nicht übel«, sagte er, »aber zuviel Getreide drin. Sollte verboten werden. Kann man ja nicht ernsthaft Wurst nennen, wenn mehr Brot als Fleisch drin ist.«

Die beiden gingen langsam durch die Marktgasse, dann die Bäckergasse hinunter zum Hauptplatz, wo die Zelte und Markisen für das Turnier errichtet wurden. Lautes Hämmern dröhnte über den Platz, während die Arbeiter die hohen Lehnsitze für die Adligen und ihre Damen bauten, und Will sah, wie der schmale, blonde Graf Leofric die Arbeiten beaufsichtigte. Neben ihm stand der Hauptmann der Wache. Will fluchte leise. Relph stieß Will an.

»Laß uns durch die Marktgasse zurückgehen«, schlug er vor. Will wollte gerade zustimmen, als der Hauptmann sie entdeckte. Mit einem gebieterischen Fingerschnippen befahl er sie zu sich. Will holte tief Luft. Er mochte den Hauptmann nicht, und schlimmer noch, er hatte keine Achtung vor ihm. Der Mann war ein Karrieresoldat, aber er scherte sich nicht um das Wohlergehen seiner Männer.

Redgaer Kushir–Tod, Ritter bei Hofe, Sohn des Grafen von Cordenia, wartete nicht, bis die Soldaten bei ihm angelangt waren. Die Arme hinter dem Rücken verschränkt, schritt er auf sie zu, den roten Bart vorgereckt. »Nun?« fragte er. »Schon Taschendiebe geschnappt?«

»Noch nicht, Hauptmann«, sagte Will und salutierte mit geschlossener Faust.

»Hmm. Wirst du auch nicht, wenn dein Bauch noch dicker wird, Mann. Ich will keine Speckbäuche unter meinem Kommando.«

»Jawohl, Hauptmann.« Es war sinnlos, irgend etwas entgegnen zu wollen, wie Will Stamper schon vor langer Zeit schmerzlich erkannt hatte. Zu Wills Glück wandte der Hauptmann seine Aufmerksamkeit nun Relph zu.

»Deine Gürtelschließe ist stumpf, Mann, und dein Federbusch sieht aus, als hättest du damit einem Pferd den Hintern abgewischt. Das bedeutet fünf Kupferstücke Strafe, und du wirst dich bei meinem Adjutanten zu einer Sonderschicht melden.«

»Jawohl, Hauptmann«, sagte Relph demütig.

»Macht jetzt weiter eure Runden«, befahl Redgaer und machte auf dem Absatz kehrt, daß sein roter Umhang nur so flog.

»Was für ein Ziegenhirn«, flüsterte Relph. *»Dein Federbusch sieht aus, als hättest du damit einem Pferd den Hintern abgewischt«*, ahmte er den Hauptmann nach. »Eher hat er damit seine Zunge abgewischt, nachdem er dem Baron auf den Knien den Hintern geküßt hat.« Will lachte leise, und die beiden Soldaten setzten ihren Weg durch die Färberstraße und zurück zum Markt fort.

»He, sieh dir das an!« sagte Relph und deutete mit dem Finger. Will sah, was Relph meinte und stieß einen leisen Pfiff aus. Eine hochgewachsene Frau ging über den Markt, ihr Haar war trotz ihrer Jugend silbergrau, und auf ihrer linken Faust saß ein roter Falke. »Sieh dir mal diese Beine an, Will. Bis zum Hals. Und was für ein Arsch, fest und prall. Ich sage dir, ich würde nicht über sie hinwegkrabbeln, nur um zu dir zu kommen.«

»Bißchen dünn für meinen Geschmack«, sagte der ältere Mann, »aber sie hat einen guten Gang, das will ich ihr lassen. Sie kommt aus dem Hochland.«

»Woher willst du das wissen? Nur weil sie Rehleder trägt? Viele Tiefländer tragen auch Rehleder.«

»Guck dir an, wie sie sich bewegt«, sagte Will. »Stolz, arrogant. Nee, Hochland. Die sind alle so. Ich sehe, daß sie keinen Ehearmreif trägt.« Als sie die Frau beobachteten, schreckte der Falke plötzlich auf und flatterte panisch mit den Flügeln. Die Frau beruhigte ihn und strich ihm sanft über den roten Kopf.

»So könnte sie mich streicheln«, sagte Relph. »Allerdings etwas tiefer. Komm, laß uns mit ihr reden.«

»Wozu?«

»Ich habe heute abend dienstfrei. Vielleicht habe ich Glück.«

»Ich wette um deine Fünf-Kupfer-Strafe, daß sie kein Interesse an dir hat.«

»Und ich wette, daß ich sie spätestens um Mitternacht aufspieße.«

»Eingebildeter Hundesohn«, sagte Will lächelnd. »»Ich schaue gern zu, wie sie dich wieder zurechtstutzt.« Die beiden Soldaten wanden sich durch die Menge, bis sie neben der Frau an einem Stand mit Trockenfrüchten waren.

»Guten Morgen, Fräulein«, sagte Will. »Ein schöner Vogel.«

Die Frau lächelte flüchtig. »Sie jagt gut«, war alles, was sie sagte, ehe sie sich abwandte.

»Kommst du aus dem Hochland?« fragte Relph.

Die Frau fuhr herum. »Ja. Warum fragst du?«

»Mein Freund hier hat mit mir gewettet. Ich sagte, du stammtest aus den Bergen, er bestand daraus, daß du aus dem Tiefland stammst. Ich erklärte ihm, daß man eine Frau aus dem Hochland immer erkennen könne.«

»Woran?« entgegnete die Frau und richtete ihren hellen Blick auf den Soldaten.

»An ihrem, äh, Gang. Sag mal, bleibst du, äh, heute nacht in der Stadt? Es gibt ein paar gute Lokale, und es wäre mir eine Ehre, dich zu begleiten.«

»Nein, ich bleibe nicht. Guten Tag.« Sie ging weiter, doch Relph eilte ihr nach und nahm sie beim Arm. Dies ließ den Falken wieder auffahren.

»Du weißt nicht, was du verpaßt, Süße. Es ist nie klug, sich eine gute Gelegenheit entgehen zu lassen.«

»Oh, das tue ich auch nie«, sagte die Frau. »Lebwohl.«

Sie ging davon und ließ Relph mit puterrotem Gesicht zurück. »Ah«, sagte Will, »ich höre schon das süße Klingeln der fünf Kupferstücke in meinen Händen.«

Relph fluchte. »Wofür hält die Ziege sich eigentlich?«

»Ich sagte dir doch, sie kommt aus dem Hochland. So weit es sie betrifft, bist du ein feindlicher Besatzungssoldat. Und wenn sie dich nicht haßt – was sie wahrscheinlich tut –, dann verachtet sie dich. Jetzt laß uns weitergehen, dabei kannst du dir überlegen, wie du mich bezahlen willst.«

»Wie ist sie zu dem Falken gekommen?« fragte

Relph. »Ich meine, eine Frau mit einem Falken. Das gehört sich doch nicht. Vielleicht hat sie ihn gestohlen!«

»Nun schlag dir den Gedanken aus dem Kopf, mein Sohn«, sagte Will streng. »Nur weil eine Frau nicht mit dir schlafen will, heißt das noch lange nicht, daß du sie einfach einsperren kannst. Solche Ungerechtigkeiten dulde ich nicht. Schlag sie dir aus dem Kopf, und konzentriere dich auf die Menge. Ich wette noch mehr als deine fünf Kupferstücke, daß hier ein Taschendieb sein Unwesen treibt, während unseres Dienstes. Eher fünf Dutzend!«

»Ja«, sagte Relph, »außerdem gibt es noch genügend andere Schafe auf der Weide.« Er lachte plötzlich. »Hast du gehört, daß Gryen sich in einem Hurenhaus in der Nordstraße den Tripper aufgesackt hat? Sein Pimmel ist voller eitriger Pickel. Er ist in einem fürchterlichen Zustand. Sie setzen verdammte Blutegel darauf. Kannst du dir das vorstellen? Müssen ziemlich kleine Egel sein, was?«

»Geschieht ihm recht«, sagte Will. Er blieb vor einer Apotheke stehen und trat ein.

»Was suchst du?« fragte Relph.

»Mein Jüngster hat Keuchhusten. Betsi bat mich, Kräutersirup mitzubringen.«

»Immer krank, der Junge, seit er das Fieber hatte«, meinte Relph. »Meinst du, er wird sterben?«

Will seufzte. »Wir haben schon zwei verloren, Relph. Einen durch die Pest damals in Angosta und den zweiten, als ich auf dem Feldzug in Kushir war. Das gelbe Fieber hat ihn erwischt. Ich weiß nicht, ob der Junge überleben wird oder nicht. Aber er ist ein Kämpfer, wie sein Papa, also hat er eine reelle Chance.«

»Mit Betsi hast du Glück gehabt«, meinte Relph, während Will wartete, bis der Apotheker eine kleine blaue Flasche mit Sirup gefüllt hatte. »Sie ist eine gute Frau. Kocht gut, und euer Haus ist immer so sauber. Ich wette, ihr könntet vom Fußboden essen, ohne einen Staubkrümel dabei zu erwischen. Gute Frau.«

»Die beste«, stimmte ihm Will zu. »Ich glaube, wenn der Sommer kommt, versuche ich mich nach Süden versetzen zu lassen. Sie hat dort ihre Familie und vermißt sie. Das tue ich vielleicht.«

»Es geht das Gerücht, daß wir im Frühling auf einen Feldzug gehen. Schon gehört?«

»Es gibt immer Gerüchte, mein Sohn. Darüber mache ich mir keine Gedanken. Einer der Gründe, aus denen ich herkam, war, um Ruhe zu haben. Betsi hatte immer Angst, ich könnte im Kampf getötet werden. Hier gibt es keine Schlachten, gegen wen sollen wir also in den Krieg ziehen?«

»Der Hauptmann sagt, die Hochland-Clans würden den Krieg vorbereiten und Händler und Kaufleute angreifen.«

Will schüttelte den Kopf. »Das stimmt nicht. Es gab einen Übergriff, aber die Waldhüter ergriffen die Männer und töteten sie. Es waren keine Hochländer. Nein, ich freue mich auf den Sommer, mein Junge. Dann bringe ich die Familie in den Süden.«

Der Apotheker reichte ihm die Flasche, und Will gab ihm zwei Kupfermünzen.

Draußen tippte Relph ihn auf den Arm. »Wie kommt es, daß du bezahlst? Tue ich nie. Die Bastarde in der Stadt können es sich leisten, für uns aufzukommen. Schließlich passen wir auf sie auf.«

»Ich zahle immer«, sagte Will. »Alte Angewohnheit.«

Grame der Schmied lieferte die grauen Hengste des Barons ab und verließ die Zitadelle. Es hatte ihn nicht weiter überrascht, daß der Baron für seine Arbeit nicht zahlte, und Grame hatte auch nichts anderes erwartet. Er wanderte durch die Stadt und überlegte, ob er in der Blauen Ente etwas essen sollte. Schweinebraten mit Kruste war dort eine Spezialität. Grame klopfte auf seinen ausladenden Bauch. »Du wirst allmählich alt und fett«, tadelte er sich. Früher einmal hatte er als einer der bestaussehenden Männer in Cilfallen gegolten, und er hatte sich daran gewöhnt, daß Frauen ihn wohlwollend betrachteten, wenn er vorüberging. Jetzt betrachteten sie ihn nicht mehr. Sein Haar hatte schon längst seinen Schädel verlassen und sproß wenig anziehend von Schultern und Rücken. Er hatte drei Vorderzähne bei Colden Moor eingebüßt und dafür eine zerschlagene Lippe einkassiert. Die Zähne waren ihm von einem fremdländischen Soldaten mit einer Eisenkeule ausgeschlagen worden. Gott, wie hatte das weh getan, erinnerte er sich. Es war ein doppelter Schmerz. In dem Moment, in dem er zu Boden ging, wußte er, daß sein gutes Aussehen für immer dahin war.

Jetzt trug er einen buschigen weißen Bart mit einem langen, herabhängenden Schnurrbart, der den Mund verdeckte.

Zögernd ging er an der Blauen Ente vorbei und weiter über die Marktstraße, wo er Sigarni im Gespräch mit zwei Soldaten sah. Der erste war hochgewachsen, mittleren Alters und sah aus wie ein Krieger. Der zweite war kleiner, er nahm Sigarnis Arm, aber sie sprach mit ihm und ging davon. Grame sah, wie der Mann dunkelrot anlief. Der Schmied lachte leise und ging zu Sigarni, die vor einem Stand mit allerlei Schnickschnack stand. Sie betrachtete eine Schwanzglocke aus Messing.

»Ich überlege, ob ich Abby eine Glocke kaufen soll«, sagte sie. »All die anderen Falken hier haben eine.«

»Aus welchem Grund?« fragte der Schmied. »Abgesehen davon, daß alle anderen eine haben?«

Sigarni dachte einen Augenblick nach, dann grinste sie. »Ich weiß es nicht, Grame«, gab sie zu. »Aber sie sind hübsch, findest du nicht?«

Grame nahm ihr die Glocke aus den Fingern und musterte sie gründlich. »Sie sind gut gearbeitet«, sagte er, »und im Flug werden sie lautlos sein. Falkner benutzen sie, um ihre Vögel wiederzufinden. Du kannst sie hören, wenn sie auf einem Baum landen. Hast du Ärger mit Abby? Hast du sie schon mal verloren?«

»Nie.«

»Dann brauchst du keine Glocke. Was führt dich nach Zitadell?«

»Es gibt ein Falkenturnier, bei dem zwei Gold-Guineen als Preis ausgesetzt sind. Ich glaube, Abby könnte es gewinnen.«

Grame kratzte sich den weißen Bart. »Vielleicht. Das hängt davon ab, wie der Wettkampf aufgebaut ist. Wenn Gehorsam hoch bewertet wird, hast du vielleicht eine gute Chance. Aber Geschwindigkeit? Der Sperber ist leichter und schneller als Abby.«

»Du erstaunst mich, Grame. Ich wußte nicht, daß du etwas von Falknerei verstehst.«

»Hatte selbst mal einen Sperber. Schönes Tier … aber eigensinnig. Habe sie im Jahr vor Colden verloren. Ich nehme an, du versuchst, Abby vor dem Turnier an Menschenmengen zu gewöhnen?«

»Ja«, antwortete Sigarni und strich Abby über den

schmalen Kopf. »Die Menschen scheinen sie nicht zu stören. Sie ist ein paarmal aufgeschreckt, aber ich glaube, sie wird ihre Sache gut machen. Ich bringe sie morgen wieder her.«

»Kostet das Turnier Eintritt?«

»Ja. Einen Silberpfennig. Ich habe heute morgen bezahlt.« Sigarnis Miene veränderte sich. »Der Schreiber mußte eine Erlaubnis vom Turnierleiter holen, damit ich hineinkann. Er war nicht sicher, ob Frauen überhaupt teilnehmen dürfen.«

Grame lachte leise. »Nun, es ist jedenfalls ungewöhnlich, Mädchen. Sie verstehen nicht, daß Hochland-Frauen ... nun, sagen wir... anders sind.«

»Inwiefern?« entgegnete sie.

»Anders als ihre eigenen zahmen Frauen«, sagte Grame. »Ihre Frauen haben keine Rechte. Wenn sie heiraten, fällt ihr gesamtes Vermögen an ihren Ehemann. Er kann sie schlagen, demütigen und verstoßen, ohne daß sie sich auf das Recht berufen kann.«

»Das ist ja schrecklich. Warum lassen die Frauen sich das gefallen?«

Grame zuckte die Achseln. »Gewohnheit? Das weiß Gott allein. Ihre Väter suchen ihre Ehemänner aus, die Ehemänner beherrschen ihr Leben. Es ist eine Welt, die von Männern regiert wird. Und der Turnierleiter hat deinen Zutritt erlaubt? Er muß ein heller Kopf sein.«

»Er war von Abby fasziniert. Das konnte ich sehen. Er fragte mich, wo ich sie her habe und wie viele Beutetiere sie getötet hat. So etwas. Er sagte, der Baron wäre vielleicht an ihr interessiert.«

Grame schwieg einen Augenblick. Dann sagte er: »Ich fürchte, das gefällt mir nicht, Sigarni.«

»Wieso?«

»Du kommst nicht oft nach Zitadell, oder? Nein, natürlich nicht. Du verkaufst deine Felle an den Gerber und den Pelzhändler, und du kaufst deine Vorräte – wie oft … dreimal im Jahr?«

»Viermal. Aber was spielt das für eine Rolle?«

»Der Baron ist ein eifriger Falkner. Er ist gewiß an Abby interessiert. Vielleicht will er sie für sich selbst.«

»Aber er kann sie nicht haben«, sagte sie.

Grame lächelte, aber in seiner Miene war keine Belustigung zu sehen. »Der Baron bekommt immer alles, was er will. Er ist hier der Herrscher. Mein Rat lautet, vergiß das Turnier und bring Abby zurück in die Berge!«

»Ich habe meinen Silberpfennig bezahlt!«

Grame griff in seine Tasche und zog eine Münze hervor. »Ich bezahle dafür, und zwar gern.«

»Ich will dein Geld nicht, Grame – aber danke für das Angebot. Glaubst du, er würde sie mir stehlen?« Grame nickte. »Aber wie könnte er? Mit welchem Recht?«

»Der Eroberung. Du bist eine Frau von den Clans. Du hast keine Rechte außer denen, die er gestattet.«

Sigarnis Gesicht verdüsterte sich. »Aber bei Gott, das ist unrecht!«

»Ich zweifle nicht daran, daß es unrecht ist. Aber Gott macht hier nicht die Gesetze, sondern der Baron. Ich muß hier noch etwas erledigen, werde aber gegen Abend wieder aufbrechen. Mein Wagen steht an der Nordmauer hinter der Werkstatt des Waffenschmieds. Ich nehme dich gerne mit, wenn du mit zurück nach Cilfallen möchtest.«

»Das möchte ich gerne«, sagte Sigarni. »Wir treffen uns bei Einbruch der Dunkelheit dort.«

Grames Worte ärgerten Sigarni und brachten sie gleichzeitig auf. Sie hatte am Wettkampf teilnehmen wollen, um Abbys Künste einem größeren Publikum zu zeigen, um sich in dem Beifall zu sonnen. Und sie wollte zeigen, daß eine Frau einen Falken ebensogut ausbilden konnte wie ein Mann. Doch Grame war kein Narr. Wenn er sagte, daß sie Gefahr lief, Abby zu verlieren, mußte sie zuhören und entsprechend handeln. Es war ungerecht, aber das Leben war eben ungerecht. Wenn nicht, dann hätte sie Bernt geliebt, und er wäre noch am Leben.

Sigarni schlenderte durch die Menge hinaus zum Falknergelände, vorbei an Reihen mit Verschlägen, in denen die Hasen saßen, die für die Vorführungen gebraucht wurden. Sie waren in den letzten Tagen in Schlingen gefangen worden. Die kleinen Wesen würden einzeln freigelassen werden, um davonzujagen und über das Feld zu rennen, auf der Flucht vor den lautlosen Jägern, die ausgeschickt wurden, um sie zu töten. Abbys goldene Augen richteten sich auf die geduckten Tiere. »Nicht für dich, meine Hübsche«, sagte Sigarni. »Nicht dieses Mal. Kein Applaus für meine schöne Abby.«

Der Schreiber saß immer noch an seinem Tisch am Rand des Feldes, und mehrere Falkner warteten, um sich einzutragen oder ihr Zeichen in dem großen Buch zu machen. Ein Ansitzgestell war dicht dabei aufgestellt worden, auf den vielen Pfosten saßen Greifvögel mit Häubchen. Es waren alles Sperber. Abby wurde unruhig, als sie sie sah, und spreizte die Flügel. »Schsch«, flüsterte Sigarni. »Benimm dich, meine Süße.« Hinter dem Schreiber sah sie die beiden Soldaten, die vorhin mit ihr gesprochen hatten. Der große war kein Problem, aber der kleinere hatte gemeine Augen. Hinter ihnen stand der Turnierleiter. Sie konnte sich nicht an seinen Namen erinnern, nur daß er mit Rot begann, was zu seinem Bart und seinem Teint paßte.

Sie stellte sich hinter den Männern an und wartete, bis sie an die Reihe kam. Einer der Falkner betrachtete Abby genau. »Schönes Tier«, sagte er. »Hätte nie gedacht, noch einmal so eins zu sehen. Aus Kushir, nicht wahr?«

»Ja.«

»Gute Jäger. Nicht so schnell wie mein eigener Vogel, aber sie kommen wesentlich schneller auf einen Ruf hin.« Er strich Abby mit seinem breiten Zeigefinger über die Brust. Zu Sigarnis Verärgerung ließ Abby sich das gefallen, ja, schien es sogar zu genießen.

»Der Nächste!« rief der Schreiber. Er war rothaarig, und Sigarni erinnerte sich, daß er mit einer Eskorte durch Cilfallen geritten war, zum Zwecke der Volkszählung. Wie hieß er noch gleich? Andred? Nein ... Andolph.

Der Falkner unterschrieb mit seinem Namen, bezahlte seine Münze und ging zu der Volière, um seinen Vogel zu holen. Sigarni trat vor, und Andolph sah auf. »Ach, du bist das. Du hast dich schon eingetragen.«

»Jetzt möchte ich mich wieder austragen. Ich kann doch nicht teilnehmen.«

»Ich verstehe«, sagte Andolph und legte seinen Federkiel beiseite. »Ich fürchte, es gibt keine Rückerstattung. Ich nehme doch an, daß du dein Geld zurück möchtest?«

»Ja. Warum soll ich für etwas bezahlen, was ich gar nicht tun kann?«

»Warum wohl? Die Regeln sind da eindeutig. Wenn ein Falke krank wird oder ein Falkner nicht erscheint, dann ist seine Eintrittsgebühr verfallen. Verstehst du, aus den Eintrittsgebühren setzt sich letztendlich der Gewinn zusammen.«

»Ich habe mich erst vor einer Stunde eingetragen«, sagte sie mit einem süßen Lächeln. »Kannst du für ein armes Mädchen aus den Bergen nicht mal eine Ausnahme machen?«

Andolph wurde rot. »Nun ja, wie du sagst, es ist erst eine Stunde her.« Er griff in die Schachtel zu seiner linken, holte einen Silberpfennig heraus und gab ihn ihr. Wieder plusterte Abby sich auf, und der kleine Mann ließ die Münze in Sigarnis Hand fallen und zog seine Hand ruckartig zurück. »Ich kann sie nicht leiden«, gestand er. »Ich ziehe die Hasen vor.«

»Hasen sind zum Vergnügen der Raubvögel geschaffen worden, für die Jagd«, sagte Sigarni.

Vier Reiter kamen über das Feld galoppiert, die Hufe ihrer Pferde dröhnten auf der harten Erde. Abby plusterte sich auf, doch Sigarni hielt ihre Riemen fest. Der vorderste Reiter, ganz in Schwarz gekleidet, stieg von dem grauen Hengst und warf die Zügel dem zweiten Reiter zu. Sigarni stand still, denn alle warteten jetzt steif. Selbst der kleine Schreiber hatte sich hinter seinem Schreibtisch erhoben. Da wußte sie, daß es sich um den Baron handeln mußte. Innerlich verwünschte Sigarni sich, daß sie sich um die Gebühr geschert hatte, denn der Mann starrte Abby durchdringend an. Er war groß, mit glattem schwarzem Haar, das er straff nach hinten gekämmt und im Nacken zu einem kurzen Pferdeschwanz zusammengebunden hatte. Er trug einen dünnen, dreigabeligen Bart, der glänzte wie geölt, und seine aschgrauen Augen waren groß und quollen hervor. Die Lippen waren dünn, der Mund grausam, dachte Sigarni.

»Wo hast du den Vogel her?« fragte er. Seine Stimme war so leise, daß es einen Augenblick dauerte, ehe Sigarni begriff, daß er gesprochen hatte.

»Ein Geschenk von einem Freund«, antwortete sie. Die anderen Reiter stiegen ab und umringten sie. Sigarni fühlte sich umzingelt, blieb aber hochaufgerichtet stehen.

»Als Gegenleistung für sexuelle Gefälligkeiten sicherlich«, sagte der Baron in gelangweiltem Ton. »Na schön, ich nehme an, du bist hier, um das Tier zu verkaufen. Ich gebe dir zehn Guineen dafür, vorausgesetzt, du hast es nicht ruiniert.«

»Es ist nicht runiert, Herr, und es ist nicht zu verkaufen«, sagte Sigarni. »Ich habe Abby selbst ausgebildet und wollte eigentlich mit ihr am Turnier teilnehmen.«

Der Baron schien nicht zu bemerken, daß sie etwas gesagt hatte. Er wandte sich an den Mann hinter ihm und rief: »Zehn Guineen bitte, Leofric. Ich gebe es dir später wieder. Und erinnere mich daran, daß ich mit dem schwarzen Mann rede, wenn er das nächste Mal in die Stadt kommt.«

»Jawohl, Baron«, sagte der blonde Reiter und fingerte in seinen Taschen nach Münzen.

Sigarni trat einen Schritt zurück. »Sie ist nicht zu verkaufen«, sagte sie lauter als beabsichtigt. Dieses Mal drehte sich der Baron um und sah ihr zum erstenmal in die Augen.

»Du kommst aus dem Hochland, nicht wahr?« fragte er.

»Ja.«

»Es gibt keine Adelsgeschlechter im Hochland, nur eine bunte Mischung von ungebildeten Wilden, die in den Bergen ihr Leben fristen. Das Gesetz ist einfach, Weib: Ein Freier darf einen Sperber halten. Das ist der einzige Greifvogel, der einem Nicht-Adeligen erlaubt ist. Der Vogel, den du da hast, ist kein Sperber, also kann dir der Vogel nicht gehören. Spreche ich zu schnell für dich? Jetzt nimm das Geld und gib den Vogel meinem Falkner.«

Sigarni wußte, daß sie gehorchen sollte. Es spielte keine Rolle, daß es ungerecht war. Grame hatte recht, der Baron war das Gesetz, und sich ihm zu widersetzen war sinnlos. Doch irgend etwas tief in ihr flackerte auf, wie die Entstehung eines Feuers.

»Ich bin vom Blute Gandarins, des Königs«, sagte sie, »und der Falke gehört mir. Ob ich ihn behalte oder freilasse!« Mit diesen Worten hob sie den Arm und ließ die Riemen los. Überrascht von der plötzlichen Bewegung breitete Abby die Flügel aus und segelte in die Luft. Nicht einmal eine Spur von Verärgerung malte sich im Gesicht des Barons ab. Ein paar Herzschläge lang wagte niemand sich zu rühren, und alle sahen zu, wie der Falke mit den Aufwinden in die Höhe stieg. Dann, ohne Hast, beinahe beiläufig, krachte die schwarz behandschuhte Hand des Barons seitlich in Sigarnis Gesicht. Halb betäubt taumelte sie zurück. Der Baron setzte nach. Sigarni trat aus und zielte auf seine Lenden, doch sie traf nur seinen Oberschenkel. »Haltet sie!« sagte der Baron. Ihre Arme wurden festgehalten, und sie erkannte die Soldaten, die auf dem Marktplatz mit ihr gesprochen hatten. Der Baron schlug sie in den Magen, und sie klappte zusammen. Seine Stimme drang durch ihren Schmerz. Er hatte die Stimme nicht erhoben, und sie verriet keinerlei Gefühl. »Dummes Weib«, sagte er. »Jetzt hast du dein Recht auf die zehn Guineen verwirkt. Noch mehr Dummheiten, und du bekommst die Peitsche zu spüren. Verstanden? Ruf den Vogel herbei!«

Sigarni sah in die umschatteten Augen. Ihr Mund schmeckte nach Blut. »Ruf ihn selbst«, sagte sie, dann spuckte sie ihm voll ins Gesicht. Blut und Speichel rannen ihm über die Wange. Er nahm ein schwarzes Taschentuch aus seiner Tunika und wischte sich langsam die Beleidigung aus dem Gesicht. »Versteht ihr«, sagte er zu den versammelten Männern, »womit wir es hier zu tun haben? Ein Volk, das kein Verständnis von Gesetz oder gutem Benehmen hat. Es sind Barbaren, ohne Kultur, ohne Erziehung.« Er schlug Sigarni mit dem Handrücken ins Gesicht. »Ruf den Vogel!« befahl er. »Und wenn du mich noch einmal anspuckst, dann lasse ich dir die Zunge herausschneiden!«

Sigarni schwieg. Der Baron wandte sich an seinen Falkner, einen kleinen, breitschultrigen Tiefländer. »Kannst du ihn herbeirufen?« fragte er.

»Ich tue mein Bestes, Baron«, antwortete dieser und ging ins offene Gelände hinaus, die Hand mit dem Falknerhandschuh hoch erhoben. Er stieß einen langen, dünnen Pfiff aus. Hoch oben hielt Abby inne, faltete die Flügel zusammen und stieß wie ein Pfeil herab. Etwa dreißig Meter über dem Boden breitete sie ihre Flügel wieder aus und segelte. »Er kommt, Baron!« rief der Falkner.

Der Baron wandte sich wieder an Sigarni. »Zehn Hiebe für dich, denke ich, und eine Nacht in der Zelle. Vielleicht lernst du aus der Erfahrung, wenn ich es auch bezweifle. Ihr Hochländer konntet noch nie aus euren Fehlern lernen. Das macht euch zu dem, was ihr seid.«

Beiläufig schlug er sie wieder, links und rechts, sein Arm hob und senkte sich mit abstoßender Langsamkeit. Sigarni versuchte, den Kopf vor den Schlägen abzuwenden, doch die Soldaten hielten ihre Arme in eisernem Griff.

Und dann geschah es. Keiner der Zuschauer begriff, wie. Einige machten die Verwirrung des Falken dafür verantwortlich, andere behaupteten, die Frau sei eine Hexe und der Falke ihr Vertrauter. Doch Abby stieß herab, an dem ausgestreckten Handschuh des Falkners vorbei und direkt auf Sigarni zu, mit vorgestreckten Klauen zur Landung. In diesem Augenblick kam die Faust des Barons wieder hoch, um erneut zuzuschlagen.

»Der Falke, Herr!« schrie der Falkner.

Der Baron drehte sich um, den Arm noch erhoben. Abbys rasiermesserscharfe Klauen gruben sich in sein Gesicht, verhakten sich in der linken Augenbraue, drangen durch die Höhle und rissen ihm das Auge heraus. Er schrie auf, fiel zurück, der Falke klammerte sich noch immer in sein Gesicht, die Klauen in der linken Wange vergraben. Abby flatterte wild mit den Flügeln, als sie verzweifelt versuchte freizukommen. Die Hände des Barons fuhren hoch, packten die Flügel und rissen den Vogel los. Blut quoll aus der Wunde. Taumelnd warf er den Vogel zu Boden, und Sigarni sah voller Entsetzen, wie einer der Reiter ein Schwert zog und Abby den Kopf abhackte. Die Flügel flatterten noch immer. Männer scharten sich um den Baron, der auf die Knie gefallen war und seinen schwarzen Handschuh auf die leere Augenhöhle preßte.

Die drei Reiter, die mit ihm gekommen waren, trugen ihn halb vom Turniergelände.

Der Turnierleiter stellte sich vor Sigarni. »Dafür wirst du büßen, Hexe!« erklärte er. »Der Baron wird dir die Augen mit heißen Kohlen ausglühen lassen, dir Hände und Füße abhacken, und dann hängt man dich vor den Stadtmauern in einem offenen Käfig auf, damit sich die Krähen an dir gütlich tun können. Aber zuerst wirst du mir Rede und Antwort stehen!«

Sigarni sagte nichts, als sie von den Soldaten davongezerrt wurde. Eine Menschenmenge hatte sich am Rande des Geländes versammelt, aber sie sah nicht hin. Sie hielt den Kopf hoch und starrte gefühllos auf die Festung vor ihr und die Doppeltüren der äußeren Mauer. Abby war tot. Hätte sie dem Baron nachgegeben, wäre sie noch am Leben. Sie sah wieder die flatternden Flügel vor sich und das eiserne Schwert, das herabsauste. Tränen liefen ihr über die Wangen und brannten in der Wunde unter ihrem Auge.

Die Männer marschierten mit ihr durch den Eingang der Zitadelle, dann wandten sie sich nach links über den Hof zu einer schmalen Tür und einer Treppe, die ins Dunkle hinabführte. Sigarni wich zurück, als die Männer versuchten, sie hindurchzuschieben. Der Soldat, dessen Avancen sie zurückgewiesen hatte schlug ihr mit dem Ellbogen übers Ohr. »Runter hier!« zischte er. Sie stolperte vorwärts. Die Treppe war dunkel, die Stufen glitschig. Der Soldat verdrehte ihr den Arm hinter dem Rücken, während der andere Mann sie losließ und voranging. Eine Weile stiegen sie in völliger Finsternis hinunter, dann erhellte der schwache Schein einer brennenden Fackel den Fuß der Treppe, und sie kamen in einen Gang des Verlieses. Zwei Männer saßen an einem Tisch und würfelten. Beide standen auf, als der Hauptmann erschien.

»Öffnet eine Zelle!« befahl er. Die Männer beeilten sich zu gehorchen.

Sigarni war noch immer wie betäubt, als sie sie in die Zelle zerrten. Es war eine große und graue Zelle, eine Mauer war naß vor Feuchtigkeit, und es stank nach Rattenkot. In einer Ecke stand eine schmale Pritsche, von den Wänden hingen rostige Ketten.

»Wie gefällt dir das, Hexe?« höhnte der rotbärtige Hauptmann und baute sich vor ihr auf. Sigarni antwortete nicht. Er umfaßte mit einer Hand ihre Brust und drückte fest zu. Sie zuckte zusammen, dann riß sie das Knie hoch und hämmerte es ihm in die Lenden. Er stöhnte und wich zurück. Der Soldat zu ihrer rechten, der kleine Mann, schlug sie seitlich an den Kopf und schleuderte sie auf die Pritsche.

»Zieht sie aus«, befahl der Hauptmann, »dann werden wir sehen, wieviel Spaß die Hure bieten kann!«

Durch ihren Schmerz hörte Sigarni die Worte, und die Kraft der Panik durchströmte sie. Sie stieß sich von der Pritsche ab und warf sich auf den ersten Soldaten, doch sie war immer noch benommen, und er packte sie bei den Haaren. Hände rissen an ihrem Körper, und sie spürte, wie ihre Lederhose heruntergerissen wurde. Fackelschein glitzerte auf dem Dolch des Hauptmanns.

»Ich werde dir mein Zeichen einritzen, Weib. Und ich werde dich betteln und schreien hören, noch ehe die Nacht vorbei ist.«

5. Kapitel

Gwalchmai saß auf der Veranda und weinte, als Asmidir heranritt. Als der schwarze Mann aus dem Sattel glitt und zu dem Alten ging, konnte er den starken Schnaps in Gwalchmais Atem riechen, und er sah den umgefallenen leeren Krug. »Wo ist Sigarni?« fragte er.

Der alte Mann sah auf und blinzelte. »Sie leidet«, sagte er. »Sie ist die Schwertklinge, die durch Feuer geht.«

»Wovon redest du?«

»Warum tun wir das?« fragte Gwal. »Was ist das in unserer Natur? Als ich jung war, überfielen wir ein Tieflanddorf und stahlen das Vieh. Auf einem Feld war eine junge Frau. Sie hatte sich zwischen ein paar Büschen versteckt. Aber wir fanden sie. Wir vergewaltigten sie. Es schien ein guter Spaß zu sein, kein Schaden entstand.« Er schüttelte den Kopf. »Kein Schaden entstand? Jetzt, wo ich die Gabe habe und die Wahrheit kenne, frage ich mich, ob es je Vergebung geben wird. Fragst du dich das auch manchmal, Asmidir? Denkst du je an die Loabiter-Frau, die du damals in den Bergen von Kushir gefangennahmst? Liegst du nachts wach und fragst dich, warum sie sich die Pulsadern aufgeschnitten hat?«

Asmidir fuhr auf, als hätte man ihn geschlagen, seine Augen wurden schmal. »Du bist der Seher?«

»Ja. Das ist mein Fluch, schwarzer Mann. Er ist nur unwesentlich schlimmer als deiner.«

Die Sonne verblaßte allmählich, und Asmidir zog den alten Mann auf die Füße und führte ihn zu der Hütte, wo Lady vor dem heruntergebrannten Feuer lag. Asmidir half Gwalchmai in einen Sessel, dann setzte er sich ihm gegenüber. Lady stand auf und legte ihren Kopf in Asmidirs Schoß, weil sie gestreichelt werden wollte. Der schwarze Mann tätschelte sie, kraulte sie hinter den Ohren, bis Lady mit dem Schwanz zu wedeln begann. »Ich brauche deine Hilfe«, erklärte Asmidir Gwalchmai. »Ich muß einen Mann finden.«

Der alte Mann beugte sich vor und blickte in die ersterbenden Flammen. »Nein, brauchst du nicht«, sagte er. »Zu beidem. Aber ich werde dir helfen, Asmidir. O ja, das werde ich. Aber zuerst sag mir, warum wir solche Wilden sind. Sag mir das!«

»Was willst du von mir, Seher? Die Antworten auf Fragen, die wir alle kennen? Wir tun was wir tun, weil wir es *können*. Wir jagen und töten, weil wir es *können*. Das, was in unserer Macht liegt, gehört zu uns, um so gebraucht zu werden, wie wir es wünschen. Ob es ein Stück Fleisch, ein wilder Hirsch, ein alter Baum oder eine schöne Frau ist. Was also willst du von mir hören?«

Gwalchmai stieß einen langen Seufzer aus und rieb sich die müden, blutunterlaufenen Augen mit seiner knorrigen Hand. »Während wir hier sitzen und miteinander reden«, sagte er, »in der Wärme dieser Hütte, da ist eine Frau in einer Zelle und wird von fünf Männern geschlagen, wie ein Tier behandelt und vergewaltigt. Sie blutet, sie ist verletzt. Einer der fünf ist ein Edelmann, aber er ist erfüllt von der

Lust, Schmerz zu bereiten. Doch die anderen sind alles ganz gewöhnliche Männer. Männer wie du und ich, Asmidir. Ich kann ihre Gedanken spüren, ihre Gefühle schmecken. Bei Gott, ich kann selbst ihre Erregung empfinden! Und ich würde sie gern umbringen. Aber bin ich anders? War ich damals anders auf diesem Acker? Warst du anders bei der Loabiterin?«

»Sie war Teil der Kriegsbeute«, sagte Asmidir, »und nein, ich wache nicht nachts auf und denke an sie. Sie wurde benutzt. Wir alle werden benutzt. Sie beschloß, sich zu töten. Ihre Wahl, Seher. Aber ich habe keine Zeit für solche Spielchen, und mich interessiert auch keine Hure in einer Gefängniszelle. Kennst du den Namen des Anführers, der da kommen wird, oder nicht?«

Gwalchmai fuhr herum, seine Augen blickten hell und glitzerten. »Ja, ich kenne ihn. Ich habe ihn immer schon gekannt. Seit der Nacht, als sich das Tor öffnete und Taliesen zu mir kam und mir das Kind brachte, das ich großziehen sollte.«

»Und wirst du es mir sagen?« fragte Asmidir, mühsam seine Ungeduld verbergend.

»Es ist kein Mann.«

»Du redest Unsinn, du betrunkener alter Narr. Was denn dann … ein Baum? Ein Pferd?«

»Bist du so dumm, daß du nicht begreifst, was ich dir eben gesagt habe?« fragte Gwalchmai. »Wo sind wir denn, um Himmels willen? Kann sich dieser scharfe Verstand denn nicht für einen Augenblick konzentrieren?«

Asmidir lehnte sich zurück und holte tief Luft. »Tu mir einen Gefallen«, sagte er schließlich. »Vielleicht ist mein Verstand nicht so scharf, wie du meinst.«

Doch der alte Mann sagte nichts. »Also schön, dann spiele ich eben mit. Wo sind wir, hast du gefragt? Wir sind im Hochland, in der Hütte von Sigarni der Jägerin. Und wir sprachen von einer Frau in einer Zelle…« Er schoß von seinem Stuhl hoch. »Gütiger Himmel, Sigarni ist in dieser Zelle?«

»Sigarni ist in dieser Zelle«, wiederholte Gwalchmai und warf ein frisches Scheit in die Flammen.

»Warum?«

»Weil der Baron ihren Falken haben wollte. Sie weigerte sich, ihn zu verkaufen. In dem darauffolgenden Streit riß der Falke dem Baron das linke Auge heraus. Sigarni wurde weggeschleppt.«

»Aber sie lebt. Sie haben sie nicht umgebracht?«

»Nein, sie haben sie nicht umgebracht. Aber sie werden ihr Narben zufügen, die sie ihr Leben lang tragen wird, und ihr Schmerz wird tausendfach über die Landsleute ihrer Peiniger kommen.«

»Was können wir tun? Sag es mir!«

»Du kannst hier warten, mit mir. Alle deine Fragen werden beantwortet werden, Asmidir. Jede einzelne.«

Will Stamper saß in der Blauen Ente und starrte in seinen Krug. Es war der fünfte Krug Bier, den er in sich hineingeschüttet hatte, und auch dieser konnte die Scham, die er empfand, nicht abtöten. Relph schob sich durch die Menge und ließ sich ihm gegenüber nieder, mit einem breiten Lächeln.

»Sieht aus, als würde ich dir die fünf Kupferstücke nicht mehr schulden, was? Ich sagte doch, ich würde sie bis Mitternacht vögeln.«

»Halt's Maul, um Gottes willen!«

»Was ist los mit dir, Will? Es war doch großartig, oder? Mit nichts zu vergleichen! Und du hattest deinen Anteil.« Er kicherte. »Und der Hauptmann. Hüpfte auf und ab wie ein Häschen. Schön zu wissen, daß auch die Adligen Pickel am Hintern kriegen, was?«

Will nahm seinen Krug und leerte ihn halb. Das Bier war stark, und er fing an, alles verschwommen zu sehen. »Ich habe so etwas noch nie gemacht«, sagte er. »Und ich werde es auch nie wieder tun. Ich warte auch nicht mehr bis zum Sommer. Ich gehe morgen nach Süden. Ich bin hier fertig. Wünschte, ich wäre nie hergekommen.«

»Du hast Blut an der Hand«, sagte Relph. »Hat sie dich gebissen?«

Will zuckte zusammen und rieb sich das getrocknete Blut an den ledernen Beinkleidern ab. »Nein. Das ist nicht mein Blut.« Er biß sich auf die Lippen und wandte die Augen ab, aber Relph sah, daß ihm Tränen über die Wangen liefen.

»Was ist mit dir? Geht es um deinen Jungen? Er wird es schon schaffen, Will. Ganz sicher. Komm schon, Freund, du bist so gar nicht du selbst. Hier, ich hol' uns noch was zu trinken.« Relph stand auf, doch Will packte seinen Arm und hielt ihn fest.

»Es macht dir überhaupt nichts aus, nicht wahr? Sie hat geschrien. Sie wurde mit Messern traktiert, gebissen, geschlagen. Und es macht dir nichts aus!«

»Als du dabei warst, hat es dir auch nichts ausgemacht. Und außerdem, warum sollte es mir etwas ausmachen? Morgen wird ihr noch Schlimmeres passieren. Und schließlich hat sie ja noch einen guten Fick bekommen, was? Außerdem hat der Hauptmann es uns befohlen. Also, warum nicht?

Himmel, Will, es ist doch nur eine Hure. Huren sind für solchen Spaß gemacht.«

Will ließ ihn los, und Relph verschwand in der Menge. Will sah sich mit trüben Augen um, lauschte dem Gelächter der Zecher und dachte an Betsi. Er stellte sich vor, sie wäre in dieser Zelle. Relph kehrte mit zwei Krügen zurück. »Hier, trink das, Kamerad. Dann fühlst du dich besser. In der Kaserne gibt es um Mitternacht ein Würfelspiel. Lust auf eine Wette?«

»Nein. Ich gehe nach Hause. Ich muß Betsi sagen, daß sie für morgen packen soll.«

»Du denkst nicht bis zum Ende, Will. Niemand heuert im Süden Söldner an. Was willst du dort tun?«

»Ist mir egal.«

Relph beugte sich vor. »Es darf dir aber nicht egal sein, Will. Du mußt eine Familie ernähren, und du hast einen kranken Sohn. Du kannst sie nicht einfach aufs Land schleppen. Das ist ihnen gegenüber nicht gerecht. Sieh mal, ich weiß nicht, warum dich diese Sache so mitgenommen hat. Du hast ein paar Zoll Knorpel in etwas Weiches, Warmes gesteckt. Jetzt willst du dein Leben und das deiner Familie ruinieren. Das macht doch keinen Sinn. Geh nach Hause und schlaf dich aus. Morgen früh sieht alles schon anders aus.«

Will schüttelte den Kopf. »Was sollte anders sein? Ich bin zweiundvierzig Jahre alt. Ich habe mein Leben lang nach eisernen Regeln gelebt, die mir mein Vater eingebleut hat. Hast du mich je lügen hören, Relph? Hast du mich je stehlen sehen?«

»Nein, du bist ein wahrer Heiliger, Freund. Man sollte dir Denkmäler errichten. Aber worauf willst du hinaus?«

»Ich habe alles verraten, wofür ich gelebt habe. *Alles.* Was wir getan haben, war falsch. Schlimmer noch, es war böse.«

»Du redest Quatsch. Was meinst du mit böse? Sie ist eine Nutte und schon oft besprungen worden. Was macht es für einen Unterschied? Außerdem, morgen früh ist sie sowieso tot. Du hast den Hauptmann doch gehört, sie werden ihr die Augen ausstechen und sie in den alten Käfig hängen. Himmel und Hölle, Will, meinst du, was wir getan haben, sei schlimmer als das? Komm schon, ich bring' dich nach Hause. Du siehst ganz grün aus.«

Relph stand auf und half Will auf die Füße. Der große Mann taumelte, dann schob er sich zur Tür.

»Ich hätte es unterbinden sollen«, murmelte Will. »Und nicht mitmachen. O Gott, was soll ich nur Betsi sagen?

»Gar nichts, Kamerad. Überhaupt nichts. Du gehst einfach nach Hause und schläfst.«

Die Wachablösung hieß Owen Hunter, der Mann, den er ablöste, erzählte ihm von dem Spaß, der ihm entgangen war. Owen stammte aus dem Tiefland und war verheiratet mit einer alten Vettel namens Clorrie, die ihm das Leben zur Hölle machte. Als er sich in dem Verlies im Fackelschein am Tisch niederließ, überlegte er, wann er das letzte Mal eine Frau gehabt hatte. Es war mehr als drei Jahre her – wenn man die Gassenhure nicht mitrechnete.

Er hatte gelächelt, als der Wachposten ihm von dem Nachmittagsvergnügen erzählt hatte, und schaffte es sogar zu sagen: »So ist das Leben«, als der Mann ihn darauf hinwies, daß es eigentlich Owens Schicht gewesen wäre, wenn dieser nicht früher am Tag getauscht hätte.

Aber jetzt, als er allein war, ließ er seiner Bitterkeit freien Lauf. Von allen Frauen mußte er ausgerechnet Clorrie heiraten: die scharfzüngige, gemeine Clorrie. Das Leben ist ein Scheiß und nichts anderes, dachte Owen. Wie die anderen Soldaten, hatte er von dem Zwischenfall gehört, bei dem der Baron ein Auge verloren hatte. Selbst jetzt noch waren Ärzte an der Arbeit, im Obergeschoß der Burg, um die Wunde zu schließen und den Baron mit teuren Opiaten zu versorgen.

Im Gang waren keinerlei Geräusche zu hören, bis auf das gelegentliche Zischen der Fackeln. Owen stand auf und streckte die Beine aus. Dabei dachte er an die letzten Worte des Mannes, den er abgelöst hatte: »Was für ein Arsch! Ich sage dir Owen, an diesen Fick werde ich noch lange denken!«

Owen nahm eine Fackel aus der Halterung und ging an den vier leeren Zellen vorbei zu der verschlossenen Tür. Er schob das Türgitter auf und spähte hinein. Die Zelle hatte kein Fenster, und der Schein der Fackel konnte die Finsternis nicht durchdringen. Er schob den Riegel zurück und öffnete die Tür. Die Frau lag auf dem Fußboden, die Beine weit gespreizt. Auf Gesicht und Schenkeln war Blut, und eine ihrer Brüste blutete ebenfalls. Owen ging näher heran. Sie war noch immer bewußtlos. Trotz des Blutes konnte er sehen, daß sie schön war, ihr Haar glänzte silbern und rot im Fackelschein. Sein Blick wanderte über ihren Körper. Selbst ihr Schamhaar war silbergrau, stellte er fest. Sie war schlank und hochgewachsen, mit festen Brüsten. Owen sah, daß eine ihrer Brustwarzen blutete, ein dünner Blutfaden rann über ihre Seite. Owen kniete neben ihr nieder, fuhr mit der Hand über ihren Schenkel, seine Finger streichelten den Schamhügel, dann drang sein Zeigefinger in sie ein.

Er traf seine Entscheidung und stand auf, um die Fackel in eine Halterung an der Wand zu hängen. Rasch streifte er seine ledernen Beinkleider ab und kniete sich zwischen den gespreizten Beinen nieder. Er schob die Hände unter ihren Hintern, um sie zu sich heranzuziehen. Warum nicht? dachte er. Alle anderen hatten ihr Vergnügen gehabt. Warum ich nicht? Warum sollte Owen Hunter nicht auch ein bißchen Spaß haben?

Das letzte, was er sah, war die Frau, die plötzlich in die Höhe fuhr. Seine eigenen Hände waren unter ihren Schenkeln gefangen, doch er sah, wie ihre rechte Hand vorschoß und spürte den entsetzlichen Schmerz, als sie mit zwei Fingern seine Augen traf. Dann war alles Schmerz und eine Explosion von Licht, die unerträglich war.

Sigarni zog ihre Finger aus den blutenden Höhlen und stöhnte. Ihre Rippen taten weh, aber das war nichts im Vergleich zu dem Schmerz, der in ihr wühlte. Sie stieß den Wächter von sich, dann rollte sie sich auf die Knie. Übelkeit stieg in ihr hoch, und sie mußte sich übergeben. Ihr Kopf pochte, ihr Körper flehte sie an sich hinzulegen, sich auszuruhen, um heilen zu können. Statt dessen zwang sie sich auf die Beine. Der Wächter begann zu stöhnen. Sie ließ sich auf die Knie fallen, zog den Dolch aus seinem Gürtel und stieß ihn ihm ins Genick. Seine Beine verkrampften sich, ein Fuß trat gegen die schmale Pritsche. Blut stieg dem Mann in die Kehle, und er begann zu husten. Sie zog den Dolch heraus, hielt die Messerspitze mitten über seinen Rücken und legte ihr ganzes Gewicht darauf. Die Klinge glitt zwischen seine Rippen und durchstieß die Lunge. Jetzt war er still. Eine Urinlache breitete sich unter ihm aus. Sigarni stand wieder auf, dann setzte sie sich auf die Pritsche und sah sich um. Jeden Stein nahm sie in sich auf, jedes Rattenloch. Ihre Beinkleider hatte man in eine Ecke geworfen. Sie holte sie und zog sie an. Der Taillendurchzug war durchgeschnitten. Sie nahm dem Wächter seinen Gürtel ab, bohrte ein neues Loch in das Leder und band ihn um ihre Taille.

Alles tat ihr weh. Ihre Lippen waren geschwollen, ihre Wange aufgerissen und voller Prellungen. In ihrer rechten Pobacke war ein Messerschnitt, ein weiterer auf ihrem linken Oberschenkel. Der Wächter stöhnte wieder. Sigarni konnte kaum glauben, daß der Mann noch immer am Leben war. Sie packte das aus seinem Rücken ragende Messer mit beiden Händen und zog es heraus, dann beugte sie sich vor, und schnitt ihm mit der rasiermesserscharfen Klinge die Kehle durch. Blut schoß auf den Steinboden. Sie packte ihn bei den Schultern, drehte ihn auf den Rücken und zog die scharfe Klinge immer wieder über seinen Unterkörper. Als sie endlich erschöpft war, hielt sie inne. Ihre Hände waren blutverschmiert.

»Du mußt hier raus«, sagte sie zu sich. »Du mußt sie finden.« Sie hatte am Schluß Bewußtlosigkeit vorgetäuscht, selbst als die beiden auf sie gepinkelt hatten. Sie hatte den kleinen Mann, Relph, von der Blauen Ente reden hören. Sie kannte die Kneipe – sie war nicht weit von der Marktstraße entfernt.

Mit dem Messer in der Hand ging Sigarni aus der

Zelle und auf den Kerkergang hinaus. Ihre Beine waren kraftlos, und sie fiel auf die Knie und übergab sich erneut. »Sei nicht so schwach«, schalt sie sich. »Du bist Sigarni die Jägerin. Du bist stark.«

Etwas wackelig stand sie auf und schaffte es bis zur Treppe. Dann machte sie sich an den Aufstieg in die Dunkelheit. Auf halbem Wege nach oben hörte sie Schritte. Sie drückte sich an die Wand und wartete. Dann rief ein Mann von oben: »He, Owen, ich wollte gerade nach Hause, aber da dachte ich, ich könnte noch einen Gang bei der Nutte einlegen. Wie wäre es mit einem Doppel, he?«

Er tauchte aus der Dunkelheit auf, eine dunkle Gestalt mit feistem Bauch. Sigarni rammte ihr Messer in diesen Bauch und riß ihn auf bis zum Herzen. Er grunzte und fiel auf die Stufen. »O Gott! O, mein Gott!« kreischte er. Sigarni zog ihr Messer heraus und trat dicht an ihn heran.

»Wie wäre es mit einem Doppel mit mir, Fremdländer? Du willst deinen Spaß mit Sigarni?«

»O bitte! Töte mich nicht!«

»Du hast Bißspuren auf meiner Brust hinterlassen, du fetter Bastard. Jetzt beiß mal hier rein!« Sie stieß das Messer zwischen seine Zähne und rammte es bis zum Heft in seinen Mund. Seine dicken Arme begannen zu schlagen, doch sie kniete sich auf seine Brust und schnitt ihm die Kehle durch. Erst als er sich nicht mehr rührte, verstümmelte sie ihn auf dieselbe Weise wie den ersten Wächter. Langsam stieg sie die Stufen empor und stieß die Tür am oberen Ende auf. Der Hof war monderhellt und leer, bis auf einen Wachposten, der unter dem Torbogen saß. Er sah in die Stadt hinaus. Sigarni trat an die frische Luft hinaus und ging zu dem Torbogen hinüber.

Der Wachposten merkte nicht einmal, daß er starb …

Blutverschmiert und schwach wanderte Sigarni in die stille Stadt.

Abby war tot – getötet bei dem Versuch, sie zu retten. Und ich bin tot, dachte sie. Sie werden mich töten, denn ich habe nicht die Kraft, sie alle zu finden. Der Gedanke an den Tod hielt keine Schrecken für sie bereit. Alles, was sie auf zittrigen Beinen in Gang hielt, war ihr Bedürfnis nach Rache, ein Bedürfnis so alt wie das Hochland selbst. Die Clan-Gesetze waren nicht sehr subtil, Präzedenzfälle wurden nur selten herangezogen, und es gab keine glattzüngigen Anwälte, um die Parteien zu vertreten. Wer etwas Unrechtes tat, wurde von denen bestraft, denen er Unrecht getan hatte, oder er wurde – im Fall von Mord – von Clan-Kriegern aufgespürt, die der Jagdherr auswählte. Die Gerechtigkeit war schnell, rauh und endgültig.

Aber Sigarni hatte keine Familie, außer dem alten Gwal, der sie nach dem Mord an ihren Eltern aufgezogen hatte. Es gab keine Männer, die Blutrache üben konnten.

Nur mich, dachte sie. Nur Sigarni. Das Messer entglitt ihren Fingern und fiel klirrend auf die Straße. Sie blieb stehen, hob es auf, dann stürzte sie schwer. »Verdammt!« flüsterte sie. Sie drehte sich um und blieb eine Weile sitzen, den Rücken gegen eine kühle Steinmauer gelehnt. Die Sterne strahlten hell, die Nacht war kühl und kündigte schon den Herbst an. In einiger Entfernung konnte sie den Lärm von Zechern hören, und sie wußte, daß sie dicht bei der

Blauen Ente war. Was willst du tun? überlegte sie. Reingehen, voller Blut, und von Tisch zu Tisch gehen, bis du sie findest? Was ist das für ein Plan? Und wenn du bis zum Morgen wartest, werden sie dich ohnehin finden und dich zurück in diese Zelle und zu Gott weiß welchen Foltern schleppen. Bist du verrückt, Mädchen? Verschwinde von hier. Geh zurück ins Hochland, wo du wieder zu Kräften kommen kannst.

Zwei von ihnen sind tot, sagte sie sich. Noch mindestens einer ist in der Schänke.

Noch einer…

Sigarni kam mühsam auf die Beine und stöhnte. Blut rann an ihrem Bein herab. Sie fuhr sich mit trockener Zunge über die Lippen und versuchte, nicht an den Schmerz zu denken.

Frauen sind zum Vergnügen gemacht.

Die Worte durchzuckten ihre Erinnerung. Der kleine Soldat hatte sie irgendwann während ihrer Tortur von sich gegeben. Gelächter war seinen Worten gefolgt, dann noch mehr Schmerz. Plötzlich mußte sie an den kleinen Volkszähler denken und an seine Abscheu und Furcht, als Abby nach ihm gepickt hatte. Was hatte er noch gesagt? »Ich bevorzuge die Hasen?« Hasen sind zum Vergnügen gemacht, hatte Sigarni erwidert.

Alles ist zum Vergnügen gemacht, erkannte sie, in einer Welt, die von den Fremdländern beherrscht wird.

Die Ruhepause hatte ihr frische Kräfte verliehen, und sie ging weiter.

Die Blaue Ente war ein altes Gebäude mit abgestoßener Holzverkleidung und weißen Wänden. Im Erdgeschoß gab es vier Fenster, je zwei zu beiden

Seiten der alten Eichentür. Eins der Fenster stand offen. Der fröhliche Lärm der Zecher drang heraus. Sie ging zur Wand neben dem Fenster und spähte hinein. Drinnen war es zum Bersten voll, und ihre scharfen Augen musterten die Gesichter. Es war niemand da, den sie erkannte, doch sie konnte auch nur einen Teil der Menge sehen. Sie ließ sich auf die Knie nieder und kroch unter dem Fenster vorbei, dann stand sie auf und spähte aus einem anderen Blickwinkel hinein. Zwei Männer kamen auf die Tür zu. Ihr Herz – und ihre Wut – machten einen Satz. Sie ließ das Messer in die linke Hand gleiten und wischte sich den Schweiß der rechten an ihren Hosen ab.

Die Tür ging auf. »So ist's recht, Will, einen Fuß vor den anderen. So geht man, mein Junge.«

»Macht die verdammte Tür zu!« rief jemand von innen. Relph zog die Tür hinter sich zu, während sich Will Stamper gegen die Wand lehnte.

»Bin gleich wieder da, Freund, aber ich muß mal pissen«, sagte Relph, öffnete seine Beinkleider vorn und urinierte gegen die Mauer. Sigarni glitt lautlos neben den betrunkenen Will und schlitzte ihm mit ihrem Messer die Kehle auf. Blut quoll aus der Wunde. Dann stürzte sie sich vor und stieß Relph das Messer in den Rücken. Als er hochfuhr, packte sie seine Haare und rammte seinen Kopf gegen die Wand. Relph fiel auf die Knie und versuchte sich umzudrehen. Sigarni hielt ihn noch immer an den Haaren, zog ihr Messer und riß seinen Kopf zurück, um seine Kehle bloßzulegen. »Frauen sind zum Vergnügen gemacht«, sagte Sigarni und schlitzte ihm die Kehle auf. Relph sackte zurück, Arme und Beine zappelten. Sigarni trat zurück und ging zu Will, der noch immer an der Wand lehnte und dem das Blut vorn über die Tunika strömte. Langsam sank er in die Knie und sah zu ihr hoch. In seinem Blick lag kein Haß und auch keine Furcht. Er versuchte zu sprechen, konnte aber nur noch zwei Wörter sagen. Sigarni mußte beinahe lachen. Dann legte sie sich zurück und trat ihm gegen den Kopf, so daß sein Körper auf die Steine fiel.

Nur noch einer, dachte sie. Der Hauptmann.

Aber wo sollte sie ihn finden?

Bist du verrückt, Frau! sagte eine Stimme in ihrem Kopf. *Geh jetzt!*

»Nein!« sagte sie laut. »Ich werde ihn finden.«

»Geh jetzt, dann wird er dich finden, das verspreche ich dir! Bleib, und du wirst sterben, und er wird leben. Ich verspreche dir auch das!«

»Wer bist du? Wo bist du?« fragte sie, wirbelte herum und spähte in die Schatten.

»Ich bin bei dir, Mädchen, und ich möchte, daß du mir vertraust. Geh jetzt. Glaub mir, es wird dir nicht gefallen, tot zu sein. Ich weiß es, ich habe es versucht. Und jetzt geh!«

Verwirrt gehorchte Sigarni und ging durch eine Gasse in Richtung Nordtor.

Die Schweinehunde haben meinen Verstand zerstört, dachte Sigarni. Jetzt höre ich schon Geisterstimmen.

Aus der Zitadelle erklangen Alarmglocken.

Ich komme nie hier raus, dachte sie.

»Doch«, sagte die Stimme. *»Dein Volk braucht dich.«*

Baron Ranulph Gottasson stöhnte. Der Schmerz hatte sich über die Wonne zu einem brennenden Punkt der Qual entwickelt, der ans Exquisite grenzte. Betäubungsmittel strömten durch sein Blut, und seine Wachträume waren sehr lebendig. Er sah wieder den Fall der Städte Kushirs, die Flüchtlinge, die in Panik aus ihren brennenden Häusern rannten, hörte wieder das Klagen derjenigen, die kurz vor dem Tode standen, die durchdringenden Schreie der Stadtbewohner, die in die brutalen Gesichter der Eroberer starrten und fühlten, wie der kalte Stahl ihrer Klingen in ihr weiches, nachgiebiges Fleisch drang.

Tage von Blut und Ruhm, als er mit seinen Männern durch unwirtliche Wüsten, eiserne Berge und fruchtbare fremde Ebenen marschierte.

Und dann war es vorbei. Niemand mehr zum Erobern da.

Zuerst schien das nicht so schlimm zu sein: die triumphale Rückkehr in die Hauptstadt, die jubelnden Menschenmengen in den Straßen, die Feste im Palast, die Orgien… Der Baron stöhnte wieder. Er spürte, wie jemand seinen Kopf hochhob und einen kühlen metallenen Becher an die Lippen hielt. Er schluckte und sank zurück.

Dann war der Tag gekommen, als die Verwaltung des Reiches neu organisiert wurde. Plessius wurde zum Generalgouverneur von Kushir und dem Osten – ein stammelnder Idiot ohne einen Funken Ehrgeiz in seinem dicken Schädel. Keine überraschende Wahl, um über ein Land zu herrschen, das etliche tausend Kilometer von der Hauptstadt entfernt war. Der König hatte klug gewählt, in dieser Ecke würde es keine Rebellion geben. Hier gab es nichts von

Wert, außer Vieh und Holz. Das Klima war im Winter rauh, und entsetzlich launisch in dem, was als Sommer galt. Ein bißchen Kohlebergbau wurde betrieben, aber es gab keine Bodenschätze an Gold oder Silber, nicht einmal Eisen. Die Menschen waren arm und niederge-schlagen.

Ranulph hatte auf seine Ernennung gewartet, mit der Gewißheit, daß man ihm alles andere anbieten würde, nur nicht den Norden. Der König hatte einen erstaunlich raffinierten Verstand und würde niemals einem General das wahre Objekt seiner Begierde anbieten.

Ranulph schwamm auf einem Meer erlesener Schmerzen …

Er hatte einen Spion in Jasteys Haushalt und wußte nur zu gut, daß der Graf sich den Westen wünschte. Siebzehn reiche Städte, zahlreiche Minen, sieben Häfen und ein florierendes Handelsnetz. Zusammen bildete das die perfekte Grundlage für einen Anschlag auf den König. Reichtum, um Söldner anzuheuern, Schiffe, um Armeen zu transportieren und sie zu versorgen.

Oh, wie hatte Ranulph gelacht, als Jastey zum Hochkommissar der Hauptstadt ernannt wurde. Obwohl dies eine Position mit großem Einfluß war und ungeheuren Reichtum einbrachte, bedeutete sie, daß Jastey immer bei Hofe und damit in der Nähe des Königs war.

Aber auf Jasteys angenehmem Gesicht hatte am folgenden Tag ein Lächeln gelegen, als Ranulph in den Palast gerufen worden war. Die Erinnerung brachte eine frische Schmerzwelle. Ranulph war durch den langen Mittelgang in der Kapelle Zur Gesegneten Klinge gegangen, zum König, der umgeben von seinen Höflingen auf ihn wartete, Jastey zu seiner Rechten. Ranulph kniete vor seinem Souverän nieder, dann blickte er auf in die dunklen, reptilienhaften Augen.

»Mir wurde berichtet, daß du dir wünschst, den Norden zu regieren, mein guter und lieber Freund«, sagte der König. »Deine Verdienste um das Königreich verlangen eine große Belohnung, und ich kann mir keine größere Belohnung denken als dir das zu gewähren, was du dir am meisten wünschst. Erhebe dich, Baron Ranulph Gottasson, Graf des Nordens, Generalgouverneur des Hochlandes.«

Zu seinem eigenen Erstaunen hatte Ranulph es fertiggebracht zu lächeln. Aber dem breiten Grinsen von Jastey hatte er nichts entgegenzusetzen. Der Westen war an den neuen Favoriten des Königs, Estelm, gegangen.

Das anschließende Fest war für den neuen Baron hart gewesen. Der König setzte ihn neben Jastey, und das allein ließ die Speisen nach Galle und Asche schmecken.

»Meine Glückwünsche, Ranulph«, sagte der Graf. »Ich weiß, daß wir nicht in vielen Dingen einer Meinung sind, aber du sollst wissen, daß ich mich besonders dafür stark gemacht habe, daß du den Norden bekommst. Ich dachte, das würde die Spannungen zwischen uns vielleicht etwas mildern.«

Ranulph sah dem Mann in die dunklen Augen und erkannte den Humor, der dort glitzerte. »Spannungen, Vetter? Gewiß nicht. Freundschaftliche Konkurrenz wäre wohl passender, meinst du nicht?«

»Vielleicht«, stimmte Jastey zu. »Aber das sollten wir hinter uns lassen. Du hast jetzt dein eigenes

Königreich sozusagen, während ich in der Hauptstadt bleiben muß, um Gesetze zu machen, Recht zu sprechen, umgeben von Schreibern. Ach, wie ich dich beneide!«

Ranulph lächelte und stellte sich vor, wie er einen glühendheißen Dolch in Jasteys Bauch stieß.

Nachdem er in sein Stadthaus zurückgekehrt war, war er in seine Bibliothek gegangen und hatte sich die Landkarte angesehen, die an der einen Wand hing. Das Reich füllte sie von Ozean zu Ozean. Ranulphs Mund war trocken, seine Hände zitterten vor unterdrückter Spannung. Die Haut auf seinem Rücken und Hinterteil war noch sehr dünn, aber er wußte, daß er die Erleichterung durch die Peitsche brauchte. Er rief einen Diener und befahl ihm, Koris zu holen.

Der Mann wurde blaß. »Es tut mir leid, Herr, aber Koris hat seine Sachen gepackt und ist heute morgen gegangen.«

»Gegangen? Was meinst du mit *gegangen*?«

Der Diener schluckte. »Er hat eine neue ... Beschäftigung angenommen, Herr.«

Der Schock traf ihn wie ein eisiger Guß. Koris, dem er mehr vertraut hatte als jedem anderen, den er mehr geliebt hatte als jede Frau. Und er wußte, ohne jeden Zweifel, wohin die neue Beschäftigung des Knaben ihn geführt hatte.

Jastey!

Der Baron entließ den Diener, ging zum Fenster, riß es weit auf und atmete tief die kalte Nachtluft ein.

»Ich will nicht nach Norden gehen, Ranulph. Da ist es kalt – und es gibt keine Unterhaltung.«

»Wir gehen nicht nach Norden, mein Süßer.«

»Aber ist es nicht das, was du willst?«

»Hab Geduld, und du wirst alles erfahren.«

»Du vertraust mir nicht!«

»Aber natürlich vertraue ich dir. Und jetzt hör auf zu schmollen! Das kann ich nicht leiden.«

Und er hatte seinen Plan erklärt, von seinen Träumen gesprochen, sicher in dem Wissen, daß er mit dem einzigen Menschen im ganzen Reich zusammen war, der ihn liebte.

Zwei Nächte später, gefesselt, geknebelt und verhüllt, hatten sie Koris in den geheimen Raum unter dem Stadthaus geschleppt. Ranulph hatte seine Arme an Pfosten gebunden, die Beine an die Wand gekettet. Er entließ die Soldaten, die ihn hergebracht hatten, und zog die Kapuze von dem schönen Gesicht des Knaben.

»Oh, Ranulph, bitte, tu mir nichts!«

Der Baron zog seinen Dolch und stieß die Klinge in ein Becken mit glühenden Kohlen. »Während das Messer heiß wird«, sagte er leise, »wollen wir von Liebe und Vertrauen sprechen.«

Jetzt nur noch halb bei Bewußtsein, fühlte der Baron die entsetzlich stechenden, feurigen Schmerzen in seiner Augenhöhle, die sich ihren Weg durch die Opiate in seinem Blut bahnten. Koris hatte in dieser langen, langen Nacht keine Opiate bekommen.

Kollarin der Sucher schlief gemütlich zwischen den beiden Huren, als er das wilde Hämmern an der Wirtshaustür unter seinem Zimmer hörte. Er gähnte und streckte sich, sein rechter Arm berührte die fleischige Schulter der molligen jungen Frau auf seiner rechten Seite. Sie stöhnte leise und drehte sich um. Das schlanke Mädchen links von ihm erwachte.

»Was ist los?« fragte sie schläfrig.

Kollarin setzte sich auf. Im Zimmer war es kalt, das Feuer war längst ausgegangen. »Ich weiß nicht, aber irgend jemand will unbedingt rein«, sagte er. Er hörte, wie der Wirt schimpfend die Treppe hinunterpolterte.

»Schon gut! Schon gut, ich komme ja schon, verdammt noch mal!«

Kollarin hörte, wie die Riegel zurückgeschoben wurden und wie sein Name fiel. Jetzt war es an ihm zu schimpfen. Er kletterte über die schlanke Hure hinweg, packte seine Beinkleider und begann sie anzuziehen. In diesem Moment ging die Tür auf, und ein Soldat trat ein.

»Wir brauchen dich, Sucher«, sagte Hauptmann Redgaer Kushir-Tod. »Es hat einen Angriff in einer der Zellen in der Zitadelle gegeben.«

Die fette Hure erwachte ruckartig und schrie auf. Kollarins Kopf pochte. »Ruhe, bitte!« sagte er und kniff die Augen zusammen. »Mein Schädel platzt.«

»Was will er hier?« fragte sie und zog die Decke über ihre großen Brüste. Kollarin lächelte über diesen Anfall von Schamhaftigkeit. »Arbeit, meine Hübsche«, sagte er. »Dieser Herr kommt, um mir Geld anzubieten, mit dem ich deine hervorragenden Dienste bezahlen kann. Und jetzt schlaf weiter.« Kollarin zog sich weiter an und streifte ein Paar braune Lederstiefel über seine grünen Beinlinge. Sein Hemd war aus dunkelgrün gefärbter Wolle, darüber zog er ein ärmelloses, fellgefüttertes Lederwams.

Er ging an dem Hauptmann vorbei und stieg die Treppe hinunter. Unten warteten zwei Soldaten, und der Wirt stand mit kalter Miene daneben.

»Ich muß mich entschuldigen«, sagte Kollarin, »daß deine Nachtruhe gestört wurde, mein Freund. Mir scheint, es hat irgendeinen Notfall gegeben. Ich bin sicher, daß der Hauptmann dich entschädigen wird.«

»Das wüßte ich«, fauchte der Wirt, ging zur Tür und hielt sie auf.

Auf der Straße wollte Redgaer zu einer Erklärung ansetzen, doch Kollarin unterbrach ihn. »Worte sind nicht nötig, Hauptmann. Bring mich einfach zum Schauplatz.«

Sie gingen rasch durch die Stadt und den kleinen Hügel zu dem Torbogen hoch, unter dem ein Toter auf den kalten Steinen lag. Kollarin kniete neben dem Toten nieder und legte seine rechte Hand über die klaffende Wunde im Hals des Mannes. »Es hat nicht hier angefangen«, sagte er, stand auf und ging über den mondbeschienenen Hof zu der Treppe, die zu den Verliesen hinunterführte. Hier lag eine zweite Leiche. Kollarin blieb stehen, legte seine Hand auf ihren Kopf, dann ging er weiter.

Die Soldaten und der Hauptmann trabten hinter ihm her, und Kollarin betrat den kleinen Kerker. Auf dem Boden lag der letzte Tote. Kollarin blieb einen Augenblick stehen und betrachtete den Mann. Er war kastriert worden, und dann hatte man ihm seine Genitalien in den Mund gestopft. Kollarin kniete neben ihm nieder, berührte mit der Hand den kalten Steinboden und schloß die Augen. Bilder strömten auf ihn ein. Er ließ sie ein paar Sekunden lang fließen, dann blendete er sie aus. Er blieb noch einen Moment so hocken, dann sammelte er seine Gedanken, stand auf und sah den Hauptmann an. »Was willst du wissen?« fragte er mit neutraler Stimme.

»Wie viele waren an dem Angriff beteiligt? Wo sind sie jetzt?«

»Das war kein Angriff, Hauptmann«, sagte Kollarin leise. »Die vergewaltigte Frau lag dort, wo dieser Mann jetzt ist, und stellte sich bewußtlos. Als auch er diese abscheuliche Tat begehen wollte, stach sie ihm die Augen aus – wie du sehen kannst.« Der Hauptmann sah nicht hin. »Sie hat ihre Finger benutzt. Dann nahm sie seinen Dolch und tötete ihn damit. Sie hatte zu der Zeit selbst große Schmerzen – aber das weißt du ja.« Kollarin drehte sich um. »Sie fiel auf die Knie und übergab sich dort, dann setzte sie sich für einen Moment auf die Pritsche.« Er ging an dem Hauptmann vorbei in den Korridor. »Mit dem Messer in der Hand ging sie zur Treppe. Der andere Wächter kam gerade zurück. Er sagte etwas, aber das ist undeutlich. Sie tötete ihn und stieg dann die Treppe empor.« Kollarin folgte ihren Schritten und fand einen Blutfleck an der Wand. Er legte seine Finger darauf und schloß wieder die Augen. Der Hauptmann und seine Soldaten umringten ihn. »Ah ja«, sagte Kollarin. »Hier blieb sie einen Moment stehen. Sie dachte an die drei Männer, zwei Soldaten … und dich, Hauptmann. Sie hat beschlossen, sie zu suchen und zu töten. Aber sie ist schwach und verliert Blut. Sie kastriert auch diesen Wächter, aber sie hat kaum noch Kraft. Sie denkt an ein Wirtshaus und versucht sich zu erinnern, wo es ist. Sie hörte die Männer davon sprechen, daß sie den Abend dort verbringen wollten.«

»Die Blaue Ente!« sagte einer der Soldaten.

»Und dahin ist sie unterwegs?« fragte Redgaer.

Kollarin nickte. »War sie unterwegs, Hauptmann. Das ist schon eine Weile her.«

Redgaer Kushir-Tod stieß den Sucher beiseite und rannte die Treppe hinauf, die Soldaten polterten hinter ihm her. Kollarin folgte ihnen. Die vier Männer liefen durch die Straßen und erreichten die Blaue Ente gerade rechtzeitig, um zu sehen, wie sich eine Menschenmenge um die beiden toten Soldaten scharte. Kollarin schob sich hindurch und kauerte neben den Toten nieder.

»Wann ist das passiert?« hörte er Redgaer fragen.

»Vor wenigen Augenblicken«, sagte eine Stimme. »Es war eine Frau. Wir sahen, wie sie davonrannte.«

Kollarin berührte mit der Hand das Blut an der Kehle des toten Will Stamper. Dann zuckte er zusammen, daß er beinahe hinfiel. Eine Stimme dröhnte in seinem Kopf. *»Halt sie auf!«* Es war kein Befehl, auch keine Bitte. Kollarin war überrascht, aber nicht schockiert. Schon früher hatten Geister von Toten zu ihm gesprochen. Doch keiner war so machtvoll gewesen wie dieser. Einen flüchtigen Augenblick lang sah er ein Gesicht mit Adlernase, tiefliegenden grauen Augen und einem silbergrauen Bart. Dann verblaßte das Gesicht. Kollarin verharrte noch ein paar Sekunden, um seine Gedanken zu sammeln. Er war ein Jäger, ein Sucher. Sein Ruf war der beste, und das war ihm wichtiger als alles andere. Kollarin irrte niemals. Er hatte Mörder und Diebe, Räuber und Vergewaltiger aufgespürt, Viehdiebe und Attentäter. Noch niemals war er beauftragt worden, eine unschuldige Frau aufzuspüren, die von ihren Häschern übel zugerichtet worden war. Noch niemals hatte ein längst verstorbener Geist sich zugunsten eines Opfers eingemischt.

Kollarin stand auf und reckte sich.

»Wohin will sie, Mann?« wollte Redgaer wissen.

»Das kann ich nicht sagen«, antwortete der Sucher. »Zu diesem Zeitpunkt war ihr Geist sehr verwirrt.«

»Du kannst es nicht sagen?« höhnte Redgaer. »Dafür wirst du bezahlt, Mann.« Kollarin wußte genau, wo sie war: auf dem Weg durchs Nordtor. Sie hatte noch fast einen Kilometer vor sich bis zur Sicherheit des Waldes. Er sah Redgaer an und lächelte.

»Als sie diese Männer tötete, Hauptmann, dachte sie an dich. Sie fragte sich, wie sie an dich herankommen könnte, um ein scharfes Messer über deine Eier zu ziehen.« Redgaer zuckte zusammen. »Anschließend ging sie davon in diese Gasse dort. Vielleicht ist sie noch immer dort – und wartet auf dich.«

»Die führt zum Nordtor, Hauptmann«, sagte einer der Soldaten. »Dort gibt es einen Stall. Wir könnten dort Pferde bekommen.«

Redgaer nickte. »Folgt mir«, befahl er und lief davon.

Kollarin blieb, wo er war, und starrte auf den toten Will Stamper hinunter. Die Gedanken Sterbender waren oft seltsam, manchmal sehr irdisch. Aber dieser Mann hatte versucht, im Augenblick des Todes etwas zu sagen. Drei Worte. Kollarin schüttelte den Kopf.

Was für ein Zeitpunkt, um zu sagen: *»Tut mir leid.«*

Je mehr Fell über seine Begegnung mit dem alten Mann nachdachte, um so mehr glaubte er, daß es nur ein Traum war. Wenn das so ist, fragte er sich, warum sitzt du dann hier in der Kälte und wartest, daß die Sonne über Zitadell aufgeht? Er lächelte reumütig und stocherte mit einem langen Stock in dem ersterbenden Lagerfeuer, um den Flammen noch einmal Leben einzuhauchen. Fells Schaffellumhang war feucht, weil es vor kurzem geregnet hatte, und das Feuer hatte nicht die Kraft, ihn zu wärmen. Es flackerte und spie, zischte und sank in sich zusammen. Er warf einen Blick zum Himmel empor. Noch eine Stunde bis Tagesanbruch. Er lehnte mit dem Rücken in einer flachen Vertiefung eines großen Steins, das Feuer brannte vor einem zweiten großen Felsen. Der Waldhüter blickte auf das letzte Holz hinunter, das er gesammelt hatte. Es war ebenfalls feucht. Links von sich konnte Fell die funkelnden Lichter der *Glühfalter* sehen. Er hoffte, daß sie nicht näher kamen. Fell wollte nicht von den Geistern schmerzlicher Erinnerungen heimgesucht werden. Die Glühfalter hatten sich unter einem Eichenzweig versammelt und tanzten dort, ihre goldenen Flügel aus Licht flatterten in der Dunkelheit. Als er noch ein Kind war, hatte Fell einen von ihnen gefangen und war damit nach Hause zu seinen Eltern geeilt. Im Licht der Hütte besehen, hatte es sich als eine einfache Motte herausgestellt, mit breiten, schönen Flügeln und einem dunklen, behaarten Körper. Als sie tot in seiner Hand lag, hatte sie so gewöhnlich gewirkt, doch draußen im Wald, als die Flügel in hellem Licht strahlten, war es unvorstellbar magisch gewesen.

»Du hast Glück, mein Junge«, sagte sein Vater zu ihm. »Du bist zu jung, um schlechte Erinnerungen zu haben. Glaub mir, wenn du älter bist, wirst du die Glühfalter meiden.«

Wie wahr das war. Als Fell sechzehn war, war er durch die Nacht gewandert, auf der Spur eines lahmenden Wolfes. Er sah das flackernde Lichtspiel der Glühfalter und ging näher heran, um ihnen zuzusehen. Sofort erfüllte das Bild von Matticks Gesicht seinen Geist, das Kind griff nach Fell, als die Unterströmung es zu den Stromschnellen zog. Fell konnte nicht schwimmen und konnte nur hilflos zusehen, wie das Kind über die Felsen gespült wurde, umtost vom schäumenden Wasser. Es war ertrunken. Das Gesicht stand ihm weiter vor Augen, und er fiel auf die Knie, Tränen rannen ihm über die Wangen. »Es war nicht meine Schuld!« rief er laut, dann stolperte er weg von den leuchtenden Insekten. Danach hielt er respektvollen Abstand von den Glühfaltern.

Der Regen setzte wieder ein, und die Glühwürmchen verschwanden. Fell schüttelte den Kopf. »Du bist ein Narr«, sagte er laut und sah den Regentropfen zu, die auf seinen Langbogen fielen. Die Sehne steckte sicher und trocken in seiner Gürteltasche, der Köcher mit den zwölf Pfeilen lag hinter ihm unter seinem Umhang, doch es behagte Fell nicht zu sehen, wie sein liebster Jagdbogen dem Wasser ausgesetzt war. Es war ein guter Bogen, den der Wingora Kereth gefertigt hatte. Mit seiner Hornspitze brachte er es auf einen Zug von gut neunzig Pfund. Fell war zwar nicht der beste Bogenschütze der Loda, aber seit er diese Waffe erstanden hatte, hatte er keinen Blattschuß mehr verfehlt. Der Pfeil schoß singend von der Sehne, flog seinem Ziel zu und drang tief durch Haut, Fleisch und Muskeln. Es war wichtig, daß ein Reh schnell starb. Im Idealfall war das Tier tot, ehe es das überhaupt bemerkte, denn so blieb das Fleisch zart und saftig. Hatte das Tier aber Angst, verspannten sich die Muskeln, und das Fleisch blieb hart. Fells Bogen lieferte immer ausgezeichnetes Fleisch.

»Was tust du hier, Fell? Folgst einem Traum, an den du nicht glaubst?« sagte er laut. Die Worte des Traummannes kamen ihm wieder in den Sinn. *»In drei Tagen vor der Zitadellstadt wird ein Schwert erhoben, und das Rot wird wieder getragen werden. Sei dort, Fell. In drei Tagen, bei Morgengrauen. Im Licht der neuen Sonne wirst du die Geburt einer Legende erleben.«*

Der Regen hörte wieder auf, und als der Mond durch die Wolken brach, erwachten auch die Glühfalter wieder zu neuem Leben. Fell nahm seinen Bogen und wischte die Regentropfen ab. Erstaunlicherweise flackerte das Feuer wieder auf, und Flammenzungen leckten am Holz. Fell streckte die Hände aus und spürte die willkommene Wärme.

»So ist es schon besser«, sagte Taliesen. Fells Herz begann zu klopfen, und er sprang auf wie ein erschrecktes Eichhörnchen. Der alte Mann war aus dem Nichts erschienen, hatte sich anscheinend hierher geblinzelt. »Früher einmal«, fuhr der Druide fort, dessen Federumhang im Mondlicht schimmerte, »liebte ich Nächte im Wald. Aber irgendwann während der letzten hundert Jahre ist mein Blut dünner geworden.«

»Warum kannst du nicht auftauchen wie jeder andere?« tobte Fell.

»Weil ich nicht wie jeder andere bin. Welchen Sinn hat es, ein ungeheures Talent zu besitzen, wenn niemand Gelegenheit hat, es zu würdigen? Himmel, Junge, du bist aber auch leicht zu erschrecken.« Taliesen rieb sich mit einer knotigen Hand über den dünnen Schnurrbart. »Nichts zu essen diesmal, was? Na ja, das ist wohl ein Segen.«

»Beim letzten Mal hast du es nicht angerührt, also kannst du es auch nicht beurteilen!« sagte Fell. »Du bist nicht wirklich, alter Mann. Du bist nicht aus Fleisch und Blut.« Während er sprach, holte Fell plötzlich aus und schlug Taliesen ins Gesicht. Seine Finger glitten durch die faltige Haut, und er spürte nichts als Luft an seiner Hand.

»Gut«, sagte Taliesen. »Du bist intelligent. Doch du hast trotzdem unrecht. Ich *bin* aus Fleisch und Blut. Aber ich bin nicht aus Fleisch und Blut *hier.* Ich sitze in meiner eigenen Höhle an einem anderen Ort in einer anderen Zeit. Die Energie, die notwendig ist, um ein Tor für das Fleisch zu öffnen, ist gewaltig. Es ist nicht nötig, sie zu vergeuden, wenn eine astrale Projektion denselben Zweck erfüllt. Und da meine Rolle lediglich darin besteht, mir dir zu reden, muß mein Abbild genügen.«

»Du spuckst Worte aus wie Läuse«, fauchte Fell, noch immer leicht erschüttert. »Und es gefällt mir nicht, Zauberer an meinem Feuer zu haben. Also sag, was du zu sagen hast und verschwinde.«

»Tss, Junge, wo bleiben deine Manieren? Ältere Personen sollten mit Respekt behandelt werden, gewiß doch auch in diesem neuen erleuchteten Zeitalter? Haben dich deine Eltern denn gar nichts gelehrt? Dein Vater war, wenn ich mich recht erinnere, ein Mann von guter Herkunft.«

»Um Himmels willen, sag einfach, weshalb du gekommen bist«, sagte Fell. »Deine Belehrungen machen mich krank.«

Taliesen schwieg einen Augenblick. »Also schön«, sagte er schließlich, »aber achte gut auf meine Worte. Erstens, wenn ich gehe, möchte ich, daß du deinen

Bogen spannst. Die Zeit naht, in der du ihn brauchen wirst. Zweitens, weißt du, wo die Alwen-Fälle sind?«

»Natürlich, dort wo Eisenhand gefallen ist. Jedes Kind der Loda weiß, wo das ist.«

»Wenn die Pfeile fliegen und die Erde blutgetränkt ist, mußt du den Mantelträger dorthin bringen. Verstehst du?«

»Verstehen? Nein, ich verstehe kein Wort. Erstens habe ich nicht die Absicht, auf irgend jemand oder irgend etwas zu schießen, und zweitens, wer ist der Mantelträger?«

»Etwas Geduld, Fell. Und wenn du nicht schießt, wird jemand sterben, den du sehr magst. Glaub mir, Junge. Und denk an den See. Das ist entscheidend!«

Der alte Mann verschwand. Sofort erstarb das Feuer.

Fell schickte eine lautlose Verwünschung hinter dem alten Mann her. Doch noch währenddessen zog er die Sehne aus seinem Beutel und spannte den Bogen.

Das erste Licht des beginnenden Tages wurde von Vogelgezwitscher begrüßt, und Fell schwang sich den Köcher über die Schulter und wanderte den Hügel hinauf, der oberhalb von Zitadell lag.

Es war nichts zu sehen, außer den grauen Mauern und dem Burgfried, der sich hinter den Dächern der Stadt erhob. Allmählich wurde der Himmel heller, und er sah eine winzige Gestalt aus dem Nordtor kommen und auf die Berge zu rennen. Fell spähte angespannt, konnte jedoch zuerst den Läufer nicht erkennen.

Dann sah er schockiert das Licht der Morgensonne auf ihrem silbernen Haar glitzern. Sie war schon knapp dreihundert Meter weit gekommen, als drei Reiter die Stadt verließen. Der erste war ein Soldat mit Helm und Brustplatte, der dritte ebenfalls. Aber es war der zweite Mann auf einem grauen Hengst, der Fells Aufmerksamkeit auf sich zog. Er schwang ein Schwert und trug einen roten Mantel! Seine Aufregung wuchs.

Sigarni rannte so schnell sie konnte, doch die Reiter kamen ihr näher. Warum haben sie ihre Schwerter gezogen? wunderte sich Fell. Und dann wurde es ihm plötzlich mit erschreckender Deutlichkeit klar. Sie machen Jagd auf sie. Sie wollen sie töten!

Der erste Reiter war nur noch fünfzig Meter hinter ihr, als Fell einen Pfeil aus dem Köcher zog und ihn auf die Sehne legte. Es war kein einfacher Schuß – ein Reiter in schnellem Galopp, bergab und bei noch immer unzureichendem Licht.

Die Ungeheuerlichkeit, dessen, was er vorhatte, erfüllte Fell, doch er zögerte nicht. Geschmeidig zog er die Sehne zurück, bis sie seine Wange berührte, dann holte er tief Luft und stieß sie langsam wieder aus. Zwischen zwei Atemzügen, völlig reglos, zielte er sorgfältig und schoß. Der Pfeil sang durch die Luft. Für den Bruchteil eines Herzschlags dachte Fell schon, er hätte sein Ziel verfehlt, doch dann traf der Pfeil das linke Auge des Reiters und katapultierte ihn aus dem Sattel. Fell rannte los und legte dabei einen zweiten Pfeil auf, aber er schoß zu hastig, und der Pfeil flog an dem rotgekleideten Offizier vorbei und streifte die Flanke des dritten Pferdes. Das Tier stieg auf die Hinterbeine und schickte den Soldaten in einem uneleganten Purzelbaum zu Boden.

Der Offizier mit dem roten Mantel hatte die fliehende Frau beinahe erreicht. Fell sah, wie sie einen Blick zurück warf, dann kehrtmachte und auf das graue Pferd zusprang, wobei sie wild mit den Armen wedelte und laute Schreie ausstieß. Der Graue schwenkte zur Seite, um ihr auszuweichen, so daß sein Reiter nach links ins Rutschen kam. Sigarni sprang den Mann an, in ihrer rechten Hand glitzerte eine silberne Klinge. Mit der linken Hand packte sie seinen Mantel und zerrte den Reiter aus dem Sattel. Das Messer hob und senkte sich. Blut schoß aus einer Wunde im Hals des Mannes. Wieder und wieder stieß das Messer zu.

Sigarni stand auf, den Mantel des Toten in der Hand. Fell sah, wie sie einen Blick zurück auf die Festungsstadt warf. Zahlreiche Menschen säumten die Brüstung der Mauer. Sigarni schwang sich den roten Umhang um die Schultern und band das gerissene Schulterband wieder zusammen. Dann hob sie das Schwert des Toten und deutete damit auf die Zuschauer.

Endlich stieg die Sonne hoch und tauchte Sigarni in goldenes Licht. Das eiserne Schwert schimmerte wie eine silberne Fackel, passend zu ihrem Haar. Fell hatte das Gefühl, als würde die Zeit stehenbleiben, und er wußte, daß dieses Bild sich für alle Zeiten in seine Erinnerung eingegraben hatte. Der Mantelträger war Sigarni. *Sie* war die Legende. Fell stieß einen langen Seufzer aus.

Sigarni stieß das Schwert in die Erde, dann drehte sie sich um und stieg langsam auf den grauen Hengst. Der dritte Soldat saß nicht weit von ihr auf der Erde. Sigarni beachtete ihn nicht, sondern trieb das Pferd auf den Wald und den wartenden Fell zu.

Er sah das Blut auf ihrem Hemd und ihren

Beinkleidern, die blauen Flecken und die Schnittwunden im Gesicht.

Aber mehr als das sah er den roten Umhang um ihre schmalen Schultern.

»Was machen wir jetzt, Sigarni?« fragte er, als sie näher kam. »Was jetzt?«

Ihre Augen blickten ziellos, und sie schien ihn nicht zu hören. Ihr Gesicht verlor die Farbe, die Haut war wächsern und grau. Das Pferd trabte weiter in den Wald. Fell lief hinter ihm her. Er konnte gerade noch seinen Bogen beiseite werfen und Sigarni auffangen, die aus dem Sattel zu fallen drohte. Fell schob ihren Fuß aus dem Steigbügel und schwang sich auf den Rücken des Hengstes. Mit einem Arm hielt er die bewußtlose Sigarni fest, mit der linken Hand nahm er die Zügel und lenkte das Pferd vorwärts.

Der alte Zauberer hatte ihn beschworen, sie zu dem Wasserfall zu bringen, aber wenn er das tat, hinterließ er eine klare Spur, da sich die Pferdehufe tief in die feuchte Erde eingruben.

Die Verfolger waren wahrscheinlich schon unterwegs, und da Fell keine Zeit hatte zu planen, trieb er das Pferd zu größerer Schnelligkeit an und hastete tiefer in den Wald. Er ritt mehrere Kilometer weit, immer auf Wildpfaden, immer bergan. Ein Blick zum Himmel zeigte ihm dicke Wolken im Norden, schwarz und drohend, deren Oberseite abgeplattet war wie ein Amboß. Fell stieß ein Dankgebet aus, denn solche Wolken versprachen Hagel und Donner und Sturm. Er zog die Zügel an, und glitt aus dem Sattel, so daß Sigarni in seine Arme und über seine Schulter fallen konnte. Der Boden unter seinen Füßen war fest und steinig, so daß seine Stiefel keine

Spuren hinterließen. Er klopfte dem Hengst kräftig auf den Rumpf, und das Pferd trabte talwärts los. Fell verließ den Pfad und bahnte sich einen Weg durch dichtes Unterholz. Unmittelbar rechts von ihm fiel das Gelände in einen morastigen Hang ab, es war schwer, sicheren Halt für die Füße zu finden, vor allem mit der zusätzlichen Last von Sigarni. Er bewegte sich vorsichtig weiter, hin und wieder ausgleitend und rutschend. Er hielt sich immer dicht bei den Bäumen, die auf der Bergseite wuchsen, und benutzte sie als Barriere für unkontrollierte Ausrutscher. Er war schon halbwegs den Berg hinunter, als er Reiter auf dem Weg, der oberhalb seines Pfades vorbeilief, nahen hörte. Er kniete sich hinter ein dichtes Gebüsch, blickte sich um und sah die Soldaten vorbeigaloppieren. Es waren über dreißig.

Mit einem Grunzen richtete sich Fell auf und kämpfte sich weiter. Nach seiner eigenen Schätzung war er etwa sechs Kilometer vom Alwen-Fall entfernt. Aber aus diesen sechs wurden mindestens neun auf dem Weg, den er nehmen mußte, über gewundene Pfade, die steileren Hänge und das ausgedehnte offene Grasland meidend.

Als er die ersten Kilometer geschafft hatte, war er schweißgebadet, und nach den nächsten begannen seine Beine zu zittern vor Anstrengung, die bewußtlose Frau zu tragen. Sigarni hatte die ganze Zeit keinen Laut von sich gegeben, und Fell hielt bei einem Bach inne und ließ sie zu Boden gleiten. Sie hatte keine gute Farbe, ihr Puls war schwach und unregelmäßig. Sorgfältig untersuchte er sie und öffnete das zerrissene Hemd. Auf ihren Brüsten fand er blutige Bißspuren und zahlreiche purpurrote Prellungen auf Rippen und Schultern. Allerdings keine tiefen Wunden. Sie hat einen Schock, dachte er. Ich muß sie unbedingt warm halten, einen Platz finden, wo ich sie pflegen kann. Sanft strich er über ihr verschwollenes Gesicht. »Du bist jetzt in Sicherheit, Liebste«, sagte er leise. »Halte durch – für mich.« Sie rührte sich nicht, als Fell sie in den roten Mantel wickelte und sie dann auf seine Schultern hob. Fast zwei Stunden waren vergangen seit dem Kampf oberhalb der Stadt, und sie hatten noch immer knapp sechs Kilometer vor sich. Fell holte tief Luft und marschierte weiter, wobei er versuchte, nicht an seine schmerzenden Muskeln, das Brennen in seinen Schenkeln und Waden zu denken.

Noch drei schmerzhafte Stunden lang trug Fell Sigarni durch den Wald. Während der ganzen Zeit gab sie keinen Laut von sich.

Schließlich erreichten sie den Alwen-Fall.

Keine Spur von dem Zauberer.

In einer kleinen Höhle, ein Stück entfernt von dem See, entzündete Fell ein Feuer. Er zog seinen Schaffellumhang aus und deckte Sigarni damit zu, dann nahm er ihre Hand und redete mit ihr, während sie schlief. »Nun«, sagte er und drückte ihre schlaffen Finger, »dies ist wirklich eine verfahrene Sache. Jetzt sind wir Freiwild, Liebes. Ich wünschte, ich wüßte, weshalb. Warum haben sie dich gejagt? Wer hat dich verletzt? Das wirst du mir wohl schon zu gegebener Zeit selbst sagen. Schade um den Bogen jedenfalls. Der beste, den ich je hatte. Aber ich konnte nicht gleichzeitig den Bogen tragen, dich festhalten und das Pferd lenken.« Er beugte sich vor und strich ihr über die Stirn. »Du bist die schönste Frau, die es gibt, Sigarni. Ich habe nie eine schönere gesehen. War es das, was deinen Schmerz verursacht hat? Wollte irgendein Fremdländer-Edelmann dich so sehr, daß er sogar Gewalt anwandte? War es der rotbärtige Baron, dessen Kehle du zu roten Streifen zerschlitzt hast?« Er ließ ihre Hand los, legte Holz aufs Feuer und stand auf, um zum Höhleneingang zu gehen.

Was jetzt? überlegte er. Wohin sollen wir gehen?

Er hatte Verwandte bei den Wingoras und den Farlain, aber wenn ein Preis auf seinen Kopf ausgesetzt war, würde er sie nur in Gefahr bringen, wenn er ihre Hilfe in Anspruch nahm. Nein, Fell, sagte er zu sich, du bist jetzt auf dich allein gestellt, ohne Freunde und verfolgt. Du hast einen Fremdländer getötet, und sie werden dich jagen bis zu deinem Tod. Donner grollte am Himmel, Blitze zuckten. Fell schauderte und sah zu, wie der Regen auf die Wasseroberfläche trommelte, in einem dichten, undurchdringlichen Vorhang. Er ging zurück in die Höhle und setzte sich ans Feuer zu der schlafenden Sigarni.

»Wir gehen über das Meer, Liebste«, sagte er, »und ich werde tun, was ich längst hätte tun sollen. Wir werden heiraten und uns ein Heim auf einem Berg in der Ferne bauen.«

»Nein, das werdet ihr nicht«, sagte Taliesen im Höhleneingang. Fell lächelte und drehte sich um. Der alte Mann war völlig durchnäßt, sein schütteres Haar klebte ihm am Schädel. In den Händen hielt er einen langen Stab, der in Sackleinen gewickelt war.

»Das ist ein wesentlich angenehmerer Auftritt«, sagte der Waldhüter. »Jetzt glaube ich, daß du aus Fleisch und Blut bist.« Taliesen nahm seinen Mantel ab und legte ihn über einen Stein. Er hockte sich ans

Feuer und hielt seine alten Hände den Flammen entgegen.

»Gut gemacht, Junge«, sagte er. »Du bist den ersten Jägern entkommen. Aber sie werden andere schicken, kluge Männer, gute Fährtenleser. Und unter ihnen wird ein Sucher sein, einer, der Seelen sucht und Gedanken liest. Wenn ihr das überlebt, was zweifelhaft ist, dann werden sie die Nachtschwärmer schicken, Wesen aus der Hölle.«

»Nein, nein«, sagte Fell, »du brauchst mich doch nicht aufzumuntern, Alter, mit deinem grenzenlosen Optimismus. Ich bin schon erwachsen, also sprich rundheraus.«

Taliesen räusperte sich und spie aus. »Ich habe keine Zeit für Witze. Wir müssen sie beschützen, Fell. Ihre Bedeutung kann gar nicht hoch genug eingeschätzt werden. Du mußt zu ihrer Hütte gehen. Hole ihre Waffen und ein paar Kleidungsstücke, gib sie dem Zwerg. Sag ihm und den anderen dort, was geschehen ist. Dann mußt du die Jäger finden und sie tief ins Gebirge führen.«

Fell holte tief Luft, um ruhig zu werden. Es half nichts. »Die Jäger finden? Sie irgendwohin führen? Soll ich nicht lieber gleich die ganze Stadt allein angreifen und sie dem Erdboden gleichmachen? Oder vielleicht könnte ich mir ja auch deinen Federmantel borgen und nach Süden fliegen, um die Städte der Fremdländer zu besetzen und ihren König umzubringen? Bist du wahnsinnig, alter Mann? Was erwartest du von mir, das ich gegen dreißig Soldaten ausrichten könnte?«

»Was immer in deinen Kräften steht.« Der alte Mann sah Fell in die Augen, seine Miene war eiskalt. »Du bist entbehrlich, Fell«, sagte Taliesen. »Dein Tod hat nur für dich selbst eine Bedeutung. Du kannst ersetzt werden. Jeder kann ersetzt werden. Außer Sigarni. Verstehst du? Du mußt ihr Zeit verschaffen, Zeit, sich zu erholen, Zeit zu lernen. Sie ist der Anführer, nachdem sich dein Volk gesehnt hat. Nur sie hat die Macht, den Clans ihre Freiheit wieder zu geben.«

»Sie werden niemals einer Frau folgen! Soviel weiß ich sicher.«

Taliesen schüttelte den Kopf. »Vor vierhundert Jahren sind sie der Hexenkönigin gefolgt. Sie gingen durch die Tore und starben für sie. Sie stellten sich gegen den Feind, obwohl sie in der Minderzahl waren und dem Tod ins Auge sahen. Sie werden ihr folgen, Fell.«

»Die Hexenkönigin war eine Zauberin. Sigarni ist einfach nur eine Frau.«

»Wie blind du bist«, sagte der alte Mann, »und wie groß doch deine männliche Eitelkeit. Diese Frau wurde in eine Zelle geschleppt und von vier Männern vergewaltigt, mißbraucht und bis zur Bewußtlosigkeit geprügelt. Wie Tiere fielen sie über sie her…«

»Ich will das nicht hören!« schrie Fell.

»Aber du wirst!« brüllte der Zauberer. »Sie schlugen sie mit Fäusten, sie bissen sie. Sie schnitten ihr den Hintern mit scharfen Messern auf und zwangen sie zu unaussprechlichen Dingen. Dann ließen sie sie auf dem Zellenboden liegen, auf dem kalten Steinboden in ihrem eigenen Blut und Erbrochenem. Ja, du solltest auch schockiert sein, denn für die Männer war es nur ein Spiel, Fell. Sie lag da, und nach einer Stunde oder so kam ein neuer Wachposten in die Zelle. Auch er wollte sich an ihr vergehen. Sie tötete ihn, Fell. Dann jagte sie die anderen. Einen tötete sie auf der Treppe zum Kerker. Zwei vor einem Wirtshaus. Und der letzte? Du hast ihn gesehen, in seinem schönen Umhang aus feiner Wolle. Ihm schnitt sie die Kehle durch. Einfach eine Frau? Bei allen Göttern der Neun Welten, Junge, in ihrem gemarterten Zustand hat sie sechs Männer getötet!«

Fell sagte nichts, sondern richtete seinen Blick auf die schlafende Frau. »Ja, sie ist eine Hochländerin«, sagte er voller Stolz. »Aber selbst das wird nicht ausreichen, damit Männer ihr folgen.«

»Wir werden sehen«, sagte Taliesen. »Jetzt geh zu ihrer Hütte, ehe die Verfolger dort sind. Schick den Zwerg mit Waffen und Kleidern her.«

»Du bleibst bei ihr?«

»Allerdings.«

Fell stand auf und schlang sich den Köcher über die Schulter, dann blickte er auf die bewußtlose Sigarni hinunter. »Ich halte sie warm«, sagte Taliesen. »Oh, ich hab dir deinen Bogen mitgebracht.« Taliesen nahm das, was Fell für einen in Sackleinen gewickelten Stab gehalten hatte, und reichte die Waffe dem überraschten Waldhüter.

»Du hast ihn sogar trocken gehalten. Ich danke dir, Zauberer. Ich fühle mich wieder als ganzer Mann.«

Taliesen beachtete ihn nicht, sondern wandte sich der schlafenden Sigarni zu und nahm ihre lange, schlanke Hand in seine eigene.

Fell warf sich den Umhang um die Schultern und trat hinaus in die regennasse Nacht.

Sigarni stand still an der grauen Höhlenwand und lauschte, wie Fell und der alte Mann miteinander sprachen. Sie konnte ihre Worte hören, ihre Gesichter sehen und sogar – wenn sie auch nicht wußte wie – ihre Gefühle empfinden. Fell hatte Angst und versuchte trotzdem gleichzeitig, sich den Anschein männlichen Selbstvertrauens zu geben. Der alte Mann – Taliesen? – war müde, doch von einer kaum unterdrückten Erregung erfüllt. Und am Feuer lag, so traurig und verbraucht aussehend, sie selbst, eingewickelt in den roten Mantel des Vergewaltigers. Ihr Gesicht war blau unterlaufen und geschwollen. Ich sterbe, dachte sie. Mein Geist hat meinen Körper verlassen, und jetzt wartet nur noch die Leere auf mich. Sie empfand keine Panik, keine Furcht, nur eine Traurigkeit, die aus Träumen herrührte, die sich nie erfüllen würden.

Fell nahm seinen Bogen von dem alten Mann entgegen und verließ die Höhle. Sigarni wollte ihm etwas zurufen, doch er hörte sie nicht. Niemand konnte sie hören, außer vielleicht den Toten.

Aber sie irrte. Sobald Fell in den Regen hinausgegangen war, sah der alte Mann sie an, seine glänzenden Knopfaugen musterten ihr Gesicht. »So, jetzt können wir reden«, sagte er. »Wie fühlst du dich?«

Sigarni war sowohl überrascht als auch verwirrt. Der alte Mann hielt die Hand ihres Körpers, doch er sah ihr direkt in die Augen des Geistes. Es war beunruhigend.

»Ich fühle ... nichts«, sagte sie. »Ist so der Tod?«

Er kicherte trocken, und es klang, als würde der Wind mit toten Blättern spielen. »Du sprichst mit einem Mann, der seit vielen Jahrhunderten gegen den Tod ankämpft. Ich habe nicht einmal den

Wunsch, darüber zu spekulieren, wie der Tod ist. Erinnerst du dich, wie dein Geist erwacht ist?«

»Ja. Jemand hat mich gerufen, aber als ich meine Augen öffnete, war er nicht hier. Wie geht das hier alles, alter Mann?«

»Ich fürchte, die Antwort ist für einen ungeschulten Hochländer etwas zu kompliziert. Im Grunde ist es so, daß dein Körper so mißhandelt wurde, daß dein Geist auch nur vor dem Gedanken daran zurückschreckt. Du bist in einem Traumzustand, der deine … Seele, wenn du so willst, befreit hat. Jetzt fühlst du keine Schmerzen, keine Scham, keine Schuld. Und während wir uns unterhalten, heilt dein Körper. Durch meine Kunst habe ich diesen Prozeß beschleunigt. Trotzdem, wenn du in das Gefängnis deines Fleisches zurückkehrst, wirst du, sagen wir, beträchtliches Unbehagen spüren.«

»Kenne ich dich?« fragte Sigarni.

»Glaubst du, mich zu kennen?« entgegnete er.

»Ich kann mich erinnern, daß ich dicht an deiner Brust gehalten wurde. Du hast ein kleines Muttermal unter dem Kind, das erkenne ich. Und wenn ich dich anschaue, sehe ich einen anderen Mann, ungeheuer groß, mit breiten Schultern, der ein Hirschlederhemd trägt, auf dessen Brust ein roter Falke mit ausgebreiteten Flügeln zu sehen ist.«

Taliesen nickte. »Kindheitserinnerungen. Ja, du kennst mich, Kind. Der andere Mann war Caswallon. Eines Tages, wenn Gott gnädig ist, wirst du ihn wiedersehen.«

»Ihr beide habt mich vor den Dämonen gerettet – draußen am See. Gwalchmai hat mir das erzählt. Wer bist du, Taliesen? Warum hast du mir geholfen?«

»Ich bin nur ein Mensch – allerdings ein großer

Mensch, vergiß das nie! Und meine Gründe, dir zu helfen, sind ausgesprochen selbstsüchtig. Aber jetzt ist nicht die Zeit, von der Vergangenheit zu sprechen. Die Tage von Magie und Macht nähern sich uns, Sigarni, die Tage von Blut und Tod.«

»Ich will keinen Anteil daran«, sagte sie.

»Du hast keine Wahl in dieser Sache. Und du wirst es anders empfinden, wenn du aufwachst. In Geistgestalt bist du nicht nur von deinem Fleisch befreit. Der menschliche Körper hat viele Waffen. Wut, die die Kraft der Muskeln verstärkt, Angst, die den Verstand wunderbar schärfen kann, Liebe, die mit eisernen Banden bindet, und Haß, der Berge versetzen kann. Es gibt noch viele andere. Aber in Astralform bist du nur sehr schwach mit diesen Gefühlen verbunden. Es war Wut und das Bedürfnis nach Rache, die dir das Leben retteten, die dich trieben, das Rot zu tragen. Diese Wut ist noch immer da, Sigarni, ein Feuer, das man nicht anfachen muß, eine ewige Flamme, die deinen Weg zur Größe erhellen wird. Aber sie ruht im Fleisch und wartet auf deine Rückkehr.«

»Du hattest recht, Alter. Ich verstehe nicht alles, was du sagst. Wie kehre ich in mein Fleisch zurück?«

»Noch nicht. Zuerst geh aus der Höhle. Geh zum See.«

Sie schüttelte den Kopf. »Da ist ein Geist.«

»Ja«, sagte er. »Ruf ihn.«

Sigarni wollte sich schon weigern, als Taliesen seine Hand hob und zum Feuer deutete. Die Flammen sprangen hoch und bildeten eine anderthalb Meter hohe Feuerwand. In der Mitte erschien ein kleiner Fleck farblosen Lichts, der sich öffnete, bis er zu einem blassen, glitzernden Kreis wurde. Er glühte schneeweiß und wurde langsam zum Blau eines Sommerhimmels. Sigarni sah gebannt zu, wie das Blau verschwand und sie durch den nun durchsichtigen Kreis in ihre eigene Hütte schaute. Sie war dort und sprach mit Gwalchmai. Das Gespräch erklang in ihrem Geist.

»Wer war der Geist?« fragte das Abbild Sigarnis.

»Geh und frag ihn, Frau. Ruf ihn.«

Sie schauderte und wandte den Blick ab. »Ich kann nicht.«

Gwalch lachte leise. »Es gibt nichts, was du nicht kannst, Sigarni. Nichts.«

»Ach, komm schon, Gwalch, wir sind doch Freunde? Warum willst du mir nicht helfen?«

»Ich helfe dir ja. Ich gebe dir einen guten Rat. Du erinnerst dich nicht an die Nacht des Mordes. Aber du wirst es, wenn die Zeit reif ist. Ich half dabei, dir die Erinnerung zu nehmen, als wir dich am See fanden. Der Wahnsinn hatte dich in den Klauen, Mädchen. Du hast in einer Pfütze deines eigenen Urins gesessen. Deine Augen waren leer, und dein Unterkiefer hing herab. Ich hatte einen Freund bei mir, sein Name war Taliesen. Er war es – und noch ein anderer –, der den Mörder erschlug. Taliesen erklärte mir, wir würden deine Erinnerung wegschließen und versuchen, dich in die Welt der Lebenden zurückzuholen. Genau das haben wir getan. Die Tür wird sich eines Tages öffnen, wenn du stark genug bist, den Schlüssel zu drehen. Das hat er mir gesagt.«

Jetzt schrumpfte der Kreis zu einem Punkt zusammen, und die Flammen wurden wieder normal. »Bin ich stark genug, um den Schlüssel zu drehen?« fragte sie Taliesen.

»Geh zum See und finde es heraus«, riet er ihr. »Ruf ihn!«

Sigarni blieb einen Augenblick schweigend stehen, dann ging sie an dem alten Mann vorbei in die Nacht hinaus. Der Regen prasselte noch immer hernieder, doch sie konnte ihn nicht spüren und seltsamerweise auch nicht hören. Das Wasser schoß lautlos den Wasserfall hinunter, heftiger Wind riß tonlos an den Bäumen und den Zweigen voller Blätter, Blitze zuckten am Himmel, doch die Stimme des begleitenden Donners war nicht zu hören.

Die Jägerin ging zum Ufer. »Ich bin hier!« rief sie. Keine Antwort, das Wasser blieb still. Nur Schweigen.

»Ruf ihn beim Namen«, sagte Taliesens Stimme in ihrem Kopf.

Und sie kannte ihn, und in ihrer Erkenntnis wunderte sie sich, wie etwas so Offensichtliches ihr so lang entgangen war. »Eisenhand!« rief sie. »Ich bin es, Sigarni. Eisenhand!«

Das Wasser blubberte und stieg wie ein Springbrunnen in die Luft. Die Spritzer bildeten einen Torbogen, der von einem zauberischen Licht erhellt wurde. Ein Riese von Mann erschien in dem Tor, sein Silberbart war zu Doppelzöpfen geflochten, das Haar im Nacken zusammengebunden. Er trug eine glänzende silberne Rüstung und ein langes Breitschwert mit blattförmiger Klinge, das glitzerte, als ob es aus Mondlicht gemacht sei. Er hob das Schwert zum Gruße, dann steckte er es in die

Scheide und sprach mit klangvoller Stimme: »Komm zu mir, Sigarni«, sagte er. »Geh ein Stück mit mir.«

»Du hast in der Zitadelle mit mir gesprochen«, sagte sie. »Du hast mich bedrängt zu fliehen.«

»Ja.«

»Und du hast für mich gekämpft, als ich ein Kind war. Du hast den letzten Hohlzahn getötet.«

»Auch das ist wahr.«

»Warum?«

»Aus Liebe, Sigarni. Aus Liebe, die den Tod nicht akzeptiert. Willst du ein bißchen mit mir gehen?«

»Das will ich«, sagte sie mit Tränen in den Augen.

Und sie machte einen Schritt vor und ging über das Wasser.

6. Kapitel

Trotz des entsetzlichen Schmerzes, der von der leeren Augenhöhle ausstrahlte, genoß Baron Ranulph Gottasson die ehrfurchtsvollen und ängstlichen Mienen der Männer vor ihm. Müßig fuhren die Finger seiner linken Hand über die geschnitzten Drachentatzen auf der Armlehne des reich verzierten Sessels. Scharfkantig waren sie, wie sie die Ebenholzkugeln umfaßten. Die Männer warteten schweigend vor der Empore. Er kannte ihre Gedanken und, was noch wichtiger war, er spürte ihre wachsende Furcht. Sie hatten versagt – die Frau, die ihm sein Auge genommen hatte, war noch immer auf freiem Fuß. Der Baron lehnte sich in dem hohen geschnitzten Sessel zurück und starrte die zwanzig Männer anklagend an. Sein verbliebenes Auge war blutunterlaufen, doch sein Blick durchdringend.

»Also«, sagte er leise, und seine Stimme war kalt und zischend, »sagt mir, daß ihr die Frau und den Abtrünnigen gefangen habt.«

Der Offizier vor ihm, ein hochgewachsener Mann mit einem eckigen Kinn-, doch ohne Schnurrbart, räusperte sich. Die Kettenpanzer an den Beinen waren schmutzverkrustet, sein rechter Arm war notdürftig verbunden. »Wir haben sie noch nicht gefangen, Herr. Ich habe die Männer zurückgebracht, um frischen Proviant zu holen.«

»Ihr habt sie nicht gefangen«, wiederholte der Baron und erhob sich. »Eine Frau und einen Waldhüter, die zu zweit auf einem gestohlenen Hengst reiten. Aber ihr habt sie nicht gefangen.« Langsam stieg er die drei Stufen von der Empore herunter und blieb vor dem Offizier stehen. Der Mann senkte den Kopf und murmelte etwas. »Sprich lauter, Chard. Wir wollen dich alle hören!«

Der Offizier wurde rot, doch er hob den Kopf, und seine Stimme hallte durch den Raum. »Sie haben uns genarrt. Sie haben den Hengst freigelassen und sind durch die Täler gegangen. Dann kam der Sturm, und es war unmöglich, Spuren zu lesen. Aber wir folgten ihnen so gut wir konnten, weil wir dachten, die Frau würde zu ihren Leuten zurückkehren. Der abtrünnige Waldhüter, Fell, schoß aus einem Hinterhalt auf uns und verwundete zwei meiner Männer. Wir jagten sie, Herr, aber schwerbewaffnete Reiter sind im dichten Wald nutzlos. Wir ließen unsere Pferde zurück und versuchten, ihnen zu Fuß zu folgen. Es war, als ob man einen Geist fangen wollte. Ich hatte keine Bogenschützen dabei. Noch drei weitere Männer wurden von seinen Pfeilen getroffen. Glücklicherweise schützte ihre Rüstung sie vor ernsteren Verletzungen, obwohl der Söldner Lava noch immer eine Pfeilspitze in der Schulter hat.« Chard brach ab.

Der Baron nickte ernst. »Was du also sagen willst, ist, daß dreißig Besatzungskrieger einer Frau und einem Clansmann nicht gewachsen sind.«

»Nein, Herr. Ich will sagen …«

»Schweig, du Idiot! Hast du irgendwann während der vier Tage, die ihr unterwegs wart, daran gedacht, jemanden nach Zitadell zurückzuschicken, um

Spurenleser zu holen? Hast du nie daran gedacht, die Dienste des Suchers Kollarin in Anspruch zu nehmen? Hast du die eigenen Leute des Abtrünnigen auf seine Spur gesetzt?«

»Seine eigenen Leute ...«

Der Baron drehte sich halb weg, dann holte er mit der Faust aus und zerschlug die Lippen des Offiziers an dessen Zähnen. Die Haut platzte auf, Blut spritzte, als Chard zurückgeworfen wurde. Er stürzte schwer zu Boden, so daß er sich den Schädel am Sockel einer Statue aufschlug. »Ihr alle habt mich enttäuscht«, sagte der Baron, »aber seine Sünde war am größten. Dafür wird er büßen. Und jetzt zu dir!« sagte er und deutete auf einen stämmigen Soldaten mit kurzgeschnittenem blondem Haar. »Du bist Obrin, der Südländer, nicht wahr?«

»Jawohl, Herr.« Der Mann verbeugte sich.

»Du hast früher schon gegen Barbaren gekämpft, wie ich höre. In Kushir, Palol, Umbria und Cleatien?«

»Jawohl, Herr. Und ich diente auch in Pesht unter deinem Befehl. Ich war dort, als du die Mauer stürmtest, Herr, aber damals war ich noch ein gemeiner Soldat.«

»Und jetzt bist du Unteroffizier. Beantworte mir meine Fragen zufriedenstellend, dann bekommst du das Kommando über die Jagd und wirst Hauptmann. Erkläre uns nun die Fehler, die dieser Idiot da vor deinen Füßen gemacht hat.«

Obrin tat einen tiefen Atemzug und schwieg einen Augenblick. Der Baron lächelte. Er wußte, was in dem Mann vor sich ging. Kein rekrutierter Soldat wollte gern Offizier werden: Der Sold deckte kaum die Messerechnungen, und von den mageren Einkünften mußte er sein eigenes Pferd und die

Rüstung kaufen und einen Adjutanten einstellen. Obrins rundes Gesicht wurde blaß, dann sprach er. »Die Spur war kalt von dem Augenblick an, an dem der Sturm losbrach, Herr. Wir hätten nach Cilfallen gehen und dort Geiseln nehmen sollen. Dann hätten die Waldhüter ihren Kameraden selbst jagen können. Ich hätte auch eine Belohnung für ihre Gefangennahme ausgesetzt, nur für alle Fälle. Hier im Hochland hat keiner viel Geld. Und es gibt immer einen Schurken, der selbst seine Mutter für ein oder zwei Kupferstücke verkaufen würde, wenn du verstehst, was ich meine, Herr.« Obrin hielt inne und rieb sich das breite Kinn. »Du hast bereits Kollarin, den Sucher, erwähnt, aber – ich will aufrichtig sein, Herr – ich hätte nicht an ihn gedacht, und wenn es recht ist, ich möchte Hauptmann Chards Kommando nicht. Ich bin kein Edelmann. Ich würde nicht hineinpassen, und ich habe nicht den Verstand dafür. Aber ich bin ein guter Unteroffizier, Herr.«

Der Baron ignorierte den Soldaten und stieg wieder auf die Empore und seinen Sessel zurück. Seine Augenhöhle pochte, und Feuerzungen leckten hoch bis in seinen Schädel. Doch seine Miene verriet keine Spur von den Schmerzen, die er litt. »Such Kollarin und nimm ihn mit euch, wenn ihr euren Proviant habt. Nimm fünfzig Mann. Teile sie in zwei Gruppen. Eine soll nach Cilfallen reiten und eine Belohnung von hundert Guineen aussetzen, diese Gruppe wird ebenfalls vier Geiseln nehmen und sie zurück nach Zitadell bringen. Zur zweiten Gruppe, die du befehligen wirst, Obrin, wird Kollarin gehören. Ihr beginnt eure Suche an der Hütte der Frau. Und ehe ihr aufbrecht, bringst du den ehemaligen Hauptmann Chard zum Auspeitschpfosten, wo du ihm fünfzig Hiebe auf den nackten Rücken geben wirst. Bei jedem Hieb solltest du dir eins klarmachen: Wenn du versagst, wird einer deiner Männer dich auspeitschen.«

»Jawohl, Herr«, sagte Obrin unglücklich.

Der Baron winkte mit der Hand, um die Männer zu entlassen. »Du nicht, Leofric«, sagte er, als der schlanke blonde Schreiber ebenfalls gehen wollte. »Schließ die Tür und komm in mein Arbeitszimmer.« Der Baron verließ die Empore, durchquerte den Saal und verließ ihn durch eine kleine Seitentür, die sich auf eine Treppe öffnete, die zu seinem Arbeitszimmer führte. Auf dem Schreibtisch stand ein Becher mit einer dunklen, giftig aussehenden Flüssigkeit. Der Baron haßte Medizin jeder Art und ganz besonders schmerzstillende Opiate. Aber die Verwundung beeinträchtigte nun seine Denkprozesse, und er trank die abscheuliche Brühe und setzte sich mit dem Rücken zum offenen Fenster.

Leofric klopfte leise, dann trat er ein. »Du hast mein Mitgefühl, Vetter, für deine Schmerzen und deine Enttäuschung«, sagte er unbehaglich.

»Der Schmerz bedeutet nichts, und ich bin keineswegs enttäuscht, mein Junge«, erwiderte der Baron und bedeutete dem jungen Mann, sich ihm gegenüber zu setzen. »Ich bin sogar weit entfernt davon. Das Hochland muß gesäubert werden, und jetzt ist mir ein Anlaß dafür auf den Flügeln eines schwarzen Falken herbeigeflattert. Ein Rebellin wurde gefangengenommen, nachdem sie den Boten des Königs angegriffen hatte. Die Hochländer überfielen den Kerker, um sie zu befreien. Dann griffen sie die Soldaten des Königs an. Wenn die Nachricht den Süden erreicht, wird der König weitere fünftausend Männer schicken, die unter meinem Befehl stehen, und wir werden von Zitadell bis ans Meer marschieren und die Clans ein für allemal auslöschen.«

»Das verstehe ich nicht«, sagte Leofric. »Wie können denn die Clans eine Gefahr für das Reich darstellen? Sie haben keine militärische Organisation, ganz zu schweigen von einer Armee, und es gibt keine Aufstände.«

Der Baron lächelte. »Dann können wir nicht verlieren, oder, Leofric? Und am Ende habe ich eine Armee, die so groß ist wie die Jasteys. Der König wird alt und weich. Glaubst du vielleicht, Jastey hätte nicht vor, nach der Krone zu greifen? Natürlich hat er das. Und ich kann nichts tun, um ihn aufzuhalten, solange ich hier in dieser gottverlassenen Wildnis festsitze. Wie auch immer, ein Krieg gegen die Clans hat viele Vorteile. Im Süden haben sie noch immer Angst vor diesen Nordlichtern, und alte Männer erinnern sich mit Schrecken daran, wie die kreischenden Wilden aus den Bergen herabstürmten und Feuer und Tod ins Tiefland brachten. Du wirst schon sehen, Leofric. Sobald die Nachricht von dieser letzten Ungeheuerlichkeit den Süden erreicht, werden die Preise für Land jenseits unserer Südgrenze in den Keller sinken. Die Hasenherzigen werden verkaufen und wegziehen, und Panik wird sich in den angrenzenden Städten des Tieflands ausbreiten.«

»Das kann ich verstehen«, sagte Leofric, »aber was, wenn die Hochländer diesen ... Fell ... und die Frau aufspüren? Was, wenn sie sie uns übergeben, um die Geiseln zu retten?«

Der Baron schüttelte den Kopf. »Das wird nicht geschehen. Ich kenne diese Barbaren, sie sind zu stolz. Ich werde die Geiseln hängen lassen, sobald sie in Zitadell ankommen, und dann ihre Leichen auf der Nordmauer ausstellen, so daß jeder sie sehen kann. Und wenn das nicht wenigstens den Anschein von Widerstand erzwingt, brenne ich Cilfallen und ein paar andere Dörfer nieder.«

»Und welche Aufgabe hast du für mich vorgesehen, Herr?« fragte Leofric.

»Bis zum Frühjahr wird es keinen größeren Einmarsch ins Hochland geben. Wir brauchen Zeit, damit sich die Angst ausbreitet. Ich beabsichtige, mit sechstausend Kämpfern und fünfhundert Technikern anzugreifen. Du mußt dich mit der Frage beschäftigen, wie wir diese Armee auf dem ganzen Weg bis zum Meer versorgen und ernähren. Auch möchte ich, daß du die Landkarten studierst und drei Stellen für unsere festen Lager und Befestigungen findest. Du weißt, was vonnöten ist: die Forts sollten nicht weit entfernt vom Land der Pallides und der Farlain liegen. Wähle offenes Gelände, aber dicht genug am Wald, so daß die Männer dort Bauholz holen können. Noch Fragen?«

»Ja, Herr, zu den Befestigungen. Ich weiß wohl, wie die zeitweiligen Befestigungen normalerweise aussehen, die für Strafexpeditionen in feindliches Gelände errichtet werden. Aber das sind grobe Konstruktionen, die nur für die Dauer weniger Nächte vorgesehen sind. Werden solche ausreichen?«

Der Baron überlegte. Die Winter im Hochland waren berüchtigt, und die Forts mußten während der langen, bitterkalten Monate bis zum Einmarsch ständig bemannt sein. Noch wichtiger aber war die Wahrscheinlichkeit, daß die Hochländer diese Vorposten angreifen würden. Sobald der Schnee einmal die Pässe versperrte, gab es keine Möglichkeit mehr, Verstärkung zu schicken.

»Du hast mich mißverstanden«, sagte der Baron gewandt. »Das wird keine Strafexpedition, sondern eine regelrechte Invasion. Deshalb sollen die Forts reguläre Verteidigungsanlagen haben, mindestens drei Meter hohe Erdwälle, gekrönt von mindestens fünf Meter hohen Palisaden. Dazu Fallgittertore mit Gegengewichten. Du bist doch mit dieser Einrichtung vertraut?«

»Selbstverständlich, Herr. Sie wurde im letzten Jahrhundert während der Cleatischen Kriege von Driada entwickelt, basiert aber wahrscheinlich auf früheren ...«

»Ich habe dich nicht um eine Geschichtsstunde gebeten, Leofric. Nimm zweihundert Techniker und dreihundert Fußsoldaten mit ins Hochland. Dort wirst du den Bau der Forts mit den Lagerhäusern für Vorräte überwachen. Stell sicher, daß die Lagerhäuser wasserdicht sind. Ich will weder vergammeltes Fleisch noch Korn mit Mehltau, wenn ich mit der Armee ankomme.«

Leofric stand auf und verbeugte sich. »Ich danke dir für dein Vertrauen in mich, Vetter. Ich werde dich nicht enttäuschen.«

Sigarni öffnete die Augen und sah die flackernden Schatten der Flammen an der Decke. Sie sah ihnen einen Augenblick zu, dann spürte sie, wie die Schmerzen in ihrem verwundeten Körper wieder einsetzten. Von links kam eine Stimme. »Sie ist wach. Bring ihr etwas Brühe.« Sigarni drehte den Kopf in die Richtung, aus der die Stimme kam, und richtete ihre Augen auf einen verwitterten alten Mann mit tiefliegenden hellen Augen.

»Taliesen?« flüsterte sie.

»Ja, Mädel, Taliesen. Wie fühlst du dich?«

»Alles tut weh. Was ist passiert?«

»Erinnerst du dich nicht mehr an den Kampf im Kerker von Zitadell?«

Sie schloß die Augen. »Natürlich tue ich das – aber das ist Jahre her. Ich meinte, warum bin ich *jetzt* verletzt?« Taliesen beugte sich vor und half ihr, sich aufzusetzen. Schmerz schoß durch Sigarnis rechte Seite und ließ sie aufstöhnen.

»Eine deiner Rippen ist angebrochen. Sie wird bald wieder heilen«, sagte Taliesen. Eine weitere Gestalt trat in ihr Sichtfeld, klein wie ein Kind, jedoch mit Bart. Ballistar setzte sich zu ihrer rechten und reichte ihr eine hölzerne Schale und einen Löffel. Die Fleischbrühe war dick und salzig, und Sigarni spürte auf einmal, wie hungrig sie war. Sie aß schweigend. Als sie fertig war, brachte Ballistar die Schale wieder fort. Sigarni spürte, wie ihre Kraft zurückkehrte, aber sie war noch immer verwirrt.

»Warum hast du den … Angriff auf mich … erwähnt?« fragte sie Taliesen.

»Weil er vor drei Tagen geschah«, antwortete er langsam. »Du hast an einem Ort geistgewandelt, wo es keine Zeit gibt.«

»Ich erinnere mich«, sagte sie. »Er nahm mich an der Hand.«

»Wer nahm sie?« fragte Ballistar. Taliesen bedeutete ihm zu schweigen.

»Ja, du bist mit ihm gegangen«, sagte der Zauberer und nahm Sigarnis Hand. Sie entriß sie ihm, ihre Augen funkelten.

»Faß mich nicht an! Nie wieder wird mich ein Mann anfassen!« Die Wildheit in ihrer Stimme war erschreckend und überraschte Ballistar, der vor Schreck die Schale fallen ließ. Sie rollte über den Boden der Höhle, bis sie an der hinteren Wand zu liegen kam.

Taliesen schien von der Zurückweisung ungerührt zu sein. »Es tut mir leid, Liebes, das war gedankenlos von mir. Hast du viel in der Zeit mit ihm gelernt?«

»Das ist jetzt alles so verschwommen«, sagte sie schläfrig. »Aber er sagte, er würde mich lehren ... er würde ... immer ... bei mir sein.« Sigarni streckte sich wieder aus und schloß die Augen. Taliesen breitete eine Wolldecke über sie.

»Wovon hat sie geredet?« fragte Ballistar. »Wann ist sie gewandert? Und mit wem?«

Taliesen stand auf und ging zum Feuer. »Zeit, mehr Holz zu holen«, sagte er.

»Mit wem ist sie gewandert?« wollte Ballistar hartnäckig wissen.

»Das brauchst du nicht zu wissen, Zwerg. Jetzt geh und hole Holz. Der schwarze Mann wird bald hier sein, und dann wirst du ein wenig mehr von dem verstehen, was hier vor sich geht.«

»Ich bin nicht dein Diener!« fuhr Ballistar auf. »Ich muß nicht durch Reifen springen, nur weil du es wünschst!«

»Nein«, gab Taliesen zu, »das brauchst du nicht. Aber ich versuche, sie warm zu halten, und ich bin etwas zu alt, um Gefallen daran zu finden, durch den Wald zu laufen und mich zu bücken, um totes Holz zu sammeln. Du dagegen mußt dich nicht so tief bücken.«

»Ich tue es für sie«, sagte der Zwerg. »Aber eins sollst du wissen, Taliesen: Ich mag dich nicht. Nicht im geringsten.«

»Wie klug von dir«, erwiderte Taliesen.

Ballistar stapfte aus der Höhle in die Nachmittagssonne hinaus. Es gab nach dem Sturm überall genügend Fallholz, und er verbrachte eine Stunde damit, Brennholz zu sammeln und ganze Armvoll zurück zur Höhle zu tragen. Taliesen verbrachte die Stunde damit, still neben der schlafenden Sigarni zu liegen. Gelangweilt kehrte Ballistar zum Seeufer zurück und schaute über das Wasser. Es lag glatt und reglos da, und die Bäume am gegenüberliegenden Ufer spiegelten sich im See, so daß es aussah, als wüchsen sie verkehrt herum. Ballistar ging zum Ufer und beugte sich kniend über das Wasser. Sein eigenes Gesicht blickte ihm entgegen, die tiefliegenden braunen Augen schauten in die seinen.

»Wie ist es in einer verkehrten Welt?« fragte er sein Spiegelbild. »Bist du glücklich oder traurig?« Das Gesicht im See formte dieselben Worte. Ballistar ging zurück und setzte sich unter eine Trauerweide.

Asmidir kam den Hang heruntergeritten, und Ballistar stand auf. Der schwarze Mann trug Kleider in braun und rostrot, dazu einen dunkelgrünen Umhang. Statt eines Burnusses trug er heute einen Helm aus poliertem Eisen, der in eine glitzernde silberne Spitze auslief. Als er Ballistar sah, zügelte er sein Pferd und sprang aus dem Sattel. »Wo ist sie?« fragte er.

Ballistar deutete auf die Höhle. »Ein Zauberer ist bei ihr. Unangenehmer kleiner Mann.«

»Wie geht es ihr?«

»Sie wurde geprügelt und mißbraucht. Aber sie wird sich erholen. Ich weiß es.«

Der schwarze Mann nickte. »Ich weiß es auch. Gibt's Neuigkeiten von Fell?«

»Ich habe nichts gehört«, antwortete der Zwerg. »Ich bin seit drei Nächten hier. Aber ich glaube nicht, daß sie ihn kriegen. Fell ist gerissen und stärker, als er glaubt.«

»Du siehst viel, Ballistar. Du läßt dir nichts vormachen. Ich werde Sigarni mit in mein Haus nehmen. Du kannst gerne mit uns kommen. Ich glaube, sie wird sich wohler fühlen, wenn du auch da bist.«

»Vielleicht will sie keinen von uns«, meinte der Zwerg. »Sie hat Taliesen gerade gesagt, daß kein Mann sie jemals wieder berühren darf – sie haßt uns möglicherweise alle für die Sünden einiger weniger.«

Asmidir schüttelte den Kopf. »Dafür ist sie zu intelligent, mein Freund. Wirst du mitkommen?«

»Natürlich komme ich mit. Sie ist meine Freundin.«

»Meine auch«, sagte Asmidir leise. »Und ich werde sie mit meinem Leben verteidigen. Glaubst du mir das?«

Ballistar sah dem Mann tief in die dunklen Augen. »Ja, ich glaube dir, schwarzer Mann. Ich mag dich nicht, aber ich glaube dir.«

»Es gibt vieles, was man an mir nicht mögen kann, Ballistar. Ich war oft grob, manchmal grausam. Trotzdem habe ich niemals einen Freund verraten, und Treuebruch ist mir gänzlich fremd. Ich möchte Sigarni helfen, sie alles lehren, das ich weiß.«

»Worüber?« fragte Ballistar.

»Über den Krieg«, antwortete Asmidir.

Die fünf Männer sprachen nur wenig, als sie durch den Wald gingen. Jeder hing seinen eigenen Gedanken nach. Der dicke Bäcker Tovi dachte an seinen ältesten Sohn und wie stolz er auf den Jungen war. Als die Soldaten ihn als eine der vier Geiseln ausgewählt hatten, war er hochaufgerichtet stehengeblieben, ohne Furcht zu zeigen. Wie ich, als ich noch jünger war, dachte Tovi. Dann schüttelte er den Kopf. Nein, er ist besser als ich. Er hat viel von seiner Mutter, und sie kommt aus einem guten Stall.

Neben ihm ging Grame der Schmied, dessen Gedanken düster und schwermütig waren. Grame war dabeigewesen, als die Soldaten die Geiseln auswählten, aber er hielt seinen Schmiedehammer in der Hand und brauchte seinen ganzen eisernen Willen, um nicht vorzustürmen und dem grinsenden Offizier den Schädel einzuschlagen. Daß ich so etwas noch erleben muß, dachte er, daß Fremde ungehindert in unsere Dörfer reiten und unsere Leute rauben. Der Schmied fühlte die Schande, als ob er sie allein tragen müßte.

Vor den beiden alten Männern gingen die drei Waldhüter, in ihrer Mitte Fell. Bakris Ohnezahn ging links von ihm, Gwyn Dunkelauge rechts. Gwyn dachte an nichts anderes als an Fell. Er liebte ihn mehr als seine eigenen Brüder und zermarterte sich das Hirn nach einem neuen Argument dafür, daß Fell sich nicht den Fremdländern auslieferte. Aber es fiel ihm nichts ein. Vier Menschenleben standen auf dem Spiel: Tovis Sohn, die Witwe Maffrei, der Viehhirte Clemet und Nami, die dicke Tochter von Maccus dem Schäfer. Fell war ein Ehrenmann, und sobald er von der Geiselnahme gehört hatte, gab es für ihn nur noch einen Weg. Es brach Gwyn das Herz, diesen Weg zu gehen.

Bakris dachte daran, was wohl passieren würde, sobald der arrogante Fell gehängt worden war. Sicher würde man seine eigenen Fähigkeiten erkennen und ihn zum Hauptmann der Waldhüter machen?

Fell selbst konnte nur an Sigarni denken und an alles, was hätte sein können. Taliesen hatte ihm befohlen, die Jäger tief in den Wald zu führen, und das hatte er getan, wobei er einige verwundet hatte. Zweimal hätten sie ihn beinahe gehabt, aber seine Waldläuferfähigkeiten hatten ihn gerettet – das und seine Leichtfüßigkeit. Was wird jetzt geschehen, Sigarni? dachte er. Wirst du dich liebevoll an mich erinnern?

Vor seinem geistigen Auge sah er sich auf dem Gerüst stehen, das Hanfseil um den Hals. Wirst du sterben wie ein Mann, Fell, fragte er sich, aufrecht und stolz? In diesem Augenblick wußte er, daß es so sein würde. Kein Fremdländer würde erleben, daß ein Mann des Hochlands um sein Leben bettelte und schrie.

Fell schaute in die Zweige über sich, durch die Sonnenstrahlen fielen und die Blätter und den Waldboden mit Gold sprenkelten. Durch eine Lücke zwischen den Bäumen sah er den High Druin, der majestätisch die anderen Gipfel überragte. »Sei mit mir, Vater!« flüsterte er dem Berg zu.

»Was ist, Fell?« fragte Gwyn.

»Rede nur mit mir selbst. Ach, ein schöner Tag für eine Wanderung, so viel ist sicher.«

»Das stimmt, mein Freund, aber ich wäre froh, wenn wir nach Norden gingen.«

»Das kann ich nicht. Ich lasse keinen Hochländer für meine Verbrechen sterben.«

»Verbrechen? Was für Verbrechen?« knurrte Grame und kam an ihre Seite. »Sie haben sie vergewaltigt, um Himmels willen, und dann gehetzt wie ein Tier. Für wen halten sie sich eigentlich, diese Fremdländer? Erst versucht der Baron, ihr ihren Falken zu stehlen, dann berauben sie sie ihrer Tugend ...«

»Welcher Tugend?« höhnte Bakris. »Hölle noch, Mann, die war doch längst zum Teufel. Sie hat mehr Schwänze gehabt als eine Zielscheibe Löcher.«

»Das reicht«, zischte Fell und fuhr zu Grame herum. »Wofür halten sie sich eigentlich? Sie sind die Eroberer, und sie machen die Gesetze. Du und ich, das ganze Hochland, wir werden nach ihren Launen regiert.«

»Es soll ein Anführer kommen«, sagte Tovi. »Ich wünschte bei Gott, er würde bald auftauchen.«

»*Sie* ist bereits aufgetaucht«, sagte Fell. Die anderen Männer sahen einander an, dann Fell. »Ja, ihr haltet das für Unsinn«, sagte er. »Aber ein alter Zauberer kam zu mir und befahl mir, bei Morgengrauen an einem bestimmten Tag vor Zitadell zu sein. Dort würde ich sehen, wie das Rot wieder getragen würde und wie ein Schwert über die Stadt gehalten würde. Nun, Freunde, ich war dort. Und ich sah, wie Sigarni das Rot anzog und sah, wie sie einen Fremdländer tötete. Sie ist der Anführer aus der Prophezeiung. Ich werde das nicht mehr erleben, aber ihr schon.«

»Bist du verrückt geworden, Freund?« fragte Grame. »Was versteht sie von Krieg und Kampf? Sie ist noch ein Kind. Wer würde ihr schon folgen?«

»Ich würde es«, sagte Fell.

»Wenn du es tätest, tue ich es auch«, warf Gwyn ein.

Bakris lachte höhnisch. »Ich würde ihr in ihr Schlafzimmer folgen. Jederzeit.«

»Ihr werdet schon sehen, daß es wahr wird«, sagte Fell. »Und jetzt laßt uns weitergehen. Ich möchte vor der Dunkelheit in Zitadell sein.«

Tovi legte Fell seine breite Hand auf die Schulter. »Ich halte dich nicht auf, Junge«, sagte er. In seiner Stimme schwang tiefes Gefühl mit. »Ich würde alles tun, um meinen Sohn nach Hause zu holen. Doch selbst wenn du jetzt einen anderen Weg einschlagen willst, werde ich nicht schlecht von dir denken. Verstehst du?«

Fell nickte. »Ich verstehe, Jagdherr. Aber ich tötete einen Fremdländer, und sie wollen Blut. Wenn sie meins nicht bekommen, werden sie es sich woanders holen. Das ist nun mal ihre Art. Aber ich möchte um eins bitten – achte auf Sigarni und hilf ihr, so gut du kannst. Du und Grame, ihr beide seid kampferprobte Krieger. Ihr habt erlebt, was wir anderen nur aus Geschichten kennen. Ihr wißt, wie man sich vor einer Schlacht fühlt und wie sich Mut in Wasser verwandeln kann. Ihr wißt, was es braucht, um gegen einen Feind zu bestehen. Dieses Wissen wird in den Tagen, die vor uns liegen, lebenswichtig sein. Mein Tod gibt euch vielleicht eine Atempause zum Planen. Aber mehr wird es auch nicht sein.«

»Vielleicht noch nicht einmal das«, meinte Gwyn. »Sie wollen auch Sigarni haben. Vielleicht nehmen sie dich und behalten die Geiseln trotzdem.«

»Daran habe ich auch schon gedacht«, sagte Fell. »Wir wollen hoffen, daß der Baron wenigstens einen Funken Anstand besitzt.«

»Du handelst recht, Fell«, sagte Bakris. »Ich an deiner Stelle würde genauso handeln.«

»Dann laßt uns weitergehen«, sagte Fell. »Noch ein Hügel, Kameraden, dann sind wir zu Hause.«

Die fünf Männer stapften den Hügel hinauf und erreichten die Kuppe gerade in dem Moment, als die Sonne blutrot über den westlichen Berggipfeln stand. In der Ferne konnten sie die Linie der Stadtmauer um Zitadell erkennen, sowie die hohe Brüstung des Burgfrieds.

Am Nordtor, in Käfigen vor der Mauer, hingen vier Leichname, dicht umschwirrt von Krähen. Auf diese Entfernung war es unmöglich, Gesichter zu erkennen, doch alle kannten das abgetragene schwarze Kleid der Witwe Maffrei. »Bei Gott!« wisperte Grame. »Sie haben sie schon getötet! Aber es sind doch erst zwei Tage! Sie hatten uns eine Woche versprochen!«

»Ein Funken Anstand, wie du sagst, Fell«, murmelte Gwyn. »Jetzt sehen wir ja, was der Anstand der Fremdländer wert ist.«

»Dafür werden sie tausendfach bezahlen«, sagte Fell. »Das schwöre ich!«

Mit dem roten Umhang um die Schultern saß Sigarni auf dem Scheinwall von Asmidirs Burg und blickte hinaus über die sanften Hügel und das Waldgebiet im Süden. Asmidir stand neben ihr und lehnte sich an die zinnenbewehrte graue Steinbrüstung. »Verstehst du, was du tun sollst?« fragte er.

»Ja«, sagte sie mit kalter Stimme. »Ich soll Fremdländer töten.«

Ärgerlich wandte er sich zu ihr. »Nein! Das ist die erste Lektion, die du lernen mußt. Krieg ist nicht einfach nur ein Spiel des Tötens. Jeder Befehlshaber, der so denkt, wird vernichtet werden, wenn nicht vom Feind, dann von seinen – oder ihren – eigenen Truppen.«

»Truppen? Bist du verrückt?« tobte sie. »Es gibt keine Soldaten, es gibt keine Armee. Es gibt nur Sigarni. Und alles, wofür ich von jetzt an lebe, ist so viele zu töten wie ich nur kann.« Sie erhob sich mühsam und sah ihm in die dunklen Augen. »Du hast keine Vorstellung von dem, was sie mir angetan haben oder was sie mir genommen haben. Du bist ein Mann. Diese ganze Welt ist zu eurem Vergnügen geschaffen, während Frauen nur zum Spaß da sind – entweder das oder um eure Brut neun Monate lang auszutragen, bereit, immer mehr Seelen für eure künftigen Mord – und Totschlagspielchen zu nähren. Nun, Asmidir, Sigarni wird keine Brut austragen, aber sie wird euer Spiel spielen.«

Er lächelte reumütig. »Du kannst nicht spielen, solange du nicht weißt, um was du spielst. Du mußt ein Ziel haben, Sigarni. Wie kannst du sonst planen?«

»Ein Ziel?« spottete sie. »Ich bin allein, Asmidir. Was soll ich denn tun? Wo ist meine Armee? Du willst ein Ziel? Das Hochland von der Herrschaft der Fremdländer befreien, den Feind zurück in sein eigenes Land oder noch weiter treiben. Hunderttausend Mann tief in ihr Gebiet zu führen und ihre Hauptstadt zu plündern. Reicht dir das als Ziel?«

»Ja«, sagte er. »Und jetzt überlege, wie du für dieses Ziel planen willst.«

Sigarni sah ihm ins Gesicht. »Ich habe keine Zeit für sinnlose Spiele. Ich habe keine Armee.«

»Dann bau eine auf«, sagte er streng.

Sigarni machte auf dem Absatz kehrt, marschierte über den Wehrgang und stieg dann die steinerne

Treppe zum Hof hinunter. Ein Diener verbeugte sich, als sie an ihm vorbeiging. Sie trat ins Haus, wo Ballistar vor dem ausgestopften Bären stand und zu ihm hochschaute. »Er ist so lebensecht«, meinte der Zwerg. »Findest du nicht?«

Ohne ihn zu beachten, ging sie in den großen Wohnraum und setzte sich in einen breiten ledernen Armsessel, der vor dem offenen Feuer stand. Asmidir folgte ihr, dicht hinter ihm kam Ballistar.

»Warum verbeugen sie sich vor mir?« wollte Sigarni wissen. »Alle. Sie reden nicht … aber sie verbeugen sich.«

»Ich habe es ihnen befohlen«, antwortete Asmidir. »Du mußt dich an eine solche Behandlung gewöhnen. Von jetzt an bis an dein Lebensende wirst du von den gewöhnlichen Menschen getrennt sein. Du wirst eine Königin, Sigarni.«

»Die Hurenkönigin, ja? Siehst du mich so, Asmidir? Oder war es irgendein anderer schwarzer Bastard, der mich eine Dirne nannte?«

Asmidir zog einen Stuhl heran und setzte sich ihr gegenüber. »Dein Zorn ist berechtigt«, sagte er. »Damals wußte ich noch nicht, daß *du* der Anführer bist, von dem die Prophezeiung spricht. Ich bitte dich dafür um Vergebung. Aber ich bitte dich auch, deine Wut im Zaum zu halten, laß nicht zu, daß sie deinen Verstand trübt. Wenn die Prophezeiung stimmt – und ich glaube das – dann mußt du bereit sein zu handeln. Ein kluger General weiß, daß Männer und Waffen ersetzt werden können. Aber verlorene Zeit läßt sich nicht zurückgewinnen.«

»Und wer wird mir folgen, Asmidir?« fragte sie. »Wer wird der Hure Sigarni folgen?«

Ballistar stellte sich zwischen die beiden und verbeugte sich tief. »Ich werde dir folgen, Sigarni«, sagte er. »Darf ich der erste sein?« Er fiel auf ein Knie und schaute zu ihr auf.

Sigarni spürte, wie ihr Zorn verebbte. »Du bist mein Freund«, sagte sie müde. »Ist das nicht genug?«

»Nein. Ich glaube, was er sagt. Der Zauberer hat dasselbe gesagt. Ich weiß, ich bin nicht gebaut wie ein Krieger oder um Männer in die Schlacht zu führen. Ich kann dir jedoch dienen. Ich kann kochen, und ich kann denken. Ich bin kein Narr, Sigarni, wenn auch die Natur mich mit dem Äußeren eines solchen ausgestattet hat. Andere Männer werden ebenfalls vor dir niederknien, und du wirst aus den Clans eine Armee aufbauen. Und wenn wir schon alle sterben müssen, dann soll es wenigstens im Kampf gegen einen bösen Feind sein. Denn von jetzt an bis zu diesem Zeitpunkt werden wir wenigstens voller Stolz leben können.«

Sigarni stand auf und nahm seine Arme, um ihm auf die Füße zu helfen. »Du sollst der erste sein, Ballistar«, sagte sie. Er nahm ihre Hand und küßte sie, dann trat er errötend zurück.

»Ich werde euch jetzt allein lassen«, sagte er. »Ich mache das Frühstück. Man sollte nie versuchen, mit leerem Magen Pläne zu schmieden.«

Als der Zwerg gegangen war, beugte sich Asmidir vor. »In seinen Worten liegt große Weisheit, Sigarni.«

Sie sagte nichts, sondern blickte versunken eine Zeitlang in die Flammen. Sie sah wieder das Schwert vor sich, das Abby tötete, und dann die schreckliche Heimsuchung im Kerker.

»Was für eine Armee können wir aufstellen?« fragte sie.

Asmidir lächelte. »So ist es schon besser! Die

Loda haben nicht einmal zweitausend Menschen, von denen höchstens sechshundert kämpfen können, und auch das nur für kurze Zeit, denn die Felder müssen gepflügt und bestellt werden, die Ernte eingebracht und so fort. Realistischerweise können wir dreihundert kampfbereite Männer aufstellen. Die Pallides zählen etwas über sechstausend, davon ungefähr zweitausend Männer zwischen fünfzehn und sechzig Jahren. Ich habe noch keine genaueren Informationen über die Farlain, aber nach dem Gebiet zu schließen, das sie bewohnen, sollten es mindestens viertausend sein. Die Wingoras sind der kleinste Clan, doch selbst sie könnten zweihundert Kämpfer bereitstellen. Alles in allem vielleicht viertausend.«

»So viele werden wir nie bekommen«, sagte sie. »Wir können nicht sämtliche Kämpfer der Clans an einem Ort versammeln. Wenn der Feind eine Konfrontation vermeiden will oder an uns vorbeischlüpft, wären alle Dörfer und Städte ohne Verteidigung.«

Asmidir klatschte in die Hände. »Gut!« sagte er. »Jetzt denkst du! Dann sag mir, was ist das wichtigste, was zuerst bedacht werden muß?«

»Der feindliche Anführer«, sagte sie, ohne zu zögern. Dann brach sie stirnrunzelnd ab.

»Was ist los?« fragte er. »Hast du wieder Schmerzen?«

»Nein. Ich … erinnere mich. Wie seltsam. Es ist, als ob ich durch ein Fenster schaute und mich selbst von weitem sähe. Und er ist bei mir. Redet mit mir. Lehrt mich etwas. Er sagt: *Du mußt den feindlichen General kennen, denn er ist Herz und Hirn des Feindes. Der Körper ist vielleicht von großer Macht und nahezu unbesiegbar, aber wenn Herz und Hirn nicht stark sind, wird er unterliegen.*«

Sie sah, daß Asmidir überrascht war. »Wer sagt das? Und wann?«

»Der König, der einst war«, erwiderte sie, »und er sprach zu mir, als ich in der Höhle schlief.«

»Jetzt sprichst du in Rätseln.«

»Keineswegs, Asmidir, aber belassen wir es dabei, als Geheimnis für dich. Er sagte auch, es gebe fünf grundlegende Dinge, die analysiert werden müßten, ehe man einen Krieg anzettelt: moralischer Einfluß, Wetter, Gelände, Kommando und Doktrin.«

Asmidirs Überraschung wandelte sich in Erstaunen. Seine Augen wurden schmal, und er lächelte. »Hat er auch die sieben Elemente erwähnt?«

»Nein. Er sagte, das würde er dir überlassen.«

»Willst du mich verspotten, Weib?« fragte er, doch seine Miene wurde weich.

Sie schüttelte den Kopf. »Ich spreche die Wahrheit.« Sie stand geschmeidig auf und stellte sich vor ihn. »Und *Weib* ist keine Art, seinen Anführer anzureden«, sagte sie lächelnd.

Asmidir erwiderte das Lächeln nicht. Statt dessen fiel er vor ihr auf die Knie und senkte den Kopf. »Ich bitte um Vergebung, Herrin«, sagte er, »und ich bitte darum, daß du mir erlaubst, der zweite Mann zu sein, der dir Treue schwört.«

»Jetzt verspottest du *mich*, Asmidir«, tadelte sie ihn.

Er sah mit ernster Miene zu ihr auf. »Noch nie war mir etwas ernster, Sigarni. Ich biete dir mein Schwert, meine Erfahrung, und wenn nötig mein Leben. Alles was ich habe, gehört dir – jetzt und für immer.«

»So soll es sein«, hörte sie sich sagen.

In diesem Augenblick trat ein Diener ein. Er verbeugte sich tief. »Soldaten kommen, Herr. Dreißig an der Zahl. Mit ihnen reitet der Mann, von dem du gesprochen hast, ganz in Grün gekleidet.«

Asmidir fluchte leise. »Bleib in deinem Zimmer, Sigarni. Die Situation kann vielleicht heikel werden.«

»Wer ist der Mann in Grün?« fragte sie.

»Ein Sucher, ein Finder. Seine Kräfte sind groß, und er wird deinen Geist spüren. Einer meiner Diener wird zu dir kommen. Folge ihm, wohin er dich führt, Herrin, und ich komme zu dir, wenn ich kann.«

Obrin nahm den eisernen Helm ab und schob den Kopf- und Schulterschutz aus Kettengliedern zurück, so daß die Bergluft sein Gesicht kühlen und durch sein kurzgeschnittenes Haar fahren konnte. Er legte den Helm auf einen flachen Stein am Ufer, zog seine Reithandschuhe aus und legte sie auf den Helm. »Ein schönes Land«, bemerkte der Sucher Kollarin und spritzte sich Wasser ins Gesicht.

»Wie meine Heimat«, erwiderte der Unteroffizier und musterte die Berge. Obrin sagte nichts mehr und ging davon, um nach den Pferden zu sehen. Sie waren ein Stück flußaufwärts angepflockt, ein Wachposten stand bei ihnen. »Laß sie sich noch eine Weile abkühlen, dann laß sie trinken«, ordnete er an.

»Jawohl, Sir.«

»Jawohl, Sergeant!« fauchte Obrin. »Ich bin kein verdammter Offizier!«

»Jawohl, Sergeant.«

Obrins schlechte Stimmung wurde noch finsterer. Es hatte schon begonnen. Seine zeitweilige

Beförderung hatte sich rasch herumgesprochen, und die Männer fanden es spaßig, aber das war es keineswegs. Als sie die Kaserne von Zitadell verließen, hatte Obrin gesehen, daß mehrere Offiziere ihn beobachteten. Sie lachten. Einer von ihnen, Leutnant Masrick – ein dickbäuchiger Vetter zweiten Grades vom Baron – riß einen Witz, und seine dünne Stimme drang bis zu den berittenen Soldaten, die auf Obrin warteten: »Auch wenn man ein Schwein in Seide kleidet, bleibt es doch ein Schwein, was, Freunde?«

Obrin tat, als ob er es nicht hörte. Das war die beste Taktik. Seine kurzfristige Beförderung würde bald vergessen sein, doch die Feindschaft eines Mannes wie Masrick konnte dazu führen, daß er gedemütigt wurde – oder schlimmeres. Obrin verbannte alle Gedanken an Masrick.

Er hatte seine Männer in einer Senke an einem Bachlauf das Lager aufschlagen lassen. Von hier aus konnte man ihre Lagerfeuer nicht schon von weitem sehen, und mit einem Wachposten auf dem nächstgelegenen Hügel sollten sie vor jeder feindlichen Annäherung genügend gewarnt sein. Nicht daß Obrin einen Versuch erwartete, den Gefangenen zu befreien. Die Vorschriften verlangten jedoch, wenn kein befestigtes Lager vorhanden war, daß der verantwortliche Offizier die entsprechenden Vorsichtsmaßnahmen traf. Das Gelände war steinig, aber geschützt, und zwei Lagerfeuer brannten bereits. Töpfe hingen darüber, und der Duft nach Fleischbrühe begann die Luft zu erfüllen. Obrin wanderte auf einen Hügel, von dem aus er das Lager überblicken konnte, und setzte sich auf einen Stein. Von hier aus konnte er Kollarin am Bach sitzen sehen, und die anderen Männer, die ihren Aufgaben nachgingen. Der Gefangene saß unter einer schlanken Ulme am Rand des Lagers, an Händen und Füßen gefesselt. Auf seinem Gesicht war Blut, und sein linkes Auge war blau und zugeschwollen.

Obrin fühlte sich unbehaglich. Er kannte Fell seit fast vier Jahren und mochte ihn. Obrin verfügte über gute Menschenkenntnis und wußte, daß der Clansmann stark, stolz und aufrichtig war. Er war kein Mörder, dessen war sich Obrin sicher. Was macht das für einen Unterschied, was du denkst? fragte er sich. Wen interessiert es? Du hattest eine Aufgabe, und du hast sie erledigt. Das ist alles, was zählt. Fell hatte seit seiner Gefangennahme kein Wort gesagt. Kollarin hatte sie zu einer Höhle geführt, in der Fell schlief. Sie hatten sich auf ihn gestürzt und ihn überwältigt. Aber zuvor hatte Fell Bakkers Nase eingeschlagen und dem neuen Rekruten Klebb den Kiefer gebrochen. Obrin grinste bei der Erinnerung. An Bakker gab es nicht viel zu mögen, er war ein lauter, fetter Hurensohn mit einem Schielauge. Die eingeschlagene Nase hatte sein Aussehen zehnmal verbessert!

Obrin sah, wie Kollarin aufstand und den Hügel hinaufzusteigen begann. Er fluchte innerlich, denn der Mann machte ihn nervös. Der Sergeant hatte nichts für Magier übrig. Obrin schlug das Zeichen des Schützenden Horns, als der Mann näherkam. Er tat es nicht versteckt, sondern so, daß Kollarin die Geste sehen konnte.

Der Mann in Grün lächelte und nickte. »Ich lese nur Gedanken, wenn ich dafür bezahlt werde«, sagte er. »Deine Geheimnisse sind in Sicherheit.«

»Ich habe keine Geheimnisse, Sucher. Ich erzähle

keine Lügen. Ich täusche niemanden – am wenigsten mich selbst.«

»Warum dann das Zeichen?« fragte Kollarin und setzte sich neben den Soldaten.

»Eine beiläufige Beleidigung«, gestand Obrin, ohne Rücksicht auf eine mögliche Reaktion.

»Du magst mich nicht, Sergeant. Du glaubst, Fell hätte die Chance bekommen sollen, zu kämpfen wie ein Mann und nicht im Schlaf überwältigt zu werden. Du hast wahrscheinlich recht. Ich würde sogar noch weiter gehen. Wir werden alle groß mit Geschichten über Helden, große Krieger oder Dichter und Philosophen. Man sagt uns, wir müßten danach streben, genau wie diese Helden zu sein, denn nur so könnten wie das Überleben der Zivilisation sichern. Das ist sehr edel. Es ist geradezu lobenswert.« Kollarin lachte. »Und dann werden wir erwachsen und stellen fest, daß das alles Unsinn ist.«

»Das ist kein Unsinn!« widersprach Obrin. »Wir brauchen Helden.«

»Selbstverständlich«, stimmte Kollarin zu. »Der Unsinn besteht darin, daß sie manchmal auch der Feind sind. Was tun wir dann, Obrin?«

»Ich bin kein Philosoph. Ich lebe nach meinen eigenen Regeln. Ich stehle niemandem etwas, ich tue nichts Böses. Gott wird mich danach richten, wenn meine Zeit kommt.«

»Ich bin sicher, daß Er uns alle richten wird, mein Freund. Sag mir, was glaubst du, wird Er von uns denken, wenn der junge Fell vor ihm erscheint? Wenn sein Körper zerschmettert und geblendet vor der Zitadelle hängt und sein Geist zum Paradies emporfliegt?«

Obrin fühlte sich immer unbehaglicher, doch er

ging nicht davon, obgleich er es gern getan hätte. »Woher soll ich das wissen?«

»Ich glaube, du weißt es«, sagte Kollarin traurig.

»Was willst du von mir hören?« polterte Obrin los. »Daß er ungerecht behandelt wurde? Ja, das wurde er. Daß er es nicht verdient zu sterben? Nein, er verdient es nicht. Das spielt alles keine Rolle. Der Baron ist das Gesetz, er gab mir meine Befehle, und es ist meine Pflicht, sie auszuführen. Was ist mit dir? Du hast sein Geld genommen und eingewilligt, den Clansmann aufzuspüren. Warum hast du das getan?«

Kollarin lächelte. »Ich hatte meine Gründe, Obrin. Hast du gehört, was mit der Frau passiert ist?«

»Es heißt, sie hätten sie vergewaltigt, aber ich kann das kaum glauben. Will Stamper war keiner von dieser Sorte. Wir waren Freunde, ich kannte ihn.«

»Er hat es getan«, sagte Kollarin. »Ich war in jener Zelle. Ich konnte es in dem Blut lesen. Sie alle haben es getan. Und sie haben sie mit Messern traktiert, sie gebissen und mit Fäusten geschlagen. Und alles nur, weil sie versuchte, den Baron daran zu hindern, ihren Falken zu stehlen. Heldenhaft, nicht wahr?«

Obrin sagte eine Weile nichts. Das Tageslicht wurde schwächer, und die Lagerfeuer warfen einen sanften Schein über die Senke. »Ich kann die Welt nicht ändern«, sagte er traurig. »Fell hat die Frau gerettet, und ich bin froh, daß er es getan hat. Jetzt muß er dafür bezahlen, was mich traurig macht. Aber in meinem Leben habe ich schon viele gute Männer sterben sehen, Kollarin. Und viele schlechte Männer in Wohlstand leben. Das ist nun mal der Lauf der Welt.«

»Du wirst es noch schlimmer kommen sehen«, sagte Kollarin kalt.

»Wie zum Beispiel?«

»Die Invasion im Frühling, wenn der Baron eine Armee herführt, um die Hochländer auszuradieren. Du wirst Häuser brennen sehen, die Schreie von Frauen und Kindern hören, du wirst zusehen, wie die Krähen an den Leichen von Bauern und Schafhirten picken.«

»Das ist nichts weiter als ein Gerücht!« fuhr Obrin auf. »Und ein törichtes noch dazu. Hier gibt es niemanden, gegen den die Armee kämpfen könnte.«

»Ich bin Kollarin der Sucher«, sagte der Mann in Grün und erhob sich. »Und ich lüge auch nicht.«

Obrin stand auf und wanderte hügelabwärts. Ein Soldat bot ihm eine Schale mit Brühe an, die er annahm, und für eine Zeitlang saß er bei seinen Männern, hörte zu, wie sie von den Huren erzählten, die sie gekannt hatten, oder von den Ländern, in denen sie gekämpft hatten. Dann schöpfte er noch etwas Brühe in seine Schale und ging damit zu Fell. Der Clansmann sah zu ihm auf, sagte jedoch nichts.

Obrin kauerte sich nieder. »Ich habe etwas zu essen für dich«, sagte er und setzte Fell die Schale an die Lippen. Der Clansmann wandte den Kopf ab, und Obrin stellte die Schale ab. »Es tut mir leid, Fell«, sagte er leise. »Ich mag dich, Mann, und ich finde, du hast das Richtige getan. Ich hoffe bei Gott, daß die Frau weit weg von hier ist.« Der Clansmann sah ihm in die Augen, aber kein Wort kam über seine Lippen.

Obrin nahm seinen Sattel als Kissen, zog die gepanzerten Schulterstücke und die Brustplatte aus, schnallte seinen Waffengürtel ab und legte sich zum

Schlafen nieder. In den ganzen siebzehn Jahren seines Soldatenlebens hatte er immer leicht einschlafen können. In der glühenden Hitze der Ebenen von Kushir, in der rauhen, bis auf die Knochen durchdringenden Kälte der Berge von Cleatien, auf dem Meer in einem vom Sturm herumgeworfenen Schiff, überall konnte Obrin einfach seine Augen schließen und seinem Körper befehlen zu schlafen. Er wußte, daß das eine lebenswichtige Fähigkeit für einen Soldaten war. Im Schlaf fand ein Mann seine Kraft wieder und ruhte seine Seele aus. Im Krieg hing das Leben eines Soldaten von seiner Kraft ab, von seiner Schnelligkeit und seinen Reflexen. Für einen müden Krieger gab es auf dem Schlachtfeld nur selten eine zweite Chance.

Aber heute abend wollte der Schlaf nicht kommen.

Obrin lag auf dem Rücken und schaute zu den Sternen und dem Mond empor.

Er ging über einen schmalen Pfad unter einem tunnelförmigen Bogendach aus ineinander verwobenen Zweigen riesiger Bäume zu beiden Seiten des Weges. Obrin blieb stehen und warf einen Blick zurück. Der Tunnel schien sich endlos hinzuziehen, dunkel und schwermütig. Nur gelegentlich drang ein Strahl Mondlicht durch eine Lücke zwischen den Zweigen.

Obrin ging weiter. Alle Geräusche der Nacht fehlten, keine Eule schrie, kein Windhauch raschelte in den Blättern. Nichts war zu hören außer seinen leisen Schritten auf der weichen Erde. Vor ihm erhellte ein Mondstrahl, eine schöne Säule aus Licht, eine Wegkreuzung. Obrin ging darauf zu und sah einen

Krieger, der am Wegrand auf einem Stein saß. Der Mann war riesig, sein langes weißes Haar schimmerte im Mondschein. Er trug seinen Bart in zwei weiße Zöpfe geflochten, die ihm bis auf den silbernen Harnisch reichten. Ein großer Beidhänder steckte vor ihm in der Erde. Der Griff war aus glänzendem Silber, in den Knauf war ein großer dunkelroter Stein eingelassen.

»Eine schöne Waffe«, sagte Obrin.

Der Mann stand auf. Er überragte Obrin um eine gute Haupteslänge. »Sie hat mir gute Dienste geleistet«, sagte er. Seine Stimme war tief und voll. Obrin sah ihm in die hellen, tiefliegenden Augen. Sie hatten die Farbe von Winterwolken, grau und kalt. Doch Obrin empfand keine Furcht.

»Wo sind wir?« fragte er.

Der große Krieger streckte seinen Arm aus und deutete auf drei Pfade, die in der Lichtsäule begannen. »Wir stehen am Scheideweg«, sagte der Krieger. Obrins Aufmerksamkeit wurde von dem einen Waffenhandschuh aus rotem Eisen gefesselt, den der Krieger trug. Er war herrlich gearbeitet und wirkte so weich wie Leder.

»Wer bist du?« fragte er.

»Ein Mann, der einst gereist ist«, antwortete der Krieger. »Über viele Pfade, viele Straßen, viele Wege. Ich bin in den Bergen gewandert, Obrin, und durch das Tiefland geritten. Über viele Pfade, manche krumm, manche gerade. Alle waren schwierig.«

»Die Pfade des Kriegers«, sagte Obrin. »Ja, ich kenne sie. Kein Herd, kein Heim, keine Familie. Nur der Weg des Eisens.« Müdigkeit überfiel ihn, und er setzte sich.

Der Krieger setzte sich neben den Südländer.

»Und über welchen Pfad gehst du jetzt?« fragte der Fremde.

»Ich gehe, wohin man mich schickt. Was kann ein Soldat sonst tun? Siebzehn Jahre habe ich dem Baron gedient. Ich sah Freunde sterben, und meine Stiefel haben den Staub vieler Länder gesehen. Jetzt habe ich eine schmerzende Schulter und ein Knie, das nicht mehr gern marschiert. In drei Jahren kann ich meinen Hektar Land beanspruchen. Vielleicht werde ich das tun – wenn ich dann noch weiß, wie man Land bestellt. Was ist mit dir? Wohin gehst du?«

»Nirgendwohin, wo ich nicht schon war«, antwortete der Mann. »Auch ich wollte ein Stück Land bebauen und Vieh züchten. Aber ich wurde beauftragt, ein Unrecht wiedergutzumachen. Es war eine kleine Angelegenheit. Ein Edelmann und seine Freunde gingen auf die Jagd, und sie ritten durch ein Feld und trampelten ein Kind nieder, das dort spielte. Die Beine des Mädchens waren schlimm gebrochen, und die Familie hatte kein Geld, um einen Heiler zu bezahlen. Ich ging zu dem Edelmann und bat um Gerechtigkeit.«

Obrin seufzte. »Die Geschichte könnte ich für dich zu Ende erzählen, Mann. Es gibt keine Gerechtigkeit für die Armen. Gab es nie, wird es nie geben. Hat er dir ins Gesicht gelacht?«

Der Riese schüttelte den Kopf. »Er ließ mich für meine Unverschämtheit auspeitschen.«

»Was geschah mit dem Mädchen?«

»Es überlebte. Ich ging zurück zu dem Edelmann, und diesmal bezahlte er.«

»Was hat seinen Sinneswechsel verursacht?«

»Es gab keinen Sinneswechsel. Ich ließ seinen

Kopf auf einem Pfahl zurück und brannte sein Haus nieder. Es war ein herrliches Feuer, das hell brannte und den Himmel kilometerweit erhellte. Es erhellte auch die Herzen der Menschen, und dieses Feuer brannte dreißig Jahre lang.«

»Himmel, haben sie dich denn nicht gejagt?«

»Doch. Und dann habe ich sie gejagt.«

»Und du warst siegreich?«

»Immer.« Der Krieger lachte leise. »Bis zum letzten Tag.«

»Was geschah dann?«

Müßig zog der Krieger sein Schwert aus der Erde und prüfte die funkelnde Klinge. Der Rubin schimmerte wie frisches Blut, die Klinge glitzerte wie eingefangenes Mondlicht. »Der Krieg war vorbei. Wir hatten gesiegt. Das Land hatte Frieden und Freiheit wieder. Ich dachte, alle meine Feinde wären tot. Ein schrecklicher Fehler für einen Krieger. Ich ritt über mein Land, betrachtete den High Druin und die Gewitterwolken, die sich um ihn zusammenbrauten. Sie überraschten mich. Mein Pferd wurde getötet, aber es hatte es noch geschafft, mich zum Waldrand zu bringen. Sie fielen im Rudel über mich her: Männer, an deren Seite ich gekämpft hatte, die ich sogar befördert hatte. Keine Freunde, versteh mich recht, aber doch Waffenbrüder. Jedesmal, wenn ich einen von ihnen tötete, brach es mir das Herz. Die Wunden meines Körpers waren nichts verglichen mit meinem Kummer.«

»Warum haben sie sich gegen dich gewandt?«

Der Krieger zuckte die Achseln und stieß sein Schwert wieder in die Erde. »Ich war ein König, Obrin. Und ich war arrogant und selbstsicher. Ich behandelte einige von ihnen mit Verachtung.

Andere beachtete ich nicht. Immer standen zehn Männer Schlange für jeden Gefallen, den ich gewähren konnte. Und ich machte Fehler. Sobald ich sie von der Tyrannei des Unterdrückers befreit hatte, wurde ich in ihren Augen zum Tyrannen. Wer weiß, vielleicht hatten sie sogar recht. Ich will sie nicht richten.«

»Wie konntest du, du allein gegen so viele, überleben?«

»Hab' ich nicht.«

Obrin war schockiert. »Dann … dann bist du ein Geist?«

»Wir sind beide hier, Obrin. Aber du hast einen Körper aus Fleisch und Blut, in den du zurückkehren kannst.«

»Ich verstehe das nicht. Warum bin ich hier?«

»Weil ich dich gerufen habe.«

»Wozu?« wollte Obrin wissen. »Ich bin kein König oder sonstwie von Wert.«

»Sei nicht so streng mit dir selbst«, sagte der Krieger und legte Obrin seinen eisernen Handschuh auf die Schulter. »Du hast nur den Weg verloren. Und jetzt stehst du am Scheideweg. Du kannst einen neuen Weg wählen.«

Obrin sah sich um. Alle Wege sahen gleich aus, endlose Tunnel unter überhängenden Zweigen. »Was macht es für einen Unterschied?« fragte er. »Sie sind doch gleich.«

Der Krieger nickte. »Ja, das ist richtig. Alle Wege führen zum Tod, Obrin. Er ist unausweichlich. Trotzdem gibt es einen rechten Pfad.«

Obrin lachte, doch es klang rauh und bitter. »Wie soll ich ihn denn erkennen?«

»Wenn du ihn nicht erkennen kannst, dann mußt

du einen Mann finden, der ihn bereits beschreitet und diesem dann folgen. Du wirst es wissen, Obrin. Laß das Licht deines Herzens leuchten. Es wird dir den Weg weisen.«

Obrin erwachte mit einem Ruck. Das erste Tageslicht erhellte den Himmel, obwohl die Sterne noch nicht ganz verblaßt waren. Seine Gedanken waren durcheinander, und sein Mund fühlte sich an, als hätte er einen Biber verschluckt. Mit einem Stöhnen setzte er sich auf. Seine rechte Schulter schmerzte höllisch. Er warf die Decken beiseite, ging zu einem Baum in der Nähe und leerte seine Blase. Alles schlief noch, einschließlich des Gefangenen. Obrin räusperte sich und spie aus, dann beugte er den rechten Arm über den Kopf, um den Schmerz zu lindern.

Der Wachposten vom Hügel kam herab und salutierte. »Keine besonderen Vorkommnisse, Sergeant«, sagte er, »aber von Süden her kommen Reiter.«

»Clansleute?« Das war unwahrscheinlich, denn in den Bergen gab es nur wenige Pferde.

»Nein, Sergeant. Soldaten von Zitadell, denke ich. Sind aber noch zu weit weg, um es mit Sicherheit sagen zu können.«

»Zünde ein Feuer fürs Frühstück an«, ordnete Obrin an. Er ging zum Bach, zog sich bis zur Hüfte aus, wusch sich mit dem kalten Wasser und spritzte es sich ins Gesicht und über den Kopf. Kollarin kam herbei.

»Gut geschlafen, Sergeant?«

»Ich schlafe immer gut.«

»Keine Träume?«

Obrin schöpfte Wasser in seine Hände und trank geräuschvoll. Irgend etwas lag in der Stimme des Mannes, wie eine Art Bitte. Obrin sah ihn an. »Ja, ich habe geträumt«, antwortete er. »Und du?«

Kollarin nickte. »Hat es für dich einen Sinn ergeben?«

»Müssen Träume einen Sinn machen?«

Kollarin kam ganz dicht an ihn heran, seine Stimme sank zu einem Flüstern herab. »Er ist schon vorher zu mir gekommen – in Zitadell, als ich auf der Jagd nach der Frau war. Er befahl mir, sie in Frieden zu lassen. Deswegen habe ich auch nur eingewilligt, den Mann aufzuspüren. Weißt du, wer er ist?«

»Ich dachte, du liest nur für Geld Gedanken«, erinnerte Obrin ihn. Der Sergeant stand auf und schauderte, als die kühle Morgenluft über seine nasse Haut strich. Hastig zog er sein Hemd wieder an, dann kehrte er zu seinen Decken zurück und legte seine Rüstung an. Kollarin blieb am Bach.

Ein Soldat mit geschwollener Nase kam auf Obrin zu. »Alles ruhig in der Nacht«, sagte er. Er sprach stark durch die Nase.

»Wie geht's der Nase, Bakker?«

»Schmerzt höllisch. Ich war schwer in Versuchung, dem Bastard letzte Nacht die Kehle durchzuschneiden, aber ich schätze, ich lasse mich lieber zum Kerkerdienst einteilen, damit ich zusehen kann, wie der Folterknecht ihn bearbeitet.«

»Wir brechen in einer Stunde auf«, sagte Obrin.

Sie frühstückten Haferbrei und Schwarzbrot, doch der Gefangene verweigerte hartnäckig das Essen, das Obrin ihm brachte. Als sie ihre Mahlzeit beendet, die Töpfe gereinigt und verstaut hatten, bereiteten sich Obrins Männer auf die Rückkehr nach Zitadell vor.

»Reiter kommen!« rief einer der Männer. Obrin wanderte zum Rand der Senke und wartete, als die Zehn-Mann-Abteilung heranritt. Sie wurden von Leutnant Masrick angeführt. Obrin salutierte, als dieser abstieg.

»Ich sehe, ihr habt ihn«, sagte der Offizier, ohne den Gruß zu beachten. »Gerade noch rechtzeitig, Sergeant. Hat er gesagt, wo das Mädchen ist?«

»Nein, Leutnant. Ich hatte Befehl, ihn zurückzubringen, nicht ihn zu verhören.«

Masrick fuhr zu Bakker herum, der gerade über dem Frühstücksfeuer einzudösen drohte. »Du da! Halt das Feuer in Gang.« Er zog seinen Dolch aus der Scheide und warf ihn Bakker zu. »Mach die Spitze heiß. Ich will, daß sie glühend rot wird.«

Masrick ging zu Fell hinüber, dann trat er dem Gefangenen heftig in den Bauch, so daß er zusammenklappte. »Das«, sagte der Offizier, »ist für nichts. Alles was noch kommt, wird allerdings seinen Wert haben. Hörst du mir zu, Clansmann?«

Fell hob den Kopf und erwiderte den Blick des Offiziers. Er sagte nichts. Masrick kniete vor ihm nieder und schlug ihm mit der Faust mitten ins Gesicht. Fells Kopf schlug zurück und prallte gegen den Baumstamm. »Du hast einen Vetter von mir getötet. Er war ein Schuft, aber er schuldete mir Geld. Das war schlimm. Aber es wird für mich viel mehr wert sein, wenn ich die Frau finde und sie dem Baron bringe. Ich glaube, du wirst mir helfen. Ihr Clansleute glaubt alle, ihr seid harte Burschen. Aber glaub mir, wenn ich dir das linke Auge ausgebrannt habe, wirst du alles tun, um das rechte zu retten.«

Die Soldaten hatten sich im Halbkreis um den Schauplatz geschart. Obrin blickte in ihre Gesichter. Sie zeigten erwartungsvolle Spannung. Kollarin stand abseits von ihnen, seine Miene war nicht zu deuten. Bakker brachte dem Offizier das erhitzte Messer, der Griff war in einen Lappen gewickelt, die Spitze zischte, als Masrick die Waffe nahm.

»Leutnant!« bellte Obrin. Masrick fuhr zusammen, daß er beinah das Messer fallenließ.

»Was gibt's? Mach schnell, Mann, das Messer wird kalt!«

»Laß ihn in Ruhe!«

Masrick beachtete ihn nicht, sondern kniete sich vor Fell nieder und hob das Messer. Obrin trat dem Offizier ins Gesicht, so daß er zu Boden ging. Die umstehenden Soldaten schnappten nach Luft. Masrick rollte sich auf die Knie, dann schrie er auf, als er sich mit der Hand auf die glühendheiße Messerklinge stützte, die das Gras verschmorte. Er sprang auf die Füße, tiefrot im Gesicht. »Bei Gott, dafür wirst du mir büßen!«

»Ich bin Hauptmann«, sagte Obrin, »vom Baron selbst befördert. Du bist ein Leutnant, der gerade dem Befehl eines vorgesetzten Offiziers zuwidergehandelt hat. Wohin führt dich das, du aufgeblasene Kröte?«

»Du hast den Verstand verloren«, höhnte Masrick, »und ich werde dafür sorgen, daß du für deine Unverschämtheit gehängt wirst. Kein gemeiner Mensch darf einen Edelmann schlagen, sei der Gemeine nun Hauptmann oder General. Der Tritt wird dich teuer zu stehen kommen!«

»Ach ja«, sagte Obrin mit einem breiten Lächeln, »dann kann ich genausogut als Schaf wie als Lamm hängen!« Mit diesen Worten machte er einen Schritt nach vorn und hieb dem Offizier seine Faust gegen den Mund und katapultierte ihn damit von den Füßen. Er zog seinen Dolch, um ihm den Todesstoß zu versetzen.

Etwas versetzte ihm einen bösen Hieb auf den Schädel. Er machte taumelnd eine halbe Drehung. Er sah, wie Bakker den Arm hob, dann traf die Keule seine Schläfe, und er versank in Dunkelheit.

Als er wieder erwachte, war er an seinem Sattel festgebunden. Masrick führte die Reihe an, sie hielten auf eine kleine Burg zu. Fell ging neben Obrins Pferd, seine Hände waren auf dem Rücken zusammengebunden, um seinen Hals lag ein Seil. Das andere Ende des Seils hielt der Reiter vor ihm fest.

»Diesmal hast du es wirklich geschafft, Sergeant«, sagte eine Stimme links von ihm. Obrin drehte sich im Sattel um und sah Bakker neben sich. »Jetzt werden sie dich hängen! Keinen Tag zu früh, wenn du mich fragst. Du warst immer schon eine Pest. Mochte dich nie leiden.«

Obrin beachtete ihn nicht.

Vor ihnen ragten die Burgtore auf.

7. Kapitel

Asmidir war nie ein besonders guter Magier gewesen. Obwohl er über gute Konzentrationskraft verfügte und eine ausgeprägte Phantasie, hatte ihm immer das gefehlt, was seine Lehrer als *Fähigkeit loszulassen* bezeichneten. Magie, wurde ihm erklärt, bestand darin, daß ihr Anwender die Kontrolle übergab und seinen Geist mit den Mächten verschmolz, die jenseits dessen lauerten, was die fünf Sinne wahrnehmen konnten. Trotz seines Talents war Asmidir nie in der Lage gewesen, vollständig loszulassen. Jetzt saß er in dem großen Raum, ein großes, ledergebundenes Buch auf dem Schoß. Es war in Gold behutsam auf gebleichtes Leder geschrieben. Es handelte sich um eine alte Schrift aus Kushir, und er las sie mühsam.

Er schloß das Buch, stand auf und ging zu dem langen, ovalen Tisch. Darauf befand sich eine goldene Schale auf einem Ständer, darunter drei kleine Kerzen. Asmidir zog sein Messer und begann zu sprechen. Er hatte die Augen geschlossen, sein Geist war gelöst im Gefängnis seines kräftigen Körpers, während sein Atem tiefer wurde. Die Klinge schnitt in seinen Unterarm, Blut quoll hervor und tropfte in die erhitzte Schale, wo es zischend verdampfte. Asmidirs Stimme verebbte. Er schlug die Augen auf und tat einen tiefen, schaudernden Atemzug. Es war geschafft. Nicht gerade hervorragend oder auch nur besonders kundig. Aber wenigstens ausreichend, dachte er. Er steckte den Dolch wieder in die Scheide und drückte seinen Daumen ein paar Minuten lang auf die kleine Wunde am Arm. Ein dunkelhäutiger Diener trat mit einem langen Leinenstreifen herbei. Asmidir streckte den Arm aus, und der Mann legte den Verband geschickt an.

»Bring den Offizier zu mir, Ari«, trug er dem Diener auf. »Und auch den Mann in Grün. Du hast die Erfrischungen vorbereitet, die ich für die Soldaten bestellt hatte?«

»Ja, Herr. Wie du es befahlst.«

Der Diener nahm die Schale und verließ den Raum.

Asmidir ging zu dem offenen Feuer zurück und ließ sich in einem Sessel nieder. Er hörte Hufgeklapper auf Stein und spürte den kalten Luftzug, als das Haupttor der Burg geöffnet wurde, um die Soldaten einzulassen.

Er stand auf und drehte sich zur Tür. Im selben Augenblick marschierte der dicke Leutnant Masrick herein, Kollarin den Sucher auf den Fersen. Masricks Gesicht war blaß, seine Lippen geschwollen und aufgeplatzt.

»Einen guten Tag dir«, sagte Asmidir und ging mit ausgestreckter Hand auf ihn zu. »Schön dich wiederzusehen, Masrick.« Der Offizier erwiderte den Händedruck flüchtig. Ein Diener erschein. »Bring Wein für meine Gäste, Ari.« Masrick nahm seinen Eisenhelm ab und legte ihn nachlässig auf den auf Hochglanz polierten Tisch.

»Der Baron möchte dich sehen«, sagte Masrick. »Du sollst mit uns nach Zitadell zurückkommen.«

»Du wolltest wohl sagen, der Baron hat um meine Anwesenheit *gebeten*«, sagte Asmidir kühl.

»Nein, ich sagte, was ich meinte. Er befahl mir, dich mitzubringen, und das werde ich auch tun.« Masrick hob eine Hand an seine aufgeschlagenen Lippen und betastete sie vorsichtig. »Ich habe zwei Gefangene bei mir. Hat diese Burg noch einen Kerker?«

»Nein«, antwortete Asmidir. Er wandte sich an Kollarin. »Und du mußt der Sucher sein«, sagte er mit gezwungenem Lächeln. »Ich schließe aus der Tatsache, daß ihr Gefangene dabeihabt, daß du erfolgreich gewesen bist.«

»Ja«, sagte Kollarin. Er ging zum Kamin und nahm das ledergebundene Buch, das auf dem kleinen Tisch davor lag. Müßig schlug der Mann in Grün das Buch auf. »Ah, ein Zauberbuch aus Kushir. Vor langer Zeit habe ich eine solche Arbeit schon einmal gesehen. Die Schrift ist sehr fein – mit Gold bestäubtes und anschließend poliertes Harz. Exquisit!«

»Du kannst Kushir lesen?« fragte Asmidir. Er gab sich Mühe, sich nichts weiter anmerken zu lassen als mildes Interesse, während sein Herz klopfte wie eine Kriegstrommel.

»Ich kann alle bekannten Sprachen lesen«, sagte Kollarin. »Ich will nicht klingen wie ein Angeber, denn es ist ein Talent, das ich mein Leben lang hatte und nicht das Ergebnis ausdauernder Studien.«

Der Diener Ari kehrte mit einem Krug Wein und zwei Bechern zurück. Masrick nahm seinen ohne ein Wort des Danks. Kollarin lächelte Ari an und dankte mit einem kurzen Kopfnicken. »Trinkst du nicht mit uns, Asmidir?« fragte Masrick.

»Nein.« Er wandte sich wieder an Kollarin und

fragte: »Was machst du jetzt, wo die Jagd erfolgreich war?«

»Erfolgreich?« fragte Kollarin zurück.

»Zwei Gefangene. Soweit ich weiß, habt ihr einen Mann und eine Frau verfolgt.«

»Wir haben die Frau noch nicht«, mischte sich Masrick ein, »aber das kommt noch. Wir haben den Waldhüter, Fell. Der andere Gefangene ist ein Aufsässiger. Er hat mich geschlagen! Mir ein paar Zähne gelockert. Bei Gott, dafür wird er büßen, wenn ich ihn zurück nach Zitadell bringe.«

»Es sieht unangenehm aus«, pflichtete Asmidir bei. »Ari, hol etwas von der *speziellen* Kamillensalbe für diesen Herrn.« Als der Diener gegangen war, setzte sich Asmidir wieder vors Feuer und versuchte, Kollarin nicht anzusehen, der langsam die Seiten des Zauberbuches umblätterte. »Also«, sagte er zu Masrick, »warum erbittet der Baron so dringend meine Anwesenheit?«

»Das soll er dir selbst sagen«, brummte Masrick. »Wo kann ich jetzt diese Gefangenen unterbringen? Hast du denn keine Zimmer, die man abschließen kann?«

»Leider nein. Ich schlage vor, du bringst sie hier herein. Dann kannst du sie wenigstens beobachten, bis ihr wieder aufbrecht.«

»Bis *wir* aufbrechen«, verbesserte ihn Masrick.

Asmidir stand auf und stellte sich vor den Offizier. Der schwarze Mann war mindestens einen Kopf größer. »Im Augenblick, lieber Masrick, will ich deine schlechten Manieren einmal beiseite lassen wegen des Schlags ins Gesicht und dem daraus entstandenen Schmerz, der dich wohl deine Erziehung vergessen läßt. Du solltest jedoch begreifen, daß meine

Geduld keineswegs grenzenlos ist. Versuch dich daran zu erinnern, daß du ein unbedeutender Vetter zweiten Grades des Barons bist, während ich ein Freund des Königs bin. Jetzt geh und hol deine Gefangenen. Ich möchte mit dem Sucher sprechen.«

Masrick klappte der Mund auf, seine Augen verengten sich. Asmidir erkannte die Wut darin. Der schwarze Mann beugte sich dicht zu ihm. »Denk gut darüber nach, bevor du etwas tust, du Schwachkopf. Es gilt als ausgesprochenes Pech, wenn man zweimal am selben Tag ins Gesicht geschlagen wird.« Masrick schluckte schwer und wich zurück. Asmidir wandte sich von ihm ab und ging wieder zu Kollarin hinüber. Nur einen Augenblick zögerte Masrick, dann verließ er den Raum.

»Du brauchtest den Verbergen-Spruch nicht«, sagte Kollarin leise. »Ich habe mich geweigert, die Frau zu jagen.«

»Sehr klug«, sagte Asmidir ebenso leise. »Wenn du nach Zitadell zurückkommst, werde ich dafür sorgen, daß dir hundert Silberstücke ausgehändigt werden.«

»Sehr freundlich.« Kollarins grüne Augen hielten Asmidirs Blick stand. »Aber ich werde nicht nach Zitadell zurückkehren.«

»Ich auch nicht«, sagte Asmidir mit einem schiefen Lächeln.

Masrick kam zurück, und zwei Soldaten führten die Gefangenen herein und befahlen ihnen, sich an der gegenüberliegenden Wand niederzulassen. Der Offizier marschierte zu Asmidir. »Ich fürchte, du hattest recht, Graf Asmidir«, sagte Masrick. »Die Ereignisse des Tages haben mich launisch gemacht. Ich bitte um Vergebung für mein ... grobes Benehmen.« In seinen Augen funkelte noch immer der Zorn, doch Asmidir lächelte nur.

»Wir wollen nicht mehr davon sprechen, mein lieber Masrick. Bekommen deine Männer etwas zu essen?«

»Ja, danke. Wann wirst du reisefertig sein?«

Asmidir antwortete nicht, sondern schlenderte durch das Zimmer zu den Gefangenen. »Ich kenne dich«, sagte er zu Obrin. »Du hast im vergangenen Winter am Faustkampf-Turnier teilgenommen. Du hast im Endkampf verloren – bist gestolpert und dann unter einem rechten Abwärtshieb zu Boden gegangen.«

»Du hast ein gutes Gedächtnis für Gesichter«, antwortete Obrin. »Wenn es mir gelungen wäre, den Cleatier mit derselben Kraft zu schlagen, die ich bei diesem Ziegengesicht da anwandte, hätte ich gewonnen.«

Masrick stürmte vor und trat Obrin donnernd gegen die Schulter. »Halt's Maul, du Mistkerl!« brüllte er.

»Er tritt sogar wie ein Ziegenbock«, höhnte Obrin.

Masrick zog seinen Dolch. »Ich schneide dir deine verdammte Zunge raus!« drohte er.

Asmidir legte dem Offizier eine Hand auf den Arm. »Nicht hier, mein Freund«, sagte er. »Die Teppiche waren teuer und kommen den weiten Weg von Kushir.«

Als Obrin lachte, wurde Masrick blaß, und seine Hand zitterte. Doch er steckte das Messer wieder weg.

Der Diener kehrte mit einem kleinen emaillierten Töpfchen zurück. Als er neben Masrick stehenblieb und sich verbeugte, sah der Offizier den hochgewachsenen Diener an. »Nun, was willst du?«

Ari hielt ihm das Töpfchen hin. »Was ist das?« wollte Masrick von Asmidir wissen.

»Eine heilende Salbe. Tu sie auf die Lippen, dann wirst du schon sehen.«

Masrick nahm das Töpfchen und hob den Deckel ab. Die Salbe war kremfarbig. Er steckte einen Finger hinein und strich sie auf seine Lippen. »Das tut gut«, sagte er. »Beruhigt! Wo bekommst du das her?«

»Meine Diener sind alles *Al-jiin*«, sagte Asmidir. »Sie sind sehr geschickt im Herstellen von Salben.«

Kollarin hörte dem Gespräch nur halb zu, aber die Worte *Al-jiin* drangen zu ihm durch wie ein eisiges Schwert. Er wurde starr und blickte zu Ari hinüber. Der Mann war groß und schlank, seine Haut hatte die Farbe von altem Eichenholz, er besaß eine auffällige Nase, nicht negroid wie die Asmidirs, sondern gekrümmt und adlerhaft. In diesem Augenblick fragte sich Kollarin, wie er je davon überzeugt hatte sein können, daß der Mann ein Diener war. Er warf einen Blick in seinen Weinbecher. Er war noch fast voll. Wieviel hatte er getrunken? Einen Schluck? Zwei?

Ari drehte sich langsam um, sein durchdringender dunkler Blick hielt Kollarin fest. Der Diener schien durch den Raum zu gleiten. »Geht es dir gut, Herr?« fragte Ari. »Du siehst blaß aus.«

»Im Augenblick geht es mir gut«, antwortete Kollarin. Er streckte seine geistigen Fühler aus und berührte den Geist des anderen ... und schrak zurück, als ob er seine Hand in Feuer gesteckt hätte.

»Vielleicht solltest du dich lieber setzen, Herr«, schlug Ari vor.

»Werde ich hier sterben?« pulste Kollarin.

»Wenn mein Herr es so wünscht«, kam die Antwort. »Wenn du mich entschuldigen willst«, sagte er laut, »ich habe Pflichten zu erledigen.«

»Unbedingt«, sagte Kollarin. Ari wandte sich ab und verließ den Raum. Wieder streckte Kollarin seine geistigen Fühler aus, dieses Mal suchte er nicht den Geist des Dieners, sondern statt dessen die Soldaten, die draußen warteten. Er stellte sich den handfesten Kavalleriesoldaten Klebb vor.

Nichts. Er suchte einen nach dem anderen.

Immer noch nichts. Wurden ihre Gedanken abgeschirmt? fragte er sich.

Er blieb am Feuer sitzen, schloß die Augen und ließ seinen Geist auf die zweite Ebene sinken. Dabei öffnete er seinen Geist den mehr allgemeinen astralen Ausstrahlungen. Er spürte die Burg und ihr großes Alter und dahinter den Wald und den Herzschlag der Ewigkeit.

Von hier aus war es einfach, die dritte Ebene zu finden. Kollarin rang nach Luft. Er bewegte sich durch die Burg und sah die ruhelosen, körperlosen Schemen verlorener Geister, Ermordete, die noch nicht wußten, daß sie tot waren.

Er riß die Augen auf.

Alle tot. Achtundzwanzig Soldaten, betäubt und dann erwürgt. Nur die beiden Wachposten hier im Raum waren noch übrig und Masrick selbst. Kollarins Mund war trocken, und er griff nach seinem Wein. *Was machst du da, du Idiot?* Er ließ den Becher stehen, stand auf und fuhr sich mit der Hand über den Mund. Stehe ich unter Arrest? überlegte er.

Asmidir durchquerte den Raum. »Du siehst etwas zerstreut aus, mein Junge«, sagte er.

Kollarin sah dem schwarzen Mann ins Gesicht

und erkannte die Macht und die Grausamkeit darin. »Deine *Al-jiin* haben ihre Arbeit vollendet«, sagte er leise. »Wo bleibe ich dabei?«

»Wo würdest du gerne bleiben?« fragte Asmidir.

»Am Leben wäre ganz schön.«

»Was habt ihr beiden da zu flüstern?« fragte Masrick, nahm Kollarins Becher und leerte ihn. Er rülpste und setzte sich.

»Wir sprachen über Leben und Tod, Masrick«, antwortete Asmidir, »und den schmalen Grat, der beides trennt.«

»Daran ist nichts Schmales«, sagte der Offizier. »Alles nur eine Frage von Können und Mut.«

»Was ist mit Glück?« fragte Asmidir. »Wenn man zur falschen Zeit am falschen Ort ist?«

»Ein Mann ist seines eigenen Glückes Schmied«, erwiderte Masrick.

»Ich bin nicht sicher, ob das stimmt«, meinte Asmidir. »Aber laßt uns eine Probe machen. Wäre es Glück oder Unglück, wenn du die Frau Sigarni finden würdest?«

»Glück, natürlich«, antwortete Masrick. »Weißt du, wo sie ist?«

»Allerdings.« Asmidir klatschte zweimal in die Hände. Eine Reihe von Kriegern kam lautlos herein, große Männer in schwarzen Umhängen und Helmen, alle bewaffnet mit Säbeln aus schimmerndem Stahl. Sie trugen schwarze Kettenhemden, die bis zu den Oberschenkeln reichten und schwarze Stiefel, die mit Streifen aus schwarzem Stahl verstärkt waren. Über der Brust trug jeder ein dickes Wehrgehänge aus Leder, mit drei Wurfmessern in glänzenden schwarzen Scheiden. Kollarin wich an die Wand zurück, als die Krieger ausschwärmten. Er erkannte den Diener Ari, obwohl dieser jetzt aussah wie ein Prinz aus einer Legende.

Masrick beobachtete sie ebenfalls. »Was hat das zu bedeuten?«

Asmidir lachte leise, und ohne den Kopf zu wenden, gab er einen Befehl. »Tötet die Wachen«, sagte er. Seine Stimme klang gleichmütig, fast ein wenig bedauernd.

Kollarin sah zu wie im Traum. Zwei der schwarzgekleideten Krieger zogen Wurfmesser und drehten sich langsam um. Einer der Wachposten, ein Mann mit geschwollener Nase, versuchte verzweifelt, sein Schwert zu ziehen. Doch plötzlich erschien ein Messergriff in seiner Kehle, und er sank gegen die Wand. Der zweite Wächter machte kehrt, um davonzulaufen, doch ein schwarzes Messer durchschnitt die Luft und traf ihn im Nacken. Er stürzte und prallte mit dem Gesicht auf die Tischkante. Dabei verlor er den Helm, der über den Tisch rollte. Die beiden dunkelhäutigen Krieger holten ihre Messer zurück und nahmen wieder ihre Plätze in der Reihe ihrer Kameraden ein.

Masricks Gesicht war aschgrau. Kollarin verspürte beinahe Mitleid mit ihm. »Ari«, sagte Asmidir leise, »ist unser Gast bereit, sich uns anzuschließen?«

»Ja, Herr.« Ari verließ den Raum, und eine schreckliche Stille senkte sich darüber. Masrick schwitzte jetzt, und Kollarin sah, daß seine Hände zitterten. Trotz seiner Rüstung sah er nicht im geringsten wie ein Soldat aus.

»Ich … ich … will nicht sterben, Asmidir«, wimmerte er. Tränen rannen ihm über die Wangen. Der schwarze Mann beachtete ihn nicht. »Bitte, töte mich nicht!« Die Tür ging auf, und Ari kehrte zurück. Ihm folgte eine Kriegerin, bei deren Anblick Kollarin der Atem stockte. Sie war groß und schlank, ihr Haar silberweiß wie das Kettenhemd, das sie trug. Schenkellang und mit Seitenschlitzen glitzerten die Glieder wie Juwelen. Ihre langen Beine steckten in glänzenden schwarzen Beinkleidern, die mit silbernen Kettengliedern auf den Schenkeln verstärkt waren. Von ihren Schultern hing ein dunkelroter Umhang. Kollarin hatte noch nie eine so schöne Frau gesehen. Als sie eintrat, verbeugten sich alle Krieger, einschließlich Asmidir, tief vor ihr. Kollarin folgte ihrem Beispiel.

Masrick versuchte aufzustehen und sich mit den Armen von den Lehnen des Stuhls abzustützen, doch seine Beine wollten sich nicht rühren. Er fiel zurück, dann versetzten Krämpfe seinen Körper mehrfach in Zuckungen. Asmidir beugte sich über ihn. »Deine Jagd war erfolgreich, Masrick. Du siehst vor dir Sigarni. Stirb fröhlich!«

Schaum bildete sich auf Masricks Lippen, seine Augen quollen hervor. Dann war er still, die offenen Augen starrten Asmidir an, ohne ihn zu sehen. Die silbergepanzerte Frau ging zu dem Stuhl hinüber und sah den Toten an. »Ist er vor Angst gestorben?« fragte sie Asmidir.

»Nein. Er hat sich Gift auf die Lippen geschmiert.«

Die Frau sah Kollarin an, der sich erneut verbeugte. »Warum bleibt der da am Leben?«

»Ich bin mir ehrlich gesagt nicht ganz sicher«, sagte Asmidir. »Er lehnte es ab, dich zu jagen, und ich weiß nicht warum. Er ist der Sucher, Kollarin. Möchtest du, daß er getötet wird?«

Kollarin wartete, seine grünen Augen beobachteten die Frau.

»Warum hast du es abgelehnt?« fragte sie.

»Das ist nicht leicht zu beantworten, meine Dame«, erwiderte er, selbst überrascht, daß seine Stimme ruhig klang. »Ein Mann erschien mir und bat mich, dich zu verschonen.«

»Beschreibe ihn.«

»Das Gesicht war kraftvoll, mit tiefliegenden blauen Augen. Sein Haar war silberweiß, so wie deins, und er trug seinen Bart zu zwei Zöpfen geflochten.«

Sie nickte, dann wandte sie sich an Asmidir. »Laß ihn leben«, sagte sie.

Der schwarze Mann wollte etwas erwidern, schwieg jedoch. Er trat einen Schritt zurück, so daß Sigarni die Mitte des Raumes beherrschte. Er hatte ihr die Rüstung aus Kushir mitgebracht, eigentlich als Geschenk für den Kriegerkönig, von dem der Seher gesprochen hatte. Asmidir hatte sich die Rüstung immer an der muskulösen Gestalt eines jungen Mannes vorgestellt. Doch jetzt, als er ihre kriegerische Schönheit betrachtete, konnte er kaum glauben, daß er sie gekauft hatte, ohne dabei an Sigarni zu denken. Alles an ihr war königlich, und er fragte sich, wieso ihm das zuvor nie aufgefallen war.

Ein *Al-jiin* hatte die beiden Gefangenen losgeschnitten, und beide Männer starrten nun die Kriegerin an. Fell senkte den Kopf. Sigarnis Augen waren auf den Fremdländer in der Uniform eines Soldaten gerichtet. Ihre Hand schloß sich um den Dolchgriff, leise singend fuhr die Klinge aus der Scheide, als sie mit trügerischer Anmut auf den Mann zuging. Nur Fell erkannte ihre Absicht. »Nein, Sigarni«, sagte er und trat vor den Soldaten. »Dieser

Mann hat mich unter Lebensgefahr vor der Folter bewahrt.«

»Kein Fremdländer wird am Leben bleiben«, sagte sie leise, fast ohne Zorn. »Geh beiseite, Fell.«

»Ich beanspruche diesen Mann als *Cormaach*«, sagte er. Asmidir war verblüfft und beobachtete genau, wie Sigarni reagierte. Sie schwieg einen Augenblick, dann lächelte sie kalt.

»Das würdest du für einen Feind tun?« fragte sie.

»Ja. Ich saß mit gefesselten Armen an einem Baum, vor meinen Augen ein glühendrotes Messer. Obrin hielt den Offizier zurück. Er sollte zurückgebracht werden, zu Folter und Tod. Es wäre wahrlich schlecht gelohnt, wenn ich dabei stünde, wenn er nebenbei erschlagen würde. Ich bitte um sein Leben, Sigarni.«

»Geh beiseite, Fell, ich will mit diesem Mann sprechen.« Fell zögerte, denn sie hatte noch immer das Messer in der Hand. Nur einen Augenblick rührte er sich nicht, dann trat er zurück. Asmidir beobachtete den Soldaten Obrin. Der Mann zeigte keine Furcht.

»Hast du verstanden«, fragte Sigarni, »worüber hier gesprochen wurde? Verstehst du, was *Cormaach* bedeutet?«

»Ich weiß nichts von euren barbarischen Sitten, Madam«, antwortete Obrin. »Ich bin einfach nur Soldat. Ungebildet, könnte man sagen. Warum erklärst du es mir nicht?«

Asmidir konnte sehen, daß Sigarni sich um Ruhe bemühte, während sie den Mann in der verhaßten Uniform derjenigen ansah, die sie so brutal überfallen hatten. Sie wird ihn töten, dachte er. Sie wird ihm beim ersten falschen Wort das Messer in die Kehle rammen.

»Er hat angeboten, dich zu adoptieren – dich zu seinem Sohn zu machen. Wie alt bist du?«

»Siebenunddreißig, nach meiner eigenen Rechnung. Vielleicht ein oder zwei Jahre älter.«

»Dann ist dein neuer Vater fünfzehn Jahre jünger als du. Möchtest du adoptiert werden, Fremdländer?«

»Habe ich eine Wahl?« gab er zurück.

»Man hat immer eine Wahl«, sagte sie und trat dicht vor ihn. »Du hast Fell gerettet, deswegen stehe ich in deiner Schuld. Du bist frei und kannst gehen, wohin du willst. Ich würde dich gerne umbringen, Fremdländer. Ich möchte sehen, wie das Blut aus deinem Hals quillt. Aber mein Wort ist wie Eisen. Geh und niemand wird dir etwas zuleide tun.«

»Was ist die andere Möglichkeit?«

»Dafür bist du nicht Manns genug!« fauchte sie. »Geh, bevor meine Geduld erschöpft ist.«

»Ein Clansmann zu werden, ist es das? Ein Rebell gegen den Baron und den König?« Obrin lachte, sein Lachen klang voll und aufrichtig. »Also das hat er gemeint, was? Das hier ist der Scheideweg.« Er wandte sich an Fell. »Hast mich adoptiert, was mein Junge? Na, bei Gott, du hättest es schlimmer treffen können. Ich gehe mit auf eurem Weg – auch wenn wir alle wissen, wohin das führen wird. Also was soll ich tun, meine Dame? Wem verpfände ich mein Schwert?«

Sigarni war zu erstaunt, um zu antworten, und Asmidir trat rasch vor. Er sprach in Kushir, und die zwölf *Al-jiin* fielen rings um die silbergepanzerte Frau auf die Knie. »Du befindest dich«, erklärte er Obrin, »in der Gegenwart der Herrin Sigarni, der Kriegsherrin der Clans. Ihr schwörst du Loyalität.«

Obrin fiel vor ihr auf ein Knie, dann lenkte er mit

seiner Hand ihren Dolch an seine Kehle. Als die Spitze an seiner Haut ruhte, sprach er. »Mit dem heutigen Tag werde ich dein Gefolgsmann, Herrin. Ich werde für dich leben, und wenn der Tag kommt, werde ich für dich sterben. Dies ist das Versprechen von Obrin, Sohn des Engist, und wird geschworen vor Gott.«

Sigarni schwieg, dann sah sie zu Fell hinüber, der noch immer stand. Als ihre Blicke sich trafen, fiel der hochgewachsene Waldhüter auf die Knie. »Mein Leben gehört dir, Sigarni«, sagte er, »jetzt und für immer.«

Sigarni nickte, dann ging sie zu Asmidir hinüber. »Wir müssen miteinander reden«, sagte sie und ging hinaus. Asmidir folgte ihr.

Obrin und Fell erhoben sich gemeinsam. »Danke, Bursche«, sagte der Soldat. »Du wirst es nicht bedauern.«

»Das glaube ich dir«, erwiderte Fell. »Aber was ist mit dir? Wie wirst du dich fühlen, wenn du deinen Landsleuten mit dem Schwert gegenüberstehst? Das ist keine leichte Sache.«

Obrin schüttelte den Kopf. »Mach dir keine Sorgen, Fell. Für euch sind wir alle Fremdländer, aber wir kommen aus vielen verschiedenen Ländern des Reiches. Mein Volk war auch ein Bergvolk, das vor hundert Jahren erobert wurde. Und ich bin der einzige von meinem Stamm in Zitadell. Aber auch das trifft es nicht genau. Es gibt ein paar Dinge, für die ein Mann kämpfen *muß*. Das, glaube ich, war es, was Kollarin mir sagen wollte. Stimmt das nicht?« fragte er den Mann in Grün.

»Allerdings«, sagte Kollarin, durchquerte den Raum und stieg über die Leichen der Soldaten. »Ich habe mich immer schon gefragt, wie es wohl ist, ein Held zu sein.«

Hinter ihnen sammelten die zwölf schweigenden *Al-jiin* die Toten ein und brachten sie hinaus.

Sigarni wurde von einem Gefühl der Unwirklichkeit gepackt, als sie die teppichbelegten Stufen zu dem oberen Balkon und dem Raum, in dem Ari ihr die Rüstung gezeigt hatte, emporstieg. Asmidir an ihrer Seite sagte nichts. Das Zimmer war klein, drei mal vier Meter, mit einem großen Fenster, aus dem man den High Druin sehen konnte. Sigarni hatte das silberne Kettenhemd, die gepanzerten Beinkleider und die Stiefel angelegt, doch Schwert, Harnisch und Helm zurückgelassen. Der Harnisch war so geformt, daß er der athletischen Brust und dem Bauch eines jungen Kriegers entsprach, während der Helm für die silberhaarige Frau zu groß war.

Sigarni ging zum Fenster und stieß es auf, so daß der kühle, doch noch sanfte Herbstwind durch den Raum streichen konnte. Abby war tot, und das empfand sie als fast ebenso schmerzlich wie den Mißbrauch, den sie hatte ertragen müssen. Aber mehr noch fühlte Sigarni Kummer um das Leben, das sie nie wieder führen würde, die stille Einsamkeit ihrer Berghütte, die morgendliche Jagd, die ruhigen Nächte. Grame hatte sie vor dem Baron gewarnt, und sie wünschte jetzt, sie hätte auf ihn gehört. Ein paar Pfennige verloren, und sie hätte weiter ein freies Leben führen können. Jetzt war sie aufgebrochen auf einem Weg, der nur zu Tod und Ruin für die Menschen der Berge führen konnte. Was sind wir, dachte sie? Und ihr kam das Bild in den Sinn von einem mächtigen Hirsch im Hochland, verfolgt von einem Rudel Wölfe. Wir können davonrennen und ein bißchen länger leben, oder wir können kämpfen, bis wir am Boden liegen.

Wolken brauten sich am High Druin zusammen wie eine graue Krone über den weißen, schneebedeckten Gipfeln.

»Sprich aus, was du denkst, Herrin«, sagte Asmidir.

»Hier brauchst du mir keine hübschen Titel zu geben«, sagte sie, den Blick immer noch aus dem Fenster gerichtet. »Hier hört sie ja niemand.«

»Es hat angefangen, Sigarni«, sagte er leise. »Es ist Zeit, Pläne zu schmieden.«

»Ich weiß. Was schlägst du vor?«

Er schüttelte den Kopf. »Ich werde dir gleich meinen Rat anbieten«, erklärte er. »Zuerst möchte ich deine Ansichten hören.«

Fast wurde sie von Zorn überwältigt, doch sie kämpfte dagegen an. »Du bist der Krieger und Stratege – sagst du jedenfalls. Was soll ich sagen, Asmidir?«

»Versteh mich nicht falsch, Sigarni. Wir spielen hier kein Spiel. Du bist diejenige, von der der Seher sprach. Wenn die Götter nicht sehr launenhaft sind – vielleicht sind sie es ja –, dann mußt du eine besondere Fähigkeit haben. Wenn wir eine Armee aufstellen, wenn wir der besten Militärmacht im Westen trotzen, dann *deinet*wegen – verstehst du? Im Augenblick bist du voller Bitternis und berechtigter Wut. Das mußt du überwinden, du mußt in dich hineinlauschen und die Kriegskönigin finden. Ohne sie haben wir verloren, ehe wir überhaupt angefangen haben.«

Sigarni verließ ihren Fensterplatz und setzte sich in einen hochlehnigen Sessel. »Ich weiß nicht, was ich sagen oder wo ich anfangen soll«, sagte sie. »Wenn ich eine solche Fähigkeit habe, dann weiß ich es nicht. Ich glaube nicht, daß ich zu Panik neige, Asmidir, aber wenn ich versuche, an die Zukunft zu denken, dann schlägt mein Herz schneller, und ich bekomme kaum noch Luft. Ich schaue in mich hinein, aber da ist nichts außer Bedauern und Erinnerung an Schmerzen.«

Asmidir setzte sich ihr gegenüber. Er streckte die Hand aus, aber instinktiv zog sie die ihre zurück. Sein Gesicht verriet, wie verletzt er war. »Dann laß uns durchgehen, was jetzt am wichtigsten ist«, sagte er. »Meine Männer durchkämmen die Täler und Pässe südlich von hier. Der Baron hat befohlen, provisorische Befestigungen zu bauen. Für eine einmarschierende Armee sind sie lebenswichtig. Dort wird Nachschub zurückgelassen, so daß die Invasionstruppen Basislager haben, von denen aus sie in die Berge ausschwärmen können. Das erste wird keine fünfzehn Kilometer von hier errichtet, im Dunach-Tal. Man könnte argumentieren, daß unsere erste Aufgabe sein sollte, ihre Arbeit aufzuhalten, sie zu stören. Dafür brauchen wir Männer. Wir haben bereits besprochen, woher wir Krieger bekommen können. Du mußt den Jagdherrn des Pallides-Clans, Fyon Scharfaxt, um Hilfe bitten.«

Sigarni stand auf und ging wieder zum Fenster. Gleißende Sonnenstrahlen fielen durch Lücken in den fernen Gewitterwolken, und gedämpftes Donnergrollen hallte über das Land. Sie schauderte. »Nein«, sagte sie schließlich. »Die Befestigungen müssen warten. Wenn ich Fyon Scharfaxt wäre, würde ich meine Männer nicht einer unerfahrenen Frau von einem anderen Clan anvertrauen. Schick Fell zu mir.«

»Was hast du vor?« fragte er.

»Darüber sprechen wir später«, erwiderte sie. Asmidir lächelte, stand auf und machte eine tiefe Verbeugung. Nachdem er gegangen war, zog Sigarni das Schwert aus der silbernen Scheide. Es war ein Säbel, rund dreißig Zentimeter lang, mit einer auf Hochglanz polierten und messerscharfen Klinge, der Griff umwunden mit Streifen von dunkelgrau geflecktem Leder, verstärkt mit Silberdraht. Die Waffe lag überraschend leicht in der Hand und war vollkommen ausbalanciert. Sie schwang das Schwert nach links. Es glitt mit einem leisen Zischen durch die Luft. Als sie Fell kommen hörte, ging sie zum Stuhl und legte die Waffe vor sich auf den Tisch. Der Waldhüter trat ein und verbeugte sich unbeholfen.

»Eine überraschende Wendung der Ereignisse«, sagte sie. Er grinste und nickte. Sein Gesicht war verquollen und voller blauer Flecke, doch als er lächelte, sah sie darunter wieder den gutaussehenden Clansmann, den sie geliebt hatte. Sie bedeutete ihm sich zu setzen und wandte den Blick ab, um ihre Gedanken zu sammeln. »Wieviele von den Waldhütern könntest du für uns gewinnen?«

»Nicht viele«, sagte er. »Vielleicht sechs von den Fünfzig. Du mußt verstehen, Sigarni, daß diese Männer alle Familie haben. Sie wissen, daß ein Krieg gegen die Fremdländer nur einen Ausgang haben kann. Die meisten würden deshalb alles tun, um einen solchen Krieg zu vermeiden. Selbst nach den Morden.«

»Welchen Morden?«

Fell erzählte ihr von der Geiselnahme und seiner Entscheidung, sich den Behörden auszuliefern. »Aber sie haben nicht die versprochene Frist lang gewartet. Am nächsten Morgen hingen alle vier von den Mauern von Zitadell. Ich glaube, Tovi und Grame würden sich uns anschließen und vielleicht die Hälfte aller Männer von Cilfallen. Was hast du vor?«

»Ich möchte, daß du aufbrichst. Sofort. Suche die sechs Männer zusammen und jeden anderen, dem du traust. Wir treffen uns in vier Tagen in meiner Hütte. Ist das genug Zeit für dich?«

»Knapp. Aber ich werde dort sein.«

»Geh jetzt«, befahl sie, »und schick den Fremdländer zu mir.«

Gwalchmai hob seinen Krug von dem Hundekarren und schaute vom Hügel auf Zitadell hinunter. Die beiden Hunde Shamol und Cabris schliefen in der Sonne. Gwalch zog den Korken aus dem Krug und setzte sich neben Tovi. Der Bäcker war schweigsam, in Gedanken versunken. Die Sonne strahlte von einem klaren Himmel, die Berge waren prachtvoll, doch Tovi war blind für diese Schönheit, und Gwalchmai fühlte mit ihm. »Dein Sohn war ein guter Junge«, sagte Gwalch, hob den Krug an die Lippen und tat drei tiefe Züge.

»Du kanntest ihn nicht«, sagte Tovi tonlos.

»Ich kenne dich. Und ich kann ihn in deinen Gedanken sehen. Du warst stolz auf ihn – und das zu Recht.«

»Das spielt jetzt alles keine Rolle mehr, oder? Seine Mutter weint immerzu, und seine Brüder und

Schwestern gehen wortlos durchs Haus. Was sind das für Menschen, Gwalch, die einen unschuldigen Knaben hängen können? Sind es Ungeheuer? Von Dämonen besessen?«

Der alte Mann schütelte den Kopf. »Es braucht dazu nicht mehr als ein verantwortliches Ungeheuer, Tovi. Wie eine Prise Gift in einem Krug Wein. Plötzlich ist der Wein tödlich. Möchtest du einen Schluck?«

»Nein, ich brauche scharfe Augen, wenn die Teufel kommen. Weißt du, ich kann sie nicht einmal hassen, Gwal. Ich fühlte nichts. Ist das mein Alter, was meinst du? Habe ich in all den Jahren in der Bäckerei etwas verloren?«

»Wir alle haben etwas verloren, mein Freund. Vielleicht finden wir es ja wieder.« Gwalch setzte den Krug an die Lippen – dann hielt er inne. Er deutete nach Süden. »Da! Was siehst du da? Meine alten Augen sind nicht mehr so gut.«

Tovi spähte in die Richtung. »Die Sonne funkelt auf Metall. Der Feind ist im Anmarsch. Sie brauchen mindestens eine Stunde, um das Tal zu durchqueren.«

»Wie viele sind es?«

»Sie sind zu weit weg, um genau zählen zu können. Geh nach Cilfallen und sag ihnen, die Fremdländer kommen.«

»Was ist mit dir?« fragte Gwalch und erhob sich. Hinter ihm erhoben sich die grauen Hunde ebenfalls.

»Ich warte und zähle sie. Dann komme ich nach.« Gwalch kletterte auf den Karren, immer noch seinen Krug umklammernd. Er schnalzte mit den Zügeln, und die beiden Kampfhunde legten sich ins

Geschirr. Tovi sah dem Karren nach, wie er außer Sicht holperte, dann stand er auf und reckte sich. Seine Gedanken wanderten zu dem Pallides-Mann Loran und dessen Warnung bezüglich der Fremdländer. Er hatte gehofft, der Clansmann würde sich irren, doch jetzt wußte er es besser. Vor wenigen Wochen noch war die Welt ruhig und friedlich gewesen, erfüllt vom Duft frischgebackenen Brotes und vom Lachen und Lärmen seiner Kinder. Jetzt dämmerten wieder die Tage des Blutes.

Er bückte sich, hob das alte Breitschwert auf und wandte sich nach Süden, die Hände auf dem Griff, die Spitze auf der Erde. Es war eine gute Waffe, und sie hatte ihm vor all diesen Jahren gute Dienste geleistet. Doch jetzt empfand er bei ihrer Berührung kein Vergnügen, keinen anschwellenden Stolz. Alles, was er jetzt empfand, war Kummer.

Die Reihe der Reiter zog den langen Hang hinunter ins Tal. Jetzt konnte er sie zählen. Einhundertundfünfzig Mann und fünf Offiziere. Eine zu große Gruppe, um Geiseln zu nehmen. Nein, sagte er sich, dieser Angriff gilt dem Töten. Einhundertfünfundfünfzig Soldaten für ein Dorf mit siebenundvierzig Männern, achtunddreißig Frauen und einundfünfzig Kindern! Bei dem Gedanken an die Kleinen brannte sich ein Funken Zorn durch seinen Kummer und loderte in ihm auf. Seine großen Hände schlossen sich um den Beidhänder und rissen die Klinge hoch. Früher einmal hatte er drei, vielleicht sogar vier feindliche Soldaten geschafft. Heute würde er herausfinden, wieviel er verlernt hatte.

Tovi wandte dem herannahenden Feind den Rücken zu, schulterte den Beidhänder und marschierte den langen Weg nach Hause. Er war hoch oberhalb von Cilfallen, und von hier aus [illegible] die Häuser winzig vor den grünen Hügeln und [illegible]tigen Bergen. Die neueren Häuser aus Stein standen neben den älteren Holzhäusern und uralten Hütten aus Holzbalken mit Grasdächern, kuschelten sich in einer freundlichen Harmonie aus Holz und Stein aneinander. Ja, dachte Tovi, das ist Cilfallen. Das Dorf ist freundlich und einladend. Es gibt keine Mauern, denn bislang haben wir dort ohne Angst gelebt.

Cilfallen war nicht zu verteidigen. Tovi seufzte und warf noch einen letzten Blick auf das Dorf, das er sein Leben lang gekannt hatte.

Du wirst für mich nie wieder so aussehen, dachte er. Denn jetzt kann ich die fehlenden Mauern und Brüstungen sehen. Ich sehe Hügel, von denen aus berittene Soldaten einen Angriff auf unseren Marktplatz reiten können. Ich sehe Häuser ohne starke Türen oder Schießscharten. Wir haben keinen Graben. Nur den Bach und die weißen Felsen, auf die die Frauen und Kinder die Wäsche schlagen.

Tovi ging weiter. Er war sich auch seiner eigenen Schwäche bewußt, dem dicken Bauch von zuviel frischem Brot und guter Landbutter, ein rechter Arm, der bereits müde wurde vom Halten des Schwertes.

»Ich werde die Kraft schon finden«, sagte er laut.

Hauptmann Chard führte seine Männer ins Tal hinunter. Er ritt langsam, mit durchgedrücktem Rücken. Trotz der Honigsalbe auf seinem Rücken brannten die Peitschenwunden, als ob sie ständig von zornigen Wespen gestochen würden. Das Gewicht seines Kettenhemdes verstärkte den Schmerz in seinen

Schultern. Entsprechend schlecht war seine Laune. Er wußte, wenn Obrin die Befehle des Barons mit etwas mehr Begeisterung ausgeführt hätte, würde er jetzt nicht mehr leben, denn die dreischwänzige Peitsche konnte einen Mann mit dreißig Hieben töten, wenn sie kraftvoll ausgeführt wurden. Obrin hatte sich zurückgehalten, doch jedes Peitschenende war mit einem kleinen Bleikügelchen versehen, das jeden Hieb verstärkte und offene Wunden riß. Chard wurde noch übel, wenn er daran dachte, wie er an dem Pfahl stand, in den Lederriemen biß, fest entschlossen nicht zu schreien. Doch er schrie, bis er beim vierunddreißigsten Hieb ohnmächtig wurde.

Anschließend hatte man ihm eine Mischung aus Honig und Wein auf seinen zerfetzten Rücken aufgetragen. Drei der tieferen Wunden mußten genäht werden, mit insgesamt zweiundzwanzig Stichen. Doch jetzt war er hier, vierzehn Tage später, saß wieder im Sattel und führte seine Männer an.

Er stellte den Sinneswandel des Barons nicht in Frage und hatte den Auftrag mit einer gestammelten Dankesrede angenommen, die der Baron abgeschnitten hatte. »Enttäusch mich nicht noch einmal, Chard«, hatte er ihn gewarnt. »Wie viele Männer brauchst du?«

»Dreihundert, Baron.«

Der Baron hatte ihn ausgelacht. »Für ein Dorf? Warum nicht gleich tausend?«

»Es sind fast zweihundert, Baron!«

Der Baron hatte ein Stück Papier zur Hand genommen. »Einhundertfünfzig, annähernd. Davon fünfzig Kinder unter zwölf. Etwa vierzig Frauen. Der Rest sind Männer. Bauern, Viehhirten – kein einziger Schwertkämpfer darunter. Nimm hundertfünfzig

Männer. Keine Gefangenen, Chard. Hängt alle Toten auf, so daß man sie deutlich sehen kann. Brennt die Häuser nieder.«

»Jawohl. Keine Gefangenen – das heißt, die Männer?«

»Bringt sie *alle* um. Ich habe die Männer ausgewählt, die mit dir reiten. Es sind Söldner, weitgehend Abschaum. Sie werden damit keine Probleme haben. Wenn sie fertig sind, laß sie plündern. Sie werden – ganz bestimmt – auch ein paar von den jüngeren Frauen noch eine Weile am Leben lassen. Laß sie ihren Spaß haben, das ist gut für den Kampfgeist.« Die kalten Augen des Barons richteten sich auf Chard. »Hast du Probleme damit?«

Chard wünschte, er hätte den Mut, dem Mann zu sagen, wie groß seine Probleme mit einer derartigen Abschlachterei waren.

Statt dessen hatte er geschluckt und gemurmelt: »Nein, Baron.«

»Wie geht es deinem Rücken?«

»Er verheilt.«

»Du wirst mich doch nicht wieder enttäuschen, oder, Chard?«

»Nein, Baron.«

Die Sonne stand hoch, Schweiß rann ihm in die Peitschenwunden. Chard stöhnte. Ein Offizier ritt heran, als sie die Talsohle erreichten.

»Hinter diesem Höhenzug, nicht wahr?« fragte der Mann, und Chard wandte den Kopf. Der Offizier hatte ein hageres Gesicht mit vorstehenden Augen und zahlreichen Windpockennarben. Einige gelbliche Pickel zierten seine Nase, und ein Furunkel bildete sich im Nacken. »Viele Frauen dabei?« fragte der Offizier, als Chard die erste Frage nicht beantwortete.

»Laß die Männer Gefechtsstellung einnehmen«, befahl Chard.

»Wozu? Ist doch nur ein Scheißdorf. Keine Kämpfer, die uns auflauern.«

»Gib den Befehl«, sagte Chard.

»Was immer du wünschst«, antwortete der Offizier mit kaum verhohlenem Spott. Er drehte sich im Sattel um und rief den Männern zu: »Jeder zweite nach links in Gefechtsstellung. Alle anderen nach rechts!« Dann wandte er sich wieder an Chard. »Irgendwelche Befehle für den Angriff?«

»Wie viele Möglichkeiten gibt es, um ein hilfloses Dorf anzugreifen?«

»Hängt davon ab, ob sie wissen, daß sie angegriffen werden. Wenn nicht, reitet man einfach rein und läßt den Häuptling alle zusammenrufen. Wenn sie alle versammelt sind, schlachtet man sie ab. Wenn sie es wissen, dann verbarrikadieren sie sich entweder in ihren Häusern, oder sie versuchen, in die Wälder zu fliehen. Es gibt viele Möglichkeiten, zu Fuß, zu Pferd. Liegt ganz bei dir.«

»Hast wohl schon viele Dörfer angegriffen, was?«

»Kann sie schon gar nicht mehr zählen. Ist eine gute Übung. Ich sag' dir was, man lernt viel über seine Männer, wenn man sieht, wie sie sich in solchen Situationen verhalten. Das kann nämlich nicht jeder, mußt du wissen. Wir hatten einmal einen jungen Burschen, furchtlos und verdammt gut mit Schwert und Lanze. Aber bei dieser Art von Auftrag – nutzlos. Flennte wie ein Baby … lief ganz kopflos herum. Weißt du, was passierte? Ein Junge lief auf ihn zu und schlitzte ihm mit einer Sense die Kehle auf. Es war eine verdammte Schande. Der Bursche hatte Möglichkeiten, verstehst du?«

»Schick einen Späher auf die Hügel. Von dort oben kann er das Dorf sehen.«

Der Offizier riß sein Pferd herum und ritt nach links. Ein junger Söldner ließ sein Pferd in Galopp fallen, und Chard beobachtete, wie er den Hügel hinaufritt und oben anhielt. Der Soldat winkte sie weiter.

Chard ritt voran. Der Offizier kam an seine Seite, und die beiden Männer schauten auf die Ansammlung von Häusern hinunter. Ein schmaler Bach lief südlich von Cilfallen vorbei, es gab zwei kleine Brücken. Chard musterte das Wasser. Die Pferde konnten es mit Leichtigkeit durchwaten. Auf der anderen Seite des Baches befand sich eine niedrige Stützmauer, gut einen halben Meter hoch und zehn Meter lang. Hinter dieser standen die Häuser, die sie zerstören sollten. Während sie noch schauten, trat eine junge Frau aus einem der Häuser, sie trug einen Weidenkorb voller Kleider, kniete am Bach nieder und begann sie zu waschen. Chard seufzte, dann sagte er: »Schick fünfzig Männer um das Dorf herum nach Norden, so daß ihnen der Weg in die Berge abgeschnitten ist. Wir anderen werden von Süden angreifen.«

Der Offizier erteilte seine Befehle, und zwei Trupps zogen nach Nordosten ab. Dann beugte er sich im Sattel vor. »Hör mal, Chard, ich würde dir raten, hier zu warten. Nachdem was ich gehört habe, ist dein Rücken ein einziges Schlachtfeld, also kannst du sowieso nicht kämpfen. Und ich nehme an, dir steht der Sinn nicht nach … Vergnügen. Also überlaß es mir und meinen Männern. Einverstanden?«

Chard sehnte sich danach zuzustimmen. Aber er

schüttelte den Kopf. »Ich reite den Angriff mit«, sagte er. »Wenn es vorüber ist, überlasse ich euch euren … Vergnügungen.«

»Ich wollte dir nur helfen«, sagte der Offizier mit breitem Grinsen.

Sie warteten, bis die fünfzig Reiter ihre Position im Norden des Dorfes eingenommen hatten, dann zog Chard sein Schwert. »Gib deinen Befehl«, sagte er zu dem Offizier.

»Keine Gefangenen!« rief dieser. »Und es wird erst geplündert, wenn die Aufgabe erledigt ist! Vorwärts!«

Chard fragte sich kurz, ob Gott ihm jemals für diesen Tag vergeben konnte, dann gab er seinem Pferd die Sporen. Das Tier machte einen Satz nach vorn. Die Soldaten zogen ihre Waffen zum Angriff. Die Männer waren leichter gerüstet als er, mit ledernen Brustplatten und ohne Helme, so daß die Söldner ihn schnell überholten und drei Angriffslinien bildeten.

Chard war vielleicht fünfzehn Pferdelängen hinter dem letzten Mann, als die ersten Söldner den Bach erreichten. Die Frau ließ ihre Wäsche fallen, raffte ihre Röcke und rannte zurück zu den Häusern. Die rauhen Schreie der Söldner erfüllten die Luft, die Pferde galoppierten ins Wasser, so daß es hoch aufspritzte und in der Sonne wie Diamanten funkelte.

Die erste Reihe war gerade in der Mitte des Baches, als die Katastrophe eintrat. Pferde wieherten vor Angst und Schmerz, als sie kopfüber fielen und ihre Reiter ins Wasser rutschten. Chard war nur einen Augenblick wie betäubt. Stolperdrähte! Unter Wasser angebracht. Mein Gott, sie waren auf uns vorbereitet!

Die Reiter der zweiten Linie zerrten an den Zügeln, doch sie stießen in wirrem Durcheinander mit ihren Kameraden im Wasser zusammen. Chard ritt vorsichtig heran. Da er genügend Kampferfahrung hatte, wußte er, daß die Stolperdrähte nur der Anfang waren. Rasch musterte er die Häuser. Kein Anzeichen von einer Verteidigung.

Und dann waren sie da!

Eine Schar von Bogenschützen erhob sich hinter der niedrigen Mauer und sandte einen Hagel von Pfeilen nach dem anderen in das Gewimmel der Soldaten. Verwundete Söldner begannen zu schreien und davonzurennen, doch lange Pfeile trafen sie und durchbohrten ihre armselige Rüstung.

»Absteigen!« schrie Chard. »Angriff zu Fuß!«

Auch wenn sie Abschaum waren, die Söldner hatten keine Angst zu kämpfen. Sie sprangen von ihren Pferden und rannten zu den Bogenschützen, die ihren Platz etwa zehn Meter jenseits des Baches behaupteten. Mehr als zwanzig Söldner gingen zu Boden, doch Chard war zuversichtlich, daß die Dörfler von ihrer schieren Überzahl beiseitegefegt würden, wenn erst einmal der Kampf Mann gegen Mann begonnen hatte.

Er trieb sein Pferd ans Bachufer und schrie seine Männer aufmunternd an.

Hinter den Häusern kam eine Flut von Kämpfern hervor, bewaffnet mit Breitschwertern, Sensen, Speeren und Hämmern – und Frauen, die Messer und Beile in den Händen hatten. Sie zerschlugen die linke Flanke der Söldner. Chard sah, wie der Bäcker, der dicke Tovi, sein Breitschwert einem Söldner durch Schulter und Brust hieb, dann packte der weißbärtige Schmied Grame den pockennarbigen Offizier bei der Kehle und zerschmetterte ihm mit seinem Schmiedehammer das Hirn.

Die Söldner stoben auseinander und liefen davon. Aber es gab kein Entrinnen.

Chard riß sein Pferd herum und galoppierte am Bach entlang, überquerte eine der Brücken und hielt auf die zweite Gruppe zu. Alle fünfzig warteten wie befohlen in Gefechtsformation etwa zwanzig Meter vor dem Waldrand. Mit diesen Männern konnte er die Schlacht noch wenden.

Seine Schmerzen waren vergessen, als er seinen Hengst bergan trieb.

Als Chard näherkam, sah er mit Entsetzen, daß ein Dutzend Männer aus den Sätteln kippten. Aus ihren Rücken ragten Pfeile. Pferde stiegen und warfen ihre Reiter ab.

Eine Reihe berittener Bogenschützen kam schießend aus dem Wald: finstere, dunkle Männer, gekleidet in Schwarz und Silber. Als sie sich den verblüfften Söldnern näherten, warfen sie die Bögen weg und zogen schimmernde silberne Säbel. Es waren nicht mehr als zwanzig Soldaten übrig. Einige wenige versuchten zu kämpfen, die anderen flohen.

Chard, dessen Truppe aufgerieben war, dessen ohnehin zerbrechlicher Ruf für alle Zeit dahin war, schrie seinen Trotz hinaus und galoppierte auf die Angreifer zu. Aus ihrer Mitte löste sich, auf einem schwarzen Pferd, ein Reiter in silberner Rüstung und rotem Umhang. Chard hob sein Schwert und gab seinem müden Hengst die Sporen. Das Pferd rannte los.

Der silberne Reiter schwang sein Pferd in der letzten Sekunde herum, so daß die beiden Tiere zusammenstießen. Chard wurde aus dem Sattel gerissen, als sein Hengst zu Boden ging. Der Silberne sprang vom Pferd und rannte herbei, in dem Moment, in dem er gerade aufstehen wollte. Verzweifelt zielte er mit seinem Breitschwert auf seine Beine. Der Fremde sprang geschickt beiseite,, und als er landete, zog er ihm seinen Säbel übers Gesicht. Die Klinge traf seine Schläfe, drang tief ein und ließ seinen Helm verrutschen.

Chard fiel zu Boden, rollte sich ab und versuchte aufzustehen. Wieder krachte der Säbel auf seinen Schädel, glitt jedoch von dem kettengepanzerten Kopfschutz ab. Der Hieb betäubte ihn, er sank auf den Rücken. Der Säbel stieß in seine Kehle. Chard spürte nur kurz einen Schmerz, denn die Klinge drang durch seinen Hals und in die kalte Erde unter ihm.

Alles war jetzt still, und er spürte ein merkwürdiges Gefühl der Erleichterung. Keine toten Kinder, keine vergewaltigten und ermordeten Frauen. Vielleicht würde Gott ihm doch noch verzeihen.

Vielleicht …

Sigarni trat von dem Toten zurück und hörte, wie Asmidir seinen Leuten befahl, ins Dorf zu gehen und zu sehen, welche Verluste es gab. Sie atmete schwer, doch ihre Glieder waren leicht. Asmidir kam zu ihr. »Wie fühlst du dich?« Während er sprach, legte sich seine Hand auf ihre Schulter.

»Rühr mich nicht an!« zischte sie, riß sich los und drehte sich zu ihm um. Sie sah seinen Schock und seine Bestürzung, aber das war nichts im Vergleich zu der wütenden Panik, die seine Berührung bei ihr ausgelöst hatte. »Bleib mir vom Leib!« sagte sie.

»Sigarni.« Seine Stimme war sanft, seine Augen betrübt. »Von mir droht dir keine Gefahr. Der Kampf ist vorbei, und ich glaube, wir haben gewonnen. Beruhige dich, ehe die anderen dich sehen.«

Der Aufruhr legte sich, und sie begann zu zittern. »Gott, was ist nur mit mir los?« sagte sie, ließ ihren Säbel fallen und setzte sich ins Gras.

Er setzte sich ihr gegenüber. »Ich denke, wir sollten die Reaktion auf die Schlacht dafür verantwortlich machen, obwohl wir beide wissen, daß das nicht der Wahrheit entspricht«, sagte er traurig. »Aber wir wollen das jetzt einmal beiseite lassen und den Augenblick des Sieges genießen. Du hast alles riskiert, Sigarni. Und ich bin stolz auf dich. Wie schon gesagt, ich glaubte nicht, daß dieses Vorgehen klug wäre. Nach meiner Ansicht war es noch zu früh für eine Konfrontation. Aber du hast bewiesen, daß ich unrecht hatte. Jetzt kannst du mir vielleicht erklären, weshalb du so zuversichtlich warst.«

Sie lächelte und spürte, wie die Spannung zum Teil von ihr abfiel. »Das war keine Zuversicht. Du sagtest, ich müßte besondere Fähigkeiten haben. Ob das stimmt oder nicht, wird die Zukunft zeigen. Aber ich wußte, daß ich ohne einen Sieg keine Unterstützung finden würde. Wer würde mir schon folgen? Eine ungeübte Frau in einer Welt gestandener Männer.«

»Aber wieso hier in Cilfallen? Woher wußtest du, daß sie hierher kommen würden? Es gibt doch zahlreiche Dörfer und Weiler im Hochland.«

»Allerdings, und wir können sie nicht alle schützen. Aber Cilfallen war mein Dorf, und hier haben sie die Geiseln genommen. Es liegt außerdem weitgehend in offenem Gelände. Keine größeren Mauern, keine Verteidigungsanlagen. Dazu kommt, daß es die Zitadell am nächsten gelegene größere Siedlung ist.«

»Und wieso hast du geglaubt, daß ein Angriff stattfinden würde?«

»Ich habe Obrin über die Taktik der Fremdländer ausgefragt. Er glaubte, sie würden zwischen ein- und zweihundert Mann schicken.«

Asmidir lächelte. »Wir hätten alles verlieren können, meine Dame. Wir haben alles auf einen einzigen Wurf gesetzt. Das ist nicht für jede Gelegenheit empfehlenswert, das kann ich dir versichern.«

Sigarni stand auf, dann streckte sie die Hand aus, um Asmidir auf die Füße zu ziehen. Er sah auf und begegnete ihrem Blick, und sie wußte, daß er dort ihre Angst sah bei der Aussicht auf seine Berührung. Langsam streckte er die Hand aus und packte ihr Handgelenk, erhob sich geschmeidig und ließ sie los. »Das hat Mut erfordert, nicht wahr?« fragte er.

Sie nickte. »Es tut mir leid, Asmidir. Du bist ein lieber Freund und wirst es immer bleiben. Aber sie haben mir etwas genommen, und ich kann es nicht zurückbekommen.«

Er schüttelte den Kopf. »Ich fürchte, sie haben dir nichts *genommen*. Sie *gaben* dir etwas … etwas Böses, das sich wie ein Gift in dein Herz frißt. Ich bin dein Freund, Sigarni. Mehr noch, ich liebe dich. Ich würde für dich sterben. Aber du allein mußt einen Weg finden, die Ungeheuer zu besiegen, die dich quälen.«

»Was meinst du damit, sie *besiegen*? Ich habe sie getötet!«

»Du hast mich mißverstanden«, sagte er sanft. »Sie sind vielleicht tot, aber du hältst sie fest. Sie existieren in jedem deiner Gedanken, du siehst ihre Gesichter an allen Männern – selbst an deinen

Freunden. Ich kann dir keinen Rat geben, denn ich habe keine … keine Vorstellung davon, was du durchgemacht hast. Aber jetzt bist du wie eine Festung, verbarrikadiert gegen jene, die dich lieben. Doch du hast auch den Feind mit dir eingesperrt. Ich glaube, du mußt einen Weg finden, die Zugbrücke herunterzulassen und deine Freunde hineinzulassen.«

»Unsinn«, gab sie zurück. »Es gibt keine Zugbrücke.« Ehe er noch etwas erwidern konnte, wandte sie sich um und ging zu ihrem Pferd. »Laß uns ins Dorf reiten«, sagte sie.

Schweigend ritten die beiden davon.

Die schmalen Straßen von Cilfallen waren übersät mit toten Fremdländern. Sigarni betrachtete sie gefühllos und lenkte ihr Pferd in den Südteil der Stadt. Die Leichen der Söldner – ihrer Waffen beraubt – wurden langsam über die Brücke auf ein Feld gekarrt. Fell saß auf der Wehrmauer, umgeben von einigen seiner Waldhüter, sie standen auf, als sie Sigarni sahen. Sie stieg ab und ging auf sie zu. »Ihr habt gute Arbeit geleistet«, sagte sie. »Irgendwelche Verluste?«

»Drei Verwundete, nichts Ernstliches. Vier Dorfbewohner wurden getötet. Elf andere haben Verletzungen davongetragen, meist leichterer Art.« Sie wandte sich an die wartenden Waldhüter, sie kannte sie alle. Drei von ihnen waren einmal gelegentliche Liebhaber gewesen. Die Männer standen schweigend da, ihre Gesichter verrieten nichts.

»Ihr habt gesehen, wie die Fremdländer den Frieden bewahren. Wisset: Im Frühling werden sie mit einer Armee kommen. Ihre Aufgabe wird sein, alle Clansmänner, ihre Familien, ihre Kinder auszulöschen. Ich habe vor, gegen sie zu kämpfen – genau wie heute. Ich werde das Hochland mit ihrem Blut tränken. Heute sind wir noch wenige, aber das wird sich ändern. Wer mir dienen will, soll sich bei Fell melden. Wer nicht, sollte Pläne machen, das Hochland zu verlassen. Es gibt nur noch zwei Seiten: Fremdland und Hochland. Wer nicht auf meiner Seite steht, gilt als Verräter und wird von mir ebenfalls gejagt. Das ist alles.«

Sie machte auf dem Absatz kehrt und ging zu Asmidir und den Pferden zurück. »Ich muß Tovi sprechen«, sagte sie. Sie fanden ihn in der Bäckerei, wo er die Öfen angeheizt hatte. Er hatte sein Schwert beiseite gelegt und knetete Teig.

»Noch ein letztes Mal«, sagte er mit einem verlegenen Lächeln. »Ich weiß nicht, warum ich das unbedingt wollte.« Er sah sich in dem langen Raum mit seinen leeren Regalen um. »Das hier war mein Leben.«

»Jetzt hast du ein anderes Leben«, sagte sie streng. »Du warst ein Krieger, Tovi, du weißt, was Disziplin bedeutet. Du und Grame und Fell, ihr werdet die Männer von Loda ausbilden. Wir ziehen uns in den Wald zurück, und dort werde ich euch verlassen. Ihr werdet Kämpfer sammeln, Vorräte für den Winter anlegen und Späher ausschicken, die jedes Eindringen in unser Gebiet melden sollen. Hast du das verstanden?«

»Wir können nicht gewinnen, Sigarni. Soviel habe ich verstanden.«

»Wir haben es doch gerade getan!«

»Ja«, sagte er und wischte sich den Teig von den Händen. Dann stellte er sich vor sie hin. »Wir haben eine Truppe schlecht geführter Söldner besiegt. Wir haben sie getäuscht und in die Falle gelockt. Und was passiert, wenn der Baron mit seinen regulären Soldaten hier anmarschiert? Ich habe heute gesehen, wie dein Obrin gekämpft hat. Er war tödlich. Was passiert, wenn Tausende wie er gegen uns kämpfen?«

Sigarni trat dicht vor ihn. Ihre Augen waren kalt, ihre Stimme hart wie Stahl. »Hast du all deinen Mut verloren, Dicker? Ist er in dem Fett an deinem Bauch versunken? Ich bin Sigarni. Ich bin vom Blute. Und ich trage das Rot. Ich verspreche keinen Sieg. Ich verspreche Krieg und Tod. Du hast zwei Möglichkeiten. Erstens, nimm deine Familie und lauf davon, verlaß das Hochland. Zweitens, fall auf die Knie und schwöre, mir zu dienen, bis zu dem Tag deines Todes. Triff deine Wahl jetzt, *Jagdherr*!«

Bei der Verwendung seines Titels versteifte sich Tovi, und Sigarni sah den Zorn in seinen Augen. »Du hast eine Schlacht geschlagen, Sigarni. Ich habe in vielen gekämpft. Ich weiß, was Krieg ist, und ich weiß, was damit erreicht wird. Krieg ist nichts anderes als Pest. Es ist etwas Schreckliches – es verzehrt und zerstört, gebiert Haß, der Generationen andauert. Aber ich bin der Jagdherr, und ich werde mein Volk in dieser verzweifelten Stunde nicht verlassen.«

»Dann knie nieder«, befahl sie unerbittlich.

Tovi trat vor und fiel auf ein Knie. »Mein Schwert und mein Leben«, sagte er feierlich.

»So sei es«, erwiderte sie.

Sigarni verließ die Bäckerei. Grame saß vor seiner Schmiede, einen blutigen Verband um den Oberarm. Gwalchmai war bei ihm. Der Schmied grinste, als er sie sah. Gwalchmai rülpste, stand auf, taumelte und setzte sich wieder. »Er ist betrunken«, sagte Grame.

»Das ist er immer«, erklärte Sigarni. »Willst du mir dienen, Grame?«

Der Schmied kratzte sich den dichten weißen Bart.

»Du hast dich verändert, Mädel. Du hattest immer schon Eisen in dir, aber ich schätze, jetzt ist es durchs Feuer gegangen und zu einer scharfem und tödlichen Waffe geschmiedet worden. Ja, ich will dir dienen. Was soll ich tun?«

»Leiste den Schwur.«

»Ich habe diesen Schwur bereits geleistet, und der König lief davon und ließ mich und die anderen verrotten.«

»Ich werde nicht davonlaufen, Grame. Leiste den Schwur.«

Er stand auf und sah ihr in die Augen. Dann beugte er das Knie und holte tief Luft. »Mein Schwert und mein Leben«, sagte er.

»So sei es.«

»Wo soll ich anfangen?« fragte er und stand auf.

»Geh zu Tovi. Er wird dir sagen, was ich in den nächsten Wochen verlange. Zuvor aber sammle alle Waffen und Vorräte und führe unsere Leute tief ins Gebiet der Pallides hinein. Wir sprechen uns wieder, wenn die Evakuierung abgeschlossen ist. Grame, laß jeden Mann, der zu dir kommt und dienen will, den Schwur leisten. Von jetzt an sind wir wieder Hochländer. Nichts und niemand wird uns jemals unseren Stolz nehmen. Verstanden?«

»Heil dir, Königin des Kampfes!« rief Gwalchmai und hob seinen Krug zum Gruße.

Die Worte ließen Sigarni frösteln. »Schweig, alter

Narr! Das ist nicht der rechte Ort für dein betrunkenes Geschwätz.«

»Er ist vielleicht betrunken«, sagte Grame, »aber er hat nicht unrecht. Nur der Souverän kann den Schwur abnehmen. Und ich würde ihn nur einem Souverän leisten. Du bist die Kriegskönigin, Sigarni. Daran läßt sich nichts ändern.«

Sigarni sagte nichts. Fell und seine Waldhüter kamen, zusammen mit vielen Dorfbewohnern, und bildeten einen großen Halbkreis um die Schmiede. Alle hatten Gwalchmais betrunkenen Gruß gehört, und Sigarni erkannte die Verwirrung und auch die Besorgnis in ihren Gesichtern.

Sie ging langsam zu ihrem Pferd und schwang sich in den Sattel. Jetzt gab es keinen Lärm, und sie fühlte ihre Augen auf sich ruhen, als sie auf die Berge zu ritt.

8. Kapitel

Wie das Geschenk eines gnädigen Gottes kam der Winter zwölf Tage zu früh. Schneestürme fegten über die Berge, schwere Schneefälle blockierten schmale Pässe und machten selbst die besten Straßen gefährlich. Sigarni saß allein auf einem hohen Bergrücken, eingewickelt in einen Schaffellmantel, und blickte nach Süden. Gut anderthalb Kilometer entfernt konnte sie drei Gestalten erkennen, die sich langsam durch den Schnee arbeiteten.

Die berauschenden Tage des Sieges von Cilfallen lagen nun Wochen hinter ihr, und alle nachfolgenden Nachrichten waren schlecht gewesen. Aufgerüttelt durch die unerwartete Niederlage hatten die Fremdländer heftig reagiert und drei Truppen tief in die Berge im Osten und Westen geschickt. Drei Dörfer der Farlain waren angegriffen und mehr als vierhundert Hochländer in ihren Betten massakriert worden. Im Osten wurde eine Siedlung der Pallides dem Erdboden gleichgemacht, und mehrere Weiler der Loda wurden in derselben Woche überfallen, so daß die Zahl der Toten auf über fünfhundert stieg.

Zehn Tage vor dem Gemetzel war Sigarni mit Fell und Asmidir zur größten Stadt der Farlain geritten, um Krieger für ihre wachsende Schar zu suchen. Die Erfahrung war eine bittere Lektion gewesen. Während sie den Wanderern im Schnee zusah, stählte sich Sigarni für die Erinnerung an jenen Tag.

Mehr als fünfhundert Menschen hatten sich auf dem Hauptplatz versammelt, als der Jagdherr Torgan darauf wartete, sie zu begrüßen. Es gab keinen Jubel, als die drei heranritten. Torgan, ein großer schlanker Mann mit drahtigem schwarzem Haar, das kurzgeschnitten war, so daß ein Wirbel und eine kahle Stelle auf dem Oberkopf zu sehen waren, erwartete sie. Er saß auf einem hohen Stuhl in der Mitte des Platzes, flankiert von sechs Kriegern mit rituellen silberbeschlagenen Ebenholzstäben. Zu seinen Füßen saß ein weißbärtiger alter Mann in einem langen, verblichenen grauen Gewand.

»Was willst du hier, Frau von Loda?« fragte Torgan, als Sigarni abstieg. Er stand nicht auf, und seine Worte waren voller Hohn.

»Ist dies der Seher der Farlain?« entgegnete Sigarni und deutete auf den alten Mann.

»Ja. Was geht dich das an?«

Sigarni wandte sich um und musterte die Gesichter der Menge. Sie fand nur Feindseligkeit. »Sind seine Träume dem Volk der Farlain bekanntgemacht worden?« fragte sie mit erhobener Stimme, so daß alle sie hören konnten.

Torgan stand auf. »Ja. Er sprach von einer unruhestiftenden Frau, die Tod und Zerstörung über die Clans bringen würde: eine Loda-Frau von zweifelhafter Moral, die durch Mord die Fremdländer aufbringen würde. Und seine Träume waren wahr!«

Trotz ihrer Wut blieb Sigarni ruhig. »Er ist kein Seher«, sagte sie. »Er ist ein Blender und Lügner. Und ich will nicht mehr von ihm reden. Laß die Farlain folgendes wissen: Eine Truppe der Fremdländer überfiel Cilfallen. Wir vernichteten sie. Mehr werden kommen, und sie werden alles in ihrem Weg angreifen und abschlachten, ob es nun Loda, Farlain, Pallides oder Wingoras sind. Alle wahren Seher wissen dies. Und ihr werdet die Wahrheit meiner Worte erleben. Ich bin Sigarni. Ich bin vom Blute der Könige. Und ich lüge nicht.«

Torgan lachte. »Ja, wir wissen, wer du bist, Sigarni. Die Kunde von deinem Talent hat selbst uns hier erreicht. Du wirst das Land der Farlain verlassen, und du kannst dich glücklich schätzen, daß wir dich nicht binden und den Fremdländern ausliefern zu einer gerechten Hinrichtung. Geh zurück zu deiner jämmerlichen Bande und sag den Toren, die dir folgen, daß die Farlain sich nicht zum Narren machen lassen.«

»Wie kann ich ihnen das sagen«, erwiderte Sigarni, »wenn offensichtlich ist, daß sie sich bereits zum Narren haben machen lassen?« Sie machte auf dem Absatz kehrt, ging zu ihrem Hengst und stieg in den Sattel. »Es gibt andere Seher«, sagte sie zu der Menge, »in anderen Clans. Seid klug und bittet um ihren Rat. Denn die Tage des Blutes sind da, und wenn wir uns nicht zusammentun, werden wir einzeln abgeschlachtet. Ein Anführer war prophezeit – einer, der die Clans gegen den Feind einen wird. Ich bin dieser Anführer.«

»Keine Hure wird jemals die Farlain führen«, rief der Jagdherr. »Verschwinde, bevor wir dich steinigen!«

Sigarni gab ihrem Hengst die Sporen und ritt aus der Stadt.

Jetzt, als sie in der eisigen Kälte unter einem dunkelwerdenden Himmel saß, loderte ihr Zorn noch immer heiß. Sigarni war bei den Pallides besser empfangen worden, doch selbst hier hatte man ihr keine Krieger versprochen, die unter ihrer Führerschaft dienen würden. Als sie im Larn-Tal ankamen, wartete vor der Stadt der blonde Krieger Loran auf sie, der sich verbeugte, als sie abstieg.

»Schön, daß du da bist, Herrin, und willkommen«, sagte er. »Es ist schön, dich wiederzusehen.« Die Erinnerung an ihre Begegnung an Eisenhands Wasserfall schien so fern wie ein Traum aus einem anderen Leben, und sie betrachtete den gutaussehenden Pallides-Mann, als ob er ein Fremder wäre. »Die Rüstung steht dir gut«, sagte er. »Es tut mir leid, daß die Unterkünfte, die wir für die Loda gebaut haben, so … so bescheiden sind. Aber wir hatten nicht viel Zeit.«

»Es wird genügen«, sagte sie. Aus dem Wald kam ein Riese von Mann und winkte Loran zu. Sigarni sah ihn mit unverhohlenem Staunen näher kommen. Er war über einen Meter achtzig groß, und seine Schultern wirkten unglaublich breit, sein Hals war mindestens so dick wie ihr Schenkel. Sein Kopf war groß, und das Gesicht war zwar bartlos, aber er hatte seine Koteletten so lang wachsen lassen, daß sie in sein Haupthaar übergingen, was ihm ein löwenartiges Aussehen verlieh.

»Himmel!« flüsterte sie. »Ist *das* da echt?«

Loran lachte leise. »*Das* da ist mein Vetter Mereth. Und er ist echt genug.«

»Ist sie das?« fragte Mereth mit einem Blick auf Sigarni. Seine Stimme klang wie ein fernes Donnergrollen.

»Ja, Mereth, das ist Sigarni.«

Mereth schob seinen Kopf dicht an Sigarnis Gesicht heran. »Schöne Frau«, sagte er liebenswürdig.

»Mereth kann nicht gut sehen«, erklärte Loran. »Das ist seine einzige Schwäche. Er ist der stärkste Mann, den ich je gesehen habe.«

»Der stärkste, den es je gab«, sagte Mereth stolz. »Ich habe Lennox' Rekord im Baumstammweitwurf gebrochen – und alle sagten, das wäre unmöglich. Sie sagen, er war ein Riese. Ich habe ihn gebrochen. Bist du jetzt die Königin?«

»Jetzt ist nicht der richtige Zeitpunkt, Mereth«, sagte Loran leise und legte dem Riesen seine Hand auf die Schulter.

»Ich hörte, daß der Seher der Loda sie Königin nannte. Ich habe ja nur gefragt.«

»Der Seher der Loda ist ein Trunkenbold. Jetzt kümmere dich um das Pferd der Dame, und wir sehen uns in Fyons Haus, wenn du es in den Stall gebracht hast.«

Mereth lächelte. »Ich kann auch kämpfen«, sagte er zu Sigarni. »Ich habe vor nichts Angst.«

Loran und Sigarni gingen in die Stadt. »Seine Sehschwäche ist nicht seine einzige Schwäche«, sagte sie, als Mereth außer Hörweite war.«

»Beurteile ihn nicht falsch, Sigarni. Ich gebe zu, daß er nicht der hellste ist, aber er ist auch kein Einfaltspinsel. Er braucht einfach nur lange, um ein Problem zu durchdenken.«

Fyon Scharfaxt empfing sie in seinem Haus im Larn-Tal. Es war ein schönes altes Haus aus Stein, mit einem Dach aus sorgfältig zugeschnittenen Schieferplatten. Fyon, Loran und Mereth saßen um den langen Tisch und lauschten gespannt, als Sigarni ihnen von den Ereignissen berichtete, die zur Schlacht von Cilfallen geführt hatten. Der Jagdherr, ein kräftiger, untersetzter Krieger mit eckig gestutztem schwarzem Bart, der mit Silberfäden durchsetzt war, hatte höflich gewartet, bis sie geendet hatte. Als sie fertig war, hob er einen Becher Wein und lobte sie. »Gut gemacht, Sigarni«, sagte er. »Ich zolle dir Beifall dafür, wie du die Menschen deines Clans gerettet hast. Aber ich weiß noch nicht, ob du der Anführer bist, der prophezeit war. Unsere Seher sagen, es wird einer kommen, der uns führt, aber sie können ihn nicht nennen. Ich weiß, wir haben jetzt keine andere Wahl, als um unser Leben zu kämpfen. Ich will dir diesen Kampf nicht überlassen, denn trotz deines Sieges in Cilfallen bist du unerfahren. Und du bist eine Frau. Es ist nicht Sache einer Frau, Männer in die Schlacht zu führen. Ich sage das nicht leichthin, Sigarni, denn ich bewundere deinen Mut. Es ist einfach gesunder Menschenverstand. Männer sind letztendlich zu ersetzen. Wenn in einem Krieg bis auf zehn alle Krieger eines Stammes getötet würden, aber die Frauen übrigblieben, würde der Clan überleben. Aber wenn nur zehn der Clan-Frauen überlebten, würde der Clan untergehen. Männer sind für die Jagd und den Kampf geschaffen, Frauen für das Sammeln und Kinderkriegen. Das ist der Lauf der Welt. Ich kann mir die PallidesKrieger nicht vorstellen, wie sie für eine Frau kämpfen – nicht einmal für eine so beherzte wie dich.«

Sigarni nickte. »Ich verstehe deine Befürchtungen, Fyon«, sagte sie. »Aber ich möchte gern hören, was Loran dazu denkt.«

Der blonde Krieger lehnte sich in seinem Stuhl zurück und sah Sigarni an. »Ich habe auf einen Anführer gewartet – wie wir alle. Und ich war überrascht, als ich hörte, daß Gwalchmai dich genannt hatte. Wir alle hier wissen, daß du von Gandarin abstammst und daß er direkt von Eisenhand abstammt. Und ein Sohn von dir hätte vor allen anderen Anspruch auf den Thron. Aber es gibt keinen Sohn, und die Clans sind noch nie von einer Frau geführt worden.«

»Was ist mit der Hexenkönigin?« entgegnete Sigarni.

»Ja, das gebe ich zu«, gestand Loran, »aber sie kam von jenseits der alten Tore und wurde durch Zauberei zu unserer Hilfe geholt. Und sie blieb nicht, um zu herrschen, sondern kehrte in ihr eigenes Land zurück, als der Krieg gewonnen war.«

»So wie ich es tun werde«, sagte Sigarni.

»Wie dem auch sei«, fuhr Loran fort. »Ich kann noch kein Urteil abgeben. Ich möchte mich dem Lob des Jagdherrn für deinen Sieg bei Cilfallen anschließen, und ich mißbillige die Art und Weise, wie die Farlain dich behandelt haben. Trotzdem glaube ich nicht, daß wir uns dir zu diesem Zeitpunkt verpflichten sollten. Ich bitte dich, nicht zu hart über uns zu urteilen.«

Sigarni stand auf. »Ich urteile nicht hart über euch, Loran. Du bist zu Tovi gegangen und hast ihn vor dem Einmarsch gewarnt. Aufgrund deiner Argumente hat er genügend Vorräte ins Land der Pallides geschickt, um sicherzustellen, daß die Loda über den Winter kommen. Ihr habt uns Land gegeben, Häuser für uns gebaut. Dafür bin ich euch dankbar. Und ich verstehe eure Befürchtungen. Ich habe nicht um diese Rolle gebeten und wäre mehr als glücklich, wenn ich sie abgeben könnte. Aber ich weiß jetzt, daß ich der Prophezeite bin. Ich weiß es. Was ich jetzt wissen muß: Was kann ich tun, um die Pallides zu überzeugen? Was erwartet ihr von mir?«

»Eine gute Frage«, sagte Fyon und stand ebenfalls auf. Er rieb sich den gegabelten Bart und ging zum Kamin, in dem ein Feuer loderte. »Und ich wünschte, ich hätte eine Antwort für dich. Wir brauchen ein Zeichen, Sigarni. Bis dahin mußt du deine eigenen Krieger ausbilden.«

Zehn Tage später war Fyon in das provisorische Lager der Loda gekommen, um Sigarni aufzusuchen.

»Willkommen«, sagte sie, als er sich in die kleine Holzhütte duckte. Drinnen war es dunkel und nur von dem flackernden Feuer in einem kleinen eisernen Becken erhellt. Fyon setzte sich Sigarni gegenüber und warf einen nervösen Blick auf den schwarzen Mann an ihrer Seite. »Das ist Asmidir. Er ist mein General und ein hervorragender Krieger.« Asmidir streckte die Hand aus, und Fyon schüttelte sie knapp.

»Die Fremdländer haben mehrere Dörfer der Farlain überfallen«, sagte Fyon. »Hunderte wurden umgebracht, darunter auch Frauen und Kinder. Torgan führte seine Männer zu einem Vergeltungsschlag, aber sie wurden umzingelt und niedergemacht. Torgan entkam, doch er verlor mehr als dreihundert Krieger. Er hat dich dafür verantwortlich gemacht – behauptet, du wärst ein Fluch für das Volk. Meine Späher berichten, daß die Fremdländer in unsere Richtung marschieren. Sie werden in weniger als fünf Tagen hier sein.«

»Sie werden nicht ankommen«, sagte Sigarni. »Es liegen Schneestürme in der Luft, diese werden sie zurücktreiben.«

»Nur bis zum Frühling«, sagte Fyon. »Und dann?«

»Wollen wir hoffen, daß ihr bis dahin ein Zeichen gesehen habt«, sagte Sigarni kühl.

Hoch auf ihrem Berg wickelte sich Sigarni den Schaffellumhang fester um die Schultern. Lady tappte über den Schnee und kauerte sich neben sie. Sigarni zog ihre pelzgefütterten Handschuhe aus und streichelte den Kopf des Hundes. »Bald sind wir wieder in der Wärme, mein Mädchen«, sagte sie. Beim Klang ihrer Stimme klopfte Ladys Schwanz in den Schnee.

Die drei Wanderer waren jetzt am Fuße des Berges, und Sigarni konnte sie deutlich erkennen. Der erste war Fell. Mit ihm kamen Gwyn Dunkelauge und Bakris Ohnezahn. Langsam stiegen die drei Männer bergan und erreichten den Paß kurz vor Einbruch der Nacht. Es hatte wieder heftig zu schneien begonnen.

Fell erreichte den Paß als erster. Auf Schultern und Haaren lag Schnee.

»Was habt ihr erfahren?« fragte Sigarni.

»Sie haben einen Preis von tausend Guineen auf deinen Kopf ausgesetzt, Herrin. Und sie erwarten weitere dreitausend Mann im Frühling.«

»Habt ihr Cilfallen gesehen?«

Fell seufzte. »Dort ist nichts mehr. Kein Stein mehr auf dem anderen. Als ob es das Dorf nie gegeben hätte.«

»Kommt mit in die Siedlung«, sagte sie. »Dort könnt ihr mir alles genau erzählen.«

»Eine Neuigkeit gibt es, die ich dir gern jetzt schon mitteilen möchte«, sagte er und wischte sich den Schnee aus den Haaren. »In Zitadell ist jemand angekommen – ein Zauberer aus dem Süden. Sein Name ist Jakuta Khan. Um ihn ranken sich viele Geschichten, wie wir hörten. Er beschwört Dämonen.«

Sigarni konnte die Angst in den Augen der

Männer sehen, und sie hoffte, daß in ihren eigenen Augen nicht dieselbe Angst zu lesen war. »Ich fürchte ihn nicht«, hörte sie sich sagen.

»Er kam letzte Nacht an unser Feuer«, sagte Gwyn. »Erschien einfach aus dem Nichts und schien mitten in den Flammen zu stehen. Erzähl's ihr, Fell.«

»Er sagte, wir sollten dir sagen, daß er zu dir käme. Er sagte, in jener Nacht am Wasserfall hättest du Glück gehabt, aber diesmal würde es ihm nicht mißlingen. Du würdest dich an ihn erinnern, sagte er, denn beim letzten Mal, als du ihn sahst, hielt er das Herz deines Vaters in Händen. Dann verschwand er.«

Sigarni taumelte und wandte sich von den Männern ab. Ihr Mund war trocken, ihr Herz klopfte wild. Panik stieg in ihr auf, und sie fühlte, wie sie in einem Strudel der Angst mitgerissen wurde. Ihre Beine gaben nach, und sie hielt sich an einem Baumstamm fest.

Die Dämonen kehrten zurück!

Für Tovi Langarm war der Beginn des Winters ein Alptraum. Das Volk der Loda war jetzt über zwei Täler zerstreut, in fünf Lagern. Die Ernährung der fast dreitausend Flüchtlinge war ein Problem. Vier der Loda-Herden waren nach dem Angriff auf Cilfallen nach Norden getrieben worden, drei hatte man geschlachtet, um Fleisch für den Clan zu haben, so daß nur noch Zuchttiere für den Frühling übrig waren. Aber Fleisch allein war nicht genug. Es gab nicht genügend Gemüse und getrocknete Früchte, und unter den Alten und Schwachen ging die Ruhr um. Lungeninfektionen grassierten bei den

Alten und den sehr kleinen Kindern, und elf Graubärte waren bislang im ersten Schneemonat gestorben. Es würde noch schlimmer kommen, denn bald würden die Kühe keine Milch mehr geben, und dann würde aus dem Nahrungsmangel bald eine Hungersnot. Schneestürme hatten viele Pfade unpassierbar gemacht, und die Verständigung untereinander wurde schwierig, selbst zwischen den einzelnen Lagern. Die Hütten, die die Pallides gebaut hatten, waren solide genug, aber sie waren spartanisch und zugig, rauchig und dunkel.

Die Klagen häuften sich, und die Stimmung sank. Dazu kam der Unmut über den Fremdländer Obrin und seine Ausbildungsmethoden. Tag für Tag befahl er den jungen Männern Faustkämpfe, Laufen, Heben und Gruppenarbeit zu üben. Das war nicht die Art der Hochländer, und Tovi hatte versucht, das dem Fremdländer zu erklären.

Ohne Erfolg …

Der Morgen dämmerte, als Tovi sich aus seinen Decken wickelte. Neben ihm stöhnte seine Frau im Schlaf. Es war kalt in der Hütte, und Tovi legte seine eigene Decke über sie. Die Kinder schliefen noch. Tovi ging zum Feuer, das zu einem Aschehäufchen heruntergebrannt war. Mit einem Stock schob er die letzten glühenden Funken zusammen, dann blies er ihnen Leben ein und legte Anmachholz auf, bis die Flammen wieder loderten. Er zog Stiefel und Überhemd an und versuchte, die Tür der Hütte aufzustoßen, doch in der Nacht hatte sich der Schnee davor aufgetürmt, und Tovi mußte sich durch einen schmalen Spalt kämpfen. Mit den Händen schaufelte er den Schnee vor der Tür weg und schloß sie wieder.

Grame war schon auf, als Tovi an seiner kleinen Hütte klopfte. Der Schmied war in einen langen Schaffellmantel gehüllt und hielt eine langstielige Axt in der Hand, als er aus der Hütte trat. »Der Himmel ist klar«, sagte Grame, »und es ist milder geworden.«

»Das Schlimmste kommt noch«, sagte Tovi.

»Das weiß ich auch!« fauchte Grame. »Gott, Tovi, mußt du immer so düster sein?«

Tovi wurde rot bei dem Tadel und starrte den weißbärtigen Schmied finster an. »Gib mir einen guten Grund, optimistisch zu sein, dann bin ich es auch. Ich tanze sogar für dich! Wir haben fast dreitausend Menschen, die im Elend leben, und worauf warten wir? Daß wir hungern oder im Frühling abgeschlachtet werden. Oder irre ich mich da?«

»Ich weiß nicht, ob du dich irrst, Tovi. Das ist die reine Wahrheit. Aber es könnte sein. Konzentrier dich auf das, was direkt vor uns liegt. Wir haben jetzt fünfhundert kampfbereite Männer, die angefeuert werden von Wut und Rachegelüsten. Bis zum Frühling könnten es Tausende sein. Dann sehen wir weiter. Warum mußt du eine solche Verzweiflung zur Schau tragen? Das tut nicht gut.«

»Ich bin nicht geübt darin, meine Gefühle zu verbergen, Grame«, gab Tovi zu. »Ich werde alt und habe kein Feuer mehr im Bauch. Sie haben meinen Sohn getötet und mein Dorf zerstört. Jetzt fühle ich mich, als ob ich darauf warte, daß der Rest meiner Familie dem Schwert zum Opfer fällt. Ich finde das schwer zu verdauen.«

Grame nickte. »Du bist noch nicht so alt, Tovi. Und was deinen Bauch angeht – du siehst besser aus als seit Jahren. Bäume zu fällen und Hütten zu bauen hat dir gut getan. Wenn erst der Frühling kommt, wird dein Breitschwert für dich nicht mehr wiegen als eine Gänsefeder. Dann wirst du dein Feuer wiederfinden.«

Tovi lächelte gezwungen und musterte das Lager. Im Süden war die neue Gemeindehalle halb fertig, die Bohlenwände schon anderthalb Meter hoch. Sie war fünfundzwanzig Meter lang und zehn Meter breit und würde vielen Menschen des Lagers erlauben, sich abends zusammenzusetzen. Das würde, wie Tovi wußte, eine größere Kameradschaft fördern und die Moral heben. »Wie lange noch?« fragte er und deutete auf die Baustelle.

»Fünf Tage. Heute wollen wir auf dem Nordhang Bäume fällen. Wenn es eine Zeitlang keinen Neuschnee gibt, schaffen wir es vielleicht in drei Tagen.«

Überall kamen jetzt die Menschen aus ihren Hütten. Tovi sah den Fremdländer Obrin. Der Mann trug geborgte Beinlinge und eine lederne Tunika, er schlenderte zu einem Baum und urinierte gegen den Stamm. »Der Mann gefällt mir nicht«, meinte Tovi.

»Ja, er ist hart wie Eisen«, stimmte Grame zu.

»Das ist es nicht. Er hat eine Arroganz an sich, die mir unter die Haut geht wie ein spitzer Dorn. Guck dir mal an, wie er geht ... als ob er ein König wäre und alle anderen Leibeigene und Vasallen.«

Grame lachte leise. »Du siehst zu viel. Fell geht genauso. Sigarni auch.«

»Ja, aber sie sind auch Hochländer.«

Grames leises Lachen wurde ein dröhnendes Gelächter, und er schlug Tovi auf die Schulter. »Hör dich mal an! Ist das etwa nicht arrogant? Und jedenfalls ist Obrin ein Hochländer – er ist Fells Sohn.«

»Pah! Steck einen Wolf in einen Kilt, und es ist doch immer noch ein Wolf!«

Grame schüttelte den Kopf. »Du bist heute keine angenehme Gesellschaft, Jagdherr«, sagte er. Tovi sah ihm nach, wie er durch den Schnee davonging.

Er hat recht, dachte Tovi, leicht schuldbewußt. Ich bin der Jagdherr, und ich sollte eigentlich die Stimmung meiner Leute aufhellen. Er seufzte und trottete zu Obrin hinüber. Der Krieger hatte sein Hemd ausgezogen und rieb sich den Oberkörper mit Schnee ab. Als Tovi näher kam, sah er das Netz von Narben auf Obrins Brust und Oberarmen. Der Mann sah zu ihm auf, seine Augen waren kalt.

»Guten Morgen, Jagdherr.«

»Dir auch, Obrin. Wie geht die Ausbildung voran?«

Obrin stand auf und zog Hemd und Tunika wieder an. »Sechs aus der Gruppe erweisen sich als tauglich. Mehr nicht. Die anderen …« Er zuckte die Achseln. »Wenn sie nicht lernen wollen, kann ich sie nicht zwingen.«

»Du mußt einem Hochländer nicht beibringen, wie man kämpft«, sagte Tovi. Obrin lächelte, was er selten tat, aber es machte sein Gesicht nicht weicher. Wenn überhaupt, stellte Tovi fest, ließ es ihn noch tödlicher wirken.

»Das stimmt, Jagdherr. Sie wissen, wie man kämpft, und sie wissen, wie man stirbt. Was sie nicht begreifen, ist die Tatsache, daß es im Krieg nicht um Kämpfen und Sterben geht. Es geht ums Gewinnen. Und keine Armee kann gewinnen ohne Disziplin. Ein General muß wissen, wenn er – oder in unserem Fall *sie* – einen Befehl erteilt, daß er ohne Frage ausgeführt wird. Das fehlt uns hier. Wir haben hier fünfhundert arrogante Krieger, die, wenn sie den Feind sehen, ihre Schwerter zücken und davonstürzen, um zu sterben. Genau wie die Farlain.«

Tovis erste Reaktion war Ärger, doch er schluckte ihn hinunter. Was verstand dieser Fremdländer schon vom Stolz der Hochländer, vom Ehrenkodex des Kriegers? Zum Kämpfen gehörten Ehre und Mut. Diese Fremdländer betrachteten Kämpfen wie einen Beruf. Trotzdem wußte er, daß der Mann aufrichtig war. Schlimmer noch, er hatte nicht einmal unrecht. »Versuch, es zu verstehen, Obrin«, sagte er leise. »Hier ist jeder Mann ein Individuum. Kriege zwischen Clans reduzieren sich auf Kämpfe Mann gegen Mann. Taktik hat nie eine Rolle gespielt. Selbst als wir gegen ... dein Volk ... kämpften, haben wir nichts gelernt. Wir haben angegriffen. Wir starben. Du hast es hier mit Menschen zu tun, die seit Generationen so kämpfen. Ich weiß nicht einmal, ob die älteren Krieger diese neuen Ideen überhaupt begreifen können. Also hab Geduld. Versuch einen Weg zu finden, die jüngeren Männer anzusprechen. Überzeuge sie.«

»Ich habe ihnen bereits gesagt, was wichtig ist«, sagte Obrin stur. »Und wenn das nicht genügt, haben sie das Beispiel der Farlain vor Augen.«

»Wir sind ein stolzes Volk, Obrin. Man kann uns bis an die Grenzen der Hölle führen, aber wir lassen uns nicht treiben. Kannst du das verstehen?«

»Ich werde darüber nachdenken«, sagte der Fremdländer. »Aber ich war nie Offizier, ich bin kein Anführer. Alles was ich weiß, ist das, was ich in siebzehn Jahren blutigen Krieges gelernt habe. Aber ich werde darüber nachdenken.«

Eine junge Frau kam auf sie zu, einen schweren

wollenen Schal um die schmalen Schultern gewickelt. »Mit Verlaub, Jagdherr«, sagte sie mit einem Knicks. »Mein Großvater ist krank und kann nicht aufstehen. Könntest du kommen?«

»Ja, ich komme, Mädel«, sagte Tovi müde.

Obrin sah dem Jagdherrn nach, wie er durch den Schnee davonstapfte, und erkannte, wie müde er war. Er trägt die Niederlage wie einen Mantel, dachte der Krieger. Der ehemalige Fremdländer wanderte aus dem Lager und stieg bergan zu der Höhle, in der sich die Krieger trafen. Drei Männer waren bereits dort und hatten ein Feuer angezündet. Ihr Gespräch verebbte, als Obrin eintrat. Er ging langsam ums Feuer und setzte sich, wobei er einen Blick auf die beiden Bündel warf, die er vorher dort gelassen hatte, sie waren unberührt. Obrin wartete schweigend, bis die anderen da waren. Einige kamen allein, manche zu zweit, andere in kleinen Gruppen, bis fünfundzwanzig versammelt waren. Obrin stand auf und schaute ihnen ins Gesicht. Viele waren kaum mehr als Kinder. Sie warteten, mürrisch und mißtrauisch.

»Keine Arbeit heute«, brach Obrin das Schweigen. »Heute reden wir. Ich bin kein großer Redner – und noch weniger ein Lehrer. Aber hier und jetzt bin ich alles, was ihr habt. Also sperrt die Ohren auf und hört mir zu.«

»Warum sollten wir zuhören?« fragte ein junger Mann in der ersten Reihe. Obrin schätzte, daß er kaum älter als vierzehn sein konnte. »Du sagst, wir sollen Steine schleppen, wir schleppen Steine. Du sagst, wir sollen laufen, und wir laufen. Ich muß mir nicht die Worte eines fremdländischen Verräters anhören. Gib uns einfach unsere Befehle, und wir führen sie aus.«

»Dann befehle ich euch zuzuhören«, sagte Obrin, ohne eine Spur von Verärgerung. Seine Augen musterten prüfend die Gruppe. »Eure Freundschaft bedeutet mir nichts«, erklärte er. »Sie ist weniger wert als Spatzendreck. Wir sind nicht wegen Freundschaft hier. Was ich versuche, ist, euch eine Chance zu geben – eine winzige Chance – die Euren gegen einen mächtigen Feind zu verteidigen. Oh, ich weiß, ihr seid bereit zu sterben. Die Farlain haben uns allen gezeigt, wie gut ein Hochländer sein Leben aufgeben kann. Aber man *gewinnt* nicht durchs Sterben. Man gewinnt, wenn man den Feind sterben läßt. Ist das so schwer zu verstehen? Der Jagdherr sagt, man kann einen Hochländer zu nichts treiben. Ist er denn auch unfähig zu lernen? Wenn nicht, wie hat er die Fähigkeiten erworben, Häuser zu bauen, Stoff zu weben, Bögen und Schwerter zu fertigen? Was ist am Krieg so anders? Es ist ein Spiel mit Fähigkeiten und Wagemut, Zug und Gegenzug. Die Fremdländer – wie ihr sie nennt – sind Meister des Krieges.«

»Wohl eher Meister des Schlachtens!« tönte eine Stimme aus der mittleren Reihe.

»Ja, und des Schlachtens«, gab Obrin zu. »Aber im Kampf halten sie zusammen. Das nennt man Disziplin. Das hat nichts mit Ehre zu tun oder mit Ruhm. Aber alle Siege beruhen darauf.« Obrin ging zu dem ersten Bündel und schlug die Decke zurück, die es verhüllte. Er bückte sich und hob ein Dutzend Stöckchen hoch, keins dicker als sein Daumen und nicht länger als sein Unterarm. Er warf sie nacheinander dem nächstsitzenden Clansmann zu und sagte: »Zerbrich sie!«

Der erste Mann kicherte und blickte auf das dünne Hölzchen hinab. »Warum?« fragte er.

»Tu's einfach.«

Das Knacken von Holz hallte in der Höhle wider, gefolgt von Gelächter, als einer sagte: »Der große Krieger hat uns wahrlich gelehrt, wie man Meister im Stöckchenbrechen wird.«

»War ganz leicht, nicht wahr?« sagte Obrin freundlich. »Kein Problem. Ein Kind könnte das. Und genauso, meine guten Clansmänner, werden die Fremdländer mit euch verfahren. Das ist keine Frage von Tapferkeit oder Ehre. Ihr kämpft als Individuen, als einzelne Stöckchen. Und so kämpfen die Fremdländer.« Er nahm das zweite Bündel, das ebenfalls aus einem Dutzend Stöckchen bestand, aber fest mit Kordel zusammengebunden war, und warf es dem Spaßvogel zu. »Na komm«, sagte Obrin, »zeig mir, wie meisterhaft du Stöckchenbrechen kannst. Zerbrich sie!«

Der Mann stand auf und hielt das Bündel an beiden Enden fest. Plötzlich hob er das Knie und schlug das Bündel hart auf seinen Schenkel. Ein paar Stöckchen zerbrachen, aber das Bündel blieb intakt. Wütend warf er die Stöckchen ins Feuer. »Und was beweist das?« knurrte er. »Gib mir ein Schwert, dann zeige ich dir, was ich tun kann!«

»Setzt dich, mein Junge«, sagte Obrin. »Ich zweifle nicht an deinem Mut. Die Lektion ist ganz einfach. Ihr habt zwei Bündel gesehen. Jedes Bündel bestand aus zwölf Stöckchen. Eins ließ sich zerbrechen, das andere nicht. Genauso ist es mit Armeen. Als die Clans bei Colden Moor kämpften, kämpften sie auf die einzige Art, die sie kannten, Schulter an Schulter, mit ausholenden Schwertern. Sie wurden von Bogenschützen und Steinschleuderern, von Lanzenreitern und Spießträgern, von berittenen und schwer gepanzerten Schwertkämpfern niedergemacht. Sie wurden entscheidend geschlagen, aber nicht in die Flucht geschlagen. Sie hielten stand und starben wie Männer. Bei Gott, was für eine Vergeudung von Mut! Hat hier jemand die Farlain tot gesehen?«

Ein paar Männer meldeten sich. Obrin nickte. »Was ihr gesehen habt, war einfach zu lesen. Die Fremdländer waren im Tal. Die Farlain griffen von den Bergen herab an, stürzten sich auf sie, ihre Schwerter funkelten in der Morgensonne. Die Fremdländer bildeten einen engen Schildwall, aus dem nur ihre Speere heraussahen. Die Farlain rannten in die Speere bei dem Versuch, sich einen Weg freizuschlagen. Dann kam die Kavallerie von rechts, aus ihrem Versteck im Wald. Bogenschützen erschienen auf der linken Seite und schickten einen Pfeilhagel nach dem anderen in die Reihen der Hochländer. Wie lang hat die Schlacht gedauert? Nicht einmal eine Stunde. Nicht einmal halb so lange. Nach Fell war sie wahrscheinlich in wenigen Minuten zu Ende. Die Fremdländer brachten ihre Toten auf einem einzigen Karren weg – zehn … fünfzehn … höchstens zwanzig Tote. Die Farlain verloren Hunderte. Sind die Clans zu dumm, um aus ihren Fehlern zu lernen?« Jetzt hörten alle gespannt zu, den Blick unverwandt auf Obrin gerichtet. »Wir alle kennen die Waldtiere und ihr Verhalten. Wenn ein Hirsch sich Wölfen gegenübersieht, wird er davonlaufen. Die Wölfe verfolgen ihn, bis er langsam die Kraft verliert. Schließlich stellt er sich, und sie fallen von allen Seiten über ihn her. Wenn er stark ist, wird er mit seinem Geweih ein paar töten, dann stirbt er. Ihr seid wie der Hirsch. Die Fremdländer sind die Wölfe, nur daß sie schlimmer sind als Wölfe. Sie haben das Geweih des Hirschen, die Ausdauer und die Schlauheit des Wolfsrudels, die Tatzen des Bären und die Fänge des Löwen. Um sie zu schlagen, müssen wir es ihnen gleichtun.«

»Wie sollen wir das machen?« fragte der Junge, der vorhin den Scherz gemacht hatte.

»Deine Frage ist schon mal ein guter Anfang«, erklärte Obrin. »Verständnis ist der erste Schlüssel. Jeder Krieg beruht auf Täuschung. Wenn du schwach bist, mußt du den Feind glauben machen, du seist stark. Wenn du stark bist, laß ihn glauben, du seist schwach. Wenn du weit weg bist, soll er glauben, du bist schon nah, und wenn du in der Nähe bist, bring ihn dazu zu glauben, du seist weit weg. Das haben die Fremdländer mit den Farlain gemacht. Ihre Späher müssen ihnen berichtet haben, daß die Clansleute in der Nähe waren, also haben sie ihre Reiter und die Bogenschützen versteckt. Die Farlain sahen die Fußsoldaten, die eine schwache Stellung einnahmen, und griffen an. Damit liefen sie dem Ungeheuer in das eiserne Maul. Wir werden ihrem Beispiel nicht folgen. Wir kämpfen nach unseren eigenen Bedingungen und wählen das Kampfgelände selbst. Wenn nötig, kämpfen wir und ziehen uns zurück. Wir machen sie zu dem Hirschen, und wir werden die Wölfe sein.

Um so zu kämpfen, braucht man eine starke Disziplin und eine ungeheure Stärke des Herzens, aber es ist der einzige Weg zu gewinnen. Geht jetzt und sprecht miteinander. Wählt einen Abschnittsführer aus eurer Mitte, er wird euer Offizier sein. Berichtet den anderen fünfundzwanzig Gruppen davon. Sagt ihnen, auch sie sollen einen Mann wählen, der sie vertritt. Dann möchte ich, daß alle Offiziere sich morgen bei Tagesanbruch hier mit mir treffen.«

Als die Männer aufstanden, um zu gehen, hob Obrin die Hand. »Noch eins, Jungs. Ich stamme von einem Hochlandstamm weit im Süden. Wir heißen Arekki. Ich bin der einzige meines Clans im Umkreis von fünfhundert Kilometern. Ich heiße Obrin, und ich lüge, stehle und betrüge nicht. Ich habe noch nie in meinem Leben einen Freund oder Kameraden verraten und ich bin noch nie vor einem Feind geflohen. Der nächste, der mich einen Verräter nennt, wird durch mein Schwert sterben. Und jetzt geht!«

Graupelschauer schlugen gegen die Fenster, während Asmidir an seinem Schreibtisch saß, einen Federkiel in der Hand, und über Karten des Hochlandes brütete. Zwei Laternen brannten und warfen einen sanften Schein auf die Papiere, die auf dem Schreibtisch lagen. Asmidir betrachtete angespannt die Linien auf dem uralten Pergament und versuchte, sich den Paß von Duane vorzustellen. Nach Osten jäh abfallend, ein sanfter Hang nach Westen, öffnete er sich in zwei enge Schluchten und eine langgestreckte schmale Ebene. Er tauchte seinen Federkiel in das Tintenfaß und skizzierte den Paß, dabei fügte er Anmerkungen über Entfernungen und Höhen ein.

Ari trat ein, noch immer in seiner schwarzsilbernen Rüstung. Er verbeugte sich. »Soll ich dir dein Essen hierher bringen, Herr?« fragte er.

»Ich habe keinen Hunger. Setz dich.« Der große Krieger zog sich einen Stuhl heran und setzte sich. Ari beugte sich vor und musterte mit seinen dunklen Augen die Linien der neuen Karte, die Asmidir zeichnete.

»Duane-Paß«, sagte er. »Ein guter Kampfplatz – wenn die Zahl der Verteidiger über zweitausend liegt. Fünfhundert können die Kämme nicht halten und würden nach Westen abgedrängt. Dann würde die Kavallerie sie umzingeln, und es gäbe kein Entrinnen.«

»Ja, das ist ein Problem. Wir brauchen mehr Leute. Ich würde die Hälfte von allem, was ich besitze, geben, um Kalia mit ihrem Regiment hier zu haben.«

Ari zeigte ein seltenes Lächeln. »Kalia und Sigarni? Panther und Falke. Das könnte … interessant sein.«

»Sie ist fast fünftausend Kilometer weit weg – wenn sie überhaupt noch lebt. Doch du hast recht, es wäre faszinierend, die beiden zusammen zu sehen. Aber nun, du kennst diese Karten ebensogut wie ich. Wo wird der erste Angriff stattfinden?«

Ari blätterte durch die Seiten. »Sie werden eine Armee zum ersten Invasionshafen bringen. Von dort aus, denke ich, werden sie sich nach Nordosten wenden, tief hinein ins Land der Farlain. Vielleicht teilen sie sich sogar auf und stoßen nach Nordwesten vor ins Gebiet der Pallides. Ich glaube, du hast recht damit, Duane zu wählen, es liegt knapp fünf Kilometer südlich ihrer ersten Befestigung.«

Asmidir lehnte sich zurück und rieb sich die

müden Augen. »Duane ist ein natürliches Schlachtfeld. Der Feind unten in der Falle, mit nur einer Möglichkeit zu entkommen, die Verteidiger mit dem Rücken zu den Bergen, und der Möglichkeit, sich beim ersten Anzeichen einer drohenden Niederlage davonzumachen. Wie du jedoch sagst, wir brauchen mindestens zweitausend. Wo noch?«

Ari blätterte weiter. »Mit fünhundert? Nirgends.«

»Genau mein Gedanke. Und der Baron ist kein Idiot, er wird unsere ungefähre Anzahl kennen. Hurensohn!« Er nahm eine Detailskizze eines fremdländischen Forts und reichte sie Ari. »Und wenn wir es einnehmen, ehe sie kommen? Dann hätten sie keinen Proviant. Wie lange könnten wir sie aufhalten?«

»Vier oder fünf Tage. Aber sie haben drei Vorratslager, nicht nur eins. Sie würden lediglich einen Trupp um uns herum schicken. Und dann gäbe es kein Entkommen für die Verteidiger. Und auch keine Aussicht auf einen Sieg.«

Asmidir stand auf und ging zum Fenster. Der Schnee fiel in dichten Flocken und türmte sich vor den bleigefaßten Scheiben. »In meinem Kopf dreht sich alles«, sagte er. »Erzähl mir was Positives. Egal was.«

Ari lachte leise. »Unser Feind ist der Baron. Er ist hitzköpfig und rücksichtslos. Besser noch, er ist ungeduldig und wird uns in der ersten Schlacht keine Achtung zollen. Das ist ein Vorteil.«

»Das stimmt«, pflichtete Asmidir ihm bei. »Aber es reicht nicht, ihm eine blutige Nase zu schlagen. Die erste Schlacht muß entscheidend sein.«

»Und das bedeutet Duane-Paß«, sagte Ari.

»Was der Baron auch wissen wird.« Asmidir

schüttelte den Kopf und lachte. »Sind wir beide Narren, Ari? Haben wir so lange gewartet, nur um auf einem fremden Berg zu stehen und zu sterben?«

»Vielleicht«, meinte der Krieger. »Irgendwo muß ein Mann ja sterben.«

»Ich bin noch nicht bereit zu sterben. Ich habe einen Schwur geleistet, daß die Fremdländer für die Vergewaltigung von Kushir zahlen müssen. Ich muß diesen Schwur halten – oder mein Geist wird für alle Zeiten durch das Tal der Verzweiflung wandern.«

»Ich habe diesen Eid ebenfalls geschworen, Herr«, sagte Ari. »Wir alle haben es getan. Jetzt ruhen unsere Hoffnungen auf der silbernen Frau.«

Asmidir kehrte an den Tisch zurück und sah in die dunklen Augen des anderen. »Was hältst du von ihr, Ari? Könnte sie wirklich die Eine sein?«

Der Krieger zuckte die Achseln. »Auf die zweite Frage weiß ich keine Antwort. Was die erste angeht – ich bewundere sie. Mehr kann ich nicht sagen.«

»Stört es dich nicht, daß der Erwählte eine Frau ist?«

»Kalia ist eine Frau – und sie hat in vielen Kriegen gekämpft. Und Sigarnis Schlachtplan in Cilfallen war begnadet. Sehr gefahrvoll – aber begnadet.«

Asmidir sammelte die Karten und Skizzen ein. »Ich muß morgen zurück in die Berge. Ich muß sie sehen.«

»Das wird jetzt ungefähr vier Tage dauern«, sagte Ari. »Der Schnee hat viele Pässe blockiert. Vielleicht solltest du auf etwas milderes Wetter warten.«

»Diese Berge wissen nicht, was mildes Wetter ist«, sagte Asmidir mit einem schiefen Lächeln. »Selbst im Sommer kann einen der Wind bis ins Mark frieren lassen.«

»Es ist ein rauhes Land«, gab Ari zu, »und es bringt rauhe Menschen hervor. Das ist ein weiterer Vorteil.«

Ein anderer Krieger trat ein und verbeugte sich. »Hier ist ein Mann, der dich sehen möchte, Herr«, sagte er. »Er kam aus dem Schnee.«

»Kennen wir ihn?« fragte Asmidir.

»Ich habe ihn noch nicht gesehen, Herr. Er ist sehr alt und trägt einen Mantel aus Federn.«

»Führe ihn herein.«

Der Krieger trat beiseite, und Taliesen trat ein. Er blieb nicht stehen oder verbeugte sich, sondern marschierte geradewegs zum Tisch. Schnee hatte sich auf seinem Federmantel gesammelt, und seine Augenbrauen und Lider waren von Eis verkrustet.

»Sie ist weg«, sagte er. »Die Dämonen kommen – und sie ist weg!«

Der Schneesturm kam plötzlich, ein wütender Wind peitschte über die Berge und wirbelte Schnee vom Boden auf, der sich mit beißendem Graupel mischte. Sigarni war in freiem Gelände, als die Temperatur rasch zu sinken begann. Sie hielt eine behandschuhte Hand über die Augen und sah sich nach einer Unterschlupfmöglichkeit um. Sie konnte nichts entdecken. Hier draußen vom Schneesturm erwischt zu werden, bedeutete den Tod, wie sie wußte, denn der Graupel durchdrang bereits ihre Beinlinge und durchnäßte ihren Schaffellmantel, ihre pelzgefütterte Kapuze war weiß vor Eis, ihr Gesicht brannte schmerzhaft.

Sie empfand keine Panik, und in der Ferne sah sie eine riesige Tanne, die halb vom Schnee begraben war. Sie hielt darauf zu und watete durch den dichten Schnee, halb kletternd, halb kriechend, bis sie die windgeschützte Seite des Baums erreicht hatte. Sie wußte, daß die Äste eines solchen Baumes einen Radius von mehreren Metern um den Stamm herum überdachten, so daß sich wahrscheinlich unter den schneebeladenen Ästen eine Art natürlicher Höhle befand. Auf dem Bauch begann Sigarni mit Händen und Armen zu graben und schob den gefrierenden Schnee beiseite, so daß sie sich unter die Zweige schieben konnte. Ihr Rucksack blieb an einem Ast hängen, und eine Ladung Schnee fiel auf sie herab. Sie grub sich tiefer und quetschte sich unter dem Ast hindurch. Plötzlich gab der Schnee unter ihr nach, und sie glitt mit dem Kopf voran in eine natürliche Mulde. Die Schneehöhle war gut zwei Meter lang und zweieinhalb Meter breit, die Tannenzweige bildeten das Dach. Sigarni schauderte vor Behagen, aus dem beißenden Wind heraus zu sein. Aus der Seitentasche ihres Rucksacks nahm sie eine kleine Zunderschachtel und den Stumpf einer dicken Kerze. Sie schlug gegen den Feuerstein, entzündete die getrocknete Borke und hauchte behutsam darauf, bevor sie den Docht der Kerze über die winzige Flamme hielt. Als die Kerze angezündet war, stellte sie sie neben sich auf die Erde und lehnte sich gegen den Baumstamm.

Ihr war kalt, und sie betrachtete sehnsüchtig die flackernde Kerzenflamme. Die Wärme würde sich in der Schneehöhle halten – nicht genug, um den Schnee über ihr zu schmelzen, aber mehr als ausreichend, um den Kältetod abzuwenden. Sie hörte, wie der Schneesturm wütend über die Berge fuhr und das Land mit eisigen Klauen im Griff hielt.

Hier bin ich sicher, dachte sie. Sie schloß die Augen. Sicher? Nur vor dem Schneesturm.

Sie hatte die Angst in Fells Augen gesehen, als er versprach, ihr gegen den Zauberer und seine Dämonen beizustehen, aber vor allem hatte sie sich an die schrecklichen Ereignisse ihrer Kindheit erinnert …

Sie genossen ihr Abendessen am Feuer – als alle Laternen ausgingen, als ob sie von einem heftigen Wind gelöscht wurden. Nur wehte kein Wind – lediglich eine entsetzliche Kälte legte sich über den Raum, ertränkte die Hitze des Feuers unter einer unsichtbaren Woge. Mutter hatte weder geschrien noch Anzeichen von Panik gezeigt, obwohl ihre sorgenvollen Züge voller Angst waren. Sie war mit einem Satz an der hinteren Wand gewesen, riß einen Säbel herunter und warf ihn Vater zu, der schweigend mitten im Zimmer stand und auf die Tür starrte. Damals sah er so stark aus, mit dem roten Vollbart, der im kalten Feuerschein glitzerte.

»Unter den Tisch, Mädchen«, befahl er der sechsjährigen Sigarni. Aber sie war zu ihrer Mutter gelaufen, die zwei Jagdmesser aus ihren Scheiden gezogen hatte. Sigarni zupfte am Rock ihrer Mutter.

»Ich will auch ein Messer«, sagte sie. Ihre Mutter zwang sich zu einem Lächeln und sah ihren Vater an. Die kleine Sigarni verstand damals diesen Blick noch nicht, aber jetzt über die Entfernung von Erwachsensein zur Kindheit betrachtet, wußte sie, daß ihre Eltern stolz auf sie waren.

Die Tür explodierte nach innen, und ein großer Mann stand da, ganz in Rot gekleidet. Sigarni erinnerte sich an sein Gesicht: es war lang, mit kantigem Kinn, tiefliegenden Augen und vollen Lippen.

Er trug keine Waffen.

»Ah«, sagte er, »alles bereit zum Sterben, wie ich sehe. Dann soll es so sein!« In diesem Augenblick erschien ein großer Riß in der Seite ihrer Mutter, und aus der Wunde strömte Blut. Vater sprang nach vorn, doch er taumelte, und schrie vor Schmerz auf, als Blut aus den Prankenspuren in seinem Hals drang. Etwas streifte Sigarnis Kleid, und sie sah den Riß auf ihrer Schulter.

Vater schwang sein Breitschwert. Er traf etwas Unsichtbares, schwarzes Blut erschien in der Luft. Er stieß seinen Schlachtruf aus, wirbelte auf dem Absatz herum und ließ das Schwert in einem zweiten Bogen niedersausen. Es traf einen anderen unsichtbaren Angreifer – und blieb dort stecken. Blut quoll aus Vaters Mund, und Sigarni sah, wie seine Brust aufriß, sein Herz aus der Höhlung flog, quer durch den Raum und hinein in die ausgestreckte Hand des Mannes in Rot. Sigarnis Mutter schleuderte eins ihrer Messer nach dem Mann, doch es verfehlte ihn. Sie machte kehrt, machte einen Satz zum Fenster, stieß es auf, dann drehte sie sich um und packte Sigarni am Kleid und riß sie hoch. Mit Schwung warf sie das verängstigte Kind aus dem Fenster.

Sigarni schlug hart auf und rollte sich ab, dann richtete sie sich auf und schaute in die Hütte. Ihre Mutter schrie: »Lauf!«

Dann fiel ihr Kopf langsam von ihren Schultern…

Und Sigarni war gelaufen, war auf den matschigen Hängen gerutscht und ausgeglitten, voller Panik und allein, bis sie schließlich zu dem See am Wasserfall kam …

Sie riß sich von der Vergangenheit los, zog ihre Handschuhe aus und streckte ihre Hände über die

Kerzenflamme. Fell würde wütend sein, daß sie ihn zurückgelassen hatte, aber er konnte nicht gegen die Dämonen kämpfen. Dem Waldhüter würde es nicht besser ergehen als ihren Eltern. Nein. Wenn sie sterben mußte, dann allein.

Nein, entschied sie. Nicht allein. Ich werde einen Weg finden, wenigstens einen von ihnen zu töten.

Sie wartete über eine Stunde lang und lauschte dem Sturm. Endlich war er vorbei, und die Stille der Nacht senkte sich über die Berge. Sie nahm die Kerze, blies sie aus und steckte sie wieder in die Tasche. Dann kroch sie langsam aus ihrer Eishöhle und setzte ihren Weg zum Teich beim Wasserfall fort.

Die Wanderung war nicht leicht. Viele natürliche Landmarken waren unter Schneewehen verborgen, die Gestalt des Landes leicht verändert durch vom Wind aufgetürmten Schnee. Die Wolken zerstreuten sich allmählich und ließen die Sterne hindurchschimmern. Die Temperatur stieg an. Sigarni marschierte weiter, sorgältig darauf achtend, sich nur mit der geringstmöglichen Anstrengung zu bewegen, um nur ja keine Energie zu vergeuden oder in ihrer Winterkleidung ins Schwitzen zu geraten. Schweiß wäre tödlich, denn er bildete auf der Haut sofort eine Eisschicht.

Es war schon fast Mitternacht, als Sigarni den letzten Kamm erreichte. Unter ihr lag der Wasserfall, still, auf halbem Wege gefroren, der See ein Schneefeld über einer dicken Eisschicht. Sigarni kletterte zu der Höhle hinunter, in der Taliesen sie gepflegt hatte. An der hinteren Wand war noch immer Feuer-holz aufgeschichtet. Sie nahm ihren Rucksack ab und machte Feuer. Ihr Gesicht prickelte schmerzhaft, als die Wärme sie ergriff. Ihre Finger waren dick geschwollen und ungeschickt, während sie Feuerholz nachlegte.

Sie zog ihren Mantel aus, öffnete ihr Bündel und packte es aus. Den Inhalt reihte sie ordentlich vor sich auf.

Wann sollte sie anfangen? Morgen? Heute nacht? Die Angst ließ sie überlegen, jetzt ihre Aufgaben anzugehen – sofort, aber sie stammte aus dem Hochland und wußte sehr gut um die Gefahren, die Müdigkeit bei Schneesturm mit sich brachte.

Nein. Heute nacht würde sie sich ausruhen und Kräfte sammeln. Morgen würde sie mit der Arbeit beginnen.

Ballistar erwachte, als er einen der Krieger draußen auf dem Flur entlanggehen und leise an Kollarins Tür klopfen hörte. Der Zwerg setzte sich auf. Er konnte Stimmen hören, doch die Worte wurden durch die Wand gedämpft. Neugierig krabbelte er aus dem Bett und stapfte zur Tür. Draußen sprach der ehemalige Diener, Ari, mit Kollarin. Der Fremdländer war bis zur Taille nackt, sein dunkles Haar hing offen herab. »Der Herr braucht dich – jetzt«, sagte Ari.

»Mitten in der Nacht?« fragte Kollarin. »Kann das nicht warten?«

»Jetzt«, wiederholte Ari. »Es ist eine Angelegenheit von äußerster Dringlichkeit.«

»Soll ich auch kommen?« fragte Ballistar.

Ari blickte auf den Zwerg hinunter. »Er hat nichts davon gesagt – aber ich glaube, dein Rat wäre höchst willkommen. Er wartet im Langen Saal auf euch.«

Minuten später, als Ballistar und Kollarin den Saal betraten, sahen sie Taliesen und den schwarzen Mann am Feuer sitzen. Ballistar fluchte unterdrückt. Er zupfte Kollarin an der grünen Tunika. »Zauberer«, flüsterte er. Als die beiden Männer zum Feuer gingen, bedeutete Asmidir ihnen, sich zu setzen.

»Sigarni hat das Lager verlassen«, sagte er. »Es ist unbedingt erforderlich, daß wir sie schnellstens finden.«

»Warum sollte sie fortgehen?« fragte Ballistar. Asmidir sah Taliesen an, und der alte Mann holte tief Luft.

»Wieviel weißt du von ihrer Kindheit?« fragte er.

»Alles.«

»Dann wirst du dich daran erinnern, wie ihre Eltern … getötet wurden.«

Ballistar fühlte sein Herz schneller schlagen, sein Mund war plötzlich ausgetrocknet. »Sie wurden von … Dämonen getötet.«

»Von Dämonen, ja. Herbeigerufen von einem Zauberer, der sich Jakuta Khan nennt. Es gibt noch vieles, das ich euch nicht erzählen kann, aber so viel solltet ihr wissen: Jakuta ist zurückgekehrt. Schon zweimal hat er versucht, Sigarni zu erwischen. Einmal als Säugling. Damals habe ich ihn abgewehrt, mit der Hilfe von Caswallon. Dann fand er heraus, wo wir sie versteckt hatten, und kam wieder und tötete ihre Hüter. Ich dachte damals, er wäre erledigt, aber irgendwie überlebte er. Wir müssen sie finden.«

»Warum will er sie töten? Hat der Baron ihn angeheuert?« fragte Kollarin.

»Nein. Die Geschichte reicht sehr weit zurück. Wie gesagt, ich kann euch nicht alles sagen. Aber der Kern der Sache ist Sigarnis Blut oder genauer, ihre Abstammung. Sie ist vom Blute der Könige. Jene, die die mystischen Künste verstehen, werden wissen, daß das für Jakuta von Bedeutung ist.«

Kollarin nickte. Ballistar sah von einem zum anderen. »Also, ich weiß es nicht«, sagte er. »Warum?«

»Macht«, antwortete Kollarin. »Es heißt, daß die Seele eines Königs eine große Macht in sich trägt. Einen solchen Mann zu opfern würde dem, der diese Tat ausführt, enorme Macht verleihen. Es heißt, daß der Dämonenherrscher Salaimun die Welt nach der Ermordung dreier Könige erobert hat. Ich weiß nicht, ob in solchen Geschichten etwas Wahres steckt.«

»Etwas schon«, sagte Taliesen. »Salaimun schloß einen Pakt mit den Herrn der Hölle. Er nährte sie mit Blut und Seelen als Gegenleistung für Macht. Jakuta schloß einen ähnlichen Pakt. Aber er hat versagt – zweimal.«

»So weit ich es verstehe«, sagte Asmidir, »wird die eigene Seele verzehrt, wenn man versagt. Ist das nicht eine der Gefahren der Geisterbeschwörer?«

»Sollte es sein«, stimmte Taliesen zu. »Ich kann nur vermuten, daß Jakuta einen Vertrauten benutzt, durch den er seine Beschwörungszauber wirkt.«

»Einen Vertrauten?« wiederholte Ballistar.

»Eine Art Kanal« sagte Kollarin. »Der Zauberer benutzt einen Lehrling, der in Trance versetzt wird. Dann wird der Zauber durch den Lehrling gesprochen. Wenn er versagt, können die Dämonen die Seele des Vertrauten … des Kanals nehmen.«

»Genug davon!« wütete Taliesen. »Wir sind doch nicht hier, um den Zwerg zu belehren! Kannst du sie finden, Kollarin?

Kollarin schüttelte den Kopf. »Nicht von hier aus. Ich muß dahin, wo sie zuletzt schlief, dann kann ich dort ihre Geist-Spur aufnehmen.«

»Das wird im Schnee drei Tage dauern«, sagte Asmidir. Der schwarze Mann wandte sich an den Zauberer. »Dich hat es allerdings keine drei Tage ge-kostet, Taliesen. Du kennst noch einen anderen Weg?«

»Ja, aber keinen, den ihr nehmen könnt«, sagte er mutlos.

»Warum mußt du in der Hütte sein, Kollarin?« fragte Ballistar. »Könntest du sie nicht aufspüren, wenn du ein Kleidungsstück von ihr hättest?«

»Ich bin kein Bluthund, du Idiot! Ich folge der Spur doch nicht mit der Schnauze im Schnee.«

»Wie schärfst du denn dann dein Talent?« fragte Asmidir.

»Das ist schwer zu erklären. Aber für mich hinterläßt ein Mensch etwas von seiner Persönlichkeit in einem Haus. Es verblaßt im Laufe von ein paar Wochen, aber sobald ich es einmal aufgenommen habe, kann ich ihm überallhin folgen.«

»Und wo spürst du diese ... Essenz ... am stärksten?«

»Im Bett oder in einem Lieblingssessel. Manchmal auch an einem Familienmitglied oder einem engen Freund.«

»Wenn du in ihre Hütte gehen würdest, könntest du dann erahnen, wo ihr Ziel liegt?«

»Nein«, gestand Kollarin. »Ich würde nur ihrer Spur folgen.«

»Verdammt!« sagte Asmidir. »Das bringt uns nicht weiter. Was ist mit dir, Taliesen? Du bist ein Zauberer. Du behauptest, du könntest in die Zukunft sehen. Wieso weißt du dann nicht, wo sie ist?«

»Pah!« erwiderte der alte Mann. »Du denkst in geraden Linien. Du redest von *der* Zukunft. Aber es gibt Tausende und Abertausende von Zukünften. Mit jedem Herzschlag beginnen neue Zukünfte. Ja, in allen ist Sigarni, die Erwählte. In einigen hat sie sogar eine Zeitlang Erfolg. In den meisten stirbt sie, jung und ohne ihr Schicksal erfüllt zu haben. Ich suche die eine Zukunft unter so vielen. Ich weiß nicht, wo sie ist, ich weiß nicht, warum sie fortgegangen ist. Vielleicht mangelt es ihr in dieser Zukunft an Mut.«

»Unsinn«, widersprach Ballistar errötend. »Sie würde nicht fliehen. Wenn sie wüßte, daß die Dämonen kommen, würde sie versuchen, einen Weg zu finden, um gegen sie zu kämpfen. Ich kenne sie – besser als irgendeiner von euch. Sie ist gegangen, um ihr Schlachtfeld auszuwählen.«

»Wo könnte das sein?« fragte Asmidir. »Das ist die Frage. Und warum ist sie nicht zu uns gekommen, damit wir ihr helfen können?«

»Ihr Vater war ein großer Kämpfer«, sagte Ballistar, »trotzdem wurde er in Stücke gerissen. Sie wollte ihre Freunde nicht einer solchen Gefahr aussetzen. Wer von uns könnte schon gegen Dämonen kämpfen?«

»Ich, aber ich war nicht hier«, sagte Taliesen. »Mein Volk trägt in einer anderen Zeit einen Krieg aus. Es braucht mich.«

»Es gab niemanden, an den sie sich wenden konnte«, sagte der Zwerg. »Deshalb wird sie allein kämpfen.«

»Wartet!« sagte Taliesen mit leuchtenden Augen. »Es gibt jemanden, an den sie sich wenden würde. Ich weiß, wo sie ist!«

»Wo denn?« fragte Asmidir.

»In der Höhle am See. Sie hat dort einen Verbündeten. Ich muß gehen!« Taliesen stand auf.

Ballistar hob die Hand. »Einen Augenblick, bitte«, sagte der Zwerg. »Weißt du, was Sigarni mitgenommen hat, als sie ging?«

»Messer, eine Rolle Schnur, etwas zu essen, einen Bogen, Pfeile. Was spielt das für eine Rolle?« fragte der Zauberer.

»Eine größere als du denkst«, antwortete Ballistar. »Du läßt mich besser mitkommen.«

9. Kapitel

Sigarni streckte ihre Hand zum Feuer aus. Die Wärme war sowohl willkommen als auch beruhigend. Als die Dämonen ihre Eltern getötet hatten, war alle Hitze aus dem Feuer im Kamin gewichen. Sie vermutete, daß dies die einzige Warnung sein würde, daß ihr Tod nahe war. Sie schaute auf ihre Hände. Auf den Handflächen und an den Innenseiten der Fingergelenke waren schmerzhafte Blasen, von denen eine stark geblutet hatte.

Es war der Abend vor ihrem zweiten Tag an dem gefrorenen Wasserfall, und sie hatte hart gearbeitet, solange sie Tageslicht hatte. Die Angst war ihr ständiger Begleiter, doch irgendwie wurde diese Angst dadurch gemildert, daß sie alleine war. Sigarni die Jägerin hatte keine anderen Sorgen, als am Leben zu bleiben. Dafür mußte sie irgendwie einen Zauberer und seine Dämonen besiegen.

Man kann sie töten, dachte sie. Vater traf einen von ihnen, und schwarzes Blut kam heraus. Und was blutet, kann auch sterben. Sie deckte das Feuer ab, zog ihren Säbel und schärfte die Klinge mit einem Wetzstein. Draußen nahm das Licht des Tages rasch ab. Sigarni hängte sich den Köcher mit Pfeilen über die Schulter und nahm den Bogen in die Hand.

Wird es so sein wie beim letzten Mal? überlegte sie. Wird der Mann in Rot zuerst kommen? Und wenn, wie viele Kreaturen der Finsternis werden bei ihm sein? Wie viele waren an jenem schrecklichen Tag in der Hütte dabei? Eine? Zwei? Oder mehr? Wie konnte sie das wissen? Vater war zuerst getötet worden. Vielleicht von demselben Wesen, das ihre Mutter tötete.

Sigarni hatte sich einen Plan für drei zurechtgelegt.

Der Wind nahm zu, und Schneefetzen wurden in den Höhleneingang geblasen. In der Ferne heulte ein Wolf. Das Feuer knisterte und spuckte, und Sigarni mußte sich einen brennenden Funken von den Beinen klopfen. Sie fühlte sich schläfrig, deshalb nahm sie ihren Bogen und ging zum Höhleneingang, wo sie in tiefen Zügen die kalte Luft einatmete. Wie lange hast du nicht mehr geschlafen? Zu lange nicht, wie sie erkannte. Wenn sie heute abend nicht kamen, würde sie nach Tagesanbruch ein paar Stunden schlafen.

Vielleicht finden sie mich hier nicht, dachte sie plötzlich. Vielleicht bin ich sicher.

Der Mond schien von einem wolkenlosen Himmel, doch der Wind blies weiter Schneefetzen über den gefrorenen See, der wie weißer Nebel im Mondschein funkelte. Die Luft war kalt, doch sie spürte die Wärme des Feuers hinter ihr.

Allein in dieser weißen Wildnis dachte Sigarni über ihr Leben nach und an die großen Freuden, die sie erlebt hatte. Es machte sie traurig, daß sie diese Freuden nicht so geschätzt hatte, als sie sie erlebte: die herrlichen goldenen Tage mit Abby und Lady, an denen sie sorglos durch die Berge gestreift waren. Daran zu denken war seltsam, als ob sie durch ein Fenster auf das Leben eines Zwillings blickte. Und sie dachte über das weißhaarige Mädchen nach, an das sie sich erinnerte. Wie hatte sie nur so unbekümmert leben können?

Ihre Gedanken schweiften weiter, und aus dem Nichts tauchte Bernts Gesicht auf. Sigarni fühlte einen Kloß im Hals, ihre Augen füllten sich mit Tränen. Er hatte sie geliebt. Wirklich und wahrhaftig geliebt. Wie gefühllos sie gewesen war. *Ist das alles meine Strafe dafür, wie ich dich behandelt habe, Bernt? Ist Gott zornig auf mich?* Es gab keine Möglichkeit, das herauszufinden. *Wenn es so ist, werde ich es ertragen.*

Eine weiße Eule glitt über die Bäume hinweg – ein lautloser Räuber in lautlosem Flug. Sigarni dachte an das erste Mal, als sie einen solchen Vogel gesehen hatte. Nach dem Mord an ihren Eltern hatte sie bei dem alten Gwalchmai gelebt. Er war oft des Nachts mit ihr durch den Wald gewandert und lehrte sie die Gewohnheiten der nachaktiven Waldbewohner. Der alte Trunkenbold hatte sich als guter Stiefvater erwiesen und seine Trinkerei auf die Zeit beschränkt, wenn Sigarni schlief.

Sigarni seufzte. Vor nur wenigen kurzen Monaten war sie eine launische und selbstsüchtige Frau gewesen, der ihre Freiheit über alles ging. Jetzt war sie die Anführerin einer Armee von Grünschnäbeln mit wenig Hoffnung zu überleben.

Überleben? Sie schauderte. *Wirst du die Nacht überleben?*

Die Müdigkeit lag wie ein schwerer Stein auf ihr, aber der Bogen in ihren Händen gab ihr ein gutes Gefühl. Ich bin kein Kind mehr, dachte sie, das vor der Gefahr davonläuft. Ich bin Sigarni die Jägerin, und wer mich holen will, setzt sein Leben aufs Spiel.

Sie ging zurück in die Höhle und legte zwei große Stücke Holz aufs Feuer, dann kehrte sie zum Eingang zurück.

Ständig quälten sie Zweifel. *Dein Vater war ein großer Kämpfer, aber er konnte nur ein paar Herzschläge lang bestehen.*

»Er wußte nicht, daß sie kamen«, sagte sie laut. »Er war nicht auf sie vorbereitet.«

Wie kann man sich auf die Dämonen der Finsternis vorbereiten?

»Sie sind aus Fleisch, auch wenn man sie nicht sehen kann. Fleisch kann man schneiden.«

Angst loderte wie ein Feuer in ihr auf. Sie ließ die Flammen flackern. Angst ist Leben, Angst ist Vorsicht, sagte sie sich.

Du bist eine Frau, ganz allein!

»Ich bin Hochländerin und Jägerin. Ich bin vom Blute der Helden, und sie werden mich nicht in Verzweiflung und Panik stürzen. Das schaffen sie nicht!«

Ein Silberfuchs verließ seine Deckung und huschte zum See. »Hallo!« rief Sigarni. Der Lärm erschreckte das Tier, und es sprang aufs Eis und rannte über den See. Als es in der Mitte war, wich es nach links aus, dann raste es auf die andere Seite. Sigarni kniff die Augen zusammen. Warum war der Fuchs ausgewichen? Was hatte er gesehen? Was immer es war, es blieb in dem Schneetreiben unsichtbar. Sigarni rannte zurück zum Feuer, es war noch immer warm. Sie legte einen Pfeil auf ihren kurzen Jagdbogen, ging zum Höhleneingang zurück und wartete.

Lange Minuten vergingen. Dann erschien er. Er ging vorsichtig über das Eis. Er war nicht so groß, wie sie ihn in Erinnerung hatte, aber sie hatte ihn ja auch nur mit den Augen eines Kindes gesehen. Er war kleiner als Fell, ein untersetzter Mann, über dessen Bauch der rote Ledermantel spannte. Sein Haar war schwarz und kurzgeschnitten, an den Schläfen mit Silber durchwirkt, das Gesicht voll und rund. Seine Beinlinge und Stiefel waren rot, ebenso der knöchellange Mantel.

Sigarni spannte den Bogen, zielte sorgfältig und wartete, während er näherkam. Der Mann sah sie und ging weiter auf sie zu. Noch fünfzehn Meter, noch zehn. Er sah auf und lächelte. Sigarni schoß, der Pfeil flog durch die Luft. Er hob die Hand, und der Pfeil ging in Flammen auf. Sie legte einen weiteren auf.

»Vergeude deine Energie nicht, Kind«, sagte er. Seine Stimme war überraschend hell und angenehm. »Heute ist der Tag, an dem du stirbst – und weiterziehehst zu Welten, von denen du nicht einmal geträumt hast. Große Abenteuer erwarten dich. Nimm dein Schicksal mit Freude an!«

Die Temperatur in der Höhle fiel jäh ab. Irgend etwas bewegte sich hinter ihr ... sofort sprang Sigarni mit einem Satz los und rannte nach rechts zu einem sanften, mit Bäumen bestandenen Hang. Sie sah sich nicht um, sondern hielt den Blick auf den Pfad gerichtet. Auf halbem Weg hangaufwärts bog sie plötzlich erneut nach rechts ab, um ein schneebedecktes niedriges Gebüsch. Der Mond schien hell, und sie starrte die Fußspuren an, die sie im Schnee hinterlassen hatte.

Daneben erschienen jetzt andere große Spuren wie Zauberei. Sie bewegten sich unausweichlich und schnell auf sie zu. Sie spannte, zielte hoch und schoß. Der Pfeil flog kaum mehr als sieben Meter, ehe er plötzlich innehielt und eine Hälfte verschwand. Ein gräßliches Kreischen ertönte, und sie sah, wie dunkles Blut um den Pfeil hervorquoll. Sie schoß ein zweites Mal. Auch dieser Pfeil traf ihren unsichtbaren Verfolger. »Komm schon, du Hurensohn!« schrie Sigarni. Das Wesen brüllte und griff an, viel schneller jetzt, und schob das Gebüsch beiseite. Ein unsichtbares Bein trat gegen eine versteckt gespannte Schnur und riß damit den Ring heraus, so daß der Knebel zurücksprang. Nicht mehr unter Spannung, peitschte ein speerdicker Schößling hoch. Die drei daran festgebundenen zugespitzten Stäbe, jeder knapp einen halben Meter lang, bohrten sich in die Brust des Wesens. Es schlug um sich und schrie. Der Schößling brach, doch die Stäbe blieben in dem unsichtbaren Fleisch stecken. Dann stürzte das Wesen hin, und das Gebrüll verebbte zu einem leisen Stöhnen. Dann erstarb auch das.

Sigarni wartete den Todeskampf nicht ab, sondern rannte bereits, als die Falle zuschnappte. Sie lief hangaufwärts über den frisch gefallenen Schnee, dann bog sie nach links ab, bis sie gerade unterhalb des Hügelkammes war. Hier waren keine Bäume oder Büsche in der Nähe. Sie fiel auf die Knie, legte einen Pfeil auf und wartete.

Es dauerte nur wenige Sekunden, bis sie erst eine, dann zwei Reihen von Fußspuren sah, die sich im Schnee bildeten. Wut stieg in ihr hoch und feuerte ihre Entschlossenheit noch an. Das erste Wesen trat gegen den Stolperdraht. Als der Auslöser wegrutschte, schickte der grobe Langbogen, der unter einem schneebedeckten Gitter aus dünnen Zweigen verborgen war, sein tödliches Geschoß ab. Knapp anderthalb Meter lang, wies der zugespitzte Stab über seine ganze Länge hin Widerhaken auf. Er traf das erste Wesen dorthin, wo Sigarni den Unterleib vermutete. Sie hatte keine Zeit, sich über den Treffer zu freuen, denn das zweite Wesen hatte sie fast erreicht.

Der zweite verborgene Bogen schoß seinen tödlichen Pfeil ab – und verfehlte sein Ziel!

Ohne Zeit zum Schießen, ließ Sigarni den Bogen fallen und warf sich bergab, landete auf der Schulter und rollte Hals über Kopf auf den See zu. Auf halbem Weg fühlte sie, wie ihr Säbel brach, dann rissen Gürtel und Scheide ab. Sigarni kam mühsam auf die Füße. Sie hatte noch eine Falle aufgebaut, aber die war ein Stück links von der Höhle.

Zu weit.

Sie drehte sich um und sah, daß die entsetzlichen Fußspuren von rechts auf sie zu kamen. Von links kam ein leises Geräusch. Sigarni duckte sich – gerade als die Klauen sich in ihre Schulter gruben. Das silberne Kettenhemd verhinderte, daß ihr das Fleisch von den Knochen gerissen wurde, aber trotzdem wurde sie hochgehoben und ein paar Meter weit durch die Luft geschleudert. Sie landete hart auf dem schneebedeckten, zugefrorenen See.

Beide Wesen waren jetzt hinter ihr her.

Sigarni sprang auf und begann zu rennen. Sie hatte jetzt nur noch eine Hoffnung – vielleicht würde das Eis in der Mitte des Sees das Gewicht der sie verfolgenden Untiere nicht tragen.

Die Kreaturen kamen ihr immer näher, und Sigarni konnte das Schaben ihrer krallenbewehrten Tatzen auf dem Eis hören. Ihr Säbel war weg, aber sie hatte noch immer ihr Messer.

Ich will verdammt sein, wenn ich beim Weglaufen den Tod finde, dachte sie. Sie kam schlitternd zum Stehen, zog ihr Jagdmesser und wirbelte herum, um sich ihnen zu stellen. Der wirbelnde Schnee zeichnete ihre Körper nach, legte sich auf Brust und Bauch. Im Mondlicht sahen sie aus wie haarlose Bären. Sie drehte das Messer herum, so daß sie nun die Klinge in der Hand hatte und schrie: »Friß, du häßlicher Bastard!« Dann warf sie das Messer mit aller Kraft. Die Spitze drang dem ersten in den Bauch. Sie sah, wie sein Kopf zurückfuhr. Ein schrecklicher Schrei aus Schmerz und Wut hallte in den Bergen wider.

Das Wesen machte zwei Schritte vorwärts, dann stürzte es aufs Eis. Das letzte näherte sich Sigarni ... und hielt inne.

Ein unheimliches Glühen umgab es nun, schwach und golden. Es war tatsächlich ein haarloser Bär, wenn auch der Kopf rund war, mit menschenähnlichen Ohren und Nase. Die Augen waren groß und geschlitzt wie die einer Großkatze. Bosheit stand in dem goldenen Blick des Wesens, als es blinzelnd in dem seltsamen Licht stand.

»Töte sie!« schrie der Mann in Rot und begann über das Eis zu laufen. »Töte sie!«

Der Ruf ließ das Wesen den Kopf herumreißen. Es blinzelte, dann wandte es sich wieder Sigarni zu. Die dünnen Lippen zogen sich zurück und entblößten eine Reihe scharfer Zähne. Lange Arme fuhren hoch, Krallen glitzerten im Mondschein.

»Geh beiseite, Mädchen«, sagte eine ruhige Stimme. Sigarni kroch zurück.

Die glühende Gestalt Eisenhands stand jetzt vor dem Untier, einen Beidhänder bereithaltend. Er war durchscheinend und schimmernd, und Sigarni konnte nicht glauben, daß eine so substanzlose Gestalt ein so kraftvolles Wesen aufhalten könne. Als das Wesen knurrte und sprang, zuckte das golden schimmernde Schwert und hieb durch die breite Brust. Es kam kein Blut, es gab keine sichtbare Wunde. Doch der Dämon taumelte zurück, dann sank er ins Eis.

Der rotgekleidete Zauberer sah voller Entsetzen, wie das letzte der Lebewesen fiel. Eisenhand fuhr zu ihm herum. »Es ist lange her, Jakuta«, sagte er.

»Du kannst mir nichts tun. Du kannst vielleicht die Seele eines Dämons erschlagen – aber du kannst den Lebenden nichts tun!«

»Allerdings nicht. Aber das muß ich auch gar nicht. Ist es nicht das dritte Mal, daß du versuchst, Sigarnis Seele zu rauben? Und wo ist dein Stellvertreter?«

Der Zauberer erbleichte. Langsam zog er einen Krummdolch. »Es ist noch immer Zeit«, sagte er. »Sie kann nicht gegen mich bestehen.«

»Es ist keine Zeit mehr, Jakuta«, widersprach Eisenhand. »Ich kann sie jetzt sehen!«

Der Zauberer fuhr herum. Schwere Fußstapfen senkten sich in den Schnee. Scharen von Fußstapfen…

Der Zauberer ließ sein Messer fallen und begann zu rennen. Sigarni sah, daß er nicht einmal zwanzig Schritte schaffte, ehe er hochgehoben wurde. Seine Arme und Beine wurden abgerissen. Seine Schreie waren entsetzlich anzuhören. Sie brachen abrupt ab, als sein Kopf auf das Eis rollte.

»Du hättest mich rufen sollen«, sagte Eisenhand zu Sigarni, die wie betäubt dastand.

»Ich mußte allein gegen sie kämpfen«, antwortete sie.

»Von Eisenhands Tochter hätte ich auch nichts weniger erwartet«, sagte er.

Gerade als das erste Tageslicht über die Bergspitzen kroch, öffnete sich ein winziges dunkles Loch wie eine schwarze Träne auf dem Berghang oberhalb des gefrorenen Wasserfalls. Taliesen trat heraus und führte Ballistar, dem die Augen verbunden waren, an der Hand. Als seine Füße die schneebedeckte Erde berührten, brach Ballistar zitternd zusammen. Er riß sich die Augenbinde ab und blinzelte ins Licht. Taliesen lachte trocken. »Ich sagte doch, daß dir der Weg nicht gefallen würde«, sagte er.

»Gütiger Himmel«, flüsterte der Zwerg. »Was für Wesen haben die Geräusche gemacht, die ich gehört habe?«

»Das würdest du nicht wissen wollen«, antwortete Taliesen. »Jetzt laß uns Sigarni suchen, denn mir wird allmählich kalt.«

»Warte!« befahl der Zwerg, stand auf und klopfte sich den Schnee von den Beinen.

»Was jetzt?«

»Sie hat Fallen aufgestellt«, erklärte Ballistar. »Sie ist nicht hergekommen, um sich zu verstecken – sondern um zu kämpfen. Gib mir einen Augenblick, daß ich mich wieder sammeln kann, dann führe ich dich zu ihr.«

»Das wird wohl nicht mehr nötig sein«, sagte Taliesen leise und deutete auf den gefrorenen See. Ballistar sah die Blutflecken auf dem Eis. Er und Taliesen stiegen vorsichtig den Hang hinunter. Dann entdeckte der Zwerg etwas mitten im See, das wie zwei große Felsbrocken aussah. »Atrolls«, sagte Taliesen. »Wesen aus der Ersten Hölle.«

Ein abgerissenes menschliches Bein war halb im Schnee vergraben. Taliesen zog es heraus. Der Stiefel war noch dran. »Nicht ihrs«, sagte der

Zauberer. »Das ist vielversprechend.« Ballistar wich vor dem gräßlichen Fund zurück – und trat auf eine menschliche Hand.

»Guter Gott, was ist hier geschehen?« fragte er.

»Aha!« zischte Taliesen, der den Kopf von Jakuta Khan gefunden hatte. Er zob ihn an den Ohren hoch, bis er in das graue Leichengesicht sehen konnte. »Na, na«, sagte er. »Komm zu mir, Jakuta!«

Die toten Augen klappten auf und blinzelten zweimal. Der Mund begann sich zu bewegen, aber es war kein Laut zu hören. »Macht nicht viel Sinn zu sprechen, mein Guter«, sagte Taliesen mit einem grausamen Lächeln. »Du hast keine Kehle. Ich nehme an, ich habe dich von deinen Qualen zurückgeholt. Es muß wirklich furchtbar sein. Jagen sie dich immer noch? Natürlich.« Ballistar sah Tränen in den eingesunkenen Augen aufsteigen. »Nun, ich kann dir helfen, Jakuta. Möchtest du gern, daß dein Geist eine Weile in diesem glücklosen Schädel lebt, frei von Schrecken? Ja?« Sanft legte er den Schädel auf das Eis, dann sagte er etwas in einer rauhen Sprache, die Ballistar nicht kannte. Das Eis um den abgerissenen Kopf begann zu schmelzen. Taliesen kniete nieder. »Solange noch Fleisch auf deinem Schädel ist, bist du hier in Sicherheit, Jakuta. Aber wenn die Fische es abgenagt haben, wirst du in die Hölle zurückkehren.« Das Eis brach, der Kopf fiel ins kalte Wasser, als Taliesen wieder aufstand.

»Wie kommt es, daß er noch lebte?« fragte Ballistar.

»Ich habe ihn zurückgeholt. Ich fürchte, sein Aufenthalt hier wird nur von kurzer Dauer sein.«

»Das war schrecklich grausam.«

Taliesen lachte. »Grausam? Du hast keine

Ahnung, was er dort erlitt, wo er war. Er rief die Wesen der Hölle um Hilfe an – und enttäuschte sie. Jetzt ist er ihnen für ewige Qualen ausgeliefert. Ich habe ihm eine kurze Atempause davon verschafft.«

»Auf dem Grunde eines zugefrorenen Sees. Wirklich sehr nett!« höhnte Ballistar.

»Ich habe nie behauptet, nett zu sein. Ich empfinde gewiß kein Mitleid für solche wie ihn. Jakuta Khan hat den Tod Eisenhands verursacht und eine ganze Dynastie zerstört, die den Lauf unserer Geschichte hätte verändern können. Er hat es aus Gewinnstreben, aus purer Gier getan. Jetzt büßt er dafür. Willst du, daß ich um ihn trauere, Zwerg?«

Ballistar nickte. »Ja, das wäre gut. Denn inwiefern unterscheidest du dich von ihm, Taliesen? Du ergötzt dich an seinem Leiden und vergrößerst seine Qualen. Ist das nicht auch böse?«

Taliesen kniff die Augen zusammen. »Wer bist du, Zwerg, mich zu belehren? Ich habe zehnmal länger, als du lebst, gegen das Böse gekämpft. Selbst jetzt kämpfen in meinem eigenen Land die Vorfahren dieser Fremdländer einen Krieg, in dem Hunderte, vielleicht Tausende meines Volkes sterben werden. Was ich an Mitleid habe, gehört ihnen. Und es gibt nichts, das ich nicht tun würde, um sie zu retten. Und jetzt, such die Frau!«

Ballistar wandte sich ab und ging zurück über das Eis. Behutsam kletterte er den Hang vor der Höhle hinauf und tastete sich vorwärts. »Um Himmels Willen!« zischte Taliesen. »Warum so langsam? Ich friere mich hier draußen zu Tode!« Ballistar beachtete ihn nicht. Ein Stück weiter links blieb er stehen und grub seine Hände in den Schnee. »Was jetzt wieder?« fragte Taliesen gereizt.

Es gab ein scharfes Zischen, dann schoß ein Zweig hoch und federte hin und her. Drei zugespitzte Stäbe waren daran festgebunden. »Das ist eine Speerfalle für Wildschweine«, sagte Ballistar, »aber in einem Winkel ausgerichtet, daß sie hoch zuschlägt. Die Schnur ist an einem Ring am Ende des Stolperdrahtes befestigt …«

»Ja, ja, ich brauche keine Belehrung. Gibt es noch mehr davon?«

»Wir werden sehen«, antwortete Ballistar. Die Höhle war jetzt nicht mehr als fünfzehn Meter entfernt, aber es kostete die beiden Männer fast eine halbe Stunde, sie zu erreichen. Taliesen war als erster drinnen, wo Sigarni an einem ersterbenden Feuer schlief. Der Zauberer setzte sich neben sie.

Zufrieden, daß sie am Leben war, ging Ballistar davon. »Wo willst du hin?«

»Vielleicht gibt es noch mehr Fallen. Ich möchte nicht, daß ein harmloser Wanderer eine auslöst.«

Draußen holte der Zwerg mehrmals tief Luft. Seine Erleichterung war beinahe greifbar: Sigarni lebte! Ballistar blieb einen Augenblick stehen und musterte das Gelände. Zur Rechten sah er einen riesigen grauen Leichnam mit zwei Pfeilen in der Brust und drei Pflöcken im Rücken. Eine Falle. Auf dem Hang lag ein weiterer Leichnam.

Ballistar stapfte hinüber.

Zwei Stunden lang suchte er das Gelände um den See herum ab. Es gab keine weiteren Fallen mehr. Als er zur Höhle zurückkehrte, schlief Sigarni immer noch, der Zauberer döste neben ihr. Taliesen wachte auf, als er eintrat. »Vier Wesen sind tot«, sagte der Zwerg, kauerte sich ans Feuer und hielt die Hände der Wärme entgegen. »Einer hatte einen Dolch im

Herzen, einer starb durch eine Wildschweinfalle, der Dritte durch eine Wurflanze. An dem vierten war nichts zu sehen.«

»Sie hat sich gut geschlagen«, stimmte der Zauberer zu.

»Wie hat sie nur ihre Haut durchschlagen?« fragte Ballistar. »Ich konnte den Dolch nicht herausziehen. Es war, als ob er in einem Stein steckte.«

»Tat er auch«, sagte Taliesen. »Du hast doch schon gesehen, daß Menschen im Tod steif werden?« Ballistar nickte. »Bei den Atrolls ist das viel stärker. Die Toten werden grau wie Stein, und innerhalb weniger Tage verwesen und verschwinden sie. Selbst die Knochen verwesen.«

»Kommen noch mehr?«

»Das ist unwahrscheinlich, wenn auch nicht unmöglich. Jakuta hat Sigarni durch die Tore der Zeit hindurch verfolgt. Er mußte, denn er hatte seine Seele gegen ihren Tod verpfändet. Ich weiß von keinem anderen Zauberer, der hinter ihr her ist.«

»Warum hat er sie gesucht?«

»Das sagt sie dir vielleicht, wenn sie aufwacht«, sagte Taliesen. »Und jetzt bin ich müde. Ich werde schlafen. Sei so gut, hol Holz und halt das Feuer in Gang.«

Sigarni stand auf der Brüstung und schaute über die Bergflanken auf den fernen Gipfel des High Druin. Eisenhand stand neben ihr, seine große Hand lag auf ihrer Schulter. Mondlicht glitzerte auf seinem geflochtenen silbernen Bart, glänzte auf seinem silbernen Kettenhemd und der Brustplatte. Sie spürte die Kraft, die von ihm ausstrahlte, sie umfing, sie in ihrer Wärme badete. »Wo sind wir?« fragte sie.

»Willst du sagen, du erkennst es nicht?« erwiderte er verblüfft. »Ich bin sicher, daß ich es perfekt erschaffen habe. Vielleicht mußt du es von draußen sehen?«

»Ich kenne die Gegend«, antwortete sie. »Hier gibt es nichts außer ein paar bewaldeten Hügeln.«

»Das kann nicht sein!« sagte er, und seine eiserne Hand machte eine ausholende Geste, die die Berge umfaßte. »Das ist meine Festung Al–Druin. Hier habe ich gegen die Vier Armeen gekämpft und ihren Champion Grayle getötet.« Sigarni sah die Trauer in seinen Augen.

»Es tut mir leid, Eisenhand. Ich bin mein Leben lang durch diese Berge gewandert. Es gibt ein paar zerbrochene Steine, die zeigen, daß hier einmal eine große Siedlung gestanden hat. Aber es gibt sie schon lange nicht mehr. Und nicht einmal die Loda-Ältesten wissen, was hier stand.«

»Ach ja«, sagte er und wandte sich von der Brüstung ab, »es ist ... war... ja nur Stein. Und wenigstens kannst du es jetzt sehen. Komm rein, dann reden wir. Ich habe ein Feuer vorbereitet, es gibt zwar keine Wärme ab, aber es ist hübsch anzuschauen.« Die Szene schimmerte, und Sigarni fand sich in einem rechteckigen Raum wieder, vor dessen hohen Fenstern Samtvorhänge gezogen waren. Ein Feuer brannte im Kamin, aber, wie Eisenhand gesagt hatte, ohne Wärme auszustrahlen.

»Wie machst du das?« fragte sie und fuhr mit der Hand durch die Flammen.

»Hier ist alles Illusion. Wir sind Geister, du und ich.« Der riesige Krieger, der jetzt eine schlichte grüne Tunika und weiche Lederhosen trug, setzte sich in einen tiefen Sessel. Sigarni ließ sich auf dem Bärenfell vor dem Feuer nieder. »Es hat lange gedauert zu lernen, wie man das alles macht«, sagte er mit einer Geste, die den Raum umfaßte. »Ich weiß nicht, wie lange, denn hier gibt es kein Gefühl für die Zeit. Für mich war es eine Ewigkeit. Jetzt ist es das einzige Heim, das ich kenne – außer dem See am Wasserfall, wo mein Körper liegt.« Sigarni schwieg, sie spürte, wie groß sein Kummer war. »Eisenhands Wasserfall. Ein schöner Platz«, fuhr er mit einem gezwungenen Lächeln fort. »Ein Mann könnte sich einen weit schlechteren Platz für seinen Tod wählen. Im Laufe der Jahrhunderte habe ich die Bäume wachsen und sterben sehen in jenem wunderbaren Kreislauf von Geburt, Wachstum und Tod. Auch Menschen – Jäger, Wanderer, Clansleute, fremde Soldaten. Und ich sah dich, Sigarni, wie du vom Rand des Wasserfalls sprangst, pfeilgerade. Ich war dort, als du meine Knochen fandest. Aber ich konnte nicht sprechen, denn du warst noch nicht bereit zuzuhören. Du hast keine Vorstellung, wie gut es tut, mit einer anderen Seele zu sprechen.«

»Gibt es hier keine anderen?« fragte sie.

»Nein, jetzt nicht. Das ist meine Welt, das schweigende Reich von Eisenhand. Andere sind gekommen, Dämonen und böse Geister. Ich habe sie getötet, und jetzt meiden die anderen mein … Land.«

»Du mußt sehr einsam sein.«

Er nickte. »Ich hoffe, du wirst nie wissen, wie sehr. Ich würde alles geben – die Dunkelheit und die Einsamkeit eines wahren Grabes auf mich nehmen, um nur eine Stunde mit deiner Mutter verbringen zu können. Aber es darf noch nicht sein. Das kann ich akzeptieren.«

»Meine Mutter?« fragte Sigarni. »Du kanntest sie?«

»Hast du mir damals am See nicht zugehört? Du bist meine Tochter, Sigarni. Deine Mutter war meine Frau Elarine. Ich sehe sie in dir, dieselbe Zielstrebigkeit, derselbe Stolz.«

»Aber du hast vor Hunderten und Aberhunderten von Jahren gelebt. Ich kann nicht deine Tochter sein! Das ist unmöglich! Ich kannte meine Mutter und meinen Vater – ich lebte bei ihnen, bis sie getötet wurden.«

»Ich habe viele Fehler, Sigarni, aber ich war nie ein Lügner. Nicht im Leben und gewiß nicht im Tod. Du wurdest im letzten Jahr meines Lebens geboren, als Feinde, die ich für meine Freunde hielt, sich im geheimen trafen, um Pläne zu meiner Vernichtung zu schmieden. Als ich von ihren Plänen erfuhr, drängte ich Elarine davonzulaufen und über das Wasser zu gehen. Doch sie wollte nicht.« Er lächelte bei der Erinnerung. »›Wir werden gegen sie kämpfen‹, sagte sie. ›Wir werden wieder einmal siegen.‹ Ich versuchte es. Meine Zauberer wurden erschlagen, so daß ich jeglichen mystischen Schutz verlor. Das war das Werk von Jakuta Khan. Ich versuchte, Elarine zu ereichen, doch die Attentäter lockten mich am Wasserfall in eine Falle. Dort starb ich. Elarine starb in Kashar. Das erfuhr ich von Taliesen, als er meinen Geist zum Wasserfall rief. Du warst damals noch ein Baby. Er und Caswallon brachten dich durch ein Tor und ließen dich bei deinen *neuen* Eltern: einem guten Ehepaar, das selbst keine Kinder bekommen konnte. Taliesen tarnte dich, indem er dir eine andere Haarfarbe gab.« Er streckte die Hand aus und strich ihr über den Kopf. »Alle Mitglieder deiner Familie werden mit silbernem

Haar geboren. Wir verstanden es als ein Zeichen von Größe. Vielleicht war das arrogant. Vielleicht auch nicht, schließlich sind wir Könige geworden. Und nicht ein einziger Feind von außen hat uns niedergemacht.«

»Wie ist meine Mutter gestorben?« fragte Sigarni. »Hat Taliesen dir das erzählt?«

»Ja, er hat es mir gesagt. Sie hatte einen Säbel in der Hand, der rot vom Blut des Feindes war. Und als sie starb, verfluchte sie ihn.« Er stand auf und wandte sich ab, ein Mann von enormer Kraft und noch stärkerem Kummer. Er senkte den Kopf, und Sigarni ging zu ihm und nahm seine Hand.

»Warum bist du hier?« fragte Sigarni zärtlich. »Warum bist du nicht im Paradies, oder wo Helden auch immer hingehen?«

Er lächelte. »Ich mußte warten, Sigarni. Ich gab ein Versprechen, einen heiligen Eid, daß ich zurückkehren würde, wenn mein Volk mich brauchte. Ich habe schon oft das Bedürfnis verspürt, diesen Ort zu verlassen, wenn ich in der Ferne das Licht scheinen sah. Aber ich werde nicht eher über den Schwanenpfad reisen, bis der rechte Zeitpunkt da ist.«

»Vielleicht wartet sie dort auf dich, Elarine.«

»Ja, daran habe ich auch schon oft gedacht. Aber ich habe niemals ein Versprechen gegeben, das ich nicht mit allen Kräften eingehalten habe. Jetzt lastet dieses Versprechen auf mir. Denn du bist Eisenhands Erbe, du bist die Hoffnung des Hochlandes.«

»Aber wie kannst du mir helfen?« fragte sie. »Du bist ein Geist, eine Erscheinung. Was kannst du in der Welt der Menschen ausrichten?«

»Gar nichts«, gestand er. »Aber du. Und ich werde dich weiterhin lehren, was es bedeutet, König zu sein. Ich werde für dich Schlachten nachstellen, und du wirst sehen, wie sie gekämpft und gewonnen werden. Ich werde dir mein Leben zeigen, die Verräter und die Freunde, die guten und die betrügerischen Menschen, die tapferen und die feigen. All das und noch mehr wirst du hier erfahren.«

»Wie lange wird das dauern?«

»Wie schon zuvor könntest du so lange bei mir sein, daß es dir wie Jahre vorkommt, doch wenn du erwachst, wird nur eine Nacht vergangen sein. Vertrau mir, meine Tochter. Wenn du zurückkehrst, wirst du der Kriegerkönigin näher sein, nach der sich das Volk sehnt.«

»Ich habe viel von dem vergessen, was zuvor zwischen uns geschehen ist. In der wahren Welt der Menschen wird all das wie ein verschleierter Traum erscheinen.

»Das Wissen wird da sein«, ewrklärte er. »Wie in Cilfallen.«

»Das war dein Werk?«

Eisenhand schüttelte den Kopf und führte sie zurück zum Feuer. »Keineswegs. Du warst es! Ich habe nur deinen Verstand geöffnet für die Wege des Krieges. Ich habe nie eine Schlacht verloren, Sigarni, denn wenn ich gezwungen war zu kämpfen, war ich immer vorbereitet, hatte Rückzugslinien und Pläne für einen zweiten Anlauf. Und ich begriff, wie wichtig die Schnelligkeit ist – des Denkens und Handelns. Du hast einen raschen Verstand und großen Mut. Du wirst deine Feinde lehren, dich zu fürchten.«

»Wir haben nur eine sehr kleine Armee«, sagte Sigarni. »Der Feind ist zahlreich, diszipliniert und kriegserprobt.«

»Ja, das war bei mir genauso, ganz am Anfang. Aber in einer solchen Situation liegt auch ein Vorteil. Eine Armee ist wie ein Mann. Sie braucht einen Kopf, ein Herz, zwei gute Arme und zwei kräftige Beine. Einen starken Bauch und ein festes Rückgrat. Jetzt, wo sie noch klein ist, ist die richtige Zeit, um die Grundlagen deiner Truppe zu legen.«

»Wer ist der Anführer«, fragte Sigarni, »der Kopf oder das Herz?«

Er lachte leise. »Keiner von beiden. Er – oder in diesem Falle sie – muß die Seele sein. Gib gut acht, meine Tochter. Wähle deine Männer mit Bedacht aus, denn einige werden ausgezeichnet sein, wenn sie eine kleine Truppe befehligen, aber weniger geeignet für größere Truppen. Andere werden übervorsichtig erscheinen, doch wenn die Schwerter gezogen werden, kämpfen sie wie die Teufel.«

»Und wie erkenne ich, wen ich wählen soll?«

»Vertrau auf deine Instinkte, und höre nie auf, wachsam zu sein. Du kannst einen General nach der Haltung seiner Männer einschätzen. Sie mögen ihn fürchten oder lieben – das ist im allgemeinen unwichtig. Aber schau dir ihre Disziplin an. Sieh, wie schnell oder wie schlecht sie reagieren. Die Männer sind lediglich eine Verlängerung des Offiziers, der sie führt.«

»Und wie handelt dann die *Seele*?«

»Der Kopf schlägt einen Plan vor, das Herz gibt den Männern den richtigen Geist, das Rückgrat verleiht ihnen Kraft, der Bauch Zuversicht. Die Seele gibt ihnen den Grund zum Kampf. Männer kämpfen gut, wenn es um Beute und Plünderei geht, um ihren Stolz und die Ehre. Aber wenn sie den Grund für edel halten, kämpfen sie wie Halbgötter.«

Sigarni seufzte. »Das kann ich alles verstehen. Aber wenn der Krieg beginnt, kann ich nicht dauernd zum Wasserfall kommen, um mit dir zu sprechen und deinen Rat einzuholen. Dann werde ich allein sein, und mein Mangel an Erfahrung wird uns alle ins Verderben führen.«

»Ich kann nicht immer bei dir sein, Sigarni, denn dies ist deine Welt und deine Zeit. Wenn der Frühling kommt, spring noch einmal in den See und schwimme dorthin, wo meine Gebeine ruhen. Nimm ein kleines Stück mit und behalte es bei dir. Dann kannst du mich rufen, und ich werde zu dir kommen. Laß niemanden davon wissen, und sprich niemals zu mir, es sei denn, du bist allein. Und jetzt laß uns mit dem Unterricht beginnen.«

Fell war müde und niedergeschlagen, als er in der neuen langgestreckten Halle stand und zusah, wie Sigarni Taktik und Strategien mit Asmidir, Obrin, Tovi und Grame diskutierte. Der Pallides-Mann Loran war auch da. Er saß still dabei, sagte nichts, hörte jedoch aufmerksam zu. Neben ihm saß der riesige Mereth. Gwyn Dunkelauge, Bakris Ohnezahn und andere Gruppenführer saßen ebenfalls vor Sigarni auf dem Boden, die in dem einzigen Stuhl saß. Alles in allem waren etwa vierzig Menschen anwesend. Fell kam es so vor, als ob die Versammlung ziellos dahintriebe, doch Sigarni schien davon unberührt. Einige waren dafür, die drei Fremdländer-Forts zu erstürmen, andere dafür, Überfallkommandos ins Tiefland zu schicken. Eine Stimme nach der anderen erhob sich in der Debatte, was oft nur zu unwichtigen Argumenten führte.

Schon bald hörte Fell nicht mehr zu, ließ die Stimmen über sich hinwegspülen. Müde saß er mit dem Rücken zur Wand, sein Kopf ruhte an den Holzbohlen. Der Spätsommer schien jetzt so weit weg, als er zu Sigarnis Hütte gegangen war, um sich seine Wunde nähen zu lassen. Ihre Schönheit hatte ihn verwirrt und eine Schwere in seinem Herz hinterlassen, die nicht vergehen wollte. Sie war jetzt so anders, gespannt wie eine Bogensehne, die Augen kalt und fern. Sie lachte nicht mehr, und die Leichtigkeit des Herzens und die sorglose Freude, die sie früher auslebte, waren verschwunden. Jetzt blieb sie auf Distanz zu ihren Anhängern und gestattete keinem Mann, sich ihr zu nähern. Eine Woche zuvor hatte Fell ihr einige logistische Probleme auseinandergesetzt und dabei ihren Arm berührt. Sigarni war zurückgewichen wie gestochen. Sie hatte nichts gesagt, hatte sich aber noch weiter von ihm zurückgezogen. Obwohl er verletzt war, sah Fell, daß er nicht der einzige Mann war, der von Sigarni so behandelt wurde. Kein Mann konnte sich ihr auf Berührungsdistanz nähern, außer dem Zwerg. Er durfte zu ihren Füßen sitzen, wie er es auch jetzt tat.

Fell rieb sich die blutunterlaufenen Augen. Die Nahrungsmittel wurden knapp. Sie hatten nicht genügend Salz gehabt, um alles Fleisch zu pökeln, und vieles davon war jetzt schlecht geworden. Das einzige Vieh, das noch übrig war, war Zuchtvieh, und das zu töten würde dem Clan großen Kummer bereiten und außerdem für künftigen Hunger sorgen. Es war schon schlimm genug gewesen, alles andere Vieh zu schlachten. Erwachsene Männer hatten bei diesem Verlust geweint. Alle Viehzüchter verstanden die Notwendigkeit der winterlichen Auslese, es konnte nicht genug Futter gesammelt werden, um alle Tiere in der härtesten Jahreszeit durchzubringen. Aber alles Heu zu verlieren bedeutete die Vernichtung ganzer Herden, den Verlust von Preisbullen, die das Ergebnis generationenlanger Züchtung waren.

Der späte Mittwinter war immer eine Zeit voller Entbehrungen, wenn die Milchkühe austrockneten und das Fleisch aufgezehrt war. In diesem Jahr würde es zehnmal schlimmer werden, und darauf sollte ein schrecklicher Krieg folgen.

Fell trieb in einen unruhigen Schlaf hinüber, aus dem er erst erwachte, als die anderen aufstanden. Er spürte kalte Luft, als die Türen aufgestoßen wurden. Der Waldhüter kam auf die Beine, schwindlig und orientierungslos. Loran, Asmidir, Obrin, Tovi und Grame blieben noch, ebenso wie Ballistar. Fell beschloß, es dabei zu belassen, und ging zur Tür, doch Sigarni rief ihn zurück. »Ich brauche Schlaf«, sagte er.

»Du kannst später schlafen«, erklärte sie, dann wandte sie sich an die anderen. Fell ging zu ihnen hinüber. Sigarni stand auf. »Obrin hat jetzt fünfundzwanzig Gruppenführer ernannt«, sagte sie. »Deshalb ist es Zeit, daß unsere Krieger die Struktur unserer Führung kennenlernen. Die Armee wird zwei Flügel haben. Grame wird den einen, Fell den anderen befehligen. Obrin wird weiterhin verantwortlich für die Ausbildung sein und Hauptmann einer dritten, kleineren Truppe. Die Rolle dieser dritten Truppe werde ich später mit euch besprechen. Tovi, du wirst die Rolle des Jagdherrn aufgeben und das Amt mir übergeben. Von diesem Moment an bist du verantwortlich für alle Vorräte, für das Sammeln von Nahrung und die Verteilung der Nahrungsmittel, du wirst mit Loran zusammenarbeiten. Später wirst du noch eine zweite Aufgabe bekommen, über die wir morgen sprechen.«

Fell warf einen Blick auf den ehemaligen Bäcker und sah, wie dieser erbleichte. Tovi hatte genauso hart wie jeder andere gearbeitet bei und nach dem Auszug aus dem Land der Loda. Seine Rolle als Jagdherr zu verlieren war bitter und würde als Demütigung aufgefaßt werden. Niemand sagte ein Wort. Alle warteten auf Tovis Reaktion.

Der Mann stand auf und ging langsam hinaus. Als die Tür hinter ihm zufiel, sagte Fell: »Das war nicht richtig. Es war kalt und grausam, und das hat er nicht verdient.«

»Verdient?« konterte Sigarni. »Hatte sein Sohn verdient zu sterben? Verdienen die Loda, in den Bergen zu leben wie Bettler, ihre Heime zerstört? Hatte ich verdient ...« Abrupt ging Sigarni zu ihrem Stuhl zurück, und Fell konnte sehen, wie sie sich bemühte, ihre Wut zu beherrschen. »Die Entscheidung ist getroffen«, sagte sie schließlich. »Der linke und der rechte Flügel werden von dir und Grame befehligt. Obrin wird eure Gruppen morgen zusammenstellen, diskutiert die Verteilung mit ihm. Sobald eure Flügel organisiert sind, werdet ihr mit ihnen arbeiten, eure Offiziere testen und notfalls andere benennen.«

»Hat Asmidir keine Aufgabe?« fragte Fell. »Ich hatte es so verstanden, daß er General war.«

»Er ist mein Ratgeber. Jetzt ist es schon spät, und wie du sagtest, Fell, du brauchst Schlaf. Wir treffen uns morgen abend wieder hier, dann werde ich euch von Obrins Truppe erzählen und was sie tun muß.«

Die Männer standen auf und gingen hinaus, so daß nur noch Obrin bei Sigarni blieb.

Fell trat in den Mondschein hinaus, Grame war neben ihm. Der weißbärtige Schmied schlug ihm auf die Schulter. »Sei nicht so niedergeschlagen, General«, sagte er. »Wenn Tovi ehrlich ist, wird er gestehen, daß er erleichtert ist. Sein Herz ist nicht für den Krieg geschaffen.«

»Es wäre freundlicher gewesen, wenn sie mit ihm allein gesprochen hätte.«

Der Schmied nickte. »Sie ist durchs Feuer gegangen, Junge, und das brennt alles Sanfte weg. Und sie muß noch härter werden, wenn die Loda überleben sollen.«

»Diese Worte sollten in Stein gemeißelt werden«, sagte Asmidir leise hinter ihnen. Die beiden Clansleute sagten nichts. Keiner fühlte sich in Gegenwart des schwarzen Mannes wohl. Er lächelte und schüttelte den Kopf, dann sagte er ihnen höflich gute Nacht und ging zu seiner eigenen kleinen Hütte.

»Ich mag diesen Mann nicht«, sagte Grame.

»Man kann ihm vertrauen«, sagte Ballistar, der unbemerkt an der Tür stand. »Ich würde mein Leben darauf verwetten.«

»Ich sagte nicht, man kann ihm nicht trauen, kleiner Mann. Ich mag ihn einfach nicht, er hat kein Herz.«

Wieder begann Schnee zu fallen, und der bitterkalte Wind blies von Norden. Fell zog sich den Mantel um die Schultern. »Ich gehe schlafen«, sagte er. »Ich habe das Gefühl, als hätte ich meine Augen seit dem Herbst nicht mehr zugemacht.«

»Ich bleibe noch ein Weilchen auf«, sagte Grame.

»Sie hat uns viel zum Nachdenken gegeben.« Er grinste Ballistar an. »Ich habe noch einen Krug von Gwalchmais Kehlenfeuer. Ich lade dich zu einem Schluck ein.«

Ballistar kicherte. »Aber nur den einen, vergiß das nicht.«

Fell verließ sie und ging davon.

Obrin konnte seinen Zorn kaum zügeln, als er vor Sigarni stand. »Wenn du meinen Tod willst, warum beauftragst du nicht einfach einen deiner Soldaten damit? Oder schneid mir jetzt die Kehle durch!«

»Ich warte nicht darauf, daß du stirbst, Fremdländer.« Die Kälte ihres Tons fachte seinen Zorn nur weiter an.

Obrin lachte gezwungen. »Komm schon, es ist ja sonst keiner hier. Ich sehe doch, wie du mich anschaust: mit Abscheu und Haß. Meinst du, das hätte ich noch nie zuvor erlebt? Was ich nur nicht verstehe ist, warum du hundert deiner eigenen Männer mit mir in den Tod schicken willst.«

»Bist du jetzt fertig?« tobte Sigarni und sprang auf. »Oder geht das Gejammer noch weiter?« Sie stellte sich dicht vor ihn, ihre Augen funkelten. »Du hast mit deiner Einschätzung über meine Gefühle dir gegenüber vollkommen recht. Vielleicht gegenüber allen Männern, eingeschlossen die meines Clans. In meinem Herzen ist kein Platz für Liebe. Kein Platz. In weniger als zwölf Wochen wird eine Armee über diese Berge hereinbrechen, und ich *muß* eine Truppe haben, um sich ihr in den Weg zu stellen. Nicht nur das, ich muß auch dafür sorgen, daß sie keine Nahrung finden. Sie haben drei Forts tief in unserem Gebiet errichtet – sag mir, was darin ist!«

»Du kennst die Antwort.«

»Sag es mir. Ganz genau.«

»Lebensmittel und Vorräte, Waffen – Bögen, Pfeile, Lanzen, Schwerter, Helme. Aber noch wichtiger ist, daß in jedem hundert kampffähige Männer sind und daß sie uneinnehmbar sind, es sei denn, durch eine sehr große Truppe, die sie umzingelt. Die Palisadenmauern sind gut acht Meter hoch, der Eingang von Falltoren geschützt. Jeder der sich nähert, bietet den Bogenschützen ein Ziel, denn innerhalb von hundert Schritten rings um das Fort ist freies Gelände. Sobald man das Fort erreicht hat, müßte man die Mauern erklettern. Das habe ich getan, meine Dame, und ich kann dir sagen, daß ein Mann mit einem guten Schwert leicht zwanzig Männer töten kann, die über die Mauer klettern wollen. Man kann sich nicht verteidigen, wenn man an einem Seil hochklettert.«

»Ich bitte dich nicht, Seile hochzuklettern, Obrin. Ich habe nicht verlangt, daß du das Fort auf dem Farlain-Gebiet angreifst. Ich sagte, du sollst es *übernehmen*. Willst du mir jetzt endlich zuhören?«

»Ich höre zu«, sagte er, »aber ich habe mein halbes Leben damit verbracht, solche verdammten Forts zu bauen. Ich weiß, was hinter ihrer Konstruktion steckt.«

»Ich will, daß du mit deinen hundert Mann zum Falltor reitest und daß du die Verteidiger von ihrem Posten ablöst.«

Obrin klappte der Unterkiefer herunter. »Ablösen? Wovon redest du?«

»Als wir beide bei Asmidir zu Hause waren, habe ich dich nach den Forts ausgefragt. Du sagtest, die Männer, die dort Dienst tun, erwarten nicht mehr als zwei Monate dort bleiben zu müssen, dann würde eine Ablösung kommen.«

»Aber der Schnee? Es gibt keinen Weg durch die südlichen Pässe.«

»Aber das wissen sie nicht, oder? Du bist ein ehemaliger Offizier…«

»Sergeant«, berichtigte er.

»Was auch immer!« fauchte sie. »Einige von ihnen kennen dich vielleicht, und das ist gut. Sie saßen in diesen Forts fest und können von deinem Wechsel der … Loyalitäten nichts wissen. Wir haben noch immer die Waffen und was als Uniform durchgehen kann von den Söldnern, die Cilfallen überfielen. Wir haben auch die Pferde. Ich will, daß du hundert Mann nimmst und das Farlain-Fort übernimmst.«

Er schwieg einen Augenblick, seine Gedanken überschlugen sich. Sie würden auf eine Ablösung hoffen. Die meisten der Männer würden an die Mittwinter-Feste in Zitadell denken, die Feiern, die Tanzfeste, die Frauen. »Eine gute Idee«, sagte er, »aber ich sollte vom Baron besiegelte Befehle mitnehmen. Ohne sie wird kein Offizier sein Kommando abgeben.«

Sigarni kehrte zu ihrem Stuhl zurück, und er sah, wie sie über seine Worte nachdachte. »Disziplin«, sagte sie leise. »Befehle und Regeln.« Sie nickte. »Sag mir, Obrin, was würde geschehen, wenn ein mündlicher Befehl einen Befehlshaber erreicht, und dieser weigert sich, ihn auszuführen, so daß die Pläne des Barons über den Haufen geworfen werden? Würde der Baron dem Befehlshaber einfach nur gratulieren, weil er sich an die Regeln gehalten hat?«

»Ganz so einfach ist das nicht«, erwiderte Obrin. »In einer solchen Situation würde der Baron den

Mann auspeitschen oder hängen lassen, weil er nicht auf eigene Initiative gehandelt hat. Aber wenn der Befehlshaber dem mündlichen Befehl gehorcht und dabei versagt, würde er dafür bestraft, daß er sich nicht an die Vorschriften gehalten hätte.«

»Ich verstehe«, sagte Sigarni. »Dann wirst du nur mit … sagen wir, fünfundachtzig Mann zum Farlain-Fort reiten. Verschaff dir ein paar Bandagen, die in Rinderblut getränkt sind und erzähl dem Befehlshaber, daß euer Offizier getötet wurde, und daß ihr die Ablösung seid. Erzähl ihm, daß das Pallides-Fort angegriffen wird und daß der Baron befohlen hat, daß er zur Verstärkung dorthin soll.«

»Aber wir haben keine gesiegelten Befehle!«

»Sag ihm, als ihr umzingelt wart, hätte dein Offizier, in der Annahme, alles sei verloren, die Befehle vernichtet, damit sie nicht dem Feind in die Hände fielen. Dann brach ein Schneesturm los, und du konntest deine Männer in Sicherheit bringen.«

»Er wird das Fort nicht übergeben«, sagte Obrin stur. »Du mußt die Mentalität eines Offiziers verstehen.«

»Oh, ich glaube, ich verstehe sie, Obrin. Hör mich zu Ende an. Der Befehlshaber steckt in einem Dilemma. Wenn er einem Befehl nicht gehorcht, der deinen Worten nach vom Baron stammt, und das Pallides-Fort fällt, wird er gehängt oder ausgepeitscht. Wenn er gehorcht und alles geht schief, wird er sich fragen lassen müssen, warum er sich nicht an die Vorschriften hielt und blieb wo er war.«

»Genau«, sagte Obrin.

»Dann wirst du ihm als guter Sergeant helfen. Du bietest ihm an, die Rettungstruppe für das Pallides-Fort anzuführen. Auf diese Weise hat er keinen

Befehl mißachtet und auch seinen Posten nicht verlassen.«

»Ja«, gab Obrin langsam zu. »Vielleicht geht er auf einen solchen Plan ein. Aber wo führt uns das hin? Dann reite ich mit meinen Männern wieder los.«

»Nein, mit *seinen* Männern. Du erklärst, daß deine Truppen erschöpft sind, seine hingegen frisch.«

»Dann reite ich also mit hundert feindlichen Soldaten im Rücken los? Und dann?«

»Du führst sie in einen Hinterhalt. Grame wird dir sagen, wo.«

Obrin starrte die hochgewachsene junge Frau an. Ihr Gesicht war schön, zeigte jedoch keinerlei Gefühl, die Augen waren kalt und grausam. »Du bist eine schlaue Frau, Sigarni«, sagte er. »Das könnte Erfolg haben.«

»Sieh zu, daß es ein Erfolg wird«, beschwor sie ihn. »Ich brauche diese Lebensmittel und die Waffen. Vor allem darf der Baron sie nicht kriegen.«

»Das verstehe ich schon, aber warum dieses Fort? Das Pallides-Fort ist näher. Selbst wenn wir das Farlain-Fort übernehmen, müssen wir den Proviant über weite Strecken transportieren, weitgehend in schwierigem Gelände.«

»Du wirst alle drei Forts übernehmen«, versicherte sie. »Farlain ist nur das erste. Und du brauchst die Vorräte nicht weit zu schleppen – nur bis zu Torgans Stadt. Dann zieht ihr zu den anderen. Jetzt ruh dich aus, und sei morgen früh bei Tagesanbruch mit Grame und Tovi wieder hier.«

Obrin verbeugte sich und ging in die Nacht hinaus. Er konnte aus Grames Hütte Lachen hören, doch sonst war es überall still.

Sie war wirklich schlau. Der Plan würde – wenn

er erfolgreich verlief – nicht nur die Nahrungsmittelknappheit beenden und den Baron seiner Vorräte für den Frühling berauben, sondern auch Eindruck auf die Farlain machen, die zahlreiche Männer bei vergeblichen Angriffen auf die Befestigung verloren hatten. Und die Chancen auf Erfolg waren tatsächlich hoch, wie er wußte. Sigarni setzte die größte Stärke des Feindes gegen ihn ein. Disziplin. Blinder Gehorsam.

Wer hätte gedacht, daß eine ungebildete Clansfrau einen so raffinierten Verstand hatte?

Sigarni klopfte an die Tür der kleinen Hütte. »Wer ist da?« rief Tovi. Als sie eintrat, sah sie den Jagdherrn vor dem offenen Feuer sitzen. Er sah auf. »Wie hast du mich gefunden?« fragte er.

»Kollarin hat ein Talent für solche Sachen. Warum bist du nicht bei deiner Familie?«

»Ich brauche Zeit zum Nachdenken.«

Sigarni setzte sich ihm gegenüber. »Du bist wütend.«

»Was hast du erwartet? Ich weiß, daß ich ein besserer Bäcker als Jagdherr war, aber ich habe seit dem Angriff mein Bestes getan. Mehr konnte ich nicht tun.«

»Ich erwarte auch nicht mehr«, sagte Sigarni. »Ich brauche deine Fähigkeiten auf anderen Gebieten.«

»Welche Fähigkeiten?« fragte er bitter. »Soll ich Brot für dich backen. Das kann ich. Bau mir nur einen Ofen.«

»Ja, ich will Brot«, sagte sie leise. »Ich will, daß die Menschen zu essen haben. Schlachten allein werden diesen Krieg nicht gewinnen, Tovi. Sobald wir die erste fremdländische Armee besiegt haben, werden wir von der Verteidigung zum Angriff übergehen müssen, und das bedeutet, daß wir ins Tiefland marschieren. Die Armee muß versorgt werden. Wir brauchen Söldner, und das heißt, wir brauchen Gold, einen Schatz. Unsere Truppen müssen sich aufteilen, und das erfordert Kommunikationswege. Verstehst du? Die Rolle, für die ich dich brauche, wird deinc Talente bis an die Grenzen strapazieren. Du wirst keine Zeit für andere Belastungen haben.«

»Warum konntest du das nicht vor den anderen sagen? Warum mußte ich diese Demütigung erleiden, Sigarni?«

Sie sah den älteren Mann an, erkannte in seinem Blick, wie verletzt er war. »Sie sollten von meinen Plänen nichts erfahren. Es kommen schwere Zeiten auf uns zu, Tovi. Einige der Männer werden für unsere Sache sterben, vielleicht werden sie sogar gefangengenommen und gefoltert. Schlimmer, der ein oder andere wird versuchen, uns zu verraten. Was ich hier zu dir sage, darfst du niemandem gegenüber wiederholen.«

»Ich werde vielleicht gefangengenommen und gefoltert«, betonte er.

»Das ist unwahrscheinlich, denn du wirst nicht mitkämpfen.«

»Nicht einmal das läßt du mir? Eine Chance auf Rache, um die Ehre meiner Familie wiederherzustellen?«

»Hör mich an! Was ist wichtiger, daß du dein Schwert einem Feind ins Herz stößt oder daß du durch deine Fähigkeiten tausend niedermachst? Du bist für mich lebenswichtig, Tovi. Du hast ein Gefühl für Organisation, dein Verstand kann sich gleichzeitig mit zahlreichen Problemen auseinandersetzen. Ich habe diese Talente hier in den vier Lagern gesehen. Nur wenige hätten das erreichen können, was du erreicht hast. Wenn der Krieg kommt, brauche ich dich.«

Er lachte und kratzte sich den Bart. »Hier sitzen wir mit einer kleinen Truppe, die aus vielen alten Männern und jungen Burschen besteht, und du sprichst davon, ins Tiefland einzumarschieren! Und ich glaube dir sogar noch, wenn du davon sprichst. Was ist mit dir geschehen, Sigarni? Woher bekommst du diese Ideen?«

»Aus meinem Blut, Tovi.«

»Ich habe dich all die Jahre beobachtet und nie gesehen. Als du ein Kind warst, hast du dich immer hinter meiner Bäckerei versteckt und gewartet, bis ich aus der Vordertür trat, um ein bißchen frische Luft zu schnappen. Schnell wie der Blitz bist du hineingesaust und hast dir ein Kuchenstück gemopst – immer aus der Mitte des Tabletts – und dann hast du die anderen zusammengeschoben, um die Lücke zu vertuschen.«

»Du wußtest das?«

»Ich wußte es. Du hast dich hinter dem Wasserfaß versteckt.«

»Woher wußtest du das?«

»Zitronenmelisse. Gwalchmai hat diesen Duft immer geliebt, und du hast dich immer mit den Blättern eingerieben, wenn du gebadet hast. Jedesmal, wenn ich wieder hineinging, roch es nach Zitronenmelisse.«

»Du hast mich nie geschnappt«, sagte sie leise.

Er zuckte die Achseln. »Ich wollte nie. Du warst ein trauriges Kind, Sigarni. Jeder liebte dich. Und ich konnte schon ein Bröckchen erübrigen am Kuchentag.«

Sigarni legte etwas Holz aufs Feuer, und sie saßen in behaglichem Schweigen beieinander. »Ich bin nicht mehr dieses Kind«, sagte sie schließlich.

»Ich weiß. Aber dieses Kind ist immer noch da, tief in dir. Es wird immer da sein.« Er seufzte, dann lächelte er. »Ich werde dir dienen, Sigarni, auf jede Weise, die du für richtig hältst.«

»Ich danke dir, Tovi«, sagte sie liebevoll. »Dafür – und für die Kuchen.« Sie erhob sich geschmeidig und ging zur Tür. »Sei bei Tagesanbruch am Langhaus.«

»Warum?«

»Weil ich dich dort brauche«, antwortete sie.

10. Kapitel

Torgans Laune besserte sich nicht gerade durch die Nachrichten seiner Späher, daß diese Loda-Frau auf dem Weg in die Stadt war. Zuerst hatten die Farlain von kaum etwas anderem gesprochen – wie stark sie war, wie edel sie aussah, wie tapfer. Torgan war es sehr rasch leid geworden. Deswegen hatte er seinen Überfall auf die Fremdländer geführt, um zu beweisen, daß *er* der natürliche Anführer der Clans war. Es hätte sogar funktionieren können, wenn der Feind nicht eine so zaghafte Strategie gehabt hätte, sich erst zurückzog und dann die Kavallerie auf ihn hetzte. Hätten sie standgehalten und gekämpft wie Männer, hätten die Farlain–Krieger sie gewiß in Stücke gehauen. Danach hatte er noch zwei ausnehmend erfolglose Angriffe auf ihr Fort unternommen. Noch einmal vierzig Männer waren von Pfeilen getroffen worden, sieben waren gestorben.

Jetzt sprachen die Farlain wieder von Sigarni, wie sie angeblich Dämonen getötet hatte, die nach ihr ausgesandt waren, und wie erfolgreich *sie* gegen die Fremdländer bei Cilfallen gewesen war. Bei Gott, konnten sie denn nicht sehen, was sie war? Nichts weiter als eine Loda-Hure in hübscher Rüstung! Torgan hatte nur wenig Zweifel, daß die Schlacht bei Cilfallen von dem schwarzhäutigen Bastard geplant worden war, der mit ihr ritt. Mit ihr ritt? Wohl eher sie ritt!

Jetzt kam sie wieder hierher.

Diesmal mache ich ihre Demütigung vollständig, dachte er.

Seine Frau Layelia kam ins Zimmer mit einem Becher gesüßtem Tee. Er nahm ihn wortlos entgegen und nippte daran. Layelia ging nicht wieder, sondern starrte ihn an. Er sah auf in ihre großen, sanften braunen Augen. »Was ist?« fragte er barsch.

»Sie kommt«, sagte seine Frau.

»Ich weiß. Ich werde mit ihr schon fertig.«

»Bist du sicher, daß du im Recht bist?«

»Was soll das heißen?« fuhr er sie an. Sie zuckte zurück, was ihm gefiel. Eine Frau sollte ihren Platz kennen.

»Ich habe gehört, daß *sie* die Erwählte sein soll. Carela sagte …«

»Weibertratsch interessiert mich nicht, Layelia. Ich habe genug gehört.«

Einen Augenblick lang dachte er, sie würde ihm widersprechen, doch dann senkte sie den Kopf und ließ ihn wieder allein. Torgan fuhr sich mit der Hand über das kurzgeschnittene schwarze Haar. Der kahle Fleck auf seinem Schädel wurde immer größer, und seine Stirntolle fiel von Tag zu Tag mehr auf. Er fluchte leise. Warum mußte ausgerechnet er als einziger in seiner Familie seine Haare verlieren? Sein Vater hatte einen dichten weißen Schopf wie eine Löwenmähne gehabt, bis er mit achtzig Jahren starb.

Torgan warf sich den Mantel um die Schultern und trat hinaus in die Wintersonne. Es war ein strahlender Tag, klar und kalt. In der Ferne konnte er die Loda-Frau sehen. Der schwarze Mann war nicht bei ihr, aber etwa ein Dutzend Reiter folgte ihr den langen Abhang hinunter. Es waren mehr Menschen auf den Straßen als sonst um diese Tageszeit. Sie waren auf dem Weg zum Marktplatz, um sich anzuhören, was sie zu sagen hatte.

Torgan schritt aus, ohne nach links oder rechts zu sehen. Sein Stuhl stand bereits mitten auf dem Marktplatz, seine Gehilfen standen daneben. Dieses Mal waren es weder Neren noch Calias oder Pimali. Alle waren in der Schlacht gefallen.

Ich hätte niemals so überstürzt gehandelt, hätte die Frau mich nicht so erzürnt, dachte er. Es ist ihre Schuld, daß sie tot sind.

Als Sigarni und ihre Anhänger auf den Marktplatz ritten, waren dort mehr als zweihundert Farlain versammelt, um Zeuge ihres Gespräches zu sein. Sie stieg nicht ab, sondern blieb auf ihrem Pferd sitzen und betrachtete Torgan.

»Nun, Frau?« rief er. »Was jetzt? Was willst du hier?«

»Vielleicht will ich mir nur einen Narren ansehen«, sagte sie. Ihre Stimme klang kälter als der Wind. »Vielleicht habe ich mich gefragt, ob die Fremdländer dich zum General gemacht haben, als Gegenleistung für die Anzahl der Clansmänner, die du für sie getötet hast.«

Torgan bebte vor Wut. »Wie kannst du es wagen?« schrie er und sprang auf die Füße. »Ich bin nicht hergekommen, um mir deine Beleidigungen anzuhören.«

»Wo gehst du denn normalerweise hin?« sagte sie. »Bei Gott, ich denke, du müßtest weit aus dem Hochland reisen, um *keine* Beleidigungen zu hören. Dreihundert Mann! Du hast sie in eine Falle geführt, die ein Kind hätte erkennen können. Oder hat dir noch niemand etwas von Reiterei erzählt? Haben deine Späher ihr Versteck nicht gesehen? Wo wir gerade davon sprechen, Torgan, hast du überhaupt Späher ausgeschickt?«

»Ich antworte dir nicht.«

»Da irrst du«, erklärte Sigarni, stieg ab und ging auf ihn zu. »Du antwortest mir, Torgan, weil du dreihundert Hochländer vergeudet hast. Du hast ihr Leben in einem Augenblick krasser Dummheit weggeworfen. Ja, du wirst mir antworten!«

Sie trat dicht vor ihn und schlug ihm ihre Faust ans Kinn. Der Schlag schockierte ihn, und er trat zurück und versuchte, sich zu fangen. Sie wandte sich ab, dann wirbelte sie zurück und sprang hoch, so daß ihr Stiefel gegen sein Kinn krachte. Torgan fiel schwer über den Stuhl und schlug sich die Schläfe auf den kalten Pflastersteinen auf. Benommen hörte er sie weitersprechen, als ob nichts geschehen sei. Nur sprach sie nicht mehr zu ihm, sondern zu den Farlain. »In elf Wochen«, sagte sie, »wird eine Armee in unser Hochland kommen – eine mörderische Truppe, deren Sinn nach Schlächterei steht. Wenn wir sie vernichten wollen, müssen wir gemeinsam handeln, unter einem einzigen Anführer. Der Narr, der hier liegt, wird euch ins Verderben führen. Ich glaube, das wißt ihr bereits. Hebt ihn auf!«

Torgan spürte, wie starke Arme ihn hochzogen und ihn auf den Stuhl setzten. »Die Stellung des Jagdherrn kann vom Vater auf den Sohn weitergegeben werden«, hörte er sie sagen, »aber das war im Hochland nicht immer so. Wir befinden uns im Krieg, und es liegt an euch, einen Jagdherrn zu wählen, der seinem Volk am besten dient. Dem ganzen Volk – den Farlain, Loda, Pallides und Wingoras. Es ist mir egal, wen ihr wählt. Aber wer es auch ist, er wird unter meiner Führerschaft dienen.«

»Mit welchem Recht?« fragte ein großer, breitschultriger Krieger mit silbergrauem Schnurrbart. Torgan blinzelte, als Harcanan vortrat und sich vor der Frau aufbaute. Sein Onkel würde sie schon auf ihren Platz verweisen. Er war ein Mann mit eisernen Prinzipien, der sich nicht von dieser Hure in Rot täuschen ließ.

»Mit welchem Recht?« wiederholte Sigarni. »Mit dem Recht des Blutes und dem Recht des Kampfes. Durch mein Schwert und meine Fähigkeiten.«

Er schüttelte den Kopf. »Ich kenne dein Blut nicht, Sigarni, aber dein Kampf war ein kleines Scharmützel bei Cilfallen. Was dein Schwert und deine Fähigkeiten angeht, habe ich noch keinen Beweis gesehen, daß du damit einen Kampf austragen kannst. Ich sage das nicht geringschätzig, denn ich gratuliere dir zu deiner Verteidigung von Cilfallen und deiner Entschlossenheit, gegen die Fremdländer zu kämpfen. Aber ich brauche mehr Beweise dafür, daß du der Kriegsherr bist, dem wir folgen sollen.«

»Gut gesprochen«, erwiderte sie. »Und wie möchtest du diese Beweise erbracht haben?«

»Das kann ich nicht sagen – aber eine Schlacht überzeugt mich nicht. Die Fremdländer lagern auf unserem Land, ihre Position ist unangreifbar. Ein Kriegsführer sollte in der Lage sein, uns von ihrer Gegenwart zu befreien.«

»Wie heißt du?«

»Ich heiße Harcanan.«

»Ich habe schon von dir gehört«, sagte sie. »Du hast am Colden Moor gekämpft. Es heißt, daß du zwanzig Fremdländer getötet und den König in Sicherheit gebracht hast.«

Er lächelte finster. »Eine Übertreibung, Sigarni. Aber ich war dabei, als sich die Clans zum letzten Mal gegen die Fremdländer zusammentaten, und ich werde auch beim nächsten Mal dabei sein, so Gott will.«

»Also dann, Harcanan, willst du mir folgen?«

»Ich sagte bereits, daß ich mehr Beweise brauche.«

Sigarni schwieg einen Moment. »Ich werde mit dir einen Handel schließen, Harcanan«, sagte sie schließlich. »Du schwörst mir Treue, und *dann* zeige ich dir Beweise.«

»Warum nicht anders herum?« entgegnete er.

»Weil ich deinen Glauben brauche, ebenso wie dein Schwert.«

Er lächelte. »Wie ich höre, verlangst du, daß die Männer das Knie vor dir beugen, wie vor einem Monarchen. Willst du das damit sagen?«

»Ja, Harcanan. Genau das. Wie in den alten Tagen. Aber du wirst mich nicht in Sicherheit bringen müssen, du wirst am Leben bleiben und sehen, wie die Fremdländer zermalmt werden und um Gnade betteln. Und jetzt schwöre.«

Torgan saß ganz still und wartete darauf, daß der alte Krieger ihr ins Gesicht lachte. Doch das tat er nicht. Statt dessen ging er langsam zu ihr und beugte das Knie vor ihr. »Mein Schwert und mein Leben«, sagte er.

Sigarni drehte sich zu den Zuschauern um. Sie reckte ihren Arm hoch und deutete auf die Reihe von Pferden gezogener Karren, die langsam über den Hügelkamm kamen. »Die Karren, die ihr dort seht, sind beladen mit Kriegsbeute, aus dem Fort auf dem Land der Farlain. Meine Truppen übernahmen dieses Fort vor zwei Tagen. Während wir hier reden, fällt das Pallides-Fort in unsere Hände.«

Harcanan erhob sich. »Wie viele Männer hast du verloren?« fragte er.

»Keinen«, antwortete sie. »Ruf den Rat zusammen, denn ich möchte zu ihm sprechen.«

Harcanan verbeugte sich, und Sigarni wandte sich an Torgan. »Ich könnte dich jetzt töten – und wahrscheinlich sollte ich es sogar«, sagte sie. »Aber du bist ein Hochländer und nicht ohne Mut. Komm zur Ratsversammlung.«

Torgan stand auf und stolperte davon, seine Gedanken überschlugen sich.

Gwalchmai war nüchtern. Das war keine erhebende Erfahrung. Während er in der Halle saß, umgeben von den kleineren Kindern des Lagers, sehnte er sich nach der Zuflucht seines Kruges. Es waren auch ein paar ältere Frauen anwesend, die die letzte Milch an die eifrigen Kleinen verteilten, und etwa ein Dutzend junger Mütter, die zusammensaßen, ihre Babies auf dem Schoß hielten und sich angeregt unterhielten. Gwalchmai konnte nicht hören, was sie sagten, denn die meisten der Kinder hatten sich um ihn geschart und stellten ihm Fragen, die er schwer zu beantworten fand. Seit einigen Wochen ließen seine Kräfte bereits nach, und er fand sich nicht mehr in der Lage, Visionen herbeizubeschwören. Es war Ironie, daß ausgerechnet jetzt sein Talent ihn im Stich lassen sollte. Er hatte oft darum gebetet, von der Gabe – oder dem Fluch – erlöst zu werden –, und jetzt, da es geschehen war, fühlte er sich schrecklich allein und sehr verängstigt.

Der Clan brauchte ihn – und er hatte nichts mehr zu geben.

»Warum wollen sie uns alle töten, Gwalchmai?« fragte ein etwa zwölfjähriger Junge mit wachen Augen. »Haben wir etwas falsch gemacht?«

»Nein, wir haben nichts falsch gemacht«, grunzte er. Er fühlte sich von den Kindern bedrängt.

»Warum werden wir dann bestraft?«

»Es hat keinen Sinn, mich danach zu fragen, Junge. Es ist ein Krieg. Ein Krieg macht keinen Sinn.«

»Warum führen wir ihn dann?« fragte ein anderer Junge.

»Wir haben keine Wahl«, antwortete Gwalchmai. In dem Krug war noch eine kleine Neige, wie er sich erinnerte. Aber wo hatte er ihn hingetan?

»Werden wir alle umgebracht?« fragte ein Mädchen mit langem rotem Haar. Gwalchmai räusperte sich. Die Stimme eines Mannes mischte sich ein, und als Gwalchmai aufschaute, sah er Kollarin, der durch die Reihen der Kinder ging. Der jüngere Mann grinste Gwalch an, klopfte ihm auf die Schulter und setzte sich dann neben ihn. »Wenn ein Dieb in euer Haus kommt«, erklärte er den Kindern, »um das zu rauben, was euch gehört, dann läßt man ihn entweder ungehindert gewähren, oder man hält ihn auf. Wenn ein Wolfsrudel euer Vieh angreift, erschlagt ihr die Wölfe. Das ist die Art des Jägers. Die Fremdländer haben beschlossen, alles zu nehmen, was euch gehört. Eure Väter haben beschlossen, sie aufzuhalten.«

»Mein Vater ist ein großer Jäger«, erklärte das Mädchen. »Im vergangenen Jahr hat er einen wilden Bären erlegt.«

»Nicht allein«, wandte der Junge ein. »Mein Vater war dabei. Er hat auch auf ihn geschossen.«

»Hat er nicht!« Die beiden begannen zu streiten. Kollarin lachte laut.

»Kommt, kommt, ihr Clansleute, so benimmt man sich doch nicht. Ich hatte keinen Vater – jedenfalls erinnere ich mich nicht an ihn. Ich hatte eine Mutter, die mit einem Bogen schießen und mit einem Schwert umgehen konnte. Einmal, als eine Löwin in unsere Schafherde eingedrungen war, ging sie nur mit einem langen Stock bewaffnet auf die Weide und verscheuchte die Löwin. Sie war eine großartige Frau.«

»Du bist ein Fremdländer«, sagte der erste Junge, den ernsten Blick auf Kollarins Gesicht gerichtet. »Warum willst du uns töten?«

»Ich wollte noch nie jemanden töten«, antwortete Kollarin. »Es gibt viele ... Fremdländer, wie du sie nennst, aus vielen Ländern. Sie haben ein Reich aufgebaut, ich stamme aus einem Teil dieses Reiches. Sie haben mein Land vor einhundertundzehn Jahren erobert. Die Fremdländer sind nicht von Natur aus böse, sie fressen keine Kinder und bringen auch keine Blutopfer für abscheuliche Götter. Ihr Problem ist, daß sie daran glauben, daß das Schicksal sie zu Herren dieser Welt bestimmt hat. Sie achten Stärke und Mut mehr als alles andere. Deshalb erreichen auch die stärksten, die rücksichtslosesten meist die höchsten Positionen. Der Baron ist solch ein Mann, er ist böse, und weil der Norden ihm unterstellt ist, breitet sich sein Böses unter den Männern seines Kommandos aus.«

»Was geschah mit deinem Vater?« fragte das rothaarige Mädchen.

»Er lief fort, als ich noch ein Baby war.«

»Warum?«

Kollarin zuckte die Achseln. »Ich kann nicht für ihn antworten. Meine Mutter sagte, er fand das Leben als Bauer zu langweilig.«

»Haben die Leute dich gehänselt?« fragte ein kleiner Junge mit dichtem Lockenschopf.

Kollarin nickte. »Ja. Ein Junge ohne Vater wird aus irgendeinem Grund eine Zielscheibe des Hohns.«

»Mich auch«, sagte der Junge. »Mein Vater lief davon, noch ehe ich geboren war.«

»Er lief nicht davon«, warf ein anderes Kind höhnisch ein. »Nicht einmal deine Mutter hätte sagen können, wer er war.«

Der lockenköpfige Junge wurde rot und wollte aufspringen. Kollarin sprach rasch weiter. »Keine Gewalt hier unter uns. Ihr alle gehört zum Clan, und der Clan ist in Gefahr, es ist keine Zeit, miteinander zu streiten. Aber es gibt etwas, worüber ihr nachdenken könnt. Wie wächst das Böse? Wie kommt es in die Herzen der Menschen, wo es wächst wie Unkraut zwischen den Blumen? Ich sage es euch: Das Böse wird aus Zorn und Ungerechtigkeit geboren, aus Ablehnung und Eifersucht. Ihr alle habt ein kleines Samenkorn davon hier in der Halle miterlebt. Ein Junge ohne Vater wurde beleidigt für etwas, das vielleicht – vielleicht auch nicht – die Sünde seiner Mutter war. Diese Beleidigung und andere dieser Art werden in ihm schmoren, während er heranwächst. Und mit welchem Recht wird er so ungerecht behandelt?« Kollarin richtete seinen Blick auf den älteren Jungen. »Hat seine Geburt euch irgendwie geschadet?«

»Jeder weiß, daß seine Mutter eine …«

»Sag es nicht!« schnitt Kollarin ihm eisig das Wort ab. »Denn wenn du so sprichst, gebierst du das Böse.«

»Es ist aber wahr!«

»Nein, es ist eine *Auffassung* der Wahrheit. Das ist ein Unterschied. Für die Fremdländer seid ihr ungebildete Barbaren, weniger wert als Schweine. Ihr seid nicht einmal menschlich: eure Mutter ist eine Hure, und euer Vater ist ein stinkendes Stück Dreck, das ausgemerzt werden muß. Das ist ihre Auffassung der Wahrheit. Sie haben unrecht – ebenso wie du. Ich sage das nicht im Zorn zu dir, mein Junge. Tatsächlich macht es mich traurig.«

»Ich werde meinem Vater sagen, was du über ihn gesagt hast, Fremdländer!« schrie der Junge. »Dafür wird er dich töten!«

»Wenn das stimmt«, sagte Kollarin leise, »gibt es einen Menschen weniger, der gegen den Baron kämpfen kann. Nein, ich glaube nicht, daß er das tun wird. Ich halte es für wahrscheinlicher, daß er traurig ist, so wie ich, daß du einen Bruder zu einer solchen Zeit beleidigst.«

»Er ist nicht mein Bruder! Er ist ein Hurensohn!«

»Das reicht!« brüllte Gwalchmai und sprang auf. »Ich bin der Träumer des Clans, und ich kenne die Wahrheit. Kollarin hat sie ausgesprochen, wenn er es auch vielleicht nicht hätte tun sollen. Was in dir schwärt, junger Mann, ist die Tatsache, daß jedermann die Ähnlichkeit zwischen dir und Kellin erkennt. Ihr *seid* Brüder, und noch so viele scharfe Worte können das nicht ändern. Du mußt noch viel lernen, um erwachsen zu werden. Fang endlich damit an!«

Der ältere Junge rannte aus dem Saal und ließ die Tür in ihren Leinenangeln schwingen. Schnee stob herein, und ein anderes Kind ging zur Tür, stieß sie zu und drückte die Klinke nieder. Die Kinder scharten sich wieder um die beiden Männer, in ihren Gesichtern zeigte sich Angst. »Manchmal«, sagte Kollarin, »kann das Leben grundlos grausam sein.

Ihr habt gerade so etwas miterlebt. Das Böse entspringt nicht einem Teufelskopf mit Hörnern – sonst würden wir alle davor weglaufen. Es entspringt einem zornigen Wort und läßt sich in den Ohren der Zuhörer nieder. Es wächst fast unbemerkt, bis es in Wut und Neid, Eifersucht und Gier erblüht. Beim nächsten Mal, wenn ihr wütend auf einen Clanbruder oder eine -schwester seid, denkt daran.«

»Er wird dich töten, weißt du«, sagte der lockenköpfige Kellin. »Jarens Vater hat ein schreckliches Temperament. Du solltest dir ein Schwert besorgen.«

»Das werde ich, wenn es nötig sein sollte«, sagte Kollarin traurig. »Aber jetzt finde ich, sollten wir ein Spiel spielen, um die Stimmung zu heben. Wer von euch kennt *Fangt den Bär*?«

Gwalchmai verließ leise die Halle, während das Spiel seinen Lauf nahm, und das Quietschen und Lachen der Kinder klang in seinen Ohren. Es war schön, aber kalt draußen, doch der alte Mann konnte den Duft des Frühlings riechen, den der Wind herantrug. Er schauderte.

Kollarin hatte recht. Das Böse war keine Macht von außen, die darauf wartete, ein wanderndes Herz zu ergreifen. Es wohnte im Herzen, eine verpuppte Made, die auf den rechten Augenblick wartete, um auszubrechen und zu fressen, sich von den dunkleren Kräften der menschlichen Seele zu ernähren. Die Gründer des Clans hatten das wohl verstanden und Geschichten und Mythen in Umlauf gesetzt, denen die Jungen nacheifern sollten. Helden unterdrückten oder quälten *niemals* die Schwachen, sie logen oder stahlen *niemals* oder verwendeten ihre Macht zu selbstsüchtigen Zwecken. Helden empfanden zwar immer solche dunklen Wünsche, doch sie widerstanden ihnen mannhaft. Alle derartigen Geschichten hatten nur einen Zweck – die Jungen zu ermutigen, gegen ihre inneren Dämonen zu kämpfen.

Obwohl sein Talent nachließ, wußte Gwalchmai, welche Dämonen den jungen Jaren trieben. Andere Kinder flüsterten, daß Kellin sein Bruder war ... und das bedeutete, daß sein Vater seiner Mutter untreu gewesen war, und dann eine andere Frau verraten und sie verlassen hatte, so daß sie ihren Sohn in Schande aufziehen mußte. Jaren wollte nicht, daß sein Vater auf diese Weise übel beleumundet wurde, und hatte seinen Zorn auf den kleinen Kellin übertragen, indem er ihn für die Lügen schalt. Sein Zorn und sein Haß entsprangen seiner Liebe zu seinem Vater.

Gwalchmai stand in der kalten Morgensonne und wartete.

Es dauerte nicht lange, bis er den Jungen mit einem kräftigen Clansmann zurückeilen sah. Einen Augenblick lang fiel ihm der Name des Mannes nicht mehr ein, doch dann erinnerte er sich – Kars. Als Gwalchmai ihn anrief, ließ der Mann die Hand seines Sohnes los und ging zu dem Träumer. Sein eckiges, bartloses Gesicht war weiß vor Zorn.

»Du hast über mich gelogen, Träumer«, sagte er mit eisigem Ton. »Wenn du jünger wärst, würde ich dich auf der Stelle erschlagen. Der Fremdländer ist etwas anderes, er wird für die Ehre meiner Familie sterben.«

»Und das Blut wäscht die Schande ab?« fragte Gwalchmai. Er hielt dem Blick des anderen stand.

Kars trat dicht vor ihn hin. »Die Frau war für ein

Kupferstück für jeden Mann zu haben. Das war ihre Arbeit und ihr Vergnügen. Ja, ich habe es mit ihr getrieben. Zeig mir den Mann, der es nicht getan hat.«

»Das spielt keine Rolle«, sagte Gwalchmai. »Guter Gott, Mann, hast du dir den Jungen denn nicht angesehen? Jeder Gesichtszug ist ein Spiegelbild von dir. Doch auch das ist nicht der Punkt. Warum soll das Kind für die Sünden seiner Mutter büßen? Was hat er getan, außer eine Erinnerung an eine Nacht beiläufiger Paarung zu sein? Und was den Fremdländer angeht, er sagte nur die Wahrheit.«

»Er hat mich ein Stück Dreck genannt!« schnaubte Kars. »Stimmt das etwa nicht, alter Mann?«

»Er hat dich überhaupt nichts genannt, Kars. Er erklärte den Kindern, wie die Fremdländer uns sehen. Jaren wurde wütend und nahm alles persönlich.«

»Genug geschwätzt!« fauchte der Mann, zog sein Schwert und wandte sich ab.

»Was jetzt, Kars?« fragte Gwalchmai leise. »Willst du in die Kinderversammlung gehen und den Mann erschlagen, der mit ihnen Spiele spielt? Kannst du nicht ihr Lachen hören? Ihre Freude? Wie lange ist es her, daß die Kinder unseres Clans solche Augenblicke erlebten?«

In diesem Moment gingen die Türen auf, und die Kinder kamen heraus. Kars stand stockstill, das Schwert in den Händen. Das Gelächter der Kleinen verebbte, und sie standen schweigend da, als Kollarin herauskam und sich den grünen Umhang um die schmalen Schultern schlang. Ein kleiner Junge stellte sich neben ihn. Kars sah das Kind an, dann seinen eigenen Sohn, Jaren. Niemand rührte sich. Kars stieß sein Schwert in den Schnee, dann trat er vor und sank vor Kellin auf ein Knie. Der kleine Junge wich nicht zurück, sondern sah den Krieger unverwandt an.

Gwalchmai spürte, wie sein Herz unregelmäßig schlug, sein Atem ging flach. Wenn Kars den Jungen als seinen Sohn anerkannte, dann bedeutete das einen Ehrverlust für den stolzen Clansmann, der ihm Kummer und seiner Familie Schande brachte. Den augenfälligen Beweis zurückzuweisen würde eine andere Schande mit sich bringen, aber eine, die zumindest nur privater Natur war.

Der Krieger legte Kellin seine Hände auf die Schultern. »Du bist ein guter Junge«, sagte er. Seine Stimme war erstickt von Gefühlen. »Ein guter Junge. Wenn du es wünschst, bist du an meinem Feuer und in meinem Haus willkommen.«

Gwalchmai konnte kaum glauben, daß er diese Worte hörte. Er richtete seinen Blick auf Jaren, der dicht bei seinem Vater stand. Der Junge sah aus, als sei er den Tränen nah. Kars sah auf, rief seinen Sohn, und Jaren rannte zu ihm. Kars stand auf, dann reichte er Kellin die Hand. »Laßt uns ein Stück gehen«, sagte er. Kellin nahm seine linke, Jaren seine rechte Hand.

Gemeinsam wanderten sie zum Waldrand.

Kollarin schlenderte zu Gwalchmai hinüber. »Eine seltsame Begegnung«, stellte der jüngere Mann fest.

»Es gibt noch immer Edelmut im Clan«, sagte Gwalchmai stolz. »Jetzt kann ich glücklich sterben.«

Auf Kollarins Gesicht zeigte sich Kummer. »Du gehst zurück zu deiner Hütte, um den Soldaten zu begegnen, die dich töten werden. Warum? Du weißt, wenn du hierbleibst, machst du ihnen einen Strich durch die Rechnung.«

»Ja«, gab Gwalchmai zu. »Es gibt magische Momente, in denen man die Zukunft ändern kann. Aber nicht dieses Mal. Ich habe noch eine kleine Aufgabe zu erledigen, ein letztes Geschenk für Sigarni.«

»Du wirst eine Saat pflanzen«, sagte Kollarin traurig, »und du wirst dafür sterben.«

»Kümmere dich um meine Hunde, junger Mann. Ich habe sie liebgewonnen. Und jetzt muß ich gehen.« Plötzlich lachte Gwalchmai in sich hinein. »Ich habe noch zwei Krüge mit Honigmet in meinem Haus versteckt. Ich höre sie rufen!«

Kollarin streckte die Hand aus. »Du bist ein guter Mann, Gwalchmai, und ein tapferer dazu. Ich weiß, daß du dir Sorgen um Sigarni machst, und wie sie ohne deine Führung zurechtkommt. Ich werde ihr Seher sein ... und ich werde sie niemals verraten.«

»Einer wird es tun«, sagte der alte Mann. »Ich weiß nicht, wer es ist.«

»Ich werde nach ihm Ausschau halten«, versprach Kollarin.

Leofrics Diener deckte das Feuer ab und brachte frische Kerzen, die er entzündete und auf die heruntergebrannten Stümpfe steckte. Der blonde junge Mann achtete nicht auf ihn, sondern brütete weiter über Karten und Berechnungen. Leofric war kein glücklicher Mann. So sehr er die Logistik eines Feldzuges liebte, er konnte sich nicht des Gefühls erwehren, daß alles so unnötig war. Die Clans waren seit Jahren friedlich, und jetzt wollte der Baron Feuer und Tod in ihr Land tragen. Und wozu? Ein bißchen Ruhm und die Chance, in den Augen des Königs wieder Ansehen zu gewinnen. Das und die Spekulation mit Landpreisen südlich der Grenze.

Das war alles so bedeutungslos.

Der Diener stellte einen Becher mit dampfendem Kräutertee vor ihn hin. Leofric nahm ihn und nippte an dem Gebräu, das süß und mit Alkohol angereichert war. »Ich danke dir. Sehr aufmerksam«, sagte er und sah den Diener an. Dann verschwand der Mann sogleich wieder aus seinen Gedanken.

Die Armee würde in zehn Wochen aufbrechen. Jeder der sechstausend Mann würde einen Viertagesvorrat an Nahrungsmitteln tragen. Leofric nahm einen Gänsekiel. Ein Pfund Haferflocken, acht Unzen getrocknetes Rindfleisch, eine halbe Unze Salz. Sieben Pfennig pro Päckchen, multipliziert mit sechstausend. Er schüttelte den Kopf. Der Baron würde solche Kosten nicht schätzen.

Er nippte an seinem Tee und lehnte sich in seinem Stuhl zurück.

Nach seiner Berechnung würde der Krieg zwölftausendvierhundert Goldstücke an Sold, Proviant und Material kosten. Doch der Baron hatte nur zehntausend bewilligt.

Wo konnte er einsparen? Salz war teuer, aber ohne Salz würde kein Soldat marschieren, und es war allgemein bekannt, daß fleischlose Ernährung zu feigem Verhalten führte. Die Haferrationen zu halbieren würde die Nahrungsmenge reduzieren, aber das sparte nur … er kritzelte eine Berechnung nieder, dann multiplizierte er. Dreihundertzweiundvierzig Goldstücke.

Dann hellte sich seine Miene auf. Du hast die Toten nicht berücksichtigt, dachte er. Die Hochländer werden kämpfen, und das bedeutet, ein gewisser Prozentsatz der Armee wird weder Proviant noch Sold benötigen. Aber wie viele? Bei einem normalen Feldzug mit dem Baron konnten diese Verluste auf bis zu dreißig Prozent steigen, aber hier war die Situation anders. Die Hälfte davon? Ein Viertel? Sagen wir, fünf Prozent: dreihundert Mann. Wieder beugte er sich über seine Berechnungen.

Fast, stellte er fest.

Der Diener kehrte zurück. »Ich bitte um Verzeihung, Herr, aber da ist ein Mann, der dich sehen möchte.«

»Wie spät ist es?«

»Kurz vor Mitternacht, Herr.«

»Eine seltsame Zeit für einen Besuch. Wer ist es?«

»Ich kenne ihn nicht, Herr. Er ist ein Fremder. Er hat nach dir gefragt und gesagt, er besäße Informationen, die für dich sehr wertvoll wären.«

Leofric seufzte, er war müde. »Also schön, führ ihn herein. Gib uns aber höchstens zehn Minuten, dann komm herein mit irgendeiner wichtigen Nachricht. Verstanden?

»Natürlich, Herr.« Der Mann verbeugte sich und ging.

Leofric rieb sich die Augen und gähnte. Mitternacht. Guter Gott, ich arbeite seit sieben Stunden an diesen Papieren! Hastig schob er sie zusammen und stopfte sie in eine Schublade. Der Diener kam zurück und führte einen Mann mittleren Alters mit einem runden, fleischigen Gesicht und glitzernden Augen herein.

»Ich hoffe, du verzeihst mir mein Eindringen«, sagte der Besucher. »Aber die Neuigkeiten, die ich habe, können nicht bis morgen warten.«

»Und worum handelt es sich bitte?« erwiderte

Leofric und bedeutete dem Mann sich zu setzen.

»Du hast an den Invasionsplänen gearbeitet«, sagte der andere mit einem Lächeln. »Meine Informationen werden wesentliche Änderungen erforderlich machen.«

»Woher weißt du, an was ich gearbeitet habe?«

»Darauf kommen wir noch zurück, Leofric«, sagte der Mann mit einem breiten Lächeln. »Fürs erste, laß mich dir sagen, daß zwei deiner drei Forts in die Hände der Clans gefallen sind und alle Vorräte, die dort aufbewahrt wurden, jetzt von euren Feinden verzehrt werden.«

Leofrics Müdigkeit war wie weggeblasen. »Das ist unmöglich! Ich habe den Bau selbst überwacht. Sie waren uneinnehmbar!«

»Nicht durch Täuschung, wie es scheint.«

Leofric setzte sich. »Täuschung?«

»Diese Frau, Sigarni, hat den Verräter Obrin mit hundert Mann als Ablösung geschickt. Beide Forts haben kampflos übergeben.«

»Wie …? Wer bist du?«

»Ich denke, du kannst mit Fug und Recht annehmen, daß ich ein Freund bin, Leofric. Ich habe auch Informationen über Sigarni und ihre Pläne. Sie stellt eine Armee auf, mußt du wissen.«

»Unter welcher Führung?«

»Ihrer eigenen natürlich. Sie ist von königlichem Blute, und sie ist verantwortlich für die Niederlage unserer Truppen bei Cilfallen. Gute Empfehlung, findest du nicht?«

»Wie viele Männer hat sie zur Zeit unter ihrem Kommando?«

»Annähernd zweitausend. Die Farlain folgen ihr, und die Pallides werden es bald tun. Es sei denn, sie wird aufgehalten, versteht sich.«

»Wir können nicht durch, ehe es taut. Alle nördlichen Pässe sind versperrt.«

»Ihr könnt nicht durch, aber ich schon. Ich habe es schon getan, in gewisser Weise.«

Der Diener trat ein. »Herr, ich glaube, du solltest …«

»Ja, ja, das ist jetzt nicht nötig. Bring mir noch einen Tee und einen für unseren Gast.«

Der Mann nickte und verbeugte sich, während Leofric seine Aufmerksamkeit wieder seinem Gast zuwandte. »Ich glaube, es ist Zeit, daß du dein Interesse in dieser Angelegenheit erklärst.«

»Selbstverständlich. Ich jage die Hexe Sigarni. Meine Gründe sind für dich nicht von Interesse, aber für mich ist es wichtig, daß ich sie finde. So wie sie jetzt von loyalen Clansmitgliedern umgeben ist, könnte es für mich … schwierig sein, zu ihr zu gelangen. Ihr könnt mir bei meiner Aufgabe helfen – so wie ich euch helfen kann.«

»Du bist ein Magier?«

Der Mann lachte. »Nur nicht so vage, Herr. Ich bin ein Zauberer. Vor einiger Zeit wurde ich dafür bezahlt, daß ich … ein Problem löste, das Sigarni darstellte. Es mißlang mir. Dreimal. Ich sage das ohne Scham, denn meine Gegner waren wahrlich mächtig. Glücklicherweise halten sie mich jetzt für tot, was mir die Freiheit gibt, den Erfolg zu genießen, auf den ich gewartet habe.«

»Warum sollten sie dich für tot halten?«

»Ein Mann wurde von Dämonen in Stücke gerissen. Ich habe sichergestellt, daß er mir in jeder Hinsicht ähnlich war. Möchtest du noch mehr hören?«

Leofric schüttelte den Kopf. »Bestimmt nicht. Was erwartest du von mir für deine Informationen?«

»Ich habe festgestellt, daß mir in Zitadell das Geld ausgeht. Ich bin weit entfernt von meinen eigenen Bankiers, und ich wäre dankbar für ein kleines Geldgeschenk, das es mir ermöglicht, mir in Zitadell ein Haus zu mieten. Ich muß noch viel für meinen nächsten Versuch vorbereiten. Menschen und Material, solche Dinge.«

»Natürlich. Wo wohnst du zur Zeit?«

»In einer Herberge, in der Nähe der Blauen Ente.«

»Ich schicke morgen früh einen meiner Diener zu dir. Ich wäre auch dankbar für alle weiteren Informationen, die du mir über die Pläne der Rebellen zukommen lassen könntest.«

Der Mann rieb sich das fleischige Kinn. »Ich werde darüber nachdenken«, sagte er. »Es ist eine delikate Angelegenheit. Verstehst du, ich will nicht, daß ihr Sigarni gefangennehmt oder tötet. Dieses Vergnügen gehört mir. Ich werde es mir überlegen und lasse dich meine Entscheidung wissen.«

»Der Baron wird dich gewiß sehen wollen.«

»Das glaube ich nicht, Graf Leofric. Sag ihm, du hättest einen Spion, der dir diese Informationen überbracht hätte. Das ist schließlich sogar die Wahrheit. Erwähne mich ihm gegenüber nicht. Es würde ihm nicht gefallen.«

»Nach wem soll mein Diener morgen früh fragen?« wollte Leofric wissen.

»Oh, Verzeihung, ich habe mich ja gar nicht vorgestellt. Ich bin Jakuta Khan.«

Ballistars Haß auf den Winter war tief und vollkommen, denn es war die Jahreszeit, die Schlaglichter auf seine Mißgestalt warf. Seine kurzen, dicken

Beine konnten mit dem tiefen Schnee nicht umgehen, und er fühlte sich wie ein Gefangener in Asmidirs Haus. Ballistar sehnte sich danach, wieder bei Sigarni zu sein, um für den Frühling und den kommenden Krieg Pläne zu schmieden.

»Du bist jetzt nutzlos«, sagte er laut, als er auf der Brüstung hockte und auf die winterliche Landschaft hinausschaute. »Nutzlos.«

Er stand mühsam auf. Doch heute empfand er keine Freude darüber, so hoch oben zu sein. Es führte ihm nur noch deutlicher vor Augen, wie klein er war. Schneefall setzte ein, als Ballistar sich auf den Bauch niederließ, um auf den Wehrgang hinabzurutschen.

Wieder in seinem oben gelegenen Zimmer schürte er das Feuer, setze sich dann auf den Teppich davor und starrte in die Flammen. Die Stühle waren alle zu groß für ihn, und Ari hatte eine Holzkiste gebracht, damit Ballistar ins Bett klettern konnte. Warum bin ich so geboren? fragte er sich. Welcher Sünde konnte ein Kind schuldig sein, daß ein rachsüchtiger Gott es zu einem solchen Leben verdammte?

Niemand begriff seine Qualen. Wie sollten sie auch? Selbst Sigarni hatte einmal gesagt: »Vielleicht triffst du eines Tages eine schöne Zwergenfrau und wirst mit ihr glücklich.«

Ich will keine Zwergenfrau, dachte er. Nur weil ich mißgestaltet bin, heißt das doch nicht, daß ich eine Mißgestalt bei anderen attraktiv finde.

Ich will dich, Sigarni. Ich will, daß du mich liebst, mich als *Mann* betrachtest.

Das wird nicht geschehen. Er erinnerte sich an die Quälereien, die seine Kindheit und Jugend gekennzeichnet hatten. Bakris Ohnezahn hatte einmal große Erheiterung hervorgerufen mit einem Scherz über Ballistar und seine Unfähigkeit, Liebe zu finden. »Wie könnte er mit einer Frau Liebe machen?« hatte Bakris gefragt. »Wenn sie Nase an Nase lägen, hätte er seine Zehen drin, lägen sie Zehen an Zehen, hätte er seine Nase drin, und wenn er jemals dorthin gelangte, hätte er niemanden, mit dem er reden könnte.«

O ja, brüllendes Gelächter hatte den Scherz begrüßt. Selbst Ballistar hatte gelacht. Was blieb ihm auch sonst übrig?

Ballistar verließ sein Zimmer und ging die Treppe hinab in den Hof vor den Ställen. Die kleine weiße Ponystute war in ihrem Stall, und der Zwerg kletterte auf das Gatter vor ihrem Kopf und streichelte ihr den Hals. Sie stieß ihn mit der Schnauze an. »Macht es dir etwas aus, ein Zwergpferd zu sein?« fragte er. »Betrachtest du die großen Stuten voller Neid?« Das Pony fing wieder an, das Stroh aus dem Futtersack zu kauen. Es war kalt im Stall, und Ballistar sah, daß die Decke des Ponys von seinem Rücken gerutscht war. Er kletterte vom Gatter, um sie zu holen und versuchte, sie wieder über das Pony zu werfen. Es war eine große Decke, und als er versuchte sie hochzuwerfen, fiel sie zurück über Ballistars Kopf. Dreimal versuchte er es. Beim letzten Mal hätte er es fast geschafft, aber das Pony ging einen Schritt nach rechts, und die Decke fiel auf die linke Seite.

Das war die endgültige Demütigung für Ballistar. Tränen stiegen ihm in die dunklen Augen, und er dachte wieder an die hohe Brüstung. Auf der Nordseite befanden sich am Fuß der Mauer scharfkantige Steine. Wenn ich mich von der Brüstung stürzte, werde ich sterben, dachte er. Keine Schmerzen mehr, keine Demütigungen ...

Ballistar ging ins Haus zurück und begann die Stufen emporzusteigen.

Der Diener-Krieger Ari trat aus der Bibliothek und sah ihn. »Guten Morgen, Ballistar.«

»Guten Morgen«, murmelte der Zwerg und stieg weiter die Treppe hinauf.

»Ich hatte gerade überlegt, ob du mir helfen könntest.«

Ballistar zögerte, dann spähte er durch das Treppengeländer hinunter zu dem schwarzen Mann.

»Heute nicht«, erklärte er.

»Aber es ist wichtig«, sagte Ari leise. »Ich studiere die Karten vom Duane-Paß, denn dort wird unserer Ansicht nach die erste Schlacht ausgetragen werden. Kennst du ihn?«

»Ja.«

»Gut, dann wirst du mir eine große Hilfe sein.« Ari drehte sich um und ging wieder in die Bibliothek. Ballistar blieb einen Augenblick stehen, dann stieg er langsam die Stufen hinunter und folgte dem Mann.

Ari saß auf dem Fußboden, die Karten um sich verstreut. Ein Kohlenfeuer brannte im Kamin.

Ballistar ließ sich neben dem Mann nieder. »Was willst du wissen?« fragte er.

»Dieser Wald hier«, sagte Ari und deutete auf eine grüne Fläche, »ist er dicht gewachsen oder eher licht und offen?«

»Eher licht. Vor allem Tannen. Wolltest du dort Männer verstecken?«

»Das war eine Möglichkeit.«

Ballistar schüttelte den Kopf. »Nicht möglich. Aber gleich hinter dem Wald ist eine Schlucht, in dem man eine Truppe verbergen könnte. Hier!« sagte er und stieß seinen Zeigefinger auf die Karte. »Und jetzt gehe ich.«

»Ach, wir haben doch gerade erst angefangen«, sagte Ari mit einem Lächeln. »Sieh dir das an.« Er reichte Ballistar eine Skizze. Darauf war ein Umriß des Duane-Passes abgebildet sowie eine Reihe von Rechtecken, manche in schwarz, andere in verschiedenen Farben.

»Was ist das?«

»Die klassische Kampfformation der Fremdländer – die Infanterie in der Mitte, das sind die schwarzen Felder. Zwei Divisionen. Die blauen Felder stellen die Kavallerie dar, die gelben Bogenschützen und Steinschleuderer. Die Kavallerie könnte auch zwei Divisionen haben, eine leicht gepanzerte und eine schwer gepanzerte. Aber das wissen wir noch nicht. Wo würdest du unsere Truppen aufstellen?«

»Ich bin kein Soldat!« fuhr Ballistar auf.

»Allerdings nicht, aber du bist ein intelligenter Mann. Fähigkeiten kann man erlernen. Laß mich dir ein Beispiel nennen: Wo würde die Kavallerie nur eingeschränkt von Nutzen sein?«

»Im Wald«, antwortete Ballistar, »wo Bäume und Unterholz einen Berittenen behindern.«

»Und was macht die Infanterie langsamer?«

»Hügel, Berge, Flüsse. Und dann auch wieder Wälder.«

»Siehst du?« meinte Ari. »Wenn wir das erkannt haben, dann müssen wir nach Möglichkeiten suchen, daß die Kämpfe dort stattfinden, wo *wir* sie haben wollen – in Wäldern, auf Bergen. Also, wo würdest du in Duane unsere Truppen aufstellen?«

Ballistar betrachtete die Karte. »Es gibt nur einen guten Platz zur Verteidigung. Ein Hügel mit flacher

Kuppe am Nordende des Passes – aber er läßt sich rasch umzingeln.«

»Ja«, sagte Ari, »das stimmt. Wie viele Menschen könnten sich dort versammeln?«

»Ich weiß nicht. Tausend?«

»Ich würde eher sagen, zweitausend«, meinte Ari. »Und das ist unsere gesamte Armee.«

»Wozu sollte das gut sein?« fragte Ballistar. »Sobald wir umzingelt wären, hätten wir keinerlei Rückzugsmöglichkeiten mehr, und selbst der Vorteil, auf einem Hügel zu sein, würde dadurch ausgemerzt, daß die Armee der Fremdländer über fünftausend Mann stark ist.«

»Trotzdem bleibt es die einzige echte Verteidigungsstellung«, beharrte Ari. »Sobald die Fremdländer durch den Duane-Paß sind, können sie ausschwärmen und einzelne Weiler und Dörfer angreifen. Nichts könnte sie mehr aufhalten.«

»Ich weiß darauf keine Antwort«, gestand Ballistar.

»Nein, aber wir werden uns wieder unterhalten. Heute abend beim Essen.« Er sah Ballistar direkt in die Augen. »Oder hattest du andere Pläne.«

Ballistar tat einen tiefen Atemzug. »Nein, keine anderen Pläne?«

»Schön. Dann sehen wir uns später.«

»Glaubst du wirklich, ich bin dir dabei eine Hilfe?« fragte Ballistar, während er mühsam auf die Füße kam.

»Natürlich. Nimm die Skizzen mit und denk darüber nach.«

Ballistar lächelte. »Das werde ich tun, Ari. Danke.«

Der schwarze Mann zuckte die Achseln und wandte sich wieder seiner Arbeit zu.

11.Kapitel

»Gott, ist das eine Frau«, sagte Obrin, streifte sein Wams ab und setzte sich ans Feuer. »Sie fielen genauso um, wie sie es gesagt hatte. Wie Kegel! Ich konnte es kaum glauben, Fell. Als ich zum Farlain-Fort ritt, hatte ich das Herz in der Hose. Der Offizier befahl einfach, die Tore zu öffnen, hörte sich meinen Bericht an, dann übergab er mir das Kommando und ritt hinaus. Was für ein Augenblick! Ich beschrieb ihm sogar noch den besten Weg durch den Schnee, und er ritt mit seinen Männern in Grames Falle.«

»Grame hat bei dieser ersten Begegnung keinen seiner Männer verloren, aber mehr als zwanzig, als sie beim Pallides-Fort im Hinterhalt lagen.«

»Das ist aber nichts im Vergleich zu den zweihundert, die wir bei beiden Begegnungen töteten«, betonte Obrin. »Aber es ist verdammt schade, daß die Männer aus dem Loda-Fort entkommen sind. Ich weiß noch immer nicht, was da schief ging.«

»Sie haben sich einfach verlaufen«, sagte Fell, »und sind deswegen an der Falle vorbeimarschiert. Daran hat niemand Schuld.«

Obrin griff nach dem Steinkrug und zog den Korken heraus.

»Der Wein des Barons«, sagte er mit einem trockenen Lachen. »In jedem Fort waren sechs Krüge. Ein guter Jahrgang – probier mal.«

Fell schüttelte den Kopf. »Ich glaube, ich gehe ein bißchen spazieren«, sagte er.

»Was ist los, Fell?«

»Nichts. Ich brauche einfach etwas Bewegung.«

Obrin steckte den Korken wieder auf den Krug und betrachtete den gutaussehenden Waldhüter genau. »Ich bin nicht gerade ein Mann mit besonders guter Intuition, Fell. Aber ich war zwölf Jahre lang Sergeant, und ich weiß, wenn etwas an einem nagt. Was ist es? Angst? Vorahnung?«

Fell lächelte erschöpft. »Ist es so offensichtlich?«

»Für mich ja, aber deine Männer dürfen es nicht sehen. Das ist eines der Geheimnisse der Führerschaft, Fell. Deine Zuversicht wird zu ihrer Zuversicht. Sie nähren sich von dir, so wie Wolfswelpen an den Zitzen ihrer Mutter saugen. Wenn du verzweifelst, verzweifeln auch sie.«

Fell lachte leise. »Man hat mich noch nie mit einer Wölfin verglichen. Reich mir den Krug!« Er trank ein paar tiefe Schlucke. »Du hast recht«, sagte er und wischte sich mit der Hand den Mund ab. »Der Wein ist gut. Aber ich fürchte die Fremdländer nicht, Obrin. Ich habe auch keine Angst, für mein Volk zu sterben. Was an mir nagt, ist mehr persönlicher Natur. Ich werde darauf achten, daß sich meine Gefühle in Zukunft nicht mehr an meinem Gesicht ablesen lassen.«

»Sigarni«, sagte Obrin und nahm den Krug.

»Woher willst du das wissen?« fragte Fell überrascht.

Obrin grinste. »Ich höre zu, Fell. Das ist ein weiteres Geheimnis der Führerschaft. Ihr wart Liebende, aber ihr seid es nicht mehr. Mach dir darüber keine Sorgen. Du bist ein gutaussehender Bursche, und es gibt viele Frauen, die dir gerne das Bett wärmen würden.«

Fell schüttelte den Kopf. »Das ist nicht der *ganze* Grund für meinen Kummer. Du hast sie noch nicht gekannt, als sie einfach nur die Jägerin war. Bei Gott, Mann, sie war ein Wunder! Stark und furchtlos, aber mehr noch, sie hatte eine Liebe zum Leben und zum Lachen, die magisch war. Sie konnte einen grauen, kalten Tag schön erscheinen lassen. Sie war eine *Frau*. Was ist sie jetzt? Hast du sie jemals lachen sehen? Oder auch nur über einen Scherz lächeln? Gütiger Himmel, sie ist ein Wesen aus Eis geworden, eine Winterkönigin.« Fell nahm wieder einen langen Schluck.

»Es gab auch nicht viel zu lachen«, stellte Obrin fest, »aber ich höre, was du sagst. Ich hatte einmal eine Kristallkugel. Darin war eine Rose, wie gefangen im Eis. Ich habe Rosen immer schon geliebt, aber diese hatte eine der schönsten Blüten, voll und samtrot. Sie wird zwar ewig leben, doch sie hat keinen Duft und wird keine Samen bilden.«

»Das ist es«, meinte Fell. »Genau das! Wie Alwens Krone – jeder kann sie sehen, doch niemand kann sie berühren.«

Obrin lächelte. »Ich habe oft gehört, wie Hochländer von der verlorenen Krone sprachen. Ist sie ein Mythos?«

Fell schüttelte den Kopf. »Ich sah sie, als ich zehn Jahre alt war. Sie erscheint alle fünfundzwanzig Jahre einmal, inmitten des Sees an Eisenhands Wasserfall. Sie ist schön, Mann. Es ist mehr ein Helm als eine Krone, und das Silber schimmert wie gefangenes Mondlicht. Sie hat silberne Flügel, die flach am Helm anliegen wie die Flügel eines Falken, wenn er herabstößt, und um die Stirn verläuft ein goldenes Band, das mit alten Runen verziert ist. Sie hat einen Nasenschutz – wie ein Helm der Fremdländer –, der auch aus Silber besteht, ebenso wie die Wangenschützer. Ich war mit meinem Vater dort. Es war der Winter, bevor er die Pest bekam, mein letzter Winter mit ihm. Er nahm mich mit zu dem Wasserfall, und wir standen da bei den versammelten Clans. Zuerst konnte ich nichts sehen, aber dann hob er mich auf seine Schultern. Hinter uns schimpfte ein Mann, aber dann erschien die Krone. Sie schimmerte vielleicht zehn, zwölf Herzschläge lang. Dann war sie verschwunden. Was für eine Nacht!«

»Klingt für mich nach einem Trick«, meinte Obrin. »Ich habe schon gesehen, wie Magier Vögel aus Gold machten, die hoch in die Luft flogen und dann in einem Regen aus bunten Funken explodierten.«

»Es war kein Trick«, widersprach Fell, ohne im mindesten verärgert zu sein. »Alwen war Eisenhands Onkel. Er hatte keine Kinder, und er haßte Eisenhand. Als er starb, befahl er einem seiner Zauberer, die Krone an einem Ort zu verstecken, wo Eisenhand sie niemals finden konnte, und verdammte so seinen Neffen zu einer Herrschaft, die belastet war mit Bürgerkrieg und Aufständen. Ohne die Krone war Eisenhand ein König ohne Beweise seines Anspruchs. Verstehst du?«

»Das ergibt für mich keinen Sinn«, sagte Obrin. »Er hatte doch das Recht des Blutes. Warum brauchte er noch ein Stück Metall?«

»Die Krone hatte magische Kräfte. Nur ein wahrer König konnte sie tragen. Sie war nicht auf Alwens Befehl hin gemacht worden, sondern schon viel älter. Einmal, als ein Aufrührer den König tötete und sich die Krone auf den Kopf setze, wurde seine Haut schwarz, und aus seinen Augen schlugen Flammen. Er schmolz dahin wie Butter in der Sonne.«

»Hmm«, murmelte Obrin, noch nicht überzeugt. »Eine hübsche Geschichte. Mein Stamm hat auch viele dieser Art, zum Beispiel vom Speer von Goldarche oder vom Schwert von Kal-thyn. Vielleicht werde ich eines Tages auch diese Krone sehen. Aber du sprachst von Sigarni. Wenn du sie liebtest und sie dich, warum endete es dann?«

»Ich war ein Idiot. Ich wollte Söhne, Obrin. Das ist bei uns im Hochland wichtig. Ich hatte das Bedürfnis, meine Jungs heranwachsen zu sehen, sie alles über den Wald und die Jagd zu lehren, ihnen die Liebe zum Land einzupflanzen. Sigarni ist unfruchtbar – wie deine Rose im Kristall. Ich verließ sie. Aber seitdem ist nicht eine Stunde vergangen, in der ihr Gesicht nicht in meinen Gedanken auftaucht. Selbst wenn ich mit meiner Frau Gwen zusammenlag, konnte ich nur Sigarni sehen. Es war der schlimmste Fehler meines Lebens.« Fell trank den letzten Schluck Wein und legte sich auf den Fußboden. »Ich möchte sie nur noch einmal lachen sehen … so wie sie war.« Er schloß die Augen.

Obrin blieb still sitzen, als Fells Atem tiefer ging.

Du irrst dich, Fell, dachte er. Ich weiß, was Krieg ist, und ich kenne den Schmerz und die Angst, die auf uns zukommen. Wenn ich die Wahl hätte, würde ich Sigarni so lassen, wie sie ist, die Eiskönigin, die kaltherzige Kriegerin, deren Strategien bereits dazu geführt haben, daß drei feindliche Forts erobert und mehrere Tonnen von Vorräten in die Lager geschafft wurden.

Obrin zog sein Wams über und ging in die Nacht hinaus.

Sigarni war müde. Der Vormittag war lang gewesen. Sie hatte mit Tovi über die Vorräte diskutiert, mit Grame und Fell Patrouillen organisiert, dann über den Schlachtplänen gebrütet, die Asmidir und Ari gezeichnet hatten, und Obrins Klagen über die Ausbildung gelauscht.

»Wir haben nicht die Zeit, um sie ordentlich auszubilden«, sagte der kräftige Fremdländer. »Ich habe es geschafft, daß sie auf das Jagdhorn-Signal für Angriff und Rückzug und Neuformierung reagieren. Aber das ist es auch! Deine Armee wird wie ein Speer sein, Sigarni. Ein Wurf ist alles, was du hast.«

Sie hatte das Gefühl, als ob ihr Verstand kein Gramm Druck mehr aushalten würde, und wanderte mit Lady auf einen Hügel, von dem aus sie die alterslose Schönheit des High Druin betrachten konnte, in der Hoffnung, ein Stückchen seines ewigen Friedens zu erhaschen.

Zwei von Asmidirs *Al-Jiin* gingen zwanzig Schritt hinter ihr her. Sie sprachen niemals, waren aber immer da. Zuerst hatte ihre unermüdliche Wachsamkeit sie gereizt, aber jetzt fand sie ihre schweigende Anwesenheit beruhigend. Eine Baumgruppe stand auf dem Hügel und bot ein bißchen Schutz vor dem Wind, als Sigarni über die winterliche Landschaft auf die düstere Herrlichkeit des High Druin schaute, dessen scharfe Gipfel die Wolken zu durchbohren schienen. Unten auf den Hängen, die zum Tal führte, sah sie die Loda-Kinder rodeln und hörte ihr Jauchzen und Lachen. Es klang schrill und hallte von den Bergen wider.

Werden sie in ein paar Wochen auch noch lachen? dachte sie.

Taliesen war wieder verschwunden, zu welchem geheimen Ort auch immer, an dem Zauberer wohnen, und seine letzten Worte an sie hallten immer in ihren Gedanken wider: »Die Pallides werden ein Zeichen verlangen.«

»Sie haben schon eins«, hatte sie gesagt.

»Nein, nein, hör mir zu! Sie werden etwas Besonderes verlangen. Wenn sie das tun, erkläre dich einverstanden. Zögere nicht. Ich komme zurück, wenn ich den Weg bereitet habe. Vertraust du mir?«

»Du hast mir noch keinen Grund gegeben, dir nicht zu trauen. Aber was, wenn sie von mir verlangen, daß ich ihnen den Mond auf einem Silbertablett serviere?«

»Dann sag, daß du das machst«, erklärte er mit einem trockenen Lachen. Er warf sich den zerfransten Federumhang um die hagere Gestalt, sein Lächeln schwand. »Das werden sie nicht verlangen, aber es wird genauso schwierig erscheinen. Denk an meine Worte, Sigarni. Ich bin zurück, bevor die ersten Schneeglöckchen des Frühlings blühen. Wir treffen uns in zwölf Tagen an Eisenhands Wasserfall.«

Lady rieb sich an ihrem Bein und winselte. Sigarni kniete nieder und kraulte sie zwischen den langen Ohren. »Ich habe dich vernachlässigt, meine Hübsche«, sagte sie. »Es tut mir leid.« Ladys lange Nase stieß gegen Sigarnis Wange, und sie spürte die warme Zunge des Hundes im Gesicht. »Du bist so nachsichtig«. Sie tätschelte Ladys dunkle Flanken.

»Sie wünscht, allein zu sein«, hörte sie einen ihrer Leibwächter sagen. Sigarni drehte sich um und sah eine große, dunkelhaarige Frau bei den beiden Männern stehen.

»Laßt sie durch«, rief sie. Die Frau machte einen großen Bogen um die Männer und kam den Hügel herauf. Sie hatte ein mageres Gesicht mit kräftiger Nase, doch ihre großen braunen Augen verliehen ihr einen Anflug von Schönheit. »Du willst mit mir sprechen?« fragte Sigarni.

»Ja. Ich bin Layelia, Torgans Frau.«

»Unter meinen Offizieren ist kein Platz für ihn«, sagte Sigarni streng. »Er ist ein Narr.«

»Das sind die meisten Männer, die ich kenne«, sagte Layelia. »Aber Krieg ist auch ein närrisches Spiel.«

»Bist du gekommen, um für ihn zu bitten?«

»Nein. Er wird seine Ehre zurückgewinnen – oder auch nicht. Das ist seine Sache. Ich kam, um mit dir zu sprechen. Ich habe Fragen.«

Sigarni nahm ihren Umhang ab und breitete ihn im Schnee aus. »Komm, setz dich zu mir. Warum nicht noch mehr Fragen? Das ist jetzt mein Leben. Endlose Fragen, jede mit hundert Antworten.«

»Du siehst müde aus«, sagte Layelia. »Du solltest mehr schlafen.«

»Das werde ich, wenn ich Zeit habe. Jetzt stell deine Fragen.«

Die dunkelhaarige Frau schwieg einen Augenblick und sah Sigarni tief in die hellen blauen Augen. »Was ist, wenn wir gewinnen?« fragte sie schließlich.

Sigarni lachte. »Wenn wir verlieren, sterben wir. Das ist alles, was ich weiß. Mein Gott, ich habe bestimmt keine Zeit, um an die Nachwirkungen eines Sieges zu denken, der äußerst unwahrscheinlich ist.«

»Ich glaube, das solltest du aber«, sagte Layelia leise. »Wenn nicht, dann bist du nicht besser als ein Mann, der nie über seine Nasenspitze hinaussieht.«

Sigarni seufzte. »Du hast recht, ich bin müde. Also nehmen wir mal an, der Hase steckt im Sack. Kommen wir also zur Zubereitung. Was möchtest du?«

Layelia lachte leise. »Ich habe schon viel über dich gehört, Sigarni. Du hast ein Leben geführt, um das dich viele Frauen – mich eingeschlossen – beneiden. Aber jetzt beneide ich dich nicht, wenn du versuchst, dich einer Männerwelt anzupassen. Ich frage dich aus einem einfachen, egoistischen Grund nach dem Sieg. Ich habe Kinder, und ich möchte, daß diese Kinder nach Hochland-Art aufwachsen, mit ihrem Vater, daß sie alles über Vieh und Getreide, die Familie, den Clan und die Ehre lernen. Die Fremdländer bedrohen unsere Lebensweise – nicht nur durch ihren Einmarsch, sondern durch unseren Widerstand. Sag mir, wenn du den Baron besiegst, was dann? Ist es dann vorbei?«

»Nein«, gestand Sigarni. »Dann schicken sie eine neue Armee.«

»Und wie willst du gegen sie kämpfen?«

»Mit allem, was ich habe?« sagte Sigarni vorsichtig.

»Du wirst gezwungen sein, die Städte des Tieflands anzugreifen, ihre Schatzkammern zu plündern und Söldner anzuheuern.«

Sigarni lächelte düster. »Vielleicht.«

»Und wenn du die nächste Armee besiegst, wird das dann den Krieg beenden?«

»Ich weiß es nicht!« fuhr Sigarni auf, »aber ich bezweifle es. Worauf willst du hinaus?«

»Mir scheint«, sagte Layelia traurig, »ob wir nun

gewinnen oder verlieren, unsere Lebensweise ist am Ende. Der Krieg wird immer weitergehen. Je mehr du gewinnst, je weiter weg wirst du unsere Männer führen – vielleicht sogar bis zur Hauptstadt der Fremdländer. Was dann, wenn sie die Armeen ihres Reiches aus den Randgebieten zusammenziehen? Willst du in zehn Jahren in Kushir kämpfen?«

»Wenn, dann nicht aus freien Stücken«, sagte Sigarni. »Ich höre dich, Layelia, und ich verstehe, was du sagen willst. Wenn es einen Weg gibt, das zu vermeiden, was du fürchtest, dann werde ich es tun. Darauf gebe ich dir mein Wort.«

Die dunkelhaarige Frau lächelte und legte eine Hand auf Sigarnis Arm. »Ich glaube dir. Weißt du, ich habe immer schon gedacht, daß die Welt vielleicht ein besserer Ort wäre, wenn sie von Frauen geführt würde. Wir würden nicht dumme Kriege über wertlose Landgebiete führen, wir würden miteinander reden und zu Kompromissen kommen, die beide Seiten zufriedenstellen. Ich weiß, daß du ein Kriegsführer sein mußt, Sigarni, aber ich bitte dich, sei ein weiblicher Anführer, und tu nicht einfach nur so, als wärst du ein verkleideter Mann in Rüstung.«

»Du bist sehr offen, Layelia. Schade, daß du mit Torgan nicht so offen warst.«

»Ich tat mein Bestes«, sagte die andere mit einem schiefen Lächeln, »aber er ist nicht gerade mit einem guten Hirn gesegnet. Er ist aber ein guter Bettpartner, also will ich nicht allzusehr klagen.«

Sigarni lachte laut auf. »Ich freue micht, daß er in irgend etwas gut ist.«

»Er ist auch ein guter Vater«, sagte Layelia. »Die Kinder verehren ihn, und er spielt immer mit ihnen.«

»Es tut mir leid«, sagte Sigarni. »Ich habe ihn offensichtlich nicht von seiner besten Seite gesehen. Seid ihr schon lange verheiratet?«

»Im Sommer vierzehn Jahre.« Sie lächelte. »Er hat sich in diesen Jahren nicht sehr verändert, nur ein paar Haare verloren. Ist es nicht schön hier, wenn die Sonne auf dem High Druin glänzt?«

»Ja«, stimmte Sigarni ihr zu.

Layelia erhob sich. »Ich habe schon zuviel von deiner Zeit beansprucht. Ich überlasse dich wieder deinen Gedanken.«

Sigarni stand auf. »Ich danke dir, Layelia. Ich fühle mich erfrischt, wenn ich auch nicht weiß warum.«

»Du warst zu lange in der Gesellschaft von Männern«, sagte Layelia. »Vielleicht sollten wir uns wieder einmal unterhalten?«

»Das würde mich freuen.«

Layelia trat vor, umarmte die silberhaarige Kriegerin und küßte sie auf beide Wangen. Sigarni spürte, wie ihr heiße Tränen übers Gesicht liefen. Abrupt drehte sie sich um und betrachtete wieder den High Druin.

»Du hättest mich nicht mitnehmen sollen«, brummte Ballistar. »Ich halte dich nur auf.«

»Das stimmt«, grunzte Sigarni, als sie vor der nächsten tiefen Schneewehe standen. »Aber du bist eine so angenehme Gesellschaft!«

Ballistar rutschte auf ihren Schultern hin und her. »Setz mich ab, dann sehen wir, ob wir darüber krabbeln können. Etwa zehn Meter vor uns müßte fester Boden sein. Dann ist es nur noch ein Hügel bis zum Wasserfall.«

Sigarni bückte sich und ließ den kleinen Mann

von den Schultern gleiten. Er fiel kopfüber in den Schnee und kam spuckend und prustend wieder hoch. »Du bist ganz schön schwer für einen so kleinen Mann«, sagte sie lachend.

»Und du hast die knochigsten Schultern, auf denen ich je gesessen habe«, erklärte er und klopfte sich den Schnee aus dem Bart. Ballistar ließ sich auf den Bauch nieder und begann über den Schnee zu kriechen. Sigarni folgte ihm und benutzte ihre Arme, um sich einen Weg zu bahnen. Nach einer anstrengenden Stunde erreichten sie festen Boden und setzten sich eine Weile, um wieder zu Kräften zu kommen. »Ich friere mich zu Tode«, murmelte Ballistar. »Ich hoffe, du hast genug Holz in der Höhle gelassen. Ich habe keine Lust, noch welches zu sammeln.«

»Genug für ein paar Stunden«, beruhigte sie ihn.

Der Wasserfall war in der Mitte noch immer gefroren, doch an den Seiten hatte Wasser begonnen, durch das Eis zu sickern. »Es fängt an zu tauen«, sagte der Zwerg.

»Ich weiß«, antwortete Sigarni leise.

In der Höhle setzte Sigarni ein Feuer in Gang, dann legten sie ihre durchnäßte Oberbekleidung ab. »Also, warum hast du mich mitgenommen?« wollte Ballistar wissen.

»Ich dachte, du wärst gern in meiner Gesellschaft.«

»Das ist nicht sehr überzeugend.«

Sie sah ihn an und dachte daran, wie fehl am Platz er im Lager gewirkt hatte, wie einsam und traurig. »Ich wollte Gesellschaft haben, und mir fiel niemand ein, den ich lieber um mich hätte.«

Er wurde rot und wandte den Blick ab. »Das kann ich akzeptieren«, sagte er strahlend. »Erinnerst du dich noch, wie wir hier als Kinder gespielt haben? Du, Fell, Bernt und ich haben ein Baumhaus gebaut. Es brach in einem schweren Gewitter zusammen. Fell kletterte hinauf und brach durch den Fußboden. Weißt du noch?«

Sigarni nickte. »Bernt stahl Grame die Nägel dafür. Das Haus bestand mehr aus Nägeln als aus Holz.«

»Das war ein Spaß, nicht wahr?«

»Spaß? Du hast ständig mit den anderen gestritten und dich mit ihnen geprügelt.«

»Ich weiß«, sagte er. »Damals war ich noch jung und wuchs nicht wie ihr anderen. Aber ich schaue auf diese Zeiten als die glücklichsten meines Lebens zurück. Meinst du, die anderen auch?«

»Bernt schaut nicht mehr zurück«, sagte sie. Ihre Stimme war kaum mehr ein Flüstern.

»Oh, es tut mir leid, Sigarni. Ich habe nicht nachgedacht.« Er streckte die Hand aus, nahm ihre schlanke Hand und streichelte mit seinen kurzen Fingern ihr Handgelenk. »Es war nicht deine Schuld, nicht wirklich. Ich glaube, wenn du gegangen wärst, hätte er sich trotzdem umgebracht, wenn du ihn abgewiesen hättest. Es war sein Leben, es war seine Entscheidung, ihm ein Ende zu setzen.«

Sigarni schüttelte den Kopf. »Ich glaube nicht, daß das die ganze Wahrheit ist. Hätte ich vorher gewußt, wie es ausgehen würde, hätte ich anders gehandelt. Aber jetzt denke ich daran, wie ich mit Asmidir im Bett lag und mein Vergnügen hatte.« Sie seufzte. »Und währenddessen schlang sich Bernt einen Strick um seinen Hals.«

Ballistar wandte den Blick ab, stocherte im Feuer herum und schob kleine Zweige in die Flammen. »Jetzt habe ich dich verlegen gemacht«, sagte sie.

»Ja, das hast du«, antwortete er errötend. »Aber wir sind Freunde, Sigarni. Werden es immer sein. Ich möchte nicht, daß du das Gefühl hast, es gäbe Dinge, die du zu mir nicht sagen kannst. Wann soll der Zauberer kommen?« fragte er, um das Thema zu wechseln.

»Morgen.«

»Ich wünschte, er hätte einen gastfreundlicheren Ort gewählt.«

»Es mußte hier sein«, erklärte sie. »Er wußte, was die Pallides von mir verlangen würden.«

»Wahnsinn!« fauchte Ballistar. »Für wen halten sie sich? Hier sitzen wir am Rande eines Krieges, und sie spielen Spielchen. Glauben sie vielleicht, sie könnten ohne uns gewinnen?«

»Nein, mein Freund, das glauben sie nicht. Ihre Träumer haben ihnen gesagt, daß der Anführer Alwens Krone tragen wird. Wenn das stimmt, muß ich sie finden. Taliesen wird einen Plan haben.«

»Ich mag Zauberer nicht«, sagte der Zwerg.

»Ich erinnere mich, daß du das auch über Asmidir gesagt hast. Ein schwarzer Zauberer, so hast du ihn genannt.«

»Ich mag ihn immer noch nicht. Seid ihr immer noch Liebhaber?«

»Nein!« Ihre Stimme klang schärfer, als sie beabsichtigt hatte, und Ballistar sah sie fragend an.

»Hat er dir etwas Böses getan?«

Sie schüttelte den Kopf. »Ich möchte nicht darüber reden. Ich brauche deine Hilfe vor Anbruch der Nacht. Ich möchte, daß du mit mir auf die andere Seite des Sees kommst und mir hilfst, das Eis zu zerschlagen.«

»Warum?« fragte er verwirrt.

»Ich muß schwimmen.«

»Das ist doch lächerlich! Die Kälte wird dich umbringen.«

»Du kannst mit einer Decke auf mich warten«, sagte sie.

»Du verheimlichst mir doch etwas. Wonach suchst du?«

Sigarni hielt ihre Hände übers Feuer. Die Höhle glühte nun im Feuerschein, und die winterlichen Geräusche von draußen machten es hier drinnen nur um so gemütlicher. »Ich will einen kleinen Knochen finden«, sagte sie. »Einen Talisman, wenn du so willst, einen Glücksbringer.«

»Wessen Knochen?« fragte er mit großen Augen.

»Eisenhands.«

Ballistar blieb der Mund offenstehen. »Du hast seine Knochen gefunden? Er ist nicht durch das Tor gegangen?«

»Nein. Er starb hier im Kampf gegen seine Feinde.«

»Wie kann ein Knochen dir helfen?«

»Genug der Fragen, Balli. Komm, wir sind jetzt genug aufgewärmt.«

Zusammen verließen sie die Höhle und stapften über das schneebedeckte Eis des Sees. Sigarni fand den Felsen, unter dem die Gebeine lagen, und sie und Ballistar begannen, mit ihren Messern an dem Eis zu kratzen. Es war eine langwierige Arbeit, und Ballistar verlor die Geduld. Er kletterte auf den vorspringenden Felsen, dann sprang er kräftig auf das Eis. Das wiederholte er noch vier Mal, beim fünften Mal erschien ein Riß im Eis. »Fast«, sagte er. Plötzlich gab das Eis nach, und er fiel in das dunkle Wasser. Sigarni schoß über das Eis und packte ihn gerade noch am Kragen, ehe er unterging. Mit Mühe zog sie ihn wieder heraus.

»Du solltest besser in die Höhle zurückgehen«, sagte sie.

»Nein, nein. Ich bin schon in Ordnung«, sagte er zitternd. »Kannst du die Knochen von hier aus erreichen?«

»Ich weiß nicht. Ich muß schnell sein.« Sie schlüpfte aus ihren Kleidern und glitt ins Wasser.

»Sei vorsichtig, hier gibt es eine Unterströmung«, warnte Ballistar.

Die Kälte ging ihr durch bis ins Mark, und alles war dunkel. Sie hielt sich am Felsen fest, stieß etwas Luft aus und tauchte tiefer. Ihre Hand berührte den Grund, und sie tastete herum, fühlte jedoch nichts außer Steinen. Etwas Scharfes schnitt ihr in die Handfläche. Der plötzliche Schock ließ sie ausatmen, und mit schmerzenden Lungen stieg sie an die Oberfläche. Ihr Kopf stieß gegen Eis.

Sie hatte die Öffnung verfehlt.

Sie kämpfte ihre Panik nieder und legte sich auf den Rücken, um ihr Gesicht ans Eis zu drücken. Zwischen Eis und Wasser war immer ein kleiner Spalt, und sie atmete tief ein. Die Kälte war jetzt bitter, sie spürte ihre Finger nicht mehr.

»Du dumme Frau!« dachte sie. »So weit zu kommen und jetzt so dumm zu sterben.«

Ein schwacher Schimmer umgab sie. »Warum rufst du nie nach mir, Kind?« fragte Eisenhand. »Tauche zum Grund und nimm, weswegen du kamst, dann folge mir an die Oberfläche.«

Sie füllte ihre Lungen mit Luft, drehte sich um und tauchte, indem sie sich mit den Füßen vom Eis abstieß. In dem Schimmer sah sie Eisenhand auf dem Seegrund sitzen. Neben ihm lag ein menschlicher Kopf, dessen Gesicht sie jedoch nicht erkannte. Auf der anderen Seite des geisterhaften Riesen lagen seine Gebeine. Rasch nahm sie ein Finger-knöchelchen und stieg an die Oberfläche.

Als sie auftauchte, packte Ballistar ihren Arm und zerrte sie aufs Eis.

»Ich bin fast gestorben vor Angst«, klagte der Zwerg. Sigarni konnte nicht sprechen, sie zitterte unkontrolliert. »Und sieh mal, du hast dir die Hand aufgeschnitten«, sagte er und deutete auf den schmalen Streifen Blut in ihrer Hand.

Ballistar nahm ihre Kleider und führte sie zurück zur Höhle, wo er sie in eine Decke wickelte. Ihre Hände und ihr Gesicht waren blau. »Ich hoffe, der Knochen war es wert«, sagte er.

»War ... es«, antwortete sie. »Er ... ist ... da.«

»Wer?«

»Eisenhand.«

»Eisenhand?« wiederholte er. »In der Höhle? Bei uns?« Ballistar sah sich ängstlich um. »Ich sehe ihn nicht.«

Sigarni warf die Decke ab und ging ein Stückchen vom Feuer weg. »Komm und reib mir die Haut warm«, bat sie. Ballistar legte ihr die Hände auf die Schultern und begann sie zu massieren.

»Jetzt haben wir es also mit Zauberern *und* Geistern zu tun«, sagte er.

»Tiefer. Mein Rücken«, befahl sie.

Ballistar kniete sich hinter sie und rieb behutsam ihre kalte Haut. »Du solltest näher am Feuer sitzen.«

»Nein, das würde mehr schaden als nützen. Wenn ich ein bißchen wärmer bin ... das tut gut. Jetzt meine Arme.«

Er setzte sich neben sie, knetete ihr Fleisch, um das Blut wieder zum Kreisen zu bringen. Er versuchte, nicht auf ihre Brüste zu starren, doch ohne Erfolg. Sigarni schien es nicht zu bemerken. Natürlich nicht, dachte er. Für sie bin ich kein Mann.

»Ich werde jetzt schlafen, Balli. Paß auf mich auf und halt das Feuer in Gang.«

Den Knochen fest in der Hand, legte sie sich am Feuer nieder. Ballistar breitete zwei Decken über sie. Als sie die Augen schloß, beugte er sich vor und küßte sie auf die Wange.

»Wofür war das?« fragte sie schläfrig.

»Ich liebe dich«, sagte er.

»Ich liebe dich auch«, flüsterte sie. Und schlief ein.

Das Feuer war heruntergebrannt, und Ballistar legte das letzte Holz nach. Sigarni war noch immer kalt, deshalb wanderte der Zwerg in die Nacht hinaus, um Bruchholz zu sammeln. Die Kadaver der Dämonen lagen noch immer dort, wo Sigarni sie getötet hatte, aber sie verwesten nicht, dafür war es zu kalt. Wenn der Frühling kommt, werden sie anfangen zu stinken, dachte Ballistar, während er unter den Bäumen dahinging und in den Schnee trat, um Brennholz zu finden.

»Dort drüben«, sagte eine Stimme. »Unter den Eichen.«

Ballistar machte einen Satz, drehte sich um und fiel vornüber. Neben ihm stand eine glühende Gestalt in altertümlicher Rüstung. Ihr weißer Bart war in zwei Zöpfe geflochten. Der Mann trug ein langes, beidhändiges Breitschwert in einer Scheide aus gehämmertem Silber – und die Hand, die darauf ruhte, war aus rotem Eisen. »Himmel, bist du schreckhaft«, sagte der Geist. »Willst du nun das Holz holen oder nicht?«

»Jawohl, Herr«, antwortete Ballistar.

»Ich bin nicht dein Herr, Zwerg. Ich bin nur ein Geist. Jetzt hol das Holz, ehe sie erfriert.«

Ballistar nickte und grub in dem Schnee unter den Eichen, sammelte das tote Holz und ging damit in die Höhle zurück. Die glühende Gestalt blieb an seiner Seite und beobachtete seine Anstrengungen. »Es kann nicht einfach sein, in einem solchen Körper zu leben«, meinte sie.

»Es wäre schön gewesen, eine Wahl zu haben«, murmelte Ballistar.

»Du hast ein hübsches Gesicht, Bursche. Sei auch für kleine Gaben dankbar.«

»Alle meine Gaben sind klein – bis auf eine. Und die werde ich nie benutzen«, antwortete Ballistar, kniete beim Feuer nieder und legte zwei lange Äste darauf.

Der Geist nahm eine sitzende Stellung am Feuer ein. »Man kann nie wissen«, sagte er. »Ich hatte zwei Zwerge an meinem Hof, und sie wurden immer verlangt. Einmal mußte ich in einer sehr heiklen Angelegenheit Recht sprechen. Ein Ritter beschuldigte einen meiner Zwerge, der geheime Liebhaber seiner Frau zu sein. Er wollte, daß der Zwerg gehängt und seine Frau auf dem Scheiterhaufen verbrannt werden sollte.«

»Was hast du getan? Hast du sie getötet?«

»Sehe ich aus wie ein Barbar? Ich sagte dem Ritter, er würde zum Gespött des ganzen Königreiches, wenn er ein öffentliches Gerichtsverfahren anstrebte. Die Frau wurde in Schande zu ihrer

Familie zurückgeschickt. Den Zwerg ließ ich kastrieren. Aber darum geht es nicht. Verlier niemals den Glauben, kleiner Mann.«

»Vielen Dank für den guten Rat«, fauchte Ballistar. »Aber ich habe noch nie eine Frau getroffen, die gewollte hätte, daß ich auf ihr herumklettere.« Er erzählte dem Geist von Bakris' Scherz, und Eisenhand lachte.

»Nase an Nase … ja, das ist sehr gut. Wie hast du reagiert?«

»Ich lachte mit ihnen – wenn es mir auch das Herz brach.«

»Ja, das ist die beste Lösung.« Er beugte sich vor und betrachtete Sigarni. »Wird sie allmählich warm?« fragte er.

Ballistar ging zu der schlafenden Frau und berührte ihren Arm. »Ein bißchen. Sie suchte nach deinen Gebeinen. Das hätte sie fast umgebracht.«

»Ich weiß. Ich war dort. Ein eigensinniges Kind.« Der Geist lächelte. »Sie kann nichts dafür, es liegt in ihrem Blut. Ich selbst war auch eigensinnig. Wie geht der Krieg voran?«

»Ich hätte angenommen, daß du darüber mehr weißt als ein einfacher Zwerg«, sagte Ballistar. »Können Geister nicht durch die ganze Welt fliegen?«

»Ich kenne keine Geister«, sagte Eisenhand. »Aber *ich* kann es nicht. Ich bin hier gefangen, hier, wo ich gestorben bin. Jedenfalls bis jetzt. Wo Sigarni hingeht, werde auch ich hingehen.«

»Ein tröstlicher Gedanke. Ich glaube, du wirst im Lager eine gewisse Panik verbreiten.«

Eisenhand schüttelte den Kopf. »Niemand wird mich sehen, mein Junge – nicht einmal du. Ich habe mich dir nur gezeigt, weil Sigarni dumm genug war, dir von mir zu erzählen. Also, was geht hier vor?«

Ballistar erzählte dem König von dem Verlangen der Pallides, daß Sigarni die verlorene Krone finden sollte. »Wir warten auf Taliesen«, schloß er. »Er wird uns zeigen, wo sie ist.«

»Oh, ich weiß, wo sie ist«, sagte Eisenhand. »Das ist nicht das Problem. Dorthin und lebend wieder zurückzugelangen, das ist der Punkt.«

»Wo ist sie?«

»In einer sterbenden Welt der Zauberer, an einem dunklen, bösen Ort. Selbst die Luft ist dort mit Magie vergiftet. Kein wahrer Mensch kann dort für mehr als ein paar Monate leben. Er würde krank werden und sterben. Einer meiner Zauberer spürte sie dort auf und ging durch ein Tor, um sie zu holen, wir sahen ihn nie wieder. Ein zweiter folgte ihm, er kam krank und gebrochen zurück, und all unsere Arzneien und Amulette konnten ihn nicht heilen. Aber während er noch lebte, sprach er von dieser Welt, ihren Untieren und Kriegen. Da beschloß ich, niemanden mehr von meinem Volk auf die Suche nach der Krone zu schicken.«

»Aber Sigarni *muß* dorthin«, sagte Ballistar. »Ohne die Krone werden die Pallides ihre Führerschaft nicht anerkennen. Vielleicht würden sie dir glauben. Du könntest Fyon Scharfaxt erscheinen und ihm sagen, daß Sigarni die Erwählte ist.«

Der Geist schüttelte den Kopf. »Das könnte klappen, aber dann würde Sigarni nur durch einen längst verstorbenen König herrschen. Nein, Ballistar, sie muß sich dieses Recht selbst erkämpfen. Als mein Zauberer zurückkam, sagte er, die Krone sei in einem Tempel, mitten in einer Stadt, die im Krieg lag. Er sah sie und durfte sie sogar berühren. Ich denke, er glaubte, daß diese Berührung ihn von allen Leiden jener Welt heilen würde. Doch das tat sie nicht.«

»Du sagst, er *durfte* sie berühren. Also gibt es dort Menschen?«

»Ja, dort sind Menschen. Sie klammern sich ans Leben in einer Welt des Todes.«

»Und was tötet sie?«

»Es gibt keine Sonne, die dem Land Leben schenkt. Die Stadt wurde in einem Wald aus toten Bäumen gebaut. Es gibt kein Gras, und kein Getreide wächst. Das Land liegt in ewigem Dämmerlicht. Die Berge dort spucken Feuer und Asche, und gelegentlich zerspringen sie mit einem Lärm wie von tausend Donnern. Du verstehst wohl, warum ich jede weitere Reise in dieses Land unterband.«

»Aber ohne Vieh und Getreide, wovon leben sie dann?« fragte Ballistar.

»Vom Krieg«, antwortete der König.

»Das macht doch keinen Sinn«, meinte der Zwerg.

»Doch, Bursche, wenn dein Verstand finster genug ist, um darüber nachzudenken.«

Ballistar erwachte mit einem Ruck und setzte sich blinzelnd und verängstigt auf. Er hatte Sigarni im Stich gelassen und war eingeschlafen. Rasch lief er zu ihr. Sie fühlte sich warm an und schlief tief und fest. Erleichtert kniete der Zwerg am Feuer nieder und blies die Asche zu neuem Leben an. Mit Borkenstückchen gab er den kleinen Flämmchen Nahrung. Sobald das Feuer wieder flackerte, legte er zwei kleinere Äste auf die Asche.

Aus Sigarnis Gepäck nahm er einen Topf mit

flachem Boden und einen Beutel mit Haferflocken. Er füllte den Topf mit Schnee und setzte ihn ins Feuer. Obwohl er voller Schnee war, ergab es nur ein bißchen Wasser, als der Schnee geschmolzen war, so daß Ballistar eine geraume Zeit damit verbrachte, raus und rein zu gehen und Hände voller Schnee mitzubringen. Als der Topf halb voll Wasser war, fügte er Haferflocken und eine Prise Salz hinzu.

Die Sonne ging auf und beschien den Höhleneingang mit goldenem Licht. Draußen in den Bäumen sangen Vögel, und die Luft war frisch und trug das Versprechen des nahenden Frühlings in sich.

Sigarni erwachte und streckte sich. Die Decke glitt von ihrem nackten Körper. »Ah, Frühstück«, sagte sie. »Was für ein guter Gefährte du bist, Ballistar.«

»Ich lebe, um zu dienen, meine Königin«, sagte er mit einer eleganten Verbeugung.

»Keine Spur von Taliesen?«

»Noch nicht, aber die Sonne ist eben erst aufgegangen.« Mit zwei langen Stöcken hob Ballistar den Topf aus dem Feuer und rührte den Inhalt um, der sich erheblich verdickt hatte. »Du hast keinen Honig mitgebracht«, tadelte er sie. »Haferbrei schmeckt ohne Honig fad und nach nichts.«

»Ich mußte genug zu essen für zwei mitnehmen. Wenn ich es mir recht überlege, mußte ich dich sogar noch eine Weile tragen. Ich hatte keinen Platz für Honig. Hast du geschlafen?«

»Ein bißchen«, gestand er.

Sie lächelte. »Wenn ich das nächste Mal ein Bad unter dem Eis vorschlage, sei so nett und erinnere mich an meine vorangegangene Dummheit.«

»Mach' ich. Wie fühlst du dich?«

»Ausgeruht und zum ersten Mal seit Wochen mit mir selbst im Frieden. Keine Pläne zu studieren, keine Streitigkeiten zu schlichten, keine gesträubten Federn zu glätten. Einfach nur Frühstück bei Tagesanbruch in einer friedlichen Höhle in netter Gesellschaft.«

»Ich nehme doch an, du schließt mich in deine Beschreibung ein?« fragte Taliesen, trat in die Höhle und klopfte sich den Schnee von seinem zerlumpten Federmantel.

»Willkommen, Taliesen.«

Der alte Mann kam zum Feuer und setzte sich. »Du hast einen schönen Körper, Sigarni. Vor fünfzig Jahren hätte er mich zu fleischlichen Gedanken angeregt. Aber jetzt schätze ich seine Schönheit auf einer ganz anderen Ebene. Ich nehme an, die Pallides haben die Krone verlangt?« Sigarni nickte und stand auf, um sich rasch anzuziehen. »Das wird nicht einfach – und trotzdem dürfen wir keine Zeit vergeuden«, fuhr Taliesen fort. »Sobald du angezogen bist, schicke ich dich durch das Tor.«

»Die Welt dahinter ist giftig«, sagte Ballistar kalt. »Sie könnte dort sterben.«

Taliesen fuhr herum. »Es passiert nur sehr selten, daß man mich überrascht, Zwerg. Aber du hast es geschafft. Wie kommt es, daß du von Yur-vale weißt?«

»Ich bin eine Sagengestalt«, antwortete Ballistar mit einem breiten Grinsen. »Ich weiß viele Dinge.«

»Dann würdest du vielleicht gern meine Geschichte weitererzählen?«

»Mit Vergnügen«, sagte Ballistar. Dann erzählte er Sigarni alles, was Eisenhand ihm in der Nacht zuvor anvertraut hatte. Der Zwerg hatte großen Spaß an dem verwunderten Blick, den Taliesen zu verbergen suchte. Als er geendet hatte, ging Ballistar zu Sigarnis Gepäck und zog zwei flache Schalen heraus. Er löffelte Haferbrei hinein und reichte eine der Schalen Sigarni. »Du kannst gern aus dem Topf essen«, sagte er zu Taliesen.

»Ich habe keinen Hunger!« fauchte der Zauberer. »Gibt es noch etwas, das du über Yur-vale sagen möchtest?«

»Nein«, sagte Ballistar zufrieden. »Fahr nur fort.«

Der Zauberer warf ihm einen finsteren Blick zu. »Yur-vale war einst ein Paradies. Es gab dort keine körperliche Häßlichkeit, keine natürlichen Krankheiten – jedenfalls keine Krankheiten, die die Bewohner befielen. Es war ein Land der Schönheit und des Lichts. Jetzt ist es das Gegenteil. Es ist eine Meereswelt, mit einer sehr kleinen Landmasse am Äquator. Die Landmasse verfügt über zwei große Städte, und diese liegen in ständigem Krieg miteinander. Der Krieg ist notwendig, aus Gründen, die uns nicht näher beschäftigen müssen. Die Krone befindet sich in einem Tempel inmitten der Stadt Zir-vak. Die Stadt steht unter Belagerung, und man kommt nur durch einen schwarzen Fluß hinein, der sie durchfließt. Du darfst das Wasser nicht trinken, es ist mit Vulkanasche verseucht. Die Einwohner der Stadt haben eine Möglichkeit, das Wasser zu reinigen, mit Hilfe von Filtern. Sobald du in der Stadt bist, ist das Wasser trinkbar. Nimm Proviant mit und iß nichts, was dir dort angeboten wird – wie verlockend es auch scheint.«

»Wie komme ich dorthin?« fragte Sigarni.

»Nah beim Wasserfall ist ein Tor. Ich schicke dich hindurch, dann kommst du an einem Punkt gut zehn Kilometer südlich der Stadt an. Da du die

Sonne nicht sehen kannst, mußt du die Richtung auf einen Zwillingsgipfel einhalten, den du im Norden siehst. Wenn du zum Tor zurückkommst, schneide dich in den Arm und laß auf jeden der sechs aufrecht stehenden Steine, die den Kreis bilden, einen Tropfen Blut fallen. Dann hole ich dich zurück.«

»Uns zurück«, warf Ballistar ein.

»Ich gehe allein«, sagte Sigarni. Ballistar wollte etwas einwenden, als sich Taliesen einmischte.

»Ich bin seiner Meinung«, sagte Taliesen mit einem seltenen Lächeln. »Nimm den Zwerg mit. Er wird dir von Nutzen sein.«

Ballistar war erstaunt. »Wieso unterstützt du mich, Zauberer? Ich weiß doch, daß du mich nicht magst.«

»Vielleicht unterstütze ich dich deshalb«, sagte Taliesen. »Hast du Waffen mitgebracht?«

»Ja«, antwortete Sigarni. »Bogen, Messer und meinen Säbel.«

»Gut. Wenn ihr jetzt beide bereit seid, sollten wir aufbrechen.«

Sigarni nahm einen kleinen Beutel aus ihrem Gepäck und ließ das Fingerknöchelchen von Eisenhand hineinfallen. Sie zog ein Band durch den Beutel und hängte ihn sich um den Hals.

»Was ist das?« fragte Taliesen.

»Ein Talisman.«

Ballistar dachte, er wollte etwas sagen, doch Taliesen schwieg. Der Zauberer stand auf. »Wenn ihr eure Töpfe gesäubert und verstaut habt, erwarte ich euch auf der anderen Seite des Sees«, sagte er und tappte aus der Höhle.

»Bist du dir sicher, daß du mit mir kommen willst, Balli?« fragte Sigarni.

»Immer«, antwortete er.

Taliesen wartete an einer Felswand etwa zweihundert Meter von Eisenhands Ruheplatz entfernt. Sigarni hatte als Kind dort gespielt, und sie und ihre Freunde hatten oft über die Bedeutung der seltsamen, in den Stein geritzten Symbole diskutiert. Die Fläche war eben, als ob Menschen sie geglättet hätten, und wies tiefe Furchen auf, die in Form einer hohen, rechteckigen Tür in den Stein gemeißelt waren. Es gab auch Spuren einer Inschrift, wenn auch durch Wind und Regen, Schnee und Hagel das meiste davon verwittert war.

»Dies ist eines der Kleineren Tore«, sagte Taliesen. »Es erlaubt keine Reise durch unsere Zeit, sondern dient dazu, Zeittore zu anderen Wirklichkeiten zu öffnen. Jetzt denk an das, was ich dir gesagt habe. Trink nicht von dem Wasser des schwarzen Flusses, und iß keinerlei Fleisch, das dir angeboten wird. Das ist lebenswichtig. Ich kannte einmal einen Zauberer, der dort ein Stückchen Schweinefleisch aß, es schwoll in ihm an und zerriß ihn. Yur-vale ist eine Welt von großer Magie, und ihr seid fremd darin. Gerade eure *Fremdheit* ist es, die diese magische Kraft in eurer Nähe vervielfacht. Vergeßt das nicht. Also, ihr wißt, wohin ihr gehen müßt?«

»Zehn Kilometer auf die Zwillingsgipfel zu«, antwortete Sigarni.

»Gut. Da ich mir hier die Knochen erfriere, laßt uns anfangen. Seid ihr bereit?« Sigarni nickte, und Taliesen wandte sich an Ballistar. »Und was ist mit dir, Zwerg? Jetzt hast du noch Zeit, deine Meinung zu ändern. Was dich erwartet, ist kein Vergnügen. Deine schlimmsten Alpträume liegen hinter diesem Tor.«

Ballistar meinte eine Spur von Besorgnis in der

Stimme des Zauberers zu entdecken und fühlte seine Angst wachsen. »Ich reise mit Sigarni«, sagte er fest. Er hob die Hand und griff nach der ihren.

»Dann wollen wir anfangen«, sagte Taliesen. Der alte Zauberer schloß die Augen und sprach leise in einer Sprache, die die beiden Hochländer nicht kannten. Sie war sanft und fließend, fast musikalisch. Helles Licht floß aus den rechteckigen Fugen in der Felswand, die erst durchscheinend, dann durchsichtig wurde, und Sigarni starrte durch sie hindurch auf eine kalte, graue Landschaft. »Geht rasch hindurch«, sagte Taliesen. »Es bleibt nur für ein paar Sekunden so.«

Die silberhaarige Frau und der Zwerg traten durch das Portal. Sigarni schauderte beim Hindurchgehen, denn es war, als ginge sie durch einen Wasserfall, der kalt, jedoch keineswegs erfrischend war. Auf der anderen Seite fanden sie sich in einem Kreis aus sechs hohen aufrechtstehenden Granitsteinen wieder. Sigarni fuhr herum und sah gerade noch, wie Taliesen im Nichts verblaßte.

»Na, da sind wir also«, sagte sie und wandte sich wieder zu Ballistar um. Der Zwerg lag auf dem Boden, sein Körper zuckte. »Balli! Bist du krank?«

Sein Körper begann sich in Zuckungen zu winden.

Und zu strecken …

Sigarni ließ Bogen und Gepäck fallen und kniete neben ihm nieder. Er schlug mit Armen und Beinen um sich, seine Beine ragten aus seinen inzwischen viel zu kurzen Hosen. Die kleinen Rehlederstiefel platzten auf, als seine Füße wuchsen. Sein schwarzer Ledergürtel riß. Sigarni trat ein Stück zurück und wartete. Endlich hörte das krampfartige Zucken auf, und sie blickte auf einen gesunden jungen Mann in zerfetzten Kleidern und aufgerissenen Stiefeln. Ein Stück eines Stiefels hing ihm noch um den Knöchel wie eine Art Schmuck. Ballistar stöhnte und setzte sich. »Was ist mit mir geschehen?« fragte er. Dann sah er seine Arme, in voller Länge und voller Kraft, mit langen, schmalen Fingern, und seine Beine. Er krabbelte auf die Füße und sah Sigarni in die Augen. »O Gott, lieber Gott«, sagte er. »Ich bin ein Mann!«

Er schlang seine Arme um die verblüffte Sigarni und küßte sie auf die Wange. »Ich bin ein Mann«, wiederholte er. »Sieh mich doch an, Sigarni!«

»Du siehst sehr gut aus«, sagte sie lächelnd. »Das ist wahrlich ein magischer Ort.«

»Er sagte, meine schlimmsten Alpträume lägen hier. Wie sehr kann ein Mann sich irren? Das ist alles, von dem ich je geträumt habe. Jetzt kann ich Seite an Seite mit den anderen stehen und gegen die Fremdländer kämpfen. Keine Scherze und grausamen Witze mehr. Oh, Sigarni …« Abrupt setzte er sich hin und begann zu weinen.

»Ich habe eine Ersatztunika und -beinlinge dabei«, sagte Sigarni. »Vielleicht passen sie dir. Und selbst wenn nicht, wird es immer noch besser aussehen als die Fetzen, die du da anhast.«

Er nickte und ging zu ihrem Bündel. »Ich könnte sogar heiraten«, sagte er, »und Söhne zeugen. Große Söhne!«

»Du hast immer schon gut ausgesehen, Balli, und du wirst einen guten Vater abgeben. Jetzt hör auf zu reden und zieh dich an, wir müssen weiter.«

Sigarni betrachtete die öde Landschaft. Der Himmel war schiefergrau, die Luft roch beißend. Weit im Osten konnte sie Feuer am Horizont erkennen, wo zwei entfernte Vulkane heiße Asche und Lava über das Land spuckten. »Kein sehr wirtlicher Ort«, sagte sie.

»Ich finde ihn großartig«, sagte Ballistar.

Sie drehte sich um und sah, wie er sich aus seinen zerrissenen Beinkleidern mühte. »Bei Gott, Balli, ist *das* auch gewachsen?«

Er kicherte. »Nein, das war immer schon so groß. Gefällt es dir?«

Sie lachte. »Pack es ein, du Idiot!«

Ballistar zog sich an und band seine neuen grünen Beinlinge zu. »Sie sind ein bißchen eng«, meinte er. »Bin ich so groß wie Fell?«

»Nein. Aber du bist größer als Bakris und Gwyn. Das muß reichen.«

Sigarni griff nach ihrem Bogen – und erstarrte. Die Waffe hatte Wurzeln geschlagen, kleine, schlanke Zweige sprossen daraus. »Nun sieh dir das an!« rief sie. Wurzeln sprossen aus dem Bogen und gruben sich in die graue, von Asche bedeckte Erde.

»Was ist mit deinen Pfeilen?« fragte Ballistar. Sigarni zog ihren Köcher hervor und einen Pfeil heraus, er war unverändert. In diesem Augenblick durchbohrte ein einziger Sonnenstrahl den aschgrauen Himmel, ein Lichtblitz, der das erhellte, was früher einmal ein Bogen gewesen und jetzt ein rasch wachsender Baum war. Die plötzliche Wärme tat wohl, und Sigarni warf einen Blick zum Himmel und genoß die Sonne auf der Haut. Dann war es wieder vorbei.

Irgend etwas bewegte sich an ihrer Brust, und erstaunt blickte Sigarni an sich hinunter. Der kleine Lederbeutel beulte jetzt aus und zuckte, als ob eine große Ratte darin gefangen sei. Rasch riß sie ihn vom Hals und warf ihn zu Boden. Das Leder zerriß, und ein weißer Knochen ragte heraus, dann kamen weitere dazu. Wie bei Ballistar streckten und dehnten die Knochen sich und wuchsen, Knorpel und Sehnen krochen darüber und fügten Gelenke zusammen. Schließlich lag ein großes Skelett auf der Vulkanerde.

Einen Augenblick lang geschah nichts weiter. Dann plötzlich, in einem Aufruhr an Farben, tanzten tote Muskeln und Sehnen, Fleisch und Blutgefäße über die Gestalt, bildeten Lungen und Leber, Herz und Nieren. Haut überzog das Ganze, silbernes Haar wuchs auf Kopf und Kinn.

Eine Weile lag Eisenhand nackt auf dem Boden, dann tat er einen langen schaudernden Atemzug. Er schlug die Augen auf und sah Sigarni. »Ich kann fühlen«, sagte er. »Die Erde unter mir, die Luft in meinen Lungen. Wie ist das möglich?«

»Ich habe keine Ahnung«, sagte Sigarni und nahm ihren grünen Umhang ab. Sie schnitt ein Loch in die Mitte und reichte ihn dem nackten Mann.

Eisenhand stand auf und zog ihn über den Kopf. »Wo sind wir?«

»Im Lande Yur-vale«, antwortete Sigarni. »Taliesen hat uns durch ein magisches Tor hergeschickt.«

»Verwirrend«, sagte er, »aber, bei Grievak, es tut gut, wieder zu fühlen – und zwei gute Hände aus Fleisch und Blut zu haben«, setzte er hinzu und ballte die Fäuste.

»Wer ist das?« fragte Eisenhand mit einem Blick auf den jungen Mann an ihrer Seite.«

»Ich bin es, Ballistar der Zwerg. Die Magie ließ mich wachsen. Wenn auch nicht so groß wie du«, fügte er stirnrunzelnd hinzu.

Eisenhand lachte. »Du bist groß genug, mein Junge. Was jetzt, Tochter?«

Sie deutete auf die Zwillingsgipfel. »Wir machen uns auf den Weg in die Stadt, um die Krone zu finden.«

Yos-shiel war seit über zweihundertundsiebzig Jahren Händler auf dem Schwarzen Fluß und erinnerte sich mit großem Bedauern an das Ende alles Schönen in Yur-vale. Er feierte gerade seinen vierundzwanzigsten Geburtstag, als der erste Berg ausbrach und flüssige Lava ausspie, die die Weinberge und Äcker zerstörte.

Es war ein bitterer Sommer gewesen. Zuerst der Krieg und dann die natürlichen Umwälzungen, die die Sonne am Himmel verbargen. Jahr für Jahr war es stetig schlimmer geworden. Yos-shiel fuhr sich mit den dünnen Fingern durch das dicke weiße Haar und starrte aus dem Fenster auf den Kai hinaus, wo Männer dabei waren, Waren auf einen der drei Lastkähne zu laden, die er nach Anbruch der Nacht nach Zir-vak schicken würde. Räucherfisch und Holz: die beiden einzigen Dinge von Wert in Yur-vale. Yos-shiel verkaufte sie für Gold und Wasser, in der vergeblichen Hoffnung, daß Gold eines Tages wieder eine richtige Währung werden würde.

Der alte Mann stand auf und reckte sich. Von seinem Fenster aus konnte er einen einzigen Sonnenstrahl im Süden erkennen, und sein Herz wurde weit. Wie lange war es her, seit es eine Lücke in der Wolkendecke gegeben hatte? Ein Jahr? Zwei? Ein paar der Stauer sahen es auch, und alle unterbrachen ihre Arbeit.

Ein junger Mann, der Yos-shiel am Fenster stehen sah, rief: »Ist das ein Zeichen, Meister? Kommt die Sonne wieder?«

Die Lichtsäule verschwand. »Ich schaue nicht mehr nach Zeichen«, sagte er leise.

Er trat hinaus in das Dämmerlicht und zählte die Fässer mit Fisch. »Es sollten fünfzig sein«, sagte er.

Ein großer Mann in einem goldgestickten roten Hemd trat heran. »Zwei waren kaputt«, sagte er. Seine Stimme war tief und grollte wie ferner Donner. Yos-shiel sah ihm in die kleinen runden Augen. Er wußte, das Cris-yen log, aber der Mann war ein Raufbold und, wie er vermutete, ein Mörder. Die beiden Wächter, die Yos-shiel angestellt hatte, um die Beladung zu überwachen, waren auf geheimnisvolle Weise verschwunden. Er fürchtete, daß sie tot waren.

»Also gut, Cris-yen, mach weiter.« Mit einem verächtlichen Grinsen wandte sich der große Mann ab.

»Ich hätte ihn nie einstellen dürfen«, dachte Yos-shiel. »Er und seine Brüder werden mich um alles erleichtern, das ich habe. Ich kann von Glück sagen, wenn ich mit dem Leben davonkomme.« Er warf einen Blick zu dem bleigrauen Himmel empor und lächelte plötzlich. Was ist das Leben jetzt schon wert? dachte er. Würde ich es vermissen?

Soldaten bemannten die Brüstung der Palisade, und Yos-shiel überlegte, ob er sie um Hilfe bitten sollte, um mit Cris-yen fertig zu werden. Die Lebensmittel, die er schickte, waren für die Stadt lebenswichtig, und seine Bitte verdiente, gehört zu werden. Aber *verdienen* hat nichts damit zu tun, erkannte er. Wenn ich zu ihnen gehe und sie sich gegen mich wenden, kommt mein Tod nur um so schneller, dachte er.

Er schlenderte zum Kai und starrte in die tintenschwarzen Tiefen des Flusses. Kein Fisch schwamm mehr hier. Die Flotten mußten weit aufs Meer hinaus, um einen Fang zu machen.

Die Schute aus der Stadt kam in Sicht mit ihrer Ladung von Fässern, die auf dem Deck festgezurrt waren. Frisches Trinkwasser, gereinigt in den Holzkohlefiltern von Zir-vak, und frisches Fleisch für die Soldaten.

Yos-shiel wanderte zurück in sein kleines Büro und arbeitete weiter an seinen Büchern.

Kurz vor Mittag hörte er draußen Stimmen und sah, wie seine Arbeiter zum Tor der Palisade gingen. Yos-shiel schloß die Bücher, säuberte seine Feder und folgte ihnen. Die Tore standen offen, und drei Menschen waren eingetreten, zwei Männer und eine Frau. Die Frau war silberhaarig und ausgesprochen schön. An ihrer Seite war ein Riese in einer schlechtsitzenden grünen Tunika, die in der Taille mit etwas zusammengebunden war, das aussah wie eine Bogensehne. Auch er hatte silbernes Haar. Der letzte der drei war ein junger Mann in grünen Hosen und einem Hemd, das ihm zu klein war.

»Woher kommt ihr?« fragte Cris-yen, schob sich nach vorn und baute sich vor der Frau auf, die Hände in die Hüften gestemmt.

»Aus dem Süden«, sagte sie. »Wir suchen eine Passage in die Stadt.«

»Und wie wollt ihr bezahlen?«

Die Frau holte eine kleine Goldmünze hervor, und Cris-yen lachte. »Das ist hier nichts wert, meine Hübsche, damit kann man keine Mäuler mehr stopfen. Ich sage dir, was wir tun werden. Wir zwei gehen ins Lager und arrangieren etwas.«

»Wir finden schon anderswo eine Passage«, sagte sie und machte kehrt. Einer von Cris-yens Brüdern trat vor und packte sie am Arm.

»Es gibt nirgendwo anders, du hörst besser auf ihn«, sagte er.

»Nimm deine Hand von meinem Arm«, sagte die Frau eisig.

Der Mann lachte. »Oder was?«

Die Frau senkte den Kopf und hämmerte ihm ihre Stirn gegen die Nase. Der Mann ließ sie taumelnd los, doch sie sprang hoch, ihr Fuß krachte gegen sein Kinn und ließ ihn in die Zuschauer fallen. Yosshiel sah die Soldaten von der Brüstung her zuschauen, aber sie machten keine Anstalten einzugreifen.

»Das war ein Angriff!« schrie Cris-yen. »Packt sie!« Ein paar Männer rannten vorwärts. Die Frau schickte den ersten mit einer geraden Linken zu Boden. Der kleinere ihrer Gefährten warf sich auf die anderen, er ging mit ein paar anderen in die Knie.

»Das reicht!« bellte der silberbärtige Riese. Der Klang seiner Stimme hallte im Lager wider, und alles hielt inne, als er dicht vor Cris-yen trat. »Nun«, sagte er, »du scheinst der Leitbulle dieser pockengeplagten Herde zu sein. Vielleicht sollten wir beide die Angelegenheit regeln.«

Cris-yen sagte nichts, sondern ließ seine große Faust an Eisenhands Kinn krachen. Der Riese steckte den Schlag ein, ohne sich zu rühren. Er grinste nur. »Himmel, mein Sohn, wenn das alles ist, was du zu bieten hast, steckst du ernstlich in der Klemme«, sagte er. Cris-yen versuchte es mit einer Linken, doch der Riese blockte mit rechts ab und schlug Cris-yen mit der flachen Hand ins Gesicht. Es klang wie berstendes Holz. Cris-yen taumelte nach rechts – dann rannte er mit gesenktem Kopf gegen den Riesen an. Er traf auf einen rechten Haken, der ihm das Kinn zerschmetterte und ihn von den Füßen riß. Er ging mit dem Gesicht voran zu Boden, zuckte noch einmal und rührte sich nicht mehr.

»Ein Kinn wie Glas«, murmelte der Riese. »Noch jemand?« Niemand rührte sich. Er ging zu dem bewußtlosen Cris-yen und zog ihm in aller Ruhe das bestickte rote Hemd aus. Dann zog er seine eigene Tunika aus und streifte sich das Hemd über. »Ein bißchen eng«, sagte er, »aber es wird reichen.« Ohne sich zu beeilen, zog er Cris-yen nackt aus und kleidete sich in die Lederbeinlinge und die schwarzen Stiefel des Mannes. »Das ist schon besser«, sagte er. »So, wer hat hier das Sagen?«

Yos-shiel trat vor. »Ich, Herr.«

»Dann müssen wir mit dir die Passage besprechen?«

»Ja. Und ihr könnt gerne kostenlos mitreisen.«

»Gut. Das ist sehr gastfreundlich. Ich bin Eisenhand, das ist meine Tochter Sigarni und dies ihr Freund Ballistar.«

»Ich kann verstehen, wie du zu dem Namen gekommen bist«, meinte Yos-shiel.

Yos-shiel bot seinen Gästen Wein und etwas zu essen an, und wenn er beleidigt war, weil sie sich weigerten, etwas zu sich zu nehmen, so zeigte er es nicht. Ballistar mochte den kleinen alten Mann und hörte mit Vergnügen zu, als er von seinem Ärger mit Cris-yen erzählte.

»Ich glaube nicht, daß er dir die nächste Zeit noch

mehr Ärger machen wird«, sagte Eisenhand, »aber wenn du meinen Rat hören willst, dann solltest du sofort einen Mann ernennen, der seine Stellung übernimmt, und alle seine Anhänger entlassen.«

»Das werde ich«, sagte Yos-shiel, »aber ich wäre dankbar, wenn du währenddessen bei mir wärst.«

»Gern«, versprach Eisenhand.

»Es hat mich erstaunt, daß Cris-yen so rasch durch dich gefallen ist. Ich habe gesehen, wie er anderen die Arme brach oder sie mit hammerharten Faustschlägen zu Boden schickte.«

»Wo wir herkommen, werden die Männer abgehärtet«, erklärte Ballistar.

»Und wo wäre das?« fragte Yos-shiel.

»Aus dem Süden«, antwortete Ballistar vage und wünschte, er hätte seinen Mund gehalten.

»Wir kommen aus einer anderen Welt, Yos-shiel«, sagte Sigarni und setzte sich dem alten Mann gegenüber. »Wir kamen durch ein magisches Tor.«

Der Händler lächelte und wartete auf das Ende des Scherzes. Als es nicht kam, verschwand sein Lächeln. »Ihr … seid … Zauberer?«

»Nein«, erwiderte Sigarni, »aber ein Zauberer hat uns geschickt. Wir sind gekommen, um etwas zurückzuholen, das in diese Welt verschwand, und es in unsere Welt zurückzubringen.«

»Die Sonne«, sagte der alte Mann. »Das wart ihr, im Süden. Was habt ihr getant?«

»Ich weiß nicht, was du meinst«, sagte Sigarni. »Meinst du den Riß in den Wolken?«

»Ja. Es ist schon Jahre her, seit wir die Sonne gesehen haben. Könnt ihr sie nach eurem Willen erscheinen lassen?«

»Ich habe gar nichts getan, Yos-shiel. Es war mein

Bogen. Das Holz begann zu sprießen und Wurzeln zu schlagen. Dann schien die Sonne.«

»Wir hatten früher auch Zauberer – einen ganzen Tempel voll. Sie überwachten den Bau der Großen Bibliothek in Zir-vak. Man gab ihnen die Schuld, als die Sonne verschwand, und opferte sie auf dem Hochaltar. Der König versprach, daß durch ihren Tod die Berge aufhören würden, Feuer zu spucken, aber das geschah nicht. In den vergangenen zweihundert Jahren hat es immer wieder Propheten gegeben, die behaupteten, daß Blutopfer die Götter milde stimmen würden, so daß sie ihre Strafe aufheben würden. Aber dem war nicht so. Wir sind ein sterbendes Volk, Sigarni, es gibt keine Hoffnung für uns.«

»Und doch kämpft ihr in all diesem Durcheinander einen Krieg«, meinte sie. »Weshalb?«

»Ursprünglich war es wegen einer Frau. Der Großvater des Königs verliebte sich in eine Adelige aus dem Osten, doch sie war dem König von Kal-vak versprochen. Trotz ihres Flehens verlangte ihr Vater, daß sie ihr Versprechen einlöste und schickte sie nach Kal-vak. Unser König war wütend – und schwor, sie zu befreien. Wir erklärten den Krieg. Unsere Truppen griffen Kal-vak an und wurden zurückgeschlagen. Dann explodierte der erste Berg. Jede Seite gab der anderen die Schuld an der Katastrophe und behauptete, daß Verrat die Götter gegen uns aufgebracht hätte. Zuerst war es nicht allzu schlimm, die Sommer wurden kürzer und weniger warm, aber die Feldfrüchte wuchsen noch. Doch allmählich wurde der Himmel dunkler, und feine Asche legte sich über das Ackerland. Die Nahrung wurde knapp, außer Fisch. Doch selbst die Fische sind nur noch fern der Küste zu finden.«

»Doch der Krieg geht weiter«, sagte Eisenhand. »Wie kommt es, daß bisher keine Seite gewonnen hat? Du sagst, der Kampf wurde vom Großvater des Königs begonnen. Wie lange ist das her?«

»Etwas mehr als zweihundertvierzig Jahre. Die meisten der Hauptfiguren dieses Krieges sind längst tot, doch er geht aus anderen Gründen weiter. Die Menschen müssen essen.«

»Sie essen die Toten!« flüsterte Ballistar.

»Es schmeckt ein bißchen wie Schweinefleisch, wie man mir sagt«, sagte Yos-shiel. »Ich selbst habe es noch nicht gegessen, aber wenn die Zeit kommt, werde ich es zweifellos tun. Das Leben ist immer süß – selbst in der Hölle von Yur-vale.« Der alte Mann seufzte. »Aber sagt mir, meine Freunde, was ist das für ein Gegenstand, den ihr sucht? Vielleicht kann ich euch helfen.«

»Alwens Krone«, sagte Sigarni.

»Einen solchen Gegenstand kenne ich nicht.«

»Es ist ein geflügelter Helm aus hellem Silber, mit Gold beschlagen.«

»Der Paradies-Helm«, sagte Yos-shiel mit weit aufgerissenen Augen. »Den könnt ihr nicht nehmen! Er ist alles, was den Menschen noch Hoffnung gibt. Alle fünfundzwanzig Jahre zeigt er uns eine Vision vom Paradies, Wasserfälle und grüne Bäume und eine Menschenmenge darum, die fröhlich ist und lächelt. Er ist unser wertvollster Besitz.«

Sigarni legte dem alten Mann ihre Hand auf die Schulter. »Was ihr seht, das ist mein Volk, das an Alwens Wasserfall steht. Einmal in jedem Vierteljahrhundert erscheint die Krone dort und schimmert über dem Wasser. Wir alle versammeln uns, um sie zu sehen, und wie es scheint, versammelt ihr euch, um uns zu sehen. Sag mir, Yos-shiel, wann hat die Sonne zum letzten Mal geschienen?«

»An dem Tag, an dem der alte König begraben wurde. Ich war dort, als er auf das Begräbnisschiff gelegt wurde und in Flammen den Fluß hinabtrieb. Die Wolken brachen auf, und die Sonne schien einen ganzen Tag lang. Es war wunderbar, alles sang und tanzte auf den Straßen.«

»Und davor?«

»Ich erinnere mich nicht mehr genau. Warte … ja, doch. Vor zwölf Jahren, beim Athling-Fest. Wir sahen am nächsten Tag den Sonnenaufgang, die Sonne war riesig groß und rot. Das dauerte nur zehn Minuten.«

»Was geschah am nächsten Festtag?«

»Du verstehst nicht recht, das Athling-Fest entspricht der öffentlichen Zurschaustellung des Paradies-Helms. Es geschieht nur viermal in hundert Jahren.«

Eine Weile stellte Sigarni dem alten Mann noch Fragen, und bald begann das Gespräch Ballistar zu langweilen. Er wanderte zum Fenster, lehnte sich auf die Fensterbank und sah zu, wie die Lastkähne beladen wurden.

Schließlich endete die Unterhaltung, und Eisenhand meldete sich zu Wort. »Am besten bringst du deine Männer jetzt wegen der Entlassung zusammen, mein Freund«, sagte er, »denn wir möchten gern auf einem dieser Kähne sein, wenn sie ablegen.«

»Ja«, sagte Yos-shiel. »Danke.«

Eine Stunde später saßen die drei im Heck eines etwa hundertzwanzig Meter langen Kahns, während die Besatzung ihn stetig flußaufwärts stakte. Das Boot hatte hölzerne Klappen entlang beider Seiten, die hochgeklappt werden konnten, um im Falle eines Angriffs Schutz zu bieten. In regelmäßigen Abständen lagen große Steine an Deck, die auf jedes Boot geschleudert werden konnten, das das Vorankommen des Lastkahns zu behindern versuchte. Bewaffnete saßen im Bug, und alle Arbeiter auf dem Kahn trugen lange Messer.

»Wie wollen wir also den Tempel finden und die Krone stehlen?« fragte Ballistar. »Am besten dringen wir bei Nacht ein.«

Sigarni stand auf, reckte sich und ging an der Backbordseite entlang. Ein Soldat lächelte sie an. »Bleib bei deinen Freunden«, sagte er. »Bald wird es so dunkel sein, daß ihr nicht mehr die Hand vor Augen sehen könnt.«

Sie dankte ihm und ging zu den anderen zurück, dann setzte sie sich auf eine Taurolle. Das Tageslicht nahm rasch ab, und bald war der Kahn in eine so völlige Finsternis gehüllt, daß Sigarni einen Anflug von Panik verspürte.

»Es ist, als ob man tot wäre«, flüsterte Ballistar. Sigarni spürte, wie seine Hand über ihren Arm strich, sie nahm sie und drückte seine Finger.

»Nein, ist es nicht«, widersprach Eisenhand. »Der Tod ist nicht dunkel, er ist hell und abscheulich.«

»Wie können sie sehen, wohin sie steuern müssen?« wunderte sich Ballistar.

»Ruhe da hinten«, ertönte eine Stimme. »Wir erreichen die Stadt in einer Stunde.«

Sie spürten kaum Bewegung in dieser allumfassenden Schwärze, und Sigarni dachte an ihre Tage mit Fell zurück, als sie gemeinsam gejagt und sich vor dem Feuer geliebt hatten. Er hatte ihre Stimmung so gut erkennen können. Es gab Zeiten, als sie nichts mehr gewünscht hatte, als sich neben ihm zusammenzurollen und ihn zu streicheln. Bei solchen Gelegenheiten hatte er sie umarmt und zärtlich geküßt. In anderen Nächten, wenn sie heißblütiger war, wollte sie voller Leidenschaft geliebt werden. Er handelte immer danach. Ich war auch gut für dich, Fell, dachte sie. Ich kannte dich, deine Gedanken, deine Träume.

Den ersten Kuß hatten sie auf den Hängen des High Druin getauscht, an einem strahlenden Sommertag. Sie waren die sechs Kilometer von Gorings Felsen bis zum Weißen Fluß gerannt. Fell war schneller und stärker, aber er hatte nicht Sigarnis Ausdauer. Sie war verbissen hinter ihm hergelaufen, immer in Sichtweite, bis schließlich der letzte, lange Aufstieg kam. Dann, als er zurückfiel, hatte sie ihre Reserven mobilisiert und war an ihm vorbeigezogen.

Am Weißen Fluß war er auf die Knie gesunken und hatte versucht, zu Atem zu kommen. Sigarni brachte ihm Wasser in einer hastig geschnitzten Rindenschale.

»Du bist ein Wunder, Sigarni«, sagte er schließlich, nahm ihre Hand und küßte sie.

Sie setzte sich neben ihn und schlang ihm einen Arm um den Hals. »Mein armer Fell! Ist dein Stolz jetzt unwiderruflich verletzt?«

Er sah sie fragend an. »Warum sollte mein Stolz verletzt sein? Ich habe mein Bestes gegeben.«

»Ich fand es schön, als du meine Hand geküßt hast«, sagte sie, um das Thema zu wechseln.

»Dann tu' ich es noch einmal.«

»Ich hätte es lieber, du würdest meinen Mund küssen.«

Da lächelte er. »Du bist sehr direkt für ein Hochland-Mädchen – ich schreibe das Gwalchmais schlechter Erziehung zu. Es macht mir nichts aus, gegen eine Frau wie dich ein Wettrennen zu verlieren, aber es gehört sich nicht, daß du die Verführung übernimmst.«

»Warum nicht?«

»Weil ich fast die ganze Nacht auf war, um mir zu überlegen, wie ich dich dazu bringen könnte, mich zu küssen. Du machst all meine Pläne zunichte.«

Sigarni legte sich ins Gras zurück. »Überhaupt nicht. Mach nur weiter. Zeig mir deine Strategie.«

Er lachte. »Zu spät. Ich fürchte, der Fuchs ist bereits im Hühnerstall.«

»Trotzdem möchte ich es gerne hören.«

Er rollte sich auf den Ellbogen und sah auf sie hinunter. »Ich wollte dir sagen, daß ich noch nie jemanden wie dich getroffen habe und daß ich nie glücklicher bin, als wenn ich mit dir zusammen bin. Du bist die Freude meines Lebens, Sigarni. Jetzt und immer.«

»Du hast mich mit deinen schönen Worten gewonnen«, sagte sie. »Und jetzt der Kuß, bitte.«

Ballistars Stimme drang durch ihre Gedanken. »Deine Hand ist ganz warm«, flüsterte er.

»Ich habe an etwas Schönes gedacht«, sagte sie leise.

Die Fahrt ging weiter, bis sie schließlich voraus die schwachen Lichter der Stadt erkennen konnten. Der Kahn glitt weiter bis zu einem Fallgittertor. Der Steuermann gab mit seiner Laterne ein Signal, das von oben beantwortet wurde. Dann hob sich unter Ächzen und Knirschen das Fallgitter, und der Lastkahn glitt darunter hindurch.

Entlang des Kais hingen Laternen an Pfählen, und Sigarni hörte, wie Ballistar einen erleichterten Seufzer ausstieß. »Es war furchtbar«, meinte er, »wie blind zu sein.«

»Es war nicht furchtbar«, sagte Sigarni sehnsüchtig.

Der Kahn knirschte an den steinernen Kai. Eisenhand war als erster am Ufer, gefolgt von Sigarni und Ballistar.

»Was jetzt?« fragte der Krieger.

»Wir suchen uns einen geschützten Platz zum Schlafen«, antwortete Sigarni. »Morgen gehen wir zum König.«

»Zu welchem Zweck?« fragte Ballistar.

»Ich werde ihn bitten, uns die Krone zurückzugeben.«

»Und er soll sie dir so einfach geben?«

»Natürlich nicht, Balli. Ich werde ihm etwas zum Tausch anbieten.«

»Das muß ein sehr großes Geschenk sein«, meinte Eisenhand mit Nachdruck.

»Das wird es«, versprach sie.

12. Kapitel

Die Stadt war anders als alles, was Sigarni je gesehen hatte. Zusammengedrängt ragten die Häuser wie Felswände empor, von erleuchteten Fenstern gefleckt.

Schmale Gassen zogen sich wie Adern durch das Fleisch eines steinernen Riesen. Gewölbte Tunnel führten tiefer in die Stadt, die mit Öllampen prunkte, die in regelmäßigen Abständen aufgehängt waren, um den Reisenden zu leiten. In jeder Straße hingen Schilder, auf denen deren Namen und die der größeren Gassen standen, die davon abgingen. Sigarni fühlte sich beengt und klein angesichts der riesigen Stadt Zir-vak.

Eisenhand war weniger beeindruckt. »In Kushir gibt es Häuser, die sehr viel schöner sind«, sagte er, »und dort gibt es wenigstens Anzeichen von Planung. Das hier ... gewaltige Bauten, die einem Mann keinen Raum zum Atmen lassen.«

»Es ist bedrückend«, stimmte Ballistar zu. Sie wanderten eine Weile ziellos herum, bis sie die Lichter eines Gasthauses sahen. Eisenhand eilte darauf zu. »Warte!« rief Ballistar. »Wie sollen wir bezahlen?«

»Mir wird schon etwas einfallen«, sagte Eisenhand.

Die Gaststube war nicht einmal zur Hälfte besetzt, und die wenigen Gäste zum Abendessen saßen an rohen Tischen. Es gab einen langen, getäfelten Bereich, in dem getrunken werden konnte, und dort standen einige biertrinkende Männer. Eisenhand ging zur Bar, und ein Schankmädchen kam zu ihm. Sie war außergewöhnlich dick, mit heruntergezogenen Mundwinkeln und kleinen Augen, die in viel überflüssigem Fleisch fast versanken. Ihre enormen Brüste hingen über der Theke.

»Was habt ihr im Angebot?« fragte Eisenhand, während Sigarni und Ballistar sich zu ihm stellten.

»Zu essen oder zu trinken, oder beides?« entgegnete sie und wischte gleichgültig den Tresen mit einem fleckigen Lappen ab.

»Nur zu trinken«, sagte der silberbärtige Riese.

»Wir haben Bier oder Wasser oder, wenn ihr etwas Heißes wollt, einen Tee aus getrockneten Wurzeln.«

»Und womit bezahlen wir?«

»Was?«

»Welche Währung brauchen wir? Wir sind Fremde, und man hat uns erzählt, daß Gold nicht von Nutzen ist.«

»Ihr bezahlt gar nichts«, sagte sie, als ob sie zu einem Zurückgebliebenen sprach. »Alles ist umsonst … schon seit Jahren. Also, was wollt ihr?«

»Bier«, antwortete Eisenhand.

»Ich nehme Wasser«, sagte Sigarni. »Wo können wir eine Unterkunft für die Nacht finden?«

»Wo immer ihr wollt. Oben ist ein Zimmer, das ihr gerne haben könnt. Es hat allerdings keinen Kamin – es gibt kein Holz, müßt ihr verstehen. Aber die Öllampen halten den Raum warm genug. Es gibt nur ein Bett, aber das ist groß genug für euch beide«, sagte sie mit einer Handbewegung auf Ballistar und Sigarni. »Für ihn … na ja.«

»Ich könnte immer noch dein Bett teilen, meine Hübsche«, sagte Eisenhand. »Ich nehme an, das ist groß.«

»Frechheit!« sagte die Frau errötend.

»Wer nicht fragt, bekommt auch nichts«, sagte Eisenhand augenzwinkernd. »Und du kannst dir gar nicht vorstellen, wie lange es her ist, daß ich die Gesellschaft einer hübschen Frau genossen habe.«

»Hübsch, also wirklich! Ich *war* mal eine gutaussehende junge Frau, das darfst du ruhig wissen. Männer sind weit gereist, um mir den Hof zu machen – und ich werde sehr ärgerlich, wenn man sich über mich lustig macht.«

»Ich würde mich nie über dich lustig machen, Herzchen. Ich mochte immer schon lieber Frauen mit ein bißchen Fleisch auf den Knochen. Denk darüber nach, während du unsere Getränke holst. Ich bin ein Mann mit viel Geduld.«

Eisenhand wandte sich ab und ging zu einem Tisch in der Nähe. Ballistar setzte sich zu ihm. »Guter Gott, Mann, wie kannst du nur mit einer ... solchen ... Kuh schlafen?«

»In meinen Augen sieht sie prächtig aus, mein Junge. Hier kommt deine Art Frau«, setzte er hinzu und deutete auf ein anderes Schankmädchen, das ein Tablett zu einem entfernten Tisch trug. Sie war schlank und dunkelhaarig, kaum älter als siebzehn. Ballistar starrte sie mit unverhohlenem Begehren an. »Ich rufe sie herüber«, flüsterte Eisenhand.

»Nein!« quietschte Ballistar.

Zu spät, denn Eisenhand winkte dem Mädchen zu. Sie servierte einem Tisch am Fenster Getränke, dann kam sie herüber. »Mein Freund hier ...«, begann Eisenhand.

»Um Himmels willen!« fauchte Ballistar. Er lächelte das Mädchen dümmlich an. »Ich ... äh ... es tut mir leid.«

»Was er dir sagen möchte, Liebchen«, fuhr Eisenhand fort, »ist, daß er von deiner Schönheit überwältigt ist. Wenn ich jünger wäre, würde ich deinetwegen mit ihm kämpfen. Jetzt sind wir aber Fremde in dieser Stadt, und wir wissen nichts über eure Gebräuche. Es muß genügen, daß er dich erstaunlich anziehend findet und gern ein bißchen Zeit mit dir verbringen würde, wenn du deine Arbeit erledigt hast. Was sagst du dazu?«

Das Mädchen lächelte und musterte Ballistar, der spürte, daß er bis zu den Haarwurzeln errötet war.

»Er sieht gut aus«, sagte sie. »Und du bist ein alter Teufel. Aber da du schon meine Mutter verführt hast – und damit habe ich heute nacht kein Bett mehr –, werde ich wohl ein bißchen Zeit mit dem jungen Mann verbringen. Die Zimmer oben sind alle numeriert. Ich werde in etwa einer Stunde in Zimmer Elf sein.« Sie nahm Ballistars Kinn in die Hand. »Dein Bart ist weich«, sagte sie. »Das gefällt mir.«

Ihre Mutter erschien mit einem Holztablett, auf dem ein Krug Bier, ein Krug Wasser und drei Becher standen. Sie setzte es sorgfältig ab und wandte sich an Eisenhand. »Trink nicht zuviel davon«, sagte sie. »Davon werden harte Männer weich, wenn du verstehst, was ich meine.«

Eisenhand lachte laut auf. Er packte die Frau um ihre pralle Taille und zog sie auf seinen Schoß. Dann nahm er den Krug, setzte ihn an die Lippen und begann zu trinken. Ballistar und Sigarni sahen mit Staunen zu, wie er ihn mehr als zur Hälfte leerte. »Bci Gott, das ist schon besser«, sagte er. Dann stand er auf, hob die verblüffte Frau hoch in die Luft und begann sich zu drehen und zu tanzen.

»Sie muß ungefähr eine Tonne wiegen«, flüsterte Ballistar Sigarni zu. »Wie macht er das nur?«

Eisenhand kam zum Tisch zurück, er trug die Frau immer noch. »Es hat keinen Zweck«, sagte er, »ich kann keine Sekunde länger warten. Wir sehen uns morgen früh.« Mit diesen Worten trug er seine Eroberung aus dem Raum.

Eine Weile saßen Ballistar und Sigarni noch schweigend beisammen. Schließlich sagte er: »Die Frau, die ich treffen werde ... ich weiß nicht ... was sollte ich ...?«

Sigarni lachte leise. »Tu, was dir natürlich vorkommt. Sitz ein bißchen mit ihr zusammen und unterhalt dich mit ihr. Ich würde dir raten, ihr zu sagen, daß es für dich das erste Mal ist und daß du unerfahren bist.«

»Das kann ich nicht!«

»Sie wird es ohnehin merken. Genieße es, Ballistar. Und achte darauf, daß auch sie eine schöne Erinnerung an eure Begegnung hat. Zu viele Männer werden von ihrer Wollust hingerissen und vergessen, daß ihre Partnerin auch Bedürfnisse hat.«

»Aber wie ...?«

»Das ist keine Unterrichtsstunde, Balli. Küß sie, streichle und erforsche sie. Laß es dauern. Das ist eine Erfahrung, die du nie wieder vergessen wirst.«

Er grinste. »Ich kann es nicht glauben. Wenn wir zurückkommen, werde ich den kleinen Zauberer hochheben und ihn auf die welken Wangen küssen.«

»Dann wird er dich in eine Spinne verwandeln und dich zertreten.«

»Wirst du allein zurechtkommen?«

Sie beugte sich vor und legte ihre Hand auf die

seine. »Ich stand in einer Höhle und wartete auf Dämonen, Balli. Ich glaube schon, daß ich eine Nacht in einem fremden Gasthaus überleben werde, meinst du nicht?«

Sie unterhielten sich noch eine Weile, dann kam das junge Mädchen, um Ballistar abzuholen, und Sigarni mußte über den plötzlichen Anflug von Panik lächeln, der sich über sein hübsches Gesicht zog. »Geh«, sagte sie, »viel Spaß.«

Allein nippte sie an ihrem Wasser und konzentrierte sich auf die magischen Ereignisse, die sie in Yur-vale überwältigt hatten. Drei einzelne Ausbrüche von Magie: Ballistars Wachstum, das Sprießen des Bogens und Eisenhands Wiedergeburt. Der Zwerg war ein Mann geworden, stark und aufrecht. Warum? Und weshalb der Bogen, nicht aber die Pfeile? Sie hatte versucht, mit Ballistar darüber zu sprechen, doch er hatte nur die Achseln gezuckt und gesagt: »Es war Magie. Wen kümmert schon das Warum?«

Aber es mußte Regeln geben, nach denen die Magie funktionierte, dachte sie. Eisenhand war durch ein trockenes Stück Knochen wiedergeboren worden. Aber was war mit den Knochenspitzen an ihren Pfeilen? Warum waren daraus keine Hirsche geworden? Und das Leder ihrer Stiefel oder ihres Gürtels – wieso war das unverändert geblieben?

Taliesen hatte sie gewarnt, daß dies eine Welt mit starker Magie war und daß diese größere Auswirkungen auf sie als auf die Einwohner von Yur-vale haben würde. Was hatte er noch über den anderen Zauberer gesagt? Er hatte Schweinefleisch gegessen, und es war in seinem Magen angeschwollen? Sigarni schauderte. Wie der Knochen von Eisenhand, hatte sich das Fleisch in seinem Magen wieder zusammengefügt, und er war von innen heraus durch einen lebendigen, panischen Eber in Stücke gerissen worden.

Sie griff nach dem Wasserkrug und zuckte zusammen, als das kalte Metall an den noch nicht ganz verheilten Schnitt in ihrer Handfläche kam.

Und in dem Augenblick hatte sie die Antwort. In der Nacht vor der Reise hatte sie Eisenhands Knochen gehalten. Auf der Reise selbst durch das Tor hatte sie Ballistars Hand gehalten.

Mein Blut hat sie berührt. Auch den Bogen – aber nicht die Pfeile!

Sigarni stand auf und ging hinauf in ihr Zimmer. Das Bett war tief und weich, aber sie schlief noch stundenlang nicht ein. Als sie erwachte, saß Eisenhand an ihrem Bett.

»Ich hoffe, du hattest schöne Träume«, sagte er.

»Ich kann mich nicht erinnern«, sagte sie. »Und du?«

»Ich habe kein Auge zugetan«, sagte er grinsend. »Aber ich könnte ein Pferd essen.«

»Das wäre nicht ratsam. Das Pferd würde dich fressen.«

Er sah sie fragend an, und sie erklärte, wie Taliesen sie gewarnt hatte. »Nun, dann sollten wir besser die Krone finden und uns auf den Rückweg ins Hochland machen. Ich möchte wieder ein schönes Stück Fleisch schmecken und den Duft der Kiefern riechen.«

»Zuerst müssen wir den Palast finden, oder wo der König auch immer residiert.«

»Meinst du, er wird uns einfach den Staatsschatz übergeben?«

»Wir werden sehen.«

Der König starrte aus dem Fenster seines Arbeitszimmers im achten Stock, während die feindlichen Belagerungsmaschinen sich langsam der Nordmauer der Stadt näherten. Es waren sieben Stück, jede gut fünfundzwanzig Meter hoch, mit Platten aus gehämmertem Eisen verstärkt und für Brandpfeile undurchdringlich. Wenn sie an der Mauer waren, was in etwa einer Stunde der Fall sein dürfte, würde ein harter Kampf entbrennen. Dicht an der Mauer würden die Türme die Zugbrücken herunterlassen, und Krieger würden sich auf die Brüstung ergießen.

Seine Leibwache würde ihnen entgegentreten, von Schwert zu Schwert, stechend und schlagend, um den Technikern Zeit zu verschaffen, die Feuerbomben durch die Schießscharten zu schleudern. Die Eisenverkleidung bot keinen Schutz für die vielen Männer, die auf den Stufen der Belagerungstürme warteten.

Ihr lauft in euer Verhängnis, dachte er bei sich. Er warf einen Blick nach links, wo seine Zeremonienrüstung auf einer Eichenbank zurechtgelegt war. Du wirst zu alt zum Kämpfen, dachte er. Und was geschieht mit Zir-vak, wenn du im Kampf fällst? Keiner seiner Söhne war schon hundert – und selbst wenn, dachte er mit Bedauern, konnten sie die Verantwortung nicht tragen. Vielleicht habe ich es ihnen zu leicht gemacht.

Er trat vom Fenster zurück und ging zu seinem Schreibtisch, wo er einen ovalen Spiegel mit Bronzerahmen in die Hand nahm. Das Gesicht, das ihm daraus entgegenblickte, war grau vor Müdigkeit, die Augen stumpf. Er legte den Spiegel weg und nahm den Brief zur Hand, der am Vorabend von dem Kaufmann Yos-shiel eingetroffen war. Drei Fremde waren in die Stadt gekommen, um den Paradies-Helm zu stehlen. Sie würden eine schöne Überraschung erleben!

Ein Diener trat ein und verbeugte sich tief. »Majestät, hier ist eine Frau, die dich zu sprechen wünscht.«

»Sag ihr, ich habe heute keine Zeit. Sie soll ein Gesuch an Pasan-Yol richten!«

»Mit Verlaub, Majestät, ich glaube, du würdest doch mit der Frau sprechen wollen. Sie sagt, sie möchte dich im Zusammenhang mit dem Paradies-Helm sprechen – und sie paßt auf die Beschreibung, die du den Soldaten gegeben hast.«

Der König drehte sich um. »Ist sie allein?«

»Nein, ihre Gefährten sind bei ihr, Majestät – ein weißhaariger Riese und ein junger Mann.«

»Sind sie bewaffnet?«

»Sie haben ihre Waffen bei der Königlichen Wache abgegeben.«

Gespannt ging der König zu seinem Schreibtisch. »Führe sie herein – und hole Pasan-Yol.«

Mit einer erneuten Verbeugung ging der Diener wieder.

Wie Yos-shiel berichtet hatte, war die Frau sehr schön und bewegte sich mit einer Anmut, die das Blut des Königs in Wallung brachte. »Ich höre, ihr behauptet, aus einem anderen Land zu kommen«, sagte er. »Wo sollte das denn sein?«

»Ich könnte nicht sagen, wo im Verhältnis zu Yurvale«, antwortete sie. Ihre Stimme war tief, beinahe heiser. »Wir wurden durch ein magisches Tor geschickt.«

Der König nahm den Brief in die Hand. »Das sagt Yos-shiel auch. Ich muß sagen, ich finde das schwer zu glauben. Könnte es sein, daß ihr Spione seid, vom Feind geschickt?«

Eine Wachabteilung kam hinter den Gästen in den Raum. »Sollen wir sie festnehmen, Majestät?« fragte Pasan-Yol.

»Noch nicht«, antwortete der König dem jungen Wachmann. »Sie interessieren mich. Also sag mir, Frau, warum ihr hier seid.«

»Um die Sonne zurückzubringen«, sagte sie. Das Schweigen wuchs, als die Zuhörer ihre Worte verarbeiteten.

»Bist du eine Hexe?« fragte der König.

»Ja.«

»Hier gilt Zauberei seit langem als Verbrechen, das mit dem Tod bestraft wird.«

Die Frau lächelte. »Dummheit offensichtlich noch nicht. Möchtest du die Sonne wieder über Yur-vale scheinen sehen?«

Der König lehnte sich in seinem Stuhl zurück. »Wollen wir einmal annehmen – nur um der Beweisführung willen – daß du dieses … dieses Wunder vollbringen könntest. Was willst du als Gegenleistung dafür haben?«

»Ich denke, der Brief von Yos-shiel enthält die Antwort«, sagte sie.

»Du weißt davon – und kommst trotzdem her? War das klug, Hexe?«

Sie zuckte die Achseln. »Die Weisheit einer Handlung läßt sich erst nach dem Ergebnis beurteilen. Ich biete dir die Sonne gegen ein Stück Metall. Du triffst die Entscheidung, die du für richtig hältst.«

»Was meinst du, Pasan?« fragte der König.

Der junge Wachmann lachte verächtlich. »Ich glaube, es sind Spione, Vater. Laß mich sie befragen.«

»Noch ein Dummkopf«, sagte Eisenhand zu Sigarni im selben Tonfall. »Glaubst du, sie alle sind Opfer der Inzucht?« Das Schwert des Wachmanns fuhr aus der Scheide. »Steck es weg, Junge«, sagte Eisenhand, »ehe ich es dir wegnehme und dir damit den Hintern versohle.« Der Wachmann holte tief Luft und ließ sich dann in eine Kampfstellung mit ausgestrecktem Schwert fallen.

»Das reicht!« sagte der König. »Steck dein Schwert weg, Pasan!«

»Du hast doch gehört, was er sagte, Vater!«

»Ja, habe ich«, antwortete der König müde. »Also laß uns ihm nicht allzu rasch den Beweis liefern.«

»Ich denke, ein kleiner Beweis würde nicht schaden«, mischte sich Sigarni ein. »Hast du einen Garten hier?«

»In Zir-vak wächst nichts«, sagte er. »Aber ja, wir hatten einst einen Garten. Ich gehe nicht mehr dorthin, denn der Anblick stimmt mich traurig.«

»Bring mich dorthin«, bat sie, »und ich zeige dir etwas, das dein Herz höher schlagen läßt.«

Der König stand auf und ging zum Fenster, von dem aus er die immer näherrückenden Belagerungsmaschinen sehen konnte. Er wandte sich wieder der Frau zu. »Also schön, ich will dir den Gefallen tun. Aber wisse, wenn du kein Wunder vollbringst, werde ich nicht erfreut sein – und du wirst der Zauberei angeklagt.«

»Wenn es kein Wunder gibt«, sagte die Frau, »dann dürfte der Vorwurf schwer zu beweisen sein.«

Zum ersten Mal lächelte der König. »Laßt uns in den Garten gehen«, sagte er.

Der Garten war über siebzig Meter lang und von zahlreichen gewundenen, weißgepflasterten Wegen durchzogen. Es gab drei Springbrunnen, von denen keiner in Betrieb war, die Blumenbeete waren von einer dicken Ascheschicht bedeckt. Zahlreiche abgestorbene Bäume säumten die Marmormauern, die einen Garten umgaben, in dem nichts lebte.

Sigarni empfand einen Augenblick lang Angst, als sie das sah. Was, wenn ihre Schlußfolgerung falsch war?

»Ich freue mich darauf«, sagte Eisenhand augenzwinkernd.

»Also«, sagte der König, »hier sind wir, und du hast ein Wunder versprochen.« Er stand mit verschränkten Armen neben seinem Sohn, der eine Hand am Schwert hatte. Die sechs Wachen standen nervös daneben.

Sigarni ging auf den König zu. »Darf ich mir deinen Dolch borgen?« fragte sie.

»Was soll dieser Unsinn?« tobte der junge Mann an seiner Seite.

Sigarni runzelte die Stirn, dann hob sie ihren Arm. »Mach mir einen kleinen Schnitt hier«, bat sie und deutete auf ihren Unterarm.

Pasan-yol zog seinen Dolch und fuhr mit der Klinge langsam über ihre Haut. Blut quoll hervor, und Sigarni ging zu einer Reihe abgestorbener Büsche, kniete sich vor dem ersten nieder und hielt ihren Arm über die trockenen Zweige. Langsam fielen Blutstropfen auf das Holz.

Nichts geschah. Sigarni blieb wo sie war und warf einen Blick auf Eisenhand, der sie gespannt beobachtete. Sie hatte ihm ihre Theorie erklärt, und er hatte nachdenklich zugehört.

»Nun, wo bleibt das Wunder?« fragte der König. Sein Tonfall wurde schärfer.

Eisenhand trat vor und kniete neben Sigarni nieder. »Berühr den Busch«, flüsterte er.

Sie senkte den Arm und strich mit den Fingern über das Holz. Sie spürte, wie ihre Hand sich erhitzte. Das Blut auf den Zweigen sickerte in das graue Holz, das zu wachsen und anzuschwellen begann. Knospen erschienen, die eine neue Röte brachten, sich zum bleigrauen Himmel reckten, dann zu dunklem Grün wurden und schließlich braun. Drei Blüten erschienen und öffneten sich zu Rosen von der Farbe von Sigarnis Blut.

Sie stand auf und drehte sich zum König um, bereit, ihm ihre Argumente vorzustellen.

In diesem Augenblick durchbrach ein Sonnenstrahl die Wolken und beleuchtete den Garten. In seinem hellen Licht sah der König älter aus, müder, das Gesicht voller Falten, tiefe Ringe unter den Augen. »Hast du das getan?« flüsterte er, ging zu der Rose und kniete vor ihr nieder, um an den Blüten zu schnuppern.

»Der Krieg muß enden«, sagte sie. »Das ist alles, was die Sonne fernhält.«

»Was willst du damit sagen?«

»Dies ist ein magisches Land, Majestät, wo Krieg und Verwüstung die dunkle Seite der Magie nähren. Jede Tat des Hasses, der Bosheit, der Blutlust dient nur dazu, die Feuer unter den Bergen zu schüren. Ihr zerstört diese Welt mit euren Kämpfen. Denk zurück an frühere Tage, als die Sonne noch schien. Das Athling-Fest. Es gab einen dreitägigen Waffenstillstand zwischen den Armeen. Wenn das Kämpfen aufhörte, schien die Sonne. Genauso war es, als dein Vater beerdigt wurde: Ein Tag des Waffenstillstandes. Und vor dem Krieg war Yur-vale ein Paradies. Kannst du das nicht begreifen? Irgendwie werden die Gefühle der Menschen durch das Land verstärkt. All der Haß, die Gewalt, wird von dem Land widergespiegelt, das sich, wie die Menschen, gegen sich selbst wendet.«

»Ich sagte doch, sie ist ein Spion!« brüllte Pasan-Yol. »Das ist nur ein Trick, um uns einzulullen.«

Aus einiger Entfernung drang eine Reihe dumpfer, dröhnender Geräusche zu ihnen und das schwache Klirren von Stahl auf Stahl. Das Sonnenlicht verschwand.

»Die Belagerungstürme haben die Mauern erreicht«, sagte der König. »Ich muß jetzt gehen. Aber ich werde über deine Worte ernsthaft nachdenken, und wir treffen uns heute nachmittag wieder. In der Zwischenzeit werde ich einen meiner Diener bitten, euch das Palastmuseum zu zeigen. Dort gibt es viele wunderbare Dinge – einschließlich des Helms, den ihr sucht.«

Sigarni und Ballistar verbeugten sich. Eisenhand neigte lediglich den Kopf.

»Dein großer Freund legt keinen Wert auf Förmlichkeiten. Weiß er nicht, daß es klug ist, einem König immer Ehre zu erweisen?«

»Er weiß es, Herr«, sagte Sigarni. »Aber er ist selbst ein König und nicht gewohnt, sich vor anderen zu neigen.«

Der König lachte. »Ein Monarch sollte sich besser anziehen«, sagte er und deutete auf Eisenhands schlechtsitzendes rotes Hemd. »Und du, junge Dame, solltest dir die Wunde verbinden lassen – es sei denn, du willst meinen ganzen Garten wiederbeleben.« Er wandte sich an den jungen Mann. »Du hast zu tief geschnitten, Pasan. Sorg dafür, daß nach dem Arzt geschickt wird und daß man sich um unsere Gäste kümmert.«

»Aber, Vater...«

»Tu es, Pasan. Ich habe keine Zeit für weitere Debatten.« Der König ging davon, gefolgt von vier der Leibwächter.

Pasan starrte Sigarni finster an. »Ihn hast du vielleicht mit deiner Hexerei getäuscht, aber mich nicht. Du bist ein Feind – und Feinde muß man vernichten. Und sieh dir deine Rose an«, sagte er triumphierend. »Sie stirbt schon.«

»Ja«, gab sie traurig zu. »Mit jedem Tod auf den Mauern. Mit jedem Mundvoll Leichenfleisch. Mit jedem Wort des Hasses.«

Sigarni winkte Ballistar und Eisenhand zu sich und ging zurück in den Palast.

Sigarnis Arm steckte in einem Verband, doch noch immer sickerte Blut hindurch. Sie saß mit Eisenhand und Ballistar im Hauptsaal des Palastmuseums. Statuen säumten die Wände, in Nischen hingen Gemälde, doch der Stolz des Museums galt der Krone Alwens, die auf einer schlanken Säule aus Gold in einem kristallenen Kasten ruhte. Der Helm schimmerte im Lampenschein, und Eisenhand betrachtete ihn mit unverhohlener Bewunderung. »Wenn ich die Krone hätte zurückbekommen können«, sagte er leise, »hätte es keinen Bürgerkrieg gegeben. Elarine und ich hätten eine friedliche Regentschaft genießen können, und du, Sigarni, hättest viel Freude kennengelernt.«

»Ich habe viel Freude kennengelernt«, sagte sie. »Gwalchmai war ein guter Stiefvater, und ich habe ein freies Leben im Hochland geführt.«

»Trotzdem wünschte ich, es wäre anders verlaufen.«

»Es ist nie klug, sich nach vergangenen Tagen zu sehnen«, meinte sie. »Sie können nicht wiederkehren. Was willst du tun, wenn wir zurückkommen? Wirst du dich zu erkennen geben und die Armee anführen? Du bist für diese Aufgabe viel besser geeignet als ich.«

»Ich glaube nicht«, sagte der Riese. »Du bist die neue Kriegskönigin. Laß es dabei. Ich werde dir Ratgeber sein – und mir ab und zu eine Stunde gönnen, um den Feind zu verdreschen«, setzte er mit einem Grinsen hinzu.

»Fallst wir zurückkommen«, betonte Ballistar. »Dafür gibt es keine Gewißheit. Was, wenn du dich über diesen Krieg hier irrst, Sigarni? Wenn die Sonne nicht wieder scheint?«

»Ich irre mich nicht«, erklärte sie. »Ich spürte es von dem Augenblick an, in dem aus meinem Bogen Blätter sprossen. Das Land liegt in Qualen. Alles hier ist unnatürlich. Wenn der Krieg endet, werden es auch die Unruhen der Natur tun – davon bin ich überzeugt.«

»Ich glaube, du hast recht«, sagte Eisenhand, »doch es bleibt die Tatsache, daß beide Seiten sich einigen müssen, um den Krieg zu beenden. Nachdem sie so lange gekämpft haben, wird das eine schwere Entscheidung. Außerdem ist da noch etwas, Tochter. Wenn es keinen Frieden gibt und der König sich weigert, dir die Krone zu geben, was dann?«

»Dann gehen wir ohne sie – und kämpfen ohne die Hilfe der Pallides gegen die Fremdländer.«

»Ich habe Hunger«, sagte Ballistar. »Ob wir wohl einen Topf bekommen könnten? Wir haben noch ein paar Haferflocken.«

»Du kannst ja mal fragen«, meinte Sigarni und deutete auf die Wächter an der Tür. Doch die Bitte wurde abgeschlagen, und die drei wanderten durch das Museum und betrachteten die Ausstellungsstücke.

Als die Nacht hereinbrach, traten ein paar Diener ein, füllten die Öllampen und zündeten weitere an. Schwere Samtvorhänge wurden vor die hohen Bogenfenster gezogen.

Schließlich kam der König zurück. Er trug jetzt Rüstung und sah noch erschöpfter aus als am Morgen. »Ihre Belagerungsmaschinen sind zerstört,«, sagte er, »doch der Blutzoll war sehr hoch. Ich habe um einen Waffenstillstand gebeten und treffe mich mit ihrem König in einer Stunde vor den Mauern. Ich möchte, daß du dabei bist, wenn ich mit ihm spreche.«

»Mit Vergnügen, Majestät«, sagte Sigarni.

Mehr als fünfzig Laternen waren auf Pfählen vor den Haupttoren angezündet worden, und zwanzig Stühle wurden in zwei Reihen einander gegenüber aufgestellt. Die Nacht war pechschwarz, die Laternen gaben kaum genug Licht, um mehr als ein paar Schritt weit zu sehen. »Holt mehr«, befahl der König, und zwei Offiziere gingen in die Finsternis davon. Der König, der jetzt eine schlichte blaue Tunika trug, setzte sich, mit Sigarni zu seiner Linken und Pasan-Yol zu seiner Rechten.

Noch weitere zwanzig Laternen wurden angezündet.

Sie warteten eine Zeitlang, dann sahen sie eine sich langsam vorwärtsbewegende Reihe von Männern, die aus dem feindlichen Lager kamen. Angeführt wurden sie von ihrem König, der eine mit Gold beschlagene Silberrüstung trug. Er hatte keinen Helm auf, und Sigarni sah, daß sein hageres Gesicht denselben Zug der Erschöpfung trug wie das des Mannes an ihrer Seite.

Er sah die Wartenden nicht an, sondern ging direkt zu dem Stuhl, der dem König von Zir-vak gegenüberstand, und setzte sich.

»Nun, Nashan«, sagte er schließlich, als seine Zwanzig-Mann-Eskorte hinter ihm aufgefächert stand, »aus welchem Grund rufst du dieses Treffen aus?«

Der König berichtete von Sigarnis Ankunft und von dem Wunder im Rosengarten. Der feindliche Anführer war nicht beeindruckt.

»Heute hast du ein paar Belagerungstürme zerstört, aber sie waren ihr Geld wert, nicht wahr? Du hattest große Mühe, sie aufzuhalten. Ich lasse noch fünfzig davon bauen, dann wird Zir-vak fallen. Hältst du mich für einen Idioten, Vetter? Glaubst du, du kannst mit diesem Unsinn deine Niederlage abhalten?«

»Es ist alles Unsinn, Reva. Wir führen einen Krieg, den unsere Großväter begannen. Und wofür? Um die Ehre unserer Familien. Wo liegt die Ehre in dem, was wir tun?«

»Ich werde Ehre finden«, tobte Reva, »wenn ich deinen Kopf auf eine Lanze über den Toren von Zirvak spießen lasse.«

»Dann kannst du ihn haben«, sagte der König. »Du kannst ihn gleich haben. Wenn das den Krieg beendet und die Sonne in unser Land zurückholt, werde ich glücklich sterben. Ist das alles, was du willst?«

»Die Kapitulation all deiner Truppen und die Öffnung der Tore«, verlangte Reva.

»Die Tore sind schon offen«, erklärte der König. »Und wir werden nicht mehr kämpfen.«

»Nein!« schrie Pasan-Yol. »Du kannst uns nicht alle verraten.«

»Das ist kein Verrat, Pasan, es ist ein neuer Anfang.«

Der junge Mann sprang auf die Füße, einen Dolch in der Hand. Ehe jemand ihn aufhalten konnte, hatte er seinem Vater die Klinge in die Brust gerammt. Der König stöhnte auf und sackte gegen Sigarni. Eisenhand, der hinter dem König stand, packte Pasan-Yol an der Kehle und zerrte ihn weg. Ballistar warf sich auf den jungen Mann und entwand ihm das Messer.

Sigarni legte den sterbenden König auf die Erde. »Reva!« rief er.

Der feindliche König kniete neben ihm nieder. »Ich sprach die Wahrheit, Vetter. Dieser Krieg tötet das Land, er muß enden. Nicht nur für dich und mich und unsere Familien, sondern um des Landes selbst willen. Jetzt hast du meinen Kopf und meine Stadt. Laß den Haß mit meinem Tod vergehen.«

Einen Moment schwieg Reva, dann seufzte er. »Es wird sein, wie du es sagst, Nashan. Auch ich habe das Bedürfnis, die Sonne zu sehen.« Er zog seine Handschuhe aus und nahm Nashans Hand.

Ein Mann schrie auf und zeigte zum Himmel. Am Nachthimmel war ein Vollmond erschienen, und man konnte deutlich das Funkeln ferner Sterne sehen.

»Und so beginnt es«, flüsterte Nashan.

Und starb.

Sigarni schloß dem toten König die Augen und stand auf. »Ein trauriges Ende für einen guten Mann«, sagte sie, drehte sich um und ging davon. Eisenhand ließ Pasan-Yol los, der Mond und Sterne anstarrte. Dann lief er zum Leichnam seines Vaters und warf sich schluchzend über ihn.

Sigarni, Ballistar und Eisenhand gingen zurück ins Museum. Eisenhand ließ seine Faust gegen den Glaskasten krachen, der in tausend Stücke zersprang. Er griff hinein, holte die Krone heraus und reichte sie Sigarni.

»Zeit zu gehen«, sagte sie, öffnete ihr Bündel und verstaute die Krone darin.

Unzählige Menschen bevölkerten die Straßen und starrten zum Himmel empor, als die drei sich langsam auf den Weg zum Fluß hinunter machten. Dort lagen mehrere Boote vertäut, und Sigarni wählte ein kleines Boot mit zwei Rudern aus. Sie band es los, dann kletterten sie hinein und ruderten flußabwärts.

Sigarni warf einen Blick zurück auf die sich entfernende Stadt. Ballistar legte ihr den Arm um die Schultern. »Warum so traurig, Sigarni? Du hast sie gerettet.«

»Ich mochte ihn«, sagte sie. »Er war ein guter Mann.«

»Aber da ist noch etwas, nicht wahr?« fragte er tastend.

Sie nickte. »Wir haben einen Krieg beendet, und jetzt haben wir das Mittel, um einen anderen Krieg zu führen. Unterscheidet sich unser Land von diesem hier? Was empfindet der High Druin angesichts des kommenden Gemetzels?«

»Unser Kampf dreht sich nicht um die Ehre oder eine geraubte Frau«, antwortete Ballistar. »Wir kämpfen um unser Überleben gegen einen gnadenlosen Feind. Das ist ein Unterschied.«

»Wirklich? Mein Haß ist aufgebraucht, Balli. Als sie mich vergewaltigten, wollte ich jeden Fremdländer tot sehen. Aber das will ich nicht mehr.«

Am nächsten Tag standen die drei in strahlendem Sonnenschein iinnerhalb des Steinkreises. Sigarni nahm den Verband von ihrem Arm und benutzte ihn, um ihr Blut auf jeden der sechs Steine zu drücken. Dann warteten sie in der Mitte und hielten sich an den Händen.

»Ich freue mich königlich auf dieses Steak«, sagte Eisenhand.

»Und ich kann es nicht erwarten, ihre Gesichter zu sehen, wenn sie sehen, was aus mir geworden ist«, sagte Ballistar glücklich.

Um sie herum glühte Licht, und Sigarni spürte, wie Schwindel sie überfiel. Dann erschien Taliesen vor ihr, und ein kalter Winterwind strich ihr übers Gesicht.

»Hast du sie?« fragte der Zauberer.

Sigarni antwortete nicht. In ihrer rechten Hand lag das kleine Knochenfragment von Eisenhand, während sich an ihrer linken Ballistar der Zwerg festklammerte, dem Tränen aus den Augen strömten, wie er in ihren viel zu großen Beinlingen da stand.

Wie alle Hochländer liebte Gwalchmai den Frühling. Das Leben in den Bergen war stets hart, und die Menschen lebten in der ständigen Gewißheit, daß der Tod wie ein Ungeheuer jenseits ihrer Feuer wartete. Der Winter legte sich über die Berge wie ein sagenhaftes Wesen, beraubte das Land seiner Äcker, Nahrungsmittel, saugte die Wärme aus der Erde und aus den Gebeinen der Menschen.

Aber der Frühling mit seinem Versprechen von Sonnenschein und Fülle war eine Jahreszeit, die geliebt wurde. Der Ausbruch an Farben, die auf den Hängen erschienen, wenn die ersten Blumen sich ihren Weg durch die kalte Erde bahnten, das Vogelgezwitscher in den Bäumen, die duftenden Blüten an Büschen und Zweigen – all das kündete von *Leben*.

Der Schmerz in Gwalchmais Rücken hatte nachgelassen in der Morgensonne, während er in seinem alten Stuhl auf der Veranda seiner Hütte saß. Ich fühle mich beinahe wieder jung, dachte er fröhlich. Ein leiser Hauch des Bedauerns huschte durch seine Gedanken, und er öffnete das Pergament, das er gefaltet in der Hand hielt. Es war so lange her, daß er irgend etwas geschrieben hatte, daß die Wörter spinnenhaft und übergroß erschienen, wie die eines Kindes. Trotzdem war es leserlich.

Zeit für den letzten Met, dachte er. Er beugte sich zur Seite, nahm den Krug und entfernte den Korken. Er setzte ihn an die Lippen und nahm einen Schluck von dem süßen Gebräu und ließ es über die Zunge rollen. Er hatte den Honigwein in dem Jahr versteckt, als man ihm Sigarni brachte. Es war ein guter Jahrgang gewesen. Gwalchmai lächelte bei der Erinnerung daran. Taliesen war auf die Lichtung gewandert, an der Hand das Kind. In diesem Augenblick hatte Gwalchmai die Vision seines Todes gesehen. In dieser Nacht, als das Kind schlief, hatte er zwei Krüge genommen und sie auf dem Dachboden versteckt, für diesen Tag.

Den heutigen Tag …

Der alte Mann stand auf und streckte sich. Die Gelenke knackten und knisterten wie trockene Zweige. Er tat einen tiefen Atemzug und ließ den letzten Rest Alkohol im Krug kreisen. Nicht einmal mehr ein halber Becher war übrig, stellte er fest. Soll ich ihn aufsparen, bis sie kommen? Er dachte einen Augenblick darüber nach – und leerte den Krug. Er stieß einen befriedigten Seufzer aus und sank wieder auf den Stuhl.

Hufgeklapper auf dem harten Erdboden ließ ihn zusammenfahren, Angst schnürte ihm die Brust ein. Er hatte so lange auf diesen Augenblick gewartet – und jetzt hatte er Angst, fürchtete sich vor der langen Reise in die Dunkelheit. Sein Mund war trocken, und er bedauerte den letzten Schluck Met.

»Beruhige dich, alter Narr«, sagte er laut. Er stand auf, schlenderte in den Hof hinunter und wartete auf die Reiter.

Es waren sechs Späher, in Eisenhelmen und steifen ledernen Harnischen. Sie sahen ihn und zogen die Waffen, dann fächerten sie in einem Halbkreis um ihn aus. »Guten Morgen, meine tapferen Jungs!« sagte Gwalchmai.

Die Reiter kamen vorsichtig näher, während sie die umstehenden Bäume musterten. »Ich bin allein, Jungs. Ich warte auf euch. Ich habe eine Nachricht hier, die ihr vielleicht lesen wollt«, setzte er hinzu und wedelte mit dem Fetzen Pergament herum.

»Wer bist du, alter Mann?« fragte ein Reiter und drängte sein Pferd vorwärts.

Gwalchmai lachte leise. »Ich bin der, der in Seelen liest, der die Wahrheit spricht, die Stimme der künftigen Toten. Sie haben den Toten gefunden, wißt ihr, in eurem Dorf. Wenn du zurückkommst, wollen sie dich hängen. Aber mach dir darüber keine Sorgen – du kehrst nicht zurück.«

Der Mann erbleichte, sein Unterkiefer fiel herab.

»Wovon redet er?« fragte ein anderer Reiter. »Was für ein Toter?«

Gwalchmai wandte sich an den Sprecher. »Ah, Bello, wie schön, dich wiederzusehen! Und dich auch, Jeraime«, setzte er hinzu und lächelte einem dritten Reiter zu. »Keiner von euch mag den anderen, und trotzdem werdet ihr am Schluß Rücken an Rücken stehen, und ihr werdet gemeinsam sterben und den langen Weg in die Hölle Seite an Seite gehen. Ist das ein tröstlicher Gedanke? Ich hoffe nicht!«

»Gib mir die Nachricht, Alter!« verlangte der erste Reiter und streckte die Hand aus.

»Noch nicht, Gaele. Ich habe noch viel zu sagen. Ihr reitet alle eurem Tod entgegen. Sigarni wird euch töten lassen.«

»Woher kennst du meinen Namen?« wollte Gaele wissen.

»Ich kenne alle eure Namen, ebenso wie eure schmutzige Vergangenheit«, höhnte Gwalchmai. »Das ist meine Gabe – obwohl sie zum Fluch wird, wenn ich auf euer Leben blicke. Du hast sie tief am Flußufer begraben, Gaele – aber du hast nie daran gedacht, daß die alte Weide eines Tages fallen würde … und dabei das Grab freigeben. Schlimmer noch, du hast den Ring an ihrem Finger gelassen, den Topasring, den du aus Kushir mitgebracht hast. Das ganze Dorf weiß, daß du sie getötet hast. In diesem Moment ist eine Nachricht unterwegs, daß man dich zurückschickt, damit dir der Prozeß gemacht wird!

Füchte dich nicht, tapferer Bursche, denn dein Bauch wird am Duane-Paß aufgeschlitzt werden. Kein Galgen für dich!«

»Halt den Mund!« schrie Gaele und gab seinem Pferd die Sporen. Sein Schwert fuhr herab, traf den alten Mann auf dem Kopf und riß ihn von den Füßen. Blut strömte aus der Wunde, doch Gwalchmai kämpfte sich auf die Knie.

»Ihr werdet alle sterben!« rief er. »Die ganze Armee. Und die Krähen werden euch die Augen aushacken!« Wieder fuhr das Schwert herab, und Gwalchmai stürzte mit dem Gesicht voran zu Boden. Alle Spannung wich aus seinem Körper, und er spürte nicht mehr die Klingen, die ihn durchbohrten.

All diese Jahre, dachte er, und zum Schluß habe ich gelogen. Ich weiß nicht, ob Sigarni gewinnen oder verlieren will, aber diese Feiglinge werden die Geschichte meiner Prophezeiung zurück zur Armee tragen, und dort wird sie sich wie ein Lauffeuer in ihren Reihen ausbreiten.

Wie aus weiter Ferne hörte Gwalchmai seinen Namen rufen.

»Ich komme«, sagte er.

Gaele zog sein Schwert aus dem Rücken des alten Mannes und wischte die Klinge an der Tunika des Toten sauber. Dann bückte er sich, nahm das Pergament aus den toten Fingern und öffnete es.

»Was steht da?« fragte Bello, als die anderen sich um den Toten scharten.

»Du weißt doch, daß ich nicht lesen kann«, fauchte Gaele.

Jeraime trat vor. »Gib's mir«, sagte er. Gaele reichte es ihm, und Jeraime überflog den krakeligen Text.

»Und?« fragte Gaele.

Jeraime schwieg einen Augenblick, und als er sprach, zitterte seine Stimme. »Da steht: *›Sie werden zu sechst sein. Einer von ihnen ist ein Frauenmörder. Gaele wird mich niederschlagen. Jeraime wird meine Botschaft vorlesen.‹«*

Jeraime ließ das Pergament fallen und wich zu seinem Pferd zurück.

»Er war ein Zauberer«, flüsterte Bello. »Er sagte, wir würden alle sterben. Die ganze Armee! Lieber Gott, warum sind wir bloß hergekommen?«

Die Armee schlug in der Nähe der Ruinen von Cilfallen ihr Lager auf: siebentausend Mann, davon viertausend schwer bewaffnete Fußsoldaten, fünfzehnhundert Bogenschützen und Steinschleuderer, fünfhundert Techniker, Köche, Kuriere und Späher, sowie tausend berittene Kämpfer. Das lange schwarze Zelt des Barons wurde nahe am Cilfallen-Bach aufgeschlagen, während die Kavallerie im Norden lagerte, die Fußsoldaten im Osten und Westen und weiterer Troß im Süden. Leofric stellte Pläne für die Wachablösung auf und schickte Späher nach Norden, dann ging er erschöpft in sein eigenes Zelt.

Jakuta Khan saß auf einem leinenbespannten Stuhl und nippte an einem guten Glas Wein. Er lächelte, als Leofric eintrat. »So ein langes Gesicht«, sagte der Zauberer, »dabei stehst du doch am Beginn eines ruhmreichen Unternehmens.«

»Es gefällt mir nicht, den Baron anzulügen«, antwortete Leofric, klappte einen Stuhl auseinander und setzte sich dem rotgekleideten Mann gegenüber.

»Ich sagte doch, es war keine Lüge. Ich *bin* ein Händler – gewissermaßen. Wo glaubst du, wird die erste Schlacht geschlagen?«

»Der Baron glaubt, sie werden den Duane-Paß befestigen. Wir haben mehrere Ausweichpläne für diesen Fall. Kannst du mir nicht sagen, was sie vorhaben? Der Verlust der Forts hat mir die Mißbilligung des Barons eingetragen. Er gibt mir die Schuld daran!«

Jakuta Khan schüttelte den Kopf und setzte eine passend mitfühlende Miene auf. »Mein lieber Leofric, ich würde dir nur zu gerne helfen. Aber meine Kräfte zu nutzen, während Taliesen in der Nähe ist, würde mich teuer zu stehen kommen – vielleicht sogar tödlich. Der alte Mann ist nicht ohne Talent. Wenn er geht, werde ich sie, sagen wir, beobachten. Entspann dich, mein Junge. Nimm einen Schluck Wein. Er ist wirklich sehr gut.«

Leofric seufzte. Er wußte, daß der Wein gut war, er hatte ihn ein kleines Vermögen gekostet. Er nahm einen Becher und nippte genußvoll. »Du sagst, du hättest schon zuvor versucht, die Frau gefangenzunehmen, und wärst gescheitert. Ist sie verzaubert? Ist dieser Taliesen genauso mächtig wie du?«

»Interessante Fragen«, sagte Jakuta Khan, dessen heiteres rundes Gesicht jetzt ernst und nachdenklich aussah. »Ich habe oft darüber nachgedacht. Der erste Versuch wurde von Taliesen und einem Hochländer namens Caswallon vereitelt. Sie nahmen sie als Baby an sich und verbargen sie … hier. Zu dieser Zeit wußte ich noch nichts von Taliesens Existenz, und deshalb hatte ich auch keinen Plan, wie ich mit ihm verfahren sollte. Zu der Zeit, als ich ihr Versteck fand, war sie ein kleines Mädchen, ihre

Stiefmutter warf sie aus dem Fenster der Hütte, und sie rannte zu einem nahegelegenen Wasserfall. Dort griffen Caswallon und Taliesen wieder ein, obwohl ich immer noch nicht weiß, wie sie zu genau diesem Zeitpunkt dorthin kamen. Sie hätten mich nicht aufhalten können, denn ich war gut vorbereitet. Leider griff eine dritte Kraft ein, ich glaube, es war ein Geist. Er half ihr noch einmal – und das kostete meinen besten Schüler das Leben. Aber so war es. So ist das Leben nun einmal, und wir wollen nicht klagen. Doch vergangene Woche setzte ich einen der vier großen Zauber ein. Unfehlbar. Entweder stirbt das Opfer oder der Sender. Ich riskierte alles. Und nichts geschah. Merkwürdigerweise verschwand der Dämon, den ich herbeirief, sobald mein Zauberspruch vollständig war. Ich kann dir sagen, Leofric, ich habe viele lange Nächte über das Problem nachgedacht. Ich weiß, es ist für dich schwer vorstellbar, aber denk dir, du würdest einen Bogen auf einen Feind richten und den Pfeil abschießen. Während er durch die Luft fliegt, verschwindet er. So war es. Die Frage ist, wohin ist der Dämon verschwunden?«

»Hast du eine Antwort gefunden?« fragte Leofric gespannt.

»Ich glaube schon. Ich habe den Zauber unmittelbar vor Zitadell gesprochen, in einem Kreis von uralten Steinen. Es sind angeblich Tore zu anderen Welten. Ich glaube, ich habe irgendwie das Tor aktiviert. Trotzdem war das Wesen völlig auf Sigarni eingestellt. Wo immer er also hinging, müßte auch sie dort gewesen sein. Rätselhaft.«

Leofric füllte seinen Becher nach. »Bedeutet das, daß das Wesen immer noch auf der Suche nach ihr ist?«

»Möglich. Tatsächlich ist es sogar wahrscheinlich. Die Tore wirken ebenso durch Zeit wie durch Raum, und vielleicht ist er in diesem Augenblick auf dem Weg zu ihr. Eine beglückende Vorstellung – darauf trinke ich!«

»Warum haßt du sie so? Hat sie dir etwas zuleide getan?«

»Gütiger Himmel, Leofric, ich hasse sie nicht. Ich hasse keinen Menschen. So ein schädliches Gefühl! Ich bewundere sie geradezu, du nicht? Aber ich brauche etwas, das sie hat. Das Königsblut! Alle großen Zauber verlangen das Königsblut. Und damit kann man alles erreichen, Blei in Gold verwandeln, Unsterblichkeit – eine gewisse jedenfalls, körperliche Kraft. So grenzenlos wie die Vorstellungskraft.«

»Sie ist nur eine Frau aus dem Hochland, um Himmels willen! Was für ein königliches Blut soll sie denn haben?«

»Was für Blut? Wie arrogant von dir, Leofric. Dein eigener König hat das Königsblut nicht in den Adern, aber vielleicht werden es seine Enkel haben. Sigarni ist die Tochter des großen Königs Eisenhand, der vor Jahrhunderten ermordet wurde. Er hatte hier in der Nähe eine Festung, ungeheuer und uneinnehmbar. Nur die Grundmauern stehen noch.«

»Wie kann sie dann seine Tochter sein?«

»Sie wurde durch ein Zeittor gebracht. Hörst du denn nicht zu, Junge?«

»Ich glaube, der Wein steigt mir zu Kopf«, gestand Leofric. »Für mich klingt das alles wie Geschwätz.«

»Natürlich«, sagte Jakuta Khan beruhigend, beugte sich vor und tätschelte dem jungen Mann das Knie. »Aber das ist die schlichte Antwort auf deine Frage. Ihr Blut verleiht Macht, und ich brauche diese

Macht. Wenn es einen Weg gäbe, es zu bekommen, ohne sie zu töten, würde ich es tun. Ich liebe den Tod nicht.«

Leofric schenkte sich zum zweiten Mal nach. »Du bist ein seltsamer Mann, Jakuta. Vielleicht bist du verrückt. Hast du mal daran gedacht?«

»Du steckst voll interessanter Ideen, Leofric. Es ist eine Freude, mit dir zusammen zu sein. Wir wollen die Prämisse einmal untersuchen. Wahnsinnig: nicht bei Verstand. Aber wie erkennen wir gesunden Verstand? Würden wir uns nicht, zum Beispiel, die Mehrheit der Menschen anschauen und sie als normal und gesund einstufen?«

»Das klingt vernünftig«, pflichtete Leofric ihm bei.

»Aber der König ist nicht normal wie sie, oder? Er ist ein außergewöhnlicher Mann, wie der Baron. Macht ihn das wahnsinnig?«

»Ja, ich verstehe, worauf du hinauswillst«, sagte Leofric und beugte sich vor, wobei er etwas Wein verschüttete. »Aber Normalität ist nicht nur eine Frage dessen, wer das Land bestellt und wer regiert. Dazu gehört sicher auch die Fähigkeit, Recht und Unrecht zu unterscheiden oder vielleicht Gut und Böse.«

»Jetzt wird das Wasser noch trüber, mein Sohn. Wenn ein Bauer einen Nachbarn sieht, der mehr Land hat und mehr Geld, und sich dann aufmacht, um ihn zu ermorden, ist er dann böse?«

»Selbstverständlich.«

»Aber wenn ein König sich aufmacht, um das Reich seines Feindes zu zerstören, um seine eigene Schatzkammer zu füllen, dann ist er nach deiner Definition auch böse.«

»Aber nein!« widersprach Leofric, wohl gewahr,

daß er sich auf gefährlichem Boden bewegte. »Es mag verschiedene Gründe geben, warum ein Land Krieg führt. Sicherheit, zum Beispiel, um seine Grenzen zu schützen.«

»Sicher, sicher«, gab Jakuta zu. »Und dieser Krieg? Gegen einen Feind ohne nennenswerte Armee, ein vorgeschobener Krieg zum Zwecke der Selbstverherrlichung, ist das böse?«

»Um Gottes willen, sprich nicht so laut!«

»Gesunder Verstand ist nicht leicht zu definieren, Leofric, nicht wahr? Ich weiß nur, daß das Gute des einen das Böse des anderen ist. So funktioniert das Leben: Es begünstigt die Reichen und Mächtigen, das war immer schon so, und ich denke, es wird auch immer so bleiben. Ich bin nicht reich, aber ich bin mächtig. Ich habe die Absicht, noch mächtiger zu werden.«

»So mächtig wie dieser Taliesen?«

»Weniger und mehr. Er ist ein seltsamer Knabe. Er hat ausgedehnte Machtquellen, aber er zieht es vor, sie nicht zu benutzen. Du würdest ihn mögen, denke ich, Leofric. Er weiß mehr über die Tore als jeder andere Mensch. Doch er lebt wie ein Tagelöhner und kleidet sich noch schlimmer. Er hat einen Federumhang, der schon bessere Tage gesehen hat, und hat zugelassen, daß sein Körper alt wird und welk. Wir haben nie miteinander gesprochen, aber ich würde wetten, daß er glaubt, seine Macht sei das Geschenk eines höheren Wesens, das klug und behutsam verwendet werden muß.«

»Vielleicht hat er recht.«

»Vielleicht. Ich kann seine Theorien nicht widerlegen, aber ich neige dazu, nicht daran zu glauben. Ich habe mit Dämonen gesprochen, die einem höheren Dämon dienten, und ich kannte heilige Männer, die behaupteten, mit Gott gesprochen zu haben. Während ich, obwohl mächtiger als die meisten, niemals das Bedürfnis hatte, Gott oder Teufel zu dienen, und keiner von beiden es nötig fand, auf mich zuzukommen.«

»Wie willst du merken, ob Taliesen das Hochland verlassen hat?«

»Oh, das werde ich schon merken.«

Am Morgen hatte Leofric das Gefühl, als ob ein Pferd in seinem Schädel tobte und versuchte, sich seinen Weg nach draußen freizutreten. Sein Kopf pochte, und das helle Sonnenlicht verursachte ihm Übelkeit. Jakuta Khan, der von den Ausschweifungen der vergangenen Nacht unberührt schien, saß still da und beobachtete den Sonnenaufgang. Leofric taumelte aus dem Zelt und ging zum Bach, wo er seine Tunika abstreifte und in dem klaren, kalten Wasser badete.

Naß und zitternd zog er sich an und ging zum Zelt des Barons. Wie er erwartet hatte, war der Baron bereits wach und brütete an seinem Reiseschreibtisch über Landkarten. Leofric trat mit einer Verbeugung ein. »Guten Morgen, Herr. Ich hoffe, du hast gut geschlafen?«

Der Baron rieb sich die lederne schwarze Augenklappe. »Ich habe nicht mehr gut geschlafen, seit dieser verdammte Vogel mir das Auge ausgerissen hat. Was gibt's Neues?«

»Die Kundschafter sind noch nicht zurück, Herr. Soll ich dir dein Frühstück holen?«

»Noch nicht. Was meinst du, wie werden sie den

Paß verteidigen?« Der Baron breitete eine Reihe von Karten auf dem Teppich aus. Leofric kauerte sich hin und studierte sie.

»Sie haben nicht viele Möglichkeiten, Herr. Meine Spione berichten, daß die Pallides sich mit Sigarni verbündet haben. Damit beträgt die Gesamtzahl ihrer Truppe knapp über dreitausend – nicht ganz ausreichend, würde ich denken, um den Osthang zu verteidigen. Sie wären zu spärlich verteilt, so daß wir sie umgehen könnten. Der westliche Hang ist kürzer, aber das würde eine Lücke in ihrer östlichen Verteidigungslinie bedeuten, durch die eine Kavallerietruppe stoßen und in ihren Dörfern Verwüstungen anrichten könnte. Natürlich könnten sie versuchen, beide Hänge zu verteidigen, oder, wenn sie verzweifelt sind, den Berg mit der flachen Kuppe am Nordende des Passes besetzen. Die Hänge sind steil, und ein Schildring wäre schwer zu durchbrechen.«

»Wieso betrachtest du das als verzweifelte Lösung?« wollte der Baron wissen.

»Wir würden sie umzingeln, und es gäbe keine Fluchtmöglichkeit. Sie würden alles darauf setzen, uns aufzuhalten, uns auszulaugen, und dann zum Gegenangriff übergehen.«

»Da stimme ich dir zu«, sagte der Baron. »Also, was meinst du, wofür werden sie sich entscheiden?«

»Ich bin kein Krieger, Herr, und ich verstehe ihre Mentalität nicht völlig. Ich halte es jedoch für wahrscheinlich, daß sie versuchen werden, den Westhang zu besetzen. Er ist bewaldet und mit Felsbrocken übersät. Wir wären gezwungen, oft anzugreifen, um ihre Schwachstellen aufzuspüren.«

»Ja, sie werden versuchen, schlau zu sein«, meinte

der Baron. »Der schwarze Verräter Asmidir wird schon dafür sorgen. Ihre Kampflinie wird unterschiedlich stark sein, am stärksten dort, wo ein Angriff wahrscheinlich ist.« Er stieß mit dem Zeigefinger auf einen Punkt auf der ersten Landkarte. »Hier, wo der Hang nicht so steil ist, und dort, wo der Wald lichter wird. Wir werden beide Stellen gleichzeitig mit der Infanterie angreifen. Aber die Kavallerie wird dort zuschlagen!«

»Auf dem höchsten Punkt? Ist das klug, Herr?«

»Asmidir weiß, wie wir kämpfen, Leofric. Also ändern wir unsere Taktik. Wenn ich mich irre, verlieren wir ein paar Dutzend Reiter, doch das Ergebnis bleibt dasselbe. Wie steht es mit den Vorräten?«

Leofric rieb sich die Augen und betete, daß das Hämmern in seinem Kopf aufhören möge. »Ich habe so viele Fuhrwerke wie verfügbar requiriert, Herr, und sie sollten heute ab dem späten Nachmittag hier eintreffen. Die Männer sind auf gekürzten Rationen, bis wir die Dörfer der Pallides und das dortige Vieh eingenommen haben.«

»Dafür können sie sich bei deiner Nachlässigkeit bedanken«, fauchte der Baron. »Ich werde den Fall deiner *uneinnehmbaren* Forts nicht so rasch vergessen. Wenn du nicht mein Vetter wärst, würde ich dir bei lebendigem Leib die Haut abziehen lassen.«

»Ich bin dir sehr dankbar, Herr«, sagte Leofric pflichtschuldig. Das Geklapper sich nähernder Pferde erlaubte ihm, sich weiterer Verlegenheit zu entziehen, und er stand rasch auf und ging hinaus. Der erste Spähtrupp kam zurück. Leicht bewaffnet auf schnellen Pferden, konnten sie sich rasch durchs Land bewegen. Es waren alles Veteranen aus zahlreichen Feldzügen. Sie waren bereits im Herbst mit dem Volkszähler gekommen, um sich mit dem Land vertraut zu machen.

Der vorderste Reiter stieg ab, die anderen vier ritten zu den Kochfeuern davon. Der Mann salutierte.

»Dein Bericht?« fragte Leofric.

»Keine Spur vom Feind, Herr. Wir töteten einen alten Mann, der mit einem alten Breitschwert auf uns zurannte, und wir entdeckten ein paar Waldleute, die auf dem Weg nach Süden waren, aber wie befohlen, vermieden wir jeden Kontakt. Das Loda-Fort wurde geplündert, die Mauern teilweise eingerissen. Wir ritten in das Pallides-Fort, das ähnliche Behandlung erfahren hat.«

»Irgendwelche Aktivitäten am Duane?«

»Nichts, was ich hätte sehen können, und ich dachte, es wäre am besten, nicht zu weit vorzudringen. Wir brechen wieder auf, nachdem die Männer gegessen und frische Pferde bekommen haben.«

»Gut. Wir brechen im Laufe der nächsten Stunde zum Loda-Fort auf. Wenn ihr zurückkommt, erstatte mir dort Bericht.«

»Jawohl.«

Der Baron erschien und rief den Mann an, der gerade wieder sein Pferd besteigen wollte.

»Du da, wie viele Waldleute waren auf dem Weg nach Süden?«

»Etwa zwanzig, Herr. Vielleicht ein paar mehr, die zwischen den Bäumen verborgen waren.«

»Keine Angriffstruppe also?«

»Ich glaube nicht. Ich denke, sie waren vielleicht auf der Jagd. Ich nehme an, inzwischen ist die Nahrung knapp geworden.«

»Das ist alles«, sagte der Baron und stellte sich neben Leofric, als der Mann salutierte und sich abwandte. »Wie viele Männer läßt du die Proviantwagen bewachen?«

»Zwei Truppen, Herr, und eine Abteilung Infanteristen.«

»Schick noch fünfzig Berittene hinterher. Ich glaube nicht, daß sie Wild jagen. Sie versuchen, unsere Nachschublinie zu durchbrechen.«

»Jawohl, Herr. Ich veranlasse das unverzüglich.«

»Und gib Befehl, ein paar von ihnen lebendig gefangenzunehmen, um sie zu befragen.«

»Jawohl, Herr.

»Jetzt kannst du mein Frühstück bestellen«, sagte der Baron und ging in sein Zelt zurück.

Asmidir bemühte sich, ruhig zu bleiben. »Sigarni, hör auf mich, du kannst nicht immer weiter alles auf eine Karte setzen. Wir haben genügend Männer, um den Westhang zu halten. Wir können sie auslaugen, ihre Flanken zermürben, ihre Nachschublinien unterbrechen. Es muß einfach nicht sein, daß wir unnötige Risiken eingehen.«

»Ich höre, was du sagst, Asmidir, und ich werde darüber nachdenken«, sagte sie. »Laß mich jetzt allein.«

Sie sah ihm nach und wußte, wie aufgewühlt er war. Er war Soldat und Stratege, und sein Haß auf die Fremdländer war ihm bis ins Mark gedrungen. Er war weit gereist, um einen Feind zu finden, der fähig war, seinen Feinden schwere Niederlagen zuzufügen, und jetzt hatte er das Gefühl, daß dies alles auf dem Spiel stand. Was es ja auch tat ...

Fell hatte während ihres Gesprächs schweigend dabeigestanden, und sie wandte sich jetzt an ihn.

»Du teilst deine Ansichten nur zögernd mit, General?«

Er lachte. »Ich bin kein General. Ich bin ein Waldhüter und stolz darauf. Was er sagt, erscheint mir sinnvoll, aber wer bin ich schon, um der großen Kriegskönigin des Hochlands zu widersprechen?«

»Hör auf damit, Fell«, sagte sie gereizt. »Sag mir einfach, was du denkst.«

»Der Mann versteht etwas vom Krieg – und er weiß, wie die Fremdländer denken. Der Westhang muß verteidigt werden, denn er führt direkt ins Herz unseres Landes. Er weiß das. Du weißt das. Die Fremdländer wissen das.«

»Genau meine Meinung«, sagte Sigarni. »Wir alle wissen, wo die Gefahren liegen – deshalb ist es an der Zeit, sich etwas anderes einfallen zu lassen. Und, bei Gott, das werde ich!« Sie schwieg eine Weile. »Schon eine Spur von Gwalchmai?« fragte sie schließlich.

»Nein. Ich nehme an, er ist nach Hause gegangen.«

»Um zu sterben«, sagte sie leise.

»Ja. Seine Zeit sei gekommen, hat er gesagt. Er sagte, er würde im Frühling sterben – und kannte sogar das Gesicht des Soldaten, der die Tat begehen würde.«

»Er hat sich nicht verabschiedet«, sagte sie. »Er nahm mich auf, als die Ungeheuer meine … Eltern töteten, und er verwöhnte mich, als ich noch ein Kind war. Warum geht er dann, ohne Lebwohl zu sagen?«

»Er kannte den Tag und die Stunde, Sigarni. Er ging, kurz nachdem du dich auf die Suche nach der Krone gemacht hattest. Er sprach kurz vor seiner

Abreise mit Taliesen, vielleicht kann der Zauberer dir mehr sagen.«

»Und was ist mit Ballistar?«

Fell schüttelte den Kopf. »Noch nichts, aber Kollarin sucht ihn.«

»Es hat ihm das Herz gebrochen, Fell. Er wollte, daß du ihn so siehst, wie er in der anderen Welt war, stark und aufrecht. Er war sogar mit einer Frau im Bett. Es heißt oft, was man nie gekannt hat, kann man auch nicht vermissen. Ich glaube, das stimmt. Sein Leben lang hat er sich danach gesehnt, so zu sein wie wir. Dann geschah es, und er erfuhr eine Freude, die er sich niemals erträumt hatte. Die Rückkehr war ein Alptraum für ihn.«

»Du siehst müde aus, Sigarni. Vielleicht solltest du dich ein Weilchen ausruhen.«

»Nein«, lehnte sie ab, »ich muß Taliesen sehen, ehe er geht. Würdest du ihn holen?«

»Und dann ruhst du dich aus?«

Sie nickte. Als Fell die Hütte verließ, spürte Sigarni, wie wahr seine Worte waren. Ihre Knochen schmerzten vor Erschöpfung, und ihre Gedanken schienen von einem Problem zum anderen zu wandern, ohne je zur Ruhe zu kommen. Wie lange ist es her, seit du geschlafen hast? fragte sie sich. Drei Tage? Vier?

Taliesen trat ein. »Der Feind hat sechstausend Mann«, sagte er, »und sie werden in zwei Tagen hier sein. Ich wünsche dir viel Glück, Sigarni. Jetzt hängt alles von deinen Fähigkeiten ab und vom Mut deiner Männer.«

»Ich wünschte, du könntest bleiben, Taliesen. Deine Kräfte wären uns mehr als nützlich.«

»Ich komme wieder, wenn die Schlacht vorbei ist.«

»Du gehst davon aus, daß wir gewinnen werden?«

»Nein«, sagte er traurig. »Ich mache keine Annahmen. Ich habe viele Zukünfte gesehen, Sigarni. In einigen gewinnst du, in anderen stirbst du.«

»Sie können ja nicht alle wahr sein«, meinte sie.

»O doch«, sagte er leise. »Ich habe schon vor langer Zeit gelernt, daß es viele Welten gibt, die mit unserer identisch sind. Wenn wir zwischen ihnen reisen, ist alles möglich. Falls du tot bist, wenn ich zurückkehre, reise ich durch weitere Tore und suche eine Sigarni, die überlebt hat.«

»Warum suchst du sie nicht jetzt – und sagst mir dann, wie sie es geschafft hat?«

Er lächelte. »Ich mag dich, Kriegskönigin. Wirklich. Und jetzt muß ich gehen. Hast du mit Eisenhand gesprochen, seit er sein zweites Leben verlor?«

»Ja. Es tut ihm sehr weh, aber er ist immer noch bei mir«, sagte sie und berührte den Beutel, der um ihren Hals hing.

»Für den Zwerg tut es mir leid. Ich wußte nicht, daß er hinter dem Tor so etwas erleben würde.«

»Kollarin wird ihn finden. Ballistar ist stark, er wird sich erholen. Gehe in Frieden, Taliesen.«

Der alte Mann verbeugte sich und ging zur Tür. Sigarni streckte sich auf der schmalen Pritsche aus.

Und glitt in einen gesegneten, traumlosen Schlaf hinüber.

Als sie erwachte, saß Eisenhand neben ihr. Der alte König mit dem geflochtenen Bart trug wieder einmal seine silberne Rüstung und den großen geflügelten Helm. »Wie lange habe ich geschlafen?« fragte sie.

»Drei Stunden. Fell ist draußen und läßt niemanden herein.«

»Jetzt ist die Zeit für Entscheidungen«, sagte sie, setzte sich auf und rieb sich den Schlaf aus den Augen. »Und das macht mir Angst.«

»Das sollte es auch. Ein bißchen Angst ist wie Hefe für den Geist, sie ermutigt ihn, stark zu werden.«

»Und wenn ich jetzt einen Fehler mache?«

»Dann sterben alle«, erklärte er unumwunden.

Sie tat einen tiefen, beruhigenden Atemzug. »Welchen Rat kannst du mir geben?«

»Du bist eine Königin des Hochlands, meine Tochter, und ich bin stolz auf dich. Aber jetzt mußt du die eine, schreckliche Lektion des Königtums lernen. Daß du allein bist. Die Entscheidung liegt bei dir. Ob du gewinnst oder verlierst, *du* trägst die Last. Aber, was es auch wert sein mag, einen Gedanken biete ich dir – such Torgans Frau.«

»Du kennst sie?«

»Ich war bei dir, als du zum letzten Mal mit ihr sprachst. Sie brachte dich zum Lächeln, und sie brachte dich zum Weinen. Beides hat dir gut getan.«

»Dann kannst du mir nicht sagen, welcher Verteidigungsplan für uns am besten wäre? Ich habe mich auf dich verlassen, Eisenhand. Du hast so viele Schlachten geschlagen. Du hast alle gewonnen.«

»Nein. Ich wünschte, es wäre so. Ich war immer zu starrköpfig. Ich habe nur die wichtigen gewonnen. Such die Frau auf, und dann triff deine Entscheidung. Bleib dabei, und sei fest in deiner Führerschaft. Wenn du Zweifel hegst, laß sie dir nicht anmerken. Du bist die Kriegskönigin. Alle werden auf dich schauen, jetzt und für immer.«

»Du wirst auf dem Schlachtfeld bei mir sein?«

»Ja, und danach suche ich Elarine und die ruhmreichen Gefilde.«

Das Abbild schimmerte und verschwand. Sigarni stand auf und rief Fell, der eintrat und neben ihr niederkniete. »Du hast im Schlaf gesprochen«, sagte er. »Aber ich konnte nicht verstehen, was.«

»Ich gehe spazieren. Kommst du mit?«

»Was immer du befiehlst.«

»Ich bitte dich als Freund, Fell«, erwiderte sie und streckte ihm ihre Hand entgegen. Einen kurzen Moment starrte er sie an, dann berührten sich ihre Finger. Sie sah ihm in die tiefen braunen Augen und das Lächeln, das sich über sein Gesicht stahl.

»Ich liebe dich, Sigarni«, sagte er mit belegter Stimme. »Ich habe dich immer geliebt und werde dich immer lieben. Willkommen zu Hause.«

Zusammen gingen sie aus der Hütte und den Hügel hinab. Der Schnee schmolz jetzt schnell, und überall blühten Frühlingsblumen. »Ist Torgan noch hier?« fragte sie.

»Soweit ich weiß, ja. Er und seine Frau wohnen bei Fyon Scharfaxt. Willst du ihm ein Kommando übertragen?«

»Ja«, antwortete sie, »unter dir.«

»Warum? Der Mann hat dich beleidigt – uns alle.«

»Aber er ist ein Hochländer, Fell, und ein tapferer Mann. Er verdient eine zweite Chance – um seiner Frau und seiner Familie wegen, wenn schon aus keinem anderen Grund.«

»Warum die Chance, Sigarni? Was ist mit dir geschehen?«

»Vielleicht liegt es am High Druin«, antwortete sie lächelnd. »Vielleicht hat er zu mir gesprochen. Als ich durch das Tor in dieses seltsame Land ging, konnte ich beinahe seine Gefühle spüren. Doch die Menschen dort konnten es nicht. Ich glaube, hier ist es genauso. Das Land kann Haß nicht ertragen, Fell. Und ich habe in meinem Herzen keinen Platz mehr dafür. Morgen kämpfen wir gegen die Fremdländer – weil wir müssen. Wir werden sie vernichten, wenn wir können – aber nur weil wir müssen. Torgan hatte unrecht, aber er glaubte sich im Recht und handelte mit den besten Absichten für seinen Clan im Herzen. Jetzt leidet er unter der Schande. Ich werde dem ein Ende machen.«

Als sie sich dem Waldrand näherten, drehte Sigarni sich zu Fell um und schlang ihm ihre Arme um den Hals. »Ich haßte dich, als du mich verließest, und als ich vom Tod deiner Frau hörte, war ich froh. Ich schäme mich, das einzugestehen, und jetzt tut es mir leid.«

Er senkte den Kopf und küßte sie zärtlich. »Das ist alles, was ich mir je gewünscht habe, Sigarni. Das weiß ich jetzt.«

»Laß mich hier allein, Fell. Ich sehe dich später – im Versammlungshaus. Dort werde ich unseren Schlachtplan verkünden.«

»Und danach?«

»Gehen wir nach Hause. Zusammen.«

Sigarni ging den gewundenen Pfad zum Haus von Fyon Scharfaxt entlang. Torgan und der riesige Krieger Mereth saßen mit dem Jagdherrn im Sonnenschein. Alle standen auf, als Sigarni näherkam.

»Willkommen, Herrin«, sagte Fyon mit einer knappen Verbeugung.

Loran holte einen Stuhl für sie, und alle setzten sich. Torgan blieb stehen, dann ging er zum Haus.

»Warte«, sagte Sigarni. »Ich würde gerne deinen Rat hören.«

»Willst du mich erneut beschämen?« fragte er hochaufgerichtet mit zornigem Blick.

»Nein. Ich möchte, daß du heute abend zur Versammlung kommst. Morgen wirst du den Farlain-Flügel befehligen, unter Fells Führung.«

Torgan stand reglos, und sie konnte sehen, wie sein Zorn Mißtrauen wich. »Warum tust du das?« fragte er.

»Ich brauche starke Männer in Führungspositionen. Du kannst natürlich ablehnen, wenn du möchtest.«

»Nein! Ich nehme an.«

»Gut. Die Versammlung beginnt bei Einbruch der Nacht. Ist Layelia im Haus?«

»Ja«, sagte Torgan, noch immer verblüfft. »Soll ich sie holen?«

»Nein. Ich werde sie schon finden.« Sigarni stand auf und überließ die Männer ihrem Gespräch. Als sie an Torgan vorbeiging, sprach er sie an.

»Warte!« Er fiel auf ein Knie und beugte den Kopf. »Mein Schwert und mein Leben«, sagte er.

Eine Stunde vor Anbruch der Nacht brach Sigarni vom Pallides-Dorf auf. Der Nachmittag war klar und strahlend, die Sonne sprenkelte die Blätter der Bäume. Sie fühlte sich wohler als seit Tagen, sie zweifelte nicht mehr. Wie auch immer es jetzt ausging, sie spürte, daß ihr Plan die besten Möglichkeiten für einen Erfolg der Hochländer bot.

Sie fiel in Laufschritt und rannte den Pfad entlang, ihr Körper genoß die Anstrengung. Beim Laufen bemerkte sie eine Art Nebel, der sich aus dem Unterholz schob. Zuerst beachtete sie ihn nicht, doch plötzlich wurde er dicker und wirbelte um sie herum. Sigarni wurde langsamer. Die Bäume waren nur noch undeutlich zu erkennen, nur noch schwache Schatten im Grau. Sie warf einen Blick nach oben und stellte fest, daß der Nebel auch über ihr war und die Sonne verbarg.

Ohne Angst, doch mit wachsender Besorgnis, ging sie weiter bergauf. Sie befand sich nicht mehr auf dem Pfad, doch wenn sie stetig weiter bergan ging, mußte sie das Lager erreichen. Eine Reihe von Büschen tauchte unmittelbar vor ihr auf, und sie versuchte sie zu umgehen und hielt sich nach links. Hier war das Unterholz dichter und der Boden eben.

Ihre Verwirrung wuchs, doch sie ging weiter.

Nach einer Weile kam sie zu einer Lücke im Nebel, in einer kleinen Senke in einem Ring aus Eichen. Der Nebel blieb an dem äußeren Ring hängen und stieg in die Höhe, so daß er eine graue Kuppel bildete. Ein Mann saß im Gras inmitten der Senke, untersetzt und mit freundlichem Gesicht. Als er aufschaute, lächelte er breit.

»Willkommen, Sigarni. Endlich treffen wir uns unter perfekten Umständen.«

»Ich sah dich am Wasserfall sterben, in Stücke gerissen«, sagte sie. Ihre Hand umschloß den Griff ihres Dolches.

»Zum Glück war das nur einer meiner Schüler. Ich sage zum Glück, obwohl ich ihn sehr vermisse. Zum Glück für mich, hätte ich sagen sollen.«

»Den heutigen Tag wirst du nicht so glücklich finden«, sagte sie, zog die Klinge und ging auf ihn zu. Plötzlich wurden ihre Beine schwer, als ob sie durch knietiefen Schlamm watete. Das Messer war ein ungeheures Gewicht in ihrer Hand ... die Hand sank langsam an ihrer Seite hinab, dann entglitt das Messer ihren zitternden Fingern.

»Du hast ganz recht«, sagte er, »ich empfinde das nicht als glückliche Erfahrung. Du hast dich gut geschlagen unter deinen barbarischen Freunden, und wenn du am Leben bleiben würdest, ich glaube, du könntest den Fremdländern beträchtlichen Kummer machen. Leider mußt du sterben – ich wünschte, es wäre nicht notwendig.« Er stand auf, zog einen schlanken Krummdolch und ging auf sie zu. Sigarni versuchte sich zu bewegen, doch sie konnte nicht. Das Messer fuhr hoch, und er packte ihre Tunika mit den feisten Fingern der linken Hand und schnitt den Stoff weg, so daß ihre Brüste freilagen. »Ich bitte für dieses scheinbar ungehörige Benehmen um Verzeihung«, sagte er freundlich. »Ich habe nicht die Absicht, deiner Tugend zu nahe zu treten. Ich muß nur den korrekten Schnitt machen, um dein Herz herauszuholen.«

»Warum tust du das?« fragte sie. »Was habe ich dir je getan?«

»Wenn ich mich recht erinnere, meine Liebe, dann hast du gern zum Vergnügen Hasen gejagt. Was hatten sie dir je getan? Hier geht es nicht um kleinliche Streitereien und Fehden. Ich bin Zauberer und studiere das Universum. Es ist allgemein bekannt, daß gewisse Opfer erheblich mehr Macht besitzen als andere. Ein Mensch zum Beispiel liefert mehr Macht als ... sagen wir ein Hase. Aber das Königsblut! Ach ja, das ist ein unschätzbares Gut.« Er nahm ein kleines Stückchen Holzkohle aus seiner Tasche und zog damit eine Linie zwischen ihren Brüsten und entlang des Rippenbogens ihrer linken Seite.

»Eisenhand!« schrie sie.

»Ach«, sagte er und trat einen Schritt zurück, »also er war die geheimnisvolle Kraft. Faszinierend. Aber leider, meine Liebe, habe ich eine mystische Mauer um diese Senke hier errichtet. Kein Geist kann sie durchbrechen, also spar dir deinen Atem. Auch dein Freund kann dich nicht hören, denn der Nebel verschluckt alle Geräusche. Jetzt werde ich dir das Herz herausschneiden. Du wirst keine Schmerzen haben. Ich bin kein Wilder, dein Tod wird rasch eintreten.«

»Laß mir bis morgen Zeit!« flehte sie. »Laß mich zuerst mein Volk retten!«

Er lachte leise. »Und du gibst mir natürlich dein Wort, daß du zurückkehrst?«

»Ja. Ich schwöre es.«

»Ach, aber du weißt doch, was die Jäger sagen – ein Hase in der Tasche ist mehr wert als zehn Hasen im Bau. Wir wollen einfach hoffen, daß deine Offiziere auch ohne dich gut arbeiten. So, hast du einen Gott, zu dem du ein letztes Gebet schicken möchtest?«

»Ja«, sagte sie und betete innerlich um Taliesens Rückkehr.

»Dann mach es kurz, meine Liebe, denn ich möchte in Leofrics Zelt zurück. Er hat einen guten Wein auf Lager, den ich gerne trinken möchte. Diese Landluft bekommt mir nicht. Ich bin geboren, um in gut bestückten Städten zu leben. Laß mich wissen, wenn du fertig bist, Sigarni. Und vergeude deine Zeit nicht mit dem Versuch, zu Taliesen Kontakt aufzunehmen. Er ist zurück in seine eigene Zeit gegangen und ist zu weit entfernt, um dir von Nutzen zu sein – selbst wenn er deine Gedanken hören könnte, was er nicht kann. Ich fürchte, meine Dame, du bist ganz allein. Es gibt keine mythischen oder märchenhaften Wesen, die dir jetzt helfen könnten.«

»Sei da nicht zu sicher«, sagte sie mit einem Lächeln.

»Oh, ich bin ganz sicher«, sagte er. Jakuta Khan hob das Messer und beugte sich vor, dann fuhr er mit einem Aufschrei zurück. Er torkelte ein paar Schritte, mit seiner Hand tastete er nach hinten. Aus seinen Nieren ragte ein beinerner Dolchgriff. Sigarni spürte, wie der Bann, der sie festhielt, sich auflöste und von ihr abfiel. Sie hob rasch ihren Dolch und machte einen Satz auf den Zauberer zu, rammte ihm die Klinge in den dicken Bauch und stieß sie aufwärts bis in seine Lungen. Sein hoher Schrei war schmerzerfüllt, als er zu Boden sank. »Oh, du hast mich verwundet!« schrie er.

Ballistar rannte herbei und stellte sich neben Sigarni. Jakuta Khan sah zu ihm auf, seine Augen verschleierten sich bereits im nahenden Tod. »Ein Zwerg«, flüsterte er erstaunt, »ich bin von einem Zwerg getötet worden.«

Er richtete seinen brechenen Blick auf Sigarni. »Es ist … nicht vorbei. Ich habe einen … Dämon geschickt. Er ist irgendwo in der Zeit verloren gegangen. Aber eines Tages … wenn du ihm in die Augen siehst … dann denke an mich!« Damit sank er mit dem Gesicht voran ins Gras.

»Du bist gerade zur rechten Zeit gekommen«, sagte sie, kniete neben dem Zwerg nieder und küßte seine bärtige Wange.

»Gwalchmai ist mir erschienen. Befahl mir, hierher zu kommen. Ich wollte mich umbringen, aber er sagte, ich würde noch gebraucht, könnte dem Clan helfen.«

»Oh, Balli, wenn du gestorben wärst, hätte es mir das Herz gebrochen. Komm, laß uns zur Versammlung gehen.«

»Ich schlage vor, daß du dich erst mal anziehst«, sagte er.

13. Kapitel

Fell lag wach, Sigarni lag eng an ihn gekuschelt, ihr Kopf ruhte an seiner Schulter. Lady lag links von Sigarni, ihre schwarzen Flanken glänzten im Feuerschein. Die Kohlen im Eisenbecken waren inzwischen fast verglüht, und die Hütte lag im roten Schein der Glut.

Fell hatte hinten im Versammlungssaal gestanden und hatte die Gesichter ihrer Offiziere beobachtet, als sie ihre Schlachtpläne umriß. Zuerst waren sie schockiert gewesen, doch sie hatten ihren Argumenten zugehört, die sie ruhig, aber entschieden vortrug, und sie hatten keine Einwände erhoben. Jeder der Offiziere hatte eine Aufgabe bekommen – bis auf Fell.

Er war mit Sigarni in die Hütte zurückgegangen, und sie hatten sich zärtlich und voller Freude geliebt. Sie hatten die ganze Zeit kein Wort gesagt, aber beide empfanden eine Intensität, die ihnen die Tränen in die Augen trieb. Fell hatte noch nie so etwas erlebt, er fühlte sich gleichzeitig vollständig und erfüllt. In seinem ganzen Erwachsenenleben hatte er von solchen Augenblicken geträumt, eins zu sein mit dem Gegenstand seiner Liebe.

Die Nacht war still, und die ganze Welt bestand aus nicht mehr als den vier Wänden, die er sehen konnte, und dem glühenden Feuer, das die Hütte erwärmte. Morgen würde die große Schlacht beginnen, und, so Gott wollte, konnten Sigarni und er danach ein neues gemeinsames Leben beginnen. Sobald der Baron besiegt war, konnten sie Botschafter zu dem König der Fremdländer schicken und einen Krieg beenden, den keine Seite wirklich gewollt hatte. Dann konnten er und Sigarni sich in der Nähe des Wasserfalls ein Haus bauen.

Sie stöhnte im Schlaf, und er strich ihr über das silberne Haar. Sie wachte auf und lächelte ihn verschlafen an. »Du solltest noch schlafen«, sagte sie.

»Ich bin zu glücklich, um zu schlafen«, erklärte er. Ihr Hand strich über seinen warmen Bauch, und sofort flammte seine Erregung wieder auf.

»Dann werde ich dich müde machen«, sagte sie und glitt über ihn. Ihr Mund schmeckte süß, und er roch den Duft ihres Haars, spürte die Wärme ihres Körpers.

Endlich verging die Leidenschaft, und er seufzte. »Bist du jetzt bereit zum Schlafen?« flüsterte sie ihm ins Ohr.

»Du hast sie in Bann geschlagen, Sigarni«, sagte er stolz. »All diese Krieger und Graubärte! Sie standen da und lauschten dir, und sie glaubten an dich. Ich glaube an dich! Es ist so schwer, sich jetzt vorzustellen, wie du als Jägerin allein lebtest und deine Felle verkauftest. Es ist, als ob du immer schon darauf gewartet hättest, die Kriegskönigin zu werden. Selbst Bakris Ohnezahn spricht voller Ehrfurcht von dir. Wo hast du ihn übrigens hingeschickt?«

»Nach Süden«, antwortete sie.

»Warum?«

»Um ihre Nachschubwege zu durchbrechen. Gott, Fell, ich wünschte, es wäre vorbei. Ich will keine Kriegskönigin sein.«

»Morgen beenden wir es«, sagte er. »Dann bauen wir uns ein Haus. Du kennst doch das flache Stück Land im Westen des Wasserfalls? Ich habe oft gedacht, daß es sich dort großartig leben ließe. Etwas entfernt vom See, so daß der Lärm des Wasserfalls von den Weiden gedämpft wird. Dicht dabei ist gutes Grasland, und ich weiß, daß Grame mir ein paar Zuchttiere leihen würde.«

»Das klingt … wunderbar«, sagte sie.

»Und ein gutes Jagdgebiet ist es auch.«

Beim Klang ihrer Stimmen erwachte Lady und drängte sich zwischen sie. Sigarni kraulte dem Hund die Ohren. »Es ist ein schöner Traum«, sagte Sigarni. »Jetzt brauchen wir Schlaf.«

»Was meinst du damit, ein Traum?« fragte Fell.

»Der Krieg wird mit einer Schlacht nicht vorbei sein«, antwortete sie traurig. »Wenn wir gewinnen, werden die Fremdländer das als Tiefschlag für ihren Stolz auffassen. Sie haben keine andere Wahl, als dann eine weitere Armee in den Norden zu schicken.«

»Aber das macht doch keinen Sinn!«

»Krieg macht keinen Sinn, Fell. Laß uns morgen darüber reden.«

»Ja, das tun wir«, sagte er. »Ich werde stolz an deiner Seite stehen.«

»Du wirst nicht an meiner Seite sein, Fell. Ich brauche dich und deine Männer. Ihr sollt auf der rechten Seite, ein Stück entfernt vom Kampfgeschehen, Position beziehen. Sie werden auf dem Westhang durchbrechen und zu den Lagern stürmen. Sie müssen aufgehalten werden. Vernichtet. Halt die rechte Seite für mich, Fell. Tu es für mich!«

»Oh, mein Gott!« flüsterte er. Sein Magen verkrampfte sich.

»Was ist?« fragte sie.

»Nichts«, beruhigte er sie. »Schon gut, nur ein Krampf im Bein. Du hast recht, Sigarni. Wir sollten jetzt schlafen. Komm, leg deinen Kopf an meine Schulter.«

Sigarni setzte sich und schob Lady weg. »Zurück auf deine Decke, du Weibsstück!« sagte sie. »Er gehört mir allein!«

Sie kuschelte sich an ihn, einen Arm über seine Brust gelegt, und schlief fast augenblicklich ein. Doch für Fell würde es in dieser Nacht keine Ruhe geben. Er erinnerte sich an die Nacht in Gwalchmais Hütte und an die betrunkenen Worte des Träumers:

»Aber ich weiß, was ich weiß, Fell. Ich weiß, daß du für sie leben wirst. Und ich weiß, daß du für sie sterben wirst. ›Halt die rechte Seite, Fell. Tu es für mich!‹ wird sie sagen. Und sie fallen mit ihren Schwertern aus Feuer, ihren Lanzen aus Schmerz und ihren Pfeilen des Abschieds über dich her. Wirst du standhalten, Fell, wenn sie dich bittet?« Gwalch sah auf, seine Augen waren blutunterlaufen. »Ich wünschte, ich wäre wieder jung, Fell. Ich würde an deiner Seite stehen. Bei Gott, ich würde sogar diesen Pfeil für dich nehmen.«

Kein Haus am Wasserfall. Keine goldene Zukunft im Sonnenschein in den Bergen. Diese eine Nacht ist alles, was es gibt, erkannte er. Er spürte die Panik tief in seinem Bauch und in seinem klopfenden Herzen. Fell hätte am liebsten Sigarni wieder geweckt, um ihr von Gwalchmais Prophezeiung zu erzählen. Doch er tat es nicht.

Statt dessen hielt er sie an sich gedrückt und lauschte auf ihren leisen Atem.

»Wirst du standhalten, Fell?«

Ja, dachte er, ich werde standhalten.

Der Verlust eines Spähtrupps kam nicht völlig unerwartet, und der Baron hatte vier weitere Männer abgestellt, um den Duane-Paß auszukundschaften. Nur einer kehrte zurück – und er hatte eine Pfeilwunde auf der rechten Schulter.

»Nun?« fragte der Baron.

Das Gesicht des Mannes war grau, er hatte große Schmerzen. »Wie du gesagt hast, Herr, sie haben auf dem abgeflachten Berg Stellung bezogen. Eine Schildmauer. Ich schätze, es sind fast dreitausend Krieger dort.«

»Ihre gesamte Armee?« Der Baron lachte und wandte sich an seine Offiziere. »Da seht ihr, was passiert, wenn eine Frau die Führung übernimmt! Was sind das doch für Narren!« Er drehte sich wieder zu dem verwundeten Späher um und fragte: »Was ist mit dem Westhang?«

»Etwa hundert Mann, versteckt zwischen den Bäumen. Ich bin ziemlich nahe herangekommen, ehe sie mich sahen.«

»Und im Osten?«

»Habe ich niemanden gesehen, Herr.«

»Gut. Jetzt geh und laß deine Wunde versorgen.«

»Jawohl. Danke.«

Der Baron scharte seine Offiziere um sich. »Ihr habt alle die Karten studiert und wißt, daß ihre Position stark ist. Wir müssen zuerst den Berg umzingeln, wodurch wir an einigen Stellen nur spärlich besetzt sind, aber es ist zu hoch für sie, um einen raschen Überfall auf uns herunter zu machen.« Er richtete seinen Blick auf einen hochgewachsenen, schlanken Kavallerieoffizier. »Chaldis, du nimmst die Hälfte der Kavallerie und tausend Fußsoldaten. Töte die Verteidiger auf dem Westhang, und greif ihr Lager und die umliegenden Dörfer der Pallides an.«

»Jawohl«, antwortete Chaldis.

»Wo ist Cheops?« fragte der Baron.

»Hier, Herr«, antwortete eine kleine, untersetzte Gestalt in einer Uniform aus braunem Leder und schob sich in die vordere Reihe.

»Du nimmst deine Bogenschützen mit zum Osthang und spickst sie mit Pfeilen. Ich werde den Angriff von der westlichen Seite her führen. Sei auf der Hut, Cheops. Ich möchte lieber, daß deine Pfeile etwas zu kurz fliegen, als daß sie über die Verteidiger wegsegeln und unsere eigenen Leute treffen. Nichts demoralisiert einen Kämpfer so, als wenn er den Tod durch seine eigenen Kameraden fürchten muß.«

»Du kannst dich auf uns verlassen, Herr.«

»Leofric, du führst die Kavallerieabteilung. Umrunde den Hügel, und führe sporadische Angriffe von der Nordseite her aus. Nimm nur die am schwersten gepanzerten Lanzenreiter. Der Feind hat gute Bogenschützen auf diesem Berg. Dringt nicht zu weit vor. Attackiert sie heftig, dann zieht euch wieder zurück. Die Infanterie wird den Hammerschlag führen.«

»Verstanden, Herr.«

»Meine Herren«, sagte der Baron mit einem seltenen Lächeln. »Eine großartige Gelegenheit liegt vor uns. Im Süden herrscht eine große Angst vor diesen rebellischen Hochländern, und wenn wir sie besiegt haben, wird der König sicherstellen, daß eure

Mühen belohnt werden. Aber denkt daran, auch wenn es Barbaren und Abschaum sind, sie wissen trotzdem zu kämpfen. Ich will die Frau lebendig, ich will sie in Ketten in die Hauptstadt schicken. Was den Rest angeht, tötet sie bis auf den letzten Mann. Gott ist mit uns, meine Herren. Und jetzt an unsere Arbeit.«

Der Baron ging zu seinem Zelt und duckte sich unter der Plane hindurch. Drinnen wandte er sich dem Hochländer zu, der von zwei Wachposten flankiert dasaß. Der Mann war mittelgroß mit fettigem dunklem Haar und großem Mund. Er sah dem Baron nicht in die Augen.

»Deine Information war richtig«, sagte der Baron. »Die Schlampe hat auf dem Berg Stellung bezogen.«

»Wie ich schon sagte, Herr«, sagte Bakris Ohnezahn und wollte aufstehen. Doch ein Soldat legte Bakris die Hand auf die Schulter und drückte ihn wieder auf den Stuhl.

»Verrat fasziniert mich immer«, sagte der Baron, schnippte mit den Fingern und deutete auf einen Krug Wein. Ein Diener füllte einen Becher und reichte ihn seinem Herrn. Der Baron nippte daran. »Warum sollte einer von Sigarnis Offizieren sie verraten?«

»Es ist eine verlorene Sache, Herr«, sagte Bakris bitter. »Sie werden alle sterben. Und ich will leben. Was ist daran verkehrt? In diesem Leben muß jeder für sich selbst sorgen. Ich habe nie etwas gehabt. Mit Verlaub, bekomme ich jetzt ein Stück Land und etwas Gold.«

»Gold und Land«, wiederholte der Baron. »Ich habe geschworen, jeden Hochländer tot zu sehen, und du bist ein Hochländer. Warum sollte ich dich nicht töten?«

Bakris grinste, wobei er seine fleckigen und abgebrochenen Zähne sehen ließ. »Du wirst sie nicht alle in dieser einen Schlacht kriegen, Herr. Ich kenne alle Verstecke. Ich war Waldhüter, ich kann eure Soldaten zu ihren Zufluchtsorten führen. Und ich diene dir gut, Herr.«

»Ja, ich glaube schon«, gab der Baron ihm recht.

Drei Diener halfen dem Baron in seine schwarze Rüstung, schnallten seine Brustplatte fest, hakten die Halsberge fest, legten die Beinschienen und die Knieschützer an. So für den Krieg gerüstet, ging er zu seinem schwarzen Hengst und ließ sich in den Sattel helfen.

Er stieß dem Pferd die Fersen in die Flanken, ritt an die Spitze der Schlachtordnung und hob den Arm.

Die Armee zog zum Duane-Paß.

Zum Erstaunen des Barons flogen keine Pfeile von den hohen Felswänden zu beiden Seiten, auch gab es keine Hinweise auf Verteidiger auf den sanften Hängen links und rechts. Vor ihnen schimmerte die Sonne auf dem Schildwall der Verteidiger, die in etwa achthundert Metern Entfernung ringförmig auf dem Tafelberg Stellung bezogen hatten.

Vor langer Zeit hatten die Fremdländer selbst die Taktik des Schildrings angewandt. Sie konnte berittenen Kämpfern gut trotzen, war aber schwach gegen einen gesammelten Angriff der von Bogenschützen unterstützten Infanterie. Bogenschützen konnten einen Pfeilhagel nach dem anderen über die Schilde schicken und die Mitte der Verteidiger dezimieren.

Der Baron ritt weiter. Jetzt konnte er die Clansleute sehen, dicht an dicht, sowie die silbergerüstete Gestalt, die in vorderster Linie stand.

Ich sollte dir dankbar sein, dachte er, denn deinetwegen mehrt sich mein Ruhm. Er drehte sich im Sattel um und warf einen Blick auf seine Kampftruppe. Wenn die Verluste zu gering waren, würde der Sieg schal wirken, waren sie zu hoch, würde man ihn für unfähig halten. Etwa dreihundert Tote wären perfekt, überlegte er.

Leofric ritt rechts an ihm vorbei und führte die Kavallerie an, die in Dreierreihen ritt. Links von ihm führte Chaldis seine fünfzehnhundert Mann den Westhang hinauf zur rechten Flanke des Feindes. »Das ist gut, Chaldis«, rief der Baron bewundernd, »laß sie sehen, wo du hinwillst. Dann haben sie Zeit, über das Schicksal ihrer Frauen und Kinder nachzudenken. Zünde sobald wie möglich ein paar Häuser an. Ich will, daß sie den Rauch sehen!«

»Jawohl«, antwortete der Offizier.

Der Baron ritt weiter und führte die Infanterie zum Fuße des Berges, blieb aber außer Schußweite. Der Brauch verlangte, daß er dem Feind Gelegenheit gab, sich zu ergeben, aber heute war nicht der Tag, um sich an Bräuche zu halten. Himmel, wenn sie annahmen!

Er warf einen Blick nach rechts und sah Cheops und seine fünfzehnhundert leicht gepanzerten Bogenschützen den Hang hinaufsteigen. Jeder Mann trug dreißig Pfeile bei sich. Viertausendfünfhundert scharfe Geschütze, die auf die ungeschützten Verteidiger hinabregneten!

Der Baron befahl die Einkreisung des Berges, und die dreitausend verbliebenen Fußsoldaten schwärmten aus.

Von den Verteidigern kam keine Bewegung, kein Laut. Keine rauhen, prahlerischen Herausforderungen, kein Hohngeschrei. Das war ungewöhnlich.

Der Baron konnte sehen, wie die Frau, Sigarni, sich zwischen den Männern bewegte. Ihr Helm war wirklich großartig und würde eine schöne Trophäe abgeben.

Dunkle Gewitterwolken verdeckten die Sonne, weit im Norden grollte der Donner. »Die Kriegsgötter bereiten sich auf das Fest vor!« rief er. »Wir wollen sie nicht enttäuschen!«

Fell wartete im Schutz der Bäume, Torgan neben ihm. Sie konten die Lanzenreiter noch nicht sehen, doch sie konnten das Donnern der Hufe auf der harten Erde hören. Fell warf einen Blick nach rechts und sah, wie die Hochländer Pfeile auf ihre Bögen legten. Zur Linken warteten die Schwertkämpfer, die beidhändigen Schwerter bereit. Fünfhundert Kämpfer, die ihr Zuhause, ihre Familien, ihre Clans verteidigen wollten.

Die ersten Lanzenreiter erreichten den Berg: große Männer auf großen Pferden, deren Harnische wie Silber in der Sonne glänzten und deren lange Lanzen glitzerten. Jeder trug einen achteckigen Schild am linken Arm. Sie rückten noch immer in Viererreihen vor, doch als sie die Freifläche erreichten, verteilten sie sich. Der Offizier zügelte sein Pferd und beschattete die Augen, um den Waldrand zu mustern.

Fünfzig Hochländer rückten ins Freie vor und schossen. Einige Pfeile trafen, und einige Männer sowie ein halbes Dutzend Pferde stürzten, doch die meisten Pfeile wurden von den Schilden der Lanzenreiter abgewehrt. Die Reiter legten die Lanzen an und griffen an.

»Jetzt?« flüsterte Torgan.

»Nein«, sagte Fell. »Wir warten, bis sie näher sind.«

Die fünfzig Hochland-Schützen schickten weiter Pfeil um Pfeil den anrückenden Reitern entgegen. Pferde taumelten unter dem tödlichen Regen, doch die Lanzenreiter ritten weiter. Die Entfernung zwischen ihnen wurde immer kleiner, bis schließlich kaum mehr dreißig Schritt die beiden Gruppen trennten.

»Jetzt!« sagte Fell. Torgan setzte sein Jagdhorn an die Lippen und blies zwei kurze Signale. Weitere hundert Bogenschützen stürmten aus dem Wald und nahmen neben ihren Kameraden Aufstellung. Hunderte von Pfeilen hagelten auf die Lanzenreiter nieder. Die Angriffslinie geriet ins Stocken, als die Pfeile in ungeschütztes Pferdefleisch trafen. Die Pferde stiegen und stürzten zu Boden, wobei sie ihre Reiter abwarfen. Inmitten dieses plötzlichen Durcheinanders griffen die Schwertkämpfer der Hochländer unter lauten Schlachtrufen an. Die Lanzenreiter gerieten in Panik, wenn auch viele versuchten, kehrtzumachen, um sich diesem unerwarteten Angriff zu stellen. Pferde stiegen und warfen ihre Reiter ab, dann waren die Hochländer unter den Lanzenreitern, zerrten sie aus dem Sattel und hieben auf sie ein.

Einer der ersten, die starben, war der feindliche Offizier, der von vier Pfeilen getroffen war. Einer war ihm ins rechte Auge gedrungen. Die hinteren Reiter versuchten, im Galopp die Sicherheit des freien Geländes zu erreichen. Torgan blies drei Hornstöße, und ein Jagdtrupp der Hochländer hielt zögernd inne und rannte zurück in den Wald.

Über den Hügelkamm marschierten jetzt tausend

fremdländische Fußsoldaten, flankiert von einer Schar von Bogenschützen. Sie bezogen Stellung und betrachteten den Schauplatz des Gemetzels, dann schlossen sie ihre Schilde zu einer Mauer zusammen und rückten in breiter Kampfformation vor, hundert Schilde neben – und zehn Reihen hintereinander.

»Mehr als wir dachten«, sagte Torgan.

»Im Wald können sie diese Formation nicht lange halten«, sagte Fell. »Zieht euch fünfzig Schritt zurück.«

Torgans Jagdhorn erklang noch einmal mit einem langen, klagenden Ton.

Die hochländischen Bogenschützen schossen weiterhin in die vorrückende Menge, doch mit wenig Erfolg. Einige fielen, doch die Fußsoldaten hielten ihre langen, rechteckigen Schilde hoch, und die meisten Pfeile prallten davon ab.

Die Lanzenreiter hatten sich inzwischen wieder formiert und galoppierten vorwärts in dem Versuch, den Wald zu umgehen. Obrin und zweihundert Reiter griffen sie von links an und hieben und schlugen sich in ihre Flanke. Die Lanzen der Fremdländer waren im Nahkampf nutzlos, und sie warfen hektisch ihre langen Waffen beiseite, um die Säbel zu ziehen. Doch dieser zweite Angriff demoralisierte sie, und sie wurden stetig zurückgedrängt.

Die fremdländische Infanterie wurde langsamer, ihre Anführer waren unsicher, ob sie weiter in den Wald vorrücken oder einen Bogen schlagen und die belagerte Kavallerie verteidigen sollte.

»Komm schon, du Bastard!« flüsterte Fell. »Komm zu uns!«

Die Reihe begann wieder vorzurücken. Die Formation brach auf in eine Gefechtslinie, indem jeder der Soldaten den Abstand zwischen sich und seinen Nachbarn um etwa einen Meter vergrößerte. Fell bewunderte gezwungenermaßen die Geschmeidigkeit des Übergangs von geschlossener zu offener Formation.

Vor diesen Feinden mußte man Achtung haben.

Da sie aber in ihrer neuen Formation ihre Kameraden weniger schützen konnten, begannen die Fremdländer schwere Verluste durch die zurückweichenden Bogenschützen einzustecken.

»Das ist es«, sagte Fell zu Torgan. »Himmel, wir müssen es richtig machen!« Torgan grinste breit und eilte nach links davon, wo seine Hundertschaft wartete. Mit einem heiseren Schlachtruf führte Torgan seine Krieger in einem wilden Angriff auf die rechte Flanke des Feindes, unmittelbar am Waldrand. Fell sah, wie sich der Führer der Farlain tief ins Getümmel stürzte und sein Beidhänder sich mit tödlicher Gewandtheit hob und senkte.

Fell zog sein eigenes Schwert und gab seiner Hundertschaft ein Signal. Sie schlichen durchs Unterholz zur linken Flanke des Feindes. Zehn zu eins unterlegen, wurden Torgans Männer zurückgetrieben, während die Fremdländer vorstießen, um die Verteidiger einzukreisen.

Als alle Aufmerksamkeit dem rechten Flügel gewidmet war, griff Fell von links an, sein Beidhänder durchschlug den Helm eines Soldaten, so daß das Blut nur so spritzte. Die Fremdländer fielen zurück, formierten sich aber rasch wieder und versuchten, ihre Reihen zu schließen. Das dichte Unterholz und die Stämme der hohen Bäume verhinderten, daß sie wieder zu einer geschlossenen Kampfeinheit zusammenrücken konnten, und die Hochländer, die nicht durch schwere Rüstung behindert wurden, rissen an ihnen wie Wölfe an einem gestellten Hirsch.

Ein Schwert zuckte vor Fells Gesicht. Er warf sich zur Seite und antwortete mit einem beidhändigen Aufwärtsstoß, der von der Schildspitze des Soldaten abglitt und ihm den Wangenknochen zertrümmerte. Der Soldat ging zu Boden.

Zur Rechten hatte Torgan seine Männer zurückgezogen. Ein paar Fremdländer verfolgten sie, doch Torgan ließ seine Gruppe umschwenken und hieb sie nieder.

Auf dem freien Gelände waren die Lanzenreiter in vollem Rückzug. Obrin machte keinen Versuch, sie zu verfolgen, sondern sammelte seine Männer und galoppierte zum Wald. Dort sprangen die Hochländer von den Pferden und rannten ihren Kameraden zu Hilfe. Torgan sah sie kommen und blies sein Horn. Die Hochlandschützen ließen ihre Bögen fallen, zogen die Schwerter und schlossen sich an.

Wieder griff er den Feind von rechts an, und der Angriff war so wild, daß die Formation der Fremdländer auseinanderbrach. An seiner Seite war der Riese Mereth, der einen mit Eisenspitzen beschlagenen Eichenknüppel schwang und sich seinen Weg freihämmerte. Neben ihm kämpfte Loran.

»Pallides! Pallides!« brüllte Mereth.

Torgan sprang über einen umgestürzten Baum und rammte einen Fremdländer mit der Schulter. Der Mann taumelte zurück und fiel gegen seine Kameraden. Torgans Beidhänder sauste durch die Luft, als die drei Männer sich auf ihn warfen. Er blockte den Stoß des ersten ab, indem er ihn mit einem Rückhandhieb beinahe den Kopf von den

Schultern trennte. Der zweite stieß Torgan sein Schwert in die Seite, der dritte zielte auf sein Gesicht. Dieser Hieb wurde von einem Schwert abgewehrt, und Torgan sah, wie Obrin den Mann zu Boden schickte.

Ohne auf seine Wunde zu achten, stürzte sich Torgan wieder in den Kampf. Rechts von ihm war Mereth von Schwertkämpfern umzingelt, doch er hielt sie sich mit weit ausholenden Schwüngen seiner mörderischen Keule vom Leib. »Farlain!« schrie Torgan und eilte ihm zu Hilfe. Ein paar Männer folgten ihm, darunter Loran. Ein Pfeil ritzte Torgans Wange und drang dann Loran in den Hals. Der gutaussehende Pallide taumelte nach rechts und fiel. Torgan achtete nicht auf die Bogenschützen, sondern warf sich ins Getümmel, duckte sich unter einen wilden Hieb und trieb sein Schwert durch das Knie des Angreifers. Das Bein brach mit einem ekelerregenden Knacken, und der Schwertkämpfer fiel schreiend zu Boden. Mereth brüllte einen Kriegsruf und rannte auf eine zweite Gruppe zu. Einer von ihnen rammte dem Riesen einen Speer in den Bauch, und Mereth blieb stehen. Dann hob er seine Keule und zerschmetterte dem Speerträger den Schädel. Ein weiteres Schwert drang in den bulligen Hals Mereths. Blut schoß aus der Kehle, während Torgan dem Feind sein Schwert in den Bauch stieß. Zur Linken kämpfte Fell wütend. Hier hatten die Fremdländer wenigstens eine Spur von Ordnung bewahren können und zogen sich auf offenes Gelände zurück. Wieder und wieder führte Fell seine Männer in immer verzweifeltere Angriffe.

Doch jetzt waren es weniger von ihnen. Obrin und zwanzig Hochländer rannten ihm zu Hilfe. Fell hatte eine Schnittwunde auf der rechten Wange, Blut floß aus einer tiefen Wunde in seinem Oberschenkel. Doch sein Beidhänder lag leicht in den Händen, als er wieder angriff, Obrin zur Seite.

»Sie dürfen sich nicht wieder formieren!« brüllte er.

Der Schützenhauptmann Cheops erreichte den Kamm des Osthangs und blickte auf die Verteidigungslinie des Feindes hinüber. Dahinter konnte er die Kavallerie sehen, die in den Wald ritt. Alles lief gut. Der Abstand zwischen ihm und dem Feind betrug weniger als zweihundert Meter, also durchaus tödliche Reichweite. Es war heiß, und der Tag versprach durstmachende Arbeit. Er drehte sich um und sah hinter sich ein dichtes Ginstergestrüpp, dahinter ein Wäldchen.

»Du da!« rief er einem jungen Rekruten zu. »Geh zurück in den Wald und sieh zu, ob dort ein Bach oder ein Teich ist. Wenn ja, kannst du unsere Feldflaschen auffüllen.«

»Jawohl, Hauptmann!« rief der junge Bursche und eilte davon.

Cheops spannte seinen Langbogen. Er hatte ihn selbst vor fünf Jahren gemacht, eine hervorragende Waffe mit einer Hornspitze. Er zog seine Pfeile aus dem Köcher und steckte sie mit der Spitze vor sich in die Erde. Aus irgendeinem Grund, den Cheops nie hatte entschlüsseln können, durchdrangen Pfeilspitzen, an denen ein bißchen Erde klebte, eine Rüstung besser.

Er wählte den ersten Pfeil aus und legte ihn auf die Sehne. Es hatte wenig Zweck, sich ein Ziel zu suchen, denn er mußte im Bogen über den

Schildwall schießen. Trotzdem, die Hochländer standen dichtgedrängt auf der Bergkuppe, und jeder Treffer war von Vorteil. Cheops zog die Sehne zurück und schickte den Pfeil in einem langen Bogen ab.

Heute würde ein schöner Tag werden. Keine Andeutung von Regen, der die Pfeile ablenken würde. Kaum Wind.

Seine Schützen nahmen zu beiden Seiten von ihm Aufstellung, wählten ihre Pfeile und legten die Umhänge ab.

Es war so einfach.

Müßig fragte er sich, warum diese Hochlandschlampe ausgerechnet hier Stellung bezogen hatte.

Cheops mußte nicht lange auf eine Antwort warten. Hinter ihnen ertönte ein Schrei. Als er herumfuhr, sah er den Jungen, den er auf Wassersuche geschickt hatte, um sein Leben rennen. Der Bursche hatte seinen Langbogen weggeworfen, was Cheops erstaunte, denn der Verlust der Waffe wurde mit dreißig Peitschenhieben bestraft. Was hatte er gesehen? Einen Bären?

Der Junge sah sich im Laufen um, stolperte und fiel. In panischer Hast kam er wieder hoch. Aus dem Ginster und dem Gebüsch strömten Tausende von Hochlandkriegern.

Cheops stand wie vom Donner gerührt. Das war nicht möglich. Sie verfügten über eine Armee von dreitausend – und dort auf dem Berg vor ihm waren mindestens so viele.

Unmöglich oder nicht, hier waren sie!

»Zurück! Zurück!« schrie Cheops. Seine Männer brauchten den Befehl kaum. Leicht bewaffnet mit Bogen und Messer, waren sie keine Gegner für schwertschwingende Krieger, und so begannen sie bergab zu strömen und ließen ihre Pfeile in der weichen Erde stecken. Die Hochländer setzten ihnen nach.

Cheops warf seinen Langbogen beiseite und starrte mit offenem Mund, als seine Bogenschützen in den Paß hinunter eilten. Der dünne Kreis von Soldaten rings um den Hügel leuchtete in der Sonne auf. Cheops wußte, daß seine Würde jetzt flöten ging, aber das war ihm egal. Seine Würde konnte er zurückgewinnen. Sein Leben nicht. Er erreichte den Fuß des Passes kurz vor dem schnellsten seiner Männer und schlüpfte durch die Reihen der Fußsoldaten in die relative Sicherheit dahinter.

Dort blieb er stehen und schaute sich um.

Die Hochländer strömten den Hang hinunter, wobei sie unverständliche Kriegsrufe ausstießen. Sie trafen die Fußsoldaten wie ein Hammerschlag.

Dann waren sie durch.

Da er nirgends mehr hin konnte, zog Cheops seinen Dolch. Als ein kräftiger, weißbärtiger Krieger ihn mit einer Streitaxt angriff, duckte sich Cheops unter der schwingenden Klinge und stieß mit seinem Messer zu. Doch das Messer wurde von einem Harnisch abgewehrt, und Cheops stolperte und stürzte. Die Axt traf ihn zwischen den Schulterblättern.

Auf dem Berghang brüllte der Baron der Infanterie Befehle zu, daß sie ein Rechteck bilden und sich aus dem Paß zurückziehen sollte. Mit hervorragender Disziplin formierten sie sich, den Baron in die Mitte nehmend.

Die Hochländer rannten wirkungslos gegen die Schildmauer an, und der Rückzug begann.

Leofric hatte nie Soldat werden wollen oder überhaupt ein Kämpfer. Seine Liebe galt den Zahlen, der Logistik und Organisation. Als er jetzt auf seinem Wallach an der Nordseite des Berges saß, dachte er über seine Zukunft nach. Da er noch nie eine Schlacht miterlebt hatte, war er auf die Wildheit, die Schreie und die Schmerzenslaute nicht vorbereitet. Es war alles so … barbarisch, dachte er.

Sobald es vorbei ist, gehe ich in die Hauptstadt zurück, beschloß er. Die Universität hatte ihm einen Lehrstuhl für Sprachen angeboten. Ich glaube, ich werde ihn annehmen.

»Greifen wir an?« fragte der Leutnant an seiner Seite. Der Mann hatte sein Schwert gezogen und schien begierig zu sein, die fünfhundert berittenen Soldaten den steilen Hang hinaufzuführen. Leofric warf einen Blick auf die Schildmauer über ihnen.

»Ich denke schon«, sagte er. »Der Baron hat Befehl gegeben, daß wir Vorstöße machen sollen.«

»Ich verstehe«, sagte der Offizier. »Wespentaktik, zustechen und zurückziehen. Wie viele soll ich nehmen?«

Leofric drehte sich um und betrachtete seine fünf Hundertschaften. »Nimm drei«, sagte er. »Macht es ihnen schwer!«

»Jawohl!«

Die Überreste von Chaldis' Kavallerie galoppierten den Westhang hinunter – nicht mehr als dreißig Mann, von denen einige noch dazu verwundet waren. Ein Offizier ritt zu Leofric heran. »Wir gerieten in einen Hinterhalt. Mehr als tausend Hochländer warteten im Wald auf uns. Sie hauen die Infanterie in Stücke.«

In diesem Augenblick kamen die Bogenschützen hinter Cheops den Hang heruntergerast – verfolgt von, wie Leofric schätzte, etwa zweitausend Hochländern.

»Hurensohn!« zischte der Offizier. »Wo, um Himmels willen, kommen die her?«

Leofric war im Augenblick betäubt. Er hatte ein Auge für Mengen und hatte bereits geschätzt, daß sich auf der Bergkuppe etwa dreitausend befinden mußten. Jetzt hatte sich die Zahl der Feinde aus dem Nichts auf sechstausend erhöht, und das lag einfach nicht im Rahmen des Möglichen.

»Bei Gott!« rief der Leutnant. »Was jetzt, Hauptmann?«

Leofric brauchte einen Augenblick zum Nachdenken. Als er die Schildmauer über sich betrachtete, kam ihm plötzlich die Erleuchtung. »Auf dem Berg sind gar keine Männer«, sagte er. »Wir belagern die Frauen der Hochländer!«

Überall um sie herum fielen die Fußsoldaten um den Baron. Leofric hob den Arm und führte seine Reiter in einem Angriff gegen den linken Flügel des Feindes. Sie brachen bis zum Baron durch, und Leofric sprang vom Pferd und lief zu ihm. Rasch berichtete er von dem Täuschungsmanöver der Hochländer.

Der Baron fluchte. »Wie viele haben wir noch übrig?« fragte er.

Leofric warf einen Blick auf das Meer der Kämpfenden. »Vielleicht zweitausend. Vielleicht weniger.«

»Greift den Berg an!« rief der Baron. »Formation Eins!«

»Wozu?« schrie Leofric. »Es ist vorbei!«

»Es ist erst vorbei, wenn ich diese Schlampe getötet habe!«

Mit einer Disziplin, die in jahrzehntelanger Kriegführung erworben war, formierten sich die Fremdländer zu einem Rechteck, das hundert Schilde breit und zehn Schilde tief war. »Laufschritt!« ordnete der Baron an, und die Männer begannen zu laufen. Leofric, der in der Mitte festsaß, blieb nichts anderes übrig, als neben dem Baron mitzulaufen. An den Rändern der Schlacht wurde seine Kavallerie in Stücke gehauen, die versuchte, die ungeschützte rechte Flanke des Rechtecks zu verteidigen. Trotzdem drang die Phalanx unausweichlich bergauf zu den wartenden Frauen vor.

»Ich hole dich, du Nutte!« brüllte der Baron. Seine Stimme war über das Klirren der Schwerter und den Schreien der Verwundeten und Sterbenden zu hören.

Eine schwarze Wolke aus Pfeilen regnete auf die vorrückende Linie, und Leofric sah, wie zahlreiche Frauen schossen. Ihm wurde übel. Die besten Soldaten des Reiches griffen eine Truppe aus Frauen und Müttern an.

Hinter ihnen attackierten die Hochländer die Rückseite der Phalanx und ließen ihre Schwerter in die ungeschützten Rücken krachen. Viele Männer drehten sich um, um sich dem Feind zu stellen, und das dünnte das Rechteck aus. Der Baron schien unberührt.

Die feindlichen Bogenschützen zogen sich hinter die Schildmauer zurück, und ein Hagel von mit Eisenspitzen bewehrten Speeren ging über die vorrückenden Männer nieder. Überall waren jetzt Hochländer, wie ein Rudel Wölfe zerrten sie an ihnen. Das Rechteck begann sich aufzulösen, doch der Baron beachtete die Gefahr nicht, sondern drängte seine Frontlinie weiter bergauf.

Die Schildmauer öffnete sich, und Leofric sah Asmidir zum Angriff antreten. Er führte eine Gruppe von Männern in schwarzsilberner Rüstung. Sie kamen in einem dichten Keil, der durch die vorrückende Linie drang. Hinter ihnen stürzten sich, mit Speeren und Schwertern, die Hochlandfrauen auf die Angreifer.

Der Anblick von Tausenden von Kämpfern, die sich bergab wälzten, gab den Angreifern den Rest. Sie gaben Fersengeld.

Asmidir sprang den Baron an und zielte mit seinem Zweihänder auf dessen Hals. Der Baron wehrte mit seinem Schild ab und antwortete mit einem Hieb, der gegen Asmidirs Schulterstück krachte und es losriß. Der schwarze Mann ließ sich auf ein Knie fallen und stach mit aller Kraft auf die Wade des Barons ein. Damit zerschmetterte er die Beinschiene und riß ihn zu Boden. Der Baron rollte sich nach links ab, kam auf die Füße und warf seinen Schild weg. Er packte sein Schwert mit beiden Händen und stürzte sich auf den schwarzen Mann. »Du verräterischer Bastard!« brüllte er.

Wieder und wieder klirrten ihre Schwerter gegeneinander. Ein Hieb von Asmidir zerschlug die Glieder am Nackenschutz des Barons und drang ihm in den Hals. Blut strömte aus der Schnittwunde.

Plötzlich erschöpft, setzte sich Leofric hin und beobachtete das Duell. Überall um ihn herum starben Männer, doch niemand griff den zart gebauten Zuschauer an, der still dasaß, die Arme um die Knie geschlungen.

Beide Männer waren stark, und der Kampf ging mit unverminderter Wildheit weiter. Asmidir blutete aus Wunden in beiden Armen und einem Schnitt an der Schläfe. Der Baron wehrte einen Überkopfhieb ab, und als Asmidir ihm näherrückte, stieß er dem schwarzen Mann den Kopf in die Brust, so daß dieser zurücktaumelte. Der Baron ließ sein Schwert fallen und warf sich auf seinen halbbetäubten Gegner. Beide Männer gingen zu Boden. Der Baron zog seinen Dolch und holte aus.

Ein Pfeil drang durch seine lederne Augenklappe bis tief ins Gehirn. Leofric schaute nach rechts und sah die Kriegskönigin Sigarni in einer Rüstung aus strahlendem Silber, einen geflügelten Helm auf dem Kopf und einen kurzen Jagdbogen in der Hand. Der Baron stieß einen erstickten Schrei aus und fiel von Asmidir herunter.

Leofric stand auf und ging zu dem schwarzen Mann. Er kniete neben ihm nieder. »Alles in Ordnung?« fragte er.

»Wie kommt es, daß du noch lebst?« fragte Asmidir erstaunt.

Leorfric zuckte die Achseln. »Vergaß mein Schwert zu ziehen.« Er half Asmidir auf die Füße, und die beiden Männer gingen zu Sigarni.

Sie reichte ihren Bogen einer dunkelhaarigen Frau an ihrer Seite und betrachtete das Schlachtfeld. An einzelnen Stellen wurde noch immer gekämpft, doch die Schlacht war vorbei.

Sie wandte sich an Leofric und Asmidir und stellte sie vor. »Du hast einen Schutzengel, Leofric«, sagte sie. »Tausende sind heute gefallen, und du hast nicht einmal einen Kratzer.«

»Ich bin kein guter Soldat«, sagte er. »Man hat mir einen Lehrposten an der Universität in der Hauptstadt angeboten. Mit Eurer Erlaubnis würde ich ihn gern annehmen.«

Sie nickte. »Heute ist des Blutvergießens genug. Geh, Leofric, reite nach Süden zu deinem König. Sag ihm die Wahrheit über das, was hier geschehen ist. Ich fürchte allerdings, es wird keinen großen Unterschied machen.«

»Nein, Herrin. Er wird mit einer Armee kommen, die zehnmal so groß ist wie die, die du heute besiegt hast. Es wird nie aufhören.«

Sie trat vor, legte ihm die Hände auf die Schultern und sah ihm ins Gesicht. »Sieh mir in die Augen, Leofric, und hör mir gut zu. Es wird enden, denn ich werde es beenden. Sag ihm das von Sigarni, der Königin des Nordens: Wenn du gegen mich ziehst, werde ich dich zerstören. Ich werde Feuer und Tod in dein Reich bringen, und ich werde dich von deinem Thron zerren und dich den Hunden vorwerfen.«

Sigarni wandte sich ab und ging den Berg hinunter. Asmidir nahm den jungen Mann beim Arm und führte ihn zum Paß. Sie fanden ein Pferd, und Leofric stieg in den Sattel. »Deine Strategie war meisterlich«, sagte er. »Ich beglückwünsche dich.«

Asmidir lächelte. »Nicht meine Strategie, mein Junge. Ihre. Jeder Krieg beruht auf Täuschung, und diese Lektion hat sie gut gelernt. Gehe in Frieden, Leofric, und paß auf, daß du nie wieder meinen Weg kreuzt.«

»Ich wünsche dir alles Gute, Asmidir«, sagte der junge Mann, »aber ich fürchte, hier gibt es kein glückliches Ende.«

»Der Mann, der meinem Land das Herz herausriß, ist tot. Das ist ein Ende, das für heute gut genug ist. Und jetzt reite los!«

Leofric gab dem Hengst die Sporen und galoppierte vom Schlachtfeld.

Hoch oben am Himmel scharten sich bereits die Krähen zusammen, um ihr Festmahl abzuhalten.

Bakris wurde vor Sigarni hingezerrt. »Sie haben mich gefangen«, sagte er, »aber ich habe ihnen nichts verraten.«

Sigarni seufzte. »Du hast ihnen alles verraten, was du solltest«, sagte sie. »Kollarin warnte mich, daß du ein Verräter seist, der sein Volk für eine Handvoll Gold verkaufen würde. Aber wisse dies, Bakris, dein Verrat hat uns geholfen. Ohne ihn hätte der Baron vielleicht mehr Späher ausgeschickt und unsere versteckten Truppen gefunden. Wenn sich das Seil um deinen Hals schließt, denke daran. Und jetzt schafft ihn mir aus den Augen – und knüpft ihn am nächsten Baum auf!«

Fell saß ruhig mit dem Rücken an einen Baum gelehnt. Obrin und Torgan waren bei ihm. »Es war ein guter Tag«, sagte er. »Wir haben sie geschafft. Bei Gott, wir haben sie erledigt.«

»Ja«, sagte Obrin leise. Sein Blick wanderte zu dem schwarz befiederten Schaft, der aus Fells Brust ragte. Das Gesicht des Clansmannes war bleich, unter seinen Augen waren dunkle Ringe, und seine Lippen hatten einen bläulichen Schimmer, den Obrin schon zu oft gesehen hatte.

»Hol Sigarni«, sagte Obrin zu Torgan. Der Farlain nickte und lief davon. »Wenn ich den Pfeil rauszöge, hättest du vielleicht eine Chance«, sagte Obrin, doch Fell schüttelte den Kopf.

»Ich fühle, wie das Leben aus mir rinnt. Nichts kann das mehr ändern. Aber wir haben gewonnen, nicht wahr?«

»Ja, wir haben gewonnen.«

Fell sah zum Himmel auf und beobachtete die kreisenden Krähen. Es war ein schöner Tag. Der High Druin trug eine Wolkenkrone, die von hinten von der Sonne beschienen wurde.

»Es ist Brauch im Hochland«, sagte Fell, »daß ein Sohn seinen Vater auf den Schwanenpfad schickt. Ich habe keine Kinder von meinem Blut, Obrin.« Er lächelte. »Aber ich habe den *Cormaach* benutzt, um dich zu retten, und das bedeutet, daß du mein Sohn bist. Ich möchte meinen besten Bogen an meiner Seite, und zwei Messer. Etwas Brot und Wein, in Blätter gewickelt. Und zwei Münzen, die auf meinen ... Augen liegen sollen. Die Münzen sind für den Torhüter, der mich durchlassen wird. Willst du das für mich tun?«

»Das will ich.«

»Ich will auf dem Hang des High Druin begraben werden. Sigarni wird wissen, wo. Ich will für immer an dem Ort schlafen, wo wir einst Liebende wurden. Und wenn ich als Geist herumirren muß und an irgendeinen Teil des Landes gebunden bin, dann dort.«

»Bei Gott, Fell, ich dachte, wir hätten es gemeinsam geschafft. Ein verfluchter Schütze im Unterholz.«

»Es ist geschehen. Es kann nicht ungeschehen gemacht werden. Ich habe oft gesagt, daß ein Mann sich nie mit Bedauern aufhalten soll, aber jetzt fällt es mir doch schwer, Obrin. Du brauchst einen Schwertträger bei meinem Begräbnis. Suche einen guten aus.«

»Das werde ich.«

Fell schloß die Augen. »Sie ist ein Wunder, nicht?

Ein Berg, der von Frauen verteidigt wird. Wer hätte sich das vorstellen können?«

»Ja, sie ist ein Wunder, Fell. Sie wird bald hier sein. Halt durch.«

»Ich glaube, ich kann nicht. Ich kann die Möwen schreien hören. Hörst du sie auch?«

»Nein, nur die Krähen.«

Fell schlug die Augen auf und sah an Obrin vorbei. Er lächelte wie zum Gruß, doch als Obrin sich umschaute, war niemand dort. »Kommst du, um mit mir zu gehen, alter Trunkenbold?« sagte Fell. »Ach, es tut gut, dich zu sehen, Mann. Gib mir deine Hand, ich habe keine Kraft mehr.«

Fell streckte die Hand aus, dann fiel sie schlaff in seinen Schoß, und sein Kopf sackte gegen den Baum. Obrin beugte sich vor und schloß Fell die Augen. »Du warst ein guter Mann«, sagte er, »und ein wahrer Freund. Ich hoffe, du findest, was du verdienst.«

Obrin stand auf und drehte sich um, als Sigarni mit Torgan angerannt kam. Sie flog an Obrin vorbei und kniete neben Fell nieder. Torgan blieb bei Obrin stehen, und die beiden zogen sich in respektvolle Entfernung zurück.

Sigarni kauerte neben Fell. Sie nahm seine Hand und sprach mit ihm. Obrin sah die Tränen auf ihrem Gesicht, und er nahm Torgans Arm und zog den Farlain mit sich fort. »Du solltest diese Wunde nähen lassen«, sagte Obrin und deutete auf das verkrustete Blut an Torgans Seite.

»Das heilt schon«, sagte der Hochländer. »Eine Schande, daß er keine Söhne hat, die seinen Namen auf dem High Druin ausrufen.«

»Das werde ich tun«, sagte Obrin.

»Ach ja, der *Cormaach*. Das hatte ich vergessen. Kennst du das Ritual?«

»Ich kann es lernen.«

»Ich wäre stolz, es dir beizubringen«, sagte Torgan. »Und wenn du willst, werde ich als Fells Schwertträger mit dir auf dem High Druin stehen.«

Die beiden Männer erreichten den Kamm des Westhangs und blickten auf das Schlachtfeld hinunter. Die Fremdländer lagen dort tot, zu Tausenden, aber auch viele Hochländer waren gefallen. Frauen gingen herum und versorgten die Verwundeten. Später würden sie den toten Fremdländern die Waffen abnehmen. Im Süden konnte Obrin Grames Krieger erkennen, die losmarschierten, um die Proviantwagen des Feindes zu kapern. »Was nun, meinst du?« fragte Torgan. »Werden die Fremdländer Vernunft annehmen?«

Obrin schüttelte den Kopf. »Nein, sie werden Jastey schicken mit zwanzigtausend Mann. Wenn der Sommer zu Ende geht, werden sie hier sein.«

»Dann«, sagte Torgan grimmig, »werden wir sie gebührend empfangen!«

Es war schon dämmrig, als Asmidir und Kollarin Sigarni fanden. Sie saß allein auf einem Hügel, den roten Umhang fest um sich gewickelt.

»Ich danke dir, mein Freund«, sagte Asmidir. »Es wäre nett, wenn du uns jetzt allein lassen könntest.« Kollarin nickte und trabte zurück zum Lager, während Asmidir zu Sigarni ging und sich neben sie setzte. Er legte einen Arm um ihre Schulter und zog sie an sich.

»O Gott, es tut mir so leid«, sagte er.

»Er war tot, als ich ankam«, sagte sie. »Nicht einmal ein Abschiedswort.«

Asmidir antwortete nicht, sondern hielt sie nur fest. »Ein Pfeil«, fuhr sie fort. »Ein Stück Holz und ein Stück Eisen. Und Fell ist nicht mehr. Warum er? Warum nicht ich oder du oder tausend andere?«

»In meinem Land glauben wir an das Schicksal, Sigarni. Es war seine Zeit ... nicht deine oder meine.«

»Ich kann nicht glauben, daß er tot ist. Ich versuche, mich darauf zu konzentrieren, aber ich sehe immer nur sein Gesicht, wie er mich anlächelt. Ich habe das Gefühl, wenn ich zurück ins Lager komme, wird er dort auf mich warten. Es ist so unwirklich.«

»Ich habe nie wirklich mit Fell gesprochen«, meinte Asmidir. »Ich glaube, er betrachtete mich als Rivalen, und er war eifersüchtig auf unsere... Freundschaft. Aber ich war stolz darauf, an seiner Seite zu kämpfen. Ich weiß nicht, ob es ein Paradies gibt oder eine Halle der Helden, oder ein Ruhmesfeld. Aber ich hoffe es, um seinetwillen.«

»Das gibt es«, sagte sie. »Fell ist jetzt dort, mit Gwalchmai und Fyon Scharfaxt und Loran und Mereth und Hunderten von anderen, die heute starben. Aber das tröstet die Witwen nur wenig, die sie zurücklassen, und die Kinder, die jetzt weinen. Ich habe noch nie zuvor eine Schlacht gesehen. Es ist das Schlimmste, was ich mir vorstellen kann. Warum sind Männer nur so begierig darauf?«

»Nur wenige Soldaten sind das wirklich«, antwortete er. »Sie kennen die Wirklichkeit. Aber deine Krieger werden alt werden, und sie werden sich an diesen Tag immer erinnern. Wie die Sonne schien, der Feind besiegt war. Sie werden sich daran als einen goldenen Tag erinnern, und sie werden ihren Kindern davon erzählen, und ihre Kinder werden sich danach sehnen, auch so etwas zu erleben. So ist das nun einmal, Sigarni. Ich wünschte, Fell wäre am Leben geblieben, denn ich spüre deinen Kummer, und das tut mir weh. Aber es ist anders gekommen, und du mußt deine Tränen auf einen anderen Tag verschieben. Deine Männer warten auf dich. Sie wollen dich hochleben lassen und ihren Sieg feiern.«

Sie machte sich von ihm frei. »Es ist nicht vorüber, Asmidir, du weißt das. Was gibt es da zu feiern? Wir haben eine Atempause bis zum Sommer gewonnen. Vorher müssen wir noch Zitadell einnehmen und Vorposten im Tiefland errichten.«

»Aber nicht heute abend. Komm, das ist deine Stunde, Sigarni. Du bist ihre Königin, der prophezeite Retter. Du mußt dich wie eine Königin unter ihnen zeigen.«

Sigarni blickte auf und sah die schimmernde Gestalt Eisenhands vor sich. Asmidir nahm ihn nicht wahr.

»Der schwarze Mann hat recht«, sagte Eisenhand.

Sigarni beugte sich zu Asmidir und küßte ihn auf die Wange. »Geh zurück und sag ihnen, ich komme gleich«, bat sie.

»Ich gehe mit dir.«

»Nein, ich komme allein. Bald.«

Asmidir stand auf, und als er davon ging, ließ sich Eisenhands Geist neben ihr nieder. »Fell ist tot«, sagte sie.

»Ich weiß. Ich sah ihn auf dem Pfad zum Licht. Der alte Mann, Gwalchmai, war bei ihm. Ich versuchte, ihnen zu folgen, aber der Weg war mir verwehrt. Ich bin zu lange geblieben, Sigarni. Nun sitze ich fest.«

»Das ist so ungerecht.«

Er lächelte. »Bei all meinen Taten im Leben – und später im Tod – schien Gerechtigkeit nie eine Rolle zu spielen. Sie ist nicht wichtig. Mein Geist lebte fort, um dich aufsteigen zu sehen und um zu wissen, daß mein Blut und das Elarines in unserer Tochter fortlebt. Die Zukunft birgt viele Gefahren, doch du wirst dein Volk gut führen. Das weiß ich, und ich bin sehr stolz auf dich. Jetzt ist es Zeit für dich, dich mit deinen Generälen zu treffen. Ihnen zu danken und sie zu loben und andere zu befördern, die die Plätze der Gefallenen einnehmen.«

»Daran kann ich jetzt nicht denken!«

»Du kannst und du *mußt*! Du hast Torgan seinen Stolz wiedergegeben, und er kämpfte wie ein Löwe für dich. Er sollte Fells Platz einnehmen.«

»Er ist zu halsstarrig. Harcanan wäre besser.«

Eisenhand kicherte. »Siehst du, du *kannst* doch daran denken! Geh jetzt, meine Tochter. Und denke ab und zu an mich.«

»Du läßt mich doch nicht allein?«

»Es ist Zeit. Der Pfad des Lichts ist mir verschlossen, aber vielleicht gibt es noch andere Pfade. Wer weiß?«

»Ich habe Fell verloren, und jetzt verliere ich auch noch dich.«

»Du wirst andere finden, Sigarni. Du wirst niemals Mangel an Freunden und Ratgebern haben. Ich wünschte, ich könnte dich umarmen, aber solche Freuden sind nicht für die Toten. Geh jetzt, meine Tochter.«

Ohne ein weiteres Abschiedswort verschwand er.

Sigarni blieb noch einen Moment stehen, dann drehte sie sich um und ging zurück zu den Siegesfeuern im Lager.

Epilog

Der Sommer hatte gerade begonnen, als Sigarni die Königin mit ihren Gefolgsleuten zu Eisenhands Wasserfall ritt. Taliesen wartete vor der Höhle, wie er es versprochen hatte. Die Königin stieg ab und ging zu ihm. Er saß an einem kleinen Feuer, das die Kühle der feuchten Luft in der Höhle vertreiben sollte.

»Schön, dich zu sehen, Taliesen.«

»Dich auch, Kriegskönigin. Bist du bereit für die nächste Schlacht?«

»Das wird die Zeit zeigen, Taliesen. Was ist mit dir? Bist du bereit mir zu sagen, warum du mir deine Hilfe hast zuteil werden lassen?«

»Noch nicht«, antwortete er lächelnd. »Aber mein Land liegt ebenfalls im Krieg, und ich kann nicht lange bleiben. Ich muß eine Königin treffen, sie ist alt, aber eisenhart, und sie hat sich ihr Leben lang ihren Feinden gestellt, und jetzt wartet sie auf den letzten – einen Dämonen, der durch die Zeit geschickt wurde, sie zu jagen.«

»Geschickt von Jakuta Khan«, sagte sie. »Ich weiß, er sagte es mir, kurz bevor er starb.«

»Ich habe keinen Zweifel, daß du ihn töten wirst, Herrin«, sagte er feierlich.

»Ich habe viel zu tun, Taliesen. Du hast mich gebeten, dich hier zu treffen, und jetzt frage ich dich warum.«

»Ich dachte, du würdest dich vielleicht gern von einem Freund verabschieden.«

»Sind wir Freunde, Zauberer?«

»Ich hoffe es, aber ich sprach nicht von mir. Der Zwerg Ballistar kam zu mir und bat mich um einen Gefallen. Ich sagte, ich würde ihn gewähren, und mit deiner Erlaubnis werde ich es tun.«

Sigarni seufzte. »Er will zurück nach Yur-vale?«

»Darum hat er gebeten.«

»Aber dort wird er sterben.«

»Ich nehme es an. Aber, nach seinen eigenen Worten, wird er als ganzer Mann sterben. Er wird vor dem Ende aufrecht stehen. Es könnte sogar sein, mit der neuen Ordnung dort, daß die Luft nicht mehr so giftig und das Essen nicht mehr tödlich ist. Ich weiß es nicht. Ich weiß jedoch, daß ohne deinen Segen und ohne einen Tropfen von deinem Blut er auch auf der anderen Seite ein Zwerg bleiben wird.«

»Du bittest mich, einen Freund in den Tod zu schicken.«

»Nein, Herrin. Ich bitte dich, ihm eine Chance auf ein Leben zu geben, das er sich verzweifelt wünscht.«

Sigarni setzte sich ans Feuer. »Ich liebe diesen Mann«, sagte sie, »und würde alles in meiner Macht Stehende tun, um ihn glücklich zu machen. Wenn es das ist, was er will, dann gewähre ich es selbstverständlich.«

»Es ist das, was er will. Bist du bereit?«

»Ja.«

Zusammen verließen die Königin und der Zauberer die Höhle und begannen die lange Wanderung um den See zu den Schriftzeichen auf der Felswand. Ballistar wartete dort, ein großes Bündel neben sich. Er stand auf, als sie kamen.

»Wirst du mir verzeihen, daß ich dich verlasse?« fragte er und reckte sich, um ihre Hand zu ergreifen.

»Es gibt nichts zu verzeihen, Balli. Du bist mein liebster Freund.«

»Vielleicht gibt es hinter dem Tor eine Magie, die mir erlaubt zurückzukommen – und trotzdem groß zu sein«, sagte er.

»Ja«, erwiderte sie. Sie nahm ihr Messer und machte einen kleinen Schnitt in ihre Handfläche, dann ergriff sie seine pummeligen Finger. Sie griff in den Beutel, der um ihren Hals hing und holte einen kleinen Knochen hervor, den sie auf die blutende Wunde drückte. Sie reichte ihn Ballistar mit einem Lächeln. »Du kannst bestimmt einen Freund auf dem Weg gebrauchen«, sagte sie, »und ich glaube, Eisenhand würde sich über eine zweite Begegnung mit der dicken Wirtin freuen.«

Den Knochen fest umklammert, sah er zu ihr auf. Tränen rannen ihm über die Wangen.

»Ich werde dich immer lieben«, sagte er.

»Ich dich auch. Geh jetzt, Balli. Und finde dein Glück.«

Das Tor schimmerte, und der Zwerg schulterte sein Bündel und trat hindurch.

ENDE DES ERSTEN BUCHES

DAVID GEMMELL

Die Drenai-Saga

20 307 Band 1 Die Legende
20 320 Band 2 Der Schattenprinz
20 332 Band 3 Waylander
20 347 Band 4 Der Bronzefürst
20 359 Band 5 Im Reich des Wolfes
20 372 Band 6 Druss – Die Legende
28 314 Band 7 Die Augen von Alchazzar
28 317 Band 8 Winterkrieger

Die Parmenion-Saga

20 270 Band 1 Der Löwe von Macedonien
20 292 Band 2 Der dunkle Prinz

Die Steine der Macht

28 303 Band 1 König der Geister
28 308 Band 2 Das letzte Schwert

Die Falkenkönigin

28 321 Band 1 Eisenhands Tochter
In Vorbereitung
Band 2 Die Keltenkriege

BIBLIOTHEK DER PHANTASTISCHEN LITERATUR

Herausgegeben von Stefan Bauer

Isaac Asimov
In Vorbereitung: Die Psychohistoriker

Marion Zimmer Bradley/Holly Lisle
28 313 Im Schatten der Burg

David & Leigh Eddings
28 301 Begarath der Zauberer
28 312 Polgara die Zauberin
28 320 Der Riva-Kodex

David Gemmell
Die Drenai-Saga
28 314 Die Augen von Alchazzar
28 317 Winterkrieger

Die Steine der Macht
28 303 Band 1 König der Geister
28 308 Band 2 Das letzte Schwert

Die Falkenkönigin
28 321 Band 1 Eisenhands Tochter
In Vorbereitung: Band 2 Die Keltenkriege

J.V. Jones

Das Buch der Worte

28 304 Band 1 Melliandra

28 309 Band 2 Der Thronräuber

28 310 Band 3 Herr und Narr

Der Dornenring

28 315 Band 1 Die ewige Krone

28 316 Band 2 Krone aus Blut

Wolfgang Hohlbein

28 319 Die Schatten des Bösen

In Vorbereitung: Von Hexen und Drachen

Garry Kilworth

28 305 Tänzer im Frost

Roger MacBride Allen

28 302 Isaac Asimov's Utopia

Jane Routley

Dion von Moria

28 311 Band 1 Die Herrin der Rosen

28 318 Band 2 Die Engel des Feuers

BASTEI LÜBBE